Ute Bales

Bitten der Vögel im Winter

RHEIN MOSEL VERLAG

Rhein-Mosel-Verlag
Brandenburg 17, D-56856 Zell / Mosel
Tel. 06542 / 5151, Fax 06542 / 61158
www.rhein-mosel-verlag.de

ISBN 978-3-89801-402-1
Ausstattung: Stefanie Thur
Lektorat: Michael Dillinger
Korrektorat: Melanie Oster-Daum
Druck: »Standartų spaustuvė« www.standart.lt, Vilnius, Litauen
Titelfoto: © Can Stock Photo Inc. / foreverleestock
Autorenfoto: Michael Spiegelhalter

Ute Bales

Bitten der Vögel im Winter

Roman

RHEIN-MOSEL-VERLAG

Es gibt eine Zeit, in der keiner zaubern kann.
Dann geschieht, was in der Zeit ist.
Das kann eine Stunde sein, ein ganzer Tag sein,
ein ganzes Jahr,
oder ein ganzes Leben.
Kann sein, dass das nur ein Tag lang ist.
Oder eine Nacht.
Kann sein –

Sabine M. Krämer

Rassen gibt es nicht. Aber es gibt Rassismus.

Für Landolo Werst, genannt Zigeuner-Schorsch, den ich, und das war ein Versäumnis, nie nach seiner Vergangenheit gefragt habe.

Vorwort

Es ist leichter, über Opfer zu schreiben als über Täter. Wer über Opfer schreibt, kann mit dem Mitgefühl und Verständnis der Leser rechnen. Für Eva Justin rechne ich weder mit Mitgefühl und schon gar nicht mit Verständnis und unternehme auch nichts, dergleichen zu schüren. In der Zeit, in der sie wirkte, hatte das Böse die Eigenschaft verloren, an der die meisten Menschen es erkennen. Es trat, wie Hannah Arendt es formulierte, nicht mehr als Versuchung an den Menschen heran. Für Eva Justin war das, was sie tat, richtig und gut. Das Ausmaß ihres Handelns war ihr bewusst.

Weil der Roman zum Teil aus der Sicht und der Gedankenwelt einer Täterin geschrieben ist, kommen darin rassistische Klischees zum Ausdruck. Es sind Zuschreibungen, die es mehr oder weniger heute noch gibt. Den Nazi-Jargon verwende ich lediglich aus Gründen der Authentizität. Den Begriff »Zigeuner/in« gebrauche ich notgedrungen.

Freiburg, im Oktober 2018

Kinderheim Mulfingen, Frühherbst 1942

»Nun iss endlich! Nun mal los, iss! Und sitz gerade!« Diese Worte genügen. Er stößt den Teller zurück, die Suppe schwappt über, gelbliche Brühe bildet eine Pfütze, die langsam in den Ritzen der Tischplatte versickert. Mit erhobener Hand steht die Schwester vor ihm, die weiße Flügelhaube zittert. »Was für ein Tölpel!« Er schrammt den Stuhl zurück: »Ich will nach Hause!« Die Schwester reißt an seinem Haar, droht mit Arrest. Er hält die Hände vors Gesicht, erwartet, dass sie zuschlägt. Aber sie schreit nur. »An Regeln halten musst du dich! Sonst wird es nichts mit dir!« Ihre Stimme wird grell, türmt sich vor ihm auf. Ob er das verstanden hat. Er sitzt da, sieht den aufgerissenen Mund mit den schadhaften Zähnen, die roten Flecken, die sich in ihrem Gesicht gebildet haben und klammert sich an die Sitzfläche des Stuhls. »Ich will nach Hause!«

Ein Junge sitzt ihm gegenüber. Seine Haare sind so kurz, dass man die Kopfhaut sieht. Er löffelt und hält den Kopf gesenkt. Als die Schwester eilt, einen Lappen zu holen, flüstert er: »Halt die Klappe mit so was. Wenn sie böse ist, nimmt sie dir den Teller weg.« Der Junge schielt nach der auf der Tischplatte zerfließenden Suppe. Mit schnellen Bewegungen tupft er mit einem Stück Brot die restlichen Brühepfützen vom Tisch, stopft sich alles in den Mund und schmatzt.

Das Sprechen während des Essens ist verboten. Nur das Scharren der Löffel und das Klappern mit Besteck sind zu hören. Der Kahlgeschorene hat ständig die Schwester im Blick. Wenn sie nicht hinsieht, kratzt er sich an den Füßen. Er ist barfuß. Seine Zehen sind voller Frostbeulen.

Anton ist noch nicht lange im Heim. Er sitzt neben zwei Mädchen. Sie heißen Rutla und Dori. Er hat gehört, wie die Schwester ihre Namen gesagt hat. Rutla und Dori sind auch barfuß. Sie könnten Zwillinge sein, so ähnlich sehen sie sich. Sie sind gleich groß, tragen bunte Tücher, unter denen geflochtene Zöpfe hervorsehen. Alles an ihnen ist rund und prall: die Gesichter mit den Knopfaugen, die kleinen Hände, die Bäuche unter den gestrickten Kleidern, sogar die Füße. Sie sitzen nur da und sehen herüber. Als die

Schwester mit dem Lappen kommt, rücken sie dicht zusammen, wie Vögel im Winter.

Die Schwester schwenkt den Lappen und sieht Anton strafend an. »Das machst du nicht noch mal, sonst kommst du in den Keller!« Der Kahlgeschorene gibt ihm einen Tritt unterm Tisch. Der Speisesaal ist voller Kinder. Viele sind Geschwister. Die Jüngsten können kaum über die Tischplatte sehen. Die größeren Jungen besetzen einen Tisch am Fenster. Sie tragen braune Arbeitsanzüge und Holzschuhe. Manche kommen nur abends. Tagsüber helfen sie im Feld oder im Wald, harken die Wege, die akkurat sein müssen, pflegen die Blumenrabatten. Einer von ihnen heißt Emil. Er ist bei einem Bauern eingeteilt. Es ist zwecklos, mit ihm zu sprechen, weil er taub ist.

Nach dem Essen klatscht die Schwester in die Hände. Sie steht mit ihrer riesigen Flügelhaube vorne neben der Tür: »Los, los, a bissle schneller!« Alle erheben sich von den Plätzen, sofort ändern sich die Töne im Saal. »Wir danken dir, allmächtiger Gott, für alle Wohltaten, der du lebst und herrschest in Ewigkeit …« Die Schwester hebt die Hand, berührt Stirn und Brust, dann die linke und die rechte Schulter: »Im Namen des Vaters und des Sohnes und des Heiligen Geistes. Amen.« Mit ihr bekreuzigen sich alle.

Jungen und Mädchen schlafen getrennt. Außer einem Stockbett hat jedes Kind einen Schemel, ein kleines Spind, einen Trinkbecher, einen Napf und einen Löffel. Blitzblank muss alles sein. Kein bisschen Staub darf an den Schuhen kleben. Spind und Bett müssen ordentlich gehalten werden. Die Bettlaken haben oben rechts drei rote Kreuze. Die roten Kreuze müssen sichtbar sein, wenn das Laken zusammengefaltet ist. Jeden Morgen, vor dem Appell, werden Spinde, Schuhe und Hände kontrolliert.

Alles ist Anton fremd. Der Schlafsaal mit dem trüben Licht, die vielen Betten übereinander, das Wecken um fünf Uhr morgens. Auch das Beten, das unbehagliche Schweigen zu den Mahlzeiten, das frühe Zubettgehen. Die gestärkten Hauben der Schwestern, ihre flatternden Gewänder, die andauernden Warnungen vor Todsünden machen ihm Angst. Wenn gesungen wird, klingt es nicht wie früher, als die Mutter noch die Lieder angestimmt hat. Das Essen schmeckt scheußlich. Das schwarze Brot ist so hart, dass man sich die Zähne ausbeißen könnte. Die Milch aus dem verbeulten Aluminiumnapf ist mit Wasser verdünnt.

Bitter ist es, dass er seine Sprache nicht mehr sprechen darf. Und dass sie ihm die Haare geschoren haben wie einem Schaf. Am schlimmsten aber ist, dass er nicht weiß, wo der Vater und die Mutter und die Geschwister sind und wann sie ihn endlich holen.

»Ich will nach Hause.« Das ist alles, was er sagt. Die Schwester sitzt vor ihm und zieht ihn an den Ohren. »Nach Haus? Wo soll das sein? Na, kannst mir das mal sagen?« Er ballt die Fäuste. »Aber ich will nach Hause! Zu meinem Vater!« Da packt sie ihn am Kragen: »Kannst nix andres sagen? Dein Vater! Wo soll er schon sein? Eingesperrt habens ihn, weil er um die Häuser geschlichen ist. Froh sein kannst, dass du da bist! A Suppe gibts heut keine mehr! So ein Sturkopf! Jetzt kniest dich in die Ecke, da nüber, unters Kreuz, und da bleibst, bis ichs sag.«

Am Tag ist alles voller Stimmen. Nachts sind es die Atemzüge und das Stöhnen der vielen Schlafenden. Einer von ihnen ist Emil. Anton weiß, dass Emil eine Ohrfeige von einem Polizisten bekommen hat, die so stark war, dass er in ein Wasser fiel, wo er bewusstlos liegenblieb und erst gefunden wurde, als seine Ohren nichts mehr taugten. Er weiß auch, dass Emil nichts gemacht hat, gar nichts, nur nach seinen Geschwistern hat er gefragt, aber das war dem Polizisten zuviel gewesen. Für Anton ist Emil ein Wunder. Einmal hält er sich die Ohren zu, weil er wissen will, wie es ist, wenn man nichts hört. Aber so sehr er die Ohren auch presst, er hört trotzdem etwas.

Der Kahlköpfige aus dem Speisesaal heißt Karli, liegt in der Pritsche über ihm und ist schon ein halbes Jahr da. Meint er jedenfalls. Genau weiß er es nicht. Karli besitzt ein Messer und eine Flöte. Die Flöte hat er aus Weiden geschnitzt. Wo er das Messer versteckt hält, sagt er nicht. Manchmal murmelt er im Schlaf und schlägt um sich, dass das Bettgestell wackelt und Anton wach wird.

Einmal, es ist tiefe Nacht, da steht Anton auf und setzt sich mit angezogenen Knien auf das Fensterbrett, presst sich so dicht ans Fenster, dass er den kalten Luftzug spürt. Er schnieft und friert, aber das Frieren macht ihm nichts. »Was hast du?«, fragt Karli und beugt sich über die Bettkante. »Hör auf mit dem Geschnauf. Das hilft überhaupt nichts. Leg dich und gib Ruhe!« Karli verschwindet wieder. Anton lehnt den Kopf an die Scheibe, sieht, wie das Glas an der Stelle beschlägt, auf die sein Atem trifft, wie die beschlagene Stelle kleiner wird, wenn er einatmet, wie sie größer wird, wenn er ausatmet. Es dauert ein bisschen, dann taucht Karlis Kopf wieder auf. »Warum glotzt du ständig aus dem Fenster?« Anton ignoriert die Frage. Am liebsten wäre er allein. Er versucht sich den Kahlgeschorenen wegzudenken, der aber hängt fast über ihm: »Wirst schon sehn, wie es ist, wenn du nauskommst, wirst schon sehn, wie's dann ist …«

Anton stellt sich vor, wie es wäre, tot zu sein. Ob er dann so etwas wie Luft wäre, schwebend über Baumwipfeln? Im Frühjahr waren sie noch alle zusammen gewesen. Der Vater, die Mutter, die Geschwister, die Tante. Ob sie nach ihm suchen? Der Vater sicher. Aber warum kommt der Vater nicht und holt ihn? Die Schwester sagt, dass er eingesperrt ist, aber seinen Dada kann man nicht einsperren. Er ist stark und kann sogar fliegen, wenn er nur will. Auch die Männer, die ihn geholt haben, können ihn nicht einsperren. Der Vater hat sich gewehrt, als sie kamen. Geschrien, geschrien, geschrien hat er. Dass er seine Kinder nicht wiedersehen wird. Die Geige haben sie ihm deshalb zerschlagen.

Manchmal sieht Anton den Vater. Er muss nur die Augen ganz fest schließen, dann steht der Vater unten im Hof, die Kappe in der Hand, und nickt ihm zu. Über sein Haar fliegen die Krähen. Der Vater schwankt ein bisschen, die Hose ist voller Fusseln, die feinen Streifen seines hellen Sonntagsanzugs laufen schief und krumm und durcheinander. Die Schnürsenkel seiner Schuhe sind offen. »Dada, Dada, nimm mich mit!« Anton darf nur nicht die Augen öffnen, denn dann verschwindet der Vater wieder mitsamt seinem Schnurrbart und seinen weiten, grauen Hosen. Als ob der Wind ihn davonträgt, so wie die Töne seiner Geige, die irgendwann verklungen waren.

Früher hatte der Vater in Pfullendorf einen Laden betrieben, wo er Musikinstrumente reparierte und verkaufte. Dann war die Polizei gekommen, hatte ihm seinen Handel verboten, weswegen er kurz darauf, mitten in der Nacht, Kleidung und Essen zusammengerafft, die Pferde aus dem Stall geholt – zwei schöne Pferde waren es, zwei Lichtfüchse – und den Wagen bepackt hatte.

Seither waren sie unterwegs, lebten in Wäldern, in alten Fabriken, manchmal bei Bauern. Einmal hatten sie in der Dämmerung am Ufer eines Flusses ihr Lager aufgeschlagen, ein Feuer gemacht, Fische gebraten und die Gitarren ausgepackt. Die Tante, seine Bibije, hatte getanzt. Er erinnerte sich an ihren blau schimmernden Rock, die funkelnden Ohrringe und die Schellentrommel, mit denen sie den Takt angab. Damals hatte er vom Vater wissen wollen, wo denn die Töne hingingen, wohin sie aufstiegen, ob sie sich sammelten. Da hatte der Vater hinaufgezeigt, ins Schwarze über den Wipfeln der Bäume und zurückgefragt: »Aber hörst du sie denn nicht? Sie sind alle noch da. Nichts vergeht, gar nichts. Es ändert sich nur, nimmt eine andere Gestalt an, aber sonst …«

Damals hatte er die halbe Nacht mit seinem Dada am Fluss gesessen. Wie aufgehängt hingen die Sterne am Himmel. Ins Bett gingen sie erst, als im Frühlicht die Pferde schnaubten.

Die Wiese, auf der sie lagerten, lag vor einem massigen Felsen. Butterblumen, Wiesenschaumkraut und Disteln wuchsen in Büscheln. Mit jeder Distel, die Anton fand, rannte er zu den Pferden, hielt sie ihnen auf der flachen Hand vors Maul und lachte, wenn die weichen vorgestülpten Lippen der Tiere ihm das stachelige Zeug von der Hand fraßen. Ganz in der Nähe sprudelte eine Quelle aus der Erde. Käfer und winzig kleine Rädertierchen gab es dort. Der Vater wusste, dass die Berge vor Millionen von Jahren Vulkane gewesen waren, die das Land mit glühender Lava übergossen hatten. Immer noch brodele und koche es im Erdinneren. Die Quelle sei der Beweis.

Immer waren Kinder in der Nähe der Quelle, füllten Eimer und Krüge. Manchmal kamen welche an den Wagen, streichelten die Pferde, brachten Rüben oder einen Sack Stroh. Die meisten hielten Abstand, standen mit misstrauischen Blicken und rannten weg, wenn die Mutter sie ansprach.

Heiß waren die Tage. Einmal war er bis zu einem riesigen Felsen gelaufen. Von oben hatte er die alten Häuser unter sich gesehen, die Brücke über den Fluss, den Bahnhof mit den schwarzen Loks, weiter hinten eine verfallene Burg und Leute in ihren Gärten, ganz klein, wie winzige Punkte. Noch weiter hinauf war er dem grasigen Hang gefolgt, bis dorthin, wo Kiefern wuchsen, Nusshecken und Eichen. Tastend versuchte er die Füße richtig zu setzen. Steil fiel neben ihm der Berghang ab. Überall blühten gelbe Sträucher, wie golden sahen sie aus gegen den hellen Himmel. Sonderbare Steine gab es. Kleine Tiere, auch Fische wohnten darin, die zu Stein geworden waren. Wildblumen dufteten, grünglänzende Käfer trugen Hörner auf dem Kopf. An Baumstämmen wuchsen grüne, kelchförmige Pilze. Ameisenhügel gab es hier mehr als anderswo. Lange hatte er über einem der Hügel gehockt und den Tieren zugesehen, die in emsigen Kolonnen Kiefern- und Fichtennadeln, winzige Äste, Grashalme und Rindenstückchen schleppten.

Da war ihm ein Bauer mit einer geschulterten Sense entgegengekommen, hatte die Kappe gehoben, gelacht, die Hand nach ihm ausgestreckt und gerufen, dass er einen so feinen Zigeunerjungen gut gebrauchen könnte. Gerannt, gerannt, gerannt war er. Zurück zu seinem Dada. »Dada! Wo bist du? Wo bist du, Dada?«

Aufgefangen hatte ihn der Dada, ihn auf seine starken Schultern gehievt und am Ufer der Kyll wieder abgesetzt. Barfuß waren sie über glitschige Steine gelaufen, hatten Ausschau gehalten nach Äschen und Forellen. Gewirbelt und gegurgelt hatte der Fluss.

Später hatte er mit seinem Bruder Stöcke und Steine gesammelt, einen Damm gebaut und im gestauten Wasser kleine Papierschiffe schwimmen lassen, die, wie Wasserläufer, feine gefiederte Spuren hinter sich herzogen.

Wenn er an seinen Dada denkt, fühlt er sich wie ein Baum ohne Blätter. Sogar das, was nicht schön war, das Schuheputzen, das Reinigen der Eimer im Bach, selbst die verhassten Schweinemagen, die der Vater wie eine Delikatesse verzehrte, scheint ihm jetzt in einem hellen Licht.

Mindestens drei Sonntage ist es her, dass sie ihn fortgerissen haben. Seitdem schläft er auf der schmalen Pritsche unter der des Kahlköpfigen, der Karli heißt. Die Sonntage sind leicht zu erkennen, denn dann gibt es richtige Milch zum Frühstück und sie müssen nicht in die Schule, dafür zweimal in die Kirche. Dabei marschieren sie in Zweierreihen, den Zeigefinger vor den Lippen. Disziplin und Schweigen sind das Wichtigste. Einmal in der Woche wird geduscht und es gibt frische Unterwäsche. Das ist am Samstag. Die Jungen duschen getrennt von den Mädchen. Bei den Jungen kontrolliert Schwester Ricarda die Unterhosen. Ist eine verschmutzt, schlägt sie den Schweinen, wie sie sie nennt, mit einem Rohrstock auf den entblößten Hintern, bis es rote Striemen gibt und manchmal die Haut aufplatzt.

Im Schlafsaal ist es immer unruhig. Karli schläft schlecht und knirscht mit den Zähnen. Manchmal werden welche mitten in der Nacht aus dem Schlaf gerissen und auf einen Nachttopf gesetzt. Manche hören nicht auf zu schreien. Dann bekommen sie etwas in den Mund gestopft und werden schnell ruhig. Auf Wilhelm hat es die Schwester Oberin besonders abgesehen. Wenn er ins Bett macht, steckt sie ihn in eine Wanne mit eiskaltem Wasser. Einmal erbricht er das Essen. Da stopft die Oberin es ihm mit Gewalt in den Mund zurück.

Am liebsten würde Anton die Schule schwänzen. Aber das geht nicht. »Heil Hitler! Setzen! Hände auf den Tisch!« Gut, dass Karli mitgeht. Karli geht in die vierte Klasse und sitzt bei den größeren Schülern. Manchmal dreht er sich nach Anton um und grinst.

Das Klassenzimmer ist groß, weiß gekälkt und riecht nach Kreide und Bohnerwachs. Die Schülerbänke sind eng. Es sind Doppelsitzer mit einem Tisch, der Löcher für Tintenfässer hat. Die Tintenfässer fehlen. Auf den Pultdeckeln haben sich Flecken ins Holz gefressen.

Vorne stehen ein niedriges Pult und ein Stuhl für Fräulein Nägele. Eine große schwarze Tafel muss reihum abgewischt werden und darf keine Streifen haben. Anton muss jeden Morgen die Fingernägel vorzeigen, auch seine Schiefertafel, die sauber gewischt sein muss. Sprechen darf er nur, wenn er gefragt wird. Wird er etwas gefragt, muss er zuerst überlegen. »Erst den Kopf einschalten, dann reden«, sagt Fräulein Nägele, der sein Überlegen meist zu lange dauert. Fräulein Nägele redet schwäbisch. Ihre Stimme hört sich an wie die kleinen Maschinchen, mit denen man Messer schleift, spitz und scharf. Es hört sich fast so an, als ob seine Tante Banana in der Nähe ist. Wenn er kurz die Augen schließt, sieht er die Tante, wie sie getrocknete Tabakblätter zwischen den Händen zerreibt und daran riecht.

Wenn er die Augen wieder öffnet, ist statt Tante Banana das Fräulein Nägele da. Sie redet ununterbrochen, unterrichtet alle Klassen und damit alle Kinder. Sie ist es auch, die die Kinder den Klassen zuteilt und das geht nicht nach Alter, sondern nach Wissensstand. Anton ist schon fast 10, aber sie hat ihn der Anfängerklasse zugeteilt.

Neben einem großen Bild des Führers hängt eine Landkarte, auf der die Siege mit kleinen Fähnchen markiert sind: Dänemark und Norwegen, die Niederlande, Luxemburg und Belgien. Anton kennt die Länder nicht. Dafür kennt er Schwaben, den Schwarzwald und die Eifel, wo er mit den Eltern war. Die Eifel und Schwaben sind auf der Karte nicht zu finden. Karli kennt die Länder mit den Fahnen auch nicht, dafür kennt er sich im Rheinland aus, hat einen großen Fluss gesehen, mächtige Burgen und einen Felsen, auf dem ein blondes Mädchen saß und sich die Haare kämmte. Anton würde gerne etwas über Vulkane und Quellen sagen, aber danach fragt Fräulein Nägele nicht.

Jeden Morgen müssen die Kinder ganz gerade stehen, sich in Zweierreihen aufstellen und den rechten Arm heben. Der Winkel muss immer gleich schräg sein. Fräulein Nägele korrigiert bei jedem die Haltung. Wenn alles stimmt, schnippt sie mit den Fingern. »Heil Hitler!«

»Sieg! Heil!«, schreien die Kinder. Manchmal müssen sie den Gruß wiederholen. Dabei müssen sie stillstehen und streng geradeaus sehen, die linke Hand an der Hosennaht. Das Stillstehen dauert so lange, bis Fräulein Nägele fertig ist mit dem Heftesortieren. Dann erst dürfen sie sich setzen.

Alle müssen die Länder Europas kennen und wissen, wo die deutschen Truppen kämpfen, wo sie einmarschiert sind und welche Länder bereits deutsch sind. Immer wieder müssen sie sie aufzählen, im Chor und einzeln. Es dauert, bis sich Anton alle merken kann. Dann aber ist er stolz und sagt sie manchmal zum Spaß vor sich her: »Belgien, Frankreich, Holland …« Bei denen, die die Antwort nicht wissen, kann es passieren, dass Fräulein Nägele den Rohrstock über die Finger tanzen lässt oder jemand ins Besinnungszimmer sperrt. Vor dem Besinnungszimmer haben alle Angst. Stockdunkel und muffig, wie in einem Keller, ist es dort und es gibt nichts zu essen.

Karli nennt das Besinnungszimmer Bunker. Er war schon zweimal drin. Einmal hat er eine ganze Nacht zwischen Putzlappen und Eimern gehockt. Gestärkt hat ihn das, sagt er zu Anton.

Im Rechenbuch stehen Aufgaben, die Anton nicht versteht: Ein Jungzug hat 71 Pimpfe. In seinen ersten beiden Jungenschaften sind je 15, in der dritten 14, in der vierten 13. Wie viel Pimpfe hat die fünfte Jungenschaft? Er rechnet und rechnet, nimmt die Finger zu Hilfe. Als Fräulein Nägele durch die Reihen geht und ihm über die Schultern sieht, schreibt er 23 in sein Heft und sieht sie gespannt an. Fräulein Nägele schüttelt den Kopf und gibt ihm eine Ohrfeige. »Erst überlegen, dann schreiben! Jetzt hast du dein Heft versaut.« Zur Strafe muss er nachsitzen und bekommt eine noch schwierigere Aufgabe: a) Ein feindliches Bombengeschwader wird im Anflug auf eine Stadt gemeldet (Geschwindigkeit 250 Kilometer pro Stunde). Als es noch 450 Kilometer von dieser Stadt entfernt ist, startet ein Geschwader von schnellen Jagdflugzeugen (Geschwindigkeit 350 Kilometer pro Stunde) zur Abwehr. In welcher Entfernung von der Stadt kommt es zum Kampf? b) Nach welcher Flugzeit stoßen die Geschwader aufeinander? Für Karli wäre diese Aufgabe ein Mückenschiss, wie er sagt. Anton hingegen brütet darüber, bis ihm der Kopf raucht. Zum Piloten würde er niemals taugen, sagt Fräulein Nägele.

Obwohl er fast zehn ist, muss er Schönschreibübungen machen. Weil er eine Sauklaue hat, sagt Fräulein Nägele. Das Schönschreiben gefällt ihm. Seitenlang malt er As mit Schnörkeln. Erst wenn der Buchstabe akkurat ist, darf er den nächsten nehmen. Manchmal muss er lesen. Lesen mag er nicht. Es gibt zu wenig Schulbücher, und er muss sich das Lesebuch mit Buberli teilen. Buberli schubst ihn ständig in die Seite, macht sich in der Bank breit und hält stur den Finger genau auf die Stellen, die Anton lesen will.

Die Pausen sind am schönsten. Auf dem Schulhof spielen sie Fangen und Verstecken. Karli gibt das Kommando. Anton muss sich bücken und die Augen schließen. Dann trommelt Karli auf seinem Rücken herum und ruft: »Eins, zwei, drei, vier, Eckstein, alles muss versteckt sein. Hinter mir und vorder mir gilt es nicht und an beiden Seiten nicht! Eins, zwei, drei, vier, fünf, sechs, sieben, acht, neun, zehn – ich komme!« Erst dann darf Anton sich aufrichten und nach den anderen suchen. Dabei gibt Karli ihm Hinweise: »Heiß! Noch heißer! Jetzt wird es wieder kälter … jetzt ganz kalt.« Es ist immer ein Geheul, wenn er einen aufstöbert und beim Namen ruft. »Angela, ich hab dich!«

Manchmal ist Fliegeralarm. Dann müssen sie hinunter in den Keller, egal was sie gerade tun. Oft dauert es Stunden, bis sie wieder hinauf dürfen. Aber im Keller braucht Anton nicht zu rechnen, auch nicht zu lesen und es stellt niemand schwierige Fragen.

Zum Heim gehört eine Landwirtschaft. Es gibt Scheunen und Ställe, Felder und Gärten. Nach der Schule müssen die Kinder helfen, in den Kartoffelferien den ganzen Tag.

Der taube Emil muss mit seinem Eimer die Wege um das Heim sauber halten. Rutla und Dori, die Zwillinge, werden in die Felder gebracht. Es regnet und es gibt viele Kartoffelfelder. Die weiche Erde klumpt an ihren Sohlen. Bis es dunkel wird, klauben sie mit klammen Fingern Kartoffeln aus der Erde. Am Abend spüren sie ihre Hände nicht mehr und können kaum gerade stehen.

Als der Regen aufhört, werden Anton und Zweigerli hinausgeschickt zum Sammeln von Beeren und Kräutern. Eimerweise schleppen sie Nüsse, Himbeeren und Brombeeren, Schlehen und Hagebutten ins Heim zurück, helfen beim Entsteinen von Obst, beim Kochen von Marmeladen, Säften und Sirup, die sie in Gläser abfüllen, abkühlen lassen und dann in Kisten verpacken. »Das ist für unsere tapferen Soldaten, die für uns an der Front kämpfen«, sagen die Schwestern.

Angela und Loli helfen im Stall beim Kühe melken und Schweine füttern. Auch beim Ausmisten. Loli wäre gerne bei den Pferden. Aber das erlaubt die Schwester nicht.

Später wird Anton mit Kajetan und Buberli zur Rübenernte abkommandiert. Bleiben sie auch nur einen Moment stehen und strecken den Rücken, hagelt es Strafen. Meist Schläge mit dem Stock. Der Tag auf dem Feld will nicht vorbeigehen.

Alois und Wilhelm müssen Gräben ziehen und Felder umstechen. Das ist auch nicht viel besser. Die Zwillinge werden in die Waschküche geschickt. Die Waschküche ist ein guter Ort, weil es dort warm ist. Trotzdem sind am Abend alle erschöpft. Arme und Beine sind taub, alles tut weh.

Wer beim Kirchgang ungehorsam ist, wird ins Besinnungszimmer gesperrt. Einmal muss Karli 50 Mal in der Hocke eine Treppe hinaufsteigen, die Hände hinter dem Kopf. Ein anderes Mal sperrt die Schwester Oberin eine Handvoll Kinder für zwei Tage ohne Essen in einen Raum, weil sie beim Mittagessen geflüstert haben. Sie weiß genau, dass die Nichtschuldigen die Schuldigen zu Brei schlagen.

Wenn sie nicht zu anderen Arbeiten eingeteilt sind, stehen für die Mädchen Hausarbeiten an. Sie sticken, stricken, nähen, kochen und backen. Sie sollen gute Hausfrauen werden, sagt Fräulein Nägele und meint, dass ihnen nichts Besseres passieren kann, als später einen Haushalt zu übernehmen.

Die Jungen sollen Arbeiter werden oder Bauern.

Manchmal kommen Bäuerinnen mit Pferdefuhrwerken angefahren und suchen sich Kinder für die Landwirtschaft aus. Es sind Bäuerinnen, deren Männer im Krieg sind. Sie prüfen die Kinder wie das Vieh, schauen ihnen in den Mund, betasten die Muskeln.

Manche der Kinder bleiben dann lange weg. Diejenigen, die Geschwister im Heim haben, kommen hin und wieder an Sonntagen vorbei und bringen Gemüse, Speck und Brot. Es gibt auch Kinder, die von der Polizei abgeholt werden und nicht mehr wiederkommen.

Über die, die verschwinden, wird leise gesprochen. »Die Gestapo holt sie«, flüstert Karli von seinem Bett herunter und Anton stützt sich auf die Ellenbogen und fragt schläfrig: »Was ist Gestapo?« Karli tut geheimnisvoll. Was Gestapo heißt, will er nicht verraten. Nur, dass Gestapo die Kinder ins Lager bringt, vielleicht aber auch zu ihren Eltern, sagt er. In dieser Nacht wartet Anton auf die Gestapo, stellt sich vor, wie sie ihn zu seinem Dada bringen.

»Der Einzelne ist nichts, die Allgemeinheit, der Staat, ist alles«, sagt Fräulein Nägele und spricht über Gerechtigkeit und Gehorsam, über den Führer, den sie gottgesandt nennt, über dessen Liebe zum Volk. Dann sagt sie, dass Natur und Rasse gottgegeben seien und dass kein Schüler ins Leben entlassen werden dürfe, der keine Kenntnis über diese Dinge habe. Sie sagt etwas von Unreinheit des Blutes und blickt in fragende Gesichter. Was das sein soll, sagt sie nicht, aber ihre Stimme ist fest und klar: »Der Führer sagt, das Schwache muss ausgehämmert werden.«

Manchmal, an seltenen Tagen, bringt Fräulein Nägele Briefe mit. Die Briefe sind geöffnet und enthalten oft nur ein paar lesbare Zeilen. Alle anderen Zeilen hat jemand so oft durchgestrichen, dass man nichts mehr lesen kann. Die Umschläge werden nicht verteilt. Karli sagt, dass niemand wissen darf, wo sie abgeschickt wurden. Karlis Eltern schreiben nie. Auch Anton bekommt keine Post. Er wartet erst gar nicht darauf. Der Vater schreibt nämlich nicht gerne.

Am Sonntag marschieren sie in Zweierreihen hinaus auf die Wiese. Die Mädchen mit der Schwester Oberin, die Jungen mit Schwester Ricarda. Alle hören auf die Pfeife der Oberin. Ein Pfiff: Gehen. Zwei Pfiffe: Stehen bleiben.

Der Himmel spannt sich über ihnen in einem blassen, fernen Blau, das es nur im Herbst gibt. Die Bäume stehen ernst und hoch. Anton hat die Weite des Himmels und den Geruch des Waldes vermisst und atmet tief ein. Er erinnert sich, dass sie einmal mit dem Wagen an Seen vorbeigefahren sind, die wie Augen aussahen und dass sein Vater in die Hände geklatscht und ein Lied angestimmt hatte.

Einen Moment bleibt er stehen, die Hand gegen die Sonne, sieht in den Himmel, entdeckt ein Loch zwischen den Wolken. Unendlich weit scheint es ihm und unsagbar tief. Die Schwester Oberin schubst ihn in den Rücken. »Was stehst du und glotzt Löcher in die Luft?« Er senkt den Blick, geht weiter. Sie spornt alle an, schneller zu gehen. Die Erde ist weich, matschig. Noch blühen späte Blumen. Zwischen kleinen Steinen wachsen Grashalme. Ein Fuhrwerk, gezogen von einem mageren Ochsen, holpert vorbei. Mit hängenden Köpfen stehen Pferde in einer Koppel, zucken mit den Ohren. Plumpe Brauereipferde sind es mit struppigem Fell.

Sie marschieren ein Stück auf dem aufgeweichten Weg und dann links, an Gärten vorbei, in denen Kürbisse wachsen und Sonnenblumen ihre schweren Köpfe hängen lassen. Anton weicht einer Pfütze aus. An einem Zaun steht eine Kuh, deren Augen tränen und von Fliegen verklebt sind. Anton streicht ihr über das samtige Maul. Schwester Ricarda zieht eine Pfeife aus der Tasche und bläst hinein. Der Ton schmerzt in den Ohren. »Los, jetzt! Alles steht gerade! In einer Reihe! Und jetzt: Achtung – fertig –los!« Bei »Los« pfeift sie und alle rennen. »Bis zu dem Baum da hinten!«, schreit die Schwester und als sie am Baum sind, heißt es: »Bis zum Zaun!« Vom Zaun geht es wieder zum Baum, vom Baum zum Zaun. Von Zaun zum Baum. Fast eine Stunde geht es so. Die Lungen stechen. Das Atmen schmerzt. »Jetzt Liegestütze! 20 Mal! Und jetzt noch mal 20! Weiter, weiter, weiter!« Während Anton die Zunge aus dem Hals hängt, spielen die Mädchen Ringelreihen. Anton findet Ringelreihen albern und ist froh, dass er rennen darf. Auf dem Rückweg sagt die Schwester Oberin zu Karli, dass die Schule für ihn zu Ende ist und er ab nächster Woche mit aufs Feld muss. Karli lacht und fühlt sich stark.

Karli hilft Felder umstechen. Morgens um vier muss er raus. Am Abend schläft er vor Erschöpfung sofort ein. Er sagt, dass die Äcker riesig sind, dass sie vom Morgen bis zum Abend reichen und dass, wenn es regnet, das halbe Feld an seinen Füßen klebt. Schwer wie ein Sack Zement wären die Schuhe. »Das würdest du gar nicht aushalten«, urteilt er und sieht prüfend auf Anton. Karli ist zäh und drahtig. Er hat sich zwei Jahre lang mit seinen Eltern in den Wäldern versteckt. Jetzt ist er froh, ein Bett und Essen zu haben. Vor allem Essen. Karli hat ständig Hunger. Auch Anton hat Hunger. Das Essen im Heim reicht nicht. Er weiß, dass fast alles, was sie im Heim ernten oder herstellen, auch Milch und Brot, für die SS-Männer in Crailsheim oder für die Soldaten an der Front bestimmt ist. Für die Kinder gibt es deshalb nur dünne Brotsuppe. Manchmal auch Brei oder Steckrüben, selten Kartoffeln. In der Suppe schwimmen manchmal kleine weiße Würmer, die Karli mit den Fingern herausfischt. Karli sagt, dass das immer noch besser ist, als sich das Essen draußen im Wald suchen zu müssen.

Wenn Karli abends nicht sofort einschläft, erzählt er merkwürdige Dinge. Dass viele der Leute, die bei den Bauern arbeiten, aus Polen kämen und nichts zu lachen hätten. Karli weiß auch, dass die SS-Männer Juden einfangen und zu Mehl verarbeiten. Wenn Karli solche Sachen erzählt, kann Anton nicht einschlafen. Er will wissen, ob er auch ein Jude ist, aber Karli tippt sich an die Stirn. »Du doch nicht.« Anton ist froh, dass er kein Jude ist. Auch, weil die Juden an allem schuld sind, wie Karli sagt.

In der großen Pause steht Fräulein Nägele im Hof und spricht mit einer fremden Frau. Die Frau sieht aus, als ob sie aus der Stadt kommt. Sie ist schlank, trägt ein graues Kostüm. Ihr rotes Haar wird von einer Spange gehalten. Je länger sie sprechen, desto aufgeregter wird Fräulein Nägele. Dann verabschiedet sich die Frau und Fräulein Nägele rennt ins Haus.

Sie kommt später in die Klasse als sonst, steht am Pult, ihr Blick geht von einem zum anderen. »Liebe Kinder! Ihr wisst, dass der Krieg uns einiges abverlangt. Wir haben viele Feinde, vor denen wir uns wappnen müssen. Wir müssen alle sehr tapfer sein. Vor allem müssen wir aufmerksam sein und gut aufpassen auf das, was um uns herum passiert. Ordnung und Anstand müssen gewahrt bleiben. Und deshalb …« Kajetan muss grinsen, weil das Fräulein Nägele die Sätze so seltsam unterbricht und manchmal nicht weiter weiß. Auch Alois ist dick vor Lachen. Fräulein Nägele senkt den Kopf, spricht weiter, Verworrenes, Unverständliches. Am Ende fordert sie alle auf, ein Versprechen abzulegen. »Ihr müsst alle gut aufeinander aufpassen. Immer.« Alle stehen auf und geben ihr das Versprechen. Weshalb, weiß keiner.

Tage später steht sie mit einer fremden Frau vor der Klasse. Es ist die Rothaarige, mit der sie kürzlich auf dem Schulhof gesprochen hat. Die Frau ist sehr blass, trägt immer noch das graue Kostüm und sieht streng aus. Eine schwarze, prall gefüllte Aktentasche lehnt am Pult. »Das ist Fräulein Justin«, sagt Fräulein Nägele, »sie kommt aus unserer Hauptstadt. Aus Berlin. Sie schreibt eine Arbeit über unser Heim und über euch und will eine Untersuchung mit euch machen. Ich möchte, dass ihr sie unterstützt. Macht ihr das?« Alle nicken. Fräulein Justin lächelt und sagt: »Latscho diwes*!«

Alle sehen sich irritiert an. Erst gestern hat die Schwester Oberin mit ihnen geschimpft, ihnen eingeschärft, kein Romanes mehr zu sprechen, nur noch Deutsch. Wir sind doch hier nicht in Zigonesien, hat sie gesagt. Und jetzt spricht das fremde Fräulein plötzlich ihre

* *Guten Tag*

Sprache, kündigt an, Spiele mit ihnen zu spielen und Wettkämpfe zu veranstalten. Auch Fotos will sie von allen machen. Dass alle belohnt würden und dass es viel zu gewinnen gäbe, sagt sie. Auch, dass es vielleicht sogar einmal schulfrei gäbe.

Scheue Kinderblicke wandern von Fräulein Justin zu Fräulein Nägele. Zuerst will Kajetan in die Hände klatschen vor Glück, aber die anderen Kinder bleiben seltsam abwartend, und so lässt er die Hände wieder sinken.

»Wir haben sie Lolitschai genannt, die Rote«, sagt Rosa, als sie nach der großen Pause in den Speisesaal gehen. »Sie hat meine Eltern untersucht. Das war im ersten Jahr, als ich in die Schule gekommen bin. In Hechtingen war das. Dann ist die Polizei gekommen und hat alle mitgenommen. Onkel Landolo hat gesagt, dass sie an allem schuld ist. Auch, dass wir uns verstecken mussten.«

»Bei uns war sie auch. Ich weiß noch, dass mein Vater sehr böse auf sie war«, flüstert Alois, »sie spricht ja auch gar kein richtiges Romanes. Sie will uns untersuchen und dann schickt sie uns vielleicht in den Steinbruch.«

»Aber vielleicht bringt sie uns auch wieder zu unseren Eltern.«

»Glaub doch so was nicht. Sie hat einen bösen Blick. Rund und böse kommt der Blick aus ihrem Auge. Habt ihr nicht gesehn, wie sie lacht?«

»Ja, bitterbitterböse. Sie schaut durch einen durch. Durch und durch.«

»Sie spricht Romanes wie die Polizei. Da müssen wir aufpassen.« Buberli hält dagegen. »Ihr macht euch alle was in die Hose! Sie wird uns schon nichts tun. Sie sieht doch nicht aus wie eine Hexe. Wenn wir machen, was sie will, passiert uns gar nichts.«

Am Abend, während des Essens, kündigt Fräulein Nägele Spiele für den nächsten Tag an. »Für die Großen fällt der Unterricht morgen aus. Fräulein Justin möchte sehen, wie geschickt ihr seid. Macht also mit und tut, was sie sagt.«

Anton gehört zu den Kleinen, darf also nicht mitspielen und muss anderntags in die Schule. Später hört er, dass Fräulein Justin mit Angela und Rutla Mikado gespielt hat, auch Mühle, und dass sie alles aufgeschrieben hat, was die Mädchen gesagt und getan haben.

Angela weiß nicht, was sie von der Roten halten soll. Sie hat dann noch eine Kette mit Glasperlen auffädeln müssen, wobei die Rote sogar die Reihenfolge der Farben notiert hat. »Vielleicht wollte sie sehen, ob du farbenblind bist«, mutmaßt Kajetan.

Eine ganze Woche spielt die Rote nur mit den Mädchen. Zweimal übernachtet sie sogar in deren Schlafsaal. Die ganze Nacht hätte sie etwas in ein Heft geschrieben, erzählen die Größeren.

Dann kommt ein Mann hinzu, der Fräulein Justin begleitet. Er baut im Hof eine Kamera auf und filmt ein paar Jungen beim Schuhe putzen. Die Jungen lachen, winken und schneiden Grimassen. Der Mann zwinkert mit den Augen und lacht. Bloß die Schwester Oberin funkt dazwischen. »Hört auf mit den Grimassen! Ihr benehmt euch ja wie Wilde! Und ausgerechnet vor Dr. Ritter!« Der Mann bleibt freundlich. Er hat nur wenig Haare. »Es sind doch Naturkinder, Schwester Oberin. Da darf man nicht so kleinlich sein.« Dr. Ritter ist genauso freundlich wie Fräulein Justin. Buberli versteht nicht, dass manche der Kinder Angst vor ihm haben. Er sieht zu, wie Dr. Ritter die Kamera mit dem Stativ auf die Schulter hievt und sie ein paar Meter weiter, vor einem Birnbaum aufstellt. »So jetzt alle mal ran! Rauf auf den Baum und runter mit den Birnen!«, ruft er und klatscht in die Hände. Buberli rennt los, ist als erster auf dem Baum, stopft sich zwei Birnen links und rechts in die Hosentaschen, die er Sekunden später dem erstaunten Dr. Ritter entgegenstreckt. »Donnerwetter!«, sagt der Doktor und drückt ihm zwei Bonbons in die Hand. Buberli ist glücklich. Bonbons hat er schon lange nicht mehr gesehen. Gerne würde er sie seiner Schwester bringen, aber er weiß nicht, wo sie ist.

Vor dem Mittagessen filmt Dr. Ritter die Mädchen beim Kartoffelschälen. Jedes muss laut die Sekunden zählen, die es zum Schälen braucht. Dori schiebt sich vor Hunger blitzschnell eine Handvoll Kartoffelschalen in den Mund. »Kriegst du nichts zu essen?«, fragt Dr. Ritter und schüttelt den Kopf. Dori lächelt verschämt in die Kamera. Rutla ärgert sich, sagt, dass sie nur dicke Kartoffeln bekommen hat und Angela kleine, aber Dr. Ritter beruhigt. »Das hat gar nichts zu sagen.« Dann notiert er Zahlen in der Spalte mit ihren Namen.

Am Nachmittag dürfen die Jungen bei Spielen mitmachen. Seit Dr. Ritter da ist, wird jeden Tag gespielt: Fußball, Völkerball, Ringkämpfe. Den Gewinnern winken Belohnungen. Zweimal schon hat Kajetan ein Tütchen mit Brausepulver gewonnen. Zweimal mit Waldmeistergeschmack. Anton wird auch belohnt, wenn auch nicht bei Wettkämpfen. Er hat beim Beerensammeln sein Körbchen bis zum Rand gefüllt, weshalb Dr. Ritter ein Kreuzchen neben seinem Namen gemacht hat. Für die Beeren bekommt er Brause mit Himbeergeschmack. Lustig ist es auch, wenn Dr. Ritter sie Karamellbonbons, an denen ein Haken hängt, mit einer Holzangel aus einer Dose herausfischen lässt. Die herausgefischten Bonbons können sie behalten, aber höchstens drei dürfen es sein.

Immer hat Fräulein Justin neue Ideen. Einmal sollen sie Igel aufstöbern. Darin ist Alois der beste. »Ich weiß, wo ich welche finden kann«, sagt er, »sie verstecken sich in Nestern am Waldrand oder im Gebüsch.« Zusammen mit Anton durchstreift er die Gegend. Ein paar Mal muss er ihm einen lehmigen Abhang hinaufhelfen, ihn einmal über einen Wasserlauf schleppen. Eine Weile hocken sie vor einem Ameisenhaufen, zwingen mit kleinen Hölzern einen Käfer ins Insektengewühl. Dann bricht Alois für sich und Anton einen Stecken. Damit durchstochern sie das dornige Dickicht, das ihnen Arme und Beine zerkratzt. Zuerst finden sie nichts. »Es ist eine schlechte Zeit«, weiß Alois, »die Igel bauen jetzt ihre Winternester und sind schon unter der Erde.« Trotzdem schleppen sie nach weniger als zwei Stunden zwei Igel an. Die Tiere liegen zusammengerollt in einem Korb und bewegen sich nicht. Wie stachelige Kugeln sehen sie aus. »Das hab ich früher mit meinem Onkel gemacht«, erinnert sich Alois und meint die Igeljagd, »jetzt wärs schön, wenn wir ein Feuer hätten und wir die Igel braten könnten.« Er bückt sich, schiebt eine Hand unter den Bauch des größeren Tieres, hebt die Stachelkugel aus dem Korb. Die Kinder stehen um ihn herum und staunen. »Mein Onkel schmiert sie dick mit Lehm ein. Dann brät er sie in einem Loch in der Erde, bis sie gar sind. Die Stacheln gehen mit dem Lehm einfach ab. So ein Igel schmeckt noch besser als Brause.« Die Rote notiert, was Alois sagt. Da tut es ihm leid, dass er verraten hat, wie sein Onkel die Igel brät.

Kajetan und Buberli finden gar keine Igel. Sie wollen lieber Kunststücke machen, klettern auf einen Baum, von dem die Rote sie wieder herunterholt. Karli hört, wie sie zu Fräulein Nägele etwas von Schwäche und Flatterhaftigkeit sagt. Alles, aber auch alles, schreibt sie auf.

Beim Kartoffelernten setzt Fräulein Justin acht Geldpreise für die schnellsten Gruppen aus. Alle dürfen mitmachen. Außer Zweigerli. Er war beim Igelsuchen zu langsam und ist zum Äpfelpflücken abgeholt worden. Buberli weigert sich mitzumachen. Alois glaubt, dass es wegen Zweigerli ist, aber genau weiß er es nicht. Buberli sitzt auf seinem Eimer, verschränkt die Arme vor der Brust und zieht ein Gesicht. Fräulein Justin trägt alles ins Heft ein und schickt ihn zum Helfen in die Küche.

Dudela schafft 21 Eimer in einer Stunde und erntet drei Kreuzchen hinter ihrem Namen, was ihr später zwei Groschen einbringt. Loli hat schon ein paar Eimer gefüllt, da mag sie nicht mehr. Dudela, die neben Loli durch die Furchen geht, schubst sie in die Seite. »Mach weiter! Mach schon! Wenn du gut bist, kriegst du ein Kreuzchen und dann Geld. Und dann schicken sie dich nicht ins Lager.« Alois, der in der Reihe neben ihnen Kartoffeln aufhebt, hört, was Dudela sagt und argwöhnt mit gepresster Stimme: »Es ist genau andersrum. Die Fleißigen stecken sie ins Lager! Meine Eltern haben alles gemacht, haben gearbeitet und geschuftet. Nur deshalb sind sie in den Steinbruch gekommen.«

Fräulein Nägele mag Fräulein Justin nicht. Da ist sich Kajetan sicher. Er hat gesehen, wie Fräulein Nägele den Kopf über die Spiele der Roten geschüttelt hat und gehört, wie sie gesagt hat, dass vom Brausepulver die Zähne schwarz werden. Kajetan meint, dass sich Fräulein Nägele nur ärgert, weil sie glaubt, dass alle die Spiele besser finden als den Unterricht.

Nach Ende der dritten Woche will die Rothaarige alle untersuchen. Fräulein Nägele ruft die Namen nach dem Alphabet auf. Anton ist als dritter dran. Er hat Angst, als er in den Klassenraum geschubst wird.

Die Rothaarige trägt eine weiße Schürze und eine Haube, wie eine Krankenschwester. Sie sieht streng aus, aber als sie »Latscho diwes« sagt, verschwimmt das Strenge in ihrem Gesicht. Die Sprache seines Vaters kommt ihm an diesem Ort unwirklich vor, so weit weg, dass er zunächst nicht reagiert. Sie wiederholt den Gruß, nennt ihn ihren Phrála*, fragt nach seinem Namen und er nimmt seinen Mut zusammen und antwortet: »Me bushwar Anton**.«

Sie spricht die Sprache seines Vaters, ein bisschen anders und mit einem merkwürdigen Akzent, aber er kann sie verstehen. Unsicher macht ihn das. Der Vater hat ihm eingeschärft, draußen kein Wort Romanes zu sprechen. Nicht auf der Straße, nicht in der Schule. »Warum nicht, Vater?« Da hatte der Vater ihn nur streng angesehen.

Unbeholfen steht Anton vor Fräulein Justin. »Setz dich.« Er rückt in die Bank. Sie sitzt ihm gegenüber, hält einen Stift in der Hand. Die Hand ist voller Sommersprossen. Vor ihr steht eine Schale aus Blech mit kleinen Sachen: kurze, dünne Gummischläuche, eine Spritze, Tupfer aus Mull, ein paar Röhrchen. »Dann wollen wir mal sehn. Zieh mal das Hemd aus.« Sie lächelt ihn an, legt den Stift ab, zieht die Schale näher heran. Er zieht das Hemd über den Kopf, legt es neben sich auf die Bank, sitzt mit nacktem Oberkörper und hält die Hände zwischen die Knie geklemmt. »Leg den rechten Arm aufs Pult.« Er zögert und legt den linken Arm ab. Sie sieht ihn scharf an und spricht wieder Deutsch: »Weißt du nicht wo rechts ist?« Sie greift nach seinem rechten Arm, zieht ihn zu sich heran, inspiziert die Haut, klopft mit flach ausgestreckten Fingern auf der Armbeuge herum. »Mach mal ne Faust!« Sein Atem geht schnell, als sie nach der Spritze greift, auf die sie eines der Röhrchen steckt. Unwillkürlich dreht er sich weg und hält die Luft an. Die Rote setzt die Spritze an, trifft aber die Vene nicht, sticht mehrmals zu. Er zuckt. »Halt still!« sagt sie, »ein Junge wie du spürt das doch gar nicht.« Als er sich wieder umdreht, sieht er, wie dunkles, dickes Blut ins Röhrchen läuft. Sie wartet, bis das Röhrchen vollgelaufen ist, dann legt sie einen Streifen Verbandsmull auf die Einstichstelle und zieht die Nadel heraus. Kurz streicht sie ihm über den Kopf. Dann sieht sie ihm in den Hals, in die Nase, in die Ohren. »So, das wars schon.

* *Bruder*
** *Ich heiße Anton*

War doch gar nicht schlimm, oder?« Sie greift noch mal nach seinem Arm und presst die verletzte Stelle mit dem Daumen.

»Au.«

»Ach was, au.« Er beißt die Zähne zusammen, beobachtet, wie sie das Röhrchen verschließt, eine Flüssigkeit hinzufügt und es zurück auf die Schale legt. Dann zieht sie ein gelbes Band aus der Tasche. »So, jetzt der Kopf. Setz dich gerade hin und sieh geradeaus.« Sie steht auf, rückt seinen Kopf zurecht. Unter ihren Armen riecht das Kleid muffig, ein wenig nach Schweiß. »Zuerst der Kopfumfang, die Augenbrauen.« Er schließt die Augen, zu nah sind ihre Hände. Sie führt das Band um seinen Kopf. Das Band riecht nach Medizin und fühlt sich kühl an. »42 Zentimeter«, sagt sie. Ihre Finger kitzeln auf seinem Gesicht. »3,5 Zentimeter«, sagt sie und meint die Augenbrauen, legt das Band ab und schreibt alles in ihr Heft. »Jetzt der Abstand.« Wieder spürt er das Band, wieder tasten ihre Hände über sein Gesicht. Sie misst die Augenbreite, die Breite zwischen den inneren Augenwinkeln, notiert mit krakeliger Handschrift Zeichen auf der Karte. Dann sieht sie ihn an und vermerkt, was sie laut sagt: »Augenbrauen mittelbreit, leicht gebogen, aber nicht winklig und auch nicht über der Nase verwachsen. Die Lippen dünn, nicht wulstig.« Auch die Lippen misst sie. Das Band verrät den Umfang des Halses, den Abstand der Ohren, die Länge der Nase, die Höhe des Gesichtes, auch die Arm- und Beinlänge, den Schädelumfang, den Hüftumfang. Zuletzt greift sie ihm ins Haar. »Haarfarbe dunkelbraun, Haare lockig, nein, eher wellig. Eine richtige Wolle ist das. Sie müssen dringend geschnitten werden. Nachher meldest du dich bei der Schwester.« Zuletzt hält sie eine Tafel neben seinen Kopf. Verschiedene Augenfarben sind darauf abgebildet. Schnell hat sie seine Farbe gefunden. »Graubraun«, vermerkt sie. Dann fragt sie ihn nach seinem Vater, seiner Mutter, den Geschwistern und Großeltern, ob sie zigeunerisch gelebt hätten und will wissen, ob alle zu Hause Romanes sprechen. Auch seine Antworten trägt sie ins Heft ein.

Kajetan ist längst daran gewöhnt, untersucht zu werden. Er steht mit entblößtem Oberkörper vor einem der Waschbecken im Waschsaal. Mit der hohlen Hand trinkt er aus dem Wasserhahn und reibt sich mit dem Handrücken den Mund ab. Anton erzählt von der

Spritze, vom Einstich, vom Blut. »Die Rote will nur wissen, ob du gesund bist. Sie ist ein Doktor. Warst du denn noch nie bei einem Doktor?« Anton schüttelt den Kopf. »Also, ich hab das schon tausendmal hinter mir.« Kajetan wirkt überlegen mit seiner speckigen Kappe, dem eckigen Gesicht, dem Pullover mit dem Rollkragen. »Tausendmal. Es macht mir nichts. Von mir aus kann sie das jeden Tag machen.« Er krempelt seinen Ärmel auf und hält Anton die Einstichstelle vor die Nase. »Tausendmal schon hat sie das bei mir gemacht.« Anton betrachtet Kajetans Armbeuge. Eine Einstichstelle ist nicht zu erkennen, nur eine Ader schimmert bläulich. »Und warum macht sie das mit dem Band?« Kajetan fasst sich mit der Hand an den Kopf und lacht. »Mensch, bist du dumm! Das war doch ein Maßband. Mit kleinen Strichen drauf. Jeder Strich ist ein Millimeter. Zehn davon sind ein Zentimeter. Hat denn dein Vater nie gemessen, ob du gewachsen bist?« Anton weiß nicht, was er sagen soll. Kajetan sieht ihn mitleidig an. »Du weißt aber auch gar nichts. Du musst doch wissen, ob du wächst und das kann man nur mit einem Maßband feststellen.« Sein Blick ist abschätzig. Er setzt sich auf Antons Bett und schlägt die Beine übereinander. Fast sieht er aus wie ein junger Mann. »Unser Doktor hatte auch so ein Band. Er kam in unseren Wagen und hat jedes Mal richtig gestaunt. Unser Wagen war eine Pracht. Mit Schränken vom Boden bis zur Decke. Alles aus Wurzelholz. Und die Spiegel, Betten und Schränke waren mit Schnitzereien verziert. Im Wohnzimmer gab es ein rotes Plüschsofa und Kissen mit Fransen dran. Hinter der Schiebetür war die Küche mit dem Herd und Töpfen aus Kupfer. So einen Wagen kannst du dir gar nicht vorstellen. Acht Meter lang und zwei Meter breit.« Anton hat so einen Planwagen nie von innen gesehen und stellt sich alles in Gold vor. Früher hatte der Vater auch einen Planwagen gehabt, aber nur einen kleinen. In Pfullendorf hatten sie in einem Haus mit fünf Zimmern gewohnt, gleich neben der Kirche. Sie waren nur selten gereist, höchstens im Sommer. In ihrem Haus gab es sogar mehrere geschnitzte Schränke, aber davon sagt Anton nichts.

Kajetan kommt wieder auf die Rote zurück. »Du bist klein. Wahrscheinlich wächst du langsam oder gar nicht. Weißt du was? Der Mann von der Roten fährt einen Mercedes Benz und übernachtet im Gasthaus Krone. Aber jetzt ist er wieder weg.«

»Woher weißt du das?«

»Ich weiß alles.«

»Bin ich gewachsen?«, fragt Anton, als Fräulein Justin beim nächsten Mal wieder das Maßband anlegt. Sie überprüft die Zahl, die das Maßband verrät, mit der Zahl, die sie beim letzten Mal notiert hat und sagt das Gleiche wie Kajetan. »Bei dir geht es langsam. Wenn man dich mit den anderen vergleicht, na ja, was soll ich sagen? Buberli ist genau so alt und ein gutes Stück größer.« Wieder misst sie seine Beine, seine Arme, einfach alles, notiert die Werte in einem schwarzen Heft und schenkt ihm zum Abschied ein Stückchen Würfelzucker, auf das sie drei Tropfen einer gelblichen Flüssigkeit träufelt. »Da nimm! Eine Belohnung, weil du so tapfer warst. Langsam lutschen«, rät sie und sieht ihn streng an. Gerne hätte er das Stück eingesteckt und verwahrt, aber sie bleibt stehen und wartet, bis er den Zucker in den Mund steckt. Rau und süß ist das Stück, kratzt an seinem Gaumen. Ganz langsam wird es weniger und immer flacher, bis es sich schließlich auflöst.

Dann soll er Murmeln nach Farben in Kästchen sortieren. »So schnell du kannst«, feuert sie ihn an, aber er muss erstmal die Murmeln in die Hand nehmen, betrachten und staunen. So große Murmeln hat er nie gesehen. »Wenn ihr bloß nicht so schwer von Begriff wärt«, sagt Fräulein Justin und er sieht ihr an, dass sie sich ärgert. »Die Lehrerin hat mir gesagt, dass du nur sehr schlecht lesen kannst. Stimmt das?« Anton senkt den Kopf. »Warum liest du so schlecht?«, fragt sie erneut und zieht ihn am Ohr. »Mein Vater sagt, es ist wichtiger, mit dem Landjäger* fertig zu werden. Wenn man nicht lesen kann, kann man auch die Bestimmungen nicht wissen, sagt der Vater.«

»Soso, der Vater. So klug ist er also, dein Vater. Und was würdest du tun, wenn ich dir 50 Mark schenken würde?«

»Ich würde sie dem Vater bringen. Der braucht immer Reisegeld, wenn der Landjäger kommt.«

»Hast du Angst vor dem Landjäger?«

* *veraltet für Polizeikräfte in ländlichen Gebieten*

»Manchmal schon. Sogar unser Hund versteckt sich, wenn er kommt.«

»Zahlt dein Vater denn keine Hundesteuer?«

»Das weiß ich nicht.«

»Na sicher zahlt er nicht!«, schreit die Rote, »sonst würde er wohl kaum den Hund darauf abgerichtet haben, sich zu verstecken, wenn der Landjäger kommt.« Sie greift nach ihrem Heft und schreibt etwas auf. Dann hebt sie den Kopf und zeigt mit dem Finger auf die Tür. »Raus jetzt! Geh!«

Kajetan hat Brötchen versteckt. Manchmal hört Anton ihn in der Nacht kauen. Kajetan hat ständig Hunger. Auch Anton hat Hunger. Der Hunger ist schlimmer als alles andere. Die Suppen der Schwestern werden immer dünner, genau wie die Brotscheiben. Oft hört er seinen Magen knurren, aber dann ist es noch weit bis zum Morgen oder zu den Mahlzeiten. Die Schwestern sagen, dass es gesund ist, wenn man sich nicht satt isst. Anton träumt von seiner Mutter. Wie er, schwer vom Schlaf, seinen Kopf auf ihre Schulter legt, wie sie ihn aufhebt, ihn auf die Wangen küsst, mit dem Daumen ein Kreuzzeichen auf seine Stirn zeichnet und ihn ins Bett bringt.

»Sieh mal die Perlen«, sagt Fräulein Justin, als Anton zur Tür hereinkommt und vor Verlegenheit nicht weiß, wie er die Hände halten soll. Auf dem Tisch liegen ein Stück Faden, eine Nadel und eine Handvoll gelber Perlen. »Setz dich und mach mal ne Kette draus.« Anton setzt sich, nimmt den Faden, fädelt die Nadel ein und nimmt zwei Perlen auf. »Zeig mal! Das wird schön! Wunderschön!« Sie sieht auf die Uhr, notiert die Zeit und schreibt ein paar Sätze in ihr Heft, während er die restlichen Perlen aneinanderreiht.

Dann zieht sie einen Holzkasten mit einem gelöcherten, beweglichen Brett in der Mitte aus der Tasche und gibt ihm eine Murmel. »Leg die Murmel ganz unten in die Ecke. Und dann versuchst du sie über das Brett zu balancieren ohne dass sie in eines der Löcher fällt. Du darfst auf keinen Fall das Spielbrett mit den Händen berühren.« Das Brett wackelt in seinen Händen. Auf der Unterseite befindet sich eine Wippe, sodass es bei der kleinsten Berührung hin und her schwingt. Die Kugel befindet sich kaum auf dem Brett, da verschwindet sie schon in einem der Löcher. Er versucht es wieder und wieder und wieder. Einmal schafft er es fast bis zur Mitte, da nimmt sie ihm das Brett wieder weg. »Das reicht.« Diesmal notiert sie die Zeit, die er gebraucht hat.

Als nächstes wickelt sie ein Stück Kordel von einer Spule, schneidet die Kordel ab, fasst sie zu einem Ring und knotet sie an den Enden zusammen. Dann streckt sie die Hände aus, legt sich den Faden über beide Handrücken, schlüpft mit der rechten Hand unter die Kordel der linken Hand und zieht sie herüber. Das Gleiche macht sie mit der anderen Hand, führt dann den rechten Mittelfinger unter den Faden, der über der linken Handfläche verläuft und zieht die Hände wieder auseinander. So schnell kann Anton gar nicht schauen. Eine Kreuzfigur entsteht zwischen ihren Händen. »Jetzt bist du dran. Du musst ins Fadenkreuz fassen, von oben, in die Mitte … Ja genau so, und jetzt ziehst du alles über die Außenfäden, nimmst die Kordel von meiner Hand und … Hast du sie?« Die Kordel rutscht ab, er hat Angst, dass sie schimpft. »Du hast es nicht verstanden, oder?« Er schüttelt den Kopf. Sie will noch ein Spiel mit ihm spielen, aber er will nicht mehr, hat Angst, alles falsch zu machen, weiß nicht, was sie aufschreibt, weiß nur, dass es etwas mit ihm zu tun hat und spürt eine gereizte Stimmung zwischen ihnen. »Jetzt bin ich gespannt, was du sagst. Pass auf: Ein Mann muss einen Wolf, eine Ziege und einen Kohlkopf in einem winzig kleinen Boot zum anderen Ufer transportieren. Das Boot ist so klein, dass außer ihm nur ein Tier oder der Kohlkopf mit hineinpassen. Allerdings muss er auch auf die Tiere und den Kohlkopf aufpassen, denn ist der Wolf mit der Ziege allein, so frisst der Wolf die Ziege, ebenso frisst die Ziege den Kohlkopf, wenn sie mit ihm allein ist. Wie schafft er es, alles gut auf die andere Seite zu bringen?« Anton will nicht mehr spielen. Das Spiel gefällt ihm nicht. Ohne zu überlegen sagt er: »Er soll den Wolf zuerst mitnehmen.«

»Aber dann ist die Ziege mit dem Kohlkopf allein und frisst ihn.«

»Dann soll er die Ziege zuerst mitnehmen.«

»Gut geraten. Und dann?« Er antwortet nicht. Sieht auf ihre Hände, auf ihre helle Haut mit den Sommersprossen. »Was ist? Willst du nicht mehr?« Er senkt den Kopf. »Weißt du es nicht?« Wieder schüttelt er den Kopf. »Buberli hats gewusst.« Sie macht einen roten Strich in ihr Notizheft. Der Strich sieht aus wie eine Wunde. Er denkt an seinen Onkel Landolo und an die Streichholztricks, die er ihm beigebracht hat. Gerne hätte er Fräulein Justin gezeigt, wie man Streichhölzer verschwinden lässt, aber als er davon anfängt, sagt sie nur. »Ja, mit Tricks seid ihr gut. Aber sonst?«

»Das ist doch ganz einfach!« Kajetan plustert sich auf und fährt sich mit der Hand über den geschorenen Kopf. »Der Mann muss zuerst mit der Ziege über den Fluss, lässt sie dann am anderen Ufer und kommt allein zurück. Dann bringt er den Wolf zur anderen Seite, lässt ihn da und nimmt die Ziege wieder mit zurück. Er lässt sie am Ufer, fährt mit dem Kohlkopf rüber, fährt wieder zurück und holt dann die Ziege.«

Kajetan steht da als ob er eine Medaille gewonnen hätte. Anton kann nur staunen. »Wie lange hast du gebraucht, es herauszufinden?«

»Keine zwei Minuten!« Kajetan ist klug, klüger als alle. »Sie hat meine Antwort aufgeschrieben und mir eine Brause geschenkt. Als Belohnung. Man muss eben nur wissen, wie es geht.«

»Es ist ein Trick, oder?«

»Das ist doch kein Trick, das hat man hier oben«, kreischt Kajetan und tippt sich mit dem Zeigefinger an die Stirn. »Das hat man oder man hat es nicht.« Er zieht einen Beutel unterm Bett hervor und entnimmt ihm eine Dose Fisch. »Wo hast du die her?« Kajetan lächelt wissend, antwortet aber nicht. Auch ein Stück Brot findet sich in seinem Beutel. Er nimmt seinen Löffel, bearbeitet mit der Spitze des Löffels den inneren Rand der Dose, bewegt die Löffelspitze eine Weile vor und zurück, bis der Deckel durchgescheuert ist. Karli, Alois und Buberli kommen näher, dann Wilhelm und Jani. Im Halbkreis stehen sie um Kajetan herum, warten, bis der auf diese Weise auch andere Stellen durchgescheuert hat und sich der Deckel öffnen lässt. Kajetan reißt das Brot auseinander, kippt den fischigen Inhalt der Dose darüber, klappt es zusammen, beißt kräftig ab. Öl rinnt ihm über die Hand. Von unten nach oben leckt er es ab. Dann reicht er das Brot weiter. Alle staunen und schmatzen. Der Fisch riecht salzig und fettig. So etwas Feines gab es lange nicht mehr.

Am Abend, im Schlafsaal, kommt keine Ruhe auf. Immerzu flüstert jemand. Zweimal schon hat die Schwester an die Tür geklopft. Die großen Jungen scharen sich um Jani. Er ist am längsten im Heim und alle wollen hören, was er flüstert. Auch Anton reckt den Kopf. »Die Rote ist hinterlistig und böse. Sie tut ganz unschuldig, aber das ist sie nicht. Ihre Augen sind messerscharf. Denen entgeht gar nichts. Ich hasse es, wenn sie mich ansieht, mich beobachtet, als ob ich in der Schule eine Prüfung machen muss.« Buberli stimmt ihm zu. »Wenn mich jemand so ansieht wie sie, dann werde ich böse, da kann ich gar nicht anders. Ja, richtig böse werde ich, weil sie sich so wichtig macht und sich als was Besseres fühlt als die Nägele. Und weil sie uns für Dummköpfe hält. Ich habs gehört, als sie es der Schwester Oberin gesagt hat. Vernagelte Dummköpfe hat sie gesagt. Und dass wir nichts begreifen, gar nichts, wir sind ja so dumm, dass wir nicht mal richtiges Deutsch sprechen. Das hat sie gesagt. Ich hab es gehört und deshalb glaube ich ihr nicht mehr. Sie behandelt uns wie Affen im Urwald. Sie will was von uns, deshalb kriegen wir die Bonbons.« Kajetan und Alois mustern ihn mit zweifelndem Blick, die anderen sind unentschlossen. »Und was sollen wir machen? Wenn mein Vater hier wäre, der würde ihr ganz schön zusetzen.« Alois verzieht das Gesicht. »Dein Vater nützt uns jetzt auch nichts. Am besten, wir machen gar nichts. Sie bleibt bestimmt nicht mehr lange hier.«

»Und wenn sie weg ist? Was macht sie dann mit den Sachen, die sie über uns aufgeschrieben hat? Habt ihr den Baukasten im Speisesaal gesehen? Sie hat genau aufgeschrieben, wer damit gespielt hat, dabei auf die Uhr gesehen und dann wieder was aufgeschrieben. Sie hat auch aufgeschrieben, wer am Kasten vorbeigegangen ist. Sie sieht alles. Sie sieht genau, wer sich anstrengt und wer nicht. Sie schreibt sogar auf, wie wir gehen, wer von uns barfuß ist und ob wir die Sonntagskleider richtig angezogen haben.« Jemand nähert sich der Tür. Blitzschnell rennen alle auseinander und verkriechen sich in ihren Betten. Eine der Schwestern klopft mit einem Stock an die Tür. »Ruhe da drinnen! Dass ihr jetzt Ruhe gebt!«

Später, Anton schläft noch nicht richtig, wird mitten in der Nacht das Licht angeknipst. Schwester Ricarda kommt herein, tritt vor Wilhelms Bett. »Aufstehen! Na wird's bald?« Wilhelm hat sich kaum erhoben, da trifft ihn schon ein Schlag ins Gesicht. »Geht das nicht schneller? Mach voran, bevor du wieder ins Bett pinkelst! Na los, los!« Wilhelm hält beide Hände über den Kopf und beeilt sich, aus dem Bett zu kommen. Im Hinausgehen droht die Schwester den anderen: »Weiterschlafen! Oder hat sonst noch jemand solche Schweinereien vor?« Alle können hören, wie die Schwester Wilhelm nach nebenan in die Waschräume zerrt, wie sie ihn beschimpft, wie sie den Wasserhahn aufdreht, wie sie sein durchdringendes Schreien immer wütender macht, wie dumpfe Schläge niederprasseln, regelmäßig und hart, wie die Schwester stöhnt und keucht und schreit und stöhnt und schreit. Den Wilhelm hören sie nicht mehr.

Irgendwann kommt er zurück. Er tappt zu seinem Bett und verkriecht sich unter der Decke. Die Decke zuckt und Anton hört, wie Wilhelm weint.

Grün und blau ist er am Morgen, die Augenbraue aufgeplatzt, ein Auge blutunterlaufen.

Vom Fenster aus sieht Anton, wie zwei Mädchen unter dem Kastanienbaum im Hof tanzen und singen. Eine angepflockte Ziege mit struppigem Fell steht hinter dem Baum und kratzt sich den Rücken am Stamm. Der Baum hat gelbe und braune Blätter abgeworfen, das Laub wird schon schwarz. Fräulein Justin sitzt mit ihrem Notizbuch auf einem Hocker und schreibt. Hin und wieder sieht sie nach den Mädchen, von denen sich eines, Maila, eine lilafarbene Aster ins Haar gesteckt hat und – einen Fuß ans Standbeinknie gelegt – eine Pirouette dreht. Ein anderes steht daneben und klatscht den Takt bis zu den Fenstern hinauf. Anton hat es gern, wenn Maila tanzt. Schön ist es, wenn ihre nackten rundlichen Arme in die Luft züngeln, die kleinen braunen Füße mit schnellen winzigen Schritten sich so schnell bewegen, dass man schwindelig werden könnte. Er mag es, wenn Maila stampft, sich kleinmacht, sich wieder aufrichtet und lacht, wenn ihre weißen Zähne leuchten und die braunen Locken fliegen. Stundenlang könnte er zuschauen. Maila ist so schön. Da kommt eine Schwester hinzu. »Zigeunerblut«, sagt sie zu Fräulein Justin und es hört sich so an, als ob sie sich für Mailas Tanz entschuldigen wolle. Da nimmt Maila die kleinen Hände herunter, dreht sich nicht mehr. Sie wird rot im Gesicht. Steif steht sie da und als sie kurz darauf über den Hof geht, sind ihre Bewegungen abwesend und fast linkisch. Die Rote steht neben der Oberin und schreibt alles auf. Anton weiß nicht, ob das gut ist oder nicht.

Auch bei den Jungenspielen ist die Rote dabei. Oft teilt sie Zigeuner und Deutsche auf. Beim Ringen ist es meist so, dass die Zigeuner gewinnen. »Wir sind einfach viel flinker. Alois ist blitzschnell, den kriegt man nicht so schnell«, sagt Kajetan und erzählt, dass die Rote auch das aufgeschrieben hat und es sicherlich eine Belohnung gibt. »Sie hat ganz schön gestaunt. Ich wette drauf, dass wir was kriegen. Sie soll auch ruhig mal kommen, wenn wir Ball spielen. Wir können auch besser fischen, sogar mit der Hand, das können die anderen nicht. Oder Hasen fangen. Ich hab mich mal an einen herangeschlichen und mich dann draufgeworfen. Das war was!«

»Hat die Rote das gesehen?«, will Anton wissen.

»Nein, das war früher, mit meinem Vater. Aber ich werde es ihr erzählen. Sie weiß sowieso schon, dass wir ganz schön fix sind.«

Später zitiert Fräulein Justin eine Gruppe Jungen zu sich. Zwei, die auf ihrer Liste stehen, fehlen, weswegen sie wütend aussieht und denen, die da sind, die Schuld gibt. Anton ist auch dabei, sitzt gequält neben Buberli, der gespannt zusieht, wie sie Bilder aus der Tasche zieht und nebeneinander auf den Tisch legt. »Das ist eine Geschichte«, sagt sie, »schaut mal, ob die Reihenfolge stimmt.« Auf einem der Bilder läuft ein zerlumpter Junge vor irgendetwas weg. Auf einem weiteren Foto ist ein zerschlagenes Schaufenster zu sehen und Glassplitter liegen auf dem Gehweg. Auf dem dritten ein Mann, der drohend die Hand hebt. Auf dem vierten wieder der Junge, der vor einem Schaufenster steht, hinter dem weiße Brötchen und Gebäck liegen. »Er hat die Scheibe eingeworfen!«, schreit Kajetan siegessicher und während er die Karten in die richtige Reihenfolge bringt, weiß er auch gleich den Grund. »Er hatte Hunger. Seht doch mal, wie er aussieht.«

Fräulein Justin sieht ihn scharf an. »Du meinst also, weil er Hunger hat, darf er eine Scheibe einwerfen?« Niemand antwortet. »Habt ihr auch schon mal so was gemacht? Oder kennt ihr jemanden, der so was gemacht hat?«

Alois zuckt mit den Schultern. »Der Fritz. Der hat es mal gemacht und dann hat sein Vater ihn verprügelt.« Die anderen sagen nichts. Verstockt sitzen sie da und sehen auf die Bilder. Fräulein Justin schreibt. Da geht die Tür auf. Wilhelm kommt herein, steht einen Moment verlegen in der Tür, drückt sich am Pult vorbei und setzt sich dann zu Buberli in die Bank. »Wo kommst du jetzt her? Wie ungehörig, einfach hereinzukommen, nicht einmal zu fragen, ob du dich setzen darfst.« Wilhelms Kinn zittert. Er steht wieder auf und will in Richtung Tür. »Halt! Und jetzt willst du einfach hinaus?« Mit der Faust schlägt sie auf den Tisch. »In die Ecke! Mit dem Kopf zur Wand! Du drehst dich nicht um und wartest, bis wir fertig sind.«

Wilhelm steht mit der Stirn zur Wand. An seinem Rücken und den hängenden Schultern kann Anton sehen, wie er sich fühlt. So schwach steht Wilhelm da. Der Rücken so mager.

Kajetan versucht, die Bildergeschichte zu erzählen. Er wartet auf ein Lob. Aber Fräulein Justin sitzt da, sammelt die Karten wieder ein und seufzt. »Es ist schwer mit euch. Erst gestern wieder habe ich mit eurer Lehrerin gesprochen. Ihr seid zu langsam. So was macht man doch in zwei Sekunden.« Sie fängt an, über Verstand und Klugheit zu reden. Sie redet und redet und verschweigt nicht, dass sie den Unterricht zwecklos findet, vergeudete Zeit, dass sie nichts davon hätten, weil sie Naturmenschen seien, Wilde, denen niemand etwas beibringen könne. Alois mustert sie mit scharfen, zweifelnden Augen. Er drückt die Fäuste so fest, dass die Knöchel weiß werden. Anton weiß nicht, was er denken soll. Er will dem Fräulein gerne glauben, aber es kommt ihm wie ein Verrat an den Eltern vor. Er merkt, dass Fräulein Justin die fragenden Gesichter und die unsicheren Blicke hasst. Er sieht ihr an, was sie denkt. Sie braucht es gar nicht zu sagen. Nämlich das, was sie schon hundertmal gesagt hat. Dass die Mühe, die sie sich mit ihnen macht, zu nichts führt. Zu rein gar nichts.

Anderentags geht es weiter mit den Tests. Fräulein Justin sagt, dass sie das räumliche Denken der Kinder erforschen möchte, auch das logische, zudem Geschicklichkeit und Gewandtheit. Einzeln müssen die Kinder zu ihr. Rutla mit den dicken Zöpfen und dem drallen Körper bekommt die Aufgabe, Gegenstände im Zimmer, die offensichtlich am falschen Platz stehen, zu suchen und in einen Korb zu legen. Sie braucht nur 1 ½ Minuten, um eine Puppe in einer Lampe aufzustöbern, eine Murmel unter einem Teppich, einen Stift in einem Blumentopf, eine Münze in einer Tasse und ein Brillenetui auf einem Bilderrahmen. Buberli, der nach ihr dran ist, gähnt, braucht mehr als fünf Minuten und zeigt kein Interesse an dem Spiel. »Warum bist du so langsam?«

»Ich bin müde, weil ich schon um fünf beim Bauern sein musste, auf dem Feld.«

»Das ist kein Grund.« Sie notiert etwas und schickt ihn vor die Tür.

Die nächsten Kinder müssen Gegenstände unter Tüchern ertasten, auf Suchbildern Fehler finden. Dori soll über einen auf dem Boden liegenden Teppichstreifen balancieren, Kajetan Streichhölzer mit beiden Händen gleichzeitig in eine Schachtel sortieren, dann mit über dem Kopf gehaltenen Händen aus dem Schneidersitz aufstehen, sich wieder hinsetzen, Türme bauen und Bausteine aufeinandersetzen. Alois soll alles machen wie Kajetan. Er ist schneller als Kajetan und bekommt einen Keks.

Mit Wilhelm, der sich kaum traut das Fräulein anzusehen, spielt sie das Bauernspiel. Wilhelm soll auf einem aufgeklappten Spielbrett mit einem aufgemalten Bauernhof und eingezeichneten Wegen mit möglichst wenigen Fahrten und auf dem kürzesten Weg Tiere von den Feldern zurück zum Stall bringen. Eva Justin notiert, wie oft Wilhelm den Weg korrigiert, wie lange er für eine Entscheidung braucht, wie oft er den Weg ändert. Am Ende bekommt er einen Keks, obwohl der Eintrag in der schwarzen Kladde, den die Rote laut vorliest, kritisch ist: Langsam, sehr unsicher, lässt sich leicht ablenken, ungeschickt in den Bewegungen.

Berlin, 1936

Immer noch sind die großen Gebäude der Stadt beflaggt. Aber der Verkehr ist weniger geworden, in den vor Tagen noch überfüllten Bars und Restaurants gibt es wieder Platz, die Menschenknäuel haben sich aufgelöst.

»Sie hätten zu den Wettkämpfen hier sein sollen«, sagt die alte Frau, die, kurzatmig und langsam, einen Schlüsselbund in der Hand, eine enge Treppe hinaufsteigt. »Was hier los war! Feste und Aufmärsche. Alles war geschmückt. Sogar die Schiffe auf der Spree. In der ganzen Gegend kein freies Zimmer. So was kann man sich gar nicht vorstellen. Also, wenn das immer so wäre, nee, nee, das wär nichts für mich.« Die junge Frau, die der alten folgt, sieht müde aus, hört nur mit halbem Ohr zu. Der Koffer, den sie trägt, ist schwer. Der Riemen der Reisetasche schneidet in die Schulter. Sie gehen einen langen Flur entlang, dann zwei, drei Stufen hinauf. »Ich wär schon gern im Olympiastadion gewesen«, sagt die Alte, »aber das ging ja nicht, wegen der vielen Arbeit. Unseren Führer hätt ich auch gern gesehn. Den Siegern hat er persönlich die Hand geschüttelt.«

»Den Negern nicht«, sagt die Jüngere.

»Ja, den Negern vielleicht nicht. Das muss er ja auch nicht. Dafür hat er aber dann doch noch Juden zugelassen. Die habens jetzt wieder besser. Das Schild an der Metzgerei ist verschwunden. Sah ja auch nicht gut aus: Juden raus. Was solln denn da die Fremden denken? Manche regen sich so drüber auf. Aber jetzt sieht man, es wird doch nichts so heiß gegessen, wie es gekocht wird.« Die Alte bleibt vor einer Tür stehen, hantiert mit einem Schlüsselbund. »Seien Sie froh, dass Sie jetzt nach Berlin kommen. Es ist nicht lange her, da sahs hier anders aus. Ich komm aus nem Arbeiterviertel und kann Ihnen en Liedchen singen von Elend und Hunger.« Der zweite Schlüssel passt. Mit einem harten, scharrenden Geräusch geht die Tür auf. »Kommen Sie, kommen Sie, Fräulein Justin. Dr. Ritter persönlich hat die Wohnung begutachtet. Sehr gut hat sie ihm gefallen. Ein feiner Mann. Die Miete für September hat er schon bezahlt.«

Die Luft in der Wohnung ist abgestanden. Auf den ersten Blick wirkt alles düster: die Tapete, stockfleckig, mit einem verblichenen Blumenmuster, die dunklen Schränke, die schwarz gebeizten Türen.

Nur durch die Ritzen der Fensterläden dringt Licht und sprenkelt den Fußboden mit gelben Flecken. Es gibt eine Küche mit fließendem Wasser, einem emaillierten Kohlenherd mit Gussfüßen, einem Tisch und drei Stühlen, einem hohen Schrank mit mittigen Schubladen. Eine Zinkwanne lehnt hochkant an der Wand. Zwei kleinere Durchgangsräume, Wohnzimmer und Schlafkammer, schließen sich an. Beide möbliert mit billigem, bestoßenem Inventar.

Die alte Frau öffnet das Fenster in der Küche und drückt die Läden auf. Helles Licht strömt herein und verändert die Farben. »Sehn Sie mal raus hier. Das hat Dr. Ritter so gut gefallen. Alles grün. Wie in einem Garten. Da hinten, da liegt der Fliegeberg. Da hat Otto Lilienthal seine ersten Flugversuche gemacht. Sie werden doch wohl von Lilienthal gehört haben?« Eine Antwort erwartet sie nicht, denn sie dreht sich um und hebt die Stimme. »Aber dass Sie mir auf die Möbel aufpassen! Dass Sie nu ja dran denken. Das war alles nicht billig. Geraucht wird auch nicht. Bleibt alles in den Vorhängen. Und wenn Sie nachts mal raus müssen, das Klo liegt auf dem Gang, nen halben Stock tiefer.« Die junge Frau antwortet nicht. Sie stellt Koffer und Tasche ab. Die Alte legt den Schlüssel auf die Fensterbank. »Jetzt machen Sie sich erstmal ein bisschen frisch. War ja ne weite Reise von Tübingen rauf. Sie müssen todmüde sein.«

Eva Justin ist froh, allein zu sein. Die Stunden im Zug waren lang und anstrengend, das Abteil voller Soldaten. Dreimal musste sie umsteigen, das Stück zwischen Hanau und Göttingen im Gang stehen. In der Küche lehnt sie sich aus dem Fenster. Es ist wirklich alles grün. Besonders in der Ferne. Die Straße sieht aus wie eine Allee, begrenzt von alten, hohen Eschen. Im Restaurant gegenüber stehen Tische und Stühle bis auf den Gehweg. Kellner balancieren volle Tabletts. An der Ecke geigt ein Musiker. Greta Garbo lächelt von einem Plakat. Vor der Garbo winkt ein Mann nach einem Taxi. Er hat Schläfenlocken und ein schwarzes Käppchen auf dem Kopf.

Sie schließt das Fenster und trägt den Koffer ins Schlafzimmer. Leicht in die Knie gehen muss sie, um sich in dem kleinen Spiegel, der an der Wand hängt, sehen zu können. Der Spiegel wirft das Bild einer jungen, streng aussehenden Frau zurück. Die rotblonden Haare, halblang und leicht lockig, in der Mitte gescheitelt, sind von einem Hut verdrückt. Das Gesicht ist blass, wie es Rothaarigen eigen ist;

Wimpern und Augenbrauen um die hellen Augen sind kaum sichtbar. Sie fährt sich durch die Haare, öffnet die Jacke eines kragenlosen, braunmelierten Kostüms, streift sie ab und hängt sie auf einen Bügel. Dann stellt sie den Koffer auf das Bett und räumt die Kleider in den Schrank. Sie ordnet exakt und lässt sich Zeit. Millimetergenau legt sie Handtücher aufeinander und faltet die Wäsche auf Kante.

Früher, in der Volksschule, hat sie Bilder großer deutscher Städte gesehen: Hamburg mit dem Hafen, vom Kehrwieder aus fotografiert, München mit dem Marienplatz, Köln mit dem Dom. Am schönsten fand sie die Bilder von Berlin. Eines ist ihr im Kopf geblieben. Es war ein Foto der Kreuzung Friedrichstraße / Unter den Linden. Mit modisch gekleideten Leuten, denen man die Großstadt ansah, Straßenbahnen, teuren Autos, teuren Geschäften.

Immer hat sie an Berlin gedacht wie an etwas Mächtiges, Großes. Etwas mit Sog. Sie hat an diese Stadt gedacht wie an einen magischen Ort der Möglichkeiten: Hauptstadt des erneuerten Reichs, eine brodelnde Metropole mit Weltflair. Berlin wird eine der bedeutendsten Städte der Welt werden. Alle sagen das. Dass sie gerade jetzt in diese Stadt kommt, hat etwas zu bedeuten.

Sie breitet einen Stadtplan auf dem Bett aus, fährt mit dem Finger über Straßen und Plätze. Die Friedrichstraße mit den Bars und den Tanzlokalen dürfte nur knapp einen Kilometer entfernt liegen. Sie stellt sich vor, wie Leute zu den neuesten Varieténummern in den Wintergarten oder die Scala strömen, wie sie bei Tanzvergnügungen Sektgläser heben und sich zuprosten. Aber da wird sie nicht dabei sein. Sie ist nicht gekommen, um sich zu amüsieren.

Gegen Abend verlässt sie das Haus. In der Nähe des Viktoriaparks steigt sie in eine Straßenbahn. Sie fährt bis Kurfürstendamm. Die Straße ist dickflüssig von hastenden und lärmenden Menschen. Cafés, Restaurants und Bars reihen sich aneinander. Das Verkehrsgewühl der Autos, Doppeldeckerbusse und Pferdefuhrwerke vibriert. Eine rollende, von Eseln gezogene Litfaßsäule, auf der Plakate eine Revue ankündigen, bewegt sich vorwärts wie ein Koloss. Die Straßencafés sind gut besetzt, die Schaufenster hell erleuchtet.

Aus einem Meer ständig aufflammender und wieder verlöschender Lichtreklamen sticht eine heraus: Scharlachberg Meisterbrand.

Der Abend ist lau, das braune Kostüm fast zu warm. Vor einem Modehaus flattert eine Fahne mit olympischen Ringen, dahinter, die komplette Straße entlang, fast an jedem Haus, lange rote Fahnen mit schwarzen Hakenkreuzen in weißem Kreis.

An einer Kreuzung bleibt sie stehen, im Rücken das Licht der Werbetafeln von Dunlop und C&A. Sie überfliegt die Titelseite der neuesten Ausgabe des Stürmers, die in einem Zeitungskasten aushängt: »Wer den Juden kennt, kennt den Teufel.«

An einer Laterne lehnt ein Kriegsversehrter. Er stützt sich auf Krücken. Sein linkes Hosenbein ist ab dem Knie, offensichtlich über einem Stumpf, eingeschlagen. Sie befürchtet, dass er betteln könnte und wendet sich ab.

Da bremst ein Taxi auf dem Gehweg, ein Mann steigt aus, lacht und breitet die Arme aus. »Eva! Willkommen in Berlin! Hoffentlich hab ich dich nicht warten lassen!« Er umarmt sie, hakt sich bei ihr ein, fragt nach ihrer Reise und wie sie die Wohnung findet, will wissen, ob sie Hunger hat und vielleicht Lust, anderentags das olympische Dorf zu besichtigen. Sie gehen die Straße hinunter. Der Mann ist einen Kopf größer als sie, trägt einen lässigen Sakkoanzug mit einer gerade geschnittenen, weiten Hose. Sein Haar wird von einem breiten Hut verdeckt.

Sie entdecken einen freien Platz in einem Café in der Rankestraße, drängen an einer lauten Reisegruppe vorbei, setzen sich an einen Tisch unter einer Kastanie und bestellen bei einem schwitzenden Kellner zwei Kaffee mit Milch. »Eigentlich hätten wir Sekt bestellen sollen. Wo du doch Geburtstag hattest«, sagt er und flüstert ihr Geburtstagswünsche ins Ohr. »26 Jahre. Als ich 26 war, habe ich promoviert. Das ist zehn Jahre her. Und jetzt bin ich da, wo ich immer hinwollte. Wie gings denn noch in Tübingen?« Sie erzählt von ihrer Arbeit, von den letzten Wochen in der Klinik, wo sie bis vor ein paar Monaten zusammen gearbeitet haben. Er ist voller Ideen und Tatendrang für seine neue Stelle, für die er seit April freigestellt ist, erklärt ihr, was er vorhat, was er ändern will, wo er Chancen sieht. Seinen Hut hat er vor sich auf den Tisch gelegt. Er trägt die braunen, früh schon lichten Haare zurückgekämmt und mit Pomade geglättet.

Seine ständig hochgezogene linke Augenbraue hat etwas Überlegenes, auch das energische Kinn mit den schwarzen Bartstoppeln, die selbst nach der Rasur dunkle Schatten auf der Haut zurücklassen.

Es ist nicht lange her, dass sie ihn zum ersten Mal gesehen hat. Etwas mehr als zwei Jahre. Sie war Teilnehmerin an einem Lehrgang des Roten Kreuzes für Krankenschwestern und er Oberarzt an der Universitätsnervenklinik in Tübingen. Mit ein paar losen Zetteln in der Hand hatte er an einem Pult gestanden, über vererbte Merkmale bei Erbsenpflanzen gesprochen und sie mit seiner weichen Stimme eingehüllt wie in eine Decke.

Jetzt, mitten in Berlin, unter der Kastanie, hat sie ihn endlich ganz für sich: Dr. Robert Ritter. Wenn sie allein sind, sagt er Du zu ihr. Wenn Leute dabei sind, nennt er sie Fräulein Justin. Alles an ihm gefällt ihr. Die Art, wie er sich bewegt, wie er sie ansieht, wie er redet. Auch die Energie, die von ihm ausgeht. »Tübingen war schön und gut. Aber Berlin ist eben doch was anderes. Wir werden forschen, forschen, forschen. Das, was wir immer wollten.« Er streichelt ihre Hand und flüstert: »Eigentlich wollte ich es dir schreiben, aber dann dachte ich, dass es besser ist, wenn ich es dir persönlich sage. Aber vielleicht weißt du es ja auch schon.« Er macht eine bedeutsame Pause und sieht sie an. »Vor ein paar Wochen haben sie die Zigeuner zusammengeführt. Wegen der Olympischen Spiele und wegen des Stadtbildes. Mit Betteln und Herumlungern ist endgültig Schluss. Sie hatten sich ja auch überall ausgebreitet. Die Leute sind froh, dass die Schandflecken verschwinden. Jetzt sind sie auf einem Rastplatz untergebracht. Marzahn. Ein Außenbezirk. Du wirst dort ganz schön was zu tun bekommen.« Robert Ritter grinst und zieht einen Zeitungsausschnitt aus der Tasche seines Sakkos. »Lief wie am Schnürchen. War sehr gut organisiert. Ein riesiges Polizeiaufgebot.« Er dämpft die Stimme, während er den Zeitungsausschnitt auf dem Tisch auffaltet: »Seit Maria Theresia versucht man der Rumtreiberei Herr zu werden. Bismarck hat sie zur Plage erklärt, sämtliche Parteien im Kaiserreich waren sich einig. Jede Menge Verordnungen gab es. Alles zwecklos, weil die Gemeinden bloß immer wieder versucht haben, sie loszuwerden, statt sie festzusetzen und zu kontrollieren. Aber jetzt werden neue Wege beschritten. So wie der Führer die Judenfrage lösen wird, so wird er auch die Zigeunerfrage regeln. Marzahn ist der erste Schritt. Dort sind sie isoliert und wir haben sie unter Kontrolle.« Er schiebt den Ausschnitt aus dem Berliner Lokal-Anzeiger in Evas Richtung und während sie die Schlagzeile überfliegt, kramt er in seiner Tasche, zündet sich eine Zigarette an, beugt sich vor und flüstert: »Der lustige Zug ging mitten durch Berlin. Eskortiert von Polizei natürlich. Über 600 haben sie aufgespürt. Aus allen Winkeln kamen sie: Alexanderplatz, Scheunenviertel, Wedding, Prenzlauer Berg. Auch von außerhalb. Über 100 Planwagen haben sie abgeschleppt und die Wohnbaracken auf Tieflader gehievt. Wenn du die Leute fragst, sie sind alle erleichtert.« Er lehnt sich zurück, zieht an der Zigarette, inhaliert den Rauch und spricht wieder lauter. »Man muss aber auch sagen, dass es in Marzahn besser ist als anderswo. Die Kinder werden Unterricht bekommen, für die Jugend soll einiges getan werden. Waschplätze gibt es auch. Das Wohlfahrtsamt unterstützt die Sache. Alles natürlich im Einvernehmen mit dem Rassenpolitischen Amt der Gauleitung. Mit den Einweisungen nach Marzahn haben wir vorerst nichts zu tun. Da ist die Zigeunerdienststelle im Polizeipräsidium zuständig. Die sammeln alle ein, die in der Stadt herumlungern. Wir erfassen sie dann. Du wirst allerdings vorher nochmals auf Reisen gehen. Ab Januar ist dann Marzahn angesagt. Also noch ein wenig Geduld. Die Zeit solltest du nutzen, um zumindest ein paar Brocken Romanes zu lernen. Ich mache das auch. Seit ein paar Tagen nehme ich Stunden bei einem Sprachwissenschaftler.«

Sie nickt. Er sieht glücklich aus, denkt sie und sieht ihm zu, wie er die Zigarette zwischen Zeigefinger und Mittelfinger bewegt und mit dem Daumen auf den Filter tippt, um die Asche wegzuschnippen. Das einzige, das ihr zu schaffen macht, ist, dass er sie auf Reisen schicken will und sie sich also kaum sehen werden. Aber das sagt sie nicht.

Am Nebentisch hat sich eine Herrenrunde zusammengefunden. Alles dreht sich um die Olympischen Spiele. Ein schwergewichtiger Mann, dessen Zigarre Ringe in der Luft hinterlässt, erklärt mit der Miene eines Menschen, der sich auskennt, dass das große Geschick eines Läufers darin bestehe, leicht und beweglich zu sein, dabei stur vor sich hin zu sehen, sich von nichts ablenken zu lassen, einfach zu rennen, wie ein Pferd mit Scheuklappen.

»Man hört von nichts anderem«, sagt Eva, »auch im Zug hatten die Leute kein anderes Thema. Also, dass Sport so eine Begeisterung auslösen kann?« Sie nippt am Kaffee, der ein bisschen zu heiß ist. Der Dicke vom Nebentisch hat Evas Bemerkung mitbekommen und dreht sich nach ihr um: »Sie waren wohl nicht dabei, gnädge Frau? Die Leute waren wie verrückt. Wann passiert so was schon mal? 33 Goldmedaillen. Also, wer das nicht erlebt hat. Schon die Eröffnung. Ein Zeppelin kreiste, und stellen Sie sich vor, sogar die Franzosen haben den Deutschen Gruß entboten! Plötzlich sind Tausende von Tauben aufgestiegen. Dann Kanonenschüsse. Und wissen Sie, was dann passiert ist?« Er schlägt sich auf die Schenkel und lässt ein kolleriges Lachen los. »Die Vögel haben vor Schreck angefangen zu scheißen!« Er dreht sich nach Eva um: »Verzeihen Sie, Madame, aber so war es. Alles über die Köpfe der Leute. Bei den Männern ging es ja noch, die meisten tragen ja Hüte. Aber die Damen! Die hatten das alles in den Haaren kleben!« Er wiehert, hebt das Glas und trinkt. Dann wischt er sich den Bierschaum von den Lippen. »Tja, daran hat der Führer wohl nicht gedacht. An alles kann er ja auch nicht denken. Aber 33 Goldmedaillen – das muss uns erstmal einer nachmachen. Die Amerikaner habens nur auf 24 gebracht.«

»Trotzdem hatten sie den besten Mann im Rennen.« Ein kleiner Mann mit einer goldgeränderten Brille beugt sich vor: »Ich sag nur Owens. Jesse Owens. Unglaublich, der Kerl! Wie eine Wildkatze aus dem Dschungel. Vier Goldmedaillen hat er abgeräumt. Schwarz wie die Nacht war der. Ich habs selbst gesehn. Aber wie ne Gazelle! Long hat ihn umarmt. Also, ich wüsste nicht, ob ich so einen Neger umarmen könnte.« Der Dicke sieht nach Eva, aber sie beachtet ihn nicht. »Erzähl mir mehr über Marzahn«, bittet sie und rückt mit ihrem Stuhl näher an Robert heran. Robert will etwas sagen, aber der Dicke übertönt seine Antwort: »Owens hin oder her. Unsere Sportler sind auch nicht schlecht. Flink wie Windhunde, zäh wie Leder, hart wie Kruppstahl! Natürlich keine Dschungelaffen, das natürlich nicht.« Robert sieht verärgert hinüber. »Ihre Wettkämpfe interessieren uns nicht. Wenn Sie also etwas leiser sein könnten, wir möchten uns unterhalten.« Der Dicke reagiert mit einem wütenden Blick. Abrupt dreht er seinen Stuhl und setzt sich mit dem Rücken zu Eva. Provokant bläst er seinen Rauch in Roberts Richtung. »Sollen wir woanders hingehn?«, fragt Robert, als das Gespräch am Nebentisch wieder auf die Olympischen Spiele kommt, aber sie schüttelt den Kopf. Während sie reden, wandert ihr Blick immer wieder zu dem Mann mit der Goldbrille, dessen Stimme anschwillt, bis er schließlich mit der Faust auf den Tisch schlägt: »Ihr könnt alle von Glück reden, dass die Spiele überhaupt stattgefunden haben. Diese miese Auslandspresse! Die schreiben über Deutschland genau das, was die Exilanten loslassen. In Spanien kritisieren sie die Methoden des Führers, das sei zu rabiat, Zwangsarbeit und so weiter, auch das mit den Juden. Sie schreiben, dass der Führer einen Krieg vorbereitet, dass die Propaganda verlogen und ihm die olympische Idee völlig egal ist.« Eva sieht, wie der Dicke rot anläuft. »Ausgerechnet Spanien kann es sich absolut nicht leisten, unsere Regierung zu kritisieren. Die haben genug mit sich zu tun. Ich wette drauf, dass der Führer dort noch eingreifen wird und dann können sie froh sein …« Der mit der Brille fällt ihm ins Wort. »Ich hab gehört, dass die griechischen Kommunisten den Fackellauf aufhalten, ja sogar die Fackel löschen wollten, um ein Zeichen zu setzen.« Robert schrammt den Stuhl zurück und setzt den Hut auf. »Das ist ja nicht zum Aushalten. Gehn wir, Fräulein Justin.«

Den Eltern in Dresden hat sie einen langen Brief geschrieben. Die Mutter hat mit einem Paket geantwortet: selbstgebackene Kekse und warme Unterwäsche. Die Eltern sind stolz auf das, was sie erreicht hat. Noch keine dreißig und schon so weit vorne, schreibt die Mutter. Der Vater ist zurückhaltender mit seinem Lob. »Nicht geschimpft ist gelobt genug.« Immer noch hat sie seine Sprüche im Kopf: »Ein gutes Kind gehorcht geschwind«, »Halte Ordnung, liebe sie; sie erspart dir Zeit und Müh.«

Der Vater kann sich unter ihrer Arbeit nicht viel vorstellen. Als Beamter der Reichsbahn weiß er einiges über Schnelltriebbahnen, Stromlinien-Dampflokomotiven und Gleisführungen, nichts aber über Biologie und Psychologie. Mit dem Begriff Rassenbiologie verbindet er nichts. In Gedanken sieht sie ihn in seinem Sessel sitzen, mit dem gestutzten Schnauzer, der beim Sprechen wippt, in seinem karierten Hemd, der braunen Hose mit den Hosenträgern, eine Zigarre im Mund und die Zeitung in der Hand. Sicher hat er in der ganzen Nachbarschaft herumerzählt, dass sie jetzt als Assistentin von Dr. Ritter im Reichsministerium arbeitet. Sogar an die Telefonstelle des Klinikums hat er sie rufen lassen, die Stimme gehoben und betont, dass sie dies als Auszeichnung und Ehre zu verstehen habe. »Ja, Vater. Ich weiß es, Vater.« Einzig der Mutter gegenüber hatte sie Zweifel geäußert. Was, wenn sie dem nicht gewachsen ist? Die Mutter beruhigte: »Wem Gott gibt ein Amt, dem gibt er auch Verstand.«

Dass sie jetzt auf sich gestellt ist, lässt sie wachsen. Früher hatte der Vater ein ständiges Auge auf sie gehabt: auf die Sauberkeit der Fingernägel ebenso wie auf ihren Gang, die Frisur und die Absätze der Schuhe. Auf keinen Fall durften sie schief gelaufen sein. Noch heute hasst sie es, wenn sie Leute mit schief gelaufenen Absätzen sieht. Sie erinnert sich, wie er bei der Kontrolle ihres Schrankes mit dem Zentimetermaß die Abstände zwischen den Stapeln von Handtüchern, Unterhemden und Blusen gemessen hat. Überall mussten die Abstände gleich sein, auch die Höhe und die Breite der Stapel. Noch heute macht sie das so. Sie hat auch die unterschiedlichen Farben der Handtücher für die unterschiedlichen Körperzonen beibehalten: Rot für das Gesicht, blau für den Körper, ein Extratuch für die Füße.

Der Vater hat ihr beigebracht, dass das Leben nichts Zufälliges ist, kein zielloses Dahinschlendern. Gehorsam, Ordnung, Fleiß und Pflichtgefühl – daran kann sie sich halten. Dafür ist sie ihm dankbar. Mit 16 hat er sie in den jungdeutschen Orden* geschickt, mit 24 das Abitur nachmachen lassen. Am Luisenstift in Kötzschenbroda war das gewesen. 1933. Eine Uhr hatte er ihr für die guten Noten geschenkt und ihr ins Ohr geflüstert, dass das erst der Anfang sei und sie, obwohl nur ein Mädchen, das Zeug zu weit mehr habe und dass der Führer junge Leute mit soliden Ausbildungen brauche. Sie weiß noch, dass sie an diesem Tag ein weißes Kleid trug und das rötliche Haar mit einem blauen Samtband zu einem weichen Knoten im Nacken gebunden hatte.

* *nationalistische, antisemitische Jugendorganisation*

Dresden, 1914 bis 1918

Mit dem Großen Krieg fangen ihre Erinnerungen an. Der Jubel auf den Straßen, die Reiter in ihren Uniformen, der Kaiser auf Aschenbechern, Tassen, Blumentöpfen, die roten Plakate an den Litfaßsäulen, vor denen sich Menschentrauben bildeten. Der Kaiser schien ihr mit seinem gezwirbelten Schnurrbart wie der liebe Gott. Mit höchstem Respekt und Bewunderung in der Stimme hatte der Vater erzählt, dass der Kaiser Deutschland zur Weltmacht emporheben werde, dass man zu diesem Zweck Kolonien erwerben und kämpfen müsse – England und Frankreich waren ihm mit ihren gewaltigen Kolonien in Afrika und Asien immer wieder ein Beispiel – und dass schon allein aus Gerechtigkeitsgründen gesiegt werden würde. Zwar wolle der Kaiser den Krieg gar nicht, aber jetzt, wo er hineingedrängt worden sei, müssten alle Österreich helfen. Eine Ehre sei es, für Deutschland zu kämpfen und zu sterben. Der Soldatentod sei der schönste Tod.

Damals hing im Flur neben der Garderobe ein Bild des Kaisers in einer prunkenden Uniform vor einem roten Samtvorhang. »Ich kenne keine Parteien mehr, ich kenne nur noch Deutsche!« Der Satz war in einer goldglitzernden Schrift geschrieben. Wenn sie mit dem Finger darüber fuhr, spürte sie das Raue der Buchstaben.

Auch der Vater hatte stattlich ausgesehen in der Uniform und dem Helm mit der pieksenden Spitze. Der Abschied von ihm war nicht schwer gefallen. In die Luft geworfen hatte er sie und versprochen, in ein paar Wochen zurück zu sein.

Die Mutter vermietete in der Zeit seiner Abwesenheit Zimmer an Flüchtlinge aus den Frontgebieten. Die Stube bewohnte ein junger Pole, der die Gewohnheit hatte, seine Blutwurstbrote zusätzlich mit Marmelade zu bestreichen. Eva war sich sicher, dass ihm der Vater diese Marotte ausgetrieben hätte. Aber die Marotte verschwand, ohne dass der Vater etwas tun musste. Blutwurst gab es bald nicht mehr und auch keine Marmelade. Wenn sie Brot hatten, war es hart und schwarz.

Oft saß sie, die Porzellanpuppe mit blauen Schlafaugen auf dem Schoß, am Küchenfenster, von wo aus man auf die Straße sehen konnte, und wartete. Immer dachte sie, wenn er zurückkäme, würde der Hunger aufhören, denn dort, wo er war, das wusste sie, gab es Essen, so viel man wollte. Das Beißen im Magen war oft so stark, dass sie nicht einschlafen konnte. Mit der Mutter und dem Bruder Heinrich stand sie stundenlang vor den Geschäften an. Meist gingen sie mit Steckrüben nach Hause. Die Mutter borgte sich durch, streckte die Suppen mit Wasser, wartete und hoffte.

Irgendwann stand der Vater wieder in der Tür. Er sah anders aus, als sie ihn in Erinnerung hatte. Er starrte vor Schmutz und Läusen. Ein Bad hatte die Mutter ihm eingelassen. Danach saß er in einem dünnen Unterhemd und mit dunklen Rändern unter den Augen in der Stube. Die Knochen an den Schultern waren so spitz geworden, die Haut so weiß. In seinem Beutel fand sich kein Essen, auch die eiserne Ration war aufgebraucht gewesen. Nur Wickelgamaschen brachte er mit, ein Stück Seife und eine Schachtel mit widerlich stinkendem Läusepulver.

Monatelang musste der Vater geschont werden. Er vertrug das Essen nicht und kein lautes Wort. Er hatte für eine gute Sache gekämpft und war sicher, dass es nur deshalb nicht zum Sieg gekommen war, weil das deutsche Heer durch vaterlandslose Zivilisten einen Dolchstoß von hinten erhalten hatte und damit rachsüchtigen Feinden ausgeliefert worden war. Der Vater fühlte sich gedemütigt und verraten, sah die Welt am Abgrund. Dass man Deutschland die Alleinschuld am Krieg gab, weckte in ihm einen unstillbaren Hass. Er hasste den schändlichen Diktatfrieden, die Bolschewisten, die er für Wilde hielt, die vielen Flüchtlinge, die in der Stadt herumlungerten, besonders die aus dem Osten, die für ihn dreckige, kulturlose Bastarde waren, hergeweht und unerwünscht. Mit aufgekrempelten Hemdsärmeln stand er oft fluchend in der Küche, ballte die Faust gegen alles und jeden. Er raste, wenn das Essen eine Minute zu spät auf den Tisch kam, schrie herum, wenn er etwas nicht fand. Die Stimmung war ständig gereizt. Wenn Eva etwas sagen oder fragen wollte, hob die Mutter warnend die Hände: »Bloß kein falsches Wort!«

Der Vater kontrollierte alles: das Essen, die Kleidung, die Hefte, den Schulranzen. Bücher und Hefte mit Eselsohren oder Flecken kamen nicht vor. Regelmäßig musste sie dem Vater die Hefte vorlegen. Immer sonntags. Auf einem mit Kissen erhöhten Stuhl hatte sie neben ihm am Tisch gesessen. Wenn die Hefte wie neu aussahen, die Schrift wie gedruckt und die Aufgaben ihm gefielen, tätschelte er manchmal ihre Wange. Meist aber geriet er in Rage über die neuen Unterrichtsinhalte, vor allem über das, was über den Krieg gesagt wurde. Dann griff er ein, ließ sie auswendig lernen, wer die deutschen Heere angeführt hatte, welche Kampftechniken zum Einsatz gekommen waren oder rechnete mit ihr aus, wie viele Granaten sich aus 500 kg Eisen herstellen ließen. Machte sie einen Fehler oder benutzte ein falsches Wort, gab es kein Abendessen.

Bald sprach sie nur noch das Nötigste. Das Schweigen machte alles leer. Sie reagierte mit Krankheiten: zuerst Masern, dann Mumps, dann Keuchhusten, später eine zähe, schmerzhafte Diphtherie. In dieser Zeit empfand sie ihr Leben als leer und abgekapselt von anderem, was dazu führte, dass sie über sich selbst oft in der dritten Person sprach, was den Vater regelmäßig an den Rand der Raserei brachte.

Damals wuchs eine Sehnsucht in ihr nach dem, was Leben ausmacht. Aber überall gab es nur Grenzen. Auch der Friedensvertrag von Versailles war so eine Grenze. Von Siechtum und Schande hörte sie und davon, dass das Land jetzt ausbluten würde.

Ohnehin schien ihr Deutschland wie eine einzige blutende Wunde. Auf den Straßen konnte man es sehen. Vor den Suppenküchen lungerten Elendsgestalten und Kriegsversehrte. Arbeitslose hausten in Kellerlöchern, aus denen es nach Alkohol stank. An Litfaßsäulen und Mauern klebten Plakate, auf denen diese Elenden abgebildet waren, darunter die Worte: Hitler, unsere letzte Hoffnung. Ständig mussten Leierkastenmänner oder zerlumpte Musikanten aus den Hinterhöfen vertrieben werden. Kein Tag, an dem nicht ein Bettler an die Tür klopfte. Am schlimmsten waren die herumlungernden Kinderhorden. Mit einem Stück Draht hatte der Vater ein Holzbrett mit schwarzer Schrift an der Tür befestigt und damit versucht, diesen Auswüchsen ein Ende zu machen: »Betteln und Hausieren verboten!«

Wie in einem Kampf ohne Front, so kam ihr der Vater vor. Sein Geld war nichts mehr wert, seine Ideale verraten. War er vor dem Krieg ein zugeneigter Vater gewesen, so schlug er jetzt wegen Kleinigkeiten zu. Einmal, weil sie eine Nähnadel verloren, ein anderes

Mal, weil sie einer Puppe die Haare geschnitten hatte. Die Mutter sah bei seinen Anfällen weg.

Wie in einem Kokon fühlte sie sich und dennoch berührt von alldem. Es gibt ein Foto aus dieser Zeit. Aufrecht, ernst und mit durchgedrückten Knien steht sie in einem fliederfarbenen Sommerkleid auf der Friedrich-August-Brücke. Im Hintergrund fließt die Elbe.

Tübingen, 1934 bis 1936

In Tübingen hatte sie oft an den Vater gedacht. Sie war ihm dankbar. Er hatte Leistung und Gehorsam von ihr gefordert. Die Psychiatrie der Tübinger Klinik war voll gewesen von Kindern und Jugendlichen aus verkommenen Familien, deren Eltern nicht einmal zu merken schienen, dass ihre Kinder verwahrlosten, sich herumtrieben, rauchten, tranken und stahlen. Viele waren früh schon kriminell und auf die schiefe Bahn geraten. Mit Stehlen und Lügen versuchten sie durchzukommen, weigerten sich, in die Schule zu gehen oder zu arbeiten, waren von zu Hause ausgerissen und hatten sich Banden angeschlossen, die rudelweise auf Raub ausgingen und sogar vor Morden nicht zurückschreckten.

Einige Schwestern hatten Mitleid mit diesen Gestalten. Sie nicht. Von vorneherein kein Mitleid, hatte der Vater ihr geraten. Von vorneherein solle sie sich ihren weißen Kittel an diesen Kriminellen nicht schmutzig machen. Dann gäbe es auch keine Enttäuschungen. Das schien ihr plausibel. Diese Kinder verdienten kein Mitleid, sondern eine harte Hand. An ihrem Unglück waren sie selbst schuld.

Außer straffällig Gewordenen wurden auch geistig Gestörte und schwer Erziehbare aus Hilfsschulen eingeliefert. Oft waren es Zigeuner oder Jenische, denen sie den Schwachsinn schon von weitem ansah. Sie steckten in verdreckten und stinkenden Kleidern, gafften sie an mit offenem Mund, ein leeres Grinsen im Gesicht, bewegten sich grob, ungelenk und plump, trotteten stur vor sich hin, sprachen entweder nichts oder zu viel, vor allem Sinnloses. Manchmal rückte die Polizei an, fragte und verhörte die halbe Klinik. Oft wurden welche mit gebundenen Händen hinausgeführt.

Besonders die Zigeuner waren Eva auf seltsame Weise unbehaglich. In Dresden, wo sie aufgewachsen war, gehörten sie zwar zum Straßenbild, aber akzeptiert waren sie nicht. Manche gingen ständeln*, einige kamen mit angeschnallter Kiepe, verkauften Schuhriemen und Scheuerpulver an der Haustür, handelten mit Schrott, Schrauben oder Kupfer, versuchten sich als Pferdehändler. Andere musizierten in den Straßen, auf Plätzen, vor Kirchen. Besonders zu

* *Musizieren in Gasthäusern*

den Musikern hatte der Vater eine klare Meinung: »Zigeunerlump hat Loch im Strump«, sagte er, wenn er welche sah, die auf ihren Gitarren klimperten, auf Plätzen herumstrichen und den Leuten nachschlichen.

Auch als Kind, bei Ausflügen mit den Eltern in den Tharandter Wald, war sie welchen begegnet. Den ganzen Sommer über qualmten dort Lagerfeuer vor den Planwagen. Bunt gekleidete Frauen mit langen Röcken und Kopftüchern, zerlumpte Kinder auf dem Arm, streunten durch die Gegend, bettelten sich von Tür zu Tür.

Einmal, sie war auf dem Weg von der Schule nach Hause gewesen, hatte eine dieser Frauen sie angesprochen, nach ihrer Hand gefasst, etwas gemurmelt und sie mit einem Blick aus schwarzen Augen fast durchbohrt. Tief und böse war dieser Blick gewesen. Wie eine kalte Hand an der Kehle, so hatte sich das angefühlt. Erschrocken war sie weggerannt, im Rücken fremdklingende Worte und stechende Augen. Der Böse Blick, dachte sie, das musste der Böse Blick sein. Lange war ihr die Sache im Kopf geblieben. Gerne hätte sie jemandem davon erzählt. Tagelang glaubte sie verflucht worden zu sein. Gefürchtet hatte sie sich.

Und dann gab es diesen Prozess gegen den Kesselflicker Rosenberg und seine Frau. Die Leute hatten mit ihren Ziegenkarren auf einer Wiese an der Elbe Halt gemacht, waren einige Tage geblieben, bis sie genau an dem Tag ihre Habseligkeiten einsammelten, als ein reicher Gutsbesitzer tot aufgefunden wurde. Der Gutsbesitzer war zunächst beraubt und dann erschlagen worden. Sein Sohn hatte ihn gefunden, im Stall bei den Pferden. Bis in die Straßenrinne soll das Blut geflossen sein. Der Letzte, den man in der Nähe des Hofes gesehen hatte, war der Kesselflicker gewesen, auf den sofort eine Treibjagd eröffnet wurde. Keine zwei Tage, da griffen Polizisten den Mann mit seiner Frau in einem Waldstück auf und setzten sie in einem Keller fest, wo sie auf ihren Prozess warteten. Als sie in Handschellen hinausgetrieben und zum Gericht geführt wurden, stand die halbe Stadt gaffend. Die Frau war, obwohl sie elende Tage hinter sich hatte, auffallend schön, mit dunklen Locken unter einem bunten Kopftuch. Sie ging stolz und gerade, sah weder nach links noch nach rechts. Dem Mann, in blauer Wolljacke und einer Mütze aus Fell, stand ein schmerzlich gebrochener Ausdruck im Gesicht.

Er ging vorneweg, immer wieder drehte er sich nach seiner Frau um, was ihm Schläge und Tritte einbrachte. Ein junger Mann schrie, man solle keine Umstände mit ihnen machen. Pack sei es, das zu Pack gehöre! Dass sie nichts taugten, dass man es auf den ersten Blick sehen könne. Jeder sagte das. Auch der Vater.

Später, in Tübingen, sagte es auch Dr. Ritter. Dabei meinte er nicht den Kesselflicker und dessen Frau, sondern kriminelle Jugendliche, Zigeuner und Landfahrer. Besonders Jugendlichen, die auf die schiefe Bahn geraten waren, galt sein Interesse. Er führte Statistiken, versuchte zu ergründen, worin die Ursachen für Verkommenheit lägen, untersuchte, woher die betroffenen Familien stammten und wie sie auf eine derart hohe Stufe der Verwahrlosung hinabgesunken waren.

Als Schwesternschülerin sah sie Dr. Ritter oft über den Flur eilen, den Kopf voller Verantwortung. Sein weißer geöffneter Kittel flatterte und hinterließ, wenn er nah an ihr vorbei kam, einen Windhauch. Immer hatte er ein Brett dabei mit einer Klemme für mehrere Seiten Papier und einen Bleistift, den er ständig zwischen den Fingern drehte. Immerzu notierte er etwas. Nichts an ihm war nebensächlich. Nicht die Art, wie er die Klemme hielt, nicht wie er sich bewegte, nicht wie er sprach.

Irgendwann durfte sie ihn durch die Krankenzimmer begleiten. Wenn sie von Bett zu Bett gingen, stand sie neben ihm, horchte nach seinen Worten, nach dem Kratzen seines Bleistifts auf dem Block, versuchte aufzunehmen, was er tat und sagte, nickte zu seinen Verfügungen und Verordnungen.

Ihre roten Haare waren das erste gewesen, was ihm an ihr aufgefallen war. Sie kann sich noch an seinen Blick erinnern. Es war der Blick eines Wissenschaftlers, kühl und nüchtern, der ausschließlich ihrem Haar und ihrer Haut galt. Von rezessiver Vererbung und einem Defekt hatte er gesprochen, von einer abwegigen Veranlagung, einer Mutation, und während sie ihm über den langen Korridor folgte, hatte er gesagt, dass sie als Rothaarige anfällig für Krebserkrankungen sei, dass man ihr ebenso wie den Albinos höchstwahrscheinlich Schwächen in der Konstitution vererbt habe, dass ihre Augen lichtempfindlich seien, dass sie all das wissen müsse, dass alle Rothaarigen das wissen müssten, für den Fall einer möglichen Fortpflanzung.

Ihre Hände hatte er betrachtet und wegen der geröteten Haut auf schlechte Durchblutung geschlossen. Knapp und bestimmt waren seine Sätze gewesen. Durchschaut und erkannt fühlte sie sich von diesem Mann. Später, vor dem Spiegel, betastete sie ihre dünne Haut mit den durchscheinenden Adern, die Sommersprossen, die im Sommer mehr auffielen als im Winter, die roten Hände mit den kurzen Fingern, die schmalen, blutlosen Lippen. Ein Spruch ihres Bruders kam ihr in den Sinn: Rote Haare, Sommersprossen, sind des Teufels Artgenossen. Sie begann sich mit anderen zu vergleichen: Haut und Haare, Nase und Augen. Sie suchte und forschte, las alles, was sie über Rothaarigkeit finden konnte und fand seine Worte bestätigt.

Regelmäßig besuchte sie Ritters Vorträge im kleinen Saal neben der Pforte, saß immer am gleichen Platz in der ersten Reihe, sah zu ihm auf, machte sich Notizen. Meist ging es um aktuelle Krankheitsfälle, um Theorien zu kriminellem Verhalten, um Gesundheitspflege, um Rassenfragen. Dr. Ritter brannte für seine Themen, man konnte es sehen und hören. Er hatte ein glühendes Augenmerk auf Zustände gerichtet, von denen sie damals nur wenig wusste. Sie hörte Zahlen über Zuwächse und Abnahmen bei Geburten und Todesfällen, über natürliche und soziale Auslesen. Oft kam er auf Vererbungslehre zu sprechen, erklärte Anomalien, Krankheiten und Entwicklungsstörungen, zeigte Bilder von seltsamen Kopfformen und Auffälligkeiten von Haut und Haaren. Was er über Erbanlagen, über Nervenleiden und Geisteskrankheiten, vor allem aber, was er über die Rassenunterschiede der Völker sagte, veränderte ihr Denken.

Auf seiner Station behandelte er Kinder, an denen er eine neuartige Form von Schwachsinn festgestellt hatte. Sie trugen etwas merkwürdig Strolchenhaftes und Spitzbübisches in ihrem Wesen und erweckten den Anschein, als ob in ihnen Besonderes stecke. Obwohl Eva den Kindern den geistigen Ausfall nicht anmerkte, so konnte Dr. Ritter ihn schon von weitem erkennen. Bald war auch Eva dazu in der Lage. Diesen Schwachsinn, unter der Maske der Schlauheit, nannte Dr. Ritter getarnten Schwachsinn. Die Wortfindung imponierte ihr. Getarnter Schwachsinn.

Neben Medikamenten, Bestecken, Patientenhemden begann sie bald selbst Menschen einzuordnen, achtete auf Besonderheiten bei der Pigmentierung von Haut und Haaren, bei Formen der Ohren, Münder und Augen. Sie verglich und prüfte, studierte die Mendelschen Gesetze, lieh sich medizinische Bücher aus, betrachtete Bilder primitiver und zivilisierter Rassen, befasste sich mit mongoliden und negriden Menschentypen, interessierte sich für die Vererbung glatter und krauser Haare, Lidfalten und Augenformen, Handlinien und Fingerkuppenmuster. Sie las, was ihr in die Hände fiel, stopfte es in sich hinein. In ein eigens dafür angelegtes Heft notierte sie Besonderes, wie etwa den Satz, dass Ratten, Wanzen und Flöhe Naturerscheinungen sind, die, ebenso wie Juden und Zigeuner, ausgemerzt gehören.

Sätze wie dieser hatten Wirkung. Besonders, wenn Robert Ritter sie aussprach. »Mischung der Rassen und Arten ist Sünde wider das Blut und führt zum Verderben. Das sind die wirklichen Erbsünden dieser Welt ... Selbst bei den Tieren ist es geregelt. Jedes Tier paart sich nur mit Genossen der gleichen Art. Meise geht zu Meise, Feldmaus zu Feldmaus, Hausmaus zu Hausmaus, der Wolf zur Wölfin.« In seinen Aufsätzen und Vorträgen wurde er nicht müde, die Feinheiten zu erläutern. »Arisch ist ein Mensch, der frei von fremdem Blut ist. Fremd sind neben den Juden alle eingeborenen Rassen der nichteuropäischen Erdteile sowie die Zigeuner.« Er sprach sich dafür aus, dass die Faltblätter mit den Geboten zur Reinhaltung der Rasse in Schulen verteilt wurden, ebenso wie der Rassenatlas mit 30 großformatigen Bildtafeln, darin Gegenüberstellungen von blonden, blauäugigen, tatkräftigen Menschen und dunkelhaarigen, dunkelhäutigen, faulen und hinterlistigen. Er unterstützte die Propagandaplakate, die großflächig an Zäunen und Litfaßsäulen klebten und deutliche Unterschiede zwischen Ariern und Juden zeigten. Eines ließ er an die Eingangstür des Instituts kleben. Jeder, der die Bilder verglich, musste begreifen, weshalb von Rassenschande die Rede war. »Haltet das deutsche Blut rein.« Es klang wie eines der zehn Gebote.

Eine Kollegin hatte es erwähnt. Dass nämlich Dr. Ritter dabei sei, einen Beitrag für eine Zeitschrift zu verfassen, in dem es um Rothaarige ginge. Gekichert hatte die Kollegin, auf Evas Haar gedeutet und bemerkt, dass sie sicher ein interessanter Fall für ihn sei.

Daran dachte sie, als Dr. Ritter sie am Tag vor ihrer Prüfung zu sich ins Büro bat. Es war das erste Mal, dass sie dieses Büro betrat. Beklommen war ihr zumute. Unsicher stand sie da, schämte sich für die schlechten Halbschuhe und das dünn gewordene Kleid. Beides passte nicht in den hellen Raum mit den großen Fenstern und den teuren Möbeln.

Bis unter die Decke waren die Regale gefüllt mit Nachschlagewerken und nummerierten Ringordnern. Bilder von Indianern, Malaien, Chinesen zierten die Wände. Das Büro war auf eine Weise beeindruckend, die sie einschüchterte. Sie versuchte die Augen auf dem Boden zu halten, wo sich ihr Blick im geometrischen Muster eines rotgrundigen Teppichs fast verlor.

Hinter einem Schreibtisch mit Blumenintarsien saß Dr. Ritter und deutete auf einen Stuhl. Eine Schale mit Äpfeln stand auf seinem Schreibtisch. Die Äpfel stammten aus Ritters Garten. Manchmal verteilte er welche unter dem Personal. Neben dem Obst entblößte ein ausgestopfter Iltis fauchend die Zähne.

Ob ihr die Station gefiele, wollte er wissen, wie sie mit den Kindern zurechtkäme und ob sie sich der Aufgabe gewachsen sähe, intensiver mit jugendlichen Kriminellen zu arbeiten. Eine Antwort erwartete er nicht, sondern zählte Namen von Patienten auf, die er für kriminell und unerziehbar hielt und sagte, dass er nach langen Forschungsreihen endlich wisse, woher die auffälligen Verhaltensweisen der Kinder rührten. Geehrt fühlte sie sich, dass er ihr gegenüber so offen war.

Bei einer schnippischen Assistentin orderte er Kaffee, fragte Eva, wie sie ihn wolle, mit Milch oder Zucker oder beidem. Sie tranken aus weißen dünnwandigen Tassen mit verschnörkelten Henkeln. Sie erinnert sich, dass sie Angst hatte, die Tasse zu zerbrechen und dass ein Tropfen langsam an ihrer Tasse hinabsickerte und sich auf der Schreibtischplatte zu einem dunklen Rand ausbreitete. Der Fleck war ihr peinlich. Immer wieder musste sie hinsehen, während Dr. Ritter immer mehr ins Reden kam.

Verkommene Jugendliche waren sein Thema und asoziale Familienverhältnisse. Über Jahre hatte er verwahrloste Kinder beobachtet, Lebensläufe verglichen, Entwicklungen festgehalten, die Herkunft beschrieben, eingeordnet, zugeordnet. Dass das, was er erforscht hatte, bahnbrechend sei, dessen war er sich sicher. Dass seine Ergebnisse aber nur erste Schritte seien, dass man weiterforschen müsse, wäre die Konsequenz. »Ich brauche eine Schwestern-Praktikantin, die, bei Interesse, später als wissenschaftliche Mitarbeiterin fungieren könnte. Sie würden also eng mit mir zusammenarbeiten, Fräulein Justin. Forschungsgebiet Rassenbiologie. Mein Habilitationsprojekt.« Obwohl ihre Knie weich wurden, brauchte sie nicht darüber nachzudenken. Ihr Nicken kam schon, bevor er fragte.

Sie tat, was er sagte, verbeugte sich vor jedem seiner Worte. Seine Rastlosigkeit war Zeichen seines Genies. Alles im Dienst der Forschung, betonte er wieder und wieder, vernachlässigte seine Gesundheit, seine Kinder, seine Frau. Täglich, auch an Wochenenden und manchmal bis tief in die Nacht, sah Eva ihn am Schreibtisch sitzen, den Kopf aufgestützt, die Stirn hinter Aktenbergen verborgen. Seit er die rassenhygienische Eheberatungsstelle in Tübingen übernommen und mit der Durchmusterung der Heiratswilligen begonnen hatte, war sein Arbeitspensum nochmals in die Höhe geschnellt. Die Beratungsstelle, in der er Ehetauglichkeit und Erbgesundheit prüfte, wurde bald zu einer gefragten Einrichtung. Das Heftchen mit dem Titel »Sind Sie erbgesund?«, das er verteilen ließ, war schnell vergriffen.

In seinem Büro stapelten sich Gemeinderats- und Kirchenprotokolle, Abschriften von Totenbüchern, Schul-, Polizei- und sonstige Amtsakten. Tage verbrachte er in Archiven. 40 Jahre zurück reichten seine Ermittlungen, die sich bald zu der Theorie verdichteten, dass bei den seit dem 18. Jahrhundert in Schwaben ansässigen Zigeunermischlingen und Gaunern die Ursache läge, dass weite Teile der württembergischen Bevölkerung zurückgeblieben und unterentwickelt seien. Er knüpfte Kontakte zu Wissenschaftlern, Forschern und Ärzten, schrieb Briefe in die ganze Welt. Regelmäßig war er als Sachverständiger und Gutachter unterwegs, reiste nach Berlin, Paris oder Budapest, um Vorträge zu halten. Einmal wäre sie beinahe mitgefahren. Nach Paris. Der Koffer war schon gepackt und die Fahrkarte gekauft, aber dann fiel eine Mitarbeiterin aus und sie musste in Tübingen bleiben.

Dass er sich für seine Arbeit aufrieb, sah sie wohl, nicht aber, dass sie es selbst tat. Auch sie hatte nichts anderes im Kopf als Arbeit. Sie sprach auch über nichts anderes. Morgens war sie die Erste, abends die Letzte. Feiern oder Treffen der Kollegen betrachtete sie als Zeitverschwendung. Nach Hause ging sie nur, um zu schlafen, sich zu waschen, die Kleider zu wechseln. Essen gab es in der Kantine der Klinik. Zu Hause hatte sie außer Brot keine Vorräte.

Einmal hatte die Mutter gefragt, ob es nicht Zeit sei, einen Mann zu finden und an eine Familie zu denken. Da war sie ihr über den Mund gefahren, dass sie anderes im Kopf habe, dass sie die Wissenschaften voranbringen werde, dass sie mit schreienden Kindern, vollgeschissenen Windeln und schmutzigen Kochtöpfen nichts im Sinn hätte. Richtig zusammengezuckt war die Mutter. Nie mehr hatte sie gefragt.

Damals schon tuschelten die Kollegen. Sie tuschelten über ihren Arbeitseinsatz, über ihren Lebenswandel, über ihre seltsame Kleidung und das rote Haar, wunderten sich, dass sie keinen Mann hatte und mutmaßten über ihre Beziehung zu Dr. Ritter. Sie wusste von diesen Gerüchten. Es gefiel ihr, dass ihr ein Verhältnis mit ihm zugetraut wurde. Manchmal träumte sie, dass er sie nach Arbeitsschluss ins Büro rufen, sie umarmen und küssen und dann auf die Couch ziehen würde.

Es kam vor, dass jemand fragte, warum sie keinen Mann hätte. Aber sie hatte doch einen. Es gab nur diesen einen.

Manchmal saßen sie im Garten des Instituts auf einer Bank unter Nusshecken, abgeschirmt vom Lärm der Straße. Das waren die ruhigen Momente, die Pausen vor seinen Sprechzeiten, in denen er ihr von seiner Arbeit berichtete, über Statistiken sprach, über Erbkrankheiten spekulierte, über Zuschüsse, die die Gesellschaft für Rassenhygiene für seine Forschungen bereitgestellt hatte. Vieles verstand sie nicht. Einmal wollte sie Näheres zur Eheberatungsstelle wissen. Da war er in seinem Element. »Wir tun genau das Richtige zur richtigen Zeit. Stellen Sie sich vor, Fräulein Justin, Sie wollen heiraten. Kurz vor der Hochzeit kommt heraus, dass in der Familie Ihres Zukünftigen artfremdes Blut ist: ein Jude, Zigeuner oder Neger oder so was. Da können Sie froh sein, dass es noch vor der Hochzeit herausgekommen ist. Deshalb haben wir die Eheberatungsstellen eingerichtet. Sie sind den Gesundheitsämtern unterstellt. Wer heiraten will, braucht ein Ehetauglichkeitszeugnis. Mitarbeiter der Gesundheitsämter, auch Ärzte und Hebammen, sind verpflichtet, mögliche Erbkranke zu melden. Es gibt eine regelrechte Anzeigenflut aus Heimen, Anstalten und Gefängnissen. Sie glauben gar nicht, wie eifrig die Leute sind, wenn sie meinen, einen Erbkranken entdeckt zu haben. Wir gehen jeder Meldung nach, laden die Gemeldeten vor oder lassen sie abholen und untersuchen. Die Ergebnisse gehen an die Ämter. Und dort wird dann geprüft, ob die Heiratswilligen ehetauglich sind oder nicht. Wir erstellen auch Sippentafeln. Das zeige ich Ihnen noch. Die Sippentafeln sind unser Grundstock, eine Art Erbarchiv. Natürlich werden auch Sterilisationen durchgeführt. Das sind leichte Eingriffe, nicht immer angenehm, aber unvermeidlich.«

Alles, was er sagte, klang plausibel und wohlüberlegt. Einmal verriet er ihr, an einem Buch zu schreiben. Das war an einem regnerischen Tag gewesen. Sie mussten die Bank mit einem Taschentuch abwischen, um darauf sitzen zu können. Er hatte Seiten aus seinem Manuskript dabei. »Es geht um Vagabunden, Gauner und Verbrecher. Um niedere Rassen eben. Darüber gibt es nämlich keine einzige aktuelle und brauchbare Arbeit. Meine Schrift kommt genau richtig. Sie liefert solide Grundlagen für die kommenden Maßnahmen. Der Titel lautet: Ein Menschenschlag. Ich werde nachweisen, dass Primitivität so etwas wie eine Erbkrankheit ist. Den geborenen Verbrecher, glauben Sie mir, den gibt es.« In seinem geöffneten weißen Kittel saß er mit überschlagenen Beinen neben ihr auf der Bank – der freihängende Fuß wippte – und las ihr Auszüge aus dem Manuskript vor. Schwierig waren die Sätze, unverständlich die Worte. Trotzdem nickte sie. Wenn er genug hatte, unterbrach er mitten im Satz, stand abrupt auf und knöpfte den weißen Kittel wieder zu. »Bis später, Fräulein Justin.«

Obwohl sie stundenlang redeten, kam ein privates Wort zwischen ihnen nicht vor. Es gab ja auch nichts Privates. Selbst Gespräche über Politik waren selten. Politik interessierte beide nicht. Einmal wollte sie wissen, wie er über die Juden denke, aber da sagte er nur, Juden seien das eine, Zigeuner und Nichtsesshafte das andere. Alle seien nutzlos für das Volk, ein jenischer Scherenschleifer genauso wie ein jüdischer Pferdehändler. Und das sei keine Frage der persönlichen Einstellung.

Abends rief er sie dann und wann zu sich ins Büro, zeigte ihr Fotos unterschiedlicher Menschentypen, diktierte ihr Briefe, ließ sie Statistiken erstellen. Wichtig war ihm auch, dass sie sich seine Reden anhörte, bevor er sie vortrug.

»Wie hört sich das an, Fräulein Justin?«, »Was meinen Sie zu dieser Formulierung?«, »Ist verständlich, was ich meine?« Eine Antwort erwartete er nie. Meist saß sie auf dem Stuhl vor dem Schreibtisch mit dem ausgestopften Iltis und hörte zu, während er mit einem Blatt in der Hand im Zimmer auf und ab ging und dozierte.

Hatte sie verstanden, dass Kriminelles und Asoziales erblich seien, so lernte sie schnell dazu. Dass nämlich die Gefahr von Volksschädlingen vor allem darin bestehe, dass sie es darauf anlegten, sich mit Deutschblütigen zu verbinden. Und dass die daraus stammenden Abkömmlinge zu Schmarotzern des Volkes werden würden und das Blutschutzgesetz* längst Gebot der Stunde sei. Ihre Folgerung lag auf der Hand: »Schade, dass man nichts dagegen tun kann, dass sie sich fortpflanzen, Herr Dr. Ritter.« Da hatte er sie angesehen mit einem Blick, der ihr durch und durch ging. »Sie haben verstanden, wie wichtig und nützlich diese Maßnahme wäre. Sie haben einen ausgezeichneten Sinn für Zusammenhänge, Schwester Eva.«

Damals, auf dem Gymnasium, hatte sie das Fach Rassenkunde nur mäßig interessiert. Sie erinnert sich an den blauen Leinenumschlag eines Lehrbuches mit dem Titel ›Kleine Rassenkunde des deutschen Volkes.‹ Obwohl im Unterricht der Oberstufe die leidlichen Qualitäten der osteuropäischen Rassen besprochen worden waren, auch die Gefahren, die von deren rasanter Vermehrung ausgingen, so waren ihr eigentlich erst jetzt, durch Dr. Ritter, die Wichtigkeit und Bedeutung dieses Problems klar geworden.

* *Das am 15. September 1935 erlassene Gesetz zum Schutze des deutschen Blutes und der deutschen Ehre verbot die Eheschließung sowie den außerehelichen Geschlechtsverkehr zwischen Juden/Jüdinnen und Nichtjuden/Nichtjüdinnen. Eine wenig später erlassene Verordnung weitete das Eheverbot auf andere Gruppen aus: Es sollten grundsätzlich alle Ehen unterbleiben, die die »Reinerhaltung des deutschen Blutes« gefährdeten. Ein Rundschreiben zählte dazu »Zigeuner, Neger und ihre Bastarde« auf.*

Einmal lag ein Atlas aufgeschlagen vor ihm. »Sehn Sie, Fräulein Justin«, sagte er, nachdem er sich neben sie gesetzt hatte, »ich blättere gerne in solchen Büchern. Sie geben mir das Gefühl, unterwegs zu sein. Verstehen Sie das?« Er schob den Atlas in ihre Richtung, drehte ihn, damit sie besser sehen konnte und wies mit dem Finger auf Orte, die mit einem roten Kreuz gekennzeichnet waren. Dann zog er Bilder aus der Schreibtischschublade, mischte sie wie ein Kartenspiel und legte sie nebeneinander in eine Reihe. »Asien, Ozeanien oder Afrika zum Beispiel. Nehmen wir diesen Neger hier. Das Knochengerüst eines Negerschädels ist schwer und hart. Und wenn Sie genau hinsehen: Der Hinterkopf scheint ausgedehnt, dafür ist die Stirn schmal und niedrig. Höchstwahrscheinlich ist das Hirn von geringerem Umfang als das der Weißen. Die Bindehaut der Augen ist fast immer gelb, in den Winkeln schwarz gefleckt. Die Nase ist breit, dick, flach, oft wie eingedrückt. Sehen Sie das?« Er zeigte ihr verschiedene Bilder.

Der Kaffee, den er zwischendurch orderte und literweise trank, war ihr immer zu stark. Manchmal musste sie davon husten. Das Husten war ihr peinlich. Ihm fiel es nicht auf. »Bei allen Schwarzen ist der Mund breit, die Lippen sind wulstig und aufgeworfen, die Zähne weiß und groß. Bei primitiven Völkern ist die Stirnpartie meist vorgewölbt wie bei diesem hier. Die Hautfarbe wechselt von Schwarz bis Braun oder zu schmutzigen Gelbtönen. Die Innenseiten der Hände sind weiß. Wir wissen, dass der Neger eigentlich ein sanftmütiger und sinnlicher Mensch ist, aber selbstständiges Denken ist nicht vorhanden. Er liebt es, gedankenlos in den Tag hinein zu leben, seine Zeit mit Nichtstun oder sinnlosem Geschwätz zu vertun; nur Hunger oder Geschlechtsdrang bringen ihn aus der Ruhe. Man hat versucht ihn zu erziehen, aber alle Versuche waren praktisch erfolglos. Alles in allem ist er ein vollkommen unerzogener Mensch. Es gibt natürlich Unterschiede, je nach Herkunft. Nehmen Sie diesen hier«, er schob ihr ein Schwarzweißfoto eines großen, muskulösen Mannes zu, dessen Haut fast schwarz war. Sein Körper war mit weißen Punkten und Strichen bemalt, sogar das Gesicht. Ein Lendenschurz bedeckte sein Geschlecht. Einen Speer trug er in der Hand. »Ein Krieger«, sagte Dr. Ritter, »höchstwahrscheinlich Sudan. Sehen Sie sich die Haltung an. Er ist anders erzogen. Sehen

Sie das? Haben Sie sich mit so was schon mal befasst?« Sie rückte den Stuhl näher an den Tisch und betrachtete den Krieger, der mit ernstem und starrem Gesicht in die Kamera sah. »Als Kind war ich mit meinem Vater einmal in einem Zirkus. Sie haben dort Indianer und Neger ausgestellt. Auch eine Karawane aus der Wüste. Meine Tante hat mir vom Münchner Oktoberfest Fotos von echten Kanaken aus der Südsee mitgebracht. Im Schwesternkurs haben wir uns mit Abstammungslehre befasst und Fotos von Hottentotten, ich glaube aus Südwestafrika, gesehen.«

»Das waren wahrscheinlich die Fotos von Professor Fischer. Er hat in unseren alten Kolonien Köpfe vermessen und Rassenmerkmale bestimmt und damit dem Institut für Anthropologie zu ziemlichem Ruhm verholfen. Eine höchst bemerkenswerte Arbeit. 1908 war das. Er war es auch, der dafür gesorgt hat, dass eine interessante Schädel- und Knochensammlung aus den Kolonien hierher verschifft wurde.« Sein Blick wurde nachdenklich. »Wissen Sie noch, neulich, als wir uns über Volksschädlinge unterhalten haben, da haben Sie eine sehr wichtige Folgerung gezogen. Wissen Sie noch, was Sie gesagt haben?« Ihre Antwort kam sofort. »Ja. Sie haben gesagt, dass möglicherweise Gefahren ausgehen von solchen Bastarden. Wegen der Reinheit der deutschen Rasse. Und ich habe gefragt, wieso man sie nicht an der Fortpflanzung hindern könne.« Sein Lächeln war wie ein Lob. »Ich kann nur über Sie staunen, Fräulein Justin. Ihre Gedanken sind ganz richtig. Wenn wir sie an der Fortpflanzung hindern, wird unser Volk immer reiner werden. Rassenpflege ist eine Auslese der Besten und Tüchtigsten. Viele Entwicklungen in unserem Volk sind kritisch zu sehen. Nach der französischen Revolution hat man alle Schranken zwischen den Ständen niedergerissen. Da ist vieles verloren gegangen. Gleichheit für alle hat man gefordert, aber es sind nicht alle gleich. Wir dürfen die Unterschiede zwischen den Rassen nicht verwischen. Der Führer ist durchaus zur richtigen Einsicht gekommen. Und wir haben jetzt die Pflicht, an der Entwicklung unserer Rasse mitzuwirken. Dazu braucht es natürlich fähige Menschen, die das erkennen und entsprechend handeln.« Er schob das Foto einer fremd aussehenden Frau in die Mitte des Tisches. Eine Ureinwohnerin Borneos mit einer Haut voller Tätowierungen und schulterlangen Ohrläppchen, an denen Perlen, Münzen und Zähne hingen, hielt ein nacktes Kind auf dem Arm. Darunter eine Handschrift: ›In den heißen Ländern reift der Mensch früher, erreicht aber nicht die Vollkommenheit der Bewohner temperierter Zonen. Die Menschheit ist in ihrer größten Vollkommenheit in der Rasse der Weißen. Die gelben Indianer haben schon ein geringeres Talent. Die Neger sind weit tiefer und am tiefsten steht ein Teil der amerikanischen Völkerschaften.‹ Mit dem Finger tippte Dr. Ritter auf das Geschriebene. »Das hat Kant gesagt, Immanuel Kant. Ähnliches sagen auch Fichte, Hegel, sogar Voltaire. Unsere großen Philosophen. Es ist einfach so, dass wir weiter sind als die primitiven schwarzen, gelben oder roten Naturvölker. Das liegt an unserer überlegenen biologischen Ausstattung. Stellen Sie sich doch mal vor, Fräulein Justin, es gäbe nur noch gesunde, saubere, schöne Menschen. Das ist das Ziel. Und deshalb: Vorbeugen ist besser als heilen. Das wusste schon Hippokrates.« Der Spruch erinnerte sie an den Vater. Er hätte von ihm sein können. Sie saß da, sah Ritter zu, wie er die Bilder sortierte, zusammenstapelte und wieder zurück in die Schublade legte. »Wenn Sie Pferde züchten würden, Fräulein Justin, würden Sie das mit schwachen und kranken Tieren tun?« Sie schüttelte den Kopf. »Na, sehn Sie. Es ist, wie wenn man einen Hund von Flöhen befreit oder Fleischtöpfe vor Fliegen schützt. Haben Sie sich mal die Stammbäume der besten Rennpferde angesehen? Da züchtet niemand mit schlechtem Material.« Mit diesen Worten klappte er den Atlas zu, beugte sich vor und sah sie vielsagend an: »Es liegt viel Arbeit vor uns. Ich zähle auf Sie.«

Von da an studierte sie Bücher, Broschüren, Flugschriften und Fachzeitschriften zum Thema Rassen noch akribischer, sammelte die wichtigsten Beiträge, ordnete sie nach Stichworten. Einen Karteikasten legte sie an, teilte Fächer ein für unterschiedliche Rassenmerkmale. Bald war sie in der Lage, Auskunft zu geben, wie häufig blonde Haare in Bayern, blaue Augen im Rheinland und dunkle Haut in Sachsen vorkamen.

Regelmäßig überraschte sie ihn mit Fragen. Immer nahm er sich Zeit für die Antworten, die ausführlich waren und manchmal halbe Nächte dauerten. Sie half beim Sichten von Aktenbergen, wühlte in Archiven, in alten Zeitungsbeständen, saß über Gerichtsprotokollen, studierte Kirchenregister für die Ahnenforschung von Gaunern, Vagabunden, Räubern und Zigeunern. Jeden Tag um die Mittagszeit musste sie in seinem Büro erscheinen und Bericht erstatten. Seine Ordnung, die Pünktlichkeit und die Disziplin gefielen ihr. Auch seine Kontrolle.

In Gedanken begleitete sie ihn immer und überall. Saß er verstimmt oder müde im Büro, so war sie ruhelos. Unablässig horchte sie nach seinen Schritten, stellte sich vor, wie er, die Hände in den Hosentaschen vergraben, im Büro auf und ab ging und schielte nach der Tür, die sie von ihm trennte. Hinter dieser Tür lag für sie die ganze Welt.

Immerzu, auch wenn sie arbeitete, wartete sie, dass er herauskam, dass er etwas sagte, dass er sie ansah. Schloss er die Tür zwischen den Büros nicht, so war es wie ein Einvernehmen, eine Einigkeit, ein Gleichklang. Hatte sie das Gefühl, dass er Ruhe brauchte, versuchte sie jedes Geräusch zu vermeiden, flüsterte am Telefon, zog die Schuhe aus und lief auf Strümpfen. Abends, wenn manchmal bis weit nach Mitternacht noch Licht unter seiner Tür durchschien, wartete sie, bis er die Lampe ausknipste und ihr eine gute Nacht wünschte. Dann erst verließ sie das Büro.

Es kam die Zeit, in der er sie auf Reisen durch Württemberg und das schwäbische Hinterland schickte, wo sie, zusammen mit zwei Kollegen, kriminelle Banden und Sippen aufspürte, Armenquartiere und gewisse Stadtgebiete durchkämmte, Personalien feststellte, Abstammungen überprüfte, Heimatlose, Schwachsinnige, Waisenhäusler, Zigeuner und anderes Gesindel registrierte und für Ordnung sorgte, indem sie Kriminelle der Polizei meldete. Oft wurden ihnen die Leute durch die örtliche Gendarmerie zugeführt. Die Gemeinden waren froh sie loszuwerden. Ein Amt schob sie einem anderen zu, auch um sich der Fürsorgekosten zu entziehen. Meist waren es Männer, die sich den Befragungen widersetzten und schon aktenkundig waren. Viele lebten mit ständig wechselnden Namen und führten falsche Papiere mit sich. Dr. Ritter gefiel es, wenn sie wieder einen erwischt hatten, der dann zur rassenkundlichen Untersuchung vorgeladen wurde und danach in die Steinbrüche, in Vorbeugehaft oder sonst wohin geschickt wurde.

Die fahrenden Zigeuner waren schwierig aufzustöbern. Ihre Planwagen fanden sie meist nur durch Hinweise von Dorfbewohnern. Dann mussten sie schnell sein, denn oft standen die Wagen nur ein oder zwei Tage an einem Platz und waren danach wieder verschwunden.

Bei allem, was sie bei den Zigeunern an Gaunereien sah und hörte, so staunte sie doch, wie sich die Leute durchschlugen. Geschickte Handwerker waren dabei, gute Musiker. Die Männer kannten alle Schliche und Pfade der Wälder, wussten, wo Pilze und Wurzeln wuchsen, welche Blätter, Früchte und Beeren genießbar waren. Sie sammelten Schnecken, fingen Fische und Igel, rafften Hölzer zusammen für die Lagerfeuer, deuteten Spuren von Tieren, horchten nach aufflatternden Vögeln. Die Frauen waren geschickt im Hausieren und Betteln. Sogar mit Eva versuchten sie Geschäfte zu machen: Auskünfte gegen Mehl oder Kaffee.

Aufwändig waren die Stammbäume, die sie zeichnete. Eine enorme Fleißarbeit und zeitintensiv. Das Stammbaumzeichnen lag ihr. Oft staunte sie, was ein fertiger Stammbaum alles verriet. Für die Arier zeichnete sie einen weißen Kreis, aber das war selten. Für die Schwachsinnigen waren es schwarz ausgefüllte Kreise, für die Herumziehenden rote, für die Beschränkten war es ein Kreis mit einem schwarzen Punkt, für Heimzöglinge ein Z, für die Vorbestraften ein dicker Strich, für die Jenischen ein J. Je weiter sie in die Generationenfolgen eindrang, desto klarer zeigten die Linien, wie sich minderwertiges Erbgut immer weiter mit anderem minderwertigen verbunden hatte. War der Urgroßvater kriminell, waren es auch die Großväter, die Söhne und Enkel. Vagabundensippschaften seit Jahrhunderten. Sämtliche Nachkommen hatten diesen Hang zum Herumziehen und zur Verschlagenheit, sorgten für ständige Scherereien und verursachten den Gemeinden hohe Kosten. Diese Erkenntnisse notierte sie in einer schwarzen Kladde. Die Kladde war für Dr. Ritter bestimmt.

Es war ein Dienstag, kurz vor Weihnachten, an dem er sie zu einer Veranstaltung in die Tübinger Universität einlud. Ein Schneesturm war im Gange und schon der Weg zum Hörsaal der medizinischen Fakultät geriet zum Abenteuer. Sie trug einen Wollmantel und eine

Pelzkappe, er einen Mantel aus Schaffell und einen Schirm in der Hand, mit dem er versuchte, den Schnee von ihr abzuhalten.

Die Veranstaltung war schlecht besucht. Die Referenten redeten monoton und endlos. Es ging um den Umgang mit Zuwanderern und Minderheiten. Am Ende bauten ein paar Musikanten ihre Instrumente auf und spielten die Frühlingssinfonie von Beethoven, worüber sie sich wunderte, denn das Stück passte weder zum Ort noch zur Jahreszeit, auch nicht zum Thema. Trotzdem gab es am Schluss Applaus.

In eine Weinstube in der Innenstadt waren sie eingekehrt, hatten Trollinger getrunken, von Vergangenem und Zukünftigem geredet, vor allem von der Arbeit.

Dann hatte er sie nach Hause gebracht. Das Schneegestöber war so stark, dass es blind machte. Vor ihrer Tür hatten sie gestanden, unter einem Vorbau. Alles war voll gewesen von diesem Schnee. Überall Schnee. Er bedeckte die Pelzkappe, sammelte sich in den Falten ihres Mantels, glänzte auf ihrem frostgeröteten Gesicht. Eine Flocke verfing sich in ihren Wimpern. Sie wollte sie wegwischen, aber er kam ihr zuvor, küsste die Nässe von ihrem Gesicht, zog sie an sich, die Flocken auf ihrem Hals schmolzen und sickerten als Wasser in ihren Ausschnitt, der wirbelnde Schnee tanzte und flog, seine Küsse waren verlangend und atemlos, seine Hände gierig und sehnsüchtig und so, dass sie ihr den Atem nahmen. Sie schwankte, als er hauchte: »Glauben Sie an Zufälle, Fräulein Justin? Ich nicht.«

Zitternd war sie die Treppen hinaufgestiegen. Die ganze Nacht hatte sie wach gelegen, seinen Händen nachgespürt und seinen Küssen. Nie hatte sie geküsst, nie einen Mann geliebt.

Anderentags hatte er sie kaum beachtet.

Die ganze Woche blieb es so. Zwischen Weihnachten und Silvester arbeitete er nicht. Es verging eine weitere Woche. Sie litt. Das neue Jahr änderte nichts. Jeden Tag hoffte sie auf einen Blick, eine Geste, ein Wort. Jeden Morgen wanderten ihre Augen zur Tür, wenn er hereinkam, begleiteten ihn ins Sekretariat, wo er hastig eine Tasse Kaffee hinunterstürzte, blieben bei ihm, wenn er an ihr vorbei in sein Arbeitszimmer ging und ihr zunickte. Aber sein Nicken blieb unbeteiligt und nichtssagend.

Sie folgte ihm in Gedanken, stellte sich vor, wie er sich den lederbezogenen Stuhl an seinem Schreibtisch zurechtrückte. Manchmal hörte sie das Kratzen seines Füllers, wenn er etwas schrieb, und stellte sich die Buchstaben vor, die Worte, die Sätze.

Und dann kam der Tag, an dem er nach einem langen und ausführlichen Telefongespräch hinter Aktenbergen hervorsah und rief, dass er am Nachmittag einen Termin in Reutlingen habe und sie ihm seine Tasche mit den entsprechenden Akten richten solle. Sie beeilte sich, ihm die Sachen zu bringen. Ohne sie anzusehen, fragte er, ob sie am Abend etwas vorhätte. Erst als sie den Kopf schüttelte, »Nein, Herr Dr. Ritter«, sah er sie an, näherte sich, und strich ihr mit dem Finger eine Haarsträhne aus dem Gesicht. »Gehen Sie heute früher nach Hause. Warten sie dort auf mich. Um acht bin ich bei Ihnen.« Sie war wie elektrisiert. Ihr Puls raste. Ständig dachte sie an seine Augen, an seine Hände auf ihrem Arm. Den ganzen Nachmittag fieberte sie dem Abend entgegen. Seine Blicke waren eindeutig. Die Gedanken kreisten. Sprangen hin und her. Dass er viel älter war als sie, sicher an die zehn Jahre. Dass er verheiratet war. Auch dass er zwei Töchter hatte. Erst vor ein paar Monaten war eine Kollegin mit der Sammelbüchse herumgegangen: »Dr. Ritter hat ein kleines Mädchen bekommen. Eine Waltraud.« Einen Strampelanzug hatten ihm die Kollegen geschenkt und ein Ständchen gebracht.

Über seine Frau wusste sie damals so gut wie nichts. Nur dass sie Hildegard hieß, aus einer alteingesessenen Kaufmannsfamilie aus Köln-Marienburg stammte und – wie er – in München studiert und auch promoviert hatte. Seine älteste Tochter war noch in Zürich geboren, in der Zeit, als er Assistent an der Psychiatrischen Uniklinik war. Auf seinem Schreibtisch stand in einem mit Blumenornamenten verzierten Rahmen ein Foto seiner Familie. Das älteste Mädchen trug ein helles Sonntagskleid und Schleifen im Haar. Es hatte lockige Haare und ein längliches, ebenmäßiges Gesicht mit einer hohen Stirn und schweren Augenlidern, die dem Blick etwas Melancholisches gaben. Roberts Frau, blond, mit einem kleinen Hut auf üppigen, gewellten Haaren, hielt die Kleinste auf dem Arm: ein stramm gewickeltes schlafendes Kind, von dem man nur das Köpfchen sah. Die Frau wirkte jünger als er. Sie lächelte in die Kamera. Er selbst war nicht auf dem Bild.

Aufgeregt ging sie in der Wohnung auf und ab, sah auf die Uhr, sah aus dem Fenster. Alles war aufgeräumt. Sie hatte gebadet und sich die Haare gemacht.

Er brachte Konfekt mit und ein Manuskript, das er auf den Tisch legte. »Es ist noch nicht ganz fertig, aber die Fakultät wird meine Arbeit annehmen. Als Habilitationsschrift.« Er umarmte und küsste sie. Sekunden ohne Herzschlag. Dann zog er den Mantel aus, legte ihn über die Lehne eines Stuhls, sah sich um. »Schön hast du es hier, ja, Tübingen hat wirklich schöne Häuser«, um dann sofort wieder auf das Manuskript zu kommen. »Das Manuskript ist für dich.«

»Ein Menschenschlag – psychiatrische, erbgeschichtliche und sozialbiologische Untersuchungen über die Nachkommen alter Gaunergeschlechter in Schwaben«, las sie und erinnerte sich, dass sie irritiert war über das plötzliche Du. Dieses Du fühlte sich weich und warm an, wie seine Hände, die wie selbstverständlich über ihre Schultern glitten, über ihre Hüfte strichen. »Jetzt haben wir es schwarz auf weiß. In dieser Arbeit habe ich bewiesen, dass es geborene Verbrecher gibt. Ihre Primitivität ist eine Art Erbkrankheit. Das Buch habe ich Alfred Ploetz gewidmet, meinem Vordenker. Ich hab ihn neulich getroffen, meinen alten Professor, und ihm von meinen Forschungen erzählt. Demnächst findet in Berlin ein Kongress zur Bevölkerungswissenschaft statt. Da werde ich dabei sein. Ploetz wird ein Wort für mich einlegen. Weißt du, wer Präsident des Kongresses ist? Professor Fischer, Direktor des Kaiser-Wilhelm-Instituts für Anthropologie.« Er strich ihr über die Wange und lächelte. »Aber weißt du eigentlich, dass du es warst, die mir enorm geholfen hat, dieses Werk zu schreiben? Die Reisen, die du unternommen hast, das ganze Material, das du gesammelt hast. Ohne dich wäre ich nicht so schnell fertig geworden. Und deshalb hab ich dir einen Dank ins Buch geschrieben. Sieh mal.« Er schlug die Seite mit dem Vorwort auf, fuhr mit dem Finger entlang der Absätze. »Hier ist es. Lies mal. Gefällt es dir?« Sie zog das Manuskript zu sich heran: »... schließlich hatten sowohl meine Frau in ihrer steten Hilfsbereitschaft als auch meine Mitarbeiterin, Schwester Eva Justin, durch ihren unermüdlichen Einsatz an der Arbeit und ihrem Werden Anteil ...«

Wie ein Kind auf einem Kettenkarussell kam sie sich vor. Schwankend vor Glück und schwerelos. Sie konnte gar nicht aufhören ihn anzusehen, seine Augen, den Mund, wusste nicht, was sie sagen sollte, stand da, die Hände ineinander verflochten, der Blick flatternd. »Danke, es ist mir eine Ehre, eine große Ehre, dass ich …«

»Schon gut. Das ist doch selbstverständlich, Eva. Jetzt weißt du auch, was mir deine Hilfe bedeutet.« Er zog sie an sich, schlang ihr ein Herz um den Hals, ein Herz aus Bernstein, bedeckte ihr Gesicht mit Küssen. Dann ging alles sehr schnell. »Zieh das aus«, sagte er und meinte ihre Bluse, »die Knöpfe stören und all das Zeug darunter auch. Zieh alles aus, alles …« Dann drängte er sie auf das Kanapee, wickelte etwas aus einem Papier und flüsterte ihr ins Ohr: »Wir müssen vorsichtig sein. Wir wollen ja nicht, dass du schwanger wirst.«

Die Liebe ergriff sie total, umfasste jeden Schritt, jeden Gedanken. Es gab keinen Moment der Reue, keinen Gedanken an Rückkehr. Es gab auch nichts Verbotenes. Sie lebte von Luft, aß kaum etwas, spürte nicht einmal Durst. Sie versuchte zu begreifen, warum er gerade sie ausgesucht hatte. Gerne hätte sie mit jemandem gesprochen über das, was mit ihr geschah.

Seine Besuche bei ihr waren unregelmäßig. Er legte fest, wann und wo sie sich trafen. Sie wartete auf seinen Blick, sein Lächeln. Manchmal schwoll das Warten derart an, dass sie glaubte, es packen zu können. Dieses Warten belagerte die Wände, die Möbel, flimmerte im Flur, schlüpfte von Raum zu Raum. Wenn er sich ankündigte, schrubbte sie den Boden, putzte die Fenster, richtete sich die Haare. Kam er, fühlte sie sich glücklich, satt und aufgehoben. Kam er nicht, war alles leer. Ruhelos ging sie dann von Zimmer zu Zimmer als suche sie etwas. Der Gedanke, dass er nicht mehr kommen könnte, riss sie in Abgründe.

Wenn er kam, kam er meist spätabends, ohne Anmeldung. Es waren kurze und heimliche Begegnungen, flüchtige Stunden, eilig ausgetauschte Zärtlichkeiten. Die Nächte, in denen er blieb, waren selten. Richtig schlafen konnte sie neben ihm nicht. Viel zu kostbar schien ihr die Zeit. War er eingeschlafen, lag sie da, betrachtete sein Ohr, das Haar, seine nackte Schulter, seinen Körper, dessen Silhouette sich unter der Decke abzeichnete. Sie wagte kaum, sich zu bewegen, wusste nicht, wie sie atmen sollte, weil sie dachte, ihn mit ihrem Atmen zu stören.

Der Hauswirt monierte nicht, wenn er dablieb. Robert hatte dem alten Mann erzählt, dass sie arbeiten müssten, manchmal auch nachts. Der Alte verbeugte sich, wenn er Robert sah, sprach ihn mit Professor an. Besonders angetan war er von Roberts großzügigen Trinkgeldern.

Von Anfang an hatte Robert erklärt, dass er auf keinen Fall seine Ehe und auch nicht seine Karriere gefährden würde. Sie akzeptierte seine Spielregeln, zeigte Verständnis, wenn er nicht kommen konnte, wenn er sie Fräulein Justin nannte, wenn er, nachdem er bei ihr gewesen war, schnell wieder weg musste. Sie schwankte zwischen höchstem Glück und tiefer Verzweiflung. Die Glücksmomente waren voller Sehnen, voller schmerzlicher Freude, von der sie glaubte, dass sie zur Liebe gehörten.

Vor den Kollegen fingen sie ein ausgeklügeltes Versteckspiel an, vereinbarten geheime Zeichen für ihre Rendezvous, wie etwa ein offen stehendes Fenster zu einer bestimmten Uhrzeit oder eine angeknipste Lampe. Ständig schwebte sie in Angst, mit einem Wort oder einer Geste ihre Liebe zu verraten und entdeckt zu werden.

Dass Robert sie zu seiner Geliebten gemacht hatte, ließ sie wachsen. Auch, dass er ihren Verstand schätzte. Manchmal litt sie darunter, dass er sich nicht zu ihr bekennen konnte. Und doch zog sie aus diesem Leiden ein Gefühl der Bedeutsamkeit. Nur hin und wieder, wie aus fernen Welten, spürte sie einen Winkel in ihrem Inneren, der nur ihr gehörte, für niemanden zu betreten war. Mit diesem kleinen Winkel aber wusste sie nichts anzufangen.

Den Winter über blieb sie in Tübingen. Sie war die einzige, die er nicht auf Reisen schickte. Wenn sie die Reihe dieser Wintertage überblickte, so waren es glasklare, hellblaue Tage, in denen er fast jeden Abend zu ihr kam.

Dann wurde Robert zu einem Kongress nach Berlin eingeladen. Sein alter Professor Ploetz hatte dafür gesorgt, dass er ein Referat über mitteleuropäische Zigeuner halten und über seine Forschungen berichten durfte. Zwei Wochen brütete er über diesem Referat, las ihr immer wieder Auszüge daraus vor.

Drei Wochen blieb er fort. Wochen, die sie kaum aushielt. Sie schrieb ihm an die Adresse seines Hotels. Es kam keine Antwort.

Sie schrieb einen weiteren Brief. Nichts. Sie fuhr zum Bahnhof, weil sie geträumt hatte, dass sie ihn dort treffen würde. Sie wartete auf die Züge aus Berlin, aber es waren zu viele.

Und dann kam dieser merkwürdige Tag. An einem der langen Kantinentische, wo sie zu Mittag aß, saßen ihr zwei junge Frauen gegenüber. Sie unterhielten sich über ein Ostseebad, wo eine von ihnen in Kur gewesen war und von einem feudalen Hotel, einer noblen Suite und einem blau gefliesten Bad schwärmte. Sie kamen auf Robert zu sprechen, auf seine Abteilung, auf seine Forschungen, auf seinen Ärger mit einem der Oberärzte. Eine erwähnte, dass man in Berlin auf seine Forschungen aufmerksam geworden sei, auch auf die Beiträge in den Fachorganen und dass im Reichsgesundheitsministerium eine besondere Abteilung eingerichtet, Dr. Ritter als Kandidat der ersten Wahl gehandelt würde und sicher bald aus Tübingen verschwinden werde.

Sie erschrak. Der Löffel in ihrer Hand zitterte. Warum wusste sie nichts davon? Sie ließ den Löffel sinken, stand auf, trug das Tablett mit dem Teller zur Ablage. Während sie die Treppen hinauf ins Büro eilte, hämmerte der Gedanke, dass er sie belogen und benutzt haben könnte, dass die Abteilung in Tübingen möglicherweise aufgelöst werden würde und sie ihre Stelle verlieren könnte. Sie dachte an ihre Treue und Gewissenhaftigkeit, an die Abende und Nächte, die sie mit ihm verbracht hatte, dass sie alles zu ertragen bereit war, nie etwas von ihm gefordert, nie eine andere Seite von sich gezeigt hatte als die der treuen Mitarbeiterin und verschwiegenen Geliebten, dass er eine bessere niemals finden würde.

In dieser Nacht lag sie schlaflos, im Würgegriff eines hilflosen Schmerzes.

Was dann kam, war eine Erlösung. Sein erster Weg, nachdem er aus Berlin zurück war, führte nicht zu seiner Frau, auch nicht in die Klinik, sondern zu ihr.

Jeglicher Schmerz war wie fortgeblasen, als er sie umarmte und küsste, hinausposaunte, dass man ihn habilitieren und nach Berlin versetzen wolle, dass er es schon länger wisse, sie allerdings damit habe überraschen wollen. »Alles dreht sich um die neue Rassenpolitik. Mein Referat und auch das Buch haben große Anerkennung gefunden. Wichtige Leute sind gekommen. Auch mein alter Ploetz. Anschließend haben sie mich ins Reichsinnenministerium gebeten und gefragt, wie sie meine Arbeit unterstützen können. Jetzt also Berlin. Eva, das wird eine große Sache. Die deutsche Forschungsgemeinschaft wird uns mit Geld unterstützen. Wir werden unsere Untersuchungen stärker auf Zigeuner und Zigeunermischlinge konzentrieren. Auch auf die Jenischen. Du wirst dabei sein. Berlin wird dir gefallen. Wir werden die gesamte asoziale und kriminelle Bevölkerung Deutschlands erfassen und erforschen. Und wir sind nicht allein. Es wird international diskutiert.« Er zählte Wissenschaftler und Institute auf, die ebenfalls mit Rassenforschung befasst waren: die Professoren Kranz und Jötten an den Universitäten Gießen und Münster, Professor von Verschuer in Frankfurt, Professor Loeffler in Königsberg. »Ach, es sind noch viele mehr. Demnächst werde ich Mitglied des Erbgesundheitsgerichts. Dort werden erste Konsequenzen getroffen, etwa, wer von den Minderwertigen unfruchtbar gemacht wird.« Immer wieder hatte er sie geküsst, ihre Hände gestreichelt, ihr ins Ohr geflüstert, dass er sie zu seiner Assistentin machen werde, dass sie sich auf ihn verlassen könne. »Liebst du mich?«, wollte er wissen. Sie konnte kaum glauben, dass sie gemeint war, stand nur da, nickte und schluckte. »Wahnsinnig.« Am Ende hatte sie Tränen in den Augen. Berlin und Robert. Auch über dieses Angebot brauchte sie nicht nachzudenken.

Tübingen zu verlassen fiel ihr nicht schwer. Sie hatte dort keine Freunde gefunden. Eine Nachbarin gab es, gleichaltrig, mit der sie manchmal an Sonntagen am Neckar entlang spaziert und dann auf den Österberg gestiegen war, um dort, bei gutem Wetter, über die Felder zu gehen und sich auf Grasböschungen zu setzen, vom mitgebrachten Kuchen zu essen und in die Wolken zu schauen. Außer dieser Nachbarin gab es noch eine Kinderschwester, die auf ihrer Station arbeitete, mit der sie ab und zu die Mittagspausen verbrachte. Ansonsten waren ihre Bekanntschaften nicht der Rede wert gewesen. Mit den meisten Kollegen blieb sie ohnehin in Kontakt, denn es war eine Zusammenarbeit zwischen den Instituten Tübingen und Berlin angestrebt. Wichtig war nur eins: Dass sie bei Robert bleiben konnte.

Berlin, Herbst 1936

Schon das frühe Rauschen der Stadt ist laut. Die Geräusche der Straße werden nur in der Nacht schwächer. Ansonsten wogen Lichter und Lärm gegen die Fenster: hupende Autos, Stimmen und Satzfetzen von Passanten, Flüche der Bierkutscher und Kohlenhändler, das Lachen der Büromädchen und das der Gäste des Restaurants gegenüber. Auch das monotone Ausrufen der neuesten Nachrichten und das Anpreisen von Zeitungen. Sie hört, wenn die Nachbarn mit Schüsseln und Töpfen klappern, wenn Stühle gerückt werden und über ihr Kinder schreien, wenn sie hüpfen, springen und das Treppengeländer hinunterrutschen, wenn die Vermieterin das Treppenhaus putzt und mit dem Schrubber an die Stufen stößt, wenn jemand den Deckel einer Mülltonne zuschlägt, wenn am Morgen die Jalousien der Nachbarn rasselnd in die Höhe gehen. Aber sie hat sich die Gegend schließlich nicht aussuchen können.

In den ersten Nächten schläft sie kaum. Alles ist ungewohnt. Zu viel hat sie im Kopf.

Die Wohnung liegt im dritten Stock eines Hauses aus der Kaiserzeit, von denen es im Viertel einige gibt. Es ist viergeschossig, hat Sandsteinsimse und kleine Balkone mit schmiedeeisernen Geländern. Die Fassade ist mit Stuckornamenten dekoriert, grüne Blätter auf hellem Putz. Gegenüber, im Restaurant Zum Schiff, kann sie in einen Biergarten sehen, in dem Lampions hängen. Regelmäßig stehen Kellnerinnen mit verschränkten Armen vor den Lorbeerhecken, rauchen und schwatzen, manchmal torkeln Betrunkene aus der Tür, pinkeln gegen die Laternenpfähle und singen wüste Lieder. Im Vorderhaus gibt es ein Café mit roten Korbstühlen, links einen Krämerladen, rechts eine Bäckerei, die jeden Morgen den warmen Duft frischgebackener Schrippen verbreitet. Eine Straße weiter liegt ein kleiner Park mit Sträuchern und Gebüsch. Einmal in der Woche baut ein Gemüseverkäufer vis-à-vis seine Kisten auf. Der Gemüseverkäufer ist ein Jude. Sie will ihn meiden.

Um die Wohnung braucht sie sich kaum zu kümmern. Sie ist froh, dass alles, wenn auch altmodisch, doch nach praktischen Überlegungen eingerichtet ist. An den Möbeln ist sowieso nichts zu ändern. Sie gehören Frau Goll, der Vermieterin, und sind Teil des Vertrags.

Die einzigen Gegenstände, die sie hinzugefügt hat, sind ein Spirituskocher, ein Grammophon, für das sie noch keine Schallplatten hat, und ein paar Topfpflanzen. Den Spirituskocher wird sie kaum brauchen. Frau Goll hält ihr, wenn sie es früh genug sagt, am Abend ein Essen warm. Mittags isst sie in der Kantine des Instituts.

Die Vermieterin sieht streng aus mit ihrem straffen Dutt und dem engen Korsett, aber Robert hat mit ihr verhandelt. »Es wird keine Probleme geben, wenn ich ab und zu hier bleibe. Ich habe gesagt, dass wir arbeiten müssen. Der Alten ist das Geld wichtiger als die Moral.«

Zur Rassenhygienischen Forschungsstelle in Berlin Dahlem sind es nur ein paar Stationen mit der U-Bahn, sogar ohne Umsteigen, dann ein kurzer Fußweg. Wenn sie stramm geht, braucht sie keine zehn Minuten. Die Gegend mit Villen und Parkanlagen gefällt ihr. Bis Zehlendorf ist es nicht weit. Der Grunewald liegt fußläufig. Die hier ansässigen Institute liegen verstreut über ein riesiges Areal mit roten Ziegelsteinbauten, ländlich-märkischen Häuserformen mit weißen Putzflächen, viele mit Fachwerk und Holzlauben sowie gepflegten Gartenanlagen.

Eine ganze Reihe von Instituten haben sich angesiedelt: das Reichsgesundheitsamt, mehrere bakteriologische Institute, das Kaiser-Wilhelm-Institut für Anthropologie, an dem Professor Fischer lehrt, von dem sie die Fotos der Hottentotten kennt. Es gibt eine Materialprüfungsanstalt, ein Institut für Wasser-, Boden- und Lufthygiene. Ob das Luftgaukommando schon fertig ist, weiß sie nicht, wohl aber, dass Robert Koch auf diesem Gelände Tuberkulose erforscht hat und dass nach wie vor pharmakologische Mittel zur Bekämpfung von Syphilis und Diphtherie entwickelt werden.

Zwischen niedrigen Stallgebäuden fallen ihr eine Reihe kleinerer Laboratorien auf. Die Versuchstierstallungen liegen etwa in der Mitte des Areals, die Beamtenwohnhäuser mit Walmdächern und weißen Sprossenfenstern am Rande des Geländes.

Die Rassenhygienische Forschungsstelle ist angegliedert an das Reichsgesundheitsamt, aber gesondert untergebracht, in einer alten Villa, mit einem eigenen Eingang in der Thielallee / Ecke Boetticherstraße. Eine komplette Etage steht zur Verfügung.

Im ersten Raum, hinter dem Eingang, hat Robert sein Büro. Evas Arbeitsplatz befindet sich gleich daneben, mit Blick auf einen Park mit Kastanienbäumen. So hat er es gewollt. Es ist eine Art Vorzimmer mit Telefon, ein angenehmer Ort zum Arbeiten, nüchtern, zweckmäßig, ohne Pflanzen.

Sekretariat, Karteiräume, Schreibzimmer und ein Fotolabor schließen sich an. Im Flur und im Sekretariat hängen Bilder von Urmenschen und Wilden, Malaien und Chinesen sowie eine großflächige Karte der Menschenrassen aus Brommes Völkerkunde. Vierzehn Zeichnungen sind es von Köpfen der unterschiedlichsten Rassen und den dazugehörigen Schädeln. Am Ende des Flures befindet sich ein Untersuchungsraum für Vermessungen und sonstige Registrierungen.

Robert hat für sein Büro Bücherregale machen lassen mit Platz für Ordner. Zwei neue Ledersessel, deren Geruch wohltuend und teuer ist, stehen auf einem Teppich mit Blumenmuster, dahinter der Schreibtisch. Die neuen Lampen mit den Seidenschirmen werfen ein weiches, warmes Licht. Ein schwarz-gold gerahmtes Foto, schräg gegenüber dem Fenster, zeigt den Führer mit Kindern auf dem Schoß. Alles riecht neu, wie in einem Möbelgeschäft. Mehrere Glasschränke sind gefüllt mit präparierten Affenköpfen, Teilen von Skeletten, zwei Totenmasken, unterschiedlichen Schädeln, alle sorgfältig beschriftet mit kleinen schwarzen Nummern auf den weißen Stirnen, darunter Hinweistafeln: Java, Borneo, Papua, Sumatra. Auf der Fensterbank blühen Geranien, auf Roberts Schreibtisch, neben Stempelkissen und Tintenfass, steht ein Strauß gelber Rosen. Nur der Iltis ist verschwunden.

Für die Stenotypistinnen werden neue Schreibmaschinen geliefert, vier Olympia-Simplex-Modelle, dunkelgrün. Für die Volkspflegerinnen neue Kittel. Weiß und aus robustem Drell. Auch einen Volksempfänger hat Robert angeschafft. Ein modernes Gerät mit einem braunen Bakelitgehäuse und Lautsprechern auf der Frontseite. Es steht auf einer Anrichte im Gemeinschaftsraum.

Zu Evas erstem Arbeitstag hat Robert eine kleine Feier vorbereitet. Auf seinem Schreibtisch steht ein Tablett mit Gläsern. Daneben eine Flasche Mampe. Außerdem liegen zwei Flaschen Sekt in einer Schüssel mit Eiswürfeln. Robert greift eine heraus, dreht den Drahtverschluss, löst den Korken, schenkt allen ein und hebt das Glas. »Auf unseren Zuwachs! Auf das Fräulein Justin!« Der Sekt perlt im Glas. Die Gesichter dahinter sind freundlich. Er stellt ihr die Kollegen vor. Da ist die Volkspflegerin Kallies, mit schwarzen, gutmütigen Augen, wie sie Juden haben. Aber die Kallies ist bestimmt keine Jüdin. Ferner die Ahnenforscherin Hellke, klein und gedrungen, mit braunen Korkenzieherlocken, die sie offensichtlich mit einer Brennschere bearbeitet. Ein metallgestanztes, rundes Parteiabzeichen steckt an ihrem Jackenaufschlag. Ansonsten Frau Dr. Batz, groß und blond und mit einem Vogelgesicht. Sie befasst sich mit Unterschichtsforschung und ist verheiratet mit dem Rassenkundler Dr. Manfred Batz, der in Tübingen forscht und in vierzehntägigem Rhythmus nach Berlin kommt. Dr. Steinfuß, schlank, mit einem sehr schmalen Schnurrbart und eisblauen Augen, ist als Arzt angestellt. Fräulein Olsen, nordischer Typ mit einem kräftigen Kinn und Augen von wässrigem Blau, kümmert sich um die Kontakte zu anderen Instituten und Ämtern. Fräulein Lützenkirchen ist mit knapp 17 die jüngste. Sie ist eine magere Erscheinung mit einem sensiblen Brillengesicht. Eva hätte sie wegen des strengen Zopfes und der altmodischen Strickweste mindestens fünf Jahre älter geschätzt. Drei Stenotypistinnen prosten ihr zu: Frau Plünz, Frau Moll, Frau Kranz. Fräulein von Witzendorf, Schreibdame, mit einer auffallenden, schildpatteingefassten Brille, redet und redet und scheint mit einer unglaublichen Tatkraft ausgestattet. Sie entblößt viel Zahnfleisch, wenn sie lacht. Neben Fräulein von Witzendorf sieht die Volkspflegerin Moser blass, farblos und mager aus. Dass sie die Arbeitsgruppen organisiert, erwähnt sie beim Händeschütteln, aber da wirft die Witzendorf einen flotten Spruch dazwischen und die Moser verstummt. Wenn die Witzendorf zu sprechen anfängt, scheint sie nur schwer wieder aufzuhören.

»Jetzt sind wir fast komplett«, sagt Robert, »abgesehen von ein paar Volkspflegerinnen, die außerhalb Berlins arbeiten, werden noch technische Assistentinnen hinzukommen, die alles, was an Daten und Dokumenten aus den Einsatzgebieten des Reichs hereinkommt, sammeln, ordnen und verarbeiten. Natürlich noch Mitarbeiterinnen für die Karteiarbeit. Zwei Fotolaborantinnen haben wir auch eingestellt. Ich weiß nicht, ob alle es schon gesehen haben. Wir haben jetzt eine kleine Dunkelkammer, wo wir Lichtbilder entwickeln können.« Er schwenkt die Sektflasche, lacht und fragt, wer Nachschub möchte. Zu Evas Arbeitsgebieten sagt er nichts. Es fragt auch niemand. »Dass wir mit den Kollegen in Tübingen weiterhin in Kontakt stehen, hat sich sicher herumgesprochen«, fügt er hinzu, »der Kollege Würth, ein Schwarzwälder übrigens, schickt regelmäßig Berichte aus Württemberg. Er kennt sich aus mit Fingerkuppenmustern und Handlinien, auch mit Vaterschaftsgutachten, und arbeitet zeitgleich an den Zigeunerakten der Kripo in Stuttgart. Auch zur Reichszentrale zur Zigeunerbekämpfung bestehen beste Kontakte. Tausende von Akten über Zigeuner und Landfahrer lagern dort. Ein richtiger Fundus. Übrigens, Österreich hat inzwischen schon drei Gesellschaften für Rassenpflege: Graz, Linz und Wien.«

»Ja, überall tut sich was«, bemerkt Fräulein von Witzendorf, »in Magdeburg soll es bald jetzt auch so ein Lager geben wie in Marzahn. Und in Frankfurt wird nächstes Jahr eins eröffnet.«

»Hab ich auch gehört. Diese Sammellager sind nicht schlecht«, meint die Kallies und sieht in die Runde, »das sind doch alles Fürsorgeempfänger. Da können jede Menge Mietbeihilfen eingespart werden.« Alle sind sich einig. »Vor allem werden sie dort arbeiten müssen. Sonst gibt es nämlich keine Unterstützung mehr und dass sie für die Unkosten, die sie verursachen, arbeiten müssen, ist nur recht und billig.« Frau Hellke ist der Meinung, dass Eva genau zur richtigen Zeit am richtigen Ort ist, mitten in einer großen Bewegung und Teil einer gleichgesinnten Gemeinschaft. Darauf heben sie die Gläser. Berauscht fühlt sich Eva an diesem Tag.

Am Abend kommt er nur kurz vorbei. Er kann nicht bleiben, sie muss das verstehen. Er versucht, in den nächsten Tagen mehr Zeit für sie zu haben.

Die erste Woche bringt sie damit zu, Akten zu beschriften und deren Inhalte alphabetisch, numerisch, geografisch, farblich und nach Datum zu ordnen, je nachdem, ob es Hauptakten, Einzelakten oder Archivakten sind. Sie mag das Ordnen, das Sortieren, das Aufteilen, als ob sie Äpfel und Birnen in unterschiedliche Körbe legt. Schnell soll man alles finden.

Wie zuvor in Tübingen, so sammelt sie weiterhin Bücher und Zeitungsartikel, die über Rassenpflege berichten: das Deutsche Ärzteblatt, die Blätter der Wohlfahrtspflege, der Anthropologische Anzeiger, der Völkische Beobachter, Volk und Rasse, die Monatsschrift für nordische Weltanschauung und Lebensgestaltung. Außerdem Bücher von Ploetz, Fritsch und Bangert. Und Feders ›Kampf gegen die Hochfinanz‹.

Die Kollegin Kallies, sie sitzt im Büro gegenüber – Eva kann auf ihren Schreibtisch sehen – sammelt mit. Es ist nicht ihre Aufgabe, aber sie tut es, um Eva zu gefallen. Sie hat Eva einen Kalender gebastelt, auf dem alle nationalen Feste mit einer aufgeklebten Blume gekennzeichnet sind: der Tag der nationalen Erhebung, Heldengedenktag, Führers Geburtstag mit der Vereidigung des Jungvolks, Sommersonnenwende, Erntedank, Wintersonnenwende, diverse Kundgebungen und einiges mehr. Eigenhändig hat die Kallies das Kunstwerk in Evas Büro an die Wand neben das Fenster genagelt. Eva hat sie gewähren lassen. Ein bisschen belächelt sie die Kallies, die, obwohl sie ein kleines Kind zu Hause hat und keinen Ernährer, mit der Hellke von einem Feiertag zum nächsten eilt, Spaß hat an Aufmärschen, Heldengesängen, an Fahnen schwingenden Kindern, großen Reden und brennenden Fackeln. Von Mode schwärmt die Kallies, kann sich ereifern über lange, enge Röcke, breite Tellerhüte und Korseletts mit verstellbaren Trägern und Vorderverschluss. Eva braucht Tage, ihr klarzumachen, dass sie weder Feste mag, auf denen sich die Parteioberen die Stimmen heiser schreien, noch sich ein Korselett mit Vorderverschluss anschaffen möchte.

Mit den Kollegen hat sie wenig zu tun. Die Volkspflegerinnen lassen sich nur morgens sehen und sind dann mit Arbeitsgruppen unterwegs. Die technischen Assistentinnen, die im Oktober dazugekommen sind, arbeiten auf einer anderen Etage. Sie kennt sie nicht mit Namen, es sind zu viele.

Gespräche unter den Kollegen sind selten. Reden kann sie mit der Kallies sowieso nicht. Einmal, es ist der Nachmittag vor dem ersten Advent, draußen liegt schon Schnee, da kommt die Kallies, legt ihr den Text eines Wissenschaftlers vor und will wissen, wie sie darüber denkt. Eva überfliegt das Blatt. Ihr Blick bleibt an der Stelle haften, in der steht, dass Rassenkunde eine Scheinwissenschaft sei und Rassenmischungen grundsätzlich positive Effekte auf ein Volk hätten. So etwas Abwegiges hat sie lange nicht gehört. Sie kann nicht fassen, dass die Kallies einen solchen Text ernst nehmen kann. »Wie ich darüber denke?« Sie nimmt die Blätter, zerreißt sie und wirft sie der Kollegin vor die Füße. »Was glauben Sie eigentlich?«

Ein anderes Mal hört sie, wie die Kallies über Robert tuschelt. Etwas von Karriere und Ellbogen sagt sie, aber Eva versteht nicht alles und nimmt sich vor, die Kallies genauer zu beobachten.

An diesem Abend hat sie mit Robert nicht gerechnet. Aber dann liegt er doch noch auf ihrem Kanapee, die Beine ragen über die Lehne. Ein Glas Rotwein hält er in der Hand; die Flasche hat er geschenkt bekommen. Es ist selten, dass er Alkohol trinkt. Eigentlich hat er etwas gegen Alkohol. Aber heute passt der Wein zu seiner Laune. Er nippt und lacht, sieht zu, wie Eva hastig Akten wegräumt, in denen sie gelesen hat, bevor er kam. Sie beeilt sich, seine Zeit ist kostbar. Er hört nicht zu, als sie ihm von der Kallies berichten will. »Ach, lass doch die Kallies. Komm her und lass auch das Zeug liegen. Das kannst du alles morgen machen.«

»Ja, gleich. Bin gleich fertig.«

Er lockt sie mit Wein, fuchtelt mit einer Zigarette in der Luft herum. »Komm Eva, komm schon …« Robert ist in Feierstimmung. Die Forschungsgemeinschaft hat Gelder fließen lassen. Seine Rede auf dem Kongress der Bevölkerungswissenschaftler, wo er über Zigeunermischlinge referierte, war so gut besucht, dass die Stühle nicht reichten. Zufrieden füllt er das Glas und streckt sich auf den Kissen aus. »Jetzt sind alle auf das Problem aufmerksam geworden. Ich bin sehr gespannt auf Reaktionen. Komm Eva, setz dich zu mir, lass uns ein bisschen reden. Es gibt Nächte, die zum Reden gemacht sind.« Eva räumt den Aktenstapel in eine Kiste, die sie in einem Regal verstaut. Dann greift sie nach ihrem Glas und prostet ihm zu: »Auf dich! Und deinen Erfolg!« Er zieht sie auf die Couch, küsst ihre Hände, ihre Stirn. »Ja, es war wirklich grandios. Weißt du eigentlich, wer alles da war?« Er zählt ein paar Namen auf. »Alles wichtige Leute. Und alle lieben sie unsere Zigeuner, die so naiv sind, den Tag unbekümmert vertrödeln und gedankenverloren in der Welt herumlaufen …«

Eva nippt am Wein und lacht: »Ja, alle lieben wir sie …«

Er rückt näher an sie heran. »Mit den Zigeunern ist ja schon so vieles versucht worden. Aber sie sind geschichtslos, unfähig zu denken, ja primitiv. Sie sind auf der Kindheitsstufe der Menschheit stehen geblieben. Deshalb liegen sie mir so gut.« Er lacht und schüttelt den Kopf. »Sie werden sich nie entwickeln. Sind unfähig, ein nützliches Leben zu führen. Stell dir vor, auf dem Kongress gab es Leute, die glauben, dass die Zigeuner in der Mehrzahl reinrassig sind. Ich habe natürlich Zahlen und Fakten auf den Tisch gelegt. Es sind keine zehn Prozent Reinrassige mehr, alles ist vermischt. Mittlerweile haben wir es sogar mit besonders minderwertigen und gefährlichen Zigeunerbastarden zu tun, die sich nie und nimmer, weder durch Erziehung noch durch Strafen, zu sesshaften Bürgern machen lassen. Für ein geordnetes Leben sind sie nicht geeignet. Alles zerrissene, gespaltene Naturen.« Seine Hände wühlen unter ihrer Bluse. Sie rückt von ihm ab. Das Thema passt nicht zu seinen Annäherungsversuchen. Er setzt sich aufrecht, verschränkt die Arme vor der Brust und schlägt die Beine übereinander. »Tja, weder Galgen noch Schwert, weder Zuchthaus noch Erziehungsanstalten konnten diesen Menschenschlag ändern. Im Mittelalter hat man sie für vogelfrei erklärt, also komplett geächtet. Im Kaiserreich hat man geglaubt, die Zigeunerplage dadurch bekämpfen zu können, dass man die Sippen sesshaft macht und in die Gesellschaft integriert. Das scheiterte allerdings daran, dass keine Gemeinde sie haben wollte, was ja nur verständlich ist. Damals hat man nicht genug durchgegriffen. Wenn wir jetzt durchgreifen wollen, berufen sie sich auf ihre deutsche Staatsbürgerschaft. Aber ein Deutscher ist nur, wer auch deutschblütig ist, und das sind sie nicht, genauso wenig wie Juden und Neger. Aber lass uns morgen darüber reden. Heute bin ich einfach nur glücklich, Eva. Nur glücklich!«

Wieder stößt er mit ihr an, beugt sich vor. Seine freie Hand verschwindet unter ihrer Bluse. »Wie gut, dass ich dich habe. Ich wollte, meine Frau hätte auch so einen Ehrgeiz. Ich kenne keine, die so ist wie du.« Er redet sonst nie von seiner Frau. Sie will das nicht hören, sucht Abstand, steht von der Couch auf, geht ans Fenster und dreht ihm den Rücken zu. »Ach sei doch nicht so empfindlich, Eva. Du weißt doch, wie es ist. Wenn ich gewusst hätte, dass ich mal einer wie dir begegnen würde ... Aber woher hätte ich das wissen sollen? Komm her, komm schon ...« Es dauert nicht lange, da sitzt sie wieder neben ihm. Er umfasst sie und küsst ihre Hände. »Ja, wenn ich das gewusst hätte ...« Dann zündet er sich eine Zigarette an und fängt an von sich zu erzählen, von einem strengen Elternhaus, von einem Garten mit Bretterzaun und Birnbaum, von der kaisertreuen Gesinnung des Vaters, dass er zig Ortswechsel habe verkraften müssen, was dem Beruf des Vaters, eines Kapitänleutnants und Offiziers zur See, geschuldet war. Er zählt auf: Berlin Nikolassee, das Gymnasium in Berlin-Zehlendorf, das Katharinäum in Lübeck, das Realgymnasium in Nowawes im Berliner Süden. Die Mutter und die beiden jüngeren Schwestern erwähnt er nur am Rand. Der Vater ist ihm am wichtigsten. »Er war ein unbarmherziger Zuchtmeister, Gott hab ihn selig. Er war in allem, was er tat, klar und unbestechlich. Sicherlich hätte er sich zum Diplomaten geeignet, gescheit und welterfahren wie er war. Aber das ist nur so eine Einschätzung von mir. Jedenfalls ist mein Vater früh berentet worden, war deshalb zu Hause und hat uns erbarmungslos hart erzogen. Den größten Teil meiner Schulzeit hat er mich in der Kadettenanstalt Berlin-Lichterfelde zubringen lassen. Eine strenge Zuchtschule, sag ich dir. Befehl und Gehorsam, klare Hierarchien. Die galten was. Ausgang hatten wir selten, höchstens, dass mal jemand belohnt wurde, weil er die Gesetze besonders streng befolgt hatte. Ansonsten waren Schläge an der Tagesordnung. Aber das hat uns letztlich nichts geschadet. Ich behaupte, dass ich dort den Schliff fürs Leben bekommen habe. Disziplin und Durchhaltewillen hätte ich nirgends besser ausbilden können.«

Seine Stimme wird weich. Mit einem erinnerungsträchtigen Seufzer nippt er am Glas. »Damals hatte ich solche Lust auf Abenteuer. Einmal sind wir auf einem Kriegsschiff gewesen, ein anderes Mal haben wir einen Aufklärer besichtigt. Und ein U-Boot. Das war was.« Sie schmiegt sich an ihn und streichelt seine Hände, denkt an die Seeschlacht im Skagerrak, bei der das Flaggschiff des Kaisers, der Schlachtkreuzer SMS Lützow, von dem es hieß, dass er unsinkbar sei, zerstört worden war. Immer wieder hatte der Vater davon erzählt. »Da denkt man sofort an den Krieg, was?«, sagt Robert und sie hat das Gefühl, als ob er ihre Gedanken lesen kann. »Ja, der Krieg, für den ich leider zu jung war. Eine verpasste Chance war das. Ich war zu jung, um eingezogen zu werden. Für mich kam die Rettung des Vaterlands zu spät. Ein lange bohrender Schmerz war das. Und dann das bittere Ende. So bitter. Als alles in Trümmern lag, wurde ich aus der Kadettenanstalt entlassen. Mein Weg war völlig verschüttet. Bis zum Schluss hatten wir doch alle geglaubt, dass wir siegen würden. Ich stand also vor etwas Neuem, was ich gar nicht wollte. Alles, woran ich geglaubt hatte, lag im Dreck.« Er macht eine Pause, zieht an der Zigarette und schnippt die Asche in einen grünglasigen Aschenbecher. »Wo waren wir stehen geblieben? Ja, nach dem Krieg. Natürlich konnte ich mich nicht mit den herrschenden Zuständen anfreunden. Ich bin dann zum Grenzschutz Ost nach Kurland zur Baltischen Landeswehr, wo ich als Zahlmeister einer Kompanie zugeteilt wurde, die die Räuberbande der Bolschewiken in den kurländischen Wäldern bekämpfte. Wir scherten uns nicht im Mindesten darum, dass wieder Frieden war.« Er lächelt vor sich hin und ist in Gedanken weit weg. »Nachdem ich mich den nationalen Jugendbünden im Rheinland angeschlossen hatte, habe ich, stell dir vor, nach mehrmonatiger militärischer Verwendung, auf Wunsch meiner Großmutter eine Banklehre in Koblenz aufgenommen. Aber das war grauenhaft. Ich wollte nämlich Jugendarzt werden, hatte die Idee, den Eltern, Seelsorgern und Erziehern Verständnis für die Schwierigkeiten junger Menschen zu vermitteln. Damals hat mir ein katholischer Geistlicher in Koblenz den christlichen Hilfsbund näher gebracht. Dem habe ich dann meine ganze Energie gewidmet mit dem Ergebnis, dass meine Bankkarriere gründlich scheiterte. Du musst auch wissen, dass ich voller Enthusiasmus war für die vaterländischen Ziele der Jugendbewegung. Ach, was hab ich gesucht, nach allem Möglichen. Die Reifeprüfung habe ich auch abgelegt. Aber das war später, nach dem Wehrdienst. Lange träumte ich davon, Leiter einer eigenen Erziehungsanstalt zu werden, was mich auf die Idee brachte, mir alle möglichen Erziehungsheime anzusehen. Ich fuhr nach Schorndorf am Ammersee und sah mir das Heim an, auch eine Heimschule für Mädchen ganz in der Nähe. Von dort fuhr ich an den Bodensee und hielt mich eine Weile in der Schlossschule Salem auf. Von Salem aus war es nicht weit zum Schloss Gaienhofen, in ein Erziehungsheim für Mädchen. Auf dem Rückweg besuchte ich noch die Odenwaldschule und das Heim auf Schloss Bieberstein. In der Rhön liegt das. Eine schöne Reise. Aber dann hab ich angefangen zu studieren: Medizin, Psychologie und Philosophie.« Entspannt und glücklich vergraben liegt sie bei ihm, saugt jedes Wort auf, versenkt sich in seine Stimme. Alles will sie über ihn wissen. »Und wo hast du studiert?«

»Zuerst in Bonn. An der medizinischen Fakultät. Dann in Tübingen, Psychologie und Medizin. Danach Marburg, Medizin. Dort habe ich Leute kennen gelernt, die mir ein Auslandssemester in Norwegen ermöglichten. In München habe ich drei Jahre später mit einem sexualpädagogischen Thema meinen Doktor gemacht.«

»Um was ging es da?«

»Um alles Mögliche. Besonders aber um die Entwicklung Jugendlicher. Es ging darum, Grundlagen für eine verstehende Sexualpädagogik zu entwickeln.« Sie sieht ihn fragend an. »Wie kann so was aussehen?«

»Na ja, du weißt ja, besonders Kinder und Jugendliche sind sexuellen Verirrungen und Erkrankungen ausgesetzt. Deshalb habe ich Grundzüge für eine korrigierende Sexualpädagogik entworfen. Und auf die Jugendbewegung hingewiesen, überhaupt auf die Natur, die im Gegensatz zur Großstadt doch einen ganz anderen Einfluss auf Jugendliche hat. Eine Zeit lang wollte ich so etwas wie ein Sozialfürsorger werden, aber das verblasste schnell, denn es hätte nicht an das herangereicht, was ich wollte. Die Jugendlichen waren immer mein Anliegen und sind es geblieben. Schon als Student habe ich während der Ferien als Pfleger in einer Heilanstalt gearbeitet und später ein Praktikum in einer Erziehungsanstalt gemacht. Ein Jugendarzt wollte ich werden, ein Anwalt für Kinder.«

»Aber du hast doch in der Jugendpsychiatrie gearbeitet.«

»Ja, das auch. In Zürich. In der Irrenanstalt Burghölzi. Da ist mir klar geworden, dass es nicht nur darum geht, die Jugendlichen zu verstehen und sich in ihr Denken einzufühlen. Mit Wohlwollen ist es ja nicht getan. Die jugendlichen Anlagen müssen korrigiert werden, besonders bei den Rechtsbrechern. In Zürich habe ich erkannt, dass wir an der Verbesserung des Erbgutes arbeiten und dafür sorgen müssen, dass die Erkenntnisse von Jugendfürsorgern, von Erziehern und Richtern beachtet werden.« Sie fragt nicht weiter und er kommt auf München zurück. »München war wunderbar. Der Tag viel zu kurz für das, was man alles hätte tun können. Auf allen Wegen begegnest du Originalen, Sonderlingen, Bohemiens. In den Bräus sitzen die Einheimischen, in den Weinstuben die Künstler und Gelehrten. Den größten Gewinn brachte mir die Bekanntschaft mit Ricarda Huch, zu der mich ein Professor aus Marburg in besonderer Mission geschickt hatte. Hast du mal was von ihr gelesen? ›Der letzte Sommer‹ zum Beispiel?«

»Nein.«

»Ich bringe dir mal was mit. Jedenfalls war ich bald regelmäßiger Gast bei ihr. Immer an Sonntagnachmittagen. Da widmete sie sich ihrem Freundeskreis. Man traf dort geistvolle Professoren, Verleger und Künstler. Oft wurde laut diskutiert: über Religion, Politik, Psychologie, natürlich Literatur und Kunst. Ja, und dann bin ich in Heidelberg gelandet und habe dort meine Doktorarbeit geschrieben und die Zulassung zum Arzt erhalten.« Er gerät ins Schwärmen, breitet im Liegen die Arme aus und sagt mit geschlossenen Augen ein Gedicht auf: »Lange lieb ich dich schon, möchte dich, mir zur Lust, Mutter nennen und dir schenken ein kunstlos Lied, Du, der Vaterlandsstädte Ländlichschönste, so viel ich sah ... Weißt du, von wem das ist?«

Sie rät: »Goethe?«

»Falsch. Hölderlin. Friedrich Hölderlin. Ach Eva, Heidelberg war in dieser Zeit einzigartig. Aber die stundenlangen Diskussionen in den Kaffeehäusern waren durchaus auch anstrengend. Einmal habe ich einen kritischen Beitrag geschrieben zu Lampels ›Revolte im Erziehungshaus‹. Kennst du das Stück?«

»Nein, nie gehört.«

»Es ist ein sozialkritisches Stück, die Geschichte dreier Jungen, die in eine Erziehungsanstalt gesteckt und dort brutal behandelt werden, bis sie schließlich Widerstand leisten und die anderen Jungen zur Revolte anstiften. Na, du kannst dir vorstellen. Ich habe dagegen geschrieben. Solche Stücke sind gefährlich. Sie sind Anregung zur Rebellion.«

»Und die Jugendlichen? Wie geht die Sache aus?«

»Ist doch klar. Die Revolte wird niedergeschlagen, die Anführer werden verhaftet. Der Rest wird auf andere Anstalten verteilt.«

Er greift nach ihrem Arm, zieht sie noch näher zu sich heran. Sein warmer Körper liegt jetzt beinahe auf ihr. Seine Hände drücken ihre Brüste, streicheln die erhitzte Haut ihres Bauches. Er streift ihr die Bluse über den Kopf und öffnet seinen Gürtel. Dann redet er nicht mehr, küsst ihren Hals, ihre Brust, sein Atem wird schneller, auch der Puls, und bald verschmelzen Atem und Herzschlag, auch die Bewegungen.

Später liegen sie ineinander gefaltet. Sie spürt seinen warmen Atem in ihrem Nacken, seine Beine in ihren Kniekehlen und seine schläfrige Sattheit. Seine Achselhöhlen riechen nach Schweiß. Ihr Blick wandert von den leeren Rotweingläsern zu seinen Schuhen, die unterm Tisch liegen bis hin zu der weißen Bluse, die sie an den Griff des Fensters gehängt hat. Plötzlich fängt er an, ein Gedicht aufzusagen. Er spricht langsam, mit einer gleichmäßigen Betonung der Silben. Seine Stimme beruhigt. Es ist, als ob jemand ihr ein Kinderlied singt. All ihre Gedanken kreisen um Robert. Er ist ein ganzes Universum.

Ritters Vorgehensweise

»Vor uns liegt eine gewaltige Aufgabe. Zunächst sind wir eine Art Erfassungsinstanz«, erklärt Robert während einer Besprechung in seinem Büro, zu der er das gesamte Kollegium einbestellt hat. Eva sitzt ihm mit einem Notizblock gegenüber, sieht zu, wie er Zucker in den Kaffee rieseln lässt und langsam umrührt. Er sieht müde aus. Sein Gesicht ist fahl, die geeckte Stirn fällt stärker auf als sonst. Wahrscheinlich hat er wieder die halbe Nacht am Schreibtisch gesessen. »Die Struktur ist inzwischen klar. Wir sind dem Reichsgesundheitsamt angegliedert und arbeiten eng mit dem Reichskriminalpolizeiamt zusammen. Fräulein Justin habe ich zu meiner Vertreterin bestellt. Sie vertritt mich in allen Angelegenheiten, wenn ich unterwegs bin. Wir werden Arbeitsgruppen mit geschulten Mitarbeitern zusammenstellen und Kriminelle, Asoziale, Vagabunden, Alkoholiker, Prostituierte, alles das, erfassen und untersuchen. Die Arbeitsgruppen arbeiten gleichzeitig und zwar im gesamten Reich: Pfalz, Baden, Württemberg, Hessen, Westfalen, Rhein-Ruhr-Gebiet, Hamburg und Ostpreußen, alles das, natürlich auch Bayern und so weiter. Sie werden auch sämtliche Zigeuner im Land aufspüren, in ihren Häusern, in den Baracken, Anstalten, Gefängnissen, sie gründlich verhören, damit meine ich die gesamte Verwandtschaft in auf- und absteigender Linie, also diese tausendfache Population erfassen und nicht aufhören, bis ihre Herkunft geklärt ist. Es geht darum, Einblicke in kriminelle Persönlichkeiten zu gewinnen und Zusammenhänge herzustellen. Die Zigeuner sind unsere Schwerpunkte. Dabei muss klar sein, dass Zigeuner kindliche Menschen sind, also ähnlich wie Kinder reagieren, und man sie deshalb mit Strenge behandeln muss. Hat jeder das verstanden?« Er räuspert sich und nimmt einen Schluck Kaffee. »Die Bevölkerung ist übrigens aufgefordert, Auffälliges anzuzeigen. Wer also im Zweifel ist, ob er es mit einem Zigeuner oder einem Juden zu tun hat, kann sich an uns wenden. Wenn jemand einen Zigeunerverdacht hat, überprüfen wir das und melden es. Die Mitarbeit der Leute ist vorbildlich. Bei den Zigeunern klappt das viel besser als bei den Juden. Leider ist es aber so, dass Zigeuner nicht ohne weiteres identifizierbar sind. Es ist anders als bei den Juden, wo die Zugehörigkeit zu einer Religionsgemeinschaft eindeutig ist. Die Kirchen ermitteln momentan, welche Juden in den letzten Jahren zum Christentum konvertiert sind und wer sich hat taufen lassen. Das ist auf Jahre zurückzuverfolgen.« Fräulein von Witzendorf flüstert so laut, dass es alle hören können: »Das mit den Juden können sie doch einfacher haben. Man braucht sie bloß aufzufordern, die Hosen runterzulassen.« Die Kallies kichert. Auch die Hellke. Robert greift den Einwurf auf. »Tja, das ist bei den Zigeunern nicht so einfach. Wir werden klare Einstufungen brauchen.« Dr. Batz meldet sich zu Wort. »Wir sind dabei, Methoden zu entwickeln, mit denen wir die Qualität des Blutes bei Reinrassigen und Mischlingen, Familien, Völkern und Rassen einwandfrei registrieren können. Natürlich werden wir weiterhin Stammbäume erstellen und Ahnenforschung betreiben. Und alles heranziehen, was dazu taugt, die Sippen zu erforschen: Familienbücher, Fotos, Kirchenbücher, Gerichtsbücher.« Robert übernimmt wieder. »Das werden gut 30.000 Stammtafeln und Abstammungsnachweise sein, wahrscheinlich mehr. Wir werden auch alle Zigeuner aufspüren, die sesshaft geworden sind und in normale bürgerliche Familien eingeheiratet haben. Und erfassen, woran die Leute leiden, ihre Krankheiten, alles das. Wir müssen die Zigeunerfrage von der Wurzel her einer einheitlichen Lösung zuführen. Vor allem

Marzahn wird ein großes Forschungsfeld werden.« Eva notiert seine Anordnungen. Dann sinniert sie über das Geschriebene und meldet sich zu Wort. »Sie haben nichts über Charaktereigenschaften gesagt. Ich meine charakterliche Eigenschaften, die vererbbar sind. Wir wissen ja inzwischen, dass für Jugendliche aus kriminellen Familien die Wahrscheinlichkeit bei über 80 % liegt, dass sie ebenfalls Gewaltverbrechen verüben. Bei Zwillingen sind es fast 100 %. Und ob beispielsweise jemand einen dummen, unreifen Eindruck macht. Oder depressiv und verwahrlost aussieht. Das sind ja auch Eigenschaften, die aufschlussreich sind und weitergegeben werden können.« Ritter nickt. »Sehr richtig, Fräulein Justin. Das wäre beispielsweise ein Kriterium für die Einordnungen und da brauchen wir klare Vorgaben. Deshalb werden wir zunächst die stammechten Zigeuner erforschen. Das sind die, die ihre Sprache am reinsten sprechen und sich am strengsten an ihre Sitten und Gesetze halten. Die zweite Gruppe sind die, die zigeunerartig herumziehen. Die Jenischen also, ein fahrendes Volk, das man an ihrer Sprache, dem Rotwelsch, erkennen kann. Drittens die Mischlinge. Sie sind zahlenmäßig am größten, dennoch wird es möglich sein, sie zu erfassen. Übrigens ist stammecht nicht unbedingt mit reinrassig gleichzusetzen. Sie müssen sich vorstellen, dass die Zigeuner auf dem langen Weg zwischen ihrem Ursprungsland Indien bis nach Europa viel fremdes Blut aufgenommen haben. Arier sind es also längst nicht mehr. Was die Mischlinge betrifft, sie zersetzen nicht nur den deutschen Volkskörper, sondern gefährden auch die Stammechten in ihrem Bestand. Nichtzigeunern muss jeglicher Verkehr mit ihnen untersagt werden.« Zwischen Daumen und Zeigefinger dreht er Papierkügelchen, während er seine Gedanken in Worte fasst. Seine Hände sind in ständiger Bewegung. »Die Mischlinge sind am gefährlichsten. Wir können sie wohl kaum zum Abwandern zwingen, aber wir müssen eine Möglichkeit finden, dass sie sich nicht vermehren.«

»Und was schlagen Sie vor?«

»Zunächst müssen wir sie sammeln. Wir denken über Verwahrlager nach, wo sie, natürlich Männer und Frauen getrennt, unter sich bleiben und zur Arbeit angehalten werden. Das wäre ein erster Schritt. In einem zweiten Schritt muss bei Mischlingen ersten und zweiten Grades dringend über Sterilisation gesprochen werden. Bei

Mischlingskindern spätestens ab dem 12. Lebensjahr. In Amerika ist das lange schon gang und gäbe. Auch in Schweden, Norwegen, Finnland. Sogar in Südamerika. Ein entsprechendes Gesetz gibt es ja. Wir müssen jeder Schädlingsgeburt vorbeugen. Irgendwann werden wir soweit sein, dass wir eine mögliche Kriminalität bei Neugeborenen auf Grundlage des Erbwerts der Eltern bestimmen können. Aber solange das nicht so ist, müssen wir anders verfahren. Das mit den Verwahrlagern halte ich für wichtig. Allerdings zählen die Lager nicht zu unserem Maßnahmenkatalog. Das sind Angelegenheiten der Polizei. Wir werden das natürlich unterstützen.« Er vermeidet, Eva anzusehen, schiebt die Papierkügelchen in Richtung Kaffeetasse und wiederholt, was sie längst weiß: »Nach allem, was wir bisher zusammengetragen haben, bin ich sicher, dass weit mehr als 90 Prozent aller als Zigeuner geltenden Personen keineswegs stammechte Nomaden indischer Herkunft, sondern Mischlinge sind. Stammecht, besser gesagt artgerecht, lebt keiner von ihnen. Artgerecht wäre die eingeborene Lebensweise, das Nomadendasein. Aber davon haben sie sich weit entfernt. Sie sind Mischehen eingegangen und nach und nach der Kriminalität verfallen. Die Zigeunerfrage ist also in der Hauptsache ein Mischlingsproblem.« Er befeuchtet die Lippen mit der Zunge, lässt seinen Satz wirken und fügt hinzu: »Ich bin der festen Meinung, dass Zigeunermischlinge weit stärker als reinrassige Zigeuner eine soziale und kriminelle Gefahr für das Volk darstellen. Es ist ganz eindeutig, dass wir sie strengen Kontrollen unterwerfen müssen und es ist gut, dass man sie auf Lagerplätzen unterbringt. So haben wir sie im Blick.« Er sieht in die Runde. »Tja, menschliches Leben ist nun mal von ungleichem Wert. Das ist weder durch Erziehung noch durch sonst was aufzuheben.« Frau Dr. Batz meldet sich zu Wort. »Es gibt mittlerweile einige Vereine, die sich mit der Erforschung von Sippen und Familien beschäftigen. Vielleicht können wir mit ihnen zusammenarbeiten?« Robert nickt und bevor er die Tasse zum Mund führt, sagt er: »Alles, was der Sache dient, ist gut.«

Anfangs pendelt Robert noch zwischen Tübingen und Berlin, was ihre Zusammenkünfte erschwert. Tagsüber vermisst sie ihn nicht; die Zeit ist ausgefüllt mit Arbeit. Nur die Abende sind einsam. Dann sitzt sie in der Küche, die Füße auf einen Hocker gestützt, eine Tasse Tee vor sich und manchmal ein Buch, in dem sie liest, aber doch nichts aufnimmt, weil ihre Gedanken bei ihm sind.

Meist aber bleibt sie im Büro, wo sie sich ihm näher glaubt. Dort verbringt sie oft die halbe Nacht, brütet, die Ellbogen aufgestützt, die Hände an die Schläfen gepresst, über Fachbüchern und Zeitungsbeiträgen, verschlingt Berichte und Meldungen, arbeitet sich in die Ordnung des Instituts ein.

Immer gibt es Neuigkeiten, wenn Robert aus Tübingen kommt. Manchmal bringt er ›Fälle‹ mit nach Berlin. Einmal ist es eine Frau aus dem Schwarzwald, an der er den Unterschied zwischen einer Jenischen und einer Zigeunerin demonstriert. Die Frau ist jung, fast noch kindlich. Auf Roberts Frage hin erklärt sie 18 Jahre alt zu sein und zwei Kinder zu haben. Sie hält die Arme vor der Brust verschränkt und weiß nicht, wo sie hinsehen soll. Das Leinenkleid, das sie trägt, ist verblichen. Der Strickweste fehlen zwei Knöpfe. Das Haar ist fast schwarz und lockig, die Haut hell. Die Augen haben die Farbe von Bernstein, die Pupillen einen dunklen Ring. In ihrem Gesicht sitzt etwas wie ein Schreck, der sich nicht lösen kann, was das Kindliche noch unterstreicht.

Das halbe Institut steht um die Frau herum, während Robert das, was er an ihr feststellt, kommentiert. Eva hört ihm gerne zu. Er wäre ein guter Lehrer geworden. »Wenn sie einem stammechten Zigeuner begegnen, so ist unser erster Eindruck, einem Fremdrassigen gegenüberzustehen. Bei den Jenischen dagegen fällt uns kein Rassenunterschied auf.« Forschende Augen nehmen die Frau ins Visier, die sich zweimal um die eigene Achse drehen muss. »Zigeuner bevorzugen in ihrer Kleidung starke Farben und Schmuck. Eine echte Zigeunerin ist ohne lange, weite Röcke kaum denkbar. Sehen Sie, beide Charakteristiken sind für den Jenischen nicht bindend. Beachten Sie auch unbedingt die Sprache. Die Zugehörigkeit zum Zigeunerstamm oder zum Schlag der Jenischen lässt sich aus der Sprache erkennen. Die Zigeuner bedienen sich des Romanischen. Die Jenischen dagegen bedienen sich, auch zu betrügerischen Zwecken, des Rotwelsch. Rotwelsch ist aber keine Zigeunersprache.« Er fordert die Frau auf, etwas zu sagen, aber die steht nur da mit verkrampften Händen und sieht aus, als ob sie in Tränen ausbrechen will.

»Was soll ich denn sagen?«

Robert zieht die Augenbrauen hoch und sieht in die Runde. »Tja, sie weiß nicht, was sie sagen soll. Aber ersparen wir ihr das. Es führt zu nichts. Wir haben es hier mit einer Minderwertigkeit zu tun. Es wird Sie nicht überraschen, wenn ich Ihnen verrate, dass diese junge Dame hier aus der Verbindung eines Jenischen mit einer Schwachsinnigen hervorgegangen ist.« Während die junge Frau mit hilflosen Blicken von einem zum anderen sieht, erläutert Robert nochmals die unterschiedlichen Zigeunerschläge. »Die Róm-Zigeuner sind die unangenehmsten. Man erkennt sie an ihrem speziellen Dialekt. In der zweiten Hälfte des letzten Jahrhunderts sind sie als Pferdehändler in Deutschland eingewandert und bis zum heutigen Tag ausnahmslos mit falschen Papieren unterwegs. Heutzutage allerdings, der Motorisierung wegen, haben sie auf Textilhandel umgestellt. Man kann sie leicht für Juden halten. Nicht nur äußerlich, sondern auch, weil es geschickte Händler sind. Die Lovari sind übrigens Untergruppen der Róm-Zigeuner.« Er erwähnt burgenländische Zigeuner und Balkan-Zigeuner. Beide Gruppen seien stark durchmischt, lebten verwahrlost und sittenlos. Bei den türkischen Zigeunern, Bärenführer genannt, sei die Abstammung nach wie vor ungeklärt. Er spricht über Kesselflickergruppen, die Kelderari, und von mindestens 500 aus Böhmen und Mähren eingereisten Lalleri-Zigeunern, die ständig ihre Namen wechselten und sich mit Betteln, Wahrsagerei und Diebstählen versuchten durchs Leben zu pfuschen. Am Schluss warnt er vor den Litautikke und Masurtikke, die, über Russland nach Ostpreußen eingewandert und dort als Tagelöhner und Ungelernte herumstreunend, sich an keinerlei Gesetze halten, schon gar nicht an das Heiratsverbot mit Nicht-Zigeunern. Sehr gewieft seien sie im Urkundenfälschen. Am meisten staunt die Witzendorf über Roberts Ausführungen. Von so vielen unterschiedlichen Stämmen hat sie gar nichts gewusst.

Im November gibt Robert die Pendelei auf, holt seine Familie nach Berlin, bezieht eine Villa in Lichterfelde. Im Büro stapeln sich die Kisten mit Akten aus Tübingen bis unter die Decke. Eva sichtet, beklebt Aktenordner, legt Karteikästen an, überlegt sich Rubriken, die sie mit Robert durchgeht. Größten Wert legt sie darauf, Begriffe sauber zu unterscheiden. Es gibt eine Rubrik für die Asozialen, eine für die Kriminellen. Wer asozial mit kriminell gleichsetzt, öffnet der Beliebigkeit Tür und Tor, sagt sie zu Fräulein von Witzendorf.

Zum Zweck des Aufspürens aller im Reich lebenden Zigeuner plant Robert Arbeitsgruppen einzusetzen. Stunden verbringt sie mit ihm über Einsatzplänen. »Jeweils drei Volkspfleger oder Volkspflegerinnen werden es pro Gruppe sein. Für die fernen Gauen nur zwei. Fliegende Arbeitsgruppen nenne ich sie. Mal hier, mal da«, erklärt er Eva, »sie werden nie lange an einem Ort sein, sich dafür aber umso gründlicher umsehen. Du hast die Aufsicht über die Volkspflegerinnen und kannst dir aussuchen, mit wem du reisen willst. Für die Vermessungen bekommt jede Gruppe einen Anthropometer, zwei Maßbänder und einen Tasterzirkel.« Sie ist stolz, dass Robert sie so umfassend in seine Arbeit einbezieht.

Bis Ende des Jahres reisen die fliegenden Arbeitsgruppen durch sämtliche Gaue des Reiches. Eva sieht Robert viel zu selten, was ihre Liebe nur verstärkt.

Zusammen mit der Volkspflegerin Moser klettert sie auf Dachböden von Armen- und Waisenhäusern in Thüringen, Sachsen, Schlesien und Ostmark. Sie steigen in Keller von Schwachsinnigenheimen und Gefängnissen hinab, blättern sich durch Kirchenbücher, durchforsten Gemeindeprotokolle, Strafregister, Vorladungen, Meldezettel, Anzeigen- und Verhörprotokolle, ferner Schulzeugnisse, Krankenberichte, Totenscheine und Gaunerlisten, durchwühlen Berge von verstaubten Akten und vergilbten Dokumenten der Stadtarchive, der Wohlfahrts- und Pflegeanstalten, schreiben ab, was sie brauchen können, ordnen nach Schmarotzern, Unsteten, Unbegabten, Gewaltverbrechern, Gaunern und erblich Geisteskranken.

»Ich kann lesen und rechnen«, sagt eine Bürstenverkäuferin, die sie mit sechs Kindern in ihrem Planwagen in einer Gruppe von Scherenschleifern und Lumpensammlern am Ruppiner See in der Nähe von Wustrau aufgreifen. Die Kinder sind niedlich, aber schmutzig und entsetzlich verdorben. Das sieht sogar die Moser. Die Bürstenhändlerin kreischt. »Ich brauche vor euch keine Rechenaufgaben zu lösen, ich lass mich doch nicht als Dackel hinstellen!« Eva droht ihr mit dem Lager, wenn sie nicht mitmacht und beginnt mit einer

Intelligenzprüfung. Der Frau werden acht Karten vorgelegt, die sie in die richtige Reihenfolge legen soll. Daraufhin sagt sie: »Zu so Sachen hab ich keine Zeit. Das ist Spielerei, das brauche ich gar nicht zu können. Sie halten mich wohl für ganz dumm. Wenn ich nur meine Bürsten verkaufen und meine Kinder versorgen kann, das genügt. Ich bin doch nicht geisteskrank.« Die Sache ist eindeutig. Eva notiert, was es zu notieren gibt.

Eine junge Zigeunerin, die am Ufer der Werra Wäsche gewaschen und auf der Wiese ausgebreitet hat, baut sich mit verschränkten Armen vor Eva auf: »Wir sind freie Menschen. Ihr habt uns nicht zu fragen.« Die Frau stemmt die Arme in die Seiten, schreit Unverständliches und sofort ist sie umringt von einer Handvoll Kinder und junger Männer, die ebenfalls schreien und den Frauen entschlossen entgegen treten. Da ziehen sich die beiden zurück, stehen aber kurz darauf mit einem Polizisten da, der den Leuten ihre Pflichten erklärt. Diesmal ist die Zigeunerin einsichtiger. Dennoch sieht sie einige Fragen nicht als erwiderungswürdig an. »Warum ist der Harz kein See?« Schulterzucken. Andere Fragen weist sie mit Spott zurück. »Was feiert man am 1. Oktober?«

»Was soll man schon feiern? Das, was man ständig feiert. Hitler.«

»Welches Fest wird am 1. Mai gefeiert?«

»Auch was für den Führer, Hitlers Geburtstag.« Eva notiert, dass die Frau versagt, sobald von ihr Nachdenken verlangt wird. Selbst einfache Fragen wie der Frage nach dem Preis für ein Pfund Butter kann sie nicht beantworten. »Latent schwachsinnig«, trägt Eva ein. Dass die Frau angezeigt werden muss, liegt auf der Hand.

Wenn die Leute Auskünfte verweigern, holt Eva einen Polizisten, droht mit Arrest. Einmal lässt sie einer den Kopf scheren, was sich als äußerst brauchbares Mittel herausstellt, denn das Kopfscheren spricht sich herum und die Frauen fürchten es mehr als das Lager.

Eva und die Moser sind rigoros. Besonders Eva will ihre Sache gut machen. Schon wegen Robert. An besonders arglose Zigeuner verteilt sie, um noch mehr herauszuholen, manchmal kleine Geldprämien oder Kaffeetütchen, ein bisschen Mehl, ein Glas Gelee, etwas Honig.

Bis in den Winter suchen sie auf Zigeunerrastplätzen im Pfälzer Wald, in Danzig und Magdeburg, auf verstreut liegenden Baracken und Katen, fragen und erfassen alles, was für ihre Forschung verwertbar ist, legen Stammbäume und Sippentafeln an, erkunden Verwandtschaftsverhältnisse, versuchen die Aufgespürten mit alten Akten in Verbindung zu bringen, vermessen Köpfe und Körper. Nach dem Alphabet sortiert Eva Fälle von Leuten, die wegen unterlassener Straßenreinigung, Trunkenheit während des Tages oder Ausfahren von Gülle zur unerlaubten Zeit zu Geldstrafen verurteilt wurden. Besonders interessant sind die Gaunerlisten mit Mördern, Straßenräubern, Tag- und Nachtdieben, Falschgeldmünzern, Betrügern und einschlägigen Banden. »Um einen Zigeuner einstufen zu können, muss man wissen, wer seine Eltern und Großeltern und wer seine Geschwister sind. Aber zuallererst muss man sich sicher sein, überhaupt einen Zigeuner vor sich zu haben.« Immer wieder erklärt sie der Moser die Zusammenhänge, hat aber längst das Gefühl, einen Zigeuner schon auf Distanz riechen zu können. Manchmal gelingt es ihnen, einen der Vorfahren bis ins 18. Jahrhundert zurückzuverfolgen. Die ältesten Stämme sind die Reinrassigen. So erfassen sie einen gewissen Heiden-Sepp, der wegen Landstreicherei zu einer Haftstrafe verurteilt worden war, sich danach aber mit einer Bauerntochter eingelassen hat, weswegen sie alle seine Nachkommen jetzt zu Zigeunerbastarden erklären müssen. Den Mischlingsgrad errechnen sie rein statistisch. Wenn sich keine Vorfahren aufspüren lassen, bedienen sie sich menschenkundlichen Vermessungen. Bringt auch das zu wenig, so folgt eine Art Verhör, bei dem sich die Zigeuner dann meist selbst verraten.

Manchmal stöbern sie Personen auf, die nie geglaubt hätten, Zigeunerblut in sich zu tragen: BDM-Mädchen, Kaufleute, Lehrer, sogar zwei Ärzte und einen Parteigenossen, einen Weltkriegsteilnehmer mit Eisernem Kreuz, dessen Großvater als Zigeuner in Leipzig zugewandert war. Eva nimmt gut ausgebildete Leute in die Liste auf, aber auch Analphabeten, Handlanger, Hausburschen, Beifahrer, Markthelfer, Kinovorführer und Schaustellergehilfen. Manche arbeiten sporadisch als Tagelöhner in der Landwirtschaft, flechten Körbe oder schnitzen Löffel, brennen Ziegel, streichen bei Hochzeiten ihre Geigen. Einige verdienen ihr Geld als Kesselflicker oder Abdecker, leben vom Betteln und gelegentlichem Mundraub, den sie nicht selten zugeben. Oft decken die beiden Frauen Verstöße gegen das Meldewesen auf, gegen Passgesetze, gegen Schulverordnungen. Je mehr sie suchen, desto mehr finden sie. Eva sorgt dafür, dass die Leute in Schutzhaft kommen. »Es muss ihnen klar sein, dass jede Belästigung und Schädigung unseres Volkes verboten ist und jede Übertretung dieses Gebotes Konsequenzen haben muss.« Die Berichte, die sie nach Berlin schicken, klingen alle ähnlich: »Johann Köhler, geboren am 4. Mai 1902 in Magdeburg, ist ein asozialer Zigeuner und wird wie folgt beschrieben: Vagabund und Hausierer, ehemaliger Fürsorgezögling, geistig beschränkt. Zudem ein kommunistischer Hetzer, arbeitsscheu, unsauber. Heiratete als 20-jähriger eine Witwe und hat mit ihr bis heute fünf Kinder.«

Nur selten irren sie sich.

Auch bei den Porzellanhändlern aus der Eifel sind sie sich sicher. Zwei Handelswagen mit Zugmaschinen, behangen mit Schüsseln, Körben, Tellern, Tassen, drei düstere Männer mit wirren Bärten und eine Frau mit seltsam geknoteten Haaren, dazu eine zweifelhafte Handelsware – da liegt der Zigeunerverdacht auf der Hand. Wie rollende Kaufhäuser sehen die Wagen aus. Im Inneren finden Eva und die Moser Töpferwaren, Porzellan, auch Gläser aus Kristall, schöne Sachen, in Körben mit Stroh gepackt, angeblich aus dem Saarland. »Alles geklaut«, sagt Eva und will Anzeige erstatten. Aber die Männer können jede Tasse belegen. Sogar die Pässe und die Gewerbescheine sind hieb- und stichfest. Ein Verdacht bleibt trotzdem. Die Leute sprechen nämlich eine wüste Sprache.

Robert kontrolliert, was sie tut. Gibt Anweisungen. Erwartet schnelle und gute Arbeit. Oft geht ihm alles zu langsam. Dann kommen entsprechende Telegramme. Robert ist häufig launisch, was sie auf sein enormes Arbeitspensum schiebt. Ständig ist sie bemüht, ihn bei Laune zu halten. Sogar aus der Ferne. Stolz soll er sein auf ihre gründliche Arbeit. Eine Zigeunernamen-Liste hat sie für ihn angefangen. Über zweihundert Familiennamen sind bereits alphabetisch aufgelistet.

Die Vorstellung, dass sich die Idee einer Elite-Rasse, von der sie ein Teil ist, wirklich bewerkstelligen lässt, macht sie zufrieden und füllt den Tag. Was sie tut, gibt ihr das Gefühl Teil von etwas Großem zu sein.

Alles, was Robert tut, sagt und meint, ist vernünftig und richtig. Alles, was kommt, sagt Robert, muss so kommen und hat seinen Sinn. Es ist der Strom der Geschichte, ein höherer Auftrag, längst überfällig, eine große Bewegung. Die weiße Rasse als Träger der Kultur. Die Menschen der Zukunft Arier. Sie überlegt, ob sie es noch erleben wird. Ob es wirklich einmal so kommen wird, dass sie nur noch von einwandfreien, sauberen Menschen umgeben ist? Sie ist stolz, zu denen zu gehören, die den Anfang machen. Jetzt zählt es. Die Welt ändert sich nur durch die Handelnden, die Tätigen. Nicht durch die Denker. Sagt Robert.

In Berlin ist sie selten. Nur manchmal an Wochenenden, um Robert Bericht zu erstatten, um ihn zu sehen und in seiner Nähe zu sein. Eigentlich arbeitet sie nur auf die Wochenenden hin, legt sich zurecht, wie es wird, wenn er sie besucht, überlegt sich, was sie anzieht, was sie sagen wird.

Meist wartet sie das ganze Wochenende.

Verlässt sie das Haus, dann nur kurz und nie ohne ihm eine Nachricht zu hinterlassen. »Bin in zehn Minuten zurück«, steht auf dem Zettel, den sie an den Türgriff heftet.

Oft steht sie am Fenster, hält Ausschau. Die Nächte, in denen sie nicht schlafen kann, gleichen sich. Da ist so eine süße selbstquälerische Lust, und gleichzeitig diese Leere. Dann liegt sie da, starrt an die Decke, gepeinigt von immer gleichen Gedanken: wo er ist, was er tut, was er denkt, ob er sie mehr liebt als seine Frau. Meist, wenn sie montagmorgens wieder abreist, hat sie ihn nicht gesehen, was ihr die ganze Woche ein Gefühl der Leere gibt.

Und dann ist an Samstagen plötzlich alles wieder da: Roberts Hände auf ihren Brüsten, seine Küsse, sein Lächeln, das so schnell wieder verschwinden kann.

Manchmal bringt er ihr Konfekt aus der teuersten Konfiserie der Stadt mit. Einmal geht er mit ihr an der Spree spazieren. Sie laufen entlang der Glanzspur des Wassers, beobachten Wasservögel und Kähne, er lädt sie ins Hotel Kempinski zum Essen ein, zeigt sich spendabel: Vorspeise, Hauptgang, ein süßes Dessert und ein teurer Wein. Sie sitzen sich gegenüber. Er, im weißen Hemd, akkurat gebügelt, der Schlips ist aus Seide. Sie, das Haar aufgesteckt, eine

Korallenkette um den Hals, im Rücken das Licht einer schummerigen Lampe. Was, wenn Kollegen uns hier sehen, will sie wissen. Da lacht er nur: »Na und? Erstens ist Berlin eine große Stadt und zweitens arbeiten wir zusammen.«

Berlin und Marzahn, 1937

Bis in den Februar liegt Schnee. Eva arbeitet überwiegend im Büro. Jeden Morgen werden Leute, von der Polizei eskortiert, ins Institut gebracht. Es sind seltsame Gestalten in seltsamen Kleidern, die einen noch seltsameren Geruch verbreiten. Sie sitzen auf den Stühlen vor dem Untersuchungsraum oder stehen im Gang herum. Eva setzt an ihnen fort, was sie im Herbst mit ihren Arbeitsgruppen angefangen hat: Befragungen, Fingerabdrücke, Haar- und Nagelproben, Fotos.

Dann wird ihr der Zigeunerrastplatz Marzahn anvertraut.

Zusammen mit der Kollegin Lützenkirchen erkundet sie das Gelände. Die Lützenkirchen ist im Winter ein paar Mal dagewesen und freut sich auf die neue Aufgabe. Eva findet die Kollegin zu jung und zu unerfahren. Die Gummistiefel, die sie trägt, sind zu groß und machen ihren Gang plump. Obwohl Elsa Lützenkirchen mager ist, hat sie breite Hüften und stämmige Beine. Ihr braunes Haar trägt sie zu einem Knoten gebunden. Hinter einer billigen Brille verstecken sich graue unsichere Augen. Bevor sie ans Institut wechselte, hat sie bei einem Zahnarzt geholfen, weshalb sie in manches noch eingelernt werden muss. Aber in Marzahn kennt sie sich aus.

Trotz der Nähe zur Stadt ist Marzahn dörflich geblieben. Es gibt eine Kirche und ein Schulgebäude aus der Kaiserzeit. Ein gutes Stück hinter dem Dorf, an einem Friedhof und direkt an der Bahntrasse nach Ahrensfelde und Wernuchen, liegt die durch Gräben und Stacheldraht abgegrenzte Kolonie aus Planwagen und notdürftig zusammengeschusterten Wellblechbuden. Die Planwagen stehen einer neben dem anderen, oft so dicht, dass ein Rangieren unmöglich ist. Aber es rangiert niemand. Die Räder sind abmontiert und die Wagen auf Steine aufgebockt worden. An jedem Wagen ist eine auffällige Nummer befestigt. Diejenigen, die keinen Wagen haben, leben in Blechverschlägen. Auch die Blechverschläge haben Nummern.

Das Lager grenzt an Rieselfelder. Die Abwässer Berlins werden hier gereinigt. Gräben und Stacheldraht sind um das Gelände gezogen. Ein penetranter Gestank liegt über allem. Regelmäßig fahren Laster heran, pumpen Jauche in die Gräben. Unerträglich ist der Geruch. Ein elendes Quartier, denkt Eva und sieht nach einem

Mann, der mit einem schmuddeligen Lappen versucht, Schlamm von den Füßen zu wischen.

Männer in Arbeitsanzügen reinigen die Straßengräben. Sie laden Unrat und Steine auf Schubkarren. Ein paar Uniformierte stehen herum. Als sie Eva und die Lützenkirchen sehen, schlagen sie die Hacken zusammen und reißen den Arm nach oben. »Heil Hitler!« Die Uniformierten, es sind preußische Schutzpolizisten, tragen hohe Schaftstiefel wegen des feuchten Bodens. Ein paar von ihnen patrouillieren mit Hunden über den Platz. Einige der Hunde laufen an den Zäunen hin und her.

Die Lützenkirchen ist mit den Regeln vertraut. »Die Leute dürfen nur zum Arbeiten, Einkaufen, Wasserholen oder Holzholen den Platz verlassen. Sie müssen sich anmelden und abmelden und ihre Papiere zeigen. Sie sind noch nicht alle registriert, deshalb ist es momentan so, dass wer keine Papiere hat, drin bleibt. Das klappt ganz gut. Sie sehen ja, die Hunde hier sind scharf. Fluchtversuche sind selten. Die Leute in der Umgebung sind in Alarmbereitschaft, was die Zigeuner betrifft. Auf die ist wirklich keiner gut zu sprechen; sie würden sofort gemeldet. Für uns ist das nicht schlecht. Da brauchen wir nicht viel zu tun.« Verfaulte Planken und Teile von Zäunen liegen vor den Baracken. Blechwannen, in denen Regenwasser gesammelt wird, stehen herum. Hier und da wächst braunes Gras, ansonsten nackte Erde. Da in den Wagen und Baracken nicht für alle Platz ist, haben sich einige mit Decken und Lumpen im Freien einen Schlafplatz gerichtet.

In den jauchedurchtränkten Wegen lärmen Kinder. Sie streiten sich um eine Blechbüchse, die sie an einem Seil hinter sich herziehen. Das scheppernde Geräusch, das entsteht, wenn die Büchse auf Steine schlägt, hallt in den Ohren. Als Eva mit der Lützenkirchen vorbeigeht, unterbrechen sie ihr Spiel. Sofort bildet sich eine Traube um die beiden Frauen. Von allen Seiten recken sich Arme. Mit den Fingern zeigen sie auf ihre Münder und winseln mit kläglichen Mienen: »Hunger! Hunger!« Sie tun so, als ob sie vor Schwäche fast zusammenbrechen.

Vor den Baracken sitzen Leute auf Holzklötzen oder Brettern. Frauen stehen mit vor der Brust verschränkten Armen und stecken die Köpfe zusammen, als die beiden Frauen sich nähern. Ihre Blicke sind misstrauisch, aber nicht abweisend.

Eine barfüßige Frau steht in der Tür eines Wagens, hält einen Säugling an der Brust, der mit gierigem Mäulchen trinkt. Ein Mann wimmert wie ein gequälter Hund, als sie an ihm vorbei gehen. »Nur ein bisschen Brot, ein bisschen nur …« Eva tut, als ob sie ihn nicht sieht. Eine Alte lacht ihnen hinterher. Ihr Gesicht ist gelb und zerfurcht. Ein fast nacktes Kind sitzt vor ihr im Schlamm und reckt die drallen Ärmchen nach Eva. Die Frau hebt das Kind auf, lacht und ruft ihnen etwas auf Romanes hinterher. »Lolitschai!«

»Was hat sie gesagt?«, will Eva wissen.

»Lolitschai. Sie meint Ihr Haar. Ihr rötliches Haar. Loli heißt rot und Tschai heißt Mädchen. Das rothaarige Mädchen also.«

Eva dreht sich nach der Frau um, die immer noch mit dem Kind auf dem Arm dasteht. Sie will etwas sagen, aber die Lützenkirchen schneidet ihr das Wort ab. »Das ist nicht böse gemeint. Sie verbinden Gutes mit roten Haaren. Es gab nämlich schon mal eine Lolitschai. Es ist viele Jahre her, meine Mutter hat es erzählt, da gab es von der evangelischen Kirche eine Art Mission für Zigeuner und Fremde. Da war eine rothaarige Frau dabei, die Lolitschai genannt wurde. Sie hat sich nett um die Leute gekümmert, ihnen Kleider und Essen gebracht. Die Zigeuner haben sie geachtet. Einige der Leute hier werden sie noch kennen.« Evas Antwort klingt spöttisch. »Dann haben wir also einen Vertrauensvorschuss? Das kann natürlich nicht schaden.«

Ein neuer Schwall aufgeladener Luft schlägt ihnen entgegen. Der Geruch verursacht Brechreiz. Die Jauche ist das Schlimmste. Alles ist verpestet. Aber Eva reißt sich zusammen. »Wir werden hier viel Arbeit bekommen, Fräulein Lützenkirchen. Ich hoffe, dass Sie das durchstehen.« Dabei fragt sie sich, wie sie es selbst durchstehen soll und hat Mühe, die Schritte so zu setzen, dass die Schuhe sauber bleiben. Auch die Lützenkirchen kämpft mit Übelkeit. »Ja sicher, Fräulein Justin.« Vor einer der Baracken steht ein Korb mit einem Säugling. Das Kind schläft mit offenem Mund, atmet Jauche, Jauche, Jauche. Die Lützenkirchen versucht abzulenken. »Übrigens, sie nennen uns Gadsche*«, sagt sie, »sie halten uns eigentlich für dumm, weil wir arbeiten und sie doch freie Leute sind und Arbeit nicht nötig haben.« Eva hält den Gestank kaum noch aus. Ihre Stimme ist gereizt. »Solche Ideen werden ihnen noch gründlich vergehen! Sie werden hier alle arbeiten! Und wenn ich alle sage, meine ich alle. Was denken die sich denn, wie die Lagerkosten gedeckt werden sollen?«

Die Lützenkirchen nickt und beeilt sich, mit Eva Schritt zu halten. Sie erzählt, dass bis kurz vor den Olympischen Spielen hier noch hohes Gras gestanden hätte. Dann sei alles abgemäht, die Erde umgegraben und, noch bevor es mit den Spielen losgegangen sei, planiert worden. Sie zeigt in Richtung der Gräben, wo immer neue Wagen Jauche abpumpen. »Das ist schon eklig. Je nach Windrichtung ist es hier kaum auszuhalten. Aber irgendwo muss der Dreck ja hin. Es ist gut, dass die Zigeuner nicht unter dem Gestank leiden. Daran sind sie ja gewöhnt.«

Die ersten Bewohner, mit denen sie sprechen – eine Pfeife rauchende Frau und ein Mann mit einem Strohhut – beschweren sich. Dass man sie hier nicht lassen könne, dass schon Leute krank geworden seien, weil sie sich nicht waschen konnten. Auch, dass sie hier niemals Halt gemacht hätten, schon wegen des Gestanks, aber auch, weil ihre Gesetze einen solchen Ort, vor allem auch den Friedhof, verbieten würden und dass sie also dringend hier wieder weg müssten. Auf solche Rede ist Eva vorbereitet: »Niemand verlässt den Platz! Nur wenn er Papiere hat.« Alle paar Minuten sagt sie das. Ständig werden sie angesprochen. Aber schnell stumpft sie ab gegen das Gejammer und Geschrei, sogar gegen den Gestank, reagiert bald weder auf heulende Frauen noch auf die Drohungen der Männer und weist die Lützenkirchen zurecht, die sich immer wieder auf Gespräche mit den Leuten einlässt: »Wir müssen das Gejammer ignorieren, wenn wir hier arbeiten wollen.« Dabei denkt sie an Robert, der ihr geraten hat, jedes Mitgefühl sofort und gründlich zu ersticken. Mitleid sei falsch, falsch, falsch. Ihre Pflicht sei eine schwere und sie müsse lernen, der Versuchung menschlich zu sein, zu widerstehen. Auf Nietzsche hatte er sich berufen, nach dessen

* *Weiße*

Auffassung Mitleid eine Gefahr sei, weil es das Leiden in der Welt vermehre. Also keine Freundlichkeiten, keine Höflichkeiten diesen Kreaturen gegenüber.

Der Gestank lässt nach, als die Baracken weniger werden. Die Schuhe sind inzwischen schwer vom Lehm. Da, wo er trocknet, haben sich helle Ränder gebildet. Die Lützenkirchen hat ein Grasbüschel entdeckt. Von allen Seiten streift sie die Stiefel übers Gras. Der Erfolg ist mäßig. »Da braucht man Wasser«, lacht sie, »aber mit Wasser sieht es hier schlecht aus. Es wurde zwar ein Brunnen gebohrt, aber das Wasser ist ungenießbar. Hoffentlich ändert sich das bald. Es musste ja auch alles so schnell gehn. Da kann keiner erwarten, dass alles sofort funktioniert. Sie dürfen aber im Dorf Wasser holen, das ist nicht so weit. Zwei Klosettanlagen gibt es. Ständig verstopft. Und drei Wasserstellen. Versorgen müssen sie sich selbst. Aber das haben sie vorher schließlich auch getan. Lebensmittel können sie im Dorf kaufen. Es gibt dort einen Milchmann und auch eine Kohlenhandlung. Sogar Holz können sie kriegen.« Eva nickt zu dem, was sie hört. »Das ist sicher eine Umstellung. Aber nicht die schlechteste.«

»Ja, hier müssen sie sich an Regeln halten. Sie dürfen keine Straßenbahnen benutzen, keine Gaststätten besuchen, keine Haustiere halten. Das mit den Haustieren wäre ja auch noch schöner. Ganz am Anfang ist mir mal passiert, dass so ein frecher Kläffer hinter einem Bretterverschlag hervorgeschossen ist und mich fast gebissen hätte. Ich habe das sofort gemeldet.« Ein alter Mann schlurft vorbei. Er sieht Eva vorwurfvoll an. »Ja, glotzen können sie«, scherzt die Lützenkirchen, und ergänzt, dass die wenigsten wüssten, wozu Klosettpapier gebraucht wird, was Eva mit einem Hochziehen der Augenbrauen kommentiert. Wohin sie sieht, alles ist elend: die Baracken, die Stimmen der Frauen, die sich von Wagen zu Wagen unterhalten, das Jammern der Kinder, das Klappern mit Aluminiumtöpfen. Die Lützenkirchen meint, dass sich bald einiges bessern wird. »Es gibt eine Kiesgrube ganz in der Nähe, da haben wir schon welche hingeschickt. Auch in einer Steinmühle arbeiten welche und in der Kugelfabrik in Neu-Lichtenberg. Die Bauern in der Gegend können jede Hilfe im Feld brauchen. Da gibt es dann auch manchmal ein bisschen Verpflegung kostenlos. Aber es ist natürlich so, dass die meisten lieber betteln oder stehlen gehen, statt richtig zu arbeiten. Übrigens lerne ich Romanes. Nicht, weil ich mich damit verständigen muss. Die meisten sprechen ja Deutsch, aber sie haben trotzdem ihre eigene Sprache. Ich bekomme dadurch vieles besser mit. Eine Deutsche bringt es mir bei. Wenn Sie wollen, schicke ich sie mal zu Ihnen.«

Am Abend sitzt Eva mit Fräulein Lützenkirchen im Büro. Die Lützenkirchen wirkt angespannt, mit ihren überschlagenen Beinen und ineinander verknoteten Fingern. »Also asozial sind Personen, die aufgrund ihrer Anlagen ständige Konflikte mit Gesetzen, Polizei oder Behörden haben, die arbeitsscheu sind, die den Unterhalt für sich und ihre Kinder laufend den öffentlichen Wohlfahrtseinrichtungen aufbürden, die versuchen, sogar ihre Kinder als Einnahmequellen auszunutzen.« Geleiert hört es sich an, wenn die Lützenkirchen auf Evas Fragen antwortet. »Erbkrank ist, wer an angeborenem Schwachsinn, Schizophrenie, Irresein, Fallsucht, Blindheit oder Taubheit leidet oder an schwerer körperlicher Missbildung.« Ein Buch liegt auf Evas Schreibtisch: Rassenkunde des deutschen Volkes. Eine Woche hat die Lützenkirchen Zeit gehabt, sich damit zu befassen. Jetzt hört Eva sie ab. »Beschreiben Sie den Schädel der dinarischen Rasse.«

»Kurz, schmal. Hinterhaupt steil, wie abgehackt.«

»Und den der westischen Rasse?«

»Lang, schmal. Hinterhaupt ausladend.«

»Wie sieht die Haut der nordischen Rasse aus?«

»Rosig, hell. Durchscheinend.«

»Und das Gesicht? Stirn und Nase?«

»Die Stirn ist flächig, zurückgeneigt und schmal. Die Nase lang, schmal, aus hoher Wurzel hervorspringend, meist gerade. Das Gesicht ist lang, schmal und die Jochbeine sind nicht sichtbar.«

»Bei welcher Rasse sind die Jochbeine sichtbar?«

»Bei der ostischen Rasse.«

»Wo noch?«

»Bei der ostbaltischen.«

»Wie sehn die Haare der Ostbalten aus?«

»Harte Haare. Weißblond bis aschblond. Der Bartwuchs ist dünn.«

»Welche Rasse ist im Gesamtbild eher zierlich, klein, schlank und dunkel?«

»Die westische Rasse.«

»Beschreiben Sie deren Lippenform.«

»Etwas gewulstet.«

»Worin unterscheiden sich die Beinformen der fälischen und der ostbaltischen Rasse?«

»Die Ostbalten haben kurze Beine, die Fälischen lange.«

»Und das Kinn bei der ostischen Rasse?«

»Stumpf. Etwas abgerundet.«

»Und bei der fälischen Rasse?«

»Massig.«

»Wie bewegt sich ein Mensch der nordischen Rasse?«

»Straff, beherrscht, ruhig ausschreitend.«

»Und der ostische Mensch?«

»Schwerfällig, gemächlich.«

Eine ganze Stunde dauert die Befragung. Die Lützenkirchen hat alles auswendig gelernt.

Dann stellt Eva das Gipsmodell eines Schädels auf den Tisch, legt einen Tasterzirkel und einen Stapel Karteikarten dazu. »Zuerst die Karteikarten. Ich erkläre Ihnen, was wir alles aufnehmen müssen. Zuerst den Namen, der ja oft genug schon alles verrät. Wenn sie Reinhard heißen, Böhmer oder Laubinger, ist das ein deutlicher Hinweis. Dann Geburtsdatum, Geburtsort, Namen der Eltern und Großeltern, Namen der Kinder, Zahl der Kinder, alles das. Auch die Reisewege. Wir müssen versuchen, möglicht viel herauszubekommen. Zum Beispiel, ob sie vorbestraft sind, oder ob sie schon einmal irgendwann, irgendwo, aus irgendeinem Grund erkennungsdienstlich behandelt wurden. Sie lassen sich die Pässe geben, Standesurkunden, Personalblätter, Gewerbescheine und so weiter. Dann erstellen wir einen Stammbaum und ordnen sie zu. Je nachdem durchsuchen wir auch die Wagen, die Baracken oder die Kleider. Auch Fingerabdrücke nehmen wir ab. Aber das kennen Sie ja schon.« Eva nimmt eine der Karteikarten in die Hand und zeigt auf die eingezeichneten Spalten. »Die Daten werden hier eingetragen. So, und dann notieren wir die Merkmale. Haarfarbe, Hautfarbe, Art der Haare.« Sie zeigt der Lützenkirchen eine Tafel mit einer bunten

Skala von Haut-, Augen- und Haarfarben. Die Augen sehen fast echt aus. »Mit diesen Tafeln können Sie exakt die Farben bestimmen.« Sie legt ihr die Karte an die Schläfe. »Augenfarbe graublau, sagen wir mehr grau als blau, rosige Haut, heller Hauttyp mit rötlichem Unterton, Haarfarbe hellbraun, dichtes Haar, ein breites, niedriges Gesicht. Fälische Rasse. Das würde ich jetzt bei Ihnen eintragen. Ja, und dann haben Sie ja hoffentlich gelernt, dass jede Rasse ausgeprägte Merkmale hat, die vererbt werden. Auch das Kriminelle.« Die Lützenkirchen zögert. »So was ist auch angeboren?«

»Ja, natürlich.« Elsa Lützenkirchen liegt eine Frage auf der Zunge. Sie beugt sich vor, räuspert sich, aber Eva übergeht den Versuch und kommt auf die Karteikarten zurück. »Sie müssen alles eintragen, was Ihnen auffällt. Etwa eine Lippenspalte, schlechte Zähne oder ein Glasauge, Lippenform, breit oder schmal, Geheimratsecken, Augenform, rund oder schmal, Form des Kinns. Bei den Zigeunern haben wir oft eine gelblich gefärbte Bindehaut und einen tiefen Stirnhaaransatz. Natürlich die Augenbrauen nicht vergessen, dünn oder buschig, Sie wissen schon. Sie müssen auch alles festhalten in Bezug auf den Körperbau, das Gemüt, das Verhalten.«

»Ist es nicht schwierig, einen Zigeuner wirklich zu erkennen?«

»Nein. Wenn jemand klein ist, schmalköpfig und eine dunkle Pigmentierung hat, dann ist das schon der erste Verdacht. Als Zigeuner gilt natürlich auch, wer mehr als zwei Zigeuner unter seinen Großeltern hat, als Zigeunermischling derjenige, der einen oder zwei Zigeuner unter seinen Großeltern hat. Und gewisse Charaktereigenschaften wie Verwahrlosung, kriminelle Energie, aber natürlich auch Bettelei, Diebstahl, Unzucht, diese leichte Sinnesart, alles das.« Da fällt der Lützenkirchen einer der Marzahner Zigeuner ein, der die gespendeten Kommunionanzüge für seine Söhne verkauft und in Schnaps umgesetzt hat. »Ist das typisch? Würden Sie so was notieren?«

»Ja, das ist typisch. So etwas wird aufgenommen. Wir sammeln alles.«

»Und was tun wir, wenn einer keine Auskunft gibt?«

»Zuerst versuchen wir mit sanften Methoden alles herauszupressen. Aber wenn es nicht anders geht, dann eben mit harten.« Was darunter zu verstehen ist, sagt sie nicht.

Eva schiebt den Schädel in die Mitte des Tisches, greift nach dem Kraniometer, einem zirkelähnlichen Gegenstand. »So, jetzt der Schädel. Sehen Sie genau hin. Fällt Ihnen was auf?« Die Lützenkirchen zuckt mit den Schultern. »Ich weiß nicht, vielleicht die Augen.«

»Richtig, die Augenhöhlenöffnung ist relativ klein, die Zähne stehen vor, sehn Sie das? Der Unterkieferknochen ist bei den Schneidezähnen höher als bei den Backenzähnen. Das weist auf eine unterentwickelte Rasse hin. Jetzt messen wir mal.« Eva legt den Kraniometer an, bestimmt Länge und Breite des Schädels.

Fräulein Lützenkirchen notiert sich die Formel: Kopfindex = Kopfbreite x 100 : Kopflänge. »Wir unterscheiden Langköpfe, Mittelköpfe und Kurzköpfe. Wiederholen Sie das!« Die Lützenkirchen wiederholt, was Eva sagt und versucht sich einzuprägen, wie Gesichtshöhe und Jochbeinbreite gemessen werden. »Wenn Sie den Gesichtsindex bestimmen möchten, rechnen Sie Gesichtshöhe x 100 : Jochbeinbreite.« Eva legt den Zirkel beiseite, nimmt das Maßband in die Hand, zeigt mit dem Finger auf unterschiedliche Punkte, die mit einem schwarzen Stift markiert sind. »Das hier ist der am weitesten vorspringende Punkt des Stirnbeines. Und hier, sehn Sie, liegt der tiefste Punkt der Augenhöhle.« Sie bestimmt die größte Länge und die größte Höhe, misst die Länge des Stirnbeins von der Nasenwurzel aus, bestimmt die größte Breite des Gesichtes über den Jochbeinen, die Breite der Nasenwurzel, die Distanz zwischen den Außenrändern der Augenhöhlen. Immer wieder dreht sie den Schädel, zeigt mit einem Bleistift auf die schwarz markierten Punkte, nennt sie bei Namen, die die Lützenkirchen nachsprechen muss: Glabella, Eurion, Orbita, Nasion, Pogonion. »Hier ist die Mitte der Naht zwischen Nasenbein und Stirnbein. Und hier liegt der vorderste Punkt des Unterkiefers. Von diesen Punkten aus messen wir. Beachten Sie das. So, jetzt sind Sie dran. Zuerst der Kopfumfang.« Fräulein Lützenkirchen legt das Band an der Stirn an und führt es um den Schädel. »51 cm.«

»Korrekt. Jetzt nennen Sie mir den Augenabstand und die Breite der Nase, gemessen an der Nasenwurzel. Sie können auch den Zirkel nehmen.« Die Lützenkirchen misst mit dem Band. »3,8 cm und 3,2 cm.«

»Gut. Und jetzt die Länge des Kopfes. Hier anlegen. Und alles in die Tabellen eintragen.« Wieder misst sie und notiert das Ergebnis auf der Karte. »Was glauben Sie?«, fragt Eva, »haben wir hier einen männlichen oder einen weiblichen Schädel vor uns?« Elsa Lützenkirchen überlegt. »Einen weiblichen.«

»Und wie kommen Sie darauf?«

»Ich glaube, dass ein männlicher Schädel größer ist, auch ein kräftigeres Gebiss hat.«

»Sehr gut, das haben Sie richtig erkannt.« Die Lützenkirchen rückt näher und druckst an etwas herum. Es dauert, bis sie fragt. »Ich wüsste gerne, Fräulein Justin, wie kann man eigentlich einen jüdischen Schädel von einem deutschen unterscheiden?« Eva kann nicht glauben, was sie hört. Ihre Stimme wird messerscharf. »Jetzt befassen wir uns schon so lange mit Rassen. Überall in der Stadt hängen Plakate, die die Unterschiede sehr deutlich machen! Und Sie stellen so eine Frage?« Die Lützenkirchen sieht aus, als ob sie im Boden versinken will. Eva steht auf, kramt in einer Schublade und während sie den Profilwinkel expliziert, legt sie eine Reihe von Fotos auf den Tisch, die sie wie ein Kartenspiel ausbreitet. »Also noch mal. Zur Verdeutlichung. Sehn Sie sich diese Köpfe mal an.« Konzentriert beugt sich die Lützenkirchen über die Fotos, rückt die Brille zurecht: Junger Mann – nordischer Typ, huzulische Bäuerin, eine Ongifrau, ein Mischlingskind mit seltsam fleckiger Haut, ein Teppichweber aus Ceylon, ein Mädchen aus dem Zweistromland, ein westafrikanischer Neger, eine Bewohnerin der Insel Nias bei Sumatra. Zuletzt das Portrait eines Gorillas. »So, und jetzt sagen Sie mir, was Sie feststellen.« Fräulein Lützenkirchen vergleicht Nasenbreiten, Hautfarben, Ohrenformen. Erst als sie etwas von Minderwertigkeit sagt, lässt Evas Strenge nach.

Sie ist kaum zu Hause, da klopft es an der Tür. »Dr. Batz hat uns mal wieder beehrt. Ich war noch mit ihm im Aschinger am Alexanderplatz. Dort gibt es die besten Buletten der Stadt. Ich dachte, ich bringe dir welche vorbei.« Das Aschinger am Alexanderplatz? Nein, kennt sie nicht. Robert ist gut gelaunt, scherzt und lacht, legt zwei in Papier gewickelte Buletten auf den Tisch und fegt ihre Müdigkeit weg wie eine Windbö. »Guck mal, was ich dir noch mitgebracht habe!« Er hält eine Schachtel Köstrizer Schokoladenkugeln in die Luft, kreist die Arme und feuert sie an: »Na komm schon, Eva! Komm! Hol dir die Kugeln! Komm schon!« Sie lachen und toben im Zimmer herum; Eva reißt an Roberts Arm, klammert sich an ihn. »Guck mal dort, am Fenster!« Aber er lässt sich nicht ablenken, feuert sie weiter an, bis sie auf den Boden sinken vor Lachen, wo er sie, während er sich auszieht, mit Kugeln füttert. Ihr Gesicht, das Kinn, die Augen bedeckt er mit vielen kleinen Küssen, zerzaust ihr die Frisur, muss lachen, weil ihr Haar jetzt in alle Richtungen steht. So ausgelassen hat sie ihn nie gesehen. »Was ist los? Was ist passiert?«

»Du bist mir passiert! Da darf ich doch glücklich sein?«

In dieser Nacht bleibt er bei ihr. Es ist die schönste Nacht seit langem. Sie können nicht genug voneinander kriegen. Auch am Morgen, nach dem Aufwachen, suchen sie einander wieder und fangen von neuem an.

Auf dem Weg zur Arbeit ist ihr nach Pfeifen zumute.

Die Frau, die bereit ist, Eva gegen Brot und Mehl und sonstige Naturalien Romanes beizubringen, hat einige Jahre mit einem Zigeuner zusammengelebt, mit ihm sechs Kinder bekommen, für die sie inzwischen alleine verantwortlich ist. Früher hatte sie bei der Polizei gearbeitet, aber das ist lange her. Eigentlich sollte sie zu Arbeiten im Holzwerk herangezogen werden, aber solange Eva bei ihr Unterricht bekommt, ist sie freigestellt. Die Frau, sie heißt Bienek, kommt jeden Vormittag ins Institut. Meist wartet sie im Gang, sitzt auf einem der Stühle, die für Besucher bereit stehen und blättert in einem Modeheft. Sie sieht permanent gelangweilt aus. Wenn Eva Zeit hat, ruft sie sie ins Büro.

Die Bienek hat nicht die beste Meinung über Zigeuner. Für die gehöre sie nämlich zu den Gadsche, sagt sie, den Deutschen also, was nicht viel gilt. Sie befürchtet, dass der Mann, mit dem sie zusammen gewesen ist, herausbekommen könnte, dass sie dessen Sprache weitergibt. Ein Verrat sei das und sie hätte Schlimmes zu erwarten. Eva ahnt, auf was die Frau hinaus will. Sie lässt sich nicht erweichen. Das Honorar wird deshalb nicht höher.

Frau Bienek überlässt Eva ein Vokabelheft, erklärt ihr die Besonderheiten der Grammatik und der Verbformen, übt mit ihr die

Aussprache und die Zahlenreihen. Sie erzählt, dass Romanes eine sehr alte Sprache ist, dass es unzählige Varianten gibt und einzelne Familien eigene Dialekte sprechen, die kaum verständlich sind. Dass die Sprache kaum Begriffe kennt, die etwas mit Arbeit zu tun hätten, wundert Eva nicht.

Täglich zehn Vokabeln hat sich Eva zum Ziel gesetzt, dazu drei Sätze. Meist lässt sie sich abhören: »Verstehst du Romanes?«

»Haj weles romanes?« Es stört sie, dass die Frau ihr Du-Formen beibringt. »Kennt man bei denen kein ›Sie‹?«, will sie wissen und die Bienek zögert. »Also ein ›Sie‹ gibt es eigentlich nicht, höchstens die zweite Person Plural. Für einzelne Personen wird immer tu, also du, verwendet, für mehrere Personen tume oder tumen, also ihr. So ganz genau weiß ich das auch nicht.« Aber sie erklärt, dass die Zigeuner je nach Alter des Gesprächspartners Anredeformen verwenden, die Verwandtschaftsbeziehungen ausdrücken. »Einen Mann, der jünger oder etwa im gleichen Alter ist wie man selbst, spricht man mit Phrala an, das heißt Bruder. Zu einem etwas älteren Mann sagt man Kako, Onkel. Einen alten Mann nennt man Papo, Großvater. Sehr junge Mädchen spricht man mit mi Chaj an, meine Tochter. Gleichaltrige Frauen mit Phene, also Schwester, und ältere Frauen mit Bibije, das heißt Tante. »Kompliziert«, sagt Eva und will die wichtigsten Anreden aufgeschrieben haben. Dann lässt sie sich wieder abhören.

»Wohin gehst du?«

»Gai dja du?«

»Wo bist du?«

»Gei hal tu?«

»Wann willst du kommen?«

»Ganna game du wella?«

»Was kochst du heute?«

Manchmal dauert es mit einer Antwort. »Heu kere du godiewes?« Die Frau korrigiert Evas Aussprache. »Um wie viel Uhr bist du heute aufgestanden?«

»Gezenge stal du go diewes pre?«

Manchmal sieht ihnen Robert über die Schultern, greift nach Evas Vokabelheft und scherzt: »Willst du Kaffee?«

»Kame tu melli?«

»Wie heißt du?«
»Ha kare tu?« Über seine Aussprache müssen beide lachen.
»Hast du Hunger?«
»Hi dut bock?«
»Woher kommst du?«
»Katar san?«
»Wie alt bist du?«
»Ha puru hal tu?«
»Warum tust du das?«
»Hoskie kadal kova?«
Schon nach wenigen Treffen ist sie imstande, ein paar Sätze zu sprechen. Endlich kann sie auch die Sprache prüfen und fordert die Leute auf, Romanes zu sprechen. »Sprechen Sie, sprechen Sie.« Auf dem Rastplatz wundern sich die Leute und fragen, wo sie die Sprache her hat. »Ich bin doch den ganzen Tag hier. Da lernt man das.«

Die erste, die sie in die Kartei aufnehmen, ist eine Zigeunerin mit acht Kindern. Sie sträubt sich gegen die Fragen, will wissen, wozu das nützen soll und die beiden Frauen werden beinahe handgreiflich. »Weil es sein muss!« Die Frau sitzt in einem Sessel, dessen Blumenmuster verblichen ist. Kinder drängen sich um sie, schirmen sie ab. Zwei schmale hungrige Kindergesichter sind es mit flinken schwarzen Augen. Die Frau bleibt hartnäckig. Eva droht der Frau, wenn sie nichts sagt, bekämen die Kinder Ausgangsperre und dann gäbe es kein Essen mehr. Dann lockt sie sie mit einem Glas Marmelade. Die Zigeunerin sitzt sehr gerade und sieht die beiden Frauen aus stolzen Augen an. Zuerst sieht es so aus, als bliebe sie stur, aber dann fängt sie doch an zu reden. Wenn sie spricht, blitzen Goldzähne. »Ich bin Caramella, Tochter des Boboko.« Eva schreibt. Es ist gut, dass sie Kurzschrift gelernt hat, das macht alles leichter. Auch die Vermessungen lässt die Frau ruhig über sich ergehen. Nur am Anfang zuckt sie zusammen, als Eva das kalte Band zwischen ihren Augen spannt, dann zwischen Augen und Ohren. Als Eva fertig ist, sagt die Frau, dass sie alles mitgemacht hat, um bald raus zu kommen. »Sie lassen uns doch wieder raus, oder? Wir haben nie in so einem Dreck gelebt. Wir hatten ein schönes Haus mit viel Platz. Und jetzt? Draußen ist alles so ekelhaft und wir haben kein Wasser! Sehn

Sie mich mal an! Ich habe mir schon Wochen die Haare nicht mehr gewaschen.« Eva sind die schmutzigen Haare egal. Dafür kann sie nichts. Sie gibt der Lützenkirchen ein Zeichen. »Gehn wir weiter.«

Im zweiten Planwagen leben türkische Zigeuner. Vor dem Wagen balgen Kinder im Schlamm. Eines hat sich mit einem Band die Beine zusammengebunden, hüpft herum wie ein Känguru, während die anderen es anfeuern. Sie toben und schreien, bis Eva dazwischen geht. »Schluss damit! Wo ist euer Vater?« Sie bekommt keine Antwort. Die Kinder sind erschrocken über Evas Ton und rennen weg. Selbst das Kind mit den verknoteten Beinen verschwindet innerhalb von Sekunden.

Eine Frau öffnet die Wagentür. Sie lässt Eva und die Lützenkirchen eintreten. Im dämmerigen Licht sitzen zwei weitere Frauen im Schneidersitz auf dem Boden, eine alte und eine junge. Die Junge ist noch keine zwanzig und, wie sich bald herausstellt, schon Mutter von drei Kindern. Sie trägt die Haare seitlich gescheitelt und in Wellen gelegt. Während sie Wäsche flickt, erzählt sie, dass sie einen kleinen Zirkus hatten mit Pferden und einem dressierten Affen, der einen Salto rückwärts machen konnte und einem Braunbären, der zu einem Tamburin getanzt hat. Sorgfältig legt sie Wäschestücke zusammen, die sie ausgebessert hat. Im Wagen ist es eng. Alles ist penibel aufgeräumt und sauber. Stühle gibt es nicht, nur rote Kissen liegen auf dem Boden. Eva und die Lützenkirchen bleiben also stehen.

Die Zigeunerinnen sind teuer gekleidet. Ähnliche Kleider hat Eva im Warenhaus Tietz gesehen und des Preises wegen nicht gekauft.

Die Frauen scheinen nicht verwundert über den Besuch und fragen auch nicht nach dem Grund. Im Wagen riecht es nach Minze. Eine Kanne Tee dampft auf einem Kocher. Die Alte steht vom Boden auf und fragt: »Wenn Sie einen Tee wollen?« Nein, sie wollen nichts, weil sie fürchten, dass die Frau das Wasser aus der verdorbenen Quelle genommen hat. Ein junger Mann mit stoppeligen Wangen und Schnurrbart betritt den Wagen. Es stellt sich heraus, dass er nicht der Vater der Kinder ist, sondern der Schwager. Er hält ein Kind auf dem Arm, einen Jungen, der sich mit seiner kleinen Faust unablässig und ungehindert grünliche Rotze über die Backen schmiert. Eva fängt sofort an, den Mann zu befragen. Während er dem Kind die Nase wischt, regt er sich auf, will wissen, was das soll, brüllt herum, dass niemand ihm Auskünfte über seine Familie abverlangen könnte. Seiner Schwägerin verbietet er zu antworten. »Was für Gründe habt ihr, uns hier festzuhalten?«

»Ihr seid Zigeuner«, sagt Eva und wird massiv. »Herumschreien ändert nichts. Jeder von euch ist verpflichtet, Angaben über seine Abstammung zu machen.«

»Und wenn ich es nicht tue?«

»Dann kommt ihr nie mehr hier weg. Dafür sorgen wir dann schon.« Eva versucht es mit ein paar Brocken Romanes. Sie packt ein Tütchen Kaffee aus der Tasche. »Sie kriegen sogar was, wenn Sie antworten.« Der Mann sieht auf das Tütchen und blitzt Eva an. »Ihr horcht uns aus mit eurem Polizei-Romanes und wollt, dass wir für das bisschen Kaffee unsere Familie verraten?« Die junge Frau springt auf, funkelt den Mann aus schwarzen Augen an, greift nach dem Kaffeetütchen. »Du musst ja nichts sagen, aber ich sage, was ich gefragt werde. Ich will hier nicht bleiben – auf keinen Fall!« Der Schwager redet auf sie ein, schreit herum, dass sein Vater für Deutschland in den Krieg gezogen ist, dass das zu berücksichtigen sei, aber sie ignoriert seine Worte und antwortet auf alles, was sie gefragt wird: uneheliche Geburten, Verwandtschaftsverhältnisse zu anderen auf dem Platz, Krankheiten in der Familie. Am Ende fragt sie nach warmen Kleidern für die Kinder. Dafür ist Eva nicht zuständig. »Ihr habt Kleider bekommen. Das Rote Kreuz hat welche verteilt. Aber ihr hättet die Sachen nicht gleich wieder verkaufen dürfen. Deshalb gibt es jetzt nichts mehr.« Der Mann will etwas sagen, aber ein knapper Fingerzeig und ein strenger Blick reichen, dass er den Mund hält. Eva beginnt mit der Vermessung. Fräulein Lützenkirchen trägt alles auf Karten ein. »Schädelhöhe 62, Gesichtsindex 85, Nasenindex 62. Buschige Augenbrauen, schwarzbraune Augen, dunkler Teint.«

»Und was soll das jetzt?«, fragt der Mann, als sie fertig sind, aber darauf bekommt er keine Antwort.

In ihren weißen Kitteln gehen sie von Baracke zu Baracke, von Wagen zu Wagen. Erbärmliche Gestalten sitzen vor den Behausungen oder schleichen herum. Viele sind fahrende Händler gewesen, haben mit Putzlappen und Bürsten, Nähnadelbriefchen und Hutgummi hausiert, auf Marktplätzen als Wahrsager gewirkt oder sind als Schausteller und Musiker herumgezogen. Die Lützenkirchen hat die Akten durchgesehen und sagt, dass es unter den Zigeunern Ärzte gibt, Apotheker, sogar Notare und gut situierte Geschäftsleute. Alles, was es bei den Ariern auch gibt. Das kann Eva nicht glauben. Sie sieht nur Viehdiebe, Betrüger, Ganoven. Alle sehen verwahrlost aus. Besonders die Alten.

Einer stichelt mit knotigen Fingern an kaputter Wäsche herum, ein anderer versucht, seine zerlatschten Schuhe zu reparieren, die vom Schlamm so aufgeweicht sind, dass es nur noch schwammige Lappen sind. Wortfetzen fliegen herüber; Eva hasst diese vulgäre Sprache, die Schimpfwörter, die sie sich zuwerfen. Ein paar Kinder rotten sich zusammen, zeigen mit dem Finger, rufen etwas und lachen. Zwei Mädchen hängen aneinander wie Kletten. Sie klauben mit schwarzen Fingern etwas wie Marmelade aus einer Blechdose. Sie sind barfuß, haben verfilzte Haare und hocken auf einer vom Morast zerfressenen provisorisch zusammengezimmerten Holztreppe, die so aussieht, als ob sie jeden Moment zusammenfällt.

Eine Frau ruft den Kindern etwas zu. Es ist offensichtlich die Mutter, die sich um die Kinder sorgt, denn sie geht auf die Mädchen zu, entreißt ihnen die Büchse und schimpft. In all dem Elend sieht die Frau gepflegt aus. Ihr braunes Haar glänzt. Die Schuhe sind sauber. Die Farben der Stola, die sie trägt, betonen ihr schönes, gleichmäßiges Gesicht.

Andere haben sich dem Dreck angepasst. Manche rufen ihnen etwas hinterher, einige kommen heran, fragen etwas oder betteln, sind zutraulich wie Kinder. Wenn Eva sie anspricht, antworten sie unbefangen. Die meisten halten Abstand. Wenn Eva sie nicht versteht, muss die Lützenkirchen übersetzen. »Ewiges Glück, Gesundheit und ein langes Leben«, wünscht eine Alte mit einem bunten Kopftuch, die Eva für eine Ärztin hält, nach ihrer Hand greift und daraus lesen will. »Du gutt Frau, sehrrr gutt Frau und scheene Frau …« Eva verwehrt ihr den Blick in die Zukunft. »Lass das! Nimm die Hände weg!« Zu Fräulein Lützenkirchen sagt sie: »Das sind bloß Tricks. Und diese Ausflüchte auf Fragen, dieses Ausweichen, oder sagen wir es deutlich heraus, diese Verschlagenheit ist ein typisches Rassenmerkmal. Sie können sich verstellen, das glaubt man gar nicht. Sie sind Meister im Lügen und sehr gerissen. Tun immer, als ob sie kein Wässerchen trüben können. Das muss man wissen. Auch diese Uneinsichtigkeit gegenüber Regeln, die Standpunktlosigkeit, alles das. Die Unreinlichkeit. Oft sind sie verlaust, da müssen Sie aufpassen. Sie scheuen das Wasser wie der Teufel das Weihwasser. Also, wenn Sie solche Dinge feststellen, tragen Sie ein: Angehöriger einer Zigeuner-Sippe.«

»Und was ist mit den Freundlichen?«

»Wenn sie sich wie Kinder verhalten, ist das genauso typisch.«

Aus einer der Baracken singt jemand ein schweres, trauriges Lied. Die Lützenkirchen sagt, dass man ihnen die Instrumente weggenommen hätte, zu bunt wäre es sonst geworden. Ständig hätte einer einen Akkord angeschlagen und schon wäre es losgegangen. Dass man gegen das Singen aber nur wenig tun könne.

Eva lauscht nach der Männerstimme. Der Mann muss alt sein. Die Stimme ist brüchig. »A yiddishe momme, es gibt nichts bessers in der Welt. A yiddishe momme, wie ist es bitter, wenn sie fehlt. Vie shayn und lichtig tzis in hois, ven die mama's du, vie traurig finster tzvert, ven Gott nehmt ihr oyf Oylam habo. In vasser und fayer, vollt sie geloffn fahr ihr kind, nisht halt'n ihr tayer, dos iz geviss der greste Zind. Oy vie gliklich und raych is der Mensch vus hut, az a tayere matune geschenkt fun Gott, wie an altechke Yiddishe Momme, oy momme mein …«

Das Frühjahr protzt mit Farben. Apfelbäume blühen und Flieder, über den Vorgärten hängt der Duft nach Jasmin. Die Sonne hat schon Kraft und bald, das meint die Lützenkirchen, würde man baden gehen können. Vom Wannsee schwärmt sie, vom Müggelsee, von einem Freibad am Ufer der Spree, von Maifeiertagen mit Bierzelten und Gesang. Die Kallies schlägt einen Ausflug in den Grunewald vor. Oder nach Potsdam. Mit sämtlichen Kollegen. Zu gerne will sie das Schloss Friedrichs des Großen besichtigen, schwärmt vom Park mit den langen Alleen, aber Eva wimmelt sie ab. »Wir haben hier genügend andere Dinge zu tun.« Dabei denkt sie gar nicht an die Arbeit. Keinen Moment will sie versäumen, an dem Robert kommen könnte. Immerzu hält sie sich bereit, verabredet sich nicht, geht nie aus. Auch sonntags nicht. Oft wird ihr Warten belohnt. Mit Umarmungen und Küssen, mit einer Stunde voller Wärme.

Marzahn ist eine Gegenwelt. Nichts blüht. Alles sieht elend aus: die Baracken, der Schlamm, die Leute. Obwohl es wärmer geworden ist und die Sonne schon Kraft hat, lungern immer noch schmutzige Kinder an Feuerstellen, um sich zu wärmen. Eva empfindet das Feuermachen so unnötig wie gefährlich. Den strengen Geruch der schwarzgebrannten Kessel mit dem Brei aus Kartoffelschalen kann sie kaum ertragen. Paulukes nennen die Kinder den Brei und klagen, dass es nicht mehr der echte Paulukes sei. Den nämlich hätten sie aus Mais gemacht. Rigoros sorgt Eva dafür, dass die Feuer gelöscht werden, droht mit der Polizei. »Paulukes hin oder her. Das Feuer wird sofort gelöscht! Was denkt ihr euch? Soll hier alles in Flammen aufgehn?« Ein Jugendlicher baut sich vor ihr auf. »Da wo wir früher waren, hatten wir einen Herd und eine Küche. Natürlich gab es frisches Wasser, dort wo wir waren. Und hier?« Er stemmt die Fäuste in die Seiten, sammelt etwas Spucke, befördert sie durch die geschürzten Lippen. Mit einem klatschenden Geräusch landet der Speichel vor Evas Füßen. Einen Moment steht sie wie erstarrt. In diesem Moment kommt einer der Aufseher um die Ecke. Evas Blick genügt ihm. Er packt sich den Jungen und prügelt mit seinem Stock so lange auf ihn ein, bis er winselt wie ein Hund. Dann schleift er ihn mit einem Kollegen zum Polizeiposten.

Immer mehr Zigeuner werden nach Marzahn gebracht. Die Planwagen und Baracken sind hoffnungslos überfüllt. Viele campieren im Freien. Für Ordnung sorgt neuerdings ein Stacheldraht, der das Lager eingrenzt. Auch die Ausgangssperren ab 22 Uhr sind hilfreich.

Für jede Person legen sie eine Karteikarte an: für den Musiker Luhgie von Klepacki, für den Balletttänzer Peter Böhmer, für Camba Franzen und für jeden einzelnen der Familien Rosenberg, Reinhardt oder Weiß. Die Namen sind immer rot unterstrichen, die Hinweise auf weitere Familienmitglieder tragen sie mit Bleistift ein. Die Karteikarten von Familienmitgliedern werden zusammengefasst. Die Fragen sind immer gleich: Herkunft, Namen der Eltern, Namen der Großeltern, Krankheiten, wie viele Kinder, wie viele Totgeburten, Schulbesuche, wer in der Familie straffällig geworden ist und warum. Dann nehmen sie Fingerabdrücke ab. Zu diesem Zweck haben sie ein Stempelkissen dabei. Für die Fingerabdrücke müssen sie die Hände der Leute anfassen, was nicht immer angenehm ist. Aber wenn sie nicht helfen, haben sie nur Schmierereien auf dem Blatt.

Hin und wieder versuchen sie Spitzeldienste mit Nahrungsmitteln zu belohnen. Je schlechter die Nahrung im Lager, desto besser funktioniert das. Besonders die jüngeren Leute sind dafür zu haben. Die Lützenkirchen meint, das läge daran, dass sie mehr Hunger haben als die Alten.

Einmal kommt eine junge Frau auf Eva zu und flüstert: »Ich weiß, wer ist ein Jud.« Dabei schielt sie auf Evas Tasche und die Tütchen mit dem Mehl.

Manchmal werden welche ausfällig. Der Mann einer jungen Zigeunerin wirft, kaum dass sie den Planwagen betreten, seiner Frau ein Tuch über den Kopf und schreit: »Niemand von euch soll sie zu Gesicht bekommen! Niemand! Wer seid ihr, dass ihr uns ausfragt und einsperren könnt! Ihr urteilt nach Dingen, die wir nicht wissen und eure Urteile verratet ihr uns nicht! Und wir müssen immer nur schlucken und uns damit abfinden! Nein, sag ich dazu! Verschwindet! Raus aus meinem Wagen!« Die beiden Frauen lassen sich nicht vertreiben. Sie drohen mit dem Lager. Da wird der Mann plötzlich ganz still, setzt sich neben seine Frau auf den Boden und zieht ihr das Tuch vom Gesicht. Die Frau hat einen Ausschlag, ein dunkelrot glänzendes Ekzem zieht sich von der Stirn bis zum Hals. Ein Auge ist völlig verquollen. Die Frau kann es kaum öffnen. Sie hält die Hände im Schoß und schluchzt, während er ihre zitternde Schulter streichelt und stammelt: »Ich habe Uhren gefertigt. Eine feine, mechanische Arbeit war das. Dann hat man uns vorgeworfen asozial zu sein und aus dem Haus getrieben. Dabei habe ich gut verdient, wollte meine Kinder auf die höhere Schule schicken. Aber jetzt sitzen wir hier fest und ich kann nichts tun. Wir haben kein Geld, kein Essen. Nicht mal Wasser. Meine Frau ist krank. Und ihr tut nichts, uns zu helfen. Asozial sollen wir sein, und das, obwohl wir nie jemandem auf der Tasche gelegen haben.«

Eva sieht ihn verächtlich an. »Ihr seid selbst schuld, dass ihr in diese Lage geraten seid. Uhren? Was soll das schon gewesen sein?

Ihr klaut und betrügt seit Jahrhunderten. Das sind jetzt die Konsequenzen.«

Ständig macht sich Eva Notizen, zieht Erkundungen ein zur Abstammung der Familien, zeichnet Stammbäume auf, notiert Namen, erkundigt sich nach Homosexualität und Abtreibungen, nach Rauschgiftvergehen, nach Taschendieben, Prostituierten und Betrügern, Geldfälschern und Kunstfälschern, nach Leuten, die sich dem Glückspiel hingeben und stellt insgesamt eine rapid sinkende Moral fest.

»Es wird immer schlimmer. Du glaubst gar nicht, was wir alles zu sehen bekommen. Sie sind auch so uneinsichtig«, beschwert sie sich bei Robert, »alles muss man aus ihnen herausfragen. Wir drohen Strafen an, wenn sie nicht antworten, aber das beeindruckt sie nicht, schon gar nicht die Gewohnheitsverbrecher. Das Einzige, was hilft, ist, wenn wir Polizisten dabei haben.«

Der Tag sieht immer gleich aus: Frühmorgens bis in den Vormittag Büroarbeit, über die Mittagszeit Untersuchungen und Überprüfungen von Leuten, die in irgendeiner Weise auffällig geworden sind und von der Polizei ins Institut einbestellt werden, bis zum späten Nachmittag Marzahn, abends Aktenberge für zu Hause. Dort erledigt sie die Karteiarbeit, erfasst den Zu- und Fortzug im Lager, führt Listen über diejenigen, die in Haftanstalten eingewiesen werden.

Wenn sie rechtzeitig Bescheid sagt, bringt ihr die Vermieterin, Frau Goll, einen Teller mit Essen hinauf. Frau Goll ist eine erbärmliche Köchin, die oft genug das Essen versalzt und bestenfalls drei Gerichte hinbekommt. Es gibt immer etwas mit Kartoffeln oder eine Mehlspeise, was Eva nicht stört. Zum Kochen hat sie keine Zeit. Auch nicht, um sich Berlin anzusehen und die neuen Bauten zu besichtigen, von denen alle schwärmen. Eigentlich kennt sie nur den Weg aus der Innenstadt nach Dahlem und ein paar Geschäfte, in denen sie einkauft. Sie braucht nur wenig, fast nichts. Hin und wieder ein Brot, Brühwürfel für eine Suppe, Kaffee, etwas Obst. Seit sie in Berlin lebt, meidet sie die jüdischen Geschäfte. Bei den Juden gibt es auch kaum noch was.

Wenn die schwatzhaften Kollegen nicht wären, würde sie die Arbeit im Büro mögen. Sogar den Geruch nach Papier und Reinigungsöl, das Geklapper der schweren, schwarzen Schreibmaschinen, die trotz der Filzunterlagen, auf denen sie stehen, für einen permanenten Lärmpegel sorgen. Obwohl ihr Arbeitsplatz durch eine Wand von den Büros der anderen abgetrennt ist, so muss sie doch deren Gespräche anhören. Ständig geht es darum, wie und mit wem sie die Wochenenden verbringen oder sie prahlen mit ihren Kindern. Kaum erträglich findet Eva das Gerede über Reisen, die sie mit ›Kraft durch Freude‹ unternommen haben, über Kleider, die am Hackeschen Markt oder am Rosenthaler Platz bei Fabisch & Co. im Fenster hängen. Über ihre platten Ansichten, die armseligen Lebensläufe und ihre einfältigen Geschichten kann Eva nur den Kopf schütteln. Die Witze, die sie sich erzählen, die Neuigkeiten, die sie dem Völkischen Beobachter entnehmen, die zu nichts führenden Diskussionen über geänderte Berliner Straßennamen oder den Vitamingehalt von Spinat sind ihr permanent zu laut. Vor allem die Witzendorf ist laut. In den Pausen hört Eva sie kichern und Flüsterwitze erzählen: »Warum haben Juden so große Nasen? Na? Weil die Luft kostenlos ist!« Manchmal pfeift sie einen Schlager, demonstriert allen ihre Vorliebe für Swing, indem sie mit ihrer großen Brille durch das Büro tänzelt und mit den Fingern schnippt: »So ju mett sammwann hu sät ju bäck on jur hiels, goody goody! So ju mett sammwann hu sät ju bäck on jur hiels, goody goody!« Alle wundern sich, wo sie Amerikanisch gelernt hat.

In Marzahn ist Eva dem Tratsch und Klatsch weniger ausgesetzt. Wenn die Lützenkirchen mit Privatem anfängt, fährt Eva ihr über den Mund: »Wir sind hier, um zu arbeiten. Sonst nichts.« Eva will nichts hören von Swing-Partys, von Männergeschichten, von Ausflügen zur Halbinsel Stralau oder zum Rummelsberger See, von Kleidern und Frisuren, von Festen im Kakadu oder in der Bornholmer Hütte, wo die Lützenkirchen Buletten mit Kartoffelsalat gegessen hat. Mindestens dreimal schon hat sie von diesem Kartoffelsalat geschwärmt. Fräulein Lützenkirchen fügt sich immer nur kurzfristig. Fast täglich muss Eva sie zurechtweisen, ihr erklären, dass sie sich nicht mit ihr zum Tanztee treffen will, auch nicht zu einem Bummel durch die Friedrichstraße, schon gar nicht zum Essen im

Franziskaner, noch weniger zum Kinobesuch. Das Anhängliche an Fräulein Lützenkirchen stört sie, ihr dauerndes Blutsaugen empfindet Eva als erbärmlich. Einmal wagt es die Lützenkirchen, Eva nach Robert zu fragen. Sie druckst ein bisschen herum. »Sie und Dr. Ritter kennen sich schon länger, oder?« Da bleibt Eva mitten auf der Straße stehen und durchbohrt die Lützenkirchen mit einem scharfen Blick. »Auf was wollen Sie hinaus? Was wollen Sie hören? Ein Mangel an Respekt ist das! Dafür entschuldigen Sie sich!«

Am Abend erzählt sie Robert von dem Vorfall. Robert hört nicht zu. Viel zu beschäftigt ist er, ihr das Kleid mit den vielen Häkchen aufzuknöpfen. Leise hört sie ihn fluchen. »Verdammt. Frauenkleider. Eine Wissenschaft für sich …« Sie muss über seine Bemühungen lachen. »Ich kann hier bleiben, die ganze Nacht«, haucht er ihr ins Ohr und sie hilft ihm, die Häkchen zu öffnen, lässt sich das Kleid über die Schultern streifen, zieht die Strümpfe aus, auch das Leibchen. Nackt liegt sie neben ihm, sieht in seine unergründlichen Augen, schmiegt ihren Körper an seinen, lauscht nach dem Geräusch seines Blutes, das wie ein Echo klingt, horcht nach seinem Herzschlag, den starken und schnellen Schlägen, dem unermüdlichen Pochen, das stärker wird, je mehr ihre Körper sich bewegen.

Als er längst schläft, liegt sie noch wach, will sehen, was er träumt. Aber das sieht sie nicht. Alles ist jetzt ganz ruhig. Es gibt nur noch das Geräusch vorbeifahrender Autos und seinen Atem. Die Straßenlaterne wirft einen langen Lichtstreifen auf Wände und Decke.

Der Morgen kommt, ohne dass sie geschlafen hat. Er liegt neben ihr, atmet, sein Bauch hebt und senkt sich, die geschlossenen Augen zucken manchmal. Sie sieht sein Haar und die Haut, die darunter schimmert, darüber ein Gebirge von Kissen und Decken.

»Bist du schon wach, Eva?« Weich vom Schlaf streckt er den Arm aus, zieht sie zu sich heran, küsst und streichelt ihre Brust. Dann packt er ihre Taille, wieder wird ihr Atem schneller, der Puls lauter, seine Hände sind warm, die Zunge weich.

»Aufstehen! Jetzt müssen wir aber«, sagt er, als alles vorbei ist. Es ist, als ob er einen Vorhang zuzieht. Kurz darauf steht er in seinem Anzug vor ihr, verabschiedet sich förmlich, indem er ihr die Hand gibt: »Wir sehn uns.«

Robert scheint keine Ruhe zu brauchen. Tagelang ist er unterwegs, empfängt Besucher, schreibt Briefe oder Artikel für medizinische Fachblätter. Manchmal steht sein Telefon den ganzen Tag nicht still. Immerzu meldet er Telefonate an oder lässt sich verbinden.

Er reist nach München und nach Stuttgart, kommt von Sitzungen und Konferenzen, geht zu Sitzungen und Konferenzen, seine Koffer sind kaum ausgepackt, da werden sie schon wieder gepackt, er kommt mit Akten und Papierstapeln zurück, hat Leute bei sich, trinkt seinen Kaffee im Stehen, trägt einen Hut, einen Mantel, nickt, lacht oder verabschiedet sich, steigt die Treppe hinauf und hinunter, setzt sich in sein Auto, wird abgeholt oder lässt sich fahren.

Viele Stunden verbringt er im Untersuchungsraum, besonders, wenn interessante Fälle eingewiesen werden wie kriminelle Zwillinge, Arbeitsscheue oder sexuell Verirrte. Dabei geht er unerbittlich vor. Wenn einer eine unwahre Antwort gibt, setzt es Ohrfeigen. Wer sich seinen Fragen widersetzt, wird in eine Besserungsanstalt oder eine Heilanstalt gebracht.

Roberts Aufträge sind nicht immer zu durchschauen, ebenso wenig wie seine Kontakte. Er spricht nicht darüber. Regelmäßig sind Ärzte und Psychologen, Leute von der Partei, von der SS, von der Gestapo bei ihm angemeldet. Oft berät er sich mit Männern vom Reichskriminalpolizeiamt. Die Gespräche sind geheim, die Türen fest verschlossen. Ein paar Mal ist Professor Fischer vom Anthropologischen Institut dabei. Das Institut liegt in der Nachbarschaft. Mehrfach sieht Eva, wie Roberts alter Professor Ploetz im Besprechungsraum verschwindet. Auch Dr. von Neureiter, Leiter der kriminalbiologischen Forschungsstelle und Reichsführer SS Himmler kommen zu Gesprächen. Himmler arbeitet sozusagen in der Nachbarschaft. Zu Gesicht bekommt Eva ihn nicht. Immer wenn er angemeldet ist, ist sie in Marzahn.

Manchmal taucht Roberts Frau im Institut auf. Sie sieht immer gleich aus mit ihrem Haarknoten, der dunklen Brille im bleichen Gesicht, dem blaumelierten Kostüm, den spitzen Schuhen, den perlmuttfarbenen Fingernägeln. Sie strahlt so eine selbstverständliche Zugehörigkeit zum Institut aus, die Eva kaum ertragen kann. Unmöglich findet Eva die Frage: »Ist mein Mann im Büro?« Unmöglich die Art und Weise, wie Frau Dr. Ritter, wenn sie auf ihren Mann wartet, im Flur auf und ab geht und Belanglosigkeiten mit der Sekretärin austauscht. Ebenso unmöglich, wie die Witzendorf und besonders die Kallies ihr schmeicheln und schöntun. Angespannt sitzt Eva dann hinter ihrem Schreibtisch, horcht nach jedem Wort, nach jedem Schritt, und kann sich erst wieder auf die Arbeit konzentrieren, wenn Hildegard Ritter gegangen ist.

Nach Wochen auf dem Lagerplatz ist Eva sich sicher, dass nahezu alle Zigeuner in Marzahn Mischlinge und daher als rassisch minderwertig einzustufen sind. Die Diagnosen sind eindeutig und schnell gestellt. Geistig verwirrt, schwachsinnig, verschlagen, manchmal epileptisch, vor allem nichtsnutzig und arbeitsscheu. So lauten die Befunde. Sie verfolgt die Abstammungen, stellt fest, dass die entdeckten Defekte schon bei den Vorfahren hätten beobachtet werden können, kommt zum Schluss, dass sie erblich sind und weitervererbt werden, immer weiter und weiter und weiter. Den Minderwertigen trägt sie oben links ein rotes Kreuz auf der Karteikarte ein. Oft hat der ganze Stapel, den sie im Laufe der Nachmittage ausfüllen, rote Kreuzchen. Selten ist eine Karte ohne Kreuzchen dabei. »Unglaublich, wenn man das mal alles schwarz auf weiß hat«, sagt die Lützenkirchen, »das fällt mir jetzt erst so richtig ins Auge. Dass es so viele sind, hätte ich nicht gedacht. Dabei sind so schöne Menschen dabei. Die sehen doch gar nicht minderwertig aus.« Eva bleibt stehen, mitten im Matsch. Ihre Augen funkeln. »Ja, haben Sie denn immer noch nichts kapiert? Wann endlich begreifen Sie den Unterschied? Wie lange sind Sie jetzt hier dabei? Wie lange wird es noch dauern, bis die simpelsten Dinge in Ihrem Hirn ankommen?« Sie kann gar nicht aufhören, die Lützenkirchen zu beschimpfen. Dabei fällt ihr auf, dass die Kollegin manchmal so einen dummen Ausdruck im Gesicht hat.

Sie setzt sich dafür ein, dass die Lützenkirchen zu einer Fortbildung geschickt wird. Dass ihr endlich klar werden muss, was unter Rassenpflege zu verstehen ist, dass sie begreifen muss, welche Gefahren von Asozialen und Mischlingen ausgehen, besonders, wenn sie sich vermehren. ›Dringend‹ steht auf dem Antrag, den Eva für sie ausfüllt.

Eine Woche lang ist Eva jetzt mit Frau Hellke in Marzahn unterwegs.

Auch für die Hellke ist Marzahn der dreckigste Ort, den sie je gesehen hat. Diesen permanenten Gestank nach fauligem Schlamm, der von wochenlangen Regenschauern immer wieder aufgewirbelt wird, hat sie trotz Vorwarnung nicht erwartet. Dreck und Schlamm und Schlamm und Dreck. Und Regen. Die Hellke sagt es immer wieder. Sie versteht nicht, dass die Zigeuner in so einem Schmutz leben können. Eva erzählt von der Mutter, die selbst in der größten Kriegsnot saubere Kleider trug und gepflegte Schuhe. Aber die Zigeuner pflegen sich nicht wie die Mutter. Schon die Kleinsten sind verlaust und haben Würmer. Die Hellke macht die fehlenden Wasserquellen dafür verantwortlich, aber das lässt Eva nicht gelten. »Man kann auch ohne Wasser sauber und gepflegt sein, wenn man will. Das hat was mit Disziplin zu tun, nicht mit Wasser.«

In den hinteren Baracken spielen eine Handvoll Kinder mit einem Kreisel. Eine blasse, schlanke Frau steht neben einem Mann, der an einem alten Möbelstück arbeitet. Der Mann sieht misstrauisch herüber, als die Frauen sich nähern. »Was wollt ihr? Uns untersuchen? Meine Kinder sind alle gesund und wir auch.« Der Mann tut so, als sei die Sache damit für ihn beendet, aber Eva möchte die Baracke sehn. Der Mann treibt seelenruhig einen Nagel ins Holz und lässt die Frauen warten. »Na, wirds bald?« Evas Ton ist scharf. Da legt er das Werkzeug aus der Hand und führt die beiden Frauen hinein.

Decken und Bettzeug liegen gefaltet auf einem Sofa. Einen Tisch und zwei Stühle gibt es. Jemand hat eine Suppe gekocht. Auf dem Tisch steht ein Topf aus Aluminium mit einer Brühe, in der eine Handvoll Bohnen schwimmen. Weiße, rote und gesprenkelte Kerne. Eine Madonna aus Gips hängt an der Wand. Auf einem der Stühle liegt ein Stapel Bücher, so dass Eva sich nicht setzen kann. Die Frau räumt die Bücher weg, auch den Topf, und wischt den Tisch ab, weil Eva schreiben will. Dabei jammert sie, dass sie noch nie so elend gelebt hätten, dass alle noch krank würden von diesem vergifteten Schlamm, den die Wagen jeden Tag bringen.

Der Mann lügt. Er behauptet, niemand würde es gut mit ihnen meinen und von allen Seiten würde ihnen nur Unrecht geschehen. Die Wohlfahrt hätte versprochen, ihnen zu helfen, aber die Hilfe sei nie eingetreten. Eva ignoriert, was sie hört. Die Hellke stellt fest, dass er zum zweiten Mal verheiratet ist, eine Menge Kinder hat und notiert, dass schon die Kinder einen wilden, zigeunermäßigen Eindruck machen. Sie haben Ausschläge auf den Köpfen. Die Mutter antwortet nicht auf die Fragen, schart stattdessen die Kinder um sich, wie eine Henne ihre Küken. Der Mann will die Frauen wieder hinausdrängen, aber Eva gibt keine Ruhe, bis die Fragen beantwortet sind und die Hellke anfangen kann, Haar- und Fingernagelproben von allen zu nehmen. Die Kinder wimmern, als Eva eine Schere auspackt, sich die kurzen Haare büschelweise greift, direkt über der verschorften Kopfhaut abschneidet und sie dann geordnet, Wurzel zu Wurzel, Spitze zu Spitze, in einem gefalteten Papier ablegt. Die Mutter der Kinder hat lange Haare. Die Hellke fragt nicht, greift hinein, zieht ein paar Strähnen heraus. Als sie anfangen will, sie abzuschneiden, schlägt der Mann ihr die Schere aus der Hand, greift der Hellke in die Haare und droht: »Zuerst deine Haare!« Der Mann ist stark. Eva traut ihm einiges zu und droht mit Lager. Aber der Mann weicht nicht zurück. Mit blitzenden Augen steht er da und sieht die Frauen nur an. Dann greift er nach den Umschlägen mit den Haarproben und wirbelt alles durch die Luft. Als ob es einen Kampf gegeben hätte, so liegen die Haare jetzt auf dem Boden.

Eva gibt der Hellke ein Zeichen. Die Sache wird unbehaglich. Sie verlassen die Baracke, tauchen aber keine zehn Minuten später mit zwei Polizisten auf, die den Mann verhaften. Später holen sie auch die Frau ab. Die Kinder kommen in eine Verwahranstalt.

Das Viertel, in dem Eva lebt, ist ganz anders als Marzahn, auch anders als Dahlem. Wenn sie nur an die Kastanienalleen denkt, an die Gärten, an die Parks. An die Stadt hat sie sich gewöhnt. Berlin hat viele schöne Ecken. Trotzdem weiß sie nicht, ob sie die Stadt mögen soll. Mit dem seltsamen Humor der Leute kann sie nichts anfangen, auch nicht mit dieser derben, schnodderigen Sprache. Außerdem ist alles unruhig. Die ständigen Aufmärsche und Fackelzüge. Zu laut sind die Feierlichkeiten zum 700sten Geburtstag der Stadt. Eine ganze Woche ununterbrochenes Spektakel, große Reden, eine riesige Freigeländeschau am Funkturm, Festzüge durch die Innenstadt, Blumenkorsos mit geschmückten Wagen.

Gewaltige goldbebänderte Flaggen wehen von öffentlichen Gebäuden, gestaffelt bis zum höchsten Punkt. Die Straßen sind dicht von Menschen, Autos, Fahrrädern.

Immerzu gibt es Veranstaltungen, immerzu wird sie eingeladen. Ständig sucht sie nach Ausreden, um nicht hingehen zu müssen. Was interessieren sie die Geburtstage der Kollegen, die Kindtaufen, die Stadtjubiläen, die Maskenbälle oder die Spaziergänge am Ufer der Spree, wo es manchmal Blasmusik gibt und Blutwurst mit Schrippen, und sich die Arme der Karussells heben und senken. Auch den Tanzveranstaltungen geht sie aus dem Weg. Sie hasst die erhitzten, berauschten Leute, die Frauen in ihren freizügigen Kleidern, die vielen Hände und Füße im Takt, das Schreien und Klatschen, das Rauschhafte und Überreizte, das eitle Lachen. Im Grunde langweilige Abende, die immer gleich verlaufen. Nur für Robert macht sie Ausnahmen. Wenn er sagt, dass sie mitkommen soll, zieht sie ihr bestes Kleid an. Wohl fühlt sie sich nicht unter den Sekt schlürfenden, Witze reißenden Leuten. Witze, über die sie nicht lachen, Gespräche, bei denen sie nicht mitreden kann. Wie ein Tölpel kommt sie sich vor, unbeholfen, fehl am Platz.

Der Sommer ist schön und heiß. In den Mittagspausen sieht Eva die Kolleginnen im Park auf den Bänken sitzen. Sie halten die Gesichter in die Sonne und lachen. Die Kallies hat eine Tüte mit Kirschen dabei, von denen sie sich zwei Paare herausfischt und über die Ohren hängt. Schon zwei Tage ist Fräulein Kallies damit beschäftigt, Fotos von Zigeunern auf Karteikarten zu kleben, und obwohl sie damit immer noch nicht fertig ist, erlaubt sie sich, die Arbeit zu unterbrechen und im Park herumzualbern.

Als ob Robert ihre Gedanken raten kann, lädt er sie in ein Straßencafé nach Neukölln ein, wo er manchmal einen Kaffee trinkt und Ruhe hat, weil niemand ihn kennt. Eva fühlt sich an Tübingen erinnert, an die Pausen unter den großen Bäumen der Klinikparks. Schon die Fahrt in Roberts Mercedes Benz kommt ihr wie Urlaub vor.

Dann sitzen sie auf leicht wackligen Stühlen und bestellen Kaffee. Leise streichelt der Wind die Sonnenschirme der Kindl-Brauerei und lässt den Stoff flattern. Fetzen einer Lautsprecherübertragung ziehen herüber. Eva glaubt die Stimme des Führers zu erkennen, kann aber nichts verstehen. Eine Wespe umschwirrt Roberts Tasse. Robert schlägt nach ihr und sie dreht ab. Ein Kellner wischt einen Tisch ab. Ein anderer eilt mit einem Tablett voller Limonadengläser zu einem Tisch, an dem eine Frau mit drei Mädchen Platz genommen hat. Sie haben Schleifen in den Haaren und machen sich lustig über einen bis zu den Füßen reichenden Kaftan eines vorbeihuschenden, schmächtigen Mannes. Von links marschiert eine Handvoll Jungen in Braunhemden mit Hakenkreuzbinden, schwarzen Hosen und Langschäftern heran. Alle tragen Marschgepäck und singen ein deutsches Lied. Robert zündet sich eine Zigarette an, erzählt, dass er wegen seiner Jugendarbeit Mitglied der Hitlerjugend und im Dozentenbund geworden ist und Eva will wissen, warum er nicht in der Partei ist. Er beginnt einen langen Vortrag über Politik, aus dem sie nicht klug wird. Die Asche wächst an der Zigarette, er saugt am Filter, seine Hände sind in ständiger Bewegung. Das Einzige, was sie versteht, ist, dass man ihn bedrängt hat, Mitglied im Dozentenbund zu werden und dass er wegen der Jugendarbeit auch Mitglied der Hitlerjugend geworden ist. Ständig fährt er sich über Wange und Kinn. Jedes Mal entsteht ein Kratzgeräusch. Kurz unterbricht er seinen Vortrag und sieht einem gebrechlichen Paar hinterher. Die beiden Alten gehen langsam und stützen sich gegenseitig. Eva will einflechten, dass sie der Arbeitsfront beigetreten ist, aber er redet weiter über die Hitlerjugend und sie vergisst, was sie sagen will.

Ein neuer Trupp Jugendlicher zieht vorbei. Diesmal sind es Pimpfe: braune Hemden, kurze Hosen, nackte Schenkel. Sie klappern mit Sammelbüchsen, schütteln die Groschen. »Für bedürftige Volksgenossen! Spendet für die Bedürftigen!« Sie sind laut und hektisch, wie überhaupt alles laut und hektisch ist. Sie rempeln die Alten an, die erschrocken stehenbleiben und sich hilflos aneinanderklammern.

»Wir sollten zusammen verreisen«, sagt Robert, während er den Alten zusieht, wie sie erschrocken weiter humpeln. »Nach Bayern zum Beispiel, nach Garmisch, an einen kühlen See.« Er hebt die Tasse, hält sie einen Moment mit beiden Händen, dann trinkt er. »Weißt du, dass ich davon träume? Mal weg von hier ... Wir könnten nach Oberammergau und Mittenwald fahren. Eine kleine Pension würde mir reichen.« Er fängt einen zweifelnden Blick auf. »Ach Eva, ich weiß schon, was du denkst. Und es stimmt ja auch. Womit hab ich bloß verdient, dass du so viel Verständnis für mich hast und immer noch bei mir bist?« Da will sie nach seiner Hand greifen, die er ihr schnell entzieht. Mit Zärtlichkeitsbekundungen in der Öffentlichkeit habe sie sich gefälligst zurückzuhalten.

Sie denkt, sie hat ihn verärgert. Aber nach dem Essen will er noch mit zu ihr. Sie hat sich ein neues Nachthemd gekauft. Ein langes Gewand aus lila schimmerndem Crêpe de Chine. Sie hat es seinetwegen gekauft, aber er hat keine Zeit, es anzusehen. Er sieht nur das Darunter. Das Darüber interessiert ihn nicht, sagt er.

Die Stadt ist laut. Auch an einem düsteren Montagmorgen im September spürt sie dieses Hektische, das Umtriebige und Fiebrige. Auf dem Weg zur Arbeit begegnet sie Gruppen der Hitlerjugend, die an Zäunen stehen, Leibesübungen machen, sich auf Kommando des Anführers beugen, strecken, dehnen.

Plötzlich ein langgezogener, greller Heulton. »Luftalarm!«, schreit jemand. Eine Frau rafft ihr Kind aus dem Kinderwagen, zwei Radfahrer werfen ihre Räder auf ein Rasenstück, ein ganzer Pulk von Menschen hastet an ihr vorbei: »Schnell! In die Schutzräume!« Eva zögert, bleibt vor einer Buchhandlung stehen, weiß nicht, wohin sie ihre Schritte lenken soll. Sie sieht, wie die Straße sich leert, wie unter einem von dunklen Wolken verhangenen Himmel Luftstaffeln über die Dächer rasen, wie zwischen den Häusern Rauch aufsteigt. Leute schubsen und drängen sie an die Seite. Als Feuerwehrmänner mit Gasmasken anrücken und Schläuche entrollen, rennt sie den anderen hinterher in Richtung der Luftschutzkeller, die die Polizei mit Fahnen und Plakaten deutlich gekennzeichnet hat.

Sie kommt in einem Sammelschutzraum unter, wo sie, eingeklemmt zwischen einem Zeitungsverkäufer und einem Musikanten mit einem Geigenkasten, atemlos an der Wand lehnt und sich an der Tasche festkrallt. »Da hat jetzt sicher manch einer einen Schreck bekommen. Aber es klappt ja wie am Schnürchen«, lacht der Zeitungsverkäufer. »Wie schnell das jetzt ging und wie diszipliniert. Keine Panik, kein Geschrei, nichts.« Erst nach und nach versteht sie, dass es eine Luftschutzübung ist. »Wenn es nur eine Übung ist, können sie uns ja jetzt wieder rauslassen. Ich habe noch anderes zu tun.«

»Das haben alle.« Der Zeitungsverkäufer fängt an, den Wartenden seine Zeitung anzupreisen, aber niemand kauft. »Wollen Sie keine Zeitung?«, fragt er Eva, »da steht alles drin. Auch, dass es jetzt Verdunklung gibt. Eine Woche lang.« Von der Verdunklung hat sie gehört, sich aber den Termin nicht gemerkt. Der Zeitungsverkäufer ist penetrant. »Wenn die Leute mehr Zeitung lesen würden, wüssten Sie Bescheid. Sie wüssten auch, warum diese Übungen stattfinden.« Eva hat keine Lust, sich mit ihm zu unterhalten, will hinaus, aber die Gitter sind noch geschlossen. Bewaffnete Polizei steht davor. Immer wieder sieht sie auf die Uhr. Wie lange es dauert, bis es Entwarnung gibt. Schon über eine Stunde kostet sie das. Der Zeitungsverkäufer bleibt dicht hinter ihr. »Für solche Übungen muss man sich Zeit nehmen. Göring hat recht, wenn er sagt, dass der Ernstfall geprobt werden muss. Den Spaniern würde ich auch dazu raten. Denken Sie nur mal an Spanien.«

»Ich glaube kaum, dass wir das brauchen. Der Führer ist für den Frieden.«

»Aber um den Frieden zu wahren, müssen wir vorbereitet sein.« Ungefragt hält er mit seiner Meinung über den spanischen Bürgerkrieg nicht hinterm Berg. Dass General Franco unterstützt werden müsse im Kampf gegen den Bolschewismus, dass der Führer, um ihm zu helfen, sicher was in der Hinterhand hielte und dass Vorbeugung die beste Medizin sei.

Spanien ist für Eva weit weg. Sie hat von Unterstützung für General Franco gehört, die Sache aber nicht weiter verfolgt. Sie hört so vieles, vergisst es aber gleich wieder, weil sie anderes im Kopf hat. Vor allem Robert hat sie im Kopf. Manchmal kann sie nichts anderes denken. Robert, Robert, Robert. Ständig spürt sie Verlangen nach seiner Stimme, seinen Händen, seinem Körper. Manchmal ist das Verlangen so stark, dass es weh tut.

Am nächsten Tag bleibt ab den Abendstunden alles dunkel. Sieben Tage geht es so. Die Luftschutzübung und auch die Verdunklungsübung werden von oberster Stelle als notwendig und nützlich bezeichnet.

Am achten Tag hört sie im Radio, dass sich die Berliner großartig verhalten hätten. In der dunklen Woche hätte es nicht einen einzigen Unfall gegeben.

Draußen brennen die Straßenlaternen wieder. Auf dem Weg nach Dahlem fällt ihr auf, dass jedes öffentliche Haus beflaggt ist. An allen Ecken stehen Soldaten. Auf riesigen Plakaten wird der Besuch Mussolinis angekündigt. Viele Geschäfte sind geschlossen. Es ist fast wie an einem Sonntag.

Allein im Büro kocht sie einen Kaffee. Eigentlich wollte sich Robert mit ihr die Ausstellung zur Stadtgeschichte ansehen, aber ein schnell hingekritzelter Zettel auf ihrem Schreibtisch gibt Auskunft, dass daraus nichts wird. Eva versinkt hinter Akten.

Am späten Nachmittag platzt die Lützenkirchen in die Ruhe. Sie hat ein paar Unterlagen vergessen und kramt in ihrem Schrank. »Was für ein Empfang für den Duutsche! Sie hätten es sehn müssen, Fräulein Justin. Stellen Sie sich vor, der Duutsche ist doch mit dem Zug gekommen. Wie spricht man das eigentlich aus, Duke oder Duutsche? Na jedenfalls war er fast in Berlin, da ist in Spandau plötzlich der Zug mit dem Führer aufgetaucht. Beide Züge auf gleicher Höhe. Der Salonwagen des Führers also parallel zu dem des Duutsche. Das hat sich die Reichsbahn ausgedacht. Geübt haben sie das. Wie im Ballett. Kurz vor dem Bahnhof Heerstraße ist dann der Zug mit dem Führer ein kleines bisschen schneller geworden. Nachher hieß es, dass der Führer früher dagewesen wäre und als der italienische Zug zum Halten kam, schon vor Mussolinis Salonwagen gestanden hätte, um ihn zu begrüßen. Das hätt ich so gerne gesehn! Nur die Wagen hab ich gesehn. Offene Mercedeswagen auf dem Bahnhofsplatz. Und dann die Autokorsos und die Paraden – ein richtiger Pomp! Über den Reichskanzlerplatz, den Kaiserdamm, die Bismarckstraße, die Charlottenburger Chaussee sind sie gefahren. Alles war voller Leute! Manche haben sich Stühle aus den Cafés geholt und sich draufgestellt, um was zu sehen. Sogar in den Baumkronen saßen welche. SA stand mit Gewehren auf den Dächern. Das Brandenburger Tor hätten Sie sehn sollen! Adler und Hakenkreuze und alles über und über beflaggt. Der Duutsche besucht Potsdam und das Grab vom Alten Fritz. Heute Abend hält er im Olympiastadion eine Rede. Da müsste man dabei sein. Die Italiener denken wie wir. Hoffentlich regnet es nicht.«

Eva kann die Lützenkirchen nicht ernst nehmen. Sie fängt auf, was gerade aktuell ist und worüber die Freunde reden. So wie sie sonst Heinz Rühmann oder Johannes Heesters anschmachtet, so schwärmt sie jetzt für den Duce. »Sie sollten sich auch mal ne Freude gönnen, Fräulein Justin«, empfiehlt sie Eva, die froh ist, als die Kollegin die Tür von außen hinter sich zuzieht.

Eine Freude soll sie sich gönnen. Sie verzieht den Mund. Sie kann sich die Freuden der Lützenkirchen vorstellen: Bars, Cafés, natürlich Männer, Kleider und Schminke. Filmstars auch. Und Musik und Kino. Seit Jahren hat Eva keinen Film mehr gesehen. Sie spürt auch keine Lust auf Kino, denn nie kam sie von einer Vorstellung nach Hause zurück ohne ein Gefühl des Unbehagens einer Szene oder der unangenehmen Stimme eines Schauspielers wegen. Für Filmstars kann sie sich genauso wenig begeistern wie für Musiker oder Künstler. Von Kunst hat sie keine Ahnung und fragt sich, warum die Ausstellungen der Entarteten für so viele Diskussionen sorgen. Moderne Kunst gefällt ihr nicht. Sie kann diesem Geschmiere nichts abgewinnen. Auch der Negermusik nicht. Einmal hat die Lützenkirchen sie mitnehmen wollen zum Tanz ins Resi in die Hasenheide. Aber Tanzen liegt ihr nicht. Sie hat nie gerne getanzt. Abgesehen von einem täppischen Bankangestellten, der ihr Charleston beibringen wollte, hat auch niemand sich um sie bemüht. Aber da war sie fast noch ein Kind gewesen und der Bankbeamte hatte ihr schon äußerlich nicht gefallen.

An diesem Abend kommt sie spät ins Bett. Die Bahnen fahren nicht und die Straßen sind verstopft wegen des Duce. Bis um zwei wartet sie auf Robert. Er kommt nicht, obwohl er es versprochen hat. Sie kann nicht einschlafen.

Am nächsten Morgen kommt er nicht ins Büro. Sie wartet und sieht ständig auf die Uhr. Nie weiß sie, wo er ist und was er tut.

Gegen 10 trifft sie sich mit Fräulein Lützenkirchen in Marzahn. Die Lützenkirchen sieht übernächtigt aus und muss ständig gähnen. Vom Duce erzählt sie nichts mehr, sie redet auch sonst wenig.

Mit geschulterten Tornistern gehen sie von Wagen zu Wagen. Die Leute von Wagen 18 öffnen nicht. Da drücken sie die Tür auf und gehen hinein. Eine Zigeunerin sitzt in einem mit Tüchern verhangenen Raum auf einer umgestülpten Apfelsinenkiste und näht. Eine schwache Petroleumlampe flackert. »Warum machst du die Tür nicht auf?« Die Frau hebt den Kopf und lässt das Nähzeug sinken. »Ich muss nicht öffnen. Was wollt ihr?« Die Frau ist schön. Ihr langes schwarzes Haar glänzt und wird von einer glitzernden Spange gehalten. Die Augen sind tiefschwarz, die Haut ist ebenmäßig und hell, fast milchig. Solche Wimpern und vor allem sichtbare Augenbrauen hätte Eva auch gerne. Vor allem die Haare sind schöner als ihre. Aber das zählt nicht, schließlich sind es Zigeunerhaare. Eva wird laut: »Du bist verpflichtet uns hereinzulassen und unsere Fragen zu beantworten.«

»Ich bin zu gar nichts verpflichtet. Ihr könnt uns hier nicht festsetzen! Wir haben einen Wandergewerbeschein. Darauf sind der Planwagen und das Pferd eingetragen, das wir hatten!«

»Der Gewerbeschein interessiert uns nicht.« Eva will ihren Namen wissen, vergleicht die Angaben auf der Liste, fragt nach Krankheiten, notiert Einzelheiten. Die junge Frau atmet hörbar. Sie antwortet nur widerstrebend. Plötzlich springt sie auf, macht eine Faust und schreit: »Ihr verdammten Gadsche! Und was macht ihr jetzt damit? Ihr wiegt uns mit euren Augen, befindet uns als zu leicht oder zu schwer, entscheidet über uns, als wären wir Vieh! Wer die Schwächsten, uns Zigeuner, so behandelt wie ihr, der soll verflucht sein!« Sie will noch etwas sagen, aber ihre Stimme bricht ab, mitten im Satz, was sie scheinbar selbst irritiert, denn sie spuckt Eva vor die Füße, schiebt sie mit der Faust zur Seite und stürzt heulend hinaus. Eva und die Lützenkirchen folgen ihr.

Vor dem Wagen liegt die Haarspange im Dreck. Eva denkt an das seidige, schöne Haar der Zigeunerin. Mit dem Absatz tritt sie auf der Spange herum, bis das Glitzern aufhört und die Lützenkirchen erschrocken kreischt: »Ihre Schuhe, Fräulein Justin!«

Völlig unerwartet steht Robert am Abend mit einem Blumenstrauß vor ihrer Tür. Seine Frau ist zu ihrem kranken Vater gerufen worden und hat die Kinder mitgenommen. Er hat Zeit. Lust zu reden hat er nicht. Sie ist müde, lässt sich aber nichts anmerken. Sie stellt einen Kessel mit Wasser auf den Herd, um Tee zu kochen und legt

Gebäck auf einen Teller. Robert will weder Tee noch Gebäck. »Dich will ich, nur dich«, sagt er, umfasst und küsst sie, wühlt seine Zunge in sie hinein, drängt sie ins Schlafzimmer. »Diese kleinen Momente des Glücks«, stammelt er, während er mit der einen Hand nach dem Reißverschluss ihres Kleides tastet und mit der anderen seinen Gürtel öffnet. »Diese kleinen Momente, Eva. Sich mal ein bisschen wegdenken von all dem Ungeziefer, mit dem wir uns befassen. Mal weg vom Papierkram. Du bist wie eine Insel, Eva, eine Insel…«

Alles geht ganz schnell. Sekunden, in denen ihre Herzen zusammen schlagen, in denen ihr Atem eins ist. Danach will sie sich nicht mehr rühren, so liegen bleiben, ihn spüren, bis der Schlaf kommt.

Aber gegen Elf steht er auf und zieht sich an. Sie weiß nicht, was sie tun soll, will ihn halten, spürt, wie sich ihre Unterlippe bewegt und zu zittern anfängt, fürchtet, dass ihr Mund das Gesicht zu einer lächerlichen Fratze verziehen könnte, ahnt, die Tränen nicht zurückhalten zu können. Wenn sie heulen würde, würde er noch schneller gehen. Sie verbeißt sich den Schmerz, hält aus. Aber auch das hilft nicht. Nichts hilft.

Als er die Tür hinter sich zuzieht, sitzt sie bewegungslos da, spürt seinen verwischten Umrissen nach, seinem Geruch. Dann steht sie am Fenster, aufrecht, den Mund zusammengepresst, sieht, wie er die Straße überquert und in einer Seitengasse verschwindet. Der Schmerz, dass er gegangen ist, hämmert und sticht. Sie versucht, Robert durch inständiges Denken zurückzuholen, ihn ins Zimmer zurückzuzwingen. Eben warst du noch da, das Bett ist noch warm von dir, dein Körper so nah und plötzlich nichts mehr, nur meine leeren Hände, Robert …

Da hat sie die Idee, ihm hinterher zu gehen. Sie zieht sich an, bindet die Schuhe, steigt die Treppe hinab. Die Straße liegt dunkel und verlassen. Es hat geregnet. Der Asphalt schimmert wie ein dunkler Spiegel. Laternen verbreiten ein gelbes Licht, das alles unwirklich macht. Ein Betrunkener kommt ihr entgegen, schwankt von Laterne zu Laterne, bleibt vor einem Türeingang stehen, macht Anstalten, einem Bedürfnis nachzukommen. Sie eilt an ihm vorbei, biegt in eine breitere Straße ein, die durch das trübe Licht von Ladenfenstern erhellt ist.

Er hätte bleiben können. Die ganze Nacht hätte er bleiben können.

Ein paar Kneipen haben noch geöffnet. Leuchtreklamen werben für Schultheiss-Bier und Zigaretten. Aus einer der Türen tönt ein grölender Gesang: »Wenn der Sturmsoldat ins Feuer geht, ei, dann hat er frohen Mut, und wenn's Judenblut vom Messer spritzt, dann gehts nochmal so gut.« Ein Hund kommt aus einem Hauseingang. Dahinter ein Mann. Er löscht das Licht in seinem Laden und schließt die Tür ab.

Eva bleibt vor einer Bar stehen und späht durch das Fenster, aber die Scheiben sind beschlagen und sie erkennt nur, dass die Stühle schon auf den Tischen stehen. Ein Taxi wartet vor einem Hotel. »Taxi gefällig, gnädge Frau?«, ruft der Fahrer und winkt.

Warum ist er gegangen? Warum weiß sie so wenig über ihn?

Er hat etwas, das den Frauen gefällt. Auf Partys sind besonders die jüngeren sofort von seinem Charme angetan, von seinem schmelzenden Lächeln, der weichen Stimme. Aber nein, dieser Mann gehört ihr, wenn er auch verheiratet ist. Er gehört ihr, auch wenn sie hundertmal nicht mit ihm verheiratet ist. Sie hat ein Recht auf ihn. Er hat Verantwortung auf sich geladen, als er mit ihr angefangen hat.

Sie weiß nicht, wie lange sie schon läuft, fühlt sich wie ein leeres Blatt Papier, das der Wind entlang der immer höher, immer schiefer werdenden Häuserfluchten treibt, läuft im Geräusch der eigenen Schritte, die Füße stecken in schwarzen Riemchenschuhen, die Schritte klacken, sie hat Laternen im Rücken. Geradeaus, dann nach rechts, wo es noch finsterer wird, wieder nach rechts. Die Straße ist lang, aber der Weg ist richtig.

Hell, von innen beleuchtet, kreuzt eine Elektrische ihren Weg. Sie ist leer wie die Straße. Alles ist leer.

Weit nach Mitternacht steht sie vor seiner Haustür, sieht auf eine erleuchtete Fensterreihe und zugezogene Vorhänge, hinter denen sie ihn vermutet. Blumentöpfe stehen am Fenster. Geranien. Unruhig geht sie auf und ab. Dann versteckt sie sich im Hauseingang gegenüber und äugt hinauf. Robert, denkt sie, Robert, Robert, Robert.

Ein alter Mann biegt um die Ecke. Er ist in Lumpen gekleidet und trägt einen Sack auf dem Rücken. Seine Schritte schlurfen über das Pflaster. Als er Eva sieht, bleibt er stehen. »Na Frollein, wat kiekst'n so? Brauchst nen Zimmer für die Nacht?« Der Alte lacht und hustet.

Sie sieht ihn nicht an. Der Mann schlurft weiter. Sein Schlurfen liegt über der Straße, über den Häusern, zieht bis hinauf in die Wolken.

Was tut sie hier? Sie denkt an Roberts Augen, daran, dass sein Blick manchmal so fremd ist. Vielleicht liebt er sie nicht mehr. Vielleicht ist alles, was sie tut, nur Einbildung und sie weiß es nur nicht. Im Fenster eines Blumenladens, vor dem Hintergrund fahler, dicht stehender Häuser, sieht sie sich gespiegelt. Unleserlich das Gesicht. Fern und einsam sieht sie aus. Ohne Farben.

Am anderen Morgen wacht sie zu spät auf. Sie nässt den Waschlappen, reibt sich kaltes Wasser ins Gesicht, zieht sich an und eilt ins Büro.

Robert ist schon da, aber seine Tür ist verschlossen. Die Witzendorf sieht sie strafend an. Eva hört, wie sie mit der Moll tuschelt. »Fast ne halbe Stunde. Das kann sich unsereins natürlich nicht leisten.« Eva ignoriert die Bemerkung. Sie kann sich denken, dass die Witzendorf noch mehr sagt, wenn sie nicht da ist. Aber eigentlich können sie nichts sagen. Niemand kann etwas sagen, weil niemand etwas weiß. Sie beißt sich auf die Lippen. Wie versteinert sitzt sie hinter ihren Akten.

Die Kallies und die Moll reden über ein Lager, das in Buchenwald gebaut werden soll. Fräulein Kallies reißt einen Witz: »Wie geht es Ihnen?, fragt jemand einen Bekannten. Sagt der: Wie einem jüdischen Rechtsanwalt. – Was wollen Sie damit sagen? – Nun, ich kann nicht klagen!« Glucksend geht sie von Schreibtisch zu Schreibtisch, wiederholt den Witz. Der Geruch nach Kaffee folgt ihr.

Fräulein Lützenkirchen blättert in einem Prospekt des Ufa-Kinos. Sie schwankt zwischen ›Der Mann von dem man spricht‹ mit Heinz Rühmann, ›Premiere‹ mit Zarah Leander oder ›Der Herrscher‹ mit Marianne Hoppe. Sie fragt Eva, aber Eva zuckt nur die Schultern, ärgert sich, womit die Lützenkirchen ihre Zeit vertrödelt. »Woher soll ich denn wissen, was Ihnen gefällt?«

Gegen elf öffnet Robert die Tür. »Guten Morgen, Fräulein Justin!« Sofort strafft sie die Schultern. Gut gelaunt wirft er zwei Kinokarten auf ihren Schreibtisch. »Damit Sie mal wieder rauskommen, Fräulein Justin. Nehmen Sie Frau Moser mit. Heute Abend. Über den Film verrate ich nichts. Bin gespannt auf Ihre Meinung!«

Er verschwindet mit der Witzendorf im Büro und schließt die Tür. Sie sieht auf die Eintrittskarten. Statt mit der Moser wäre sie lieber mit ihm gegangen. Hoffentlich kein Unterhaltungsfilm, denkt sie. Aber so gut sollte er sie doch kennen.

Am Abend sitzt sie neben der Moser im verdunkelten Saal des Ufa-Kinos auf rotsamtig bezogenen Sesseln. Die Moser hält ihre Jacke auf dem Schoß. Sie kommt vom Dorf und war noch nie in einem Kino. Sie kann nicht ruhig sitzen und zupft ständig an den Fingernägeln. Ein Pianist spielt etwas Düsteres. Eva mag dieses Im-Dunkeln-Sitzen nicht, die Nähe von fremden Leuten, die sich die Nase schnäuzen und husten. Außerdem hat sie gelesen, dass Kino die Augen schädigt. Nur für Robert macht sie eine Ausnahme.

»Erbkrank« lautet der Titel, der, nachdem sich der Vorhang gehoben hat, sekundenlang auf der Leinwand flimmert. Das Kino ist gut besucht. Vor ihr sitzt eine Frau mit einer Hochsteckfrisur, so dass sie, um alles sehen zu können, schief sitzen muss.

Die Luft ist stickig. Sie trägt ihre braune Bouclèjacke und schwitzt schon, bevor es losgeht.

Der Film beginnt mit den schönen Töchtern des Propagandaministers. Drei Mädchen in hellen Sommerkleidern und mit Schleifen im Haar laufen lachend über eine Wiese, pflücken Blumen, die sie ihrer glücklichen Mutter überreichen.

Der Filmausschnitt, der dann kommt, führt dazu, dass im Publikum getuschelt wird. »Schrecklich.«

»Seht euch das an. Das ist doch kein Leben.« Die Bilder sind nur schwer auszuhalten. Sie sehen Gestalten, die sich wie Affen fortbewegen, auf allen vieren kriechen, die gefüttert werden müssen oder, wenn sie selbst essen, mit den Fingern in den Napf greifen, ihn gar ablecken, sich dabei kratzen und unkontrolliert lachen. Es sind allesamt Untaugliche, Irre, Taubstumme, Blinde, Schwachsinnige und Gelähmte.

Ein Untertitel gibt Auskunft: Alle diese Kreaturen stammen von erbkranken Eltern ab.

Völlig abgestumpft für ihre Umgebung leben sie ohne Sinn und Zweck, vegetieren dahin. Einigen sind Arme und Beine zusammengebunden. Das sind die Gefährlichen. Ein afrodeutsches Kind mit entstelltem Gesicht lacht grotesk. Auf einer Tafel, die dem Bild vorangestellt ist, heißt es: Idiotischer Negerbastard aus dem Rheinland. Die Leute im Kino sind schockiert. Räuspern und Flüstern steigern sich, jemand ruft: »Wozu pflegt man sie? Hat das einen Sinn? Nach den Naturgesetzen wären sie längst tot, was besser wäre!« Auf der Leinwand erscheinen Zahlen und weitere Fotos von Entstellten. Ein Text wird eingeblendet. Die Moser flüstert: »Sehn Sie sich das mal an. Der Großvater ist ein Sittlichkeitsverbrecher, die Frau liederlich, von seinen zehn Kindern leben vier in Anstalten und kosten den Staat bisher 62.000 Reichsmark. Oder die epileptischen Geschwister. 21.0000 Reichsmark. Der uneheliche Idiot kostet allein 12.000 Reichsmark.« Eine Frau, die hinter ihnen sitzt, beugt sich vor: »Sehen Sie mal die schwachsinnige Familie mit der Säuferin als Mutter! Zusammen 28 Jahre Anstalt! Was das kostet! Und es werden immer mehr, sag ich Ihnen. Genau die, die keine Kinder kriegen sollen, kriegen die meisten. Zwar sterben bei denen auch eher welche, aber es bleiben immer noch genug übrig.«

Frau Moser kramt einen Zettel aus der Tasche, notiert im schwachen Licht des Saales ein paar Zahlen, rechnet und flüstert. »Wenn das so weitergeht, kommt in 50 Jahren auf vier Gesunde ein Geisteskranker. Endlich nennen sie mal Zahlen. Zwölf Milliarden Reichsmark, das muss man sich mal vor Augen halten. Nur für die Erbkranken. Für die Verwaltung von Reich und Ländern nur 713 Millionen. Also, das muss aufhören. Mein Vater hat immer gesagt, du darfst deiner Rasse keine Schande machen. Wie recht er hat.«

Der Film endet mit Aufnahmen von einem Bauern, der in einem Garten Unkraut rupft. Darunter die Schrift: Ein Bauer, der Unkraut jätet, bewahrt das Wertvolle. Eva stellt sich den Vater vor, wie er im Herbst die fauligen Strünke der Kohlköpfe aus der Erde reißt und auf einen Haufen wirft, wie er unter seinem Birnbaum steht, von dem gelbe, welke Blätter regnen. Sie denkt an ihre Arbeit in Marzahn. So wie der Bauer den Garten säubert und vor Unkraut schützt, so ist auch sie eine, die gegen den Wildwuchs ankämpft. Gut und richtig ist das.

Die letzte Filmsequenz zeigt eine Schrift, die lange auf der Leinwand stehen bleibt, auch noch, als sie aufstehen und das Licht angeht: Verhütung des erbkranken Nachwuchses bedeutet Nächstenliebe und höchste Achtung vor den gottgegebenen Naturgesetzen.

»Je höher der Anreiz zur Entwicklung einer Kultur, desto höher deren spätere Entwicklungsstufe. In diesem Sinne arbeiten wir, in diesem Sinne wirken wir.« Mit Dankesworten schließt Robert seinen Vortrag ab, verneigt sich in den Applaus und begibt sich mit Eva in die noch leere Kantine.

Über einen Teller Linsensuppe gebeugt und den Dampf abblasend, will er wissen, was sie zu dem Film meint, und sie erzählt von den Bildern der Kranken, die sich ihr eingebrannt haben. »Ich kann nicht verstehen, dass so viel Geld aufgewendet wird, obwohl es doch …« Weiter kommt sie nicht, da geht er dazwischen. »Ja, schon klar, ich wollte nur, dass du das siehst. Der Film wird seine Wirkung nicht verfehlen, glaub mir. Es ist ja auch so, dass mit aller Humanität und Sozialfürsorge für die Irren und Kranken keine natürliche Auslese mehr stattfindet. Wenn man sie nicht pflegen würde, wären sie längst gestorben, so wie die Natur es für sie vorsieht und glaube mir, das wäre besser. Sieh mal«, sagt er, legt den Löffel ab und breitet eine Zeitung auf dem Tisch aus. Sie beeilt sich, ihren Teller und das Besteck beiseite zu schieben. »Jetzt ist es offiziell. Der richtige Schritt in die richtige Richtung.« Ihr Blick fällt auf ein Foto von SS Reichsführer Himmler. Sie schafft es gerade die Überschrift zu lesen, da sprudelt es schon aus ihm heraus. »Himmler spricht endlich Klartext, jetzt auch öffentlich. Er will, dass die SS-Angehörigen rassig wertvolle, gesunde deutsche Familien gründen. Deshalb sind natürlich an ihre Frauen, was Erscheinung, Gesundheit und vor allem die Erbanlagen betrifft, höchste Anforderungen zu stellen. SS-Männer müssen ihre Bräute ab sofort erbgesundheitlich untersuchen lassen.« Robert grinst. »Himmler will die Form der Beine wissen: gerade Beine, O-Beine, X-Beine. Fotos sollen begutachtet werden und Übergewichtige müssen zum Arzt. Komm schon, Eva, zeig deine Beine«, scherzt er, will ihr unterm Tisch an die Waden greifen, woraufhin sie von ihm abrückt. »Bist du verrückt? Wenn das jemand sieht!« Robert lacht. »Ach was! Ist doch niemand hier.« Dann wird sein Ton wieder lehrerhaft. »Die Frauen werden also gründlich untersucht, ob sie gebärfähig sind und ob die Ahnentafel stimmt. Das ist unbedingt zu unterstützen. Regierungen sollen und müssen ins Wuchern der Bevölkerungen eingreifen.« Er erinnert Eva an das Blutschutzgesetz, das Ehen zwischen Deutschen und Juden unter Strafe stellt. »Es wird immer klarer, immer deutlicher«, sagt er und sieht sie aufmunternd an. Der Kollege Dr. Steinfuß kommt hinzu, beugt sich über den Artikel: »Habs auch schon gelesen. Was sagen Sie dazu, Dr. Ritter?« Robert zieht die Hand weg, mit der er Evas Arm berührt hat. »Ja, Fräulein Justin und ich haben uns gerade darüber unterhalten. Wenn wir eine reine Rasse werden wollen, ist das die Konsequenz. Heiraten ist ab sofort kein Privatvergnügen mehr und Kinder sind keine Zufallsprodukte. Es ist eine Sache der Volksgesundheit, die den Staat ganz schön was kosten wird. Aber es wird sich lohnen.«

»Es werden allerdings intime Fragen gestellt. Auch zur Gesinnung.«

»Ja, aber wer es hinter sich hat, darf sich zur Sippengemeinschaft zählen. Hoffen wir also auf viele gesunde Paare.« Eva nickt. »Es ist richtig und gut, dass endlich nicht mehr nur Herkunft und Bildung eine Rolle spielen, wie ja viel zu oft, sondern die Tatsache, dass jemand zur Volksgemeinschaft der Arier gehört, zu einer Sippengemeinschaft, die blutsmäßig zusammen gehört. Ich meine, dass jemand also einwandfrei ist. Dazu gehören natürlich auch die Armen, sofern sie arisch sind. Ein ganz neues Zusammengehörigkeitsgefühl.«

Robert ist amüsiert. »Richtig, Fräulein Justin. Gut erkannt. Jetzt werden die Karten neu gemischt. Für uns ist das nur folgerecht. Unsere Arbeit geht schließlich längst in diese Richtung.«

Als Steinfuß gegangen ist, flüstert Robert, dass sie für ihren Beitrag eine Belohnung verdient habe und sich bereithalten soll. Gegen neun sei er bei ihr. Nackt soll sie sein, das wünscht er sich und nennt sie seine Hündin. Das will er sie spüren lassen. Gierig und durstig sei er, in ihr versinken wolle er.

Die Zeit vergeht viel zu schnell. Schon sind die Bäume kahl. Von einem auf den anderen Tag wird es bitterkalt. Marzahn liegt wie ausgestorben. Auf den Pfützen bildet sich eine Eishaut, der Schlamm gefriert. Dann fegt ein beißender Schneesturm über die Baracken. Immer noch kommen die städtischen Wagen, kippen Jauche in die Gräben um das Gelände. Der Gestank, den sie hinterlassen, schmerzt beim Einatmen. Die Leute haben sich verkrochen, sogar die Kinder.

Nur eine bucklige Alte mit zerfurchtem Gesicht quält sich mit einem Bündel Reisig vorwärts.

Eva und Fräulein Lützenkirchen haben die Jacken fest um die Körper gezogen. Da sehen sie junge Männer mit nackten Oberkörpern, die sich hinter einem Müllhaufen mit Schnee waschen. Die durchlöcherten Hosen haben keine Knöpfe, sondern sind mit Schnüren gebunden. Ihre braunen, pomadeglänzenden Haare haben sie straff nach hinten gekämmt. Sie haben nicht einmal eine Gänsehaut, lachen, als Eva und die Lützenkirchen näherkommen und zeigen kräftige weiße Zähne. Eva will wissen, wo sie hingehören, in welcher Baracke sie wohnen und wie sie heißen. »Wir sind Brüder und heißen Landolo und Friedemann Werst. Und wie heißen Sie?« Eva verschränkt die Arme vor der Brust. »Sie haben hier gar nichts zu fragen.« Sie ärgert sich über die freche Frage. »Aber wir haben Ihnen doch gar nichts getan«, sagt der Ältere und reagiert damit auf Evas verächtlichen Blick. »So weit würden wir es auch nicht kommen lassen«, sagt sie und zieht den Block aus der Tasche, um Notizen zu machen. Es stellt sich heraus, dass die Familien der beiden schon registriert sind. Sie gibt der Lützenkirchen ein Zeichen. »Gehn wir weiter.«

Im Weggehen dreht sich die Lützenkirchen nach ihnen um. Einer der Männer ruft ihr einen Abschiedsgruß hinterher. »Haben Sie den Größeren gesehn?«, fragt sie, »er sieht gut aus.« Immer wieder wendet die Lützenkirchen den Kopf. Als sie um die Ecke sind, kann Eva nicht mehr an sich halten: »Was soll der? Gut aussehen? Sie haben doch eine Fortbildung gemacht. Ich dachte, Sie hätten endlich kapiert, dass Sie primitives Lumpenvolk vor sich haben. Dem scheint ja nicht so zu sein. Es sind unnütze Kreaturen, Störenfriede und eine Gefahr. Sehen Sie sich die doch mal richtig an. Die sehn anders aus, haben kein Benehmen, gar nichts. Einem normalen Menschen würde die Kälte zu schaffen machen. Denen nicht.« Sie äfft den Größeren nach, hebt die Stimme. »Und wie heißen Sie? Als ob ich denen meinen Namen sage. Was die sich einbilden. Glauben wohl, sie könnten uns einlullen.« Ärgerlich fügt sie hinzu. »Also wer sich von so was blenden lässt. Nur außerordentlich Dumme lassen sich mit solchen Schmarotzern ein!«

Den ganzen Tag spricht sie nicht mehr mit der Lützenkirchen, die wie ein Hund hinter ihr herläuft.

Roberts Habilitationsschrift über die württembergischen Gaunergeschlechter wird angenommen. »Ein Menschenschlag – der Titel sagt es schon und es ist ja auch ein ganz besonderer Menschenschlag, den ich da erforscht habe. Zehn Geschlechterfolgen, aus allen Materialien gemischt, ja verfilzt.« Robert hat allen Grund, zufrieden zu sein. Aber sein Ehrgeiz wächst mit jedem Schritt, den er nach vorne geht. Seit Wochen sitzt er Eva wegen eines Studiums im Nacken. »Du musst dich endlich einschreiben. Wenn du ein Studium vorweisen kannst, ist das für unsere Arbeit eine ganz andere Sache. Du unterschreibst schließlich als Krankenschwester. Das sieht nicht unbedingt gut aus. Außerdem würde ein Studium dich beruflich weiterbringen.« Es ist nicht das erste Mal, dass Robert sie drängt. Sie hat auch selbst schon daran gedacht, den Gedanken aber immer wieder fallen lassen, weiß nicht, wo sie die Zeit hernehmen soll, will ihm aber nichts abschlagen. Dass Robert sich so für ihr Fortkommen einsetzt, dass ihm nicht egal ist, was aus ihr wird, stärkt sie. Für keine andere Mitarbeiterin setzt er sich so ein.

Seinetwegen schreibt sie sich im November für die Fächer Anthropologie, Erbpsychologie und Rassenhygiene an der Friedrich-Wilhelms-Universität ein, kommt aber erst in der Adventszeit dazu, sich Vorlesungen anzuhören.

Anfang Dezember trifft sie sich mit Robert im Café Kranzler. Es ist Mittagszeit. Sie sitzen an einem der hinteren Tische und trinken Kaffee. Das Café ist gut besucht: Damen mit Hüten, Schachspieler, Zeitungsleser. Es ist laut und umtriebig, ein wimmelndes Durcheinander, eingehüllt in Tabaksdunst und Eau de Cologne. Kellner balancieren Tabletts durch die schmalen Gänge zwischen den Tischen. Ein Mädchen geht herum und bietet Salzstangen an. Ein älterer Mann mit einem fleischigen Gesicht und dicken Lippen sitzt Eva gegenüber und schiebt sich bereits das dritte Tortenstück in den Mund. In einer Vitrine mit Glasfronten stehen die Haustorten: Marzipan, Nuss, Nougat, Sacher, dazu Eierschnecken und Makronentörtchen.

Draußen fällt Schnee. Lautlos schweben lichthelle Flocken aus einem grauen Himmel. Eine Gruppe Jugendlicher marschiert vorbei. Alle tragen Tornister und Halsbänder. Ihre Münder sind aufgerissen. Fetzen eines Liedes ziehen herein. »... und liegt vom Kampfe in Trümmern, die ganze Welt zuhauf. Das soll uns den Teufel kümmern, wir bauen sie wieder auf.«

Gegen das Stimmengewirr im Café ankämpfend zählt Robert Namen von Professoren auf, von denen er die Forschungsgebiete kennt. »Fischer vom Anthropologischen Institut zum Beispiel. Oder Gottschaldt. Die wären für uns von großem Nutzen.« Eva schwankt. »Wenn ich studiere, habe ich weniger Zeit für Marzahn.«

»In Marzahn kann ich für eine Weile die Moser einsetzen. Das geht schon. Hauptsache, du behältst den Überblick. Aber es gibt noch etwas.« Er macht eine Pause, winkt eine unwirsche Kellnerin heran, bestellt ohne Eva zu fragen zwei Mampe Halb und Halb. »Ja, noch was«, wiederholt er und Eva ahnt, dass er den Likör nicht grundlos bestellt hat. Vielleicht will er mit ihr verreisen. Neulich erst hat er von Bayern geschwärmt. »Ich weiß es seit gestern. Es ist nicht offiziell. Die Nachricht muss noch geheim gehalten werden. Es gibt einen neuen Erlass des Innenministeriums.« Er unterbricht, weil der Likör serviert wird. Kupferfarben funkelt er in kleinen geschliffenen Gläsern. Eva presst die Lippen zusammen und sieht auf das Funkeln wie auf etwas Verlorenes. Robert prostet ihr zu. Sie bemüht sich zu lachen, nippt und schüttelt sich. »Pomeranzen, nein, nichts für mich.« Auch Robert lacht. »Zu bitter? Also mir schmeckt das Zeug.« Er nimmt einen Schluck und knallt das Glas auf den Tisch. »Nicht schlecht!« Dann wird er wieder ernst, stützt mit zusammengefalteten Händen sein Kinn ab und senkt die Stimme. »Mitte des Monats wird der Asozialen-Erlass gültig. Das kommt uns entgegen. Zigeuner müssen jetzt jederzeit mit einer Einweisung in eines der Lager rechnen. Besonders die, die nicht arbeiten wollen oder sich der Ordnung nicht fügen. Das Gesindel eben. Die Entscheidung, ob sie wegkommen, liegt bei den Behörden. Aber auch bei uns. Himmler will, dass zunächst ein einmaliger, umfassender und überraschender Zugriff auf die Arbeitsscheuen erfolgt, also auf Männer im arbeitsfähigen Alter, die zweimal einen angebotenen Arbeitsplatz abgelehnt oder nach kurzer Zeit aufgegeben haben.« Er beugt den Kopf nach hinten, kippt den Rest des Likörs in sich hinein und lacht, als er das Glas wieder abstellt: »Langsam fangen sie an zu begreifen. Jetzt fehlt nur noch dein Studium.«

Robert verbringt Weihnachten mit seiner Familie. Sie fahren in die Schweiz, ins Engadin, in den Schnee. Eva fährt zu den Eltern nach Dresden. Es fällt ihr schwer, nicht zu arbeiten. Die Zeit zieht sich und die Gespräche mit den Eltern sind flach geworden. Der Vater wiederholt ständig die gleichen alten Geschichten. Für ihre Arbeit interessiert er sich nicht. Die Mutter auch nicht. Unter einem Studium der Anthropologie können sie sich nichts vorstellen.

Sie spaziert am Elbufer entlang, durch den Palaisgarten, besucht das Hygiene-Museum am Lingnerplatz. Lustlos schlendert sie durch die Ausstellung. Robert hat ihr das Museum empfohlen, aber ohne ihn ist alles unbedeutend.

Noch vor Silvester ist sie wieder in Berlin und wartet, dass er zurückkehrt.

Berlin, 1938

Die Verhaftungswellen nehmen Ausmaße an, die ihren ganzen Einsatz erfordern. Um zwei, drei Uhr nachts, oft auch in den frühen Morgenstunden, wenn der Himmel noch dunkel ist, werden in Marzahn Planwagen von der Polizei geräumt und Leute abgeführt. Am schlimmsten ist das Geschrei der Frauen und Kinder. Bis ins Mark geht dieses Gejammer, zehrt an den Nerven, macht taub. Geduld und Hartnäckigkeit braucht es, die Leute wie eine Herde sturer Kühe hinauszutreiben. Oft dauern die Einsätze Stunden. Tagsüber nickt sie manchmal ein. An ein intensives Studieren ist nicht zu denken.

Erst als Robert ihren Dienstplan ändert, hat sie Zeit, Vorlesungen zu hören. Nie hätte sie geglaubt, dass sie sich in den Hörsälen der Universität wohlfühlen würde. Trocken und langweilig hat sie sich das vorgestellt und muss feststellen, dass mit jeder Hörstunde ihr Blick weiter wird und die Zusammenhänge greifbarer scheinen. Sie besucht Seminare zur Rassenkunde und Bastardbiologie, hört Vorlesungen der Professoren Abel, Fischer, Gottschaldt, Günther, Reiter, Thurnwald, Lenz und Spranger. Einige der Professoren, denen sie an der Universität begegnet, gehen in Roberts Büro ein und aus. Abel und Fischer hat er schon mehrfach zu sich nach Hause eingeladen.

Mit Kommilitonen besucht sie das Anthropologische Institut und die Charité, wo Lehrsammlungen von Schädeln und Skeletten, die von Expeditionen und Fernreisen herrühren, heftig diskutiert werden. Schon im ersten Semester wird deutlich, dass die Arbeit mit Robert in die Zukunft weist.

Im Fach Erbgesundheitslehre wird sie einer Gruppe zugewiesen, die sich mit der Bewertung menschlicher Erbanlagen befasst. Eine Weile fesselt sie die Geschichte dieses Faches. Sie liest über die Spartaner, die der Auslese Schwächlicher, Kranker und Missgebildeter einen seltenen Grad an Kraft und Heldentugend verdankten. Sie ist erstaunt, dass bereits Platon über das Selektieren nachgedacht hat, findet ähnliche Hinweise in der Renaissance und im England zur Zeit der Burenkriege. Kilometertief frisst sie sich durch Rassentheorien, blättert sich durch das Werk von Arthur de Gobineau, der bereits Mitte des 19. Jahrhunderts davon überzeugt war, dass die arische

Rasse allen anderen überlegen sei, dass sich die niederen Rassen der weißen unterzuordnen haben, dass die Weißen Träger der Kultur seien. Auch Gobineau spricht sich eindeutig gegen das Mischen der Rassen aus. In seinen Schriften findet sie einiges über Menschenzüchtung und Auslese. Sie liest Schriften von Francis Galton, vertieft sich in Studien, die belegen, dass sich Träger minderwertigen Erbgutes schneller vermehren als die hochwertiger Erbanlagen, studiert die Werke Chamberlains, der Juden als Rasse und Hauptfeind der Arier sieht. Mit Robert diskutiert sie über die Ansichten Darwins, studiert Bücher von Alfred Ploetz, der sich öffentlich für die Tötung missratener Individuen ausspricht, dessen Schreibstil sie allerdings belustigt: »Stellt es sich heraus, dass das Neugeborene ein schwächliches oder missgestaltetes Kind ist, so wird ihm vom Ärztekollegium ein sanfter Tod bereitet, sagen wir, durch eine kleine Dosis Morphium. Die Eltern, erzogen in strenger Achtung vor dem Wohl der Rasse, überlassen sich nicht lange rebellischen Gefühlen, sondern versuchen es frisch und fröhlich ein zweites Mal, wenn ihnen dies nach ihrem Zeugnis über Fortpflanzungsfähigkeit erlaubt ist.« Alles, was sie liest, ist genau das, was Robert sagt. Regelmäßig fragt er nach, lässt sich auf den neuesten Stand ihres Studiums bringen. Das gibt ihr das Gefühl, mit ihm ganz eins zu sein.

Fast alle Kommilitonen sind männlich. Sie bleiben unter sich. Zu den wenigen Frauen sucht sie keinen Kontakt. Ohnehin hat sie keine Zeit für Gemeinsames. Zu Diskussionen lässt sie sich nicht hinreißen. Nur einmal mischt sie sich ein. Als nämlich eine Diskussion entsteht über die Haltung einiger russischer Wissenschaftlicher, die die Rassentheorien ablehnen, auch Sterilisationen, und stattdessen eine Verbesserung der Lebensbedingungen und Reformen vorschlagen. Da meldet sie sich zu Wort und erklärt, dass keine Reform der Welt etwas an der Abstammung, geschweige denn an Kriminalität und Asozialität ändern können. Wenn sie an die Rheinlandbastarde denkt, jene Mischlinge, die die französischen Truppen aus den Kolonien Afrikas während der Rheinlandbesetzung hinterlassen haben, muss sie ihren Professoren Fischer und Lenz recht geben, die diese Mischprodukte als faulige Bastardbrut bezeichnen und ein Programm zur Sterilisation unterstützen. Besonders hoch achtet sie deren Arbeit. An Fischer gefällt ihr, wie er das Judenproblem in einem Satz zusammenfasst: Die Bekämpfung der Juden habe nicht das Ziel, wirtschaftliche Gewinner oder geistige Konkurrenz loszuwerden, sondern es gehe um die Rettung der Rasse, um ihre Reinigung von Fremdem. Professor Lenz ist Humangenetiker und Mitglied im Sachverständigenbeirat für Bevölkerungs- und Rassenpolitik beim Reichsinnenminister. Er ist bei den Sitzungen im Institut häufig dabei und kennt Eva vom Sehen. Von Robert weiß sie, dass er an der Formulierung des Gesetzes zur Verhütung erbkranken Nachwuchses mitgewirkt hat.

Sie wird immer ehrgeiziger. Sie spürt es selbst, Robert muss es ihr nicht sagen. Sie arbeitet für zwei. An den Vormittagen, abends und regelmäßig bis in die Nacht sitzt sie über Büchern, Dokumenten, Schriften in diesem immergleichen Geruch nach Papier und Tinte, ordnet, sortiert, teilt ein. Manchmal schmerzen Augen und Rücken. Kaum hat sie eine Sache abgeschlossen, beginnt die nächste. Das Arbeiten gibt ihr Sicherheit. Es bestimmt den Tag, das Aufstehen, das Essen, das Schlafen. Für Kollegen, die feierabends nach Hause eilen, hat sie nur abschätzige Blicke.

Über das Arbeiten vergisst sie die Zeit und wundert sich jedes Mal, wenn die Woche wieder vorbei ist. Auf dem Weg nach Dahlem und zurück nach Hause sieht sie weder den Himmel noch in die Gesichter der Menschen, ärgert sich, wenn die Bahn nicht pünktlich ist und Ampeln nicht schnell genug auf Grün wechseln. Sie spürt weder den Schnee auf der Haut noch die Sonne im Gesicht. Die Blütenpracht des Frühjahrs nimmt sie kaum wahr, auch nicht den lauen Wind der Sommerabende, das Sammeln der Zugvögel im Herbst. Weder in Parks noch in Cafés hält sie sich auf. Einladungen der Kollegen sind nach wie vor lästig. Nur wenn es gar nicht anders geht oder wenn Robert Wert darauf legt, sagt sie zu.

Jeden Samstag – so hat es früher der Vater gehalten – kauft sie sich eine Zeitung und überfliegt die Überschriften. Das reicht, um informiert zu sein. Die wichtigsten Sachen bekommt sie ohnehin mit. Im Büro wird viel und laut geschwatzt. Sogar ohne Zeitung wäre sie im Bilde. An Wochenenden oder Feiertagen nimmt sie sich Arbeit mit nach Hause und setzt dort fort, was sie im Büro nicht geschafft hat.

Ausnahmen sind die wenigen Stunden, an denen Robert Zeit für sie hat. Ausnahmen sind auch die Badestunden. Obwohl die Vermieterin sich über den hohen Wasserverbrauch mokiert und Eva schon zweimal eine ordentliche Summe dafür abgenommen hat und obwohl das Baden eine mühsame Prozedur ist – sie muss das Wasser auf dem Herd erhitzen und dann in die Wanne füllen – hat sie sich angewöhnt, nach besonders heftigen Einsätzen den Körper in heißes Wasser zu tauchen und so lange liegen zu bleiben, bis sie sich schwerelos fühlt.

Der Kollege Batz lädt alle in Mampes Gute Stube zum Geburtstag ein. Eigentlich will sie absagen, wie immer, aber Batz lässt nicht locker. Sie entscheidet sich für ein grünes Taftkleid. Vor dem Spiegel versucht sie vergeblich, eine Verbindung zwischen sich und dem Kleid herzustellen. Sie behält es trotzdem an.

Robert kommt ohne seine Frau. Sie sei unpässlich und habe sich schon früh hingelegt. Der Abend zieht sich. Sie hasst dieses ständige Aufpassen, das Sich-nichts-anmerken-lassen, das »Ja, Herr Dr. Ritter« – »Nein, Herr Dr. Ritter«. Das Schlimmste ist: An solchen Abenden sieht er sie nicht an. Das ist immer so. Sie versteht es; es ist auch zu gefährlich.

Batz ergeht sich in Verwünschungen über die Asozialen und die Kommunisten. Immer wieder kreisen die Gespräche um die Juden. Es gibt ein paar Bemerkungen zur Judenpolitik, die Robert mit einem Satz wegfegt. »Der Judenhass ist keine Frage der persönlichen Einstellung. Wir lösen damit ein politisches Problem, sonst nichts.«

Als sie zur Toilette geht, folgt er ihr, flüstert ihr ins Ohr, dass er später zu ihr kommen wird und sie schon vorausgehen soll.

Da hat sie es eilig wegzukommen.

Keine Stunde später liegt sie auf dem Kanapee. Den Haarknoten hat sie gelöst, das Haar lockt sich über den Schultern. Er kniet vor ihr, zieht ihr das Kleid aus, rollt die Strümpfe herunter. Dann beugt er sich über ihren Körper, saugt an ihrer Brust. Sie lässt sich fallen in seinen Atem, in den Takt seiner Bewegungen. Bald liegt sie quer über dem Sofa, er fasst ihre Taille, drängt zwischen ihre Beine. Sie klammert sich an ihn, will den Moment halten, für jetzt, für immer oder für irgendwann. Sie liebt ihn verzweifelt und hilflos, wie jemand, den man zu verlieren droht.

An diesem Abend hat er keine Eile. Er erzählt von Wissenschaftlern, die seine Ansichten teilen, von Forschungsergebnissen, die mit seinen übereinstimmen. »Alles ist so klar, so eindeutig. Jeder gesunde Menschenverstand müsste es eigentlich begreifen. Aber es gibt immer noch viele, die dumme Fragen stellen.« Er küsst ihre Schulter und flüstert: »Die Wenigsten sind soweit, es zu verstehen. Aber alles wird einmal so sein, wie wir es uns vorstellen. Es wird sich eine Elite-Rasse durchsetzen und die zukünftige Weltherrschaft in die Hand nehmen. Mit einer perfekten Organisation. Das ist ein geschichtlicher Auftrag. Alles ist richtig und vernünftig. Und es ist die Wahrheit. Es verlangt uns alles ab, natürlich. Aber was macht das schon? Diesem Unvermeidlichen und Notwendigen müssen wir ins Gesicht sehen und dürfen auch vor den Konsequenzen, die sich daraus ergeben, nicht die Augen verschließen.« Wie eine Beschwörung hört sich das an.

In diesem Jahr ist die Luft früh schon mild, die Bäume tragen Knospen. Alle reden über den Einmarsch der deutschen Truppen in Österreich, über die Freude der Österreicher, Teil von etwas Großem zu werden. In den Zeitungen ist zu lesen, dass der Weltjude mit dem Anschluss Österreichs wieder eine Schlacht verloren hat.

Eva sitzt mit der Moser auf einer Bank in der Nähe des Lagers. Beide Köpfe sind über Listen gebeugt. Sie sind dabei, die Zigeuner von Marzahn zu Arbeitsdiensten einzuteilen. Die Bank, auf der sie sitzen, ist voller Vogeldreck, weswegen sie eine Zeitung über die Sitzfläche gebreitet haben. Es ist ein heller Tag und die Sonne wärmt schon. Den Namen ordnen sie Fabriken zu: die Steinmühle Hasse und Wrede, die Knorr-Bremse AG mit der Kiesgrube, die Kistenfabrik in Hohenschönhausen, die Reichsbahn, die Kugellager-Fabrik in Neu-Lichtenberg, die Wachsfabrik in Neukölln, der Rüstungsbetrieb Dannemann und Quandt in Lichtenberg, außerdem Handwerksbetriebe und Bauernhöfe der Umgebung.

Eva merkt, dass die Moser bei jedem Namen, den sie auf der Liste einträgt, zögert. Den letzten Namen, den Eva ihr diktiert, trägt sie gar nicht ein. »Agnes Schneeberger? Aber das ist doch die mit den vielen Kindern. Wer soll sich denn um die Kinder kümmern, wenn wir sie zum Arbeiten schicken?«

»Die Kinder lungern sowieso nur herum, ob sie da ist oder nicht.« Die Moser schreibt immer noch nicht. »Ich weiß nicht, ob es richtig ist, was wir tun«, sagt sie schließlich, beugt sich vor und faltet die Hände über der Liste. Eva sind solche Fragen lästig. »Es lohnt sich nicht, darüber nachzudenken. Glauben Sie mir, es ist gut, wenn sie arbeitet. Dann kommt sie nicht auf schräge Gedanken. Die müssen auch endlich begreifen, was Arbeit bedeutet. Und dass man nicht nur dann arbeitet, wenn man Geld braucht oder Hunger hat.« Eva tippt auf die Liste. »Tragen Sie sie ein. Sie ist kräftig und robust. Sie soll zu einem Bauern. Für Feldarbeit ist sie zu gebrauchen.« Frau Moser schreibt den Namen in die vorgesehene Spalte. Dann fängt sie wieder an. »Es ist nicht nur wegen der Einteilung. Ich meine es allgemein. Es ist vielleicht nicht richtig, was wir tun.« Eva wird ungeduldig. »Was ist nicht richtig? Es ist notwendig und Sie wissen es.« Die Moser antwortet nicht. »Ich kann jederzeit Fräulein Lützenkirchen fragen«, sagt Eva, »dann geht die eben mit, wenn Sie nicht wollen.« Die Moser richtet sich auf, schlägt ein Bein über das andere und fährt sich mit der Hand durch die Haare. »Sie haben mich nicht verstanden. Es geht nicht darum, dass ich nicht will. Es geht mir um die Leute. Ich sehe ja ein, dass wir sie in Lagern konzentrieren. Aber können wir nicht wenigstens dafür sorgen, dass es in Marzahn sauber ist und die Leute weniger krank werden? Die Versorgung ist so schlecht. Kein Wasser, nichts zu essen. Die Toiletten sind eine Katastrophe. Kein Wunder, wenn viele das nicht durchstehen. Können wir nicht …« Eva spürt, wie ihr Puls schneller wird. »Und wie stellen Sie sich das vor? Unsere Mittel sind begrenzt. Wo denken Sie, soll das Geld herkommen? Und außerdem – die Zigeuner sind einiges gewöhnt. Seit Jahrhunderten ziehen sie durch die Welt und leben immer noch. Aber wenn Sie nicht wollen – bitte sehr. Dann bleiben Sie eben ab morgen zu Hause.« Während sie die Listen in ihre Tasche packt, überlegt sie, den Vorfall zu melden. Dann aber beruhigt sie sich. »Wir dürfen für diese Leute keine Gefühle entwickeln. Im Gegenteil. Wir müssen die Peitsche anwenden. Das ist eine Pflicht gegenüber unserem Volk. Zigeuner scheuen die Arbeit. Aber Arbeit schadet nicht. Wir müssen schließlich auch arbeiten.«

Ihr Ton wird milder. »So wie ein Maurer eine Wand hochzieht, so erledigen wir eben auch unsere Dinge.«

»Sie haben Dinge gesagt.«

»Ja, und auch gemeint. Es sind ganz normale Dinge.« Die Moser sieht mit einem seltsamen Blick an Eva vorbei. »Sie haben mich nicht verstanden, Fräulein Justin.« Da packt Eva erneut die Wut. »Wie bitte? Hören Sie überhaupt zu? Wiederholen Sie, was ich gesagt habe!« Die Hand der Moser zuckt. Sie schluckt und sieht Eva erschrocken an. Dann sagt sie, dass Arbeit nicht schadet. Das ist Eva nicht genug. Dreimal muss die Moser sagen, dass sie eine Pflicht gegenüber dem Volk hat und dass den Zigeunern gegenüber die Peitsche anzuwenden ist. Dann erst lässt Eva von ihr ab.

Die gute Wirtschaftslage ist nicht zu übersehen. Arbeitslose sind von der Straße verschwunden, auch wenn Rüstungsaufträge eine Rolle spielen. Die bettelnden, abgemagerten Gestalten, die sich nach dem Krieg vor den Suppenküchen drängten, sind nicht mehr zu sehen. Die Kallies macht Witze: »Kennt ihr den? Ein Mann ist in einer Kinderwagenfabrik beschäftigt. Weil er kein Geld hat, aber für seine Frau einen Kinderwagen haben möchte, beschafft er sich die einzelnen Fabrikationsteile aus den verschiedenen Abteilungen. Als er sie zu Hause zusammensetzt, was meint ihr wohl, was dabei heraus kommt?« Sie lacht schon, bevor sie die Pointe loslässt. »Ein Maschinengewehr!« Das Lachen der Kallies kommt heran wie eine Welle. Es schwillt an, türmt sich auf und verebbt, schwillt wieder an und verebbt. Auch die anderen prusten. »Aber mal im Ernst. Ist doch gehupft wie gesprungen, was gemacht wird. Hauptsache die Schlote qualmen wieder.« Die Moser bedauert, dass die Arbeiter das Streikrecht verloren haben und klagt, dass die Gewerkschaften aufgelöst sind. Da hat die Witzendorf die passende Antwort: »Wozu sollen die denn streiken? Sie können doch alle zufrieden sein. Vor Jahren, ja, da hätte ich das verstanden. Aber jetzt haben doch alle Arbeit. Von sechs Millionen runter auf eine Million! Das muss man sich mal vorstellen. Seht euch doch mal um, an allen Ecken wird gebaut und erweitert. Lebensmittel sind so günstig wie lange nicht, es gibt weniger Kriminelle. Mein Nachbar, ein einfacher Maurer, hat sich einen nagelneuen Wagen gekauft. Davon hätte der früher nicht zu träumen gewagt. Wir können uns doch wirklich nicht beschweren. Jetzt haben wir sogar mehr Urlaubstage bekommen. Also, ich wüsste nicht, warum ich streiken sollte.«

Das Gespräch reißt ab, alle sitzen wieder über Akten oder vor Schreibmaschinen. Irgendwo schlägt eine Uhr. Eva denkt daran, dass auch sie mehr Urlaub bekommen hat. Anderthalb Tage. Sie fragt sich, wann sie ihn nehmen soll. Sie hat es nicht einmal geschafft, die neuen Gebäude zu sehen. Weder Schinkels neue Wache, noch Reichskanzlei oder Olympiastadion. Auch nicht den Zoo mit der Pfaueninsel in der Havel, die Menagerie, das Elefantenhaus. Nicht einmal im Grunewald war sie, obwohl er so nah liegt. Sie findet so wenig Zeit, um Ausflüge in der Stadt zu machen. Sie hat Bilder davon in der Zeitung gesehen, das reicht ihr.

Obwohl Robert ihr ständig in den Ohren liegt, mehr Zeit auf das Studium zu verwenden, hält sie sich die meiste Zeit in Marzahn auf. Seine Forschungen will sie ihm bestätigen, Beweise bringen, Argumente liefern. Mit ihm an dieser gemeinsamen Aufgabe arbeiten, an dieser großen Idee, erfüllt sie mit Freude. Sie ist die Beschützerin seiner Vorstellungen. Mit fanatischem Eifer nutzt sie jede Gelegenheit, seine Ansichten zu verbreiten, seine Ideen weiterzutragen. Über ihre eigene Arbeit spricht sie nie. Es ist wie eine Abmachung zwischen ihnen, dass es so aussieht, als sei alles sein Werk, sein Erfolg, seine Anerkennung. Es macht ihr nichts. Manchmal hat sie das Gefühl, dass sie hinter ihm verschwindet, gar nicht existiert. Das passiert, wenn er in ihrer Nähe ist. Klein und unscheinbar kommt sie sich dann vor, umgeben von etwas Großem und Wichtigem. Wenn Robert fern ist, ist es so, als ob er ihr seine Kraft dalässt. Dann ist sie es, die Anweisungen gibt, Befehle erteilt, Gehorsam erwartet.

Das Frühjahr bleibt verregnet. Jeden Tag braucht sie für den Weg zur Arbeit einen Regenmantel. In Marzahn ist alles verschlammt. Ohne Gummistiefel könnte man sich gar nicht fortbewegen. Sie hasst diese glitschige braungelbe Erde, auf der nichts wächst außer Unkraut. Sie hasst die moderigen Baracken, die schäbigen Wagen, vor allem den stinkenden Schlamm, in dem man manchmal bis zu den Knöcheln stecken bliebt. Sogar Autos bleiben stecken, rutschen zur Seite weg, Räder drehen durch, werfen Schlammfontänen auf. Oft hört Eva die Fahrer schimpfen und fluchen. Sie fragt sich, wieso den Zigeunerkindern der Schlamm nichts ausmacht. Immer sind sie verdreckt bis unter die Ohren. Wenn überhaupt, waschen sie sich in den Pfützen, was nur wenig ändert.

Einmal rotten sich die Leute vor einer der Baracken zusammen, belagern den Boden: Frauen mit langen Röcken und bunten Tüchern und Kindern an der Brust, Männer mit Bärten in dunklen Anzügen. Sie trommeln mit Kochlöffeln auf leeren Töpfen, schlagen den Takt mit den Händen, rasseln mit Blechdosen, in die sie Steine gefüllt haben und singen. Zwei Frauen tanzen und zeigen ihre nackten Schultern. Fremd klingt Eva diese Musik, die Stimmen, die Bewegungen der Frauen. Nur die Lützenkirchen steht da und lauscht. Sie scheint ergriffen von diesem Gesang, denn sie schließt sekundenlang die Augen, bewegt Hände und Kopf. Da geht Eva dazwischen. »Schluss damit!« ruft sie. »Aufhören mit dieser Katzenmusik!« Sie geht herum und konfisziert die Instrumente: Kastagnetten aus Walnüssen, geschnitzte Flöten aus Weidenruten, ein Xylophon aus Holzscheiten. Dass sie es einfach nicht lassen können, ärgert sie.

Ein paar Baracken weiter haben Mädchen Hüpfkästchen in den Matsch gezeichnet, werfen einen Stein auf das Spielfeld, springen auf einem Bein über die Quadrate hinweg, bücken sich nach dem Stein, hüpfen zurück und lachen. Sie bewegen sich geschmeidig und flink. Zwei der Mädchen sind barfuß. Die Kälte scheint ihnen nichts anzuhaben. Ihre Beine sind bis zu den Knien mit klebrigem Schlamm verkrustet. Das dritte Mädchen trägt Schuhe, gute Lederschuhe, deren Nähte allerdings vorne aufgeplatzt sind. Die Lützenkirchen hat Mitleid mit den Kindern. »Man müsste ihnen saubere Wäsche geben und Schuhe«, sagt sie, aber Eva hat kein Verständnis für ihre milden Ideen. »Das hilft gar nichts. Morgen sehen sie wieder genauso aus.« Eva lockt eines der Mädchen mit einem Bonbon. »Na, magst du das? Wie heißt du denn?« Das Kind greift nach dem Bonbon, lacht und sofort verrät es seinen Namen und weil Eva fragt, auch den Namen seines Vaters und den der Mutter. Eva erfährt, dass der Vater ein Musikant war und mit Theaterleuten über Land gefahren ist, dass das aber jetzt nicht mehr geht, weil sie nun hier bleiben müssten. Die beiden anderen Mädchen kommen näher. Verlegen halten sie sich an den Händen, warten darauf, dass auch sie ein Bonbon bekommen. »Ich bin eine Tänzerin«, sagt das Mädchen mit den Schuhen, hebt die dünnen Ärmchen und dreht eine Pirouette im Schlamm. »Wir haben Stücke aufgeführt und ich habe getanzt.«

»So, so. Und was hast du getanzt?«

»Den Csárdás, den man in Ungarn tanzt. Ich hatte rote Stiefel und ein ungarisches Kostüm mit Goldfransen. Mein Haar war zu einer Krone geflochten, mit weißen Blüten drin ...«

»Mit einer Krone also.« Eva lächelt und versucht sich das verdreckte Mädchen mit einer Krone im Haar vorzustellen. »Und du übertreibst nicht ein bisschen?« Wind verfängt sich im Haar des Kindes und weht Locken aus seiner Stirn. »Nein, ich hab getanzt und gesungen und alle haben geklatscht und es flog Geld auf die Bühne und andere Sachen.«

»Wenn du lügst, ist das böse.«

»Sie lügt nicht«, mischt sich ein anderes Mädchen ein. »Sie kann wirklich tanzen. Sie hatten sogar eine Meerkatze, ein Äffchen, aber das Äffchen ist jetzt fort. Und Onkel Romeo ist der beste Bauchredner der Welt. Und Tante Banana kann mit zwölf Bällen jonglieren.«

»Und woher weißt du das alles?«

»Weil ich ihre Cousine bin. Wir sind alles Cousinen.« Die Cousinen stehen um Eva und die Lützenkirchen herum und sehen zu, wie Eva Notizen macht. Eva fragt nach der Wagennummer der Eltern. Die Lützenkirchen meint, dass sie die Leute bereits befragt haben. »Das sind die mit dem Wagen mit dem Schindeldach und den geätzten Scheiben mit den Burgen drauf. Drinnen haben sie Spiegel und Mahagonischränke.« Eva nickt. Sie erinnert sich an den Vater des Mädchens, einen Zigeunerbaron mit Schnurrbart und einem roten, teuren Samtjackett. Sie fragt, wie die Cousinen heißen, wer Onkel, wer Tante ist. Die Kinder übertrumpfen sich mit ihrem Wissen, verraten, wer wie viele Kinder hat, wann die Kinder geboren sind, wie alt die Großeltern sind und wie sie heißen. Dass sie gerne ein BDM-Mädel werden will, sagt die kleine Tänzerin. Eines mit schwarzem Rock, weißer Bluse und einer Jacke mit geflochtenen Kordeln am Ärmel. Eva wirft dem Kind einen deutlichen Blick zu. »Ein BDM-Mädchen wirst du sicher nicht.« Das Mädchen zuckt zusammen und lacht nicht mehr. Auch nicht, als Eva jedem Kind ein Himbeerdrops in die schmutzigen Hände legt. »Eine Tänzerin mit einer Meerkatze, und dann ein BDM Mädel.« Eva verzieht verächtlich das Gesicht, als die Kinder in Richtung der Wagen gehen. »Ein schönes BDM-Mädel wird sie mal werden.«

In Marzahn werden ganze Sippen angesiedelt. Stunden verbringt sie in den zugigen Baracken. Oft gibt es nicht einmal eine Sitzgelegenheit. Auf dem schmutzigen Boden sitzen, wie es viele der Zigeuner tun, will sie nicht.

Unzugänglich bleiben ihr die Leute, viele sind mürrisch und abweisend, tun so, als ob sie die Fragen nicht verstehen, antworten falsch oder gar nicht oder in einem unergründlichen Dialekt. In solchen Fällen greift sie durch, droht mit Ausgangssperren, manchmal auch mit Abtransport. Oft zieht sie einen Polizisten hinzu, der die Antworten aus den Leuten herausprügelt. Wenn dann ausgewachsene Männer winselnd auf dem Boden kauern und um Gnade bitten, spürt sie ihre Abscheu am deutlichsten. Manchmal lässt sie welchen den Kopf scheren. Dann jammern und brüllen sie, als würden sie geschlachtet.

Frauen mit Säuglingen sind am schwierigsten. Ständig machen sie sich an ihren Kindern zu schaffen, sind abgelenkt und unaufmerksam. Evas Anwesenheit hindert sie nicht daran, die Kinder zu herzen und zu küssen, ihnen Lieder zu singen, sie zu wickeln, sie sogar zu stillen, während Eva auf Antwort wartet. Dieser Tanz um die Kinder ist unerträglich. Wütend macht sie das. Kinder lässt man schreien, so hat sie es gelernt, schreien lassen muss man sie, nicht ständig aufnehmen und küssen, wenn es auch schwerfällt, man muss sie schreien lassen. Aber das haben diese Leute nicht gelernt. Sie hausen wie Wilde, haben kein Benehmen, nur diese ihnen allein gehörende Sprache, ihre Talismane und Kreuze, diesen unausrottbaren Stolz und das hartnäckige Festhalten an ihrer abwegigen Kultur. Nur mit den Kindern ist es leicht. Für ein paar Bonbons verraten sie, wer ihre Tanten und Onkel, ihre Cousins und Cousinen sind.

›Arbeitsscheu Reich‹ nennt sich die Verhaftungsaktion, über die Robert längst im Bilde ist. Reichsweit werden Asoziale von der

Polizei in Lager eingewiesen. Für die Zigeuner sind die Kriterien für eine Einweisung nicht besonders hoch, was Evas Arbeit erleichtert: männlich, erwachsen, ledig, arbeitsscheu. Wenn jemand herumbettelt, vorbestraft ist, nicht arbeiten will oder geschlechtskrank ist, meldet sie ihn der Polizei. Einige kommen nach Buchenwald, andere nach Dachau. In Marzahn sind fast nur noch Frauen, Kinder und Alte. Trotzdem bleibt der Platz überfüllt.

Ständig bitten und betteln die Frauen, wollen ihre Männer zurückhaben. Manche scheuen sich nicht, sich vor Eva in den Dreck zu werfen und ihre Schuhe zu küssen.

Robert legt den Arbeitsgruppen nah, nicht zimperlich zu sein. »Ich weiß ja, wie es ist«, erklärt er seinen Trupps, »da gucken sie einen mit großen schwarzen Augen an und winseln. Da ist es hart, standhaft zu bleiben. Aber gerade das ist es, was jetzt von uns erwartet wird. Kein Mitleid. Lasst euch Hornhaut über die Gefühle wachsen. Härte ist gefragt. Wenns sein muss auch Brutalität. Wir sind dabei, Deutschland zu reinigen. Also Taten statt Worte.«

Die Moser ist immer häufiger krank, fehlt sogar wegen eines Schnupfens, was Eva einer Raserei nahebringt. »Wie soll man denn arbeiten können?« Sie beschwert sich, dass die Kollegin so unzuverlässig ist und beantragt bei Robert Unterstützung. Für vier Monate kommt ein neuer Kollege hinzu, der Arzt Gerhart Stein. Er hat in Frankfurt Medizin studiert und war nach dem Staatsexamen am dortigen Institut für Rassenhygiene tätig. Er kennt also die Arbeit, weiß, um was es geht, hat sich bereits mit Sterilisationen, Ehetauglichkeit und Zwillingsforschung auseinandergesetzt. Es liegt auf der Hand, dass Stein ein Gewinn für das Institut ist. Außerdem ist er mit dem Kollegen Würth in Tübingen bekannt.

Stein ist dreißig oder ein bisschen darüber, groß und hager, seine Haut gelblich, das Gesicht spitz, die Ohren abstehend. Er trägt eine Brille mit dicken Gläsern, sodass die Pupillen wie Stecknadelköpfe aussehen. Ein Metallbügel der Brille ist gebrochen und notdürftig mit Zwirn repariert. Seine Finger sind gelb vom Tabak. Schon am ersten Tag lässt er mehrere Kartons mit Akten und Büchern ins Institut bringen, deren Inhalte er im Arbeitszimmer der Kallies ausbreitet. Den Arbeitsplatz hat er sich selbst ausgesucht und niemand redet ihm rein. Auch die Kallies lässt ihn gewähren, hilft ihm sogar beim Einsortieren, zeigt ihm das Institut und stellt ihn den Mitarbeitern vor. Er erzählt Eva, dass er bereits im Zigeunerlager Köln-Bickendorf geforscht und auch in anderen Städten Zigeuner aufgesucht und alles zusammengetragen habe, was ihm zu diesem Thema interessant vorgekommen sei. In seine Rede mischt sich eine pfälzische Sprachmelodie und Eva fragt nach seiner Herkunft. »Bad Kreuznach. Aber ich bin dort schon lange weg. Seit meinem Medizinstudium. So lange bin ich auch Mitglied der Partei, auch der SS. Sicher hat Dr. Ritter Ihnen gesagt, dass ich eine Doktorarbeit über die Zigeuner schreibe. Auch das ist der Grund, weshalb ich mich hier beworben habe. Ich werde also ab und an in Marzahn dabei sein.«

Auf Eva wirkt er arrogant und überzeugt von sich selbst. Er hat sich sein Thema für die Doktorarbeit selbst gesucht und als Eva ihn fragt, um was es denn in seiner Arbeit gehen soll, beginnt er ein Referat über seine Absichten, das erst endet, als Eva ihn anherrscht: »Es reicht, wenn Sie sagen, dass sie Verhaltensstudien machen wollen. Mehr habe ich nicht gefragt.«

Obwohl er von Eva regelmäßig gebremst wird und die Arbeit im Institut nur unzureichend kennt, hat Stein jede Menge Vorschläge parat, wie die Untersuchungen noch effektiver zu gestalten seien. Mehrfach fährt Eva ihm über den Mund. »Sie brauchen uns nichts zu erklären. Wir machen das schon ein paar Jahre.«

Stein ist sicher, dass zur groben Identifizierung eines Zigeuners nicht nur der äußere Mensch mit seinen fremdländischen Farben und seiner verlotterten Kleidung gehört, auch nicht, dass er vagabundiert. Er meint, dass vor allem der Geruch einen Zigeuner verrate, behauptet sogar, dass deren Geruch derart charakteristisch sei und man sie nur kurze Zeit in einem geschlossenen Raum halten müsse, um festzustellen, ob es Zigeuner sind oder nicht. Die Hellke hält dagegen. »Das mit dem Geruch können wir nicht gelten lassen. Sie haben kein Wasser in Marzahn. Es gibt nur zwei Toilettenanlagen. Deshalb riechen sie so streng. Das würden wir unter diesen Umständen auch tun.« Stein wiederholt, dass der Geruch nicht in den Lebensumständen begründet, sondern vielmehr ein Rassenmerkmal ist. »Sie stinken auch, wenn sie sich gewaschen haben. Das ist nun mal so.« Er reitet so lange auf diesem Thema herum, bis die Hellke sich geschlagen gibt. »Soll er doch recht behalten«, sagt sie später zu Eva, »hat sich schließlich lange genug damit befasst.«

In Marzahn sammelt Stein alles, was er finden kann über die Sitten der Zigeuner, ihre Musik, vor allem ihre kriminellen Aktivitäten. Er hält sie für Tiere, für entsprechend triebhaft und stuft sie, auch weil sie nach seinen Erkenntnissen nicht logisch denken können, als minderwertig ein. Einzig die Erziehung der Kinder lobt er, was Eva aufhorchen lässt. »Ja«, wiederholt Stein und lacht, »die Erziehung ist nicht schlecht. Sie werden eben zu Zigeunern erzogen und nicht zu Deutschen.« Eva kann über seinen Witz nicht lachen.

Zwei Wochen begleitet er Eva, dann beschwert sie sich bei Robert, dass Stein alles besser weiß und sich nichts sagen lässt. Von da an durchforstet er mit der Hellke das Gebiet. Eva sieht ihn nur noch an Wochenenden, wenn er im Büro sitzt und Berichte schreibt.

Anfang Oktober ist Evas Geduld am Ende. Wieder hat sich die Moser krankgemeldet. Zuvor hat sie über Goebbels hergezogen, dass er ein widerwärtiger Klumpfuß sei und die Hatz auf die Juden eine Schweinerei. Die Kündigung ist schnell geschrieben. Die Moser kann froh sei, dass sie nicht angezeigt wird. Mit Genugtuung klebt Eva eine Marke auf den Umschlag.

Sie will Robert die Gründe für die Kündigung erklären, aber der hat anderes zu denken. Er weiß nicht, was davon zu halten ist, dass Himmler die Zigeunerleitstelle in München nicht nur samt Personal und Akten ins Reichskriminalpolizeiamt Berlin integriert, sondern auch in ›Reichszentrale zur Bekämpfung des Zigeunerunwesens‹ umbenannt hat. Im Türrahmen stehend beklagt er sich über die ständigen Neuerungen.

Am gleichen Tag legt er ihr eine Bewerbung auf den Tisch: »Einladen! Schnellstmöglich. Wir brauchen dringend neue Leute.« Auf sechs Seiten stellt sich die Bewerberin Ruth Hesse als wissenschaftliche Mitarbeiterin vor. Der Lebenslauf klingt vielversprechend. Sie hat Geschichte studiert, in den Nebenfächern Rassenkunde und Volkskunde. Außerdem ist sie eine waschechte Berlinerin, was die Witzendorf besonders hervorhebt.

Ruth Hesse kommt an einem Dienstag. Sie trägt ein fuchsienrotes Kostüm mit breitem Kragen, die Haare sind blondiert, die Locken mit einer Brennschere bearbeitet. Sie trägt Schuhe aus gutem Leder, aber die Absätze sind schiefgelaufen. Schiefgelaufene Absätze kann Eva nicht ertragen. Immer wieder sieht sie auf diese braunen Schuhe. Sie sind schlimmer als abgefressene Fingernägel.

Robert nimmt sich viel Zeit für Fräulein Hesse. Vom Schreibtisch aus hört Eva, wie er ihr seine Absichten erklärt, wie er ihr Interesse an der Volks- und Rassenkunde lobt und ankündigt, sie in einer der fliegenden Arbeitsgruppen einzusetzen.

Hoffentlich nicht in meiner, denkt Eva und hat Angst, dass die Hesse ihr nicht nur die Stelle streitig machen könnte. In den nächsten Tagen sitzt die Neue stundenlang hinter verschlossenen Türen in Roberts Büro. Manchmal legt Eva ihr Ohr an die Wand und hört sie murmeln. Obwohl sie nichts Auffälliges entdecken kann, bohrt und nagt die Eifersucht wie ein Stachel in einer Wunde. Misstrauisch deutet sie jede von Roberts Gesten, jeden Blick, legt jedes seiner Worte auf die Waage. Einmal geht er mittags mit der Hesse in ein Restaurant. Eva sieht, wie er ihr in den Mantel hilft, wie sie sich bei ihm einhakt. Im Fortgehen winkt er ihr zu: »Machen Sie sich auch mal einen schönen Mittag, Fräulein Justin!«

Sie macht sich keinen schönen Mittag, sondern bleibt im Büro, schluckt seine Worte, unterdrückt ihren Ärger, beugt sich über die Akten. Den Rest des Tages lässt sich Robert nicht mehr sehen.

Erst als es dunkelt, knipst sie das Licht der Schreibtischlampe aus.

Sie läuft ein Stück zu Fuß, weil ihr nach frischer Luft ist. Es ist windig, Bäume und Sträucher biegen die schon entblätterten Arme. Die Luft kühlt und tut gut. Sie hat Lust, Schaufenster anzusehen, aber die meisten sind zugenagelt. Alles Judenkram.

Plötzlich ein Tuscheln, ein Kichern, wie hinter vorgehaltener Hand. »Lolitschai, Lolitschai«, wispert es, »pass auf dich auf, Lolitschai.« Ihre Muskeln verkrampfen sich, das Herz pocht spürbar. Sie sieht sich um, suchend, aber da ist nichts, da ist niemand. Ihre Schritte werden schneller, immer schneller, zuletzt läuft sie. »Lolitschai, pass auf dich auf.« Da steht plötzlich eine grauhaarige Frau vor ihr. Sie ist klein und altersschief, ihr Gesicht ist seltsam durchsichtig und zerquält von Unruhe und Angst. Ein Tuch mit Rosenmuster liegt über ihren Schultern. Sie streckt die Arme aus, als wolle sie betteln und fängt einen seltsamen Singsang an: »Lustig ist das Zigeunerleben, faria, fariaho. Brauchen dem Kaiser kein Zins zu geben, faria, fariaho. Lustig ist's im grünen Wald, wo Zigeuners Aufenthalt. Faria, faria, faria, faria, faria, fariaho.« Die Hand der Frau ist faltig und braun, die Finger krümmen sich wie Würmer. Eva schlägt nach der Hand, schreit, droht die Alte ins Lager zu bringen.

Da steht sie plötzlich allein auf der Straße, nur das Lied hängt noch in den Bäumen und tropft von den Blättern. Unheimlich ist das. Ihre Schritte überschlagen sich; der Atem geht stoßweise. Immer wieder dreht sie sich um.

An diesem Abend kann sie kaum erwarten, Wasser für ein Bad einzulassen und sich der Umarmung des heißen Wassers zu überlassen. Ihre Haut ist rot und weich, als sie die Kernseife abspült, aus dem Bottich steigt und sich nackt auf das Kanapee legt. Kaum dass sie die Augen schließt, sieht sie, wie Robert mit der Hesse in eine Bar geht, wie sie engumschlungen tanzen, wie sie sich küssen, wie sie bald darauf die Bar verlassen, Arm in Arm, wie er ihr vor einem dunklen Eingang die Hand unter den Rock schiebt. Die Bilder rütteln und lärmen.

In der Nacht träumt sie von einer alten Frau mit einem brennenden Tuch um den Kopf und schreckt hoch, als es an ihrer Tür klopft. Sie zieht sich ein Kleid über und hat kaum die Tür geöffnet, da ist er auch schon bei ihr, drückt sie an sich, flüstert ihr Liebesworte ins Ohr, drängt sie zurück ins Bett. Aber die alte Frau sitzt in ihren Kopf, auch die Hesse. Sie kann sich nicht fallenlassen, bleibt verkrampft und angespannt, woraufhin er sich wieder anzieht und sagt, dass er launische Weiber nicht ausstehen kann. »Aber nein, nein! Bleib doch, bleib!«, bettelt sie mit dem Blick eines unterwürfigen Hundes, aber ihre Worte fallen nur auf den Boden und sterben. Längst hat er die Tür hinter sich zugeschlagen. Sie ist selbst schuld, dass er weg ist. Es ist ihre Schuld, ihre eigene Schuld.

Tagelang streicht sie um ihn herum, bringt ihm Bücher aus der Universität vorbei, erzählt ihm von Vorlesungen, die sie besuchen will.

Zwei Wochen lässt er sie leiden.

Dann steht er wieder völlig unerwartet in ihrer Tür, zieht sie aus mit seinen Blicken, kann die Hände nicht bei sich lassen, ist vollkommen verrückt nach ihr. Er bleibt, bis es dämmert. Es ist, als ob er sie neu entdeckt hat.

Von da an verblasst die Sache mit der Hesse. Sie kommt nur noch selten und was Robert mit ihr zu reden hat, bespricht er bei offener Tür.

Ende Oktober schreiben die Zeitungen von einer großangelegten Abschiebung polnischer Juden. Von einem Wachmann in Marzahn erfährt Eva, dass es eine seit langem fällige Austreibungsaktion gewesen sei.

Kurz darauf verbreitet sich die Nachricht, dass ein 17-jähriger Jude namens Herschel Grynszpan, um gegen die Abschiebung seiner Eltern und Tausender anderer polnischer Juden zu protestieren, den deutschen Diplomaten Ernst Eduard vom Rath hinterhältig in seinem Pariser Büro erschossen hat. Sofort kocht die Stimmung gegen die Juden hoch. Waren einige im Institut noch unsicher, wie sie sich Juden gegenüber verhalten sollten und hielten auch die Hatz der Partei für überzogen, so sind sie sich jetzt einig. Mit den Juden ist kurzer Prozess zu machen. Dass es Rache geben muss, liegt auf der Hand.

»Also, Jude willste heute nicht mehr sein«, sagt die Witzendorf und zählt an den Fingern auf, wie viele Läden schon geschlossen haben. »Die Musikalienhandlung vorne am Park, das Buchgeschäft in Kreuzberg, der Schmuckladen neben dem Biersalon. Die hauen alle ab. Und mal ehrlich, das würde ich auch tun. Unsere Nachbarländer haben schon Angst vor der Flüchtlingsflut.«

»Hab ich auch gehört. Die lassen bald keinen mehr rein«, mutmaßt die Hellke.

Im Völkischen Beobachter liest Eva, dass die Schüsse in der deutschen Botschaft in Paris den Beginn einer neuen Haltung in der Judenfrage bedeuten und das deutsche Volk aus dieser Tat Folgerungen ziehen müsse. Auch Fräulein von Witzendorf hat Zeitung gelesen und hält mit ihrer Meinung nicht hinterm Berg. Ein unmöglicher Zustand sei es, dass immer noch Tausende von Juden ganze Ladenstraßen beherrschten, Vergnügungsstätten bevölkerten und als ausländische Hausbesitzer deutschen Mietern das Geld abnähmen, während ihre Rassengenossen deutsche Beamte niederschössen.

Als Eva an einem grauen, tropfigen Novembertag zur Arbeit fährt, sind die Straßen voller hastender Menschen. Die feuchte Novemberkälte reizt die Lungen. Immer wieder hustet sie. Die Bahn, in die sie steigt, ist überfüllt. Die Fenster sind beschlagen von der Feuchtigkeit und dem warmen Atem der Fahrgäste. Mit dem Ärmel der Jacke wischt sie sich eine Stelle frei und sieht hinaus. Horden von Jugendlichen sind unterwegs. Alle tragen vollgestopfte Taschen auf den Rücken. »Die ganze Nacht sind sie auf Beutezug«, flüstert die Frau ihrem Gegenüber, einem rotbärtigen Mann zu, der seine Finger in ein Taschentuch krallt. Er trägt einen schwarzen Anzug und einen merkwürdig geformten Hut über dünnen Locken. Sein Gesicht ist vernarbt und wie gemeißelt.

Die Straßenbahn ruckt in den Gleisen und kreischt. Ein unangenehmes Geräusch, wenn Metall auf Metall trifft. Dann verlässt sie die gewohnten Gleise und hält an einem Ort, an dem sie normalerweise nicht hält. Immer mehr Leute drängen herein, dicht an dicht stehen sie auf dem Mittelgang und klammern sich an die Haltegriffe. Die Stimmung ist anders als sonst. Irgendetwas muss passiert sein.

An einem Juwelierladen sind die Scheiben eingeschlagen. Polizisten vertreiben einen Mann, der fotografieren will. Der Mann protestiert. Er will doch nur ein Erinnerungsfoto machen.

Je weiter die Bahn Richtung Steglitz fährt, desto schlimmer wird es. Reihen von Läden sind demoliert, Fenster eingeschlagen, Auslagen leer geräumt und verwüstet. Ladentüren und Wände sind beschmiert: Jude verrecke, Juden raus. Rote Davidsterne leuchten. Halb verbrannt und aufgequollen liegen Bücher auf dem Trottoir; nicht weit davon ein zertrümmertes Klavier, Teile einer Lampe, zerbrochene Blumentöpfe. Leute stehen irritiert herum, staksen über Scherben, Holzleisten, Schutt.

Zuerst denkt sie, dass es nur einzelne Geschäfte sind. Aber es sind fast alle. Der Frau auf dem Platz gegenüber stehen Tränen in den Augen. »Sag mir, warum sie das tun? Erklär es mir …« Der Mann mit dem seltsamen Hut sagt nichts. Mit starrem Blick sieht er auf die Verwüstungen. Auch Eva sieht wieder aus dem Fenster. Die Frau hat so etwas Leidendes, Jammerndes, das sie kaum ertragen kann. Schon der Vater hat immer gesagt, dass Juden wehleidig sind und nichts aushalten.

Neben einem Kiosk brennen Zeitungen. Verkohlte Papierstücke fliegen herum. Vor einem Schuhgeschäft hat sich ein Menschenknäuel gebildet. Schuhkartons werden aufgerissen, fliegen auf die Straße. Wahllos füllen die Leute ihre Taschen. Auch in der Scheibe einer Schirmfabrik klafft ein Loch. Ein paar Häuser weiter sind es eine Musikalienhandlung, ein Frisörsalon, ein Hutladen, ein Brillengeschäft. Zerschlagene Stühle und Schränke, Scheren und Kämme, zerfetzte Aktenordner und auseinandergerissene Modehefte liegen bis an die Gleise der Straßenbahn. Vor einem Warenhaus wühlen zwei Frauen in einer Kiste. Eine wirft der anderen lachend Päckchen mit Seidenstrümpfen zu. Zwischen geplünderten Kisten, durchwühlten Vitrinen und Schränken, umgekippten Tischen und Regalen steht eine Schaufensterpuppe mit zerschossenem Schädel. Leute gehen suchend herum. Bis ins Abteil hört man, wie Scherben unter ihren Schritten knacken.

Die Bahn fährt an einem verrußten Gebäude vorbei. Rauch schwärzt die Wände bis ins Dach. Ein gasiger Rauch breitet sich aus, Schwaden von verkohltem Holz ziehen ins Abteil. Erst auf den zweiten Blick erkennt Eva, dass es eine Synagoge ist. Ein Fenster, das die Form eines Davidsterns hat, hängt schief und verkohlt in den Angeln. Flammen züngeln aus dem oberen Teil des Gebäudes, drehen sich in einen grauen Himmel. Die Frau gegenüber schlägt die Hände vors Gesicht. Ein Mann in einem dünnen Mantel – sein Gesicht ist stark gerötet, beinahe bläulich – sagt, dass sämtliche Synagogen der Stadt brennen würden, dass keine übrig geblieben sei, dass die Juden endlich begreifen müssten, dass keiner sie haben wolle. Er klammert sich an eine der Halteschlaufen, beugt sich zu Eva hinunter und fixiert den Mann mit dem seltsamen Hut: »Keiner will sie, keiner … Aber jetzt wird eingeheizt. Die Juden sind schuld, dass wir den Krieg verloren haben. Das ist eine Tatsache. Sie sind eine Gefahr für alle anständigen Deutschen.« Der Mann schwankt und stinkt nach Alkohol. Er grinst alle an. Seine Schneidezähne sind braun gefault.

Eva erinnert sich an einen Tag in Dresden, an dem der Vater einen hausierenden Juden, der mit einem Wägelchen voller Decken und Stoffe herumzog und dann mit gesenktem Kopf, das Käppchen in der Hand, vor der Haustür gestanden und einen Handel angeboten hatte, am Kragen gepackt, ihm die Tür gewiesen und ihr dann erklärt hatte, dass schon Luther die Juden aus den Häusern treiben, ihnen die Gebetbücher entreißen und die Synagogen abfackeln wollte. Für immer ins Gedächtnis schreiben sollte sie sich, dass die Juden Christus ans Kreuz geschlagen und damit Gottesmord begangen hätten, dass sie allesamt vom Teufel abstammten, dass das Judentum eine Brutstätte für Spionage und Sabotage sei, dass sie Blutsauger seien, ja, eine blutsaugende Sekte, die regelmäßig Kinder entführe und ans Kreuz schlage, so wie sie es mit Jesus getan hätten und all das, weil sie das Blut der Kinder brauchten. Vor allem aber sollte sie sich merken, dass die Juden heimlich die Weltherrschaft anstrebten und alles Mögliche an feindliche Mächte verrieten.

Da fällt ihr ein, dass Luther Geburtstag hat.

Der Gedanke, dass Luther in Bezug auf die Juden ähnlich gedacht hat wie der Führer, beruhigt sie. Sie hat das Gefühl, an einem besonderen Tag dabei zu sein.

»Sie begreifen es nicht«, sagt sie zu Robert, der an diesem Tag erst gegen Mittag ins Büro kommt, »sie begreifen einfach nicht, dass sie hier unerwünscht sind. Sie glauben wahrscheinlich immer noch, dass sich das Blatt wieder drehen wird. Bloß dass man es so drastisch machen muss? Ich weiß nicht.« Robert hängt den Mantel an die Garderobe, reibt sich die kalten Hände und setzt sich hinter seinen Schreibtisch. »Natürlich ist das drastisch. Aber die Juden sind selbst schuld. Das sind nun mal die Maßnahmen, zu denen wir jetzt gezwungen werden. Anders verstehen sie es nicht. Wenn du eine Jüdin wärst, wärst du jetzt noch hier? Sicher nicht. Aber jetzt begreifen es wohl die Letzten.« Er ordert einen Kaffee bei der Witzendorf und während er mit Eva den Tagesordner durchgeht, sagt er: »Durchgreifen heißt Stärke zeigen. Das gilt für Juden, Zigeuner und Kriminelle. Durchgreifen heißt natürlich auch, Opfer zu bringen. Wir dürfen nicht nachgeben, nicht weich werden, sonst erreichen wir unser Ziel nie. Es ist eine schreckliche Sache, natürlich, aber es geht eben nicht anders. Es ist ja auch wegen Österreich. Da sind ja jetzt noch tausende von Juden dazugekommen.« Er schiebt ihr einen Stapel Akten über den Tisch. »Das sind Neuaufnahmen in Marzahn. Damit bist du sicher eine Weile beschäftigt.« Eva will noch etwas fragen, aber er nimmt den Telefonhörer in die Hand, lässt sich ein Amt geben und ist für den Rest des Tages nicht mehr ansprechbar.

Von der Ahnenforscherin Hellke erfährt sie, dass es hunderte von Toten gegeben hat und unzählige Festnahmen. Dass die Verhafteten ins Lager kommen, mutmaßt die Hellke und ist entsetzt über die Brutalität, mit der die SA vorgegangen ist. »Jede Nacht gehn sie auf Judenjagd. Immer im Dunkeln, dass es keiner sieht. Die Juden stehn Schlange vor den Konsulaten, tun alles für ein Visum in welches Land der Welt auch immer. Also, ich kann das gar nicht sehen.« Eva wiederholt, was Robert zu ihr gesagt hat, woraufhin sich Frau Hellke fragend nach ihr umdreht: »Und was ist mit den Toten? Durchgreifen, sogar wenn es Tote gibt? Sie sagen, dass die Juden fortkommen. Dass Seife aus ihnen gemacht wird.« Jemand hat Kaffee aus Zichorien aufgebrüht. Ein malziger Geruch zieht herüber. Über die Seife muss Eva lachen. Da hat die Hellke wieder was aufgeschnappt. »Mit milden Mitteln verstehn sie es eben nicht«, lenkt sie ein, als sie das entsetzte Gesicht ihrer Kollegin sieht, »aber es geht schließlich um das Wohl unseres Volkes. Übrigens, Frau Hellke, passen Sie auf, was Sie sagen.« Sie will Robert vorschlagen, mal ein klares Wort mit ihr zu reden. In letzter Zeit hat die Hellke oft seltsame Bemerkungen gemacht. Jetzt steht sie nur da und sagt nichts mehr, zieht das rote Papier aus der Zichorien-Packung heraus und faltet es zusammen. Eva weiß, dass sie das Papier später anfeuchten und sich damit die Lippen färben wird. Mitleid mit den Juden, sich aber die Lippen färben, wie geht das denn zusammen, fragt Eva sich, während die Hellke an den Fingernägeln zupft und mit düsterem Blick einen Punkt an der Wand fixiert.

Jeden Tag gibt es irgendwo in der Stadt eine Versteigerung. Judenkram nennt Robert die Sachen, die dort angeboten werden. Sogar die Frau vom Kiosk kann sich neuerdings einen Pelzmantel leisten. Evas Frisöse ist bei Möbeln und Teppichen schwach geworden. Sachen, die sie sich sonst nie hätte kaufen können. Die Witzendorf freut sich, dass Häuser und Grundstücke wieder in deutsche Hände kommen, dass endlich deutsche Rechtsanwälte und Notare daran verdienen.

Am Wochenende sind auch in Evas Straße Stände aufgebaut. Hausfrauen umringen die Tische, trampeln über Blumenbeete, treten Rosenstöcke nieder, ruinieren den Rasen. Sie befingern Tassen, Teller, silberne Bestecke, Schnupftabakdosen und Bücher, betasten Pelze und Seidenblusen, sitzen Probe auf Sofas, Sesseln und Diwanen, prüfen Schreibtischlampen, begrapschen die Inhalte diverser Schmuckschatullen, legen sich probeweise Korallenketten um den Hals. Ringe mit Diamanten und Edelsteinen aller Nuancen und Größen liegen aus, auch Broschen, Medaillons, Armreifen, Goldketten und Trauringe. Ausgestopfte Tiere werden hochgehalten, Uhren, antike Münzen, Bücher und Globen, Füllfederhalter mit Goldfedern. Ein kurzer, dicker Mann ist dabei, mit einer flinken Schere Meter um Meter weißen Damast von einem Stoffballen abzuschneiden. Die Stimmung ist gut. Aus dem Fenster einer Erdgeschosswohnung lehnt sich ein Uniformierter und beobachtet die Szenerie.

»Alles aus reichen Haushalten! Wertvolle Sachen!«, ruft einer der Verkäufer und winkt Eva zu. »Kommen Sie ran, kommen Sie, gnädge Frau! Hier: Sechs Bettbezüge zum Vorzugspreis, ein Dutzend Servietten aus Damast, Teppiche aus Holland, aus Frankreich – kaufen Sie, meine Dame!« Eva schüttelt den Kopf, will weiter, als eine alte Frau sie am Arm packt und an den Stand zieht. »Zieren Se sich doch nich so. Da sind feine Sachen dabei. Allet von de Juden. Teuer, teuer, sach ick Ihnen. Sehn Se mal det Silberbesteck. Und hier: den hol ick für meine Tochter. Reinet Silber. So billig kommt unsereins nie mehr ran an so wat.« Eva bleibt kurz stehen und betrachtet den Kerzenleuchter, den die Frau sich an die Brust drückt. Sie überfliegt das Angebot. Für den Haushalt braucht sie nichts. Außerdem hat sie kaum Geld dabei. Die Alte freut sich über ihren Kauf. Der Mann wickelt den Kerzenleuchter in ein Leinentuch. Als die Frau das Geld aus der Börse kramt, denkt Eva daran, dass durch die Verkäufe immerhin die Evakuierungen in die Lager finanziert werden können. Erst kürzlich hat sie gelesen, dass auch die Verhaftungen immense Gelder verschlingen.

Auf rotem Seidenpapier liegen mit Spitzen umhäkelte Taschentücher, darauf steht eine versilberte Dose. Eva nimmt die Dose in die Hand. Es ist ein altes Stück, flach und ziseliert mit einem filigranen, floralen Muster. Vielleicht hat jemand Schmuck darin aufbewahrt. Ob sie sich nach dem Preis erkundigen soll? Sie könnte Tee hineinfüllen. Sie öffnet den Deckel, sieht, dass ein Zettel darin liegt, zieht das Papier heraus, faltet es auf und liest: Für meine süße Minka von Joseph. Sie stellt sich Joseph vor, der einer schönen dunkelhaarigen Minka einen Kuss gibt und ihr die Dose mitsamt einer teuren Halskette überreicht. Nie hat jemand geschrieben: Für meine süße Eva. Nicht einmal Robert. Sie klappt den Deckel wieder zu, stellt die Dose zurück auf den Tisch und geht. »Aber warum nehmen Se die Dose denn nich?«, ruft die Alte ihr hinterher. »Billiger wird et nich!« Da dreht Eva sich nach der Alten um: »Aber es ist Judenkram, Judenkram!«

»Für die Juden wird es immer schlimmer«, mutmaßt Frau Goll, die Vermieterin, als Eva ihr das Geld für die Miete vorbeibringt. In einer weißen Kittelschürze bohnert sie den Flur. Der eiserne Bohnerbesen gleitet hin und her und hin und her. Sie macht eine Pause, stützt die Hände auf den Besen. Frau Goll sieht besorgt aus. »Unsere Nachbarn sind jetzt auch weg. Einfach weg. Ohne sich abzumelden. Ich versteh das gar nicht, die hätten doch was gesagt. Das Haus steht jetzt leer. Männer waren da, haben ausgeräumt. Haben Sie die Rosenbergs eigentlich gekannt? Die hatten solche Angst. Reiche Leute waren das. In der Zeitung steht, dass es Untermenschen sind, aber, Fräulein Justin, es sind doch auch nur Menschen oder was meinen Sie?« Eva antwortet nicht, sondern zählt das Geld auf den Tisch. Kurz überlegt sie, dass sie der Goll – Vermieterin hin oder her – mal eine passende Antwort geben sollte. Immer wieder macht sie solche Bemerkungen. Aber Frau Goll wartet nicht auf Antwort. »Wissen Sie, was mein Schwiegersohn gesagt hat?«, fährt sie fort. »Er ist bei der Feuerwehr und gerufen worden, als die Synagoge in der Fasanenstraße gebrannt hat. Stellen Sie sich vor, sie hatten den Auftrag, die Synagoge abbrennen zu lassen. Sie sollten nur aufpassen, dass der Brand nicht auf die Nachbarhäuser übergreift.«

»Wozu sollen wir denn auch die Synagogen retten?«, fragt Eva, »wir brauchen sie doch nicht. Oder brauchen Sie eine Synagoge?« Die Hauswirtin schüttelt verwundert den Kopf. »Das nicht, aber es sind doch so was wie Kirchen. Ich frag mich trotzdem, ob sie das tun dürfen. Kirchen anzünden. Das macht man doch nicht. SA war dabei. Zuerst kamen Kinder mit Martinsfackeln und dann hat es überall gebrannt, Fräulein Justin.« Eva zögert mit einer Antwort.

Die Katze der Vermieterin schleicht heran, reibt sich schnurrend mit erhobenem Schwanz an Evas Beinen. Eva versetzt ihr einen Tritt mit der Fußspitze und sagt energisch: »Luther hat schon gefordert, die Synagogen abzubrennen und die Judenhäuser zu zerstören. Jetzt hat sich erfüllt, was er schon vor hunderten von Jahren gewollt hat.« Die Frau sieht Eva mit großen ungläubigen Augen an. »Luther? Unser Luther?«

Der Führer wird schon wissen, was er tut, denkt Eva, als sie die Treppen hinaufsteigt. Der Führer sorgt für Ordnung. Vor allem für Ordnung. Mehr kann man von einer Regierung nicht erwarten. Die Sache mit den Juden betrifft sie nicht. Sie kennt keine Juden und will auch keine kennen. Ohnehin ist es besser, wenn man sich aus Dingen heraushält, die einen nichts angehen. Sie versteht nicht, dass manche Berliner sich derart über den Umgang mit ihren jüdischen Nachbarn oder Freunden aufregen und trotz des hohen persönlichen Risikos zu Solidaritätsaktionen bereit sind.

Am Abend kommt Robert. Sie fragt ihn, was denn eigentlich mit den Häusern und Grundstücken der Juden passiert. Seine Antwort ist kurz. »Das, was auch mit den Konten passiert. Werden eingezogen. Was denn sonst?« Abschätzig schüttelt er den Kopf über sie. Als habe sie etwas Dummes gefragt. Auch auf ihre Begegnung mit Frau Goll geht er nicht ein.

Robert ist manchmal so weit weg. Sie sagt es ihm, aber er versteht nicht, was sie meint. Er ist doch da, immer für sie da. Sie will wissen, warum er sich nicht meldet, wenn er es verspricht, warum er nicht kommt, wenn er es doch angekündigt hat und weiß, dass sie wartet. Sie will wissen, ob er anderes im Kopf hat, eine Frau vielleicht, aber er beteuert, nein, nein, wirklich nicht, an so etwas braucht sie keine Gedanken zu verschwenden. Aber es muss doch einen Grund geben, weshalb er oft so gedankenlos und achtlos mit ihr ist.

Einmal, nach einer durchwachten Nacht, in der er sie, wie so oft nach seinen kurzen Besuchen allein zurücklässt, hat sie das Gefühl, ausgenutzt und gebraucht zu werden. Der Gedanke, dass es besser wäre, wenn er gar nicht mehr käme, ist so kurz wie ein Wimpernschlag und erschreckt sie zutiefst. Nein, gar nicht mehr, das geht doch nicht. Keinen Tag leben will sie ohne ihn, keine Nacht. Ach, die Nächte … Sein Gesicht, seine Hände, die Haut am Nacken, alles ist doch so sanft, so weich, so nah. In diesem Moment hat sie Angst vor dem Winter. Jetzt schon ist alles so kalt und voller Nebel.

Als ob ihre Angst dazu beigetragen hat, setzt eine Kältewelle ein. Eisiger Wind schneidet ihr ins Gesicht, als sie morgens zur Arbeit eilt. Er zerrupft den Nebel, treibt ihn auseinander. Vor dem Anhalterbahnhof in Kreuzberg steht ein Tannenbaum. Er ist über und über mit roten Hakenkreuzfähnchen geschmückt. Neben dem Baum hat ein Händler seinen Stand aufgeschlagen. Gasmasken liegen auf einem langen Tisch. Leute umringen den Stand, stülpen sich die Masken über, sehen sich an und lachen. Ein Auto fährt langsam die Straße entlang. Plötzlich hält es an, zwei SS-Männer stürzen an den Leuten vorbei, verschwinden im Bahnhofsgebäude, um kurz darauf mit einem jungen Mann wieder herauszukommen. Sie haben ihn rechts und links am Arm gepackt und schubsen ihn, mit auf dem Rücken gebundenen Händen, in Richtung des Fahrzeugs. Die Männer tragen Waffen. Angst sitzt dem Jungen im Gesicht. Auf Nimmerwiedersehen, ruft ihm der Gasmaskenverkäufer hinterher. Wieder lachen die Leute.

Robert arbeitet Tag und Nacht. Immer wieder entschuldigt er sich, dass er nicht kommen kann, aber endlich liegt wieder eine gemeinsame Nacht hinter ihnen. Noch am Morgen spürt sie seine Hände, seine Wärme. Mit einem Lächeln im Gesicht überquert sie die Thielstraße, schiebt das Fahrrad an einem Laden mit Unterwäsche vorbei, bleibt einen Moment stehen und betrachtet die Auslagen: Wäschegarnituren mit Spitzen, Unterkleider aus Wolle, ein Negligé aus Seide.

Ein Stück die Straße hinauf, vor einem Gemüseladen, erhebt sich Geschrei. Leute stehen und gaffen. Zwei Männer, offensichtlich Juden, beide mit nackten Oberkörpern, von SS-Männern bewacht, schrubben den Gehsteig. Auf Knien rutschen sie auf den Pflastersteinen. Sie schlottern vor Kälte. Immer wieder tauchen sie mit schnellen Bewegungen Bürsten in einen bereitstehenden Eimer. Dann bücken sie sich wieder und schrubben Stein um Stein, während SS-Leute sie mit Stöcken bearbeiten, ihnen ihre Stiefel in die Seiten stoßen und herumbrüllen, dass die Ohren taub werden. »Kriech, du dreckige

Judensau, kriech doch!« Ein SS-Mann, schlank, mit breiten Schultern und schmalen Hüften, hat eine Stimme wie Goebbels und wie er zwei scharfe Falten um den dünnlippigen Mund. »Kriech, du Sau«, wiederholt er, zieht einem der Juden seinen Stock durchs Gesicht, während die Leute toben und applaudieren. Der Jude kommt kaum von der Stelle. Da stellt ihm der SS-Mann seinen schwarzen Stiefel auf den Rücken. Eva ist an ein Bild erinnert, das bei den Eltern im Wohnzimmer hing: ein Jäger, mit rauchender Büchse, den Fuß auf einem Zwölfender. Sie hat das Bild nie leiden können. Auch das Bild mit den Juden gefällt ihr nicht. Das Einzige, das hilft, ist wegsehen.

Eine Bäuerin zieht eine Karre mit Holz über das Trottoir, bleibt stehen, schüttelt den Kopf und sieht Eva zweifelnd an. »Fröllein, ick hab jehört, die kommen alle weg. Und von dort, wo se hinkommen, globen Se mir, kommt keener wieder zurück.« Eva drängt an der Alten vorbei. Das will sie nicht hören. Das will sie nicht sehen. Damit hat sie nichts zu tun. Der SS-Mann hat Recht. Er schreit die Gaffenden an, dass sie weitergehen sollen.

Eine Straße weiter, vor einem der Konsulate, steht eine Schlange dunkel angezogener Leute bis auf das Trottoir. Frauen mit schwarzen Handtaschen, Männer mit schwarzen Hüten. Alles Juden, denkt sie, alles Juden. Überall das gleiche Bild. Ein Mädchen, blond, Pferdeschwanz und Schulranzen, hat sich eingereiht. Das muss ein Mischling sein, den Deutschblütigen nur täuschend ähnlich. Gegenüber, an einer Straßenbahnhaltestelle, hindern Fahrgäste zwei Juden am Betreten der Tram.

Der Kollege Stein hat zum Jahreswechsel gekündigt und verabschiedet sich von Eva mit einem Strauß Rosen. Dabei kündigt er an, Kontakt halten zu wollen und erinnert an die gemeinsame Sache. Er wechselt ans Krankenhaus am Urban, wo Schwachsinnige, Taube, Blinde oder auch Alkoholiker sterilisiert und Abtreibungen durchgeführt werden.

Nach Stein kommt Karl Moravek. Moravek ist Österreicher und wie Stein von Anfang an in der Partei und Mitglied der SS. Politisch ist er zuverlässig, wie Stein. Er ist ein stiller Mann, der äußerlich kaum auffällt. Alles an ihm ist blass und farblos: das dünne Haar, die falbe Haut, der Ansatz seines Bärtchens, selbst das Grau seiner

Augen. Das einzig Auffallende ist ein energischer Haarwirbel im Stirnbereich, der ihm etwas Jungenhaftes gibt. Er ist dabei, über burgenländische Zigeuner zu promovieren und nimmt alles dankbar auf, was Eva ihm von ihrer Arbeit berichtet. Die Witzendorf belustigt sich über den Singsang in seiner Stimme. Wenn er nicht im Büro ist, äfft sie ihn nach: »Bist deppert? Ois hoib so wüd …« Moravek soll nur ein paar Monate zur fliegenden Arbeitsgruppe gehören. Robert hat vor, ihn für die Erfassung der Kriminellen in Leipzig und Halle einzusetzen. Er ist ihm zu schwach, zu einfallslos für Berlin.

In Marzahn hat sich Krätze ausgebreitet. Als Krankenschwester hat sie einen Blick dafür. Da sind die roten Stellen zwischen Fingern oder Zehen, an den Knöcheln, in den Achselhöhlen. Kleine Knötchen sind es, bei Kindern oftmals Bläschen, die trotz angedrohter Strafen ständig aufgekratzt werden. Die Kinder jammern und schreien. Wer kratzt, kratzt ins Fleisch, bis es blutet. Bei manchen Kindern sieht die Haut aus wie bei Fischen. Bei vielen kann sie sehen, wie die Milben bogenförmige, verschlungene Gänge in die Haut bohren. Eva denkt an Seifenbäder, aber Seifenbäder sind in Marzahn nicht möglich. Sie bringt Salbe mit, Mitigal. Die Salbe lindert den Juckreiz, aber das Jammern und Klagen bleibt. Es gibt auch immer mehr Fälle von Scharlach und Typhus. Wer Fieber hat, den quält Durst, aber zu trinken gibt es nichts, weil es kaum sauberes Wasser gibt. Nur selten werden Wasserfässer gebracht. An vielen Hütten hängen Kannen, mit denen die Leute Regenwasser auffangen. Immer wieder trinken Kinder trotz der Warnungen das Wasser aus den Gräben. Wenn sie Durchfall bekommen, kennt Eva kein Pardon. »Selbst schuld«, sagt sie und streicht ihnen die Medikamente. Sie ärgert sich, dass deshalb die Untersuchungen zeitweise unterbrochen werden.

Robert hat Angst, dass Eva sich ansteckt. Er schafft für die fliegenden Trupps Lysol an, gibt Anweisung, dass sich jeder Mitarbeiter nach jedem Kontakt mit einem Zigeuner oder einem Kriminellen Hände und Arme zu desinfizieren hat. Auf Evas Anraten ordert er zusätzlich Entlausungsmittel an, was von allen begrüßt wird.

Am Tag, als das Entlausungsmittel auf die Arbeitsgruppen verteilt wird, bleibt Eva, wie so oft, nach Feierabend im Büro, weil Robert noch zu arbeiten hat. Irgendwann, es ist schon spät, schiebt er seine Arbeit beiseite, lockert den Schlips und lehnt sich zurück. Schnell steht sie hinter ihm, streift sich die Schuhe ab, umfasst seinen Hals und krault seinen Nacken. Dann beugt sie sich herab und küsst seine Stirn. Da steht die Lützenkirchen plötzlich in der Tür, murmelt etwas von einem vergessenen Schlüssel, kramt in den Schubladen. Verschreckt und irritiert hantiert sie herum. So schnell sie gekommen ist, so schnell verschwindet sie wieder. »Sie hat uns entdeckt! Sie hat alles gesehen!« Angst schießt Eva durch den Kopf. Jetzt wird er sie verlassen. Er muss sie sogar verlassen. Ja, er muss sie verlassen, seiner Familie wegen. Nie würde er seine Familie aufgeben. Das hat er immer wieder gesagt. Auf Abstand wird er gehen, ihr vielleicht sogar die Stelle kündigen.

Aber Robert bleibt gefasst. »Selbst wenn sie was gesehn hat«, beruhigt er, »wird sie sich hüten, darüber zu reden. Dann ist sie ihre Stelle los und das weiß sie.« Trotzdem bleibt er für den Rest des Abends einsilbig und verschlossen.

In den nächsten Tagen macht er sich rar.

Eva kann kaum arbeiten. Jeden Moment wartet sie darauf, dass Robert sie ins Büro ruft und endgültige Worte spricht. Aber Robert ruft nicht. Auch die Lützenkirchen sagt nichts, begegnet Eva aber von da an mit Abstand.

»Ich halte diesen Blick nicht aus«, beklagt Eva sich bei Robert, »sie sagt was, ich spüre das, und es ist nur eine Frage der Zeit, bis es herauskommt.« Robert schlägt vor, die Lützenkirchen nach Dresden zu versetzen, aber die Lützenkirchen bittet und bettelt, als Eva Andeutungen macht, wirft sich ihr vor die Füße, schwört, alles für das Institut zu tun, heult, dass sie nicht aus Berlin weg kann, weil sie ihre kranke Schwester versorgen und den Eltern in der Landwirtschaft helfen muss. Wie mickrig ihr die Lützenkirchen da vorkommt. Wie ein winselnder Hund. Wie die Zigeuner in Marzahn.

Es sind die triefenden Augen der Lützenkirchen und deren sich überschlagende Versprechungen, die dafür sorgen, dass Eva sie in Ruhe lässt. Die Lützenkirchen hat verstanden.

Kälte und Schnee bringen es mit sich, dass die Krankheiten weiter zunehmen. Diphtherie und Tuberkulose grassieren. Eva hat permanent Angst, sich anzustecken. Dann frieren die Wasserstellen ein. Jetzt gibt es nur noch Wasser aus Kanistern und die müssen gekauft werden. Waschen kann sich niemand mehr.

Immerhin ist die Polizeibaracke ausgebaut und mit einem riesigen Fenster ausgestattet worden. Nachts, bei Dunkelheit, streift jetzt regelmäßig das grelle Licht eines Suchscheinwerfers das Lager und bewaffnete Uniformierte patrouillieren auf den Wachposten. Bei Streitigkeiten, Unruhen oder Fahndungen auf dem Platz sind sie sofort zur Stelle und nehmen die Störer mit, was immer ein riesiges Lamento nach sich zieht. Alle wissen, dass die Ausgesuchten nicht zurückkommen. Sie werden in die Dircksenstraße am Alexanderplatz ins Zigeunerdezernat gebracht, von dort aus ins Lager nach Buchenwald oder Sachsenhausen, die Frauen nach Ravensbrück.

Der vielen Kranken wegen wird in Marzahn ein Kranken- und ein Entbindungszimmer eingerichtet. An dieses Krankenzimmer schließt sich ein Raum an, in dem das Wohlfahrtsamt untergebracht ist. Zwei Herren namens Huckauf und Schukalla sitzen hinter großen Schreibtischen, kümmern sich um die Lagerinsassen, die Fürsorgeunterstützung erhalten. Das sind fast alle.

In der Verwaltungsbaracke befinden sich seit Neuestem zwei Wärmestuben, die ständig besetzt sind. Den ganzen Winter über scharen sich Frierende vor dem Ofen, reiben die Hände über den Flammen, die durch die Schlitze einer eisernen Klappe züngeln.

Drei weitere Wohnbaracken werden gebaut, auch die Schulbaracke ist endlich fertig. Eva ist erleichtert, dass die Zigeunerkinder die Volksschule in der Stadt nicht mehr besuchen dürfen. So können sie nicht länger zu einer Gefahr für die Deutschen werden, und außerdem hat sie gleich alle zusammen. Das erleichtert die Arbeit.

Ansgar Barwich, ein ältlicher Mann mit gezwirbeltem Schnauzbart, ist der einzige Lehrer. Eva und die Lützenkirchen haben den Auftrag, mit ihm zu sprechen und seine Gesinnung zu prüfen.

An diesem Tag graupelt es. Halb Schnee, halb Regen. Die beiden Frauen staksen durch den Matsch, halten die Taschen über den Kopf. Sie tragen eine Dreckspur in die Baracke. Widerwillig zeigt ihnen Barwich den neuen Raum, versteht nicht, wie er fünf Klassen darin unterbringen soll. Die Zweierbänke sind alt; etliche Schülergenerationen haben Zeichen und Buchstaben ins Holz geritzt. Vorne neben der Tafel steht das Katheder. An der Wand hängen Hakenkreuzfahne und ein Foto des Führers. Barwich beschwert sich über die Ausstattung, verlangt, dass für seine Schüler ein Rechenheft, ein Schmierheft, ein Schönschreibheft, eine Lesefibel und ein Rechenbuch angeschafft werden sollen. Über solche Ideen kann Eva nur den Kopf schütteln. »Sie werden keinen Zigeuner finden, der Geld für Schulbücher ausgibt.« Barwich lässt nicht locker. »Das kann auch niemand von ihnen verlangen. Die Leute hier haben nichts mehr. Das sollten Sie doch am besten wissen. Und deshalb müssen Bücher und Hefte kostenlos sein.« Über diese Antwort muss Eva lachen. Auch die Lützenkirchen kann nicht anders. »Kostenlos? Sonst noch was?« Als die Frauen hören, dass auf Veranlassung einiger katholischer Missionare und Schwestern vom Christkönighaus am Strausberger Platz mit den Kindern gesungen werden und es sogar Katechismusunterricht geben soll und freitags, nach der Schule, die Kinder dort essen und schlafen dürfen, nickt Eva Barwich aufmunternd zu: »Das ist doch was. Dann kann sich also hier niemand beschweren.«

Barwich ist anzusehen, dass ihm das Gespräch mit den Frauen nicht angenehm ist. Er wird immer wortkarger. Schließlich entschuldigt er sich, erklärt, dass er einen unaufschiebbaren Termin hat und geht.

Ein bisschen belächeln die Frauen den Pädagogen. Barwich ist so, wie sie sich einen Lehrer vorstellen. Ein paar gut gemeinte, aber unüberlegte Ideen, ansonsten streng und gewissenhaft. Sicher lässt er nichts durchgehen. Es gibt also nichts zu bemängeln.

Eva hat sich freigenommen und endlich Zeit, sich um ihr Studium zu kümmern. Tage sitzt sie über einer Arbeit zum Werk Wilhelm Schallmayers. Dann werden Leute in Marzahn gebraucht und sie schiebt die Arbeit wieder beiseite. Es macht ihr nichts aus. Das Studium muss warten, so wie sie auf Robert warten muss.

In diesem Winter ist die Arbeit in Marzahn auszuhalten. Der Güllegestank ist weniger schlimm, der Schlamm gefroren und die Leute sind leiser als sonst. Wenn sie morgens in die Straßenbahn steigt, ist alles dunkel und der Frisör am Eck, der Gemüsestand an der Kreuzung, die Kirche, die Menschen sind wie in einen Schleier gehüllt. Auch Marzahn liegt unter diesem Schleier, der den Dreck und das Elend undeutlich macht, die Gesichter verschwimmen lässt und die Konturen verwischt.

Fast jeden Morgen, aber auch abends und nachts, wenn sie heimkehrt, begegnet sie Leuten mit Koffern und Kisten, sogar Seemannskisten sind dabei. Sie stehen an Haltestellen von Straßenbahnen und U-Bahnen. Alle haben diesen gehetzten, gestörten Ausdruck in den Augen. Manchmal macht sie einen Bogen, um das nicht sehen zu müssen.

Vor Weihnachten wird das Wetter milder, sogar das Licht. Die Wege im Lager werden wieder matschig und weich. Eva sorgt dafür, dass einige der jungen Zigeunerinnen frühzeitig die Schule verlassen. Sie bringt sie in einer Munitionsfabrik unter, wo man sie für Akkordarbeit brauchen kann. Ein paar Frauen, die sie beim Betteln in der Stadt erwischt hat, müssen Marzahn verlassen. Eva notiert A.E. in ihr Heft, arbeitsscheue Elemente, und befürwortet die Unterbringung in einem Lager.

Bei Arbeitsscheuen kennt sie kein Pardon. Auch wenn jemand nicht so arbeitet, wie er sollte, ständig krank ist oder müde, greift sie durch. Wie beispielsweise bei der Kallies. Eine Kollegin hat es erzählt. Dass nämlich die Kallies, um etwas dazuzuverdienen, nebenbei eine Heimarbeit angenommen hat und nachts Lampendochte fabriziert. Eva stellt sie zur Rede, tobt. »Jetzt wissen wir also, warum Sie ständig so müde sind! Mit dieser Einstellung dienen Sie weder dem Volk noch unserem Institut. Das wird Konsequenzen haben!« Die Kallies steht vor Evas Schreibtisch und bittet mit Händen und Augen. »Aber Fräulein Justin! Ich habe ein kleines Kind zu Hause und einen kranken Vater, der schon jahrelang nicht mehr arbeiten kann. Meine Eltern haben sehr wenig Geld.«

»Dann soll eben Ihre Mutter arbeiten. Was wir hier machen, fordert uns ganz und gar!« Eva droht mit Kündigung. Die Kallies wird blass und unterwürfig, schwört, dass es nie mehr vorkommen wird, dass sie sich ab sofort ganz der Arbeit in Marzahn widmen wird, dass sie Überstunden machen und alles tun will, was Eva sagt. Von diesem Tag an ist Fräulein Kallies wie ausgewechselt. Die ganze Zeit läuft sie hinter Eva her wie ein Hündchen.

Zuerst ist es nur ein Gerücht. Solange Robert nichts sagt, glaubt Eva gar nichts. Aber dann sitzt Robert zurückgelehnt mit überschlagenen Beinen an seinem Schreibtisch, wippt mit dem Fuß und sieht erleichtert aus. Er hält einen Brief mit rot unterstrichenen Passagen in der Hand. »Das, worauf wir so lange gewartet haben, ist endlich Fakt. Es war ja auch nicht mehr tragbar. Himmler hat endlich einen Runderlass unterschrieben: Regelung der Zigeunerfrage aus dem Wesen der Rasse heraus, nennt er das. Er ordnet an, dass die Kripo restlos alle Zigeuner zu erfassen hat, reichsweit, und dass ab sofort Gutachten entscheiden sollen, wer Zigeuner ist und wer nicht. Diese Gutachten kommen von uns. Von wem auch sonst?« Er faltet den Brief zusammen, dann wieder auseinander. »Bei den Kriminalpolizeileitstellen werden jetzt Dienststellen für Zigeunerfragen eingerichtet. Sie helfen bei der Erfassung. Wir werden endlich richtige Gutachten erstellen. Dabei muss ganz klar sein: Die Gutachten müssen absolut hieb- und stichfest sein. Wir müssen viel genauer werden. Ausweispapiere, Erkennungszeugen, amtliche Eintragungen müssen wir doppelt prüfen. Wenn einer behauptet, die deutsche Reichsangehörigkeit zu haben, muss er sie durch Urkunden nachweisen. Wem das nicht gelingt, der wird zum Staatenlosen erklärt. Die bisherige Arbeit unserer fliegenden Gruppen ist die Basis, auf die wir aufbauen werden.« Den Rest liest er vom Blatt ab. »Jeder, der im Verdacht steht Zigeuner zu sein, muss sich jetzt einer rassenbiologischen Untersuchung unterziehen.« Er nickt ihr zu und lächelt. »Das ist also jetzt Pflicht. Mit Kaffeetütchen und sonstigem Zeug braucht ihr sie nicht mehr zu locken. Das ist vorbei. Sie werden alle gesondert erfasst und bekommen unterschiedliche Ausweise. Es sind drei Gruppen und natürlich dreierlei Ausweise. Die Reinrassigen bekommen einen braunen, die Mischlinge einen braunen mit hellblauen Streifen und die Nichtzigeuner, aber nach Zigeunerart Umherziehenden, einen grauen. Damit können wir sie bei Kontrollen leichter identifizieren. Der Austausch zum Reichskriminalpolizeiamt wird dadurch enger, muss er ja auch. Aber wir bleiben natürlich Wissenschaftler. Die Kriminalistik überlassen wir anderen. Wir werden für zuverlässiges Material sorgen. Für die Gutachten werden wir ein neues System erarbeiten. Ein sehr gutes System.«

Er macht eine Pause, überfliegt den Brief erneut, als ob er sich des Inhalts nochmals vergewissern wolle. Eva lehnt am Fenster. Sie hat bisher gar nichts dazu gesagt. Eigentlich hat sie ihn nicht verstanden. »Und was heißt das jetzt für uns?«, will sie wissen, »noch mehr Arbeit?« Sein Lächeln ist mitleidig. »Also noch mal von vorne. Himmler beabsichtigt bei der endgültigen Lösung der Zigeunerfrage die rassereinen Zigeuner und die Mischlinge gesondert zu behandeln. Das ist ja auch korrekt. Wir müssen natürlich unterscheiden zwischen echten und unechten Zigeunern. Die Feststellung darüber, um wen es sich handelt, wird ab sofort durch uns erbracht. Wir schreiben entsprechende Gutachten. Wir allein. Also nicht mehr bloße Erfassungsbogen, sondern gründliche Gutachten. Damit versorgen wir den Arbeitsdienst, die Partei, die Arbeitsämter und so weiter mit Informationen, wer als Zigeuner zu gelten hat. Natürlich werden wir auch wissenschaftliche Nachweise erbringen und auch die noch nicht Erfassten bewerten. Das, was wir bisher gesammelt haben, wird also weitergeführt, nur viel präziser. Aus dem Sippenarchiv werden jetzt richtige Sippentafeln. Damit lassen sich Viertel-, Achtel- und Vollzigeuner bestimmen. Die Gutachten werden von uns ans Reichkriminalamt weitergeleitet, von dort an die Kriminalpolizeileitstellen. Wir liefern die Grundlagen für die Polizei, entsprechende Maßnahmen einzuleiten. Was die mit unseren Gutachten machen, ist natürlich deren Sache. Übrigens, das Reichskriminalpolizeiamt unterstützt uns und sichert uns Polizeischutz zu.« Er hält ihr den Brief entgegen. »Wenn du ihn lesen willst.« Sie greift danach und vertieft sich in die Zeilen, während er dasitzt und gelangweilt seine Fingernägel betrachtet.

Sie weiß nicht, ob sie sich freuen soll. »Das bedeutet wesentlich mehr Arbeit. Wir brauchen Personal.«

»Mach dir darüber keine Gedanken. Sie werden uns Gelder genehmigen. Das ist jetzt eine größere Sache.« Dem Schreiben liegt ein einseitiges Formblatt bei. Sie überfliegt den Inhalt. Es ist ein vorgedruckter Text, in den nur noch Vor- und Nachnamen, auch die Zigeunernamen einzutragen sind sowie die Einstufung. Nur für ein paar kurze, handschriftliche Bemerkungen sind Zeilen freigelassen.

Die Gutachten beherrschen Evas Denken. Sie hat Fragen, will mit Robert reden, aber er ist ständig am Telefon oder in Sitzungen. Sie hört, wie die Kollegen tuscheln. Irgendwie scheint über den neuen Umgang mit den Zigeunern etwas durchgesickert zu sein, denn Vergleiche mit den Juden machen die Runde. Robert gibt nichts auf das Getuschel, will auch nicht Evas Fragen beantworten.

Er treibt die Mitarbeiter an, hetzt die Arbeitsgruppen, drängt die Doktoranten, Vorschläge einzureichen. Eile ist geboten. Drei Sitzungen sind nötig, bis das verbesserte Formelsystem vorgestellt und angewandt werden kann: Z – steht für die Stammechten, die Vollzigeuner, deren vier Großeltern Zigeuner sind. ZM (+) bedeutet Zigeunermischling mit vorwiegend zigeunerischem Blutsanteil und weniger als drei Vollzigeunern als Vorfahren. ZM ersten Grades sind Mischlinge von Vollzigeunern und Deutschblütigen. ZM zweiten Grades wird dann eingetragen, wenn ein Elternteil Zigeunermischling ersten Grades, der andere Elternteil deutschblütig ist. ZM (-) bedeutet nur ein Achtel Zigeunerblut. NZ steht für Nichtzigeuner. Neben den behördlichen Namen sind ab sofort auch die Zigeuner-Namen anzugeben wie Denels, Hoppo oder Buckeli. Pro Gutachten gibt es fünf Reichsmark. Das Vermessen bleibt Bestandteil der Untersuchung, aber die Angaben müssen noch exakter sein. Aus Fingerabdrücken sollen Handabdrücke werden. Haarproben sollen von verschiedenen Stellen des Kopfes genommen und Fotos von links, von rechts und von vorne gemacht werden. Eine Ameisenarbeit.

Das neue System wird sofort umgesetzt.

Oft toben die Leute, wenn Eva sie anfasst. Eine Alte fängt an zu zittern, als Eva den Tasterzirkel anlegt und den Kopfumfang messen will. Bei den Körpermessungen schreit sie und bekreuzigt sich unablässig. Als Eva die Spanne ihrer ausgestreckten Arme feststellen will und der Frau die vor der Brust verschränkten Arme auseinanderreißt, was der Alten wohl im ganzen Leben noch nicht vorgekommen ist, bekommt sie einen Anfall, reißt sich los, zerkratzt Eva mit scharfen Fingernägeln die Arme, greift nach dem Tasterzirkel, wirft ihn der Lützenkirchen an den Kopf, die erschrocken zurückweicht, dann aber Eva zur Hilfe eilt. Einem Polizisten gelingt es, die Frau zu bändigen. Die Schrammen an Evas Arm füllen sich mit Blut. Die Lützenkirchen durchwühlt ihre Tasche und wickelt Eva ein Tuch um die Wunde. Die Frau sitzt mit gebundenen Händen wie ein Bündel Elend auf einem Stuhl und lässt den Kopf hängen. Für einen Verbleib in Marzahn kann Eva nicht plädieren. Die Frau ist krank und offensichtlich gefährlich. Etwas anderes als Lager kommt nicht in Frage.

Robert hat sich das Rauchen abgewöhnt. Er ist reizbar und geht schon wegen Kleinigkeiten an die Decke. Dann sorgt ein Magenleiden dafür, dass er kaum arbeiten kann. Trotzdem schafft er es, innerhalb eines Monats Gelder zu beschaffen und die Arbeitsgruppen zu verstärken. Er ist wie besessen. Im Institut hält er alles am Laufen, eilt von Besprechung zu Besprechung, von Rede zu Rede, reist innerhalb weniger Tage nach Tübingen, Düsseldorf, Stuttgart, München und Heidelberg, bearbeitet Berge von Post, schreibt Artikel für Fachzeitungen. Zwischendurch besucht er Eva. Manchmal haben sie nicht einmal eine Stunde Zeit, aber das reicht, um ihn zu spüren, zu riechen, zu schmecken.

Auch Eva hat außer der Arbeit alles andere ausgeblendet. Zeitverschwendung sei es, selbst die Besuche bei den Eltern lässt sie aus. Zwei Jahre ist sie nicht mehr zu Hause gewesen. Völlig unerwartet stirbt der Vater, aber zwei Minuten, nachdem sie die Todesnachricht bekommen hat, denkt sie schon wieder an Dienstliches. Zur Beerdigung des Vaters nimmt sie sich einen Tag frei und fährt dann doch nicht, weil eine neue Gruppe von Zigeunern in Marzahn für Unruhe sorgt.

Sie hat nicht einmal Zeit, an den Vater zu denken.

Am Tag seiner Beerdigung begutachtet sie zwei Kriminelle, die sie zur Arbeit in einer Kiesgrube verpflichtet. Ständig ist sie unterwegs, meist auf Lagerplätzen. Abends ist sie erst zufrieden, wenn mindestens 20 Gutachten unterschrieben und gestempelt sind. Der Wortlaut ist immer gleich: ›Gutachtliche Äußerung Nr. 15061. Auf Grund der Unterlagen, die sich in dem Zigeunersippenarchiv der Forschungsstelle befinden, hat nach den bisher geführten rassenkundlichen Sippenuntersuchungen Mettbach, Justine Mandla, geboren am 8. August 1909 in Mannheim, Tochter des August Julius Mettbach, geb. 1855, verstorben 1912, und der Mathilde Gertrude, geb. 1878, als Zigeunermischling (+) zu gelten. Gezeichnet Justin.‹ Meist schreibt sie noch ein paar Notizen dazu, auffällige Dinge,

Besonderheiten. Sie mag dieses Amtsdeutsch, die Zweckmäßigkeit der Sprache, Worte wie Wohnsitzverlegung, Sondermaßnahme, Minderrassigkeit, Selektion.

Die Leute wehren sich. »Ich bin arisch. Vollkommen arisch!«, schreit ein Mann, der mit Nachnamen Reinhard heißt. »Das sieht man vielleicht nicht, aber es ist so! Bis ins 17. Jahrhundert kann ich meine Familie zurückverfolgen. Ich habe sogar das Recht, deutsche Kinder zu zeugen.« Das geht Eva zu weit. »Halten Sie den Mund. Wer reinrassig ist, bestimme ich.«

Einmal greift eine Alte nach Evas Arm und sieht ihr fest ins Gesicht: »Was tut ihr hier? Wir sind Menschen wie ihr! Die Menschen sind alle gleich! Ihr werdet alles zurückbekommen! Hundertfach!« Sie stößt Eva weg und streckt ihren Arm aus. »Na los! Wie lang ist der Arm? Sicher willst du ihn messen. Ich weiß, er ist längst nicht so lang wie deiner. Aber lieber den kürzeren Arm als ein falsches Herz!«

Bei den Angriffslustigen ist sie froh, dass sie einen Polizisten bei sich hat. Sie staunt, wozu ein solcher Mann zu brauchen ist, welche Schwierigkeiten und Zeitverluste er ersparen kann, welche enorme Hilfe er beim Fernhalten von ungerufenen Zuschauern, bei Verhaftungen, bei Bewachungen von Gegenständen oder Örtlichkeiten, bei Haus- und Personaldurchsuchungen und dergleichen mehr ist.

Egal, in welche Gesichter sie sieht, sie ist ständig dabei, Rassenmerkmale zu suchen. Das passiert bei Fahrten mit der Straßenbahn, auf dem Weg zur Arbeit. Automatisch forscht sie in den müden und zerknitterten Gesichtern der Leute, die ihr gegenüber sitzen, schätzt deren Augenabstand, die Länge der Ohren, die des Mundes, den Umfang des Kopfes, unterscheidet den Grad der Behaarung, volles oder feines Haar, die Form der Haare, glatt, kraus, wellig oder spiralig gedreht, Haar- und Hautfarbe, die Größe des Schädels, die der Nase, die der Lippen, die Farbe der Augen. Ständig teilt sie ein in mongolide und negride, fälische, ostische, alpine, nordische, westische oder dinarische Rassen. Automatisch ordnet sie sie zu. Sie kann gar nicht anders. Die nordische Rasse gefällt ihr am besten. Schöne klare Gesichter, gut gebaute Körper, hellhäutig, mit hellen Haaren. Dazu zählt sie sich selbst, obwohl Robert sich in ihrem Fall unklar ausdrückt, der rötlichen Haare wegen. Auch die Kollegen begutachtet sie. Bei den dunkleren Typen, wie etwa bei Fräulein Kallies oder Frau Plünz, die neuerdings im Fotolabor arbeitet, hat sie nachgeforscht und herausgefunden, dass beide arisch sind, bis mindestens in die vierte Generation.

Einmal sieht sie einen jungen Mann im Bus sitzen mit ungewöhnlich krausen Haaren. Die Rheinlandbastarde fallen ihr ein. Afrodeutsche, gezeugt von schwarzen Soldaten nach dem großen Krieg, als erbkrank klassifiziert und von Professor Fischer vom anthropologischen Institut zur Sterilisation verpflichtet. Sie starrt auf den Mann, der wie selbstverständlich dasitzt, die Beine überschlagen, und aus dem Fenster sieht. Eva will ihn ansprechen und verhören, aber sie zögert. Da steht er auf, grüßt und steigt aus. Er ist kaum auf der Straße verschwunden, da denkt sie, dass es falsch war, mehr als falsch, ihn nicht festgehalten und einem Polizisten übergeben zu haben. Falsch, falsch, falsch. Nochmal darf ihr das nicht passieren.

Berlin, 1939

Im Frühjahr zieht Eva in ein Eckhaus in der Curtiusstraße in Lichterfelde. Roberts Beziehungen ist es zu verdanken, dass sie das Haus günstig bekommen hat. Als Frau Doktor hat er sie der Vermieterin vorgestellt und die Miete für Monate im Voraus bezahlt.

Das Haus macht von außen wenig her. Nur ein üppiger Flieder und ein Strauch Goldregen schmücken die Fassade. Innen aber gibt es schöne, geräumige Zimmer, darunter auch ein Gästezimmer, eine breite, geschwungene Holztreppe, Böden aus Eichenparkett, Stuck im Wohnzimmer, eine Terrasse mit Steinplatten. Das Inventar kann sich sehen lassen: Bücherschränke, Möbel aus dunklem Holz, im Schlafzimmer ein Bett mit gedrechselten Pfosten, eine Frisierkommode mit drei klappbaren Spiegeln, eine Couch, neuwertige Stühle, ein Esstisch zum Ausziehen. Ein Telefon schafft sie sich an, damit sie für Robert erreichbar ist.

Das Beste ist das eigene Bad. Streng schwarzweiß gefliest, mit einem Waschbecken, einem Klosett, einer Wanne mit Löwenfüßen. Waschbecken und Wanne sind oft benutzt worden. Vom Emaille sind Stellen abgeplatzt und entblößen schwarzes Eisen unter dem weißen Schmelzwerk. Dennoch ist die Wanne reinster Luxus.

Eine Treppe tiefer liegt der Kohlenkeller. Vor dem Kellerfenster wächst Gras. Wenn es regnet, bildet sich dort eine Pfütze. Ein schattiger Hinterhof gehört zum Haus. Verwilderte Katzen leben dort. Bastarde nennt sie die Tiere, denen sie manchmal ein Schälchen mit Milch hinstellt.

Die Straße ist belebt. Rechterhand eine Destille, ein schäbiger Kiosk, eine Telefonzelle und ein Kaufhaus für Damenwäsche. Linkerhand ein paar heruntergekommene Bürogebäude und eine Bäckerei, in der heiße Pfannkuchen über ein kleines Förderband mit Zucker laufen und häuserweit einen süßlichen Geruch verbreiten.

Zum Institut hat sie es jetzt näher. Sie fährt mit dem Fahrrad. Eine gute Viertelstunde, dann ist sie in Dahlem. Allerdings nach Marzahn ist es weiter. Da nimmt sie die Bahn.

Seit der Vater tot ist, ist die Mutter oft in Berlin. Sie bewohnt das Dachzimmer, sorgt für Ordnung im Haushalt und kocht für Eva. Ansonsten umhäkelt sie Taschentücher und stellt keine Fragen. Sie hat großen Respekt vor Robert, den sie mit Dr. Ritter anspricht. Wenn sie weiß, dass er kommt, um mit Eva zu arbeiten, backt sie Eierschnecken oder Quarkkeulchen. Sie selbst verschwindet dann auf ihrem Zimmer und lässt sich erst wieder sehen, wenn Roberts Mercedes nicht mehr vor dem Haus parkt.

Eva spricht mit ihr nicht über Robert. Sie will nicht hören, dass sie es nicht richtig finden könnte. Als Kind hat ihr die Mutter eingeschärft, dass man die Finger von verheirateten Männern zu lassen hat. Genauso wie von Pfarrern.

Aber längst sagt die Mutter dergleichen nicht mehr. Sie kümmert sich um die Kinder, die Eva neuerdings aus Marzahn mit nach Hause bringt, um an ihnen zu forschen. Amüsant ist es, wenn Eva mit ihnen Geschicklichkeitsspiele spielt, wenn sie Perlen auf einen Draht fädeln oder Bilder in die richtige Reihenfolge bringen. Manchmal bleiben die Kinder über Nacht. Dann macht ihnen die Mutter ein Bett und kocht ihnen gesundes Essen: Kohlrabi, Wirsing, Salat. Alles, was es in Marzahn nicht gibt.

Auch ins Institut bringt Eva manchmal Kinder mit. Das sind Kinder, die ihr auffallen, weil sie sich anders verhalten als andere, lernwilliger sind, manchmal auch anders aussehen als die typischen Zigeunerkinder. Die Kinder ängstigen sich vor den Affenköpfen und Skeletten hinter den Glasschränken, was Eva als typisch zigeunerisch einstuft.

Um genauer arbeiten zu können, hat Robert bessere Instrumente zur Messung beantragt. Er sorgt auch für weitere Fördergelder und für eine nagelneue Leica-Kamera mit einem Drehknopf zur Einstellung der Langzeiten. Die Leute müssen sich hinstellen und starr geradeaus sehen. Dann werden sie von vorne, von rechts und von links abgelichtet. Endlich liegen den Gutachten Fotos bei. Auch ein Gerät zur präziseren Erfassung der Schädelmaße wird zugesichert, sogar ein Nasentiefenmesser. Vier Augen- und Haarfarbentafeln werden geliefert. Der in einem aufklappbaren Kästchen untergebrachte Glasaugensatz ermöglicht, an die Schläfen gehalten, eine genaue Bestimmung der Augenfarbe. Haarproben nehmen sie von mindestens drei verschiedenen Stellen des Kopfes. Immer umfassender wird der Karteikasten mit den Nagelproben und den Fingerabdrücken. Neuerdings werden alle zehn Fingerkuppen auf ein schwarzes Stempelkissen gedrückt und dann auf den dafür vorgesehenen Kästchen abgerollt.

Bis in den späten Abend, oft genug auch während sie isst, sichtet sie Unterlagen. Immer länger wird die Liste mit den Namen der zigeunerischen Personen, der Landfahrer, der jüdischen Mischlinge, der jugendlichen Rechtsbrecher.

Freitags bereitet sie Moulagen* vor, rührt das Wachs-Harz-Gemisch, das sie zum Ausgießen braucht, zu einer festen Masse. Zusammen mit zwei Praktikantinnen nimmt sie Abdrücke ab. Meist von Köpfen einbestellter Zigeunermischlinge. Auf einen Drehstuhl werden sie gesetzt, unter die grelle Lampe des Behandlungszimmers. Es ist eine mühsame Prozedur. Die Leute wehren sich und wollen partout nicht mitmachen. Manche treten nach Eva, halten sich die Hände vors Gesicht und es dauert, bis sie die Hände wieder sinken lassen. Andere zerstören die Masken, indem sie die noch weiche Masse mit den Händen verformen oder, während die Maske härtet, das Gesicht bewegen. Fast alle schreien, wenn der trockene Gips beim Entfernen am Bart reißt oder an den Augenbrauen. Einige finden die Prozedur lustig, betrachten die Abdrücke mit Neugierde und Interesse.

Dreidimensionale Modelle kommen dabei heraus, ideal für Lehrzwecke. Freude macht ihr das. Ihre Arbeit ist fast künstlerisch. Immer wieder staunt sie, wie naturnah mit dieser Methode Gesichter abgeformt werden können. Wenn sie Zeit hat, sieht sie zu, wie die Praktikantinnen die Abdrücke mit der Wachsmischung ausgießen und nach dem Original kolorieren, Haare und Glasaugen einsetzen, die Köpfe auf Holzbretter montieren. Bis hin zu Falten und Warzen, jeder kleinsten Unebenheit der Hautoberfläche, tritt alles deutlich hervor. Manche der Moulagen rufen Abscheu hervor. Andere sind ausgesprochen angenehm. Die Moulagen kann man ansehen, viel länger und intensiver als Menschen, die sich ständig bewegen, seltsam riechen, deren ständig fragende Augen auf einen gerichtet sind. Eine der Moulagen stellt sie auf ihren Schreibtisch. Es ist die Abformung des Kopfes eines jungen Sinto mit buschigen Augenbrauen,

* *Abdrücke von Körperteilen, z.B. Köpfen*

einem schönen vollen Mund und gleichmäßigen Gesichtszügen. Der Kopf sieht fast echt aus. Manchmal muss sie ihn umdrehen, so irritiert sie der Blick.

Der Sommer beginnt mit schweren Gewittern und heftigen Regenschauern. Dann wird es heiß und drückend. Im Büro steht die Hitze. Die Witzendorf und die Kallies verdösen die Mittagspausen im Park, die Lützenkirchen hat eine Dauerkarte fürs Freibad und nimmt jeden Mittag eine andere Kollegin mit.

Für alle überraschend und zu Evas Beruhigung heiratet die Kollegin Hesse und heißt jetzt Kellermann. Von einem Mann im Leben der Hesse hat Eva nichts gewusst. Den Rummel, der um ihre Hochzeit gemacht wird, kann sie kaum ertragen. Eine riesige Hochzeit ist angesagt, alle Kollegen sind in ein Lokal am Wannsee eingeladen. Eva beteiligt sich am Geschenk und lässt die Kollegen alleine feiern.

Immer noch hält Robert große Stücke auf die neue Frau Kellermann. Eine Zigeunerexpertin sei sie. Eine hervorragende Doktorarbeit habe sie geschrieben. Ein exzellentes Romanes spräche sie.

Eva ist erleichtert, als sich herumspricht, dass die Kellermann nach Hamburg zieht, wo sie, auf Roberts Vermittlung hin, weiterhin für das Institut arbeiten und Unterlagen der Hamburger Zigeunerdienststelle auswerten soll.

Die Kellermann verschwindet nach einer pompösen Verabschiedung.

Im Herbst lädt Robert sie zu einer Konferenz nach Berlin ein. Eva muss sie vom Bahnhof abholen. Auf dem Weg nach Dahlem bleibt die Kollegin wortkarg und einsilbig. Kurz darauf sitzt sie, eine Zeitschrift auf den Knien, in Evas Büro, wartet auf Robert, raucht und wettert gegen die Juden. Ein paar Monate haben gereicht, dass sie dicker geworden ist, das Gesicht breiter. Die Haare trägt sie jetzt zum Dutt gebunden, wie eine alte Frau. Eva sieht die Enttäuschung in Roberts Blick, als er sie begrüßt. Von da an kommt Eva mit ihr zurecht. Die Kellermann ist sowieso nur noch selten in Berlin. Einmal lässt sich Eva sogar dazu hinreißen, mit ihr einen Kaffee zu trinken.

Dann wird Robert zur Einweihung der neuen Reichskanzlei in die Voßstraße eingeladen und ist schon den ganzen Tag unterwegs, als

Eva von einer Vorlesung ins Büro eilt und im Flur die Stimme des Führers zu erkennen glaubt. »Polen hat heute Nacht auf unserem eigenen Territorium auch mit bereits regulären Soldaten geschossen …« Im Besprechungsraum sitzen die Kollegen um den Volksempfänger. Es rauscht und kracht, was sich erst bessert, als die Kallies den Regler lauter dreht. Die Stimme des Führers klingt schrill und entschlossen. »Seit 5.45 Uhr wird jetzt zurückgeschossen! Und von jetzt ab wird Bombe mit Bombe vergolten! Wer mit Gift kämpft, wird mit Giftgas bekämpft. Wer selbst sich von den Regeln einer humanen Kriegsführung entfernt, kann von uns nichts anderes erwarten, als dass wir den gleichen Schritt tun. Ich werde diesen Kampf, ganz gleich gegen wen, so lange führen, bis die Sicherheit des Reiches und bis seine Rechte gewährleistet sind …«

Niemand bewegt sich. Die Rede ist lang. Als Musik einsetzt, stehen alle nur da und sehen sich an.

»Jetzt haben wir also Krieg«, sagt Robert seltsam unaufgeregt, nachdem er den Mantel an die Garderobe gehängt hat und das Deutschlandlied im Applaus verhallt ist. »Der Krieg ist unvermeidlich«, fährt er fort, während er den Knopf am Volksempfänger leiser dreht und damit Reichtagspräsident Göring den Satz abschneidet. Robert sieht weder beunruhigt aus, noch wirkt er aufgewühlt. Im Gegensatz zur Kallies, die plötzlich, als hätte sie die Nachricht jetzt erst begriffen, aufgeregt den Stuhl zurückschrammt und sich die Hände vor das Gesicht schlägt. »Aber das kann doch nicht …«

»Ruhe!« Robert klopft auf den Tisch. »Frieden gibt es nur, wenn man auch dafür kämpft. Und jetzt arbeiten wir wieder!«

Ja, Frieden gibt es nur, wenn man dafür kämpft, denkt Eva, als sie an den Schreibtisch zurückkehrt. Ähnliches hat sie kurz vorher im Radio gehört. Goebbels hat es gesagt, auf die Frage hin, ob die Lage jetzt ernst werde. Der große Krieg fällt ihr ein, den sie als Kind erlebt hat. Sie sieht den Vater vor sich, der damals voller Überzeugung in den Krieg gezogen war, sieht die graue Uniform und dann, sein Gesicht, als er todkrank zurückkam. Die Hungerjahre in Dresden kommen ihr in den Kopf, die miserable Versorgung mit allem. Dass seit einiger Zeit die Lebensmittel rationiert sind, auch Kohle und Treibstoff, macht ihr plötzlich Angst. »Wenn wir bloß nicht hungern müssen«, ruft die Witzendorf. Aber Robert kann alle beruhigen. Vom Flur aus hört sie ihn sagen. »Wir hatten gute Ernten in den letzten Jahren. Die Vorratslager sind voll. Bei Getreide, Kartoffeln und Fleisch haben wir einen Selbstversorgungsgrad von nahezu 100 Prozent.«

Am Abend lädt Robert Eva zum Essen ein. Er ist euphorisch und guter Dinge. Sie bummeln über den Potsdamer Platz Richtung Tiergarten. Hinter den bläulichen Rändern der Wolken steht die Sonne wie eine aufgeblähte Kugel und übergießt alles mit rötlichem Licht. SS zieht vorbei: Schwarze Uniformen und rotschwarze Fahnen. Heil-Rufe schwingen ihnen nach. Die Schritte der Männer hallen. Hell leuchten ihre Fackeln.

Später im Lokal bestellt Robert gebratene Gans mit Rotkraut und Kartoffeln, dazu Gewürzgurken und Wein von der Mosel. Hinterher eine Süßspeise aus Birnen.

Unterm Tisch tätschelt er ihr Knie, flüstert über den Tisch, dass der eigentliche Nachtisch noch ausstehe, dass der Tag in die Geschichte einginge, dass man einen solchen Tag so verbringen solle, dass er sich für immer ins Gedächtnis brenne und auch die Nacht nach einem solchen Tag unvergessen bleiben müsse.

Der Krieg ist unvermeidbar. Alle sagen das. Ein Spruch des Vaters fällt ihr ein: Der Krieg ist der Vater aller Dinge.

In den Wochen die folgen sind die Siege der deutschen Wehrmacht ständiges Thema. Goebbels schrille Stimme aus dem Volksempfänger beruhigt: »Unser Sieg ist gewiss wie die Sterne am Himmel!«

Auf den Straßen ist es laut und brausend. Über den Führer hört sie nur Gutes. Dass er dabei sei, das größte Heer der Menschheitsgeschichte aufmarschieren zu lassen. Dass jeder gute Deutsche eine glänzende Zukunft habe. Auch Robert meint, die politischen Entwicklungen seien schicksalhaft, jedes große Volk in der Geschichte sei national und sozialistisch gewesen und erinnert an die Chinesen und die Mongolen.

Eine Vielzahl neuer Verordnungen gibt es. Fett, Fleisch, Butter und Zucker sind ab sofort nur noch gegen Lebensmittelkarten erhältlich. Die Reichskleiderkarten, die Eva für alle Mitarbeiter auf dem Amt abholt, sorgen allerdings für Unruhe im Büro. Für einen Rock benötigt man 20, für einen Pullover 25 Punkte, für Strümpfe 4.

Insgesamt gibt es 100 Punkte, gültig ein Jahr. Sofort fängt Fräulein von Witzendorf an, mit der Hellke zu tauschen und zu handeln. 100 Abschnitte sind auf Evas Karte eingetragen. Etwa acht Punkte pro Monat rechnet sie. Gut, dass sie nicht viel braucht.

Gerüchte kursieren, dass aus Marzahn ein Konzentrationslager gemacht werden soll. Ab Oktober wird die Überwachung verstärkt und die Lagerordnung gestrafft. Polizisten mit geschulterten Gewehren stehen am Eingang. Fremden wird der Platzzutritt versagt. Jeder der Festgesetzten muss eine Erklärung unterzeichnen, in der er sich verpflichtet, das Lager nicht ohne Erlaubnis zu verlassen und widrigenfalls mit der Einweisung in ein Konzentrationslager zu rechnen hat. Die Schulbaracke wird geschlossen, Lehrer Barwich zum Kriegsdienst eingezogen. Es sind nur wenige Familien, die sich daran stören. Den wenigen, die sich darüber aufregen, erklärt Eva, dass sie sich nun selbst kümmern müssen, wenn sie wollen, dass ihre Kinder lesen und schreiben lernen. Sie hat nicht den Eindruck, dass sich die Leute über die Bildung ihrer Kinder Gedanken machen.

Den ganzen Vormittag dauert die Konferenz im Reichssicherheitshauptamt, zu der Robert unterwegs ist. Nur ranghohe Offiziere sind dort, darunter Reichsführer SS Himmler, ferner Adolf Eichmann von der Reichsszentrale für jüdische Auswanderung sowie der Chef der Sicherheitspolizei Reinhard Heydrich. Dass eine Evakuierung der Zigeuner geplant ist, erfährt Eva nur auf mehrfache Nachfrage. Etwa 30.000 im Reich lebende Zigeuner sollen so bald wie möglich in das Generalgouvernement Polen, einem Gebiet zwischen Bug und Weichsel abgeschoben werden. Eva fragt bei Robert nach, aber er bleibt wortkarg, verrät nur, dass es ein Beschluss Heydrichs sei, dass der westliche Teil des besetzten Polens jetzt dem Deutschen Reich eingegliedert und eingedeutscht werden soll und der übrige Teil, das Generalgouvernement, als Reservoir für Zwangsarbeiter, die dort in Rüstungsfabriken eingesetzt würden, vorgesehen sei. Er glaubt, dass bald sämtliche unliebsamen Gestalten nach Polen abgeschoben würden, allen voran die Zigeuner. Robert ist aufgekratzt und ordert bei der Witzendorf einen Kaffee nach dem anderen. Eva versteht seine Aufregung nicht. Was er sagt, ist widersprüchlich. Mal glaubt sie zu verstehen, dass er die Abschiebeaktion unterstützt, dann wieder ist er dagegen.

In den Arbeitsgruppen hoffen alle, jetzt nicht mehr so oft auf Reisen gehen zu müssen. Auch Eva zählt die Arbeitsstunden, die sie vielleicht einsparen kann. Dass Himmler die Jenischen aussparen will, versteht sie nicht. Aber Robert hat es ausdrücklich gesagt: Jenische sind zunächst als Nichtzigeuner und Deutschblütige einzuordnen. Nur Zigeuner und Zigeunermischlinge sollen nach Polen geschickt werden. Und zwar in geschlossenen Sippen. Daran will sie sich halten.

Neu ist auch, dass Zigeunerinnen, die im Verdacht der Wahrsagerei stehen, in Lagern zu inhaftieren sind. Für Robert ist das nur konsequent. Es sei ein volksschädliches Treiben, das angesichts der skeptischen Haltung mancher Bürger zum Krieg erhebliche Unruhe im Reich stiften könne und ohnehin Quacksalberei sei.

Als vorbereitende Maßnahme ordnet Himmler die Festsetzung aller Zigeuner an. Das Umherziehen ist ab sofort untersagt. Wandergewerbescheine gibt es nicht mehr. An den Orten, wo sie sich zu den Stichtagen aufhalten, müssen sie bleiben. Einen Festschreibungserlass nennen es die Behörden. Verwandtenbesuche müssen beantragt werden. In Krankenhäusern werden sie nicht mehr aufgenommen. Lebensmittel dürfen sie nicht mehr überall einkaufen. Mit Kino und Theater ist Schluss. Ansonsten droht Lager.

Die Lützenkirchen will wissen, was denn mit den Zigeunern passiert, die beruflich reisen müssten, wie den Schaustellern mit ihren Schießbuden und den Karussells. »Tja«, sagt Robert, spricht von einer Kriegsmaßnahme, die das Zählen und Erfassen erheblich erleichtert und fügt hinzu, dass diese Sorte von Zigeunern jetzt selbstverständlich anderweitig zur Arbeit herangezogen würde.

Wieder stapeln sich Akten und Gutachten auf Evas Schreibtisch. Sie ist froh, dass der Kollege Würth in Tübingen und eine neue Kollegin namens Ehrhardt sie unterstützen. Auch 1/8-Zigeunermischlinge nehmen sie jetzt auf. Das ist der Fall, wenn sich unter acht Großeltern ein Zigeuner befindet.

Die Stimmung im Land ist gut. Dänemark und Norwegen sind besetzt, was im Volk ungeheuren Eindruck hinterlässt. Knapp einen

Monat später folgt der Einmarsch in Belgien. »Der Führer ist einfach schneller als die Westmächte«, sagt Fräulein von Witzendorf und hat glänzende Augen.

Eva besucht ein Seminar zur menschlichen Erblehre und Eugenik bei Professor Gottschaldt, der neben seiner Tätigkeit am Anthropologischen Institut der Universität eine Kinderklinik für Verhaltensstörungen leitet und sich mit Zwillingsstudien befasst. Gottschaldt ist zurückhaltend mit dem, was er über Erbgesundheit sagt. Er betont die Wechselwirkung von Anlage und Umwelt auf den Menschen, hält Vorträge über die Schwierigkeit, den Faktor Umwelt als etwas von Lebewesen Getrenntem zu sehen. Angesprochen auf die Programme der Regierung bleibt er seltsam neutral.

Findet sie anfangs Gottschaldts Vorlesungen interessant, so stellt sie bald fest, dass ihr seine Arbeit zu biologisch orientiert ist. Trotzdem nimmt sie weiterhin an seinen Seminaren teil. Seine Auffassung zur Verhaltensgenetik ist außergewöhnlich. Niemand sonst trennt die Begrifflichkeiten so exakt voneinander ab wie er. Das gefällt ihr. So diskutiert er die Begriffe Intelligenz und Begabung, beleuchtet sie aus verschiedenen Richtungen, sucht Gemeinsamkeiten und Unterschiede, gräbt im historischen Verständnis und kommt zu dem Schluss, dass Begabung der umfassendere Begriff ist, weil er mehr meint als intellektuelle Funktionen. Aufschlussreich sind auch Gottschaldts Berichte aus den Kinderlandverschickungen, besonders von den Zwillingslagern auf der Insel Norderney, an denen er selbst teilnimmt. Wenn Gottschaldt vom Frühsport in den Heimen anfängt, von Flaggenparaden, Kleiderappellen oder Singstunden, ist er beinahe unterhaltend.

Das Beobachten von Zwillingen fasziniert ihn ganz besonders. Seine Methoden der Beobachtung, die Einschätzbögen, die Intelligenzaufgaben und Leistungstests, die Liste der Persönlichkeitsmerkmale, die Befragungen, das Umsetzen der Antworten in Zahlenwerte, die zehnstufige Tabelle von Verhaltensweisen, auch die exakten Auswertungen sind es, die Eva auf ihre Arbeit in Marzahn übertragen will.

Jeden Tag werden im Lager Marzahn Leute abgeholt. Meistens sind es Männer. Jeden Tag werden Wagen frei und Baracken. Oft ist

Eva dabei, wenn welche geholt werden. Dann gibt es immer ein derartiges Geschrei, dass alles zusammenläuft und die Gendarmen die Gewehre in die Luft halten. Einmal, als während einer Abholaktion wieder alle protestieren, packt einer der Zigeuner Eva am Handgelenk und droht, ihr ein Messer in den Bauch zu rammen, wenn sie nicht aufhöre, seine Sippe zu misshandeln. Es ist ein glatzköpfiger Kerl, der mit weit aufgerissenen blitzenden Augen bedrohlich nah kommt, ihr das Gelenk dreht, bis es schmerzt: »Es ist eine Schande, Wölfen wie euch zu begegnen.« Ein Polizist, der die Sache beobachtet, springt heran, schlägt dem Glatzköpfigen mit einem Knüppel auf den Hinterkopf, bis der zusammensackt und an den Füßen vom Platz gezogen werden muss. Der Boden ist uneben. Der Kopf schlenkert hin und her. Die Leute kreischen und ballen die Fäuste.

Als im Winter zwei Kinder sterben, sind es deren Mütter, die mit Gabeln auf Eva losgehen und sich, während Eva von Gendarmen geschützt wird, rasend vor Schmerz und Wut in den Schlamm werfen und die Gadsche verfluchen. Wieder rennen alle zusammen. Ein Knäuel von Getöse, Lärm und Unordnung. Ein paar junge Männer stellen sich den Gendarmen entgegen, werden aber durch deren Knüppel abgedrängt und weichen zurück. Ins Kindergeschrei fängt plötzlich einer der Jungen laut an zu singen, singt an gegen das Gekreisch, gegen die Gendarmen, singt immer lauter, schreit fast: »Das Herz einer Mutter, das ist der schönste Diamant, das Herz einer Mutter, das ist der größte Schatz im Land …« Einer der Gendarmen packt ihn, hebt den Knüppel. Der Junge lässt sich nicht beirren: »Durch Wasser und Feuer geht eine Mutter für ihr Kind. Nichts ist ihr zu teuer, wenn nur die Kinder glücklich sind …« Nur wenige Schläge strecken ihn zu Boden. Der Junge krümmt sich im Dreck, dreht den blutenden Kopf, sieht dem Gendarmen fest in die Augen und setzt noch mal an: »Das Herz einer Mutter, das ist der schönste Diamant …« Weiter kommt er nicht.

Der Junge ist beim nächsten Transport dabei. Die beiden Frauen sowieso. Nochmals möchte sich Eva einer solchen Situation nicht aussetzen. Gefährdung der Allgemeinheit und Unberechenbarkeit trägt sie ins Heft ein. »Verstehen Sie das?«, fragt Eva den Gendarmen, der den Jungen ruhiggestellt hat, »wenn diese Kinder verdrecken und verrohen, regt sich keiner von denen auf. Darin sind sie wirklich nicht empfindlich. Aber wenn einer geholt wird, machen sie so einen Aufstand.«

Es ist schon kalt und ungemütlich, als sich an einem Novembermorgen die Nachricht verbreitet, dass im Münchener Bürgerbräukeller eine Bombe detoniert ist. Das Attentat auf den Führer sowie auf die gesamte NS-Führungsspitze sorgt für Aufregung im Reich. Der Täter, Georg Elser, ist, laut einer Radioausstrahlung auf der Flucht in die Schweiz geschnappt und zurück nach München gebracht worden, wo eine Sonderkommission gegründet worden ist.

Tage später erhält Robert ein Eilschreiben des Kollegen Würth aus Tübingen, der vermutet, dass Elser ein Zigeuner sein könnte. Sofort setzt er sich mit Nebe, dem Leiter des Reichskriminalpolizeiamtes in Verbindung, der eine Besprechung anberaumt. Für Nebe ist der Fall höchst brisant. Er setzt alle Hebel in Bewegung und schickt Würth nach München, um Elser zu untersuchen. Eine Klassifizierung soll alles ans Tageslicht bringen: Elsers Herkunft, besondere Merkmale, Charakterzüge, Eigenheiten. Was Würth zu sagen hat, klingt plausibel. Robert stellt sich schon die Schlagzeilen vor. »Was Besseres kann uns gar nicht passieren«, sagt er zu Eva. Am liebsten würde er selbst nach München fahren, aber Termine stehen im Weg.

Das Ergebnis lässt auf sich warten.

»Ein Verirrter«, sagt Würth, als er eine Woche später in Berlin von seinen Untersuchungen berichtet. »Der Kerl glaubt, durch die Ermordung des Führers könnte er den Krieg stoppen und Unheil verhindern. Er faselt ständig so ein Zeug. Man kann ihn kaum verstehen. Unsere Freiheit soll gefährdet sein, solche Sachen. All das Zeug, das die Rotfrontkämpfer von sich geben. Er verweigert den Hitlergruß. Gestapo hat ihn verhört. Danach war er kaum noch zu erkennen, aber er hat durchgehalten.« Eva hat bei der Witzendorf Kaffee bestellt und süßen Spritzkuchen. Sie sitzen in Roberts Büro. Würth redet ohne Pause. »Ich habe ihn vermessen, verhört und fotografiert. Ich habe die Ahnenreihen angesehen, alles durchwühlt. Zunächst hat alles darauf hingedeutet. Aber er ist kein Zigeuner. Natürlich ist er ein Asozialer, ein komplett Verirrter, aber eben kein Zigeuner.« Würth sitzt da, als ob er eine Schlacht verloren hat. Es fällt ihm nicht leicht, einen Irrtum zuzugeben. Nicht einmal die Spritzkuchen schmecken ihm. Auch Robert sieht enttäuscht aus. »Wäre ein guter Fall für uns geworden«, sagt er und stützt den Kopf auf. »Wie kommt denn so einer an eine Bombe?«, fragt Eva.

»Die hat er selbst zusammengebastelt«, erklärt Würth. »Den Sprengstoff hat er in einem Steinbruch entwendet. Ein schlauer Kerl übrigens. Die Sache war klug geplant. Gott sei Dank hat der Führer an diesem Tag seine Rede abgekürzt, sonst sähe jetzt alles anders aus.« Eva nickt. Eine Welt ohne den Führer stellt sie sich besser nicht vor. Immer wieder fängt Würth von Elser an. »Es war gar nicht so einfach, ihn zu untersuchen. Schließlich war er grün und blau geschlagen. Alles voller blutunterlaufener Stellen.« Er redet so lange, bis Robert ihn unterbricht, aufsteht und ihm die Hand gibt. »Es lohnt nicht mehr, darüber nachzudenken. Die Sache ist erledigt. Wir haben getan, was wir konnten.«

Am Abend, bei Eva, bleibt er seltsam einsilbig. Eine Anerkennung seiner Arbeit hat er sich im Falle Elser erhofft. Eva schafft es nicht, seine Laune zu verbessern. Viel zu früh geht er nach Hause.

Zwei Wochen sieht sie ihn nicht. Robert ist nach Bremen gereist, um vor Polizeibeamten einen Vortrag über die Zigeunermischlinge und deren Evakuierung zu halten. Zurück in Berlin trifft sie sich mit ihm in einem Café am Gendarmenmarkt. Er ist sichtlich erschöpft. Die Haare kleben strähnig am Kopf, der stoppelige Bart ist stellenweise grau. Er hört nicht zu, als Eva ihm von den Tumulten in Marzahn berichtet. »Bremen war wichtiger, als ich dachte. Manche begreifen es immer noch nicht. Sie meinen, es geht darum, die Zigeuner zu töten. Ich habe tausendmal betont, dass es darum geht, für Volkshygiene zu sorgen. Nur darum geht es.« Er regt sich auf, dass manche so schwer von Begriff sind und einer es sogar gewagt hat zu fragen, wie die Gutachten zustande kämen. Dann schiebt er das Thema zur Seite wie seine leere Kaffeetasse und erzählt, dass er einen Lehrauftrag an der Universität erhalten wird. Den Lehrauftrag nimmt er zum Anlass, Eva ins Gartenrestaurant am Langen See auszuführen, ihr die in einem angegliederten Ausstellungsraum umfangreichste Schmetterlingssammlung der Welt zu zeigen und anschließend in ihrem Bett mit Sekt anzustoßen, wo er ihr seine

Unterrichtsplanung darlegt und ankündigt, seinen Studenten richtige Fälle vorzuführen. Während er ihren Nabel mit Sekt füllt, den er anschließend genüsslich aussaugt, kommt er immer wieder auf seinen Unterricht zurück. »Sie werden Zigeunerbastarde, Kreuzungen zwischen Juden und Negern, Irre und Schwerverbrecher, all das zu Gesicht bekommen. Endlich kann ich Einfluss nehmen auf das Denken der angehenden Kriminalbiologen.«

Berlin, 1940

Es ist April, als Robert die Leiter der Arbeitsgruppen zu einer dringenden Versammlung einlädt. Den ganzen Morgen mutmaßen die Kallies und die Lützenkirchen über eine mögliche Verlegung des Instituts, über Gehaltskürzungen, haben Angst um ihre Arbeitsplätze. Als sich dann aber herausstellt, dass es lediglich um einen Befehl Himmlers geht, sehen alle erleichtert aus. Robert, der die Sache vorträgt, macht einen unzufriedenen Eindruck. Seine Stimme vibriert und Eva bemerkt, wie er beim Verlesen der Neuigkeiten immer wieder schluckt und den Mund verzieht. »Es ist also jetzt offiziell. Was letzten Herbst angekündigt wurde, steht unmittelbar bevor. Gemeint sind die Transporte der Zigeuner ins Generalgouvernement Polen. Reichsführer SS Himmler hat den Kriminalpolizeileitstellen befohlen, in ihrem Gebiet lebende Zigeuner zu verhaften und in Sammellager zu bringen. Von den Sammellagern aus werden die Transporte für Polen zusammengestellt. Die Reichsbahn hat Sonderzüge eingerichtet. Die Leute werden in verschiedene Lager gebracht und dort zur Arbeit verpflichtet. Es gibt dort viel zu tun. Straßen, Schützengräben, Bunker, Flughäfen müssen gebaut werden. Und natürlich Lager. Es sollen möglichst viele Zigeuner zum Bau der Lager herangezogen werden. Es ist allerdings so, dass mit Widerstand des Generalgouverneurs gerechnet wird. Sie sind natürlich mit den vielen Evakuierten überfordert. Deshalb ist der erste Transport zunächst nur für 2.500 Zigeuner aus den westlichen und nördlichen Grenzgebieten des Reichs vorgesehen.« Evas Gedanken schweifen ab. Sie stellt sich volle Züge vor und dass einiges an Personal gebraucht wird, um 2.500 Zigeuner zu verschieben. 2.500 Stück. Vielleicht werden es sogar mehr sein. Sie stellt sich vor, dass es immer so weitergehen wird. Arbeit, Arbeit, Arbeit und kein Ende. Ihr Studium fällt ihr ein, eine angefangene Hausarbeit, deren Abgabetermin sie wegen tausend anderer Sachen schon zweimal verschoben hat. Sie kann den Gedanken nicht zu Ende bringen, da holt Roberts Stimme sie wieder zurück: »Das Reichssicherheitshauptamt hat Quoten bestimmt: Je 1000 aus den Bezirken Hamburg und Bremen, auch Köln, Düsseldorf und Hannover, 500 aus Frankfurt und Stuttgart. Die Auswahl wird den

Kripostellen überlassen. Die stützen sich auf unsere Gutachten. Das bedeutet, dass einige von Ihnen vor Ort bei der Auswahl helfen und gegebenenfalls nachkorrigieren werden. Am schwarzen Brett hängt ein Plan, wo jeder sehen kann, wann er wohin muss.«

Später drängt sich alles am schwarzen Brett. Fast alle stehen auf der Liste. Nur Eva kann weiterhin in Marzahn bleiben. Sie sieht, wie die Witzendorf und die Hellke tuscheln und sich im Weggehen nach ihr umdrehen.

Mit den Verhaftungsaktionen und dem Zusammentreiben der Zigeuner in den Sammellagern wird unmittelbar begonnen. Reichsweit werden sie in Güter- und Personenzüge verladen. Auch in Marzahn. Vorher müssen sie eine Erklärung unterschreiben, wonach sie im Fall unerlaubter Rückkehr sterilisiert und in ein Lager eingewiesen werden. Eva weiß vor Arbeit nicht, wo ihr der Kopf steht. Robert bemängelt, dass es keine konkreten Pläne gibt, sondern nur vage Vorgaben, wie mit den Leuten zu verfahren sei. Schändlich und sträflich findet er es, dass keine Unterkünfte vorbereitet sind und auch die Frage der anfallenden Kosten nicht geregelt ist. Oftmals werden die Zigeuner in den Sammellagern erst nach Wochen auf verschiedene Distrikte verteilt, in Ghettos konzentriert und zur Arbeit eingesetzt. Aber er hat keine Zeit, lange darüber nachzudenken. Viel Energie verwendet er darauf, den Unterricht an der Universität vorzubereiten. Immer montags von 18 – 20 Uhr gibt er den Studenten Einblicke in die Kriminalbiologie, führt gelegentlich Straftäter vor, die vor Ort in den Vorlesungsräumen untersucht werden. Für die Auswahl der Anschauungsobjekte ist Eva zuständig. Dass sie zeitlich am Limit ist, sagt sie nicht.

Oft kommt er anschließend bei Eva vorbei. Manchmal ist er euphorisch. Besonders, wenn Studenten seine Ideen weiterdenken und an den Schauobjekten das feststellen, was er hören will. Er hofft auf eine Professur und die Schaffung eines Lehrstuhls für Kriminalbiologie. Seinem Fach kommt immer größere Bedeutung zu. An sämtlichen Universitäten des Reichs wird es gelehrt.

In einer Juninacht gibt es Luftalarm. Eva hört erst am Morgen im Institut davon. Sie belächelt die Witzendorf, die gehört haben will, dass ein Einsatz mit Gasbomben bevorstehe und es deshalb ratsam sei, für alle Mitarbeiter Atemschutzmasken anzuschaffen. Richtige Panik verbreitet die Witzendorf. Eva kann diese Wichtigtuerei kaum ertragen.

Aber den Sommer über hören sie immer öfter von Angriffen auf Ziele im Reich. Eine Nacht, nachdem die Luftwaffe Bomben auf London abgeworfen hat, sollen über 50 Flugzeuge über Berlin aufgetaucht sein, sagt die Lützenkirchen. Eva hat nichts davon mitbekommen. Über 100 seien es gewesen, meint die Kallies und kann nicht fassen, dass Eva so einen tiefen Schlaf hat. Ein zweiter Angriff fordert zehn Tote. Auch davon erfährt Eva nur durch die Kollegen. Erst Tage später melden die Zeitungen, dass etliche der Bomber abgestürzt seien und lediglich ein Holzschuppen in einem der Vororte in Flammen aufgegangen wäre. Zwei Verletzte hätte es gegeben. Robert meint, dass sich ohnehin niemand trauen würde, die Hauptstadt zu bombardieren und verweist auf den Führer, der in einer Radioansprache angekündigt hat, den Luftpiraten das Handwerk gründlich legen zu wollen.

Auch Robert stuft die Luftangriffe als harmlos ein. Ein Kinderspektakel. Er gibt der Jahreszeit die Schuld, den noch hellen Nächten. Er glaubt weder, dass Atemschutzmasken nötig sind, noch dass er jemals einen Bunker von innen sehen wird. Neben seinem Unterricht beschäftigt ihn die Arbeit der Kripostellen, die er als Chaos bezeichnet. »Es ist grundfalsch«, hört Eva ihn von seinem Büro aus toben, wo er in ein Gespräch mit einem Uniformierten verwickelt ist, von dem sie nur den Rücken sieht, »sie alle nach Polen zu evakuieren. Das ändert gar nichts! Früher haben die Gemeinden sich gegenseitig das Ungeziefer zugeschoben. Hin und her ging das. Wir müssen sie an der Fortpflanzung hindern. Was nützt es schon, wenn wir sie nur über die Grenzen schieben? Abschiebung ist totaler Unsinn! Das endet bloß in einem Kreislauf von Abschiebung und späterer Rückwanderung!«

»Rückwanderung wird nicht möglich sein. Es ist angeordnet, dass sie in Polen bleiben müssen«, hört Eva den Uniformierten sagen.

»Ach was, jeder weiß doch, dass sie Mittel und Wege finden werden, zurückzukommen. Das war schon immer so. Dass unsere Untersuchungen noch gar nicht abgeschlossen sind, wird auch nicht bedacht.«

Die Kallies tut alles, um für die Premiere des Films »Jud Süß« im Ufa-Palast am Zoo Karten zu bekommen. Aber aus der Premiere wird nichts. Erst Tage später kann sie ein Billett ergattern.

Am Tag nach der Vorstellung steht sie im Flur, unterhält sich mit der Witzendorf. Von allen Büros aus ist sie zu hören. »Das müsst ihr euch ansehen! Die Leute haben getobt! So abscheulich! Ich hatte danach das Gefühl, mir die Hände waschen zu müssen. Sittenverbrecher sind das! Die Juden gehören raus. Also das hat mir noch mal klargemacht, wie dringend es ist, dass die alle wegkommen. Und das mit der Rassenschande …« Sie kann sich gar nicht beruhigen. »Ruhe! An die Arbeit!« Eva fühlt sich gestört. Sie versucht, die Gefühlsausbrüche der Kallies zu ignorieren. Aber das Geflüster auf dem Flur geht weiter. Von Blutschande ist die Rede. »Wir und die – das geht nicht zusammen. Das passt nicht«, hört sie die Kallies flüstern, »sie haben das ganze Geld und kontrollieren alles. Sie sind schlau, wickeln dich um den Finger und du merkst es nicht.« Eine der Schreibkräfte mischt sich ein. »Tausend Mal schon sollten sie ausgerottet werden. Nur hat sich das bisher keiner getraut.« Eva steht auf. Sie muss nur einen Blick in den Flur werfen, schon verstummen die Stimmen. Eine Weile ist Ruhe. Eva ist in ihre Arbeit versunken, da fängt die Kallies wieder an. »Also mir geht dieser Saujude nicht aus dem Kopf, wie er der Frau Gewalt angetan hat.« Eva geht sofort dazwischen. »Haben Sie nichts anderes zu tun?«

Die Kallies versteht nicht. »Aber es geht doch um die Juden, das ist doch wichtig!«

»Wir wissen alle, was mit den Juden ist. Dafür braucht niemand seine Arbeitszeit zu verschwenden.« Die Kallies beugt sich wieder über die Schreibmaschine. Plötzlich hebt sie den Kopf und sagt: »Wäre mal gut, wenn es auch so einen Film über die Zigeuner gäbe. Dann wüssten die Leute auch endlich darüber Bescheid.«

Während Robert mit besorgtem Blick die Abschiebepolitik der Regierung verfolgt, geben die Blitzsiege der deutschen Wehrmacht immer wieder Anlass zur Euphorie. Ständig melden die Zeitungen

Neues und Großes »Fast ist man das Siegen schon gewohnt«, sagt Fräulein Kallies und freut sich.

Auch die Arbeit im Institut geht wie geplant voran. Robert zählt auf: »Die Sonderbestimmungen sind durchgesetzt: Arbeitszwang, Berufsverbot, Rassentrennung, Ausschluss aus der Wehrmacht, aus der Hitlerjugend. Natürlich auch die Rassenausweise. Die alten Ausweise werden eingezogen. Übrigens, auch das neue Klassifikationsschema greift immer besser.« Er steht am offenen Fenster seines Büros und beugt sich hinaus. Tiefrot leuchten letzte Rosen. »Es riecht nach Herbst, Eva. Richtig nach Herbst. Wir sollten mal wegfahren. Nur wir beide.« Eva legt Akten auf seinem Schreibtisch ab. »Das sagst du jedes Jahr. Und dann wird es nichts, weil immer was dazwischen kommt.« Robert dreht sich um und lacht. »Man wird doch noch träumen dürfen, Fräulein Justin.« Er geht zurück zum Schreibtisch, sieht auf den Ordner, den Eva bereitgelegt hat. »Jedes Jahr um diese Zeit packt es mich. Da meine ich, ich muss mal raus. Heidelberg wäre was, der Neckar, das Schloss. Oder die Alpen.« Er erzählt von Schnee, tiefen Tälern und blauen Bergen. »Einfach mal weg. Träumst du nie davon?«

Eva sieht ihn überrascht an. »Nein.«

»Wie? Keine Träume, Fräulein Justin?«

»Ich bin froh, wenn die Gutachten abgeschlossen sind. Etwas über 10.000 sind es bisher. Also noch ein weiter Weg. Und bevor das nicht abgeschlossen ist, hab ich keine Zeit zum Träumen.«

»Auch nicht heimlich? Stell dir Orte wie Gibraltar, den Karakorum, Madagaskar oder eine Stadt wie Istanbul vor.«

»Sollten die Juden nicht mal nach Madagaskar vertrieben werden?«

»Schon möglich. Aber ich meine doch was ganz anderes. Also wenn das hier abgeschlossen ist, und der Krieg vorbei, dann haben wir uns eine Reise verdient.«

»Und was sagst du deiner Familie?« Er antwortet nicht, zieht den Stuhl heran, setzt sich an den Schreibtisch und stützt den Kopf auf. »Ach, lassen wir das Thema. Sehn wir zu, dass wir weitermachen.« Als ob jemand einen Schalter umgelegt hat.

Berlin, 1941

Die Wintermonate über haben sie mit Abschiebungen zu tun. Robert ist viel unterwegs. Eva weiß nicht immer, wo er ist. Sie vermisst seine Besuche, hält sich bereit, wenn er in Berlin ist, aber meist hat er keine Zeit, sondern sitzt schon wieder auf gepackten Koffern.

Erst im Frühjahr sieht sie ihn öfter. Manchmal sogar an Wochenenden. Vor Ostern träumt er ihr eine gemeinsame Reise vor, schwärmt von der Ostsee, von Rügen mit den Kreidefelsen und dem Strand von Warnemünde, wo die Luft so gesund sein soll. Fast glaubt sie daran. Aber aus seinen Plänen wird nichts. Die wenigen freien Tage, die er hat, verbringt er mit seiner Familie am Scharmützelsee, südlich von Fürstenwalde.

Es macht ihr nichts aus, redet sie sich ein. Hauptsache, er kommt zurück. An einen gemeinsamen Urlaub hat sie ohnehin nicht geglaubt.

Im Juni fährt er nach Bayern. Ohne sie. Die Witzendorf reist mit der Kallies an die Nordsee. Das Wattenmeer wollen sie sehen. Fräulein Lützenkirchen hat ebenfalls die Koffer gepackt und ein Billett für den Schwarzwald gelöst.

Weil Eva fürchtet, dass Arbeit liegen bleibt, macht sie sich, obwohl es Sonntag ist und der Tag eigentlich zu schön, auf den Weg ins Institut. Einer Invasion gleich, ziehen Leute mit Strohhüten und Sonnenschirmen zu den Badeseen, die meisten Richtung Wannsee. Zu eng und zu laut ist es Eva dort. Einmal ist sie schwimmen gewesen und mit einem Sonnenbrand zurückgekommen, der sie mehrere Nächte am Schlaf gehindert hat.

Als sie die Tür aufschließt, hört sie Geräusche im Versammlungsraum. Sie hat nicht mit Robert gerechnet. »Bist du nicht in Bayern?« Er steht vor dem Volksempfänger und dreht am Stationswähler. Es pfeift und rauscht. Nur beiläufig sieht er über die Schulter: »Ach, du bist es.« Dann ist er wieder auf das Radio konzentriert. Sie hofft auf eine Umarmung. Zehn Tage haben sie sich nicht gesehen. Aber Robert hat anderes im Kopf.

Ein Pappschild klebt auf der Gehäusefront. Jedes Mal, wenn sie am Gerät vorbeigeht, fällt es ihr ins Auge: »Denke daran: Das Abhören ausländischer Sender ist ein Verbrechen gegen die nationale Sicherheit unseres Volkes. Es wird auf Befehl des Führers mit schweren Zuchthausstrafen geahndet.« Robert dreht den Stationswähler bis zum Anschlag; dann wieder zurück. Etwa in der Mitte der Skala pfeift es nicht mehr, aber der Ton ist so leise, dass sie nichts verstehen kann. Sie bittet ihn, lauter zu drehen, fragt, ob es nicht schöner wäre, an einem solchen Tag mit den Töchtern im Wannsee zu plantschen. Er reagiert nicht. Konzentriert horcht er in das Gerät. Eva will sich gerade entfernen, da erkennt sie die schrille Stimme des Propagandaministers: »Deutsches Volk! Heute stehen rund 160 russische Divisionen an unserer Grenze. Seit Wochen finden dauernde Verletzungen dieser Grenze statt, nicht nur bei uns, sondern ebenso im hohen Norden, wie auch in Rumänien. Russische Flieger machen es sich zum Vergnügen, unbekümmert diese Grenzen einfach zu übersehen, um uns wohl dadurch zu beweisen, dass sie sich bereits als die Herren dieser Gebiete fühlen. In der Nacht vom 17. zum 18. Juni haben wieder russische Patrouillen auf deutsches Reichsgebiet vorgefühlt und konnten erst nach längerem Feuergefecht zurückgetrieben werden. Damit aber ist nunmehr die Stunde gekommen, in der es notwendig wird, diesem Komplott der jüdisch-angelsächsischen Kriegsanstifter und der ebenso jüdischen Machthaber der bolschewistischen Moskauer Zentrale entgegenzutreten. Deutsches Volk! In diesem Augenblick vollzieht sich ein Aufmarsch, der in Ausdehnung und Umfang der größte ist, den die Welt bisher gesehen hat. Von Ostpreußen bis zu den Karpaten reichen die Formationen der deutschen Ostfront. Die Aufgabe dieser Front ist nicht mehr der Schutz einzelner Länder, sondern die Sicherung Europas und damit die Rettung aller. Ich habe mich deshalb heute entschlossen, das Schicksal und die Zukunft des Deutschen Reiches und unseres Volkes wieder in die Hand unserer Soldaten zu legen. Möge uns der Herrgott gerade in diesem Kampfe helfen!« Paukenschläge folgen. Wie Donner hört sich das an.

Natürlich hat Robert damit gerechnet. Aber jetzt ist es doch wie ein Blitz aus blauem Himmel. »Das war eine Sondersendung. Heute Morgen schon hat Goebbels die Proklamation verlesen. Jetzt sind sie in Russland. Noch ein Kriegsausbruch«, sagt er und regelt die Lautstärke nach unten. Während Eva überlegt, dass der Krieg doch schon längst ausgebrochen ist und sich Gedanken macht, dass dieser

Krieg sich verbreitet wie eine Grippe oder eine Epidemie, ist Robert bei den Realitäten angekommen. »Der feindselige Ton und die Truppenkonzentration an unserer Ostgrenze sind derartige Provokationen, dass die Reichsregierung gar nicht anders konnte«, meint er. Eva denkt an die Arbeit, an die Gutachten. »Ich kann ja verstehen, dass die Geduld des Führers mal zu Ende ist, aber ich meine, das erschwert unsere Arbeit.« Robert hat keine Bedenken. »Stalin hat Angst. Wie man hört, ist die Rote Armee viel zu schwach. Es wird nicht lange gehn, dann haben wir auch den Osten.« Er kommt auf sie zu, nimmt sie in den Arm, krault ihren Nacken. Kurz schließt sie die Augen. »Das Wichtigste ist, dass sie uns arbeiten lassen«, sagt er, indem er sie wieder von sich wegschiebt. »Und daran soll uns die Sache mit Russland nicht hindern. Es wird im Gegenteil so sein, dass das eine erhebliche Ausdehnung unserer Arbeit bedeuten kann. Im Osten wird radikal gegen Juden und Minderwertige vorgegangen. Natürlich auch gegen Zigeuner. Das ist ja ein einziger Bazillenherd dort. Das Untermenschenvolk wird germanisiert. Das ist es, was der Führer meint, wenn er von Sicherung des Lebensraums spricht. Vielleicht werden wir uns in Zukunft mit Gutachten über die Slawenvölker befassen. Eines steht jedenfalls fest. Uns wird die Arbeit sobald nicht ausgehen.«

Bis zum Mittag sitzt jeder für sich an seinem Schreibtisch, geht Gutachten durch, ergänzt Listen, schreibt Kommentare. Immer wieder sieht Robert auf die Uhr. Dann hat er es plötzlich eilig und muss weg. Mit der lapidaren Aufforderung, dass sie doch auch bald Feierabend machen soll, lässt er Eva zurück.

Sie kann sich nicht mehr auf die Gutachten konzentrieren. Ständig lässt er sie zurück, ohne zu sagen, was er vorhat. Es interessiert ihn auch nicht, wie sie den Nachmittag verbringt. Was hätte sie ihm auch sagen sollen?

Seine Stimme klingt noch im Raum und das, was er über Untermenschen gesagt hat. Kreaturen mit Fratzengesichtern kommen ihr in den Sinn und deutsche Soldaten, die diesen Fratzen gegenüberstehen. Wenn die Slawenvölker dazu kommen, wird ihnen die Arbeit wirklich nicht ausgehen.

Im Büro ist es kühl. Sie geht durch die Räume, dreht den Volksempfänger noch mal an. Sie spielen ein Stück von Beethoven. Das

Stück ändert ihre Stimmung. Die Untermenschen verblassen wieder. Stattdessen denkt sie an die Leute an den Badeseen, wie sie lachen und gelbe Limonade trinken, an die Kinder mit ihren Eimerchen, den Backformen und den Sandschaufeln. Sie stellt sich vor, wie Robert in seinem Garten in der Sonne sitzt, den Töchtern beim Plantschen in einer Zinkwanne zusieht. Wie er seiner Frau den Rücken krault und sich am Verschluss ihres Büstenhalters zu schaffen macht. Eine verzerrte Männerstimme reißt sie aus ihren Gedanken. Hinter Pfeifen und Rauschen versteht sie, dass in den nächsten Minuten im Olympiastadion das Endspiel um die Deutsche Fußballmeisterschaft angepfiffen wird. Im Finale stehen sich Rapid Wien und Schalke 04 gegenüber. 90.000 Zuschauer sollen im Stadion sein. Sie überlegt, ob Robert dabei sein könnte. Über diese Idee muss sie lachen.

Am späten Nachmittag des gleichen Tages beziehen in einem Hinterhof im Stadtteil Wedding fünf Musikanten Position. Mit Geige, Bratsche, Kontrabass und Cymbal sorgen sie dafür, dass sich die Fenster öffnen. Als sie mit Hüten von Fenster zu Fenster gehen, wird ein Polizist auf sie aufmerksam und bringt sie zum nächstgelegenen Revier, wo er sie über Nacht festsetzt.

Am nächsten Morgen wird Robert über den Vorfall informiert und schickt Eva, die Männer zu begutachten. Sie trifft auf fünf völlig übernächtigte Gestalten, die sie schon auf den ersten Blick als Zigeuner identifiziert. Sie sind alle dunkelhäutig mit glänzenden schwarzen Haaren und Eva kann sich gut vorstellen, wie sie in den Kneipen sitzen, zum Tanz aufspielen und mit ihren spitzen Schuhen den Takt angeben. Sie sehen nicht danach aus, ein anständiges Leben zu führen. Die Männer wundern sich, dass Eva nichts von Landstreicherei sagt und sind zunächst erleichtert, dass es nur darum zu gehen scheint, sie als Zigeuner zu registrieren. Eva notiert die Namen, die Adressen, den Herkunftsort, den Geburtstag, mit wem sie verheiratet sind und wie viele Kinder sie haben. Von jedem will sie wissen, ob beide Elternteile Zigeuner sind. »Wir sind überhaupt keine Zigeuner«, sagt einer der Männer, »niemand von uns. Wir stammen aus Ungarn, aber leben schon lange in Berlin.« Sie geben an, von Beruf Maurer und Gipser zu sein, was Eva mit einem Fragezeichen auf dem Formblatt vermerkt. Einer tut so, als ginge ihn die Sache nichts an. Er zieht einen Lederbeutel aus der Tasche und dreht mit nikotingelben Fingern eine Zigarette. Der, der neben ihm sitzt, behauptet, er könne Körbe machen und Tische aus Wurzelholz, sogar Vögel schnitzen, ganz bunt, ganz fein. Auch Flöten. Er nimmt zwei Zeigefinger in den Mund, lacht und zwitschert wie ein Vogel. Der dritte beteuert, als Hucker und Steinsetzer jahrelang auf dem Bau gearbeitet zu haben. Einen ganzen Kasten Bier könne er trinken und trotzdem die Leiter hochsteigen. »Ich trage bis zu 32 Ziegelsteine«, prahlt er, hebt die Arme und lässt die Muskeln seiner Oberarme spielen. Eva versucht nicht hinzusehen. »Das können Sie Ihrer Freundin erzählen.« Die Männer sitzen amüsiert auf harten Amtsstühlen und sehen zu, wie Eva das Formular füllt und Stichworte für das Gutachten notiert. »Warum geben Sie nicht zu, Zigeuner zu sein? Sie verraten Ihre Sippe.« Der mit dem Tabaksbeutel hat sich eine Zigarette schräg in den Mund gesteckt. Der Rauch zieht dicht an seinem rechten Auge vorbei, weswegen er es ständig zusammenkneift. »Wir gehören zu keiner Sippe. Wir sind auch keine Zigeuner.«

»Wollen Sie mir sagen, dass ich mich irre?« Eva sieht wütend aus. Sie kreuzt an: Gestik und Verhalten typisch zigeunerisch. »Wissen Sie, wie lange ich mich schon mit euresgleichen befasse?«

»Wir können Ihnen nichts anderes sagen, weil wir wirklich keine Zigeuner sind.« Die Männer versteigen sich zum Lügen. Sie sieht es ihnen an. »Halten Sie den Mund.« Als Diagnose trägt sie ein: »Typisches Anzeichen: Uneinsichtigkeit.« Den Ernst der Situation begreifen die Musikanten erst, als Eva ihnen erklärt, dass alle Zigeuner registriert, untersucht und an die Kriminalpolizeistellen gemeldet werden müssten. Der mit den Flöten reagiert verängstigt, taumelt von Ausrede zu Ausrede. »Was wäre überhaupt, wenn wir Zigeuner wären?«, fragt der mit der Zigarette. »Was würde mit uns passieren? Stecken Sie uns dann in so ein Lager?« Der Hucker geht dazwischen: »Was wollen Sie eigentlich von uns? Wir haben doch nur ein bisschen Musik gemacht. Deshalb ist man doch nicht gleich ein Zigeuner.«

»In Ihrem Fall deutet alles darauf hin. Tut mir leid.« Ins Heft schreibt sie ›Unsicherheit‹ und vermerkt, dass auch das ein typisches Zeichen ist. Ihre ständigen Notizen irritieren die Männer.

»Aber Sie können uns doch nicht einfach als Zigeuner abstempeln. Überhaupt, wie wollen Sie das feststellen?«

Eva fährt ihm über den Mund. »Die Fragen stelle ich.« Aus dem Verhalten der Männer folgert sie: »Hochgradige Naivität und Primitivität.« Ein Polizist kommt an den Tisch, fragt, ob er helfen kann. Aber Eva ist schon fertig mit der Untersuchung, lässt die Männer dicht zusammenrücken und macht ein schnelles Foto. Dann entlässt sie sie mit den Worten, dass sie sich bereit halten müssen. Die Männer springen auf, schnappen sich ihre Instrumente und verschwinden.

Am Nachmittag schreibt sie ihren Bericht: »Die Uneinsichtigkeit und Urteilsschwäche gegenüber sachlichen Erwägungen und Folgerungen, die Standpunktlosigkeit und Unfestigkeit zeugen bei aller Schläue und Verschlagenheit von einer hochgradigen Naivität, wie man sie in dieser gelockerten Art bei sesshaften Europäern mit gezüchtetem Arbeitssinn nicht antrifft. Darüber hinaus sprechen gewisse Eigentümlichkeiten sowie die Art des Verhaltens oder auch des Versuchs, mit wechselnden Stimmungsmitteln zu werben oder zu beeindrucken, gerade für das Zigeunerische dieser uns artfremden Primitivität. Ich stelle mit Sicherheit die Rassendiagnose Zigeuner oder Zigeuner-Neger-Bastarde.« Das Gutachten leitet sie an die Dienststelle für Zigeunerfragen weiter. Damit ist für sie der Fall erledigt.

Robert ist außer sich, als er Wochen später während einer Sitzung im Reichskriminalpolizeiamt erfährt, dass das Gutachten über die Musiker nicht bearbeitet werden kann, weil laut Aussage des Kriminalsekretärs das Fräulein Justin es versäumt hat, für jeden einzelnen der Männer ein Formblatt auszufüllen.

»So gehen die Herren Beamten also mit unseren Gutachten um«, tobt er, als er mit Eva allein im Büro ist. »Wir erfassen und suchen, sind Tag und Nacht auf den Beinen und sie kümmern sich nicht, nur weil ein paar Formblätter nicht ausreichend ausgefüllt wurden.« Eva ist erleichtert, dass er ihr nicht die Schuld gibt. »Sie machen es sich leicht«, fährt er fort, »lassen die Sachen einfach liegen. Manchen ist immer noch nicht klar, wie wichtig diese Gutachten sind. Wenn sie so langsam reagieren, können wir arbeiten so viel wir wollen. Das nützt dann gar nichts.« Plötzlich greift er sie doch an: »Aber was ist mit dir? Hast du vergessen, was wir erreichen wollen? Wie kann es sein, dass du Gruppengutachten ausstellst? Das haben wir doch nie gemacht. Wie kommst du dazu?« Sie schluckt. »Aber sie hatten die gleichen Adressen, die gleiche Herkunft.«

»Das sagt doch gar nichts! Es sind fünf verschiedene Zigeuner, also fünf verschiedene Gutachten. Du wirst sie aufsuchen. Vielleicht hast du Glück und die Adressen stimmen. Aber wahrscheinlich sind sie über alle Berge.«

Den ganzen Tag beachtet er sie nicht mehr. Sie kann es kaum aushalten, schleicht im Büro herum, wartet auf eine Gelegenheit, ihn allein zu sprechen. Aber die Gelegenheit ergibt sich nicht. Ständig sind Kollegen in der Nähe, ständig klingelt das Telefon. Am Abend geht er grußlos nach Hause.

Die Nacht hockt fahl vor den Fenstern. Der Mond steht trüb über der Straße. Es nieselt und hin und wieder zieht ein Wind durch die Häuserzeilen, wie ein Atemzug der schlafenden Kastanienbäume. Das leise Brummen eines Fliegers entfernt sich.

Es ist schon nach Mitternacht, als es an ihrer Tür klopft. Sie erkennt ihn am Klopfen, fährt sich durch die Haare, streicht das Nachthemd glatt, räumt eilig ein paar Schuhe zur Seite und öffnet. Völlig durchnässt steht er da, drängt an ihr vorbei ins Wohnzimmer, wo er die nasse Jacke über einen Stuhl wirft und sofort anfängt: »Das mit den Musikanten war ein Fehler. Und du weißt es. So was darf nie mehr passieren! Nie mehr! Hast du das verstanden?« Er hat getrunken, sie wundert sich darüber, weil er selten trinkt. Sie steht, die Haare offen, barfuß auf dem Holzboden mit vor der Brust verschränkten Armen und friert. »Ja natürlich, ich weiß es.«

»Du weißt nichts. Du hast immer noch nicht begriffen, wie wichtig das alles für uns ist! Wir haben Gelder bewilligt bekommen, haben Personal eingestellt, sind Tag und Nacht dabei, diese Bastarde aufzuspüren und was machst du?«

»Ja, Robert.« Er zieht die Schuhe aus, wirft sie unter den Tisch und lässt sich auf die Chaiselongue fallen. »Steh nicht so da. Hol mir was zu trinken! Und dann setz dich zu mir. Es ist Zeit, dass ich dir ein paar Dinge erkläre. Das tue ich nur, weil ich Vertrauen zu dir habe. Verstehst du das?« Sie eilt in die Küche, holt einen Krug

Wasser und zwei Gläser und setzt sich neben ihn. »Du riechst nach Schlaf«, sagt er, »dein Nachthemd riecht so warm, so warm …« Er streicht ihr über die Brust, aber dann setzt er sich wieder gerade hin, sieht sie streng an, lässt sie nicht zu Wort kommen. »Wenn wir ein Gutachten an die Dienststelle für Zigeunerfragen einer Kriminalpolizeistelle schicken, dann unterrichtet diese Dienststelle nach einem Verteiler andere Behörden, darunter den Erkennungsdienst, die Wehrmacht, das Wohlfahrtsamt, das zuständige Polizeirevier und den Präsidenten des Reichsarbeitsamtes. Damit ist also eine Vielzahl von Behörden betraut. Und was passiert dann, vor allem mit unseren Mischlingen? Das, wofür wir seit Jahren kämpfen. Das Arbeitsamt verpflichtet sie zur Arbeit, das Reichkriminalpolizeiamt stellt einen speziellen Ausweis für sie aus, das Finanzamt erhebt von ihnen eine Sondersteuer und beschlagnahmt das Vermögen derjenigen, die in die Lager kommen. Die Standesämter verweigern die Ehetauglichkeitsbescheinigung, die Volksbildungsbehörden verweisen sie aus den Schulen, die Gesundheitsämter leiten Sterilisationen ein. Die Polizei muss sehen, dass sie ihre zugewiesenen Aufenthaltsorte nicht verlassen und in den Lagern bleiben, sie kontrollieren, dass sie keine Straßenbahnen benutzen, keine Haustiere halten, keine Gaststätten besuchen und vor allem nicht mit Deutschblütigen verkehren. Ja, so läuft das. Jedes einzelne Gutachten löst also im Normalfall eine Flut von Bestimmungen aus. Nur bei den fünf Musikanten hat es nicht geklappt. Und in wie vielen Fällen – Fälle, von denen ich vielleicht gar nichts weiß – hat es auch nicht geklappt?«

Eva friert. Gänsehaut überzieht ihre Arme. »Ich wüsste keinen Fall. Ich arbeite Tag und Nacht, tue, was ich kann …«

»Das ist nicht genug!« schreit er, stößt sie von sich, steht auf und geht wie rasend auf und ab, »uns dürfen derlei Fehler nicht passieren! Unsere Unterschriften gelten was: Ritter und Justin, Ritter und Justin!«

»Aber das weiß ich doch!«

»Das weißt du nicht, sonst würdest du nicht so schlampig arbeiten. Fünf sind uns durchgegangen. Weißt du, was sie jetzt machen, gerade in diesem Moment?« Er packt Eva an den Schultern und greift ihr mit der Hand zwischen die Beine. »Sie vermehren sich! Jetzt gerade! Fünf Bastarde und fünf deutschblütige Frauen, gibt mindestens fünf neue Mischlinge und das Ganze hat nie ein Ende, wenn wir nicht eingreifen und vor allem, wenn wir solche Fehler machen!« Er lässt sie wieder los und sinkt zurück ins Kissen. Sie tastet nach seinen Händen, will ihn umarmen, ihn küssen, sucht nach einer Entschuldigung »Robert …« Er schiebt sie weg. Sie bettelt. »Ich werde ab sofort noch genauer hinsehen, noch besser aufpassen. Morgen werde ich die Musiker aufsuchen und ein neues Gutachten schreiben. Es wird nicht mehr vorkommen. Ich verspreche es.« Er dreht die Stehlampe und leuchtet ihr ins Gesicht. »Man darf dich nicht aus den Augen lassen. Neulich, draußen, da hattest du alle Farben im Haar: bräunlich, gelblich, vor allem rot.« Er greift in ihr Haar. »Rotes Haar. Weißt du noch, was ich dir über Rothaarige gesagt habe?« Sein Blick ist prüfend. Er antwortet an ihrer Stelle. »Eine abartige Veranlagung und Schwächen in der Konstitution. Jetzt siehst du es selbst. Du musst auf dich achten, Eva.« Dann packt er sie, zieht ihr das Nachhemd über den Kopf und bestürmt sie mit seinen Händen, mit seinem Mund.

Anderentags sucht sie die Adressen der Musiker auf. Aber die Hausnummern existieren genauso wenig wie die Namen.

Sie wird die Sache auf sich nehmen. Sie wird Robert alles beichten. So ein Fehler darf nie mehr vorkommen. Robert soll sich nie mehr über so etwas aufregen müssen. Er ist schon gereizt genug. Die Abschiebepolitik behagt ihm nicht. Ständig regt er sich auf. »Es ist nicht zu fassen«, beklagt er sich, als er am Abend bei Eva anklopft, »jetzt haben sie schon wieder ein paar Jenische als Zigeuner einsortiert und ihnen verboten, den Wohnort zu verlassen. Auch bei den Transporten sind oft Leute dabei, die irrtümlich als Zigeuner verhaftet wurden. Die Bestimmungen werden nicht eingehalten! Vor allem werden unsere Gutachten nicht gelesen! Immer noch ist keinem klar, wer Zigeuner ist und wer nicht. Wenn das so weitergeht, sind wir nie zigeunerfrei.« Seine Stimme klingt angeschlagen, fast heiser. Sie will ihm die Sache mit den entwischten Musikern beichten, aber dafür hat er kein Ohr. Aufgebracht läuft er in Evas Wohnzimmer auf und ab. Immer wieder greift er sich an den Kopf. »Und dann die Verhaftungen! Sie machen es wahllos und dilettantisch. Sie suchen nicht etwa die Kriminellen heraus, sondern die,

die sie gerade fassen können. Das geht einfach nicht so weiter! Was wir brauchen, ist eine zentrale Stelle und einheitliche Vorschriften. Sie sollen diese Dinge endlich uns übertragen. Das muss doch mal eingesehen werden!«

Hektisch lässt er sich auf die Chaiselongue fallen, greift in eine Kristallschale mit Nüssen, die auf einem Beistelltisch steht. Die Nüsse knackt er mit den Zähnen. Kauend löst er die Kerne aus der Schale, reibt die braune Haut ab. Das Kauen beruhigt.

»Stell dir vor, sie haben Dr. Würth nach Stuttgart gerufen. Auf dem Hohenasperg wurde vor kurzem ein provisorisches Lager eingerichtet, von wo aus die Leute direkt nach Polen geschickt werden. Bei einigen lagen die Gutachten nicht vor. Jetzt musste Würth eine Nachuntersuchung für 200 Leute durchführen. Solche Schnellschüsse sind einfach schlecht.«

»Und? Hat Würth die Sache in den Griff bekommen?«, fragt Eva, die sich, erleichtert, weil er nicht mehr nach den Musikern fragt, auf die Lehne der Chaiselongue setzt und ihm den Hals krault. »Das kann ich nur hoffen. Die Nichtzigeuner hat er entlassen, aber das waren nur zwanzig. Die anderen hat er nach Polen geschickt. Aber trotzdem. So kann man doch nicht arbeiten.«

Er will wissen, wie viele Gutachten sie in der letzten Woche erledigt hat. Eva steht auf, holt ein Notizbuch aus der Schublade, blättert und fängt an zu zählen. Bei dreißig unterbricht er sie, nimmt ihr das Notizbuch aus der Hand, umfasst ihre Taille. »Weißt du eigentlich, dass ich keine Mitarbeiterin habe, die so gut arbeitet wie du? Du bist immer da, immer zuverlässig. Auch für mich bist du immer da.«

Kauend schiebt er sich eine letzte Nuss in den Mund und zieht Eva zu sich heran. »Dreißig Gutachten macht dir sobald keiner nach. Nicht einmal ich. Wie wäre es mit einer Belohnung? Du hast einen Wunsch frei. Sag schon, bevor ich es mir anders überlege.« Er lacht und streicht ihr mit dem Finger über die Hüfte. »Komm schon, wünsch dir was.« Ratlos sieht sie ihn an, zupft an seiner Haarsträhne. »Was soll ich mir denn wünschen?« Er knöpft sich das Hemd auf, löst den Gürtel, reibt sich an ihrem Bauch. »Also gut, wenn du dir nichts wünschst, wünsche ich mir eben was.«

Robert drängt darauf, dass sie eine Doktorarbeit schreiben soll. »Du wirst promovieren. Im Fach Anthropologie. So schnell wie möglich. Wir müssen weiterdenken, Eva. Es ist ja auch deshalb, weil du die vielen Gutachten unterschreibst. Nicht dass du meinst, ich will das ändern. Natürlich nicht. Aber ich habe die Sache vielleicht nicht zu Ende gedacht. Ich darf nichts riskieren. Die Gutachten sind zu wichtig. Eine Promotion kann einiges an Gerede wegwischen.«

»Wer redet?«

»Glaub mir, ich hab es schon mehrfach gehört. Es sind die Leute hier, die Kollegen. Sie sagen, es sieht nicht gut aus, wenn die Gutachten von einer Krankenschwester unterschrieben werden. Ich meine, dass sie recht haben. Offiziell ist noch nichts gekommen, aber das ist nur eine Frage der Zeit. Vor allem jetzt, im Hinblick auf die Transporte. Über kurz oder lang wirst du einen akademischen Grad nachweisen müssen.« Eva zweifelt. An eine Doktorarbeit hat sie nie gedacht. Das ist nichts für sie. Das kommt ihr zu hoch vor. Sie ist ja schon mit den Hausarbeiten nicht fertig geworden. »Bisher ging es doch auch. Außerdem studiere ich.«

»Das reicht nicht. Es geht auch zu langsam. Du siehst doch selbst, dass unsere Arbeit eine andere Dimension bekommen hat. Die Gutachten gehen durch etliche Instanzen. Was wir unterschreiben, muss hundertprozentig sein.« Er liegt langgestreckt auf Evas Kanapee, wie immer ragen seine Beine über die Lehne hinaus. Sie sitzt am Tisch, wo sie gefrühstückt haben, vor benutzten Tellern und nippt an der Kaffeetasse. »Aber ich bin doch mit dem Studium nicht fertig.«

»Das macht nichts. Deine Professoren wissen doch, an was wir hier forschen und wie wichtig diese Themen sind. Das muss Vorrang haben. Ich werde dafür sorgen, dass sie dich vorziehen. Den Studienabschluss kannst du immer noch machen.« Er zwinkert ihr zu. Als ob er ihre Gedanken lesen kann, sagt er: »So ne Doktorarbeit machst du mit links. Ist doch was anderes, wenn die Witzendorf dich dann mit Fräulein Doktor ansprechen muss.« Darüber muss sie lachen.

Manchmal hat sie Angst vor Roberts Willen, denn sie hat so wenig dagegen einzusetzen. Die Sache mit der Doktorarbeit macht ihr zu schaffen. Sie vergleicht sich mit anderen, die eine solche Arbeit geschrieben haben und zweifelt. Die Zweifel machen ihr Angst.

Wie gut, dass in Marzahn wieder ein Einsatz bevorsteht, bei dem sie unentbehrlich ist.

In Marzahn weiß sie, was sie tun muss. Da gibt es keine Zweifel. Sie arbeitet streng nach Anweisungen. Anders als die Lützenkirchen, die bei jeder Kleinigkeit zusammenzuckt und ständig von Mitleid geschüttelt wird. Erst gestern hat sie bemängelt, dass die Leute hungern. Als ob das wichtig wäre. Hundertmal schon hat Eva versucht, der Lützenkirchen verständlich zu machen, dass dagegen nichts zu machen ist, dass viele Menschen hungern, dass es Opfer sind, die in Kriegszeiten alle bringen müssen.

In einem aber hat die Lützenkirchen recht: Marzahn ist grauenhaft. Je mehr die Leute im Schmutz leben, je mehr sie hungern, desto mehr klammern sie. Viele laufen ihnen regelrecht nach, hängen sich an ihre Fersen, bieten sich an ihre Taschen zu tragen und ihre Schuhe zu putzen. Dankbar sind sie selbst für die kleinsten Gesten, tun alles für ein winziges Lächeln, versprechen Eva, sie in ihre Gebete einzuschließen. Verlogen findet Eva das. Sie versteht, dass sie ihre Haut retten wollen. Ein Grund noch härter durchzugreifen.

In den letzten Wochen hat sie einen ganzen Schwung Mischlinge in die Steinbrüche geschickt, in Rüstungsbetriebe und zur Straßenreinigung in die Stadt. Die, die nicht wollen, lässt sie abholen. Nur die als reinrassig Eingestuften behält sie zurück. Allen ist daran gelegen, die Reinrassigen zu behalten. Robert will an ihnen forschen, wenn wieder Zeit da ist.

Aber das kann noch dauern. Immer wieder bleiben Gutachten bei den Dienststellen für Zigeunerfragen liegen, werden hin- und hergeschoben oder aus fadenscheinigen Gründen falsch oder gar nicht bearbeitet. Robert weiß nicht, wie viele Zigeunermischlinge bereits untergetaucht sind, weil die Arbeit der Behörden zu langsam ist.

Mehrfach hat er die Schlampereien zur Sprache gebracht. Er triumphiert, als endlich auf seine Beschwerden reagiert wird. »Viel zu lange hat das gedauert«, sagt er, als er am Abend mit Eva in einem Café in Friedrichsfelde sitzt. Es ist ein heißer Sommerabend, die Hitze steht noch in den Straßen. Außer zwei älteren Damen, die beim Essen die Hüte aufbehalten, sind sie die einzigen Gäste. »Himmler hat endlich festgelegt, dass sich das Reichssicherheitshauptamt und damit auch die neue Reichszentrale zur Bekämpfung des Zigeunerunwesens, der Satz ist sogar rot unterstrichen, bei der Einteilung der Zigeuner nach unseren Gutachten zu richten haben. Die Einteilung wird noch mal überarbeitet. Endlich, Eva. Jetzt haben wir es schwarz auf weiß. Das ist es, worauf ich seit Jahren dränge. Wir sind jetzt unabhängiger. Unsere Gutachten entscheiden.« Entspannt lehnt er sich zurück und streicht sich die Haare im Nacken glatt. »Wir können ab sofort ganz anders vorgehen, wenn wieder geschlampt wird. Nämlich so, wie es sich gehört.«

An die neue Einteilung für Zigeuner müssen sie sich erst gewöhnen. Wochen verbringen Eva und die Lützenkirchen damit, die erfassten Zigeuner in sieben neue Kategorien einzuteilen: eine für stammechte Zigeuner, fünf für unterschiedliche Mischlingsgrade und eine für Nichtzigeuner.

Die Zuordnungen ziehen sich.

Fräulein von Witzendorf erkrankt an Gürtelrose und fällt für Wochen aus. Dann grassiert eine Grippe, die die fliegenden Arbeitsgruppen zeitweise halbiert.

Robert drängt wegen der Doktorarbeit. Eva weiß nicht, wo sie die Zeit für eine solche Arbeit hernehmen soll. Aber sie kann Roberts Einwände verstehen, will ihn nicht enttäuschen.

Eine Überraschung für Robert soll es werden, als sie sich zur Sprechstunde bei Professor Gottschaldt anmeldet. Ihn kann sie sich als Doktorvater vorstellen. Ein Semester sitzt sie schon in seinen Seminaren. Sie vertraut ihm.

Aber das Gespräch wird zur Enttäuschung. Gottschaldt hat Zweifel sie zuzulassen. Außerdem verlangt er ein Thema, das nur für ihn und seine Forschungen interessant ist. Mit Zwillingsforschung soll sie sich befassen, rät er ihr, viele Fragen gäbe es auf diesem Gebiet und viele Unklarheiten. Tagelang grübelt sie. Sie studiert seine Schriften, feilt am Thema. Die Literatur, die sie findet, ist unzureichend, die Untersuchungen von Gottschaldt selbst sind lückenhaft, die Gespräche mit ihm bleiben oberflächlich. Bald zweifelt sie auch an seiner Betreuung, denn zweimal lässt er sich zur Sprechstunde nicht sehen.

Plötzlich weiß sie, was sie will.

Sie fängt an Material zu sammeln, trägt zusammen, was sie aus früheren Untersuchungen im Württembergischen aufgehoben hat. Sie tut es für Robert. Stolz soll er auf sie sein. Beweise wird sie ihm liefern. Belege für das, was er längst sagt. Dass nämlich sämtliche Erziehungsmühen an Zigeunern und Zigeunerbastarden nicht fruchten, dass die Versuche vergeblich sind, dass mit noch so viel Energie und Zureden ein Zigeuner ein Zigeuner bleibt. Und dass deshalb entsprechende Maßnahmen einzuleiten sind. Das ist ein gutes Thema. Eines, das der Sache nützen wird.

Nochmals geht sie zu Gottschaldt, bittet um Unterstützung, legt ihm ihre Idee vor. Er lehnt ab. In die Psychologie ließe es sich nicht einordnen. Anthropologisch sei es fraglich. Außerdem möchte er mit seinen Doktoranden die eigenen Forschungen voranbringen.

»Mit Gottschaldt komme ich überhaupt nicht weiter. Er ist mir auch zu biologisch orientiert«, sagt sie, als sie mit Robert in der Mittagspause durch die Grünanlagen des Instituts spaziert. »Er hat mir vorgeschlagen, mich mit Zwillingsforschung zu befassen. Aber seine Zwillingsforschung ist für mich rein gar nicht interessant. Er ist auch politisch so aalglatt, legt sich nicht fest, weicht aus, wenn man ihn was fragt.«

»Er ist eben ein Wissenschaftler und kein Politiker.«

»Ja schon. Aber auch da ist er nicht klar. Immer so reserviert, so abwartend. Manchmal braust er schon bei kleinsten Fehlern auf. Dann wieder ist er fast tolerant. Seine Leistungsanforderungen sind hoch, das ist das Gute. Aber sonst? Letztes Semester habe ich eine Vorlesung bei Fischer besucht. Hat mir mehr zugesagt.«

»Sehr gut, Eva. Ich bin froh, dass du von selbst darauf kommst. Ich hätte dir von vorneherein zu Fischer geraten. Er hat eine ganz andere Kragenweite. Wir sind seit Jahren miteinander bekannt. Er wird auch wegen des fehlenden Examens keine Schwierigkeiten machen. Er ist einer der angesehensten Rassenexperten im Reich, hat jede Menge Schriften über Rassenhygiene verfasst. Das Gute wäre, du könnest an unseren Themen forschen.« Sie bleibt stehen und lächelt ihn an. Eigentlich will sie ihm noch nicht verraten, an was sie arbeitet, aber dann hält sie es doch nicht aus. »Genau das will ich. An unseren Themen arbeiten. Ich hab sogar schon damit angefangen. Mit einem Thema, das für uns wichtig ist, über das wir längst einiges wissen, wo uns aber fundierte Beweise fehlen.« Robert muss lachen. »Du hast was? Eigenmächtig angefangen? Ohne Doktorvater und Einverständnis der Universität? Was ist es denn?«

»Du hast doch gesagt, wir dürfen keine Zeit verlieren. Und unsere Gutachten werden immer wichtiger. Ich habe alles zusammengetragen, was wir in den letzten Jahren über die Erziehung von Zigeunern erforscht haben. Das ist jede Menge Material, auch von früher, aus Tübingen. Ich könnte die Sache ziemlich schnell voranbringen.« Sie macht eine Pause, zieht die Tasche von der Schulter, kramt darin herum und entnimmt ihr eine lose geheftete Blättersammlung. »Knapp 80 Seiten sind es jetzt. Ich will beweisen, dass es sinnlos ist, Geld in Erziehungsmaßnahmen für Zigeuner oder Kriminelle zu stecken, dass also artfremde Erziehung, also Erziehung, die nicht ihrer Art entspricht, nichts oder nur sehr wenig bringt. Ich will der Frage nachgehen, inwieweit die Primitiven eingliederungsfähig sind. Und wie weit wir sie überhaupt in unserem eigenen Interesse eingliedern können. Letztlich wird die Arbeit auch Argumente bringen für die Sterilisationen und die Transporte. 80 Seiten, das ist ungefähr ein Drittel.« Ihre Hände umklammern das Manuskript, als ob sie es schützen wolle. Robert greift danach, durchblättert den Anfang. »80 Seiten sind nur der Anfang. Aber das Thema ist gut. Ja, gefällt mir. Allerdings musst du zusätzlich Feldforschung betreiben, eine klare, wissenschaftliche Erhebung durchführen. Du weißt doch, wie es geht in den Wissenschaften: Argument, Begründung, Beweis. Du könntest in einer dieser Jugendverwahranstalten forschen. Oder in einem Kinderheim. Könntest nachweisen, was Heimerziehung bringt oder nicht bringt.«

»Dazu habe ich keine Zeit. Meine tägliche Arbeit ist doch auch Forschungsarbeit. Ich kann jahrelange Erfahrung nachweisen.«

»Das reicht nicht.« Roberts Stimme klingt plötzlich scharf und gereizt. »Die Zeit wirst du dir nehmen müssen.«

»Aber …«

»Kein Aber. Das gehört dazu. Ich muss mal sehen, wo sich so was machen lässt. Vielleicht im Württembergischen. Schreib mal an Würth, ob er eine Idee hat.« Seine Stimme wird wieder milder. Sie wünscht sich, dass er sie umarmt, sie küsst, aber die Fenster des

Instituts sind alle auf die Grünanlagen gerichtet. Sie versucht ein Lächeln und verspricht, schnellstmöglich an Würth zu schreiben.

Über den Waldflächen der Stadt werden immer wieder phosphorhaltige Brandplättchen abgeworfen. Schulklassen rücken aus, das Zeug einzusammeln. Eva hat die Idee, Leute aus Marzahn in die Wälder zu schicken, um mitzuhelfen, aber Robert stutzt ihre Ideen zusammen wie ein Gärtner die Hecken. Mit einem Sack voller Flöhe in einen Wald zu gehen, sei paradox, geradezu grotesk. Dass nur ihr Solches einfallen könnte, sagt er scharf, zwickt sie in die Brust und fordert sie auf, sich auf Wesentliches zu konzentrieren.

Wenn Robert nicht mit Zigeunern befasst ist, beschäftigen ihn kriminelle Jugendliche. Im September kündigt er an, Eva zu einer Reise nach Wien mitnehmen zu wollen. Sie kann es kaum fassen, überlegt, was sie mitnehmen soll, packt ihr bestes Kleid ein. Sie stellt sich vor, dass Robert Zeit hat, dass sie vielleicht den Prater besichtigen, an der Donau sitzen und Torte essen. Aber nichts von alldem. Eine Übernachtung hat er eingeplant. Die wenigen Stunden in Wien verbringen sie im Jugendgefängnis in Kaiser-Ebersdorf. Nach einer ausgiebigen Besichtigung des Heims spricht er über nichts anderes als über seine Ideen im Umgang mit Jugendlichen, die gegen das Regime hetzen, sich nicht anpassen können und verbotene Kontakte, oftmals sexuelle, zu Kriegsgefangenen pflegen. Er wiederholt, dass Schwachsinn und Kriminalität aus den Stammbäumen heraus zu beweisen sind.

Auch in der Nacht, nach einer kurzen Umarmung, hört er nicht auf zu denken und zu grübeln. Auf der Rückfahrt ist sie soweit, dass sie sich schämt, an Vergnügungen gedacht zu haben. Warum sollte es in Wien anders sein als in Berlin? Das Wichtigste ist die Arbeit, der Einsatz für das Volk. Eine Auszeichnung ist es, mit ihm arbeiten zu dürfen. Ein schwerer und gleichzeitig schöner Dienst. Mit niemandem würde sie den Platz tauschen.

Auf den Straßen kann man jetzt leicht erkennen, wer ein Jude ist. Ein gelber Stern leuchtet von Jacken, Strickwesten, Sakkos und Mänteln. Die schwarze Aufschrift »Jude« ist in hebräischer Schrift verfasst. Das Verdecken durch Kragen oder Taschen ist nicht zulässig. Die Witzendorf mutmaßt, dass die Sterne teuer sind. Sie überschlägt die Zahl der Juden, schätzt, dass jeder Stern mindestens eine Reichsmark kostet und rechnet aus, was das Reich dafür aufgewendet hat. Fräulein Kallies hat mitbekommen, dass die Juden, wenn sie den Stern bekommen, unterschreiben müssen, ihn sorgfältig und pfleglich zu behandeln, was für Eva das Mindeste an Respekt ist, was die Gekennzeichneten dem Staat entgegenzubringen haben. Sie wäre froh, wenn die Zigeunerpolitik ebenso konsequent vorangetrieben würde, aber für die Zigeuner stehen die Dinge anders. Immerhin baut die Werkzeugmaschinenfabrik Hasse & Wrede im Marzahner Ortsteil Bürknersfelde einen Werksneubau. Eva rechnet damit, dass sie mindestens 1000 Zigeuner dort unterbringen kann. Ein Lager für die Arbeiter ist auch im Bau. Die Fortschritte sind nicht zu übersehen. Auch die Bauern beschäftigen Zigeuner und Fremdarbeiter, nicht nur, um die Männer an der Front zu ersetzen. Zusammen mit Schwestern vom Roten Kreuz überwacht Eva die Einteilungen der Fremdarbeiter, wobei ihr die Arbeit der Schwestern viel zu langsam vorangeht.

Im gesamten Reich werden immer mehr Fremdarbeiter eingesetzt. Robert echauffiert sich über deren größtenteils milde und großzügige Behandlung. Er sitzt hinter seinem Schreibtisch, die Arme auf den Armlehnen, senkt den Kopf, als ob er jemandem die Stirn bieten wolle und sieht sie von unten herauf herausfordernd an. »Hilfe für die Firmen und die Landwirtschaft, jetzt, wo die Männer fehlen, ist ja gut und schön. Aber wer weiß, was wir uns damit wieder einschleppen? Ich will gar nicht wissen, in wie vielen Fällen es zu unerlaubten Kontakten kommt. Viele Frauen vergessen vor lauter Mitleid den notwendigen Abstand, geben sich ab mit diesen Subjekten, lassen sich einlullen von Liebesschwüren. Aber Liebe geht vorbei. Da wird man sich wohl beherrschen können!« Eva zuckt zusammen. Ob sie gemeint ist? Er setzt sich wieder gerade hin, seine Hände spielen mit einer Büroklammer. »Es ist doch auffallend, dass die meisten Frauen, die sich mit Kriegsgefangenen einlassen, aus erbbiologisch und sozial einwandfreien Familien kommen.« Eva fragt nicht, woher er das weiß. Sicher hat er auch das untersucht. Während Robert auf die Frauen schimpft, dass sie die hohen Anforderungen, die jetzt an alle gestellt würden, nicht aushielten, weil sie nicht ohne Männer sein könnten, gibt sie zu bedenken, dass sich viele dieser Frauen ihrer Rasse nicht bewusst seien und nicht verstanden hätten, wie wichtig der Erhalt des gesunden Erbguts sei. Da springt er auf und sieht sie wütend an: »Das ist es ja! Sie haben es nicht verstanden. Und das, obwohl die Propaganda seit Jahren darüber aufklärt. Aber das ist kein Grund, sie in Schutz zu nehmen. Im Gegenteil.«

»Aber ich nehme sie doch gar nicht in Schutz.«

»Du entschuldigst sie. Aber ein solches Verhalten ist mit nichts zu entschuldigen. Mit gar nichts! Es ist überhaupt so, dass die Leute immer nur an sich denken. Sie amüsieren sich, wollen das Leben genießen, vergessen Verantwortung und Pflichten. Fürs Vergnügen opfern sie alles, ihre Familien, die Ehre, das Vaterland.« Sie sagt nichts mehr. Wenn er wütend ist, fühlt sie sich schuldig. Sie hat etwas Falsches gesagt. Immerzu passiert ihr das.

Wieder hat es einen Luftangriff gegeben. Es gibt aber kaum Schäden, die Nachrichten beruhigen. In einem Frisörsalon in Steglitz verbreitet sich das Gerücht, dass die Engländer 20 Flugzeuge verloren hätten. Eva versucht sich vorzustellen, was 20 Flugzeuge kosten, kommt aber zu keinem Ergebnis.

»Nur schneiden« sagt sie, als ihr die Frisöse mit einem prüfenden Blick die Haare befühlt und ihr ein Handtuch um die Schultern legt. »Wie wärs mal mit was Modischem? Ich könnte Ihnen die Stirnhaare krausen und die Deckhaare in einer Nackenrolle zusammenlegen. Oder wir frisieren die Deckhaare hoch und kämmen die restlichen Haare zurück. Ihre Locken würden dann lose in den Nacken fallen. Ohren bleiben natürlich frei. Was meinen Sie?« Sie kämmt Eva die vorderen Strähnen aus dem Gesicht und nickt. »Ja, das wäre was. Sieht gut aus.«

»Nein. Nichts Modisches. Nur etwas kürzer.«

»Und waschen?«

»Nein, nur schneiden.« Die Frisöse greift nach Schere und Kamm und macht sich ans Werk. Schräg gegenüber sitzen zwei Frauen mit Lockenwicklern auf den Köpfen unter Trockenhauben und unterhalten sich. Das Gebläse der Hauben ist so laut, dass sie sich beinahe anschreien müssen. »Wir waren ziemlich lange befreundet. Ja, einige Jahre, aber jetzt ist das ja unmöglich. Damals wusste ich ja gar nicht ...« Die Stimme wird leiser, die Frau beugt sich leicht unter der Haube vor und flüstert etwas. Dass es um Juden geht, versteht Eva. »Neulich hat sie angerufen und gefragt, ob wir uns zum Kaffee treffen können. Was hätt ich denn sagen sollen? Eine Ausrede hab ich gesucht. Dass ich meine Mutter besuchen werde. Irgendwie hat sie es gemerkt. Sie hat nicht mehr gefragt und irgendwann aufgelegt. Es tut mir ja auch leid, aber was soll man denn machen? Ich bin froh, dass ich nicht in ihrer Haut stecke.« Die Frau ist jung und hat rote Haare, so wie Eva. ›Südwind‹ steht auf einer der Trockenhauben. Die andere beugt sich vor. »Das muss Ihnen nicht leidtun. Wirklich nicht. Es sind Untermenschen, wie Vieh. Sie fressen selbst Hunden das Futter weg, hört man. Neulich in Lankwitz hab ich welche gesehen. Arme dürre Gestalten waren es. Sie haben die Straße gekehrt. Sie hatten so gierige Augen, so schrecklich gierige Augen. Wie hungrige Tiere.«

Auf dem Weg nach Hause sieht Eva, wie Polizisten eine Gruppe Juden mit Gebrüll und Flüchen auf einen Lastwagen prügeln. Der Lastwagen hat eine heruntergeklappte Laderampe. Die Juden lassen sich schlagen, drängen, beschimpfen. Sie sind wirklich wie Tiere, geht ihr durch den Kopf. Leute hasten vorbei, bemüht, nicht hinzusehen. Auch Eva dreht den Kopf. Ihre Schritte werden schneller.

Robert steigt zum Leiter der Kriminalbiologischen Forschungsstelle des Reichsgesundheitsamtes auf, mit der jetzt die Rassenhygienische Forschungsstelle verschmilzt. Weil er befürchtet, dass einige Dienststellen der Partei seine wissenschaftliche Arbeit wegen des Krieges überflüssig finden könnten, er aber die Forschungsarbeit aufrecht halten will, streicht er kurzerhand den Begriff »Forschung« und nennt das Institut nur noch »Kriminalbiologisches Institut des Reichsgesundheitsamtes«. Mit den Institutsbezeichnungen geht er großzügig um. Ein halbes Dutzend unterschiedlicher Briefköpfe lässt er drucken. Je nachdem, für was es gebraucht wird. Auf einem steht »Jugendärztliche Untersuchungsstelle«, auf einem anderen »Erbwissenschaftliches Institut«. Nie fehlt der Zusatz: »... des Reichsgesundheitsamtes«. Eva fragt nach, warum das so ist. »Manchmal muss es eben vertrauenerweckend klingen, manchmal hochgestochen – je nach dem«, sagt Robert und Eva fragt nicht weiter. So genau braucht sie es nicht zu wissen. Es wird seinen Sinn haben. Robert hat mit so vielen Stellen zu tun. Da sind die Reichsstelle für Sippenforschung, das Rasse- und Siedlungsamt der SS, die Wehrmeldeämter, das Reichsfinanzministerium, die Gesundheitsämter. Sie alle nehmen die Arbeit des Instituts in Anspruch und da ist es wichtig, verschiedene Bezeichnungen zu benutzen.

Obwohl ihr die Zusammenhänge nicht immer klar sind, hat sie das Gefühl, voranzukommen. Robert kennt den Weg, drängt und fordert, bleibt scharfsichtig, bei allem was er tut.

»Unsere Zigeunerpolitik ist eine einzige Konfusion.« Er redet von nichts anderem, obwohl die Stimmung ansonsten glänzend ist. Anscheinend hat die Wehrmacht in Russland bereits 2000 Flugzeuge vernichtet, Bresk-Litowsk, Lemberg, Libau und Odessa eingenommen und tausende Russen gefangen genommen. Aber darüber sagt Robert nichts. Er sitzt mit Eva in der Kantine, köpft ein Ei und pellt die Schale ab. »Es wird und wird nicht besser. Wir brauchen ein Gesetz, ein klares Zigeunergesetz und nicht diese ständigen Blitze aus heiterem Himmel. Vor allem muss diese Willkür gestoppt werden. Wir brauchen ein Gesetz, das uns den Rücken freihält, eine sachliche Lösung der Zigeunerfrage. Natürlich, die Kripo will sich durch Gesetze nicht die Hände binden lassen. Aber es muss endlich deutlich durchgegriffen werden. Die ständigen Abschiebungen nützen rein gar nichts. Wir werfen sie raus und an anderen Orten breiten sie sich wieder aus und vermehren sich. Einige Tausende haben sie jetzt schon abgeschoben. Und was wird damit erreicht? Wir müssen dieses Volk zum Verschwinden bringen, die Zahlen weiter und weiter runterregulieren.« Robert redet und redet, ereifert sich. Unablässig spricht er von diesem Gesetz. Eva hat sich die Haare doch noch anders frisieren lassen. Er sieht es nicht. Auch nicht, dass sie eine neue Bluse trägt. Er merkt nicht einmal, dass er ein Ei isst.

Mit der Kriegserklärung an die USA kommt der Frost. Morgens bedeckt dichter Raureif die Äste der Bäume, die Drähte der Straßenbahnen, die Schilder der Straßen. Eva trägt einen pelzgefütterten Mantel. Trotzdem friert sie. Die Straßen sind rutschig. Vor einer Haltestelle sitzen wartende Soldaten auf ihrem Marschgepäck. Sie lehnen Rücken an Rücken und rauchen. Ein paar Jungen spielen auf einem gefrorenen Wiesenstück mit einem Ball aus Lumpen. Leute kommen aus einer Gasse. Sie hört, wie ein Mann sagt, dass der Zeitpunkt für die Kriegserklärung günstig ist, weil doch die Amerikaner mit den Japanern in Pearl Harbor beschäftigt und also abgelenkt sind. Sie weiß nicht, was sie von alldem halten soll, hat anderes zu tun und zu denken. Im Institut türmt sich die Arbeit. Der Tag müsste 40 Stunden haben, um alles zu schaffen.

Am unermüdlichsten arbeitet Robert. Nächtelang brütet er über Aufsätzen, die er in Ärzteblättern und Fachzeitschriften wie ›Volk und Rasse‹ oder der ›Deutschen medizinischen Wochenschrift‹ veröffentlicht. Sein Einsatz bleibt nicht unbeachtet. Das Reichssicherheitshauptamt bescheinigt ihm große Verdienste bei der Erfassung und Sichtung der Asozialensippen und der Zigeuner, lobt die immense Forschungsarbeit des Instituts und unterstützt Roberts Beförderung zum Leiter des Kriminalbiologischen Instituts im Reichskriminalpolizeiamt. Es gibt Sekt für alle und Schweineöhrchen aus der Konditorei Hillbich in Charlottenburg.

Es ist die zweite Beförderung innerhalb kurzer Zeit. Universitäten laden ihn zu Reden und Vorträgen ein. Ständig stehen Sitzungen im Innenministerium an. Auch Beratungen und Besprechungen in den Gesundheitsämtern. Immer tiefer gehen seine Forschungen. Regelmäßig organisiert er Schulungen für die Mitarbeiter der einzelnen Institute. Die Gesundheitsämter sind Robert besonders wichtig. Er will sie stärker zur Mitarbeit heranziehen und dazu verpflichten, nicht nur verdächtige, sondern sämtliche Untersuchungsergebnisse zu melden. Für diese Maßnahme hat er Gründe. Mehrfach ist es nämlich vorgekommen, dass Amtsärzte seine Vorschriften ignoriert und Ehetauglichkeitsbescheinigungen ausgestellt haben, obwohl klar war, dass es sich um Zigeuner handelte. In solchen Fällen fackelt Robert nicht lange. Eva gefällt es, wenn er rigoros ist, klar an seinen Plänen festhält und sich nicht scheut, Köpfe rollen zu lassen.

Zweimal besichtigt er eines der Lebensborn-Heime. Wo sie sich befinden, verrät er nicht. Eva liest seinen Bericht, betrachtet die Fotos, die er von Müttern und Kindern gemacht hat. Die Frauen sind alle blond, gut gewachsen und auffallend hübsch. Vor allem ledig. Ob nicht auch Robert Kontakt zu einer dieser Frauen hat?

Vielleicht sogar ein Kind gezeugt hat? Dann aber muss sie über diese Idee lachen. Nein, das würde Robert nicht einfallen. Er hat ja schon zwei Kinder.

Seit Roberts Beförderung werden nicht nur sämtliche Taten Jugendlicher gemeldet, was einen erheblichen zusätzlichen Verwaltungsaufwand nach sich zieht, auch die Nachuntersuchungen für kastrierte Sittlichkeitsverbrecher finden jetzt im Institut statt. Jeden Vormittag werden zwei LKW-Ladungen mit Zigeunern zur rassenbiologischen Untersuchung vorgefahren. Dann steht eine lange Schlange Verwahrloster auf dem Flur vor dem Untersuchungsraum. Es gibt nur eine Mitarbeiterin für diese Untersuchungen. Sie kommt viel zu langsam voran, weshalb die Schlange sich oft bis zum Abend hält, was Eva stört. Die Leute stinken, tragen Dreck und Nässe herein. Meist sind es Männer. Sie lehnen an Wänden, die von Schweiß und Ausdünstungen schon dunkle, speckige Flecken bekommen haben. Einige sind laut, unterhalten sich quer über den Flur. Dann greift Eva ein. Manche sitzen ganz ruhig. Den Kopf in die flachen Hände gelegt stieren sie – vornüber gebeugt – auf den Fußboden. Einige dösen, manche schlafen sogar und taumeln, wenn sie aufgerufen werden.

Robert verbringt die Wochenenden im Jugendschutzlager Moringen, in der Nähe von Göttingen. Dort sind auffällige Jugendliche inhaftiert, die er untersucht und an denen er Verhaltenstests durchführt. Da ist er in seinem Element. Immer schon hat er an jugendlichen Verbrechern forschen wollen. Die Ergebnisse meldet er dem Arbeitsdienst, den Gerichten, den Staatsanwaltschaften und der Sicherheitspolizei.

Er schreibt Eva zwei nüchterne, sachliche Briefe, in denen steht, warum und weshalb er das Augenmerk jetzt verstärkt auf den Verbrechernachwuchs legt. Sie sucht nach einem netten Satz, einem persönlichen Wort, aber selbst zwischen den Zeilen kann sie nichts finden. Auf drei handgeschriebenen Seiten schildert er kriminelle Merkmale und wie er die Entwicklungs- und Erziehungsfähigkeit der Jugendlichen einschätzt. Auf einem weiteren Blatt hat er eine spezielle Blockaufteilung skizziert, die er sich für die Häftlinge überlegt hat. Mit blauer Tinte und in Druckschrift hat er acht Kästchen beschriftet: einen B-Block, das ist der Beobachtungsblock, der U-Block ist der Block der Untauglichen, der S-Block der Block der Störer, der D-Block ist für die Dauerversager vorgesehen, der G-Block für die Gelegenheitsversager, der F-Block für die fraglich Erziehungsfähigen, der E-Block für die Erziehungsfähigen und der ST-Block für die Widerständler. Dafür sorgen will er, dass die Arbeitskraft dieser jungen Dauerversager genutzt werden soll, dass es ihm im Großen und Ganzen aber um Vorbeugung und Verbrechensbekämpfung ginge, worin die große Zukunftsaufgabe der Kriminalbiologie läge. Er schließt den Brief mit dem Satz, dass ständig ein Mitarbeiter des Instituts im Jugendschutzlager präsent sein sollte und dass auch sie irgendwann an die Reihe käme. Sein Gruß ist kurz, seine Unterschrift fahrig, wie auf einem Dokument.

Die Kälte dauert an. Obwohl sie eigentlich keine Zeit hat und Robert es für überflüssig hält, beteiligt sich Eva an einer großangelegten Sammlung für das Winterhilfswerk. Die Leute spenden Möbel, getragene Kleidung, Kohle und Kartoffeln. Zum Zeichen der Anerkennung verteilt sie Plaketten mit der Aufschrift »Wir helfen«.

Aus dem Osten treffen Lazarettzüge ein. Die Verwundeten sind abgemagert und stecken in zerrissenen Uniformen. »Man kann sie kaum als deutsche Soldaten erkennen«, sagt die Witzendorf und bezweifelt, dass die Versorgung an der Front so gut ist, wie es heißt. Solche Rede macht Eva Angst. Wenn bloß nichts ihre Arbeit stört, denkt sie immer und immer wieder.

Robert ist schon die dritte Woche in Moringen. Eva ist erleichtert, als er nach langen Wochen von Dr. Batz abgelöst wird. Am ersten Abend wartet sie vergeblich. Auch am zweiten. Die Familie geht vor. Dann aber steht er in ihrem Wohnzimmer und schwenkt eine Tüte mit Nussecken. »Wo hast du die denn her?«, will sie wissen, lässt sich küssen und umarmen und von ihm ein süßes Kuchenstück in den Mund schieben. Sie will etwas sagen, weil er so selten kommt, weil er zu viel arbeitet, weil er sie ständig warten lässt. Aber der Kuchen hindert sie. »An dir ist ja gar nichts mehr dran. Mager wie ne Ziege«, scherzt er und kneift ihr in den Bauch. Wie oft hat sie sich Worte zurechtgelegt, aber jetzt, da sie kauend dastehen und lachen, zergehen die Worte wie Schnee in der Sonne.

»Du musst demnächst für eine Weile nach Moringen«, sagt er, »es geht nicht anders. Wir haben Personalmangel und es gibt niemanden, auf den ich mich in diesen Dingen so gut verlassen kann wie auf dich.«

»Und die Doktorarbeit?«

»Geht weiter. In Moringen wirst du jede Menge Forschungsmaterial finden. Es sind sehr interessante Fälle dabei. Moringen ist die reinste Fundgrube. Du wirst die Jugendlichen untersuchen, beurteilen, in Gruppen einteilen und eventuell bei ihrer Entlassung mitwirken. Das wird allerdings kaum vorkommen. Die meisten sind geistig defekt. Neulich habe ich Juristen durchs Lager geführt und ihnen ein paar der Insassen vorgestellt. Wir haben dort ein uneingeschränktes Forschungsrecht, dürfen also Experimente durchführen, Intelligenztests und so was. Es ist eine Art Beobachtungsstation für uns. Es soll eine Untersuchung geben, wie erziehungsfähig sie sind. Ob es überhaupt Sinn macht, sie zu erziehen und wieder einzugliedern. Es geht um dein Thema. Genau das Richtige also. Ich habe dich als kriminalbiologische Assistentin in Moringen angemeldet. Du wirst im Beobachtungsblock arbeiten. Dort werden sämtliche Neuzugänge beurteilt. Du bestimmst, was mit den Jugendlichen passieren soll. Ich weiß doch, dass dir das Sortieren liegt«, sagt er und indem er ihr in die Haare greift, langsam mit der Zunge über ihren Nacken fährt und sie dann in ihrem Ohr kreisen lässt, verspricht er, immer bei ihr zu bleiben, immer, immer, immer. Was er sagt, knistert. Es pulst und hämmert, fließt und flutet.

Moringen, Winter 1941/1942

Das Jugendschutzlager in Moringen ist ein mehrgeschossiges Steingebäude mit einem Barackenlager. Beide Lagerteile sind von der Außenwelt durch Stacheldraht, Wachtürme und Mauern abgeschirmt. Zur Bewachung des Lagers sind SS-Leute eingesetzt. Eine ältere Frau in Uniform und mit strengem Dutt führt Eva herum: »Das Lager ist voller widerständiger, krimineller, asozialer und verwahrloster Jugendlicher. Man kann das nicht anders sagen. Momentan haben wir über 1000 Stück hier. Sie kommen von überall her. Und nicht dass Sie meinen, es werden weniger. Nein, es werden immer mehr.« Sie zeigt Eva die Baracken. In den Wohnräumen hat jeder Häftling seinen Spind, in dem er einen Teller, einen Becher, Besteck, ein Handtuch und Schuhputzzeug unterbringen kann. In den Schlafsälen stehen die Pritschen dicht an dicht. Die Bettgestelle sind dreistöckig. Auf den Pritschen liegen ordentlich gefaltete Decken auf glatt gezogenen Betttüchern. »Sonntags ist Läusekontrolle. Das machen wir der Reihe nach in den Baracken. Wir verlangen hier extreme Sauberkeit«, sagt die Frau und zeigt auf zwei Jungen, die mit Bürsten die Böden schrubben. Es riecht streng nach Putzmitteln und Schweiß. Die beiden Jungen sehen mager und trotz der dunklen Hautfarbe grau aus. Eva glaubt in ihnen Marokkanermischlinge zu erkennen. Beide tragen Drillichanzüge und Holzschuhe.

»Warum sind sie hier?« fragt Eva. Die Aufseherin zuckt mit den Schultern. »Bei denen weiß ich es nicht genau. Sie sehn ja selbst, dass nichts Deutsches drin steckt. Wahrscheinlich Arbeitsverweigerung, Bummelei oder Sabotage. Manche haben die Jugenddienstpflicht verweigert.« Sie senkt die Stimme und macht ein angewidertes Gesicht. »Es sind auch Strichjungen dabei, sexuell Verirrte.«

»Und die drei dort? Wie lange sind die hier?«, will Eva wissen und zeigt auf drei weitere Jugendliche, die Wäsche falten und in Körbe legen.

»Da müsste ich nachsehen. Die meisten sind auf unbestimmte Zeit hier. Raus kommt selten einer. Höchstens zur Wehrmacht oder ins Zuchthaus. Wenn sie zu alt werden, in die Erwachsenenlager. Die total Entarteten werden wegverlegt, meist in eine Irrenanstalt.«

In den Baracken ist es eisig. »Geheizt wird nicht«, sagt die Aufseherin und fügt hinzu, dass jedes Stück Holz, aber auch jede Minute Zeit und jeder Pfennig, der in die Jugendlichen gesteckt wird, nutzlos und vertan ist. Die Duschen sehen aus, als seien sie provisorisch. Es sind zwei enge, langgezogene, weißgekachelte Räume, in denen es nach Chemikalien riecht. Eva zählt höchstens zehn Duschen, stellt sich vor, wie tausend Jugendliche hier duschen sollen und fragt nach. »Natürlich reicht das nicht für alle«, sagt die Aufseherin, »wir bauen ständig an, mehr können wir nicht tun. Die Klosetts reichen auch nicht. Sie sind andauernd verstopft, ohne richtige Spülung. Überhaupt wissen wir einfach nicht, wohin mit allen. Es sind zu viele. Sie werden auch immer schlimmer. Sie können sich gar nicht vorstellen, was wir hier erleben.« Sie gehen hinaus auf den Flur. Ein Junge drückt sich an ihnen vorbei. Er sieht niemanden an, hält den Blick auf den Boden gerichtet. »Sehen Sie sich den an, Fräulein Justin. So wie der sind alle. Missraten, arbeitsscheu und antriebslos. Die Väter fehlen, die Mütter kümmern sich nicht. Aber was sie zu Hause nicht mitbekommen haben, lernen sie bei uns. Arbeit, Sauberkeit, Ordnung, Pünktlichkeit und Disziplin sind das Wichtigste. Sie können sich drauf verlassen, dass wir sie hier ordentlich in die Zange nehmen.« Die Stimme der Aufseherin hallt über den kahlen, langen Flur. »Wir unterscheiden über 50 Disziplindelikte. Verstöße gegen die Sauberkeit, gegen die Lagerordnung, gegen das Sprechverbot. Fluchtversuche oder Lebensmitteldiebstahl werden äußerst hart bestraft. Bei Bettnässern setzen wir Penisklammern ein. Das Schlimmste ist allerdings, wenn sie kein Essen bekommen. Sie haben nämlich permanent Hunger. Ständig spähen sie nach den Töpfen. Das ist grässlich und für normale Menschen kaum auszuhalten. Sie werden das noch sehn. Übrigens, dass Sie es wissen, wir sprechen die Häftlinge nur mit ihrer Lagernummer an. Nie mit Namen.«

Einer der Jugendlichen bringt Evas Gepäck in eine Kammer im Dachgeschoss eines alten Gebäudeteils, einem ehemaligen Waisenhaus, in dem außer ihr das Küchenpersonal, zwei SS-Blockführer und ein paar Aufseherinnen untergebracht sind. In der Kammer gibt es ein Bett, einen Stuhl, ein Waschbecken und einen Ofen. Das winzige Fenster geht hinaus zur Hofseite. Der Hof ist trostlos. Es gibt keine Farben. Sogar die Wolken haben die Tönung der Baracken angenommen.

Robert hat ihr gesagt, dass die Nächte unruhig werden können. Aber die erste Nacht bleibt ruhig. Nur die Kälte macht ihr zu schaffen.

Am Morgen gegen fünf wird sie vom grellen Heulton einer Sirene geweckt. Sie steht auf, geht ans Fenster. Es ist noch dunkel. Der Himmel ist grau, durchbrochen von einem unruhigen Violett. Es nieselt. Auf dem Hof stehen Leute. Fahle Lichter von Petroleumlampen schwanken. Aus allen möglichen Richtungen kommen die Jungen, die sich in langen Reihen vor einer Gruppe bewaffneter SS-Männer aufstellen. Trotz des schlechten Lichtes kann Eva erkennen, dass sie ausgezehrt sind. Sie tragen alle die gleichen Drillichanzüge und halten die Arme auf dem Rücken. Ein Aufseher brüllt: »Still gestanden!« Die Jungen legen die Hände an die Hosennaht, senken die Köpfe, während die SS-Männer die Reihen abschreiten. Einer der Uniformierten steht mit einem Block in der Hand und hakt ab. »342, 343, 344.« Eine ganze Weile geht der Appell. Endlich wird abkommandiert, die Jungen verteilen sich auf kleinere Gruppen, drängen zurück in die Baracken. Nur die beiden Jagdhunde des Lagerführers bleiben zurück. Was dann passiert, sieht sie nicht. Dazu müsste sie das Fenster öffnen und dazu ist es zu kalt. Ohnehin friert sie, hat permanent Gänsehaut. Den Ofen anzuzünden traut sie sich nicht, weil ihr gesagt wurde, dass er raucht.

Beim Frühstück erfährt sie, dass die Jungen zur Arbeit abtransportiert worden sind. »Tagsüber arbeiten sie in Werkstätten innerhalb des Lagers, aber auch in der Landwirtschaft und für Firmen in der Gegend«, erklärt ihr die Frau, die nach dem Frühstück den Speisesaal kontrolliert. »Einige fabrizieren Granaten. Wir haben eine Rüstungsfirma in der Nähe. Dahin schicken wir die Politischen, damit die mal was fürs Land tun. Die Politischen sind streng von den Kriminellen getrennt. Die Kriminellen sind gut für den Autobahnbau oder für die Äcker. Wir hatten mal einen von den Bibelforschern*

* *Zeugen Jehovas*

hier, der wollte partout nicht in die Rüstungsfirma. Gesträubt hat er sich bis aufs Messer. Dass er das nicht tun dürfe und so. Dann war mal einer hier, dessen Vater im Zusammenhang mit der Widerstandsgruppe ›Rote Kapelle‹ hingerichtet wurde. Mit beiden Jungs wurde natürlich kurzer Prozess gemacht.«

Der erste Eindruck, den Eva bekommt, ist ein guter. Alles ist durchdacht, der Tagesablauf der Häftlinge minutiös geplant. Nach dem Wecken erstmal Bettenmachen, dann Duschen. Vor dem Frühstück Appell. Danach zehn bis zwölf Stunden Arbeit.

Die Jungen, die von der Arbeit kommen, sehen erschöpft aus. Einige tragen keine Schuhe. So wie die Frau aus dem Speisesaal es angekündigt hat, drängen sie sich um die Essensausgabe. Mit gierigen Augen linsen sie in die Töpfe. Wie ein Rudel Tiere sehen sie aus. Bloß, dass alles lautlos vor sich geht. Niemand spricht. Wer spricht oder flüstert, dem wird das Essen weggenommen. Auch wer zu spät kommt, geht leer aus. Die Jugendlichen sind mager und leiden an Hautausschlägen.

An die Häftlinge wird anderes Essen ausgegeben als an die Angestellten. Für Eva gibt es fast täglich Hafergrütze, oft auch Fleisch. Als sie die Grütze bemängelt, bekommt sie stattdessen Grießbrei. Auch das Besteck aus Aluminium lässt sie austauschen. Immer wenn sie den Löffel in den Mund nimmt, tun ihr die Zähne weh. Unerträglich ist das auf den Zähnen. Wenigstens ist ihre Portion doppelt so groß wie die der Häftlinge.

Auf dem Speisezettel der Häftlinge gibt es keine Abwechslung. Morgens eine Scheibe Brot und Margarine, manchmal etwas Marmelade. Mittags zwei Kellen Suppe, meist aus Steckrüben oder Kraut, abends noch mal eine Suppe, danach Pellkartoffeln, selten etwas Käse oder Wurst. Um sieben werden alle in die Baracken getrieben. »Wegsperren. Ist das Einzige, was hilft«, sagt der Aufseher, der abends die eisernen Haken einhängt und den Schlüssel zweimal im Schloss dreht.

Der Beobachtungsblock liegt im alten Gebäudetrakt. Evas Schreibstube gleich daneben. Der Raum ist klein und mit Regalen und Schränken bestückt, in die sie ihre Unterlagen räumt. Jemand hat Feuer im Ofen gemacht. Holzklötze liegen in einer Eisenschale. Sie hat sich kaum eingerichtet, da werden ihr auch schon die ersten Häftlinge gebracht. Die meisten sehen verstört aus, sitzen apathisch auf dem Stuhl vor ihrem Arbeitstisch, starren ins Nichts, gleichgültig und stumpf, antworten nicht. Die Aufnahmen laufen so ab, wie Eva es sich vorgestellt hat. Sie fragt nach Namen, Herkunft, Eltern und Großeltern, nach Krankheiten, nach Vergehen, nach Vorlieben in der Freizeit, nach Sitzenbleiben in der Schule. Die Antworten, die sie mühsam herauspressen muss und oft nur unter Androhung von Essensentzug bekommt, trägt sie auf Karteikarten ein. Pro Neuaufnahme braucht Eva eine gute Stunde. Alle müssen wiederkommen. Um genügend Informationen zusammenzutragen, werden Untersuchungen fortlaufend wiederholt. Dabei werden die Fragen immer genauer. Robert möchte sich ein exaktes Bild machen und genau erforschen, wie und welche kriminellen Handlungen sich vererben.

Der Tagesablauf ist immer gleich. Eva ist froh, wenn Nachtruhe ist. Oft kann sie nicht schlafen, wälzt sich im Bett, denkt an Berlin und an Robert. Die Toiletten sind draußen auf dem Hof und es ist eine Prozedur, wenn sie nachts raus muss. Jedes Mal ist sie völlig durchgefroren. Mit kalten Füßen kann sie nicht schlafen. Oft wird sie dann die ganze Nacht nicht mehr warm.

Täglich bringt die Polizei neue Häftlinge. Auch jugendliche Zigeuner sind darunter. Drei von ihnen sind festgenommen worden, weil sie den Swing mögen, eine Mode, gegen die in schärfster Form vorzugehen ist. Ein Vierter ist ohne Fahrkarte in einer Straßenbahn erwischt worden. Ein Fünfter, weil seine Prognose aufgrund der Herkunft entsprechend schlecht ist.

So wie in Marzahn, sucht Eva nach Rassenmerkmalen, legt das Maßband um Köpfe, zwischen Augen, über Münder. Fast ausschließlich hat sie es mit sittenlosen aufmüpfigen Jugendlichen zu tun, schon von Haus aus kriminell. Den ganzen Tag befragt sie, testet Geschicklichkeit und Intelligenz mit kniffligen Fragen oder Spielen, analysiert Verhaltensfehler. Die meisten stuft Eva als untauglich ein, als Störer, als Dauerversager. Schon die äußere Haltung verrät ihre Disziplinlosigkeit. Manche sitzen da, lässig, mit einem blöden Grinsen im Gesicht, die Beine ausgestreckt, die Arme vor der Brust verschränkt.

Sie ist schon einige Zeit im Lager, als an einem Donnerstagabend ein Fluchtversuch gemeldet wird. Die ganze Nacht hält der Fall das Wachpersonal auf Trab. Gegen Morgen wird der Flüchtling ins Lager zurückgebracht. Vom Fenster ihrer Kammer aus sieht Eva, wie Polizisten ihn im Griff halten, wie er schreit und brüllt und versucht, sich loszureißen, wie er geschlagen und getreten wird, wie er selbst schlägt und tritt und schließlich in eine der Baracken gezerrt wird.

Beim Frühstück hört sie, dass der junge Mann mit einer Spritze ruhig gestellt und zur Strafe in ein Kellerloch gesteckt wurde. Gegen Mittag bringt ihn ein Polizist in Evas Schreibstube. Verstockt und mit gebundenen Händen steht er im Drillichanzug des Lagers vor ihrem Schreibtisch und presst Lippen und Zähne derart aufeinander, dass die Adern an der Schläfe hervortreten. Die Hände hat er zu Fäusten geballt. Sein braunes Haar ist dicht und kurz geschnitten; das Gesicht wäre schön zu nennen, wenn es nicht verunstaltet wäre. Die Lippe ist aufgesprungen, das linke Auge geschwollen. Pusteln, die er offensichtlich aufgekratzt hat, bedecken die Stirn. Seine Zähne sind schadhaft. Knapp 18, denkt sie, eher weniger. Der Junge sieht intelligent aus. Er erinnert sie an einen Klassenkameraden, Alois Strecker, Sohn eines Landwirts, damals Klassenprimus. Alois Strecker hatte ihr gefallen, damals, als sie noch Zöpfe hatte und er kurze Hosen trug.

»Wie heißt du?«, fragt sie, aber der junge Mann antwortet nicht. »Sag mir deinen Namen.« Wieder Schweigen. Der Polizist, der sich im Hintergrund hält, deutet mit dem Kinn auf den Jungen, macht einen Schritt nach vorne und schubst ihn in die Seite. »Die Frau hat dich was gefragt.«

Der drohende Blick des Polizisten hilft. »Discher.«

»Vorname?«

»Günter.«

Eva trägt den Namen auf der Karteikarte ein. »Wie alt bis du?«

»16.«

»Wann geboren?«

»3. Mai 1925.«

»Und wo?«

»Göttingen.«

»Was glaubst du, warum du hier bist?«

Keine Antwort. Eva wiederholt die Frage, aber wieder kommt keine Antwort. »Wo wohnst du?« Wieder will der Polizist nachhelfen, aber Eva schickt ihn aus dem Raum. »Es ist besser, wenn ich mit ihm allein bin.«

»Setz dich«, fordert sie den Jugendlichen auf, nachdem der Polizist gegangen ist. »Wir werden jetzt ein ernstes Gespräch führen. Wieso bist du abgehauen?« Der Junge setzt sich auf die Kante des Stuhls. Eva sieht auf seine Hände, die voller offener Wunden sind. »Du hast dich geprügelt?«

»Sie haben mich geprügelt und ich habe mich gewehrt.«

»Also nochmal: Warum bist du abgehauen?«

»Ich wollte zu meinen Eltern.«

»Es wird aber einen Grund geben, weshalb du hier bist und nicht bei deinen Eltern.«

»Nein.«

»Du bist also grundlos hier?«

»Ja.«

»Du bist ziemlich uneinsichtig.« Eva macht entsprechende Notizen. »Und wo sind deine Eltern?«

»Abgeholt.«

»Warum?«

»Weiß ich nicht.«

»Sie haben dich verlassen.«

»Nein, sie haben mich nicht verlassen. Sie hätten mich nie verlassen.«

»Und wo sind also deine Eltern jetzt?«

Discher zuckt mit den Schultern. »Wenn du nicht weißt, wo sie sind, wo wollest du sie denn letzte Nacht suchen?« Der Junge zieht hörbar die Nase hoch. »Ich hätte sie schon gefunden.«

»Es ist Krieg. Da ist es nicht so einfach, jemand zu finden. Wie lange bist du schon hier?«

»Zwei Jahre.«

»Und wo arbeitest du?«

»In der Munitionsfabrik in Volpreihausen.«

»Was machst du dort?«

»Granaten.«

»Und Schule? Warst du in der Schule?«

»Ja.«

»Kannst du lesen und schreiben?«

»Ja.«

»Hier, mach mal ne Probe.« Eva schiebt ihm ein Stück Papier und einen Stift zu. »Schreib was. Irgendwas. Was dir einfällt.«

Discher nimmt den Stift, zeichnet etwas, das er dann mit wilden Strichen wieder zerstört. Hektisch schiebt er das Blatt in Evas Richtung.

»Ist das alles? Du kannst also nicht schreiben und lesen?« Der Junge sieht auf den Boden. »Siehst du, da haben also deine Eltern gar nicht gut für dich gesorgt. Und weil sie das nicht getan haben, bist du hier und arbeitest. Selbst schuld, kann man da nur sagen.« Plötzlich sieht er ihr in die Augen. Sein Blick ist anders als vorher. Als ob er Kraft gesammelt hätte. »Wir arbeiten den ganzen Tag und hungern. Es sind schon welche verhungert. Einer hat sich den Puls aufgemacht. Mit einem Schraubenzieher.«

Eva stutzt. »Du lügst.«

»Nein. Unsere Arbeit ist eine Schinderei. Wir bekommen nichts dafür. Sind nur billige Arbeiter. Unseren Lohn stecken die Firmen ein oder die SS.«

»Die SS? Soso. Was du nicht alles weißt. Und du bekommst also nichts? Und was ist mit dem Essen und der Unterkunft, die du hier ganz selbstverständlich in Anspruch nimmst? Und das mitten im Krieg. Außerdem scheinst du zu vergessen, dass die Männer alle an der Front sind und ihr jetzt helfen müsst. Die Juden zahlen auch für die Unterbringung in den Lagern. Du könntest eine Aufgabe übernehmen. Könntest Lager- oder Tischältester werden und Verantwortung lernen.«

Zorn funkelt in den Augen des Jungen. »Damit spielt ihr uns gegeneinander aus.« Er hält den Kopf jetzt ganz gerade. Dann löst er die Fäuste und lächelt. »Wir warten alle, bis es aufhört. Wenn man es übersteht, ist es gut. Wenn man es nicht übersteht, ists auch recht.«

»Jetzt reichts!« Eva will etwas sagen, dann aber atmet sie tief ein und hat sich sofort wieder im Griff. Sie lässt den Jungen noch auf und abgehen, kontrolliert die Haltung. Dann ruft sie den Polizisten zurück. »Arrestzelle! Drei Wochen. Da hat er Zeit zum Nachdenken.« Auf der Karte macht sie ein Kreuzchen neben der Zeile ›Sterilisation‹ und notiert ein deutliches D für Dauerversager. Den freien Platz auf der Seite füllt sie mit einem Gutachten: Günter Discher, geboren 3. Mai 1925, heute 16 Jahre alt, ist ein mittelgroßer junger Mann, der seiner Gestalt nach schmal und biegsam ist. Seine Haltung ist betont lässig. Er schiebt sich beim Gehen mit den Hüften vor. Sein Auftreten ist gewandt, weltmännischen Vorbildern oberflächlich abgesehen. Der Junge wirkt gleichzeitig weichlich, ungestrafft. Sein rundes Gesicht könnte bei flüchtiger Betrachtung hübsch erscheinen, aber die Züge sind ungeformt, fast derb. Die Gesichtsfarbe ist bleich, die Haut ungepflegt. In seinen Bewegungen ist etwas Anreizendes, indem er sich dauernd bemüht, seine Anziehungskraft zu erproben. Seine vollen, feuchten und dicken Lippen unterstreichen noch diesen Eindruck. Der junge Mann hat schon viel Unheil angerichtet und es ist vorauszusehen, dass er von diesem Weg nicht abgehen wird. Er wird auch in Zukunft Menschen hereinlegen.

Manchmal schmerzt die Hand von all den Gutachten und Empfehlungen. Die meisten betreffen Sterilisierungen und Lagertransporte. Selten ist einer dabei, der wehrmachttauglich ist. Die Sterilisierungen beantragt sie beim Lagerarzt, der die Häftlinge dann in die Göttinger Universitätsklinik einweisen lässt. Die Führungsberichte ähneln sich: meist geht es um Verfehlungen im Lager, Fluchtversuche, Lebensmitteldiebstähle, schlechte Arbeitsleistungen. Über die Ergebnisse ist sie nicht erstaunt. Ein einziges intelligentes Kind hat sie ausgemacht, alle anderen rangieren weit unter Durchschnitt. So wie Robert es vermutet hat. Wenn möglich, lässt sie auch die Eltern der Jugendlichen heranschaffen und dehnt die Nachforschungen aus, bis sie die ganze Sippe überblickt. Das Ergebnis trägt sie in der Asozialenkartei ein und veranlasst entsprechende Maßnahmen. Laufend deckt sie asoziale und kriminelle Familien auf. Sogar welche, die vorher gar nicht in Erscheinung getreten sind.

Einmal kommt eine Frau, die einen der Jungen adoptieren will. Es ist die Tante des Jungen, die Eltern sind nicht mehr aufzufinden. Fast zwei Stunden braucht Eva, um der uneinsichtigen Frau zu erklären, dass sie ihren Neffen nicht adoptieren kann, dass nur geistig völlig gesunde Kinder adoptiert werden können und ihr Neffe leider als minderwertig anzusehen ist.

Eva ist erleichtert, als Robert schreibt, dass sie bald nach Berlin zurück soll. Vor allem, als ihr zu Ohren kommt, dass in einer der Baracken Tuberkulose ausgebrochen ist.

Berlin, 1942

Schon am ersten Abend nach der Rückkehr wartet sie auf ihn. Aber er kommt nicht. Anderentags im Institut erfährt sie, dass er nach Tübingen gereist ist. Es sei schon länger geplant gewesen, sagt die Witzendorf und lächelt auf Eva herab, »Sie wissen doch: Konferenzen, Sitzungen, Besprechungen.«

Eva sucht ihren Schreibtisch ab, hofft auf eine Nachricht. Aber sie findet nichts.

In den Tagen, die folgen, kann sie kaum arbeiten. Abends, wenn sie nach Hause kommt, stürzt sie zum Briefkasten. Warum schickt Robert ihr keine Nachricht? Nicht einmal einen dahingekritzelten Zettel? Warum weiß sie nichts? Seine Frau ist nach Tübingen mitgereist. Sicher kann er sich nicht melden, weil sie ihn nicht aus den Augen lässt. Aber sonst, in seinen Urlauben, hatte er doch auch Mittel und Wege gefunden, sich zu melden. Einmal hat er ihr sogar eine Karte geschrieben. Aus Wustrow. Mit einem schwarz-weißen Foto des Ostseestrandes. Hinten ein Gruß, mit Tinte geschrieben und etwas verwischt.

Der Gedanke, dass er sich von ihr abgewendet haben könnte, beherrscht jede Sekunde ihres Tages. Sie legt sich zurecht, was sie sagen wird, wenn er zurück ist. Er soll wissen, dass er so nicht mit ihr umgehen kann. Dass sie so eine Behandlung nicht verdient hat. Sie geht zum Frisör, lässt sich Wellen machen. Überrascht soll er sein, wenn er sie sieht.

Sie wartet, wartet, wartet. Eine unnütze, dunkle Zeit.

Dann eilt er an einem Montagmorgen plötzlich über den Flur des Instituts, grüßt nach allen Seiten, schickt weder ein Lächeln noch einen Gruß zu ihrem Schreibtisch und verschwindet in seinem Büro. Sie sitzt wie starr. Schwankt zwischen Wut und Enttäuschung. Den ganzen Vormittag empfängt er Besucher. Gegen Mittag kommt seine Frau. Sie trägt ein schickes Kostüm und einen auffallenden Hut. Minuten später verlassen beide das Büro. »Machen Sie auch bald Mittag, Fräulein Justin!«, ruft er und winkt. Eva sieht, wie er seine Frau warm und zärtlich anlächelt, hört noch, wie er zu ihr sagt: »Fräulein Justin arbeitet zu viel.«

Am Nachmittag ist sie in Marzahn eingesetzt. Als sie am Abend zurückkommt, scheint Licht unter seiner Tür durch. Die anderen Büros sind dunkel. Sie fährt sich mit den Fingern durch das Haar, macht den Rücken gerade und atmet tief ein. Dann klopft sie. Als sie nichts hört, öffnet sie die Tür. Zwei Herren in Uniformen sitzen vor Roberts Schreibtisch. Beide drehen die Köpfe. Robert sieht überrascht aus. »Fräulein Justin? Sie sind noch da?«

»Ja, ja«, lächelt sie, entschuldigt sich für die Störung und entfernt sich wieder. Fahrig ordnet sie ein paar Unterlagen, wartet ein paar Minuten. Dann beschließt sie zu gehen. Sie steht auf und nimmt den Mantel von der Garderobe. Im gleichen Moment öffnet sich seine Tür. Sie sieht, wie Robert den Herren die Hand schüttelt, wie sie nach ihren schwarzen Ledermänteln greifen.

Er hat sie kaum verabschiedet, da steht er vor ihr und breitet die Arme aus. »Komm her, Eva, komm zu mir …« Sie zögert. »Na komm schon, Eva.« Er kommt auf sie zu, umfasst ihre Schultern, haucht in ihr Ohr: »Du glaubst ja gar nicht, wie ich mich nach diesem Moment gesehnt habe. Viel zu lange ohne dich …«

»Aber was hast du dir dabei gedacht, dich so lange nicht zu melden? Warum hast du dich nicht gemeldet?«

»Ich wollte wissen, ob ich es aushalte ohne dich. Es war eine Probe für mich selbst. Vielleicht verstehst du es nicht, aber ich wollte wissen, ob es schmerzt, ob es richtig weh tut und du kannst mir glauben, dass ich es fast nicht ausgehalten habe. Einmal war ich nah dran anzurufen, aber ich wollte durchhalten. Immer hab ich dich, immer dein Bild vor Augen gehabt.« Seine Hände tasten sich unter ihre Bluse. »Ich wusste, dass du auf mich warten würdest. Du hältst es doch auch nicht aus ohne mich. Ahh, ist das gut, dich zu spüren … Eines Tages zeig ich dir den Süden, Tirol und die Berge.« Sein Atmen ist laut geworden. Überall, am ganzen Körper, spürt sie seine Hände. Alles ist plötzlich wieder so hell, so klar, so eindeutig. Der Süden, die Berge, seine weichen Lippen, die warme Haut, sein Körper, alles so nah. Er liebt sie, hat sich nach ihr gesehnt, die ganze Zeit. »Komm, komm, schließ die Tür ab. Wir gehen in mein Büro und schließen uns ein, so wie früher. Komm …« sagt er und sie schwebt an seinem Hals hängend über den Flur durch die Tür seines Büros. »Und ich hab gedacht, dass du mich satt hast.«

»Nie, nie, nie!«, stammelt er, setzt sie auf der Couch ab und beeilt sich, die Fensterläden zu schließen.

Später erzählt er ihr, dass auf einer der Konferenzen, an denen er teilgenommen hat, von Seiten der SS der Vorschlag gemacht wurde, deutsche Zigeuner in den Osten zu transportieren und bei minus 20 Grad erfrieren zu lassen oder sie mit Schiffen aufs Mittelmeer zu schaffen und von Flugzeugen aus durch Bombardierung zu ertränken. »Wie die sich das vorstellen?«, lacht er, »und überhaupt, es wäre schade um die Schiffe.«

Alles ist wieder wie früher. Mindestens einmal in der Woche besucht er sie, manchmal zweimal. Er schickt sie auch nicht auf Reisen. Bei sich haben will er sie. Immer wieder sagt er das. Er kann auch nicht die Hände von ihr lassen.

So satt und zufrieden hat sie sich lange nicht gefühlt. Es hilft ihr, die Arbeit durchzustehen. Manchmal kriegt sie keine Luft mehr vor lauter Arbeit. Selbst die Nächte sind voll davon. Ständig hat sie das Gefühl, dass die Zeit nicht reicht. Es ist, als ob ihr etwas im Nacken sitzt. Helle, schöne Tage ziehen vorbei, ohne dass sie es merkt. Auf dem Weg zur Arbeit überlegt sie, was sie alles tun muss. Wenn sie nach Hause fährt, grübelt sie, was sie nicht erledigt hat, aber dringend erledigen muss.

Nur wenn Robert kommt, spürt sie sich selbst. Dann kann sie atmen und sich zurücklehnen. Ansonsten sind da nur Papier und Akten, Berge von Dokumenten, Fotos, Urteilen, Gutachten. Wie am Fließband geht das. Später, wenn die Sichtung der Zigeuner und der Asozialen abgeschlossen ist, und das wird bald sein, wird sie alles nachholen. Dann wird sie in den Cafés sitzen und Kaffee trinken, spielenden Kindern zusehen, Enten am See füttern, endlich die Stadt kennenlernen und sich vielleicht einen Hund halten. Vor allem aber werden sie und Robert Zeit füreinander haben. Aber noch ist die Aufgabe nicht erfüllt. Und die Aufgabe ist das wichtigste.

»Jetzt sind schon wieder welche abgeschoben worden«, tobt Robert, als er an einem eisigen Februarmorgen an Evas Tür vorbeieilt. »2000 von den Ostpreußischen, die wir als Mischlinge eingestuft haben, sind jetzt in Viehwagen unterwegs nach Polen. Sie werden dort in einem Gefängnis festgesetzt. Ich frage mich, wem das nützen soll? Wenn sie rauskommen, vermehren sie sich weiter und weiter und weiter!« Er verschwindet im Büro und wirft die Tür hinter sich zu. Bis zum Mittag lässt er sich nicht sehen. Sie hört, wie er telefoniert. Seine Stimme klingt dumpf. Gegen Mittag reißt er die Tür auf. »Fräulein Justin!« Sie zuckt zusammen, ahnt Unangenehmes. Als sie sein Büro betritt, steht er am Fenster und trommelt mit den Fingern auf der Fensterbank. »Wir müssen was tun. So geht es nicht weiter. Wir müssen Druck machen!« Das einzige, was sie seinen langen Erklärungen entnimmt, ist, dass es für die ostpreußischen Zigeuner eine Sonderregelung geben soll und sie in ein Zwischenlager nach Bialystock gebracht werden. Dass es sich dabei um einen Ort in Polen handelt, der längst zum Reich gehört und Ostpreußen angegliedert wurde, erfährt sie nebenbei. Was daran so schlecht sein soll, versteht sie nicht. Robert kann gar nicht aufhören, sich aufzuregen. Eva will nicht fragen, um ihn nicht zusätzlich zu reizen und es ist ja auch letztlich egal, wo sie hinkommen. Ohnehin sind ihr die vielen Regelungen und die ständig neuen Erlasse zuviel. Immer wieder gibt es neue Vorschriften und Richtlinien, die beachtet werden müssen. Sie hat keine Zeit, sich ständig in Neues einzulesen, ist froh, dass Robert den Überblick behält und die Richtung angibt. Auf seinem Schreibtisch türmen sich Unterlagen über Zigeuner aus der Slowakei, Rumänien, Ungarn, Siebenbürgen, Bulgarien, Polen. Seit Wochen ist er mit Zigeunerstämmen befasst, die aus den deutschsprachigen Gebieten Böhmens und Mährens eingewandert sind, außerdem mit burgenländischen Zigeunern sowie mit Stämmen aus Österreich und Ungarn. Er ist über alles informiert. Eva weiß nicht, wann er all das liest. Auf einer Weltkarte, die hinter ihm an der Wand hängt, hat er alle Länder, auf die die Zigeunerpolitik ausgedehnt worden ist, mit weißen Papierfähnchen gekennzeichnet. Es sind viele Fähnchen auf der Karte.

Den ganzen Nachmittag sitzt sie vor seinem Schreibtisch, durchmustert mit ihm die Sippentafeln. Eine mühselige Kleinarbeit ist das. Dann schreibt er scharfe Briefe an Behörden. Sie darf sich keinen Schritt entfernen. Zu jedem seiner Argumente erwartet er einen Kommentar. Alles, was er schreibt, ist klug und durchdacht. Seine Gedanken sind präzise. Er zögert nie. Immer weiß er, was zu tun ist.

Als im April die Brot- und Fettrationen, auch die Fleischzuteilung nochmals gekürzt und Hygieneartikel gestrichen werden, und sich die Witzendorf deshalb den ganzen Tag nicht beruhigen kann, kommt es Eva so vor, als würden sie diese Dinge nichts angehen. Als die Kallies mit Tränen in den Augen vor ihr steht und auf die Durchhalteparolen der Partei schimpft und nicht weiß, wie es gehen soll ohne Mann und mit dem kleinen Kind, wenn man keine Seife hat, keine Zahnpasta, nicht mal Schuhcreme, von Essen ganz zu schweigen, ist Eva dankbar, dass ihr so etwas erspart bleibt. Robert weiß wirklich immer, auch in solchen Fällen, was zu tun ist und wie man an derlei Dinge herankommen kann.

Eva kommt gerade aus der Mittagspause zurück, als die Lützenkirchen aus Roberts Büro stürzt und einen Briefumschlag durch die Luft schwenkt. Immer wieder, so auch jetzt, bemerkt Eva diesen dümmlichen Ausdruck im Gesicht der Kollegin, und auch, dass sie, wenn sie aufgeregt ist, leicht lispelt. »Wir haben Post vom Reichskriminalamt. Dr. Ritter hat Ja gesagt. Leni Riefenstahl dreht einen Film! Er heißt Tiefland und soll eigentlich in Spanien spielen. Weil das aber nicht geht, suchen sie jetzt südländisch aussehende Leute, also Leute, die wie Spanier aussehen. Dabei haben sie an die Zigeuner in Marzahn gedacht. Sie sollen Bauern, Mägde oder Knechte spielen.« Eva ist irritiert. »Was sollen sie?« Die Lützenkirchen ist nicht zu bremsen. »Sie sollen mitspielen! Kinder brauchen sie auch. Natürlich werden alle bewacht. Es sind 58 Drehtage.« Die Lützenkirchen ist außer sich, kommt kaum dazu, Luft zu holen. Eva wundert sich. »Und mit so was beschäftigt sich das Reichskriminalamt?«

»Ja. Wegen der Reiseerlaubnis. Damit die Leute Busse und Bahn benutzen dürfen. Ausnahmsweise natürlich.«

»Die wissen genau, dass sich die Zigeuner nicht vom Platz bewegen dürfen.« Die Lützenkirchen geht fast in die Knie vor Eva. »Aber das Kriminalamt und Dr. Ritter haben schon alles genehmigt. Er hat gesagt, wir sollen eine Liste zusammenstellen. Die Riefenstahl hat vorher in Salzburg gedreht und Zigeuner aus dem Lager Maxglan geholt.« Sie legt Eva den Brief auf den Tisch. Eva überfliegt den Antrag. »Tja, wenn das so ist.«

Bis zum Abend suchen sie 65 Zigeuner aus, die als Komparsen auftreten sollen. Die Lützenkirchen tippt Namen auf ein Formular, die Eva ihr diktiert: Charlotte Rosenberg, Reinhold Laubinger, Willy Munk, Pierro Jorjewitsch alias Vasilcovic, Agnes Steinbach, Alma Steinbach, Karl Weinlich, Lani Ernst. »Stellen Sie sich vor, Fräulein Justin. Die werden Leni Riefenstahl sehen! Die große Leni Riefenstahl! Sie spielt die Hauptrolle.« Die Lützenkirchen ist völlig entrückt. »Es geht um einen Schafhirten, Pedro, der in den Bergen lebt. Seine Herde wird von Wölfen bedroht. Eines Tages gelingt es ihm, einen der Wölfe zu fangen und mit bloßen Händen zu erwürgen. Sein Herr ist ein strenger und kaltherziger Mann. Er lässt den Bach, der die Felder und Tiere der Bauern versorgt, umleiten, um ihn für die Zucht seiner Kampfstiere zu nutzen. Dadurch fällt die Ernte aus und die Bauern können ihre Pacht nicht mehr bezahlen. Sie wollen was dagegen tun. Und dann lernt Pedro im Wirtshaus eine Tänzerin kennen und jetzt wird es spannend, weil nämlich sein Herr auch in sie verliebt ist. So steht es jedenfalls in der Zeitung.«

Zweimal darf die Lützenkirchen mit nach Babelsberg. Alles setzt sie daran, dort Zarah Leander, Heinz Rühmann und Hans Albers zu treffen. Im Institut schwärmt sie von einer Schneiderei und herrlichen Kostümen, von riesigen Lampen in den Studios und technischen Anlagen. »Wie eine richtige Stadt ist das. Ihr könnt euch gar nicht vorstellen, wen man alles braucht, um einen Film zu drehen.« Sie zählt auf: »Beleuchter, Dekorateure, Maler. Schreiner, Schneider, Bühnenarbeiter, Kameraleute und Statisten, die die Klappe schlagen.« Mit den Händen ahmt sie eine Klappe nach, »Ton ab! Klappe die Erste! Erst dann kommen die Schauspieler. Ich habe das Kleid von der Riefenstahl gesehn, das sie in ›Stürme über dem Mont Blanc‹ getragen hat! Unglaublich. So ein Kleid hätte ich mal gerne. In Babelsberg werden jede Menge Filme gedreht. Revuen, Komödien, alles. Goebbels ist jeden Tag dort.«

»Und? Haben Sie ihn gesehen?«

»Nein, das nicht. Aber sicher werde ich ihn noch sehen.«

»Passen Sie bloß auf. Man sagt unserem Propagandaminister einiges nach«, scherzt die Witzendorf, lacht und flüstert so, dass es alle hören: »Nicht umsonst nennen sie ihn den Bock von Babelsberg.«

Dann hebt sie die Stimme wieder: »Also, wenn er mich zum Kaffee einladen würde, ich hätte nichts dagegen.«

Einmal ist auch die Kallies bei einer Probe mit den Zigeunern dabei. Auch sie kann sich nicht einkriegen über die Studios, die Kameras, vor allem über Leni Riefenstahl. »Sie ist unbeschreiblich. Die Figur und alles. Alle Männer verrenken sich nach ihr. Einen Tag lang möchte ich mal so aussehen. Nur einen Tag … Und wie sie die Landschaft hingekriegt haben, den Wald, die Wasserfälle. Alles wie echt. Aber eigentlich ist es Pappe.« Eva sind die Studios und die Riefenstahl egal. Nie hat sie sich vorgestellt, anders auszusehen. »Liebes Fräulein Kallies, Sie sehn nun mal nicht aus wie die Riefenstahl und weder Hans Albers noch sonst jemand wird einen Blick auf Sie verschwenden«, beendet sie die lästige Schwärmerei der Kollegin und will wissen, wie es mit den Zigeunern läuft. Für einen Moment schnappt die Kallies ein. Eva sieht es an der vorgeschobenen Lippe. Immer schiebt die Kallies die Lippe vor, wenn ihr etwas nicht passt. Aber dann sprudelt sie wieder. »Die sehen tatsächlich wie Spanier aus. Und spielen sehr gut. Das muss man ihnen lassen. In Marzahn sitzen sie ja immer so gelangweilt herum, aber dort sind sie ganz anders. Auch die Kinder mit den ulkigen Kostümen. Einmal haben sie alle Kinder huckepack genommen und getanzt. Die Männer sehen toll aus in den dunklen Kostümen. Auch die Frauen. Ihr würdet sie nicht wiedererkennen.« Eva schüttelt den Kopf. Zeitverschwendung nennt sie die Begeisterung der Kollegen für Filme und Schauspieler und fragt sich, ob die Kallies und die Lützenkirchen wirklich verstanden haben, um was es geht.

Der Führer will Berlin in ›Germania‹ umbenennen. In der Wochenschau verfolgt Eva seine Rede. »Was ist London, was ist Paris dagegen?«, schmettert er mit einer sich überschlagenden Stimme. Dem großgermanischen Weltreich will er einen Mittelpunkt geben. Acht Millionen Einwohner soll die Stadt einmal haben. Ob sie das wohl erleben wird? Sie stellt sich Berlin als Welthauptstadt vor, mit breiten Verkehrsachsen, riesigen Versammlungsstätten und Prachtstraßen mit teuren Geschäften. Sie stellt sich vor, wie sie mit Robert vor einem kolossalen Triumphbogen mit geschmückten Reliefs steht, Arm in Arm und lachend. Eine gute Zeit wird das, eine schöne Zeit.

Aber noch ist Robert viel unterwegs und, wenn überhaupt, nur an den Wochenenden in Berlin. Zweimal wegen Vorträgen, dann wegen eines Kongresses. Seit drei Wochen hält er sich im Jugendschutzlager Uckermark auf. Eine Karte hat er geschrieben, auf der ein See abgebildet ist. Die Landschaft sieht weit und hell aus. Menschen sind nicht zu sehen.

Die einsamen Abende nutzt sie für die Doktorarbeit. Mehrfach hat sie versucht, Professor Fischer zu erreichen, aber er ist erkrankt und seit Wochen nicht mehr an der Universität.

Tagsüber arbeitet sie in Marzahn. Alle dort haben Angst. In der Nähe des Lagers befindet sich neuerdings so etwas wie eine Flakstation, weswegen immer wieder messerscharfe Granatsplitter von der Flugabwehr ins Lager fliegen und oft genug Leute verletzen. Eigentlich hat sie sich nicht vorstellen können, dass es noch elender werden könnte im Lager, aber es wird schlimmer und schlimmer.

Auch aus anderen Lagern kommen scheußliche Nachrichten. Vor allem aus dem Gefängnis im polnischen Białystok. Die Haftbedingungen für die Mischlinge sind katastrophal, das Lager ein Seuchenherd. Kinder und Alte sterben wie die Fliegen, Typhus hat sich ausgebreitet und eine Hungerseuche bedroht selbst die Gesundheit der Aufseher.

Robert sieht mitgenommen aus, als er aus dem Lager Uckermark zurückkommt und fühlt sich krank. Um nach Bialystok zu reisen, fehlt ihm die Kraft. Außerdem hat sich eine hochrangige Besuchskommission angesagt, mit der er das Lager in Moringen visitieren soll. »Fräulein Justin, Sie werden nach Polen reisen und sich die Sache aus der Nähe ansehen. Und Frau Hellke mitnehmen.«

»Frau Hellke fährt nach Köln, ins Lager nach Bickendorf.«

»Dann nehmen Sie eben Fräulein Nickel mit.«

»Fräulein Nickel ist viel zu unerfahren.«

»Das macht nichts. Dann lernt sie jetzt mal was.«

»Und was machen wir dort?« Eva sitzt über Gutachten, spannt ein Blatt Papier in die Schreibmaschine und sieht ihn erwartungsvoll an. Er antwortet nicht sofort. Dann steht er auf, schließt die Tür, zieht sich einen Stuhl heran und setzt sich neben sie. »Ihr werdet euch zunächst mal ansehen, wie es dort zugeht. Die Haftbedingungen müssen kontrolliert werden. Du weißt ja, was ich von diesen

Zwischenlösungen halte. Es nützt nichts, wenn sie dort nur festgesetzt werden und irgendwann wieder herumlaufen. Da müssen wir eingreifen. Wenn die Haftbedingungen wirklich so grauenhaft sind, können wir uns dafür einsetzen, dass zumindest die sozial Angepassten entlassen werden, aber natürlich nicht so ohne Weiteres. Ihr werdet ein Formular vorbereiten. Den Angepassten versprechen wir, dass sie, wenn sie sich sterilisieren lassen, freikommen und vielleicht sogar heiraten dürfen. Das müssen sie unterschreiben. Wenn sie nicht unterschreiben, bleiben sie, wo sie sind. Wenn wir die Unterschriften haben, sind wir auf der sicheren Seite. Bei den Schwangeren ist die Bedingung, dass sie abtreiben lassen. Wir müssen einfach alles dransetzen, dass sie sich nicht vermehren.«

»Und das kriegen wir durch?«

»Lass das meine Sorge sein. Ins Formular muss natürlich ein Passus rein, dass sie im Fall verbotener Rückkehr nach Deutschland sofort in ein Lager kommen.«

»Sie können sowieso nicht zurück. Sie haben doch keine Papiere mehr. Auch kein Geld oder Wertsachen.«

»Trotzdem.«

»Und was ist mit meiner Doktorarbeit? Und mit der Forschung in einem Kinderheim? Du hast gesagt, dass es dringend ist.«

»Ja, ja, aber Polen ist jetzt dringender. Auch dort wirst du wieder interessante Fälle finden. Sobald du zurückkommst, werden wir das mit dem Kinderheim angehen.« Robert hat eine besondere Art, Dinge durchzusetzen. Manchmal ist es nur ein Blick oder eine Geste und sofort tut sie, was er sagt. Da braucht sie gar nicht nachzudenken. Wenn er sich in etwas sicher ist, dann kann sie es auch sein. »Und wann sollen wir reisen?«

»So schnell wie möglich. Wie sieht es nächste Woche aus?« Eva blättert im Kalender. Dann nickt sie. »Ab Mittwoch könnte ich fahren. Die Nickel auch. Sie spricht sogar ein bisschen polnisch.« Robert nickt. »Gut. In Bialystok werdet ihr Frau Dr. Ehrhardt treffen. Sie wird um diese Zeit schon dort sein. Sie kennt sich aus, war in verschiedenen Lagern, in Sachsenhausen und Dachau. In Litzmannstadt hat sie Rassenforschungen durchgeführt.«

Polen, 1942

Im Zug von Berlin nach Białystok haben sie das Abteil für sich. Obwohl sich der Herbst schon ankündigt, ist die Luft noch schwer von der Hitze und dem Staub des Sommers. Fräulein Nickel sitzt am Fenster, fächert sich mit einer Zeitung Luft zu. Sie ist erst seit wenigen Wochen dabei und macht auf Eva einen konfusen Eindruck. Sie verwechselt Termine, vertauscht Namen, irrt sich mit Akten und stellt Fragen, über die Eva nur den Kopf schütteln kann. Ihr rundes Gesicht ist erhitzt, die braunen dünnen Haare kleben am Kopf. Für die Reise hat sie alles zusammengetragen, was sie an Informationen finden konnte: »Wir sind jetzt kurz hinter Warschau. Also noch ungefähr 200 Kilometer. Ich war mal als Kind hier und erinnere mich an herrliche Kuchen und an Szaszłyk. Das sind Fleischstücke mit Zwiebeln, Paprika, Pilzen und Speck auf einem Spieß gegrillt oder Pierogi, kleine Maultaschen mit Fleisch- und Quarkfüllung, auch sehr fein. Überhaupt die polnische Wurst, besonders die geräucherte, schmeckt prima mit Bier oder Wodka.«

Während sich die Nickel in Rezepten ergeht und von Sauerkraut und Kümmel, Senf- und Meerrettichsoßen schwärmt, sitzt Eva am Fenster, den Kopf an die Zugscheibe gelehnt, und sieht hinaus. Es dauert, bis die Nickel das Thema ändert. »Wussten Sie, Fräulein Justin, dass Białystok mal preußisch war, dann russisch, dann polnisch? Ich habe mich informiert. Der größte Teil der polnischen Juden hat dort gelebt. Das ist jetzt natürlich anders. Wissen Sie, dass es im Ghetto einen Judenrat gibt?« Bisher hat Eva nur mit halbem Ohr zugehört, aber jetzt, wo die Nickel von Judenräten anfängt, wird sie aufmerksam. »Was wissen Sie denn schon über Judenräte?« Die Nickel zieht die Augenbrauen hoch und hebt die Stimme. »Judenräte erhalten ihre Befehle von der SS. Sie befassen sich mit Bevölkerungsverzeichnissen, mit der Lebensmittelversorgung, mit Beerdigungen, auch mit dem Gesundheitswesen. Das muss ja alles organisiert sein. Sie sind auch verpflichtet, Arbeitskräfte zu liefern. Ja, stellen Sie sich vor, sie helfen bei den Evakuierungen in die Arbeitslager.« Dann kichert sie und fügt hinzu: »Sie helfen also bei den eigenen Evakuierungen. Damit wird Personal eingespart.

Einige werden ihre Positionen ganz schön ausnutzen und sich bereichern. Oder meinen Sie nicht?«

»Wer sagt das?«

»Das hört man so.« Eva weiß nicht, was sie zu diesem Gerede sagen soll. Die Fahrt macht träge und sie sieht wieder aus dem Fenster. Es dauert einen Moment, dann fängt Fräulein Nickel an in ihrer Tasche zu kramen und fragt: »Den Juden wird doch alles weggenommen, wenn sie ins Lager kommen, oder? Das müssen doch Berge von Sachen sein.« Eva setzt sich aufrecht. Wie die Nickel redet? »Berge von Sachen sind es sicher nicht. Was sie haben, behält das Reich. Das ist ja auch nicht mehr als recht. Die Lager kosten schließlich auch was. Unterkunft, Essen, alles das. Auch der Transport. Oder glauben sie, die kaufen sich ne Fahrkarte? Was glauben Sie eigentlich?«

»Aber es ist doch eine Enteignung, oder?«

»Eine Enteignung ist im Falle eines Juden ganz normal.«

Demonstrativ dreht sich Eva nach dem Fenster. Sie hat keine Lust, sich weiterhin solche Fragen anzutun. Ihr Blick geht wieder über die Landschaft, über die Hügel. Bussarde kreisen unter den Wolken. Entrückt und fern schweben sie in einer von einem Dunstschleier verhüllten Höhe. Sie kreisen und kreisen. Hin und wieder glaubt Eva ihr Gickern zu hören. Zuvor hat sie Wildgänse gesehen, einen schnatternden Schwarm, der sich keilförmig, ein Leitvogel an der Spitze, in Richtung Osten bewegt hat. Wie weit der Blick wohl sein muss, von so weit oben, denkt sie.

Die Nickel sagt nichts mehr, döst vor sich hin.

Die Fahrt ist eintönig und lang. Auch die Landschaft. Heckenumsäumte, spätsommerliche Wiesen, abgeerntete Felder, Waldstücke, manchmal Dörfer. Im Zug ist es unruhig. Auf jeder Station steigen Leute zu. Ständig poltert jemand durch den Waggon. Im Gang müssen immer zwei oder drei Leute aufstehen, um Platzsuchende durchzulassen. Der herbe Geruch schwitzender Körper mischt sich mit Zigarettenrauch. Auch Eva schwitzt. Besonders unter den Achseln. Hoffentlich gibt das keine Ränder auf der Bluse.

Sie versucht, die Ortschilder zu lesen. Manche Schilder tragen deutsche Namen. Die anderen kann sie nicht aussprechen.

Je weiter sie nach Osten kommen, desto trostloser werden Gegend und Wetter. Dunst hängt über den gefiederten Silhouetten der Wälder, verschluckt Dörfer, Häuser, Menschen. Es ist ein zäher Dunst, der in den Augen schmerzt, über dem Boden schwebt und bis Białystok nicht aufhört. Hier und da ragen Kiefer- und Birkenwälder aus dem Weiß. Manchmal sind es Fabriken mit hohen Schornsteinen, die das Bild verschandeln.

Dr. Sophie Ehrhardt ist mit einem früheren Zug gekommen und wartet bereits auf dem Bahnsteig. Sie sieht streng aus mit den mit zwei Kämmen festgesteckten hellen Haaren und der schwarzgeränderten Brille. Ihr Rock ist zerknittert von der langen Fahrt. Winkend und mit Gepäckstücken beladen kommt sie den beiden Frauen entgegen. »Gut, dass es endlich Verstärkung gibt«, lacht sie und drückt Eva und Fräulein Nickel die Hand.

Sophie Ehrhardt ist Eva noch aus der Tübinger Zeit vertraut. Sie kennt sich aus, hat mit ihren Arbeitsgruppen monatelang tausende Zigeuner in Ostpreußen erfasst. Sie ist sich sicher, in Bialystok einige der Abgeschobenen wiederzusehen. Eva erinnert sich an Abdrücke von Gesichtern, die die Ehrhardt bei ihrem letzten Besuch in Berlin im Gepäck hatte. Zwei Männerköpfe. Schöne Männer. Jemand hatte ihre Namen in den Gips geritzt: Albert und Johannes Bock.

Die Ehrhardt geht strengen Schrittes voran. Ihre genagelten Schuhe klacken auf dem Pflaster. Ein wortkarger Uniformierter holt sie ab, bringt sie zu einem Feldfahrzeug, mit dem er sie durch die Stadt fährt. Ein barockes Rathaus und ein imposanter Dom liegen auf dem Weg. Schön gestaltete Fassaden von Bürgerhäusern fallen auf.

An beiden Flussseiten reihen sich Fabrikanlagen aneinander. Graue Industriebauten sind es, dahinter Stoppelfelder und Brachland, kleine Gehöfte, Mietskasernen, an denen der Putz abblättert, alte Holzhäuser. Die Stadt kommt Eva entrückt und irgendwie verschwommen vor. Der Uniformierte stoppt den Wagen an einer Bushaltestelle am Stadtrand und lässt die Frauen aussteigen. Mit Händen und Füßen erklärt er ihnen die Richtung, gestikuliert und wiederholt immerzu die gleichen Worte, die niemand versteht. Dann steigt er in seinen Wagen, wendet und fährt zurück.

Alles ist schmutzig und heruntergewirtschaftet. Irgendwo blöken Schafe. Händler stehen am Wegrand. Zerlumpte Männer mit schwarzen Zähnen handeln mit Holz; Frauen mit Kopftüchern preisen dürftiges Knollengemüse an. Schmuddelige Kinder streichen um die Frauen herum, kommen näher, zupfen an Evas Mantel, jammern und bitten mit den Augen. Eva droht mit den Händen, tut so, als wolle sie sich eines der Kinder greifen. Da rennen sie kreischend auseinander.

Die Frauen folgen einem Weg mit löchrigem Pflaster, in dessen Vertiefungen Pfützen stehen. Ein Stück geht es an einem Zaun entlang, der neben einem zertrampelten Pfad verläuft, dessen Erde fast schwarz ist.

Das Gefängnis liegt am Fluss, inmitten einer unüberschaubaren Landschaft aus Erdhügeln und verwildertem Gestrüpp, und ist mit Holz- und Stacheldrahtzäunen abgeriegelt. Zwei Wachsoldaten mit Hunden und geschulterten Gewehren warten an einer Rampe. Einer schnäuzt sich die Nase, indem er mit bloßen Händen erst eins, dann das andere Nasenloch zudrückt und den Schleim auf den Weg rotzt.

Ein Aufseher in einer abgetragenen Uniform empfängt sie hinter einem Eisenportal, überprüft ihre Ausweise und salutiert. Er ist gedrungen und kurzbeinig, hat eine Stirnglatze. Eine Narbe zerteilt die linke Gesichtshälfte. Wenn er spricht, blitzt ein Goldzahn. Er stellt die Frauen zwei weiteren Mitarbeitern vor, von denen sich einer anbietet, ihnen das Gebäude zu zeigen. In schlechtem Deutsch mit stark polnischem Akzent erkundigt er sich nach der Reise und bringt sie in einen kahlen, weißgetünchten Raum, eine Art Küche mit einem Spülstein und einem Herd. Ein Tisch ist gedeckt. Eine Frau in Sträflingskleidern wischt sich die Hände an der Schürze ab und beginnt auf Zuruf des Aufsehers mit hektischen Bewegungen und knochigen Fingern Kaffee zu kochen.

»Wie viele sind hier untergebracht?«, will Eva wissen. Die Auskunft des Aufsehers ist ausweichend. »Zu viele. Hauptsächlich Ostpreußen. Massenhaft Zigeuner. Ein paar Funktionäre der Bolschewisten sind auch dabei.« Sie setzen sich an den Tisch. Die Frau bringt Brote mit Schmalz, stellt eine dampfende Kanne auf den Tisch und verteilt Tassen. Die Ehrhardt greift als erste nach den Broten. »Also, wenn Sie mich fragen«, sagt sie und wirft Eva einen vielsagenden Blick zu, »hier gibt es nur Kriminelle.«

Später zeigt der Aufseher, der sich inzwischen als Kommandant vorgestellt hat, den Frauen den Hof und einen Teil des Gebäudes, in dem die Gefangenen untergebracht sind. Obwohl es draußen kühl ist, brütet innen die abgestandene Luft verschwitzter, verdreckter Körper in überfüllten Räumen. Von oben bis unten wird Eva fixiert. Mindestens zwölf Augenpaare aus dunklen Gesichtern verfolgen jeden ihrer Schritte. Die Pritschen stehen dreistöckig. Einen eigenen Schlafplatz hat niemand. Kleidungsstücke hängen an Nägeln an den Wänden. Vor einem vergitterten Fenster steht eine Waschschüssel mit stinkendem Wasser.

Die meisten Zellen sind leer, die Gefangenen bei der Arbeit. Nur zerlumpte Frauen mit notdürftig bekleideten Kindern sind übrig. Sie liegen zusammengekauert auf dem nackten Boden. Manche haben etwas Stroh unter sich. Eine der Frauen liegt auf einer schmutzstarrenden Steppdecke, hebt die gefalteten Hände bis über den Kopf und bettelt um Brot. Ihr Stöhnen hallt wider, schwillt an, flutet auf und ab, vermischt sich mit anderem Wimmern und Winseln. Die Kinder haben alles Kindliche eingebüßt. Eva versucht ihr Alter zu schätzen, aber das ist unmöglich. Die Haut ist gelb, die Augen sind riesig vor Hunger.

Die Zellen sind wie Pferdeställe. Eine Gefangene streckt ihre Hand aus dem Gitter. Ein Kauderwelsch aus Jiddisch und Romanes prasselt auf die Frauen nieder. Andere sitzen abgestumpft und teilnahmslos herum, heben nicht einmal den Kopf, als Eva ans Gitter klopft. Der ekelhafte Gestank nach Exkrementen und Erbrochenem, der aus ihren Kleidern strömt, nimmt Eva fast den Atem. Alles ist voll von diesem Gestank.

Eva sieht, wie Frau Ehrhardt schluckt. Sie selbst versucht durch den Mund zu atmen. »Ja, die Luft hier ist nicht auszuhalten«, klagt der Kommandant, der Evas Blick bemerkt hat, »aber das ist wegen der Enge hier. Wir haben absolut keinen Platz mehr. Inzwischen teilen sich mehrere Familien eine Zelle. Hoffentlich kommen bald welche weg. Es sind einfach zu viele.« Er seufzt und wiederholt: »Hoffentlich.«

Eva drängt wieder hinaus. Zu stickig ist die Luft. »Und das Essen? Was kriegen sie zu essen?« Dem Kommandanten behagen Evas Fragen nicht. Er verzieht das Gesicht, wobei sich der Haarstummel unter der Nase, den er dem Führer abgeguckt hat, merkwürdig verformt. »Was sollen sie schon kriegen? Ist ja schließlich keine Erholungsanstalt.« Sie kommen an einer Zelle vorbei, in der mindestens zwölf Personen eingepfercht sind. »Sehn Sie, wie dreckig die sind. Voller Läuse und sonst was. Wir bräuchten strengere Regeln. Sonst wird es noch schlimmer. Sie lügen und stehlen, obwohl sie genau wissen, dass sie, wenn sie erwischt werden, wegkommen.« Sie gehen entlang eines langen Flures. Alle paar Schritte wird ein Eisentor geöffnet und sobald sie durchgegangen sind, wieder verschlossen. »Die Sie hier sehen, sind weitaus gefährlicher als Juden. Alles Zigeuner. Alles Spione. Ein richtiges Nest hier. Sie arbeiten für die Partisanen. Auch für Juden und Bolschewiken. Man kann sie nicht durchschauen. Keiner kann das. Sie übertragen Krankheiten, sind voller Krätze, Läuse, Dreck. Man müsste sie ausräuchern.«

Sie gelangen in ein Nebengebäude, den Krankenbau des Lagers. Der Kommandant übergibt die Frauen an eine Häftlingsärztin und verabschiedet sich. Die Ärztin sieht aus, als ob sie nächtelang nicht geschlafen hat. Das noch junge Gesicht ist kalkweiß, tiefe Schatten liegen unter den Augen. »Wir wissen nicht, wie es hier weiter gehen soll«, sagt sie in gebrochenem Deutsch und streicht sich eine Haarsträhne aus dem Gesicht. »Das ist alles zu viel. Zu viele Tote. Und wir können nichts machen. Eigentlich habe ich gar keine Zeit, Sie herumzuführen.« Dennoch zieht sie den Kittel aus, hängt ihn über einen Stuhl. »Kommen Sie. Folgen Sie mir.«

Die Ärztin führt sie über einen langen grauen Flur, eine Treppe hinauf, auf die Kinderstation. In einem grau getünchten Krankensaal liegen an die dreißig Kinder auf Holzpritschen, zugedeckt mit fleckigen Leintüchern. Auch hier stehen der Brodem von Wunden und das Ausgeatmete zäh in der Luft. Der scharfe Geruch nach Urin mischt sich mit dem Angstgeruch der Kinder, dem Schweiß aus ungewaschenen Betten und Kleidern, den Ausdünstungen von käsigen Füßen, dem süßlichen Hauch eiternder Wunden, dem Gestank von Fäkalien.

Die Kinder sind nur noch Haut und Knochen, völlig ohne Muskeln. Ein Junge kann sich kaum noch bewegen. Er wimmert vor Schmerzen. Seine dünne pergamentartige Haut scheuert an den harten Kanten des Skeletts durch, wo sie rot und entzündet ist. Bei fast allen Kindern bedeckt Krätze den Körper. Narben entstellen die Gesichter, Geschwüre ziehen sich über Münder, zerfressen die Haut, bohren sich bis auf das Zahnfleisch, höhlen Kiefer aus und durchlöchern Wangen. Sie gehen von Pritsche zu Pritsche. Die Kinder liegen da, teilnahmslos und apathisch. »Zuerst haben wir gedacht, dass es Typhus ist. Wir haben deshalb schon einige abtransportieren lassen.«

»Und? Wissen Sie inzwischen, was es ist?«

»Ja. Es ist Noma, Wasserkrebs«, erklärt die Ärztin, »eine Art Hungerseuche. Die Krankheit entsteht durch Mangel, also durch Unterernährung. Es ist eine bakterielle Erkrankung, zwar nicht ansteckend, aber leider tödlich. Sie zerfrisst innerhalb von zwei Wochen das Gesicht. Das fängt ziemlich harmlos an: mit Zahnfleischbluten und Mundgeruch. Dann entstehen harte Knoten auf der Mundschleimhaut. Sie entzünden sich, breiten sich über Wangen und Lippen aus. Das Gesicht schwillt an, Fieber und Schmerzen treten auf. An den betroffenen Stellen bildet sich Eiter und zersetzt das Gewebe. Bis in die Augenhöhlen kann das gehen. Die Verstümmelungen sehen Sie ja.« Sie bleibt vor einem der Krankenlager stehen und zeigt auf einen Jungen, dem das halbe Gesicht fehlt. Schwarze Fliegen aasen am Mund des Kindes, fressen am eitrigen Schorf. Eva muss schlucken, so stark ist der Geruch seiner Wunden. »Was tun sie dagegen?«

»Wir können nur wenig tun. Mundspülungen zum Beispiel. Die Nahrung müsste besser werden. Und die Hygiene. Damit könnten wir die Lage verbessern. Die Kinder haben große Schwierigkeiten beim Essen und Sprechen, auch beim Atmen. Sie sterben an Blutvergiftung oder verhungern. Wenn die Kieferknochen schrumpfen, kommt es bei manchen zu einer Kieferklemme. Das heißt, die Kinder können den Mund nicht öffnen und keine Nahrung aufnehmen. Sie sterben. Vor kurzem ist ein Kind an Erbrochenem erstickt. Aber es sind nicht nur Kinder, Erwachsene haben das auch.«

Beim Essen in der Lagerkantine sind sie sich einig, dass sich die hygienischen Zustände verbessern müssen. Auch für frische Kleidung wollen sie ein Wort einlegen, vor allem für Unterwäsche. Und für bessere Nahrung. Die Ehrhardt macht Notizen für einen Bericht. Später sehen sie zu dritt Namenslisten und Akten durch, durchforsten sie nach sozial Angepassten. Aber es sind weniger als eine

Handvoll Familien, die zu den guten Zigeunern gehören. Hinzu kommen ein paar fragliche Kandidaten, die sie sich ansehen wollen.

Die Aussortierten werden auf einer speziellen Liste eingetragen, die Fräulein Nickel noch am Abend dem Kommandanten übergibt. Manche der Namen sind angekreuzt, andere unterstrichen. Alle die ein Kreuzchen bekommen haben, werden auf den nächsten Tag in eine provisorisch eingerichtete Schreibstube einbestellt.

Am anderen Morgen, weit vor dem Frühstück, stehen sie schon in einer langen Schlange vor den Baracken. Ihre Gesichter sind grau und eingefallen. Zwei Aufseher mit Hunden stehen seitlich. Sie haben Gewehre geschultert und tragen Abzeichen an der Brust. Die Hunde bellen. Sie sind gut genährt und muskulös.

Einen nach dem anderen nehmen sie sich vor. Eva und Frau Ehrhardt übernehmen die Gespräche, Fräulein Nickel protokolliert.

Die erste, die die Schreibstube betritt, ist eine Frau in Evas Alter. Anders als die anderen hat sie helle Haut und helle Haare. Eva erschrickt. Nie zuvor hat sie einen Menschen gesehen, der ihr so ähnlich ist. So wie sie, so hat auch diese Frau von hellen Adern durchzogene Arme, eine fast durchsichtige Haut, eine ovale Gesichtsform mit einer leicht gebogenen Nase, fast unsichtbare Augenbrauen, dünne Haare von unklarer rötlichbrauner Farbe und schmale, blasse Lippen. Sogar die Hände sind ähnlich. Es sind plumpe Hände mit sehr kurzen Fingernägeln. Alles das nimmt Eva wahr, auch den scheuen Blick, die unsicheren Bewegungen. Nahezu unerträglich ist das. Am liebsten würde sie der Frau die Ähnlichkeit austreiben. Wie eine Anmaßung kommt ihr das vor. Was, wenn das gar keine Zigeunerin ist? Der Gedanke hält sich nicht, eine Antwort kann sich nicht bilden, zu schnell ist die Idee wieder verflogen. »Wieso sind Sie so hellhäutig?«, will Eva wissen und blättert in den Unterlagen, die ihr die Kommandantur überlassen hat. Die Frau zuckt mit den Schultern. Eva fragt nach Herkunft und Eltern. Die Frau antwortet mit leiser Stimme. Eva muss genau hinhören. Dass sie aus Dresden kommt, erzählt sie, der Vater habe Geigen gebaut und Geigenunterricht gegeben. Sie selbst sei eine Sängerin und mit dem Vater in großen Städten und noblen Etablissements aufgetreten. »Wahrscheinlich im Adlon, in Berlin«, spöttelt Eva, grinst nach Frau Ehrhardt und sagt: »Sie sind ja alle was ganz Besonderes.« Die Frau nickt. »Im Adlon sind wir wirklich aufgetreten. Mein Vater ist bekannt mit Louis Adlon.« Eva ist nie im Adlon gewesen. Sie braucht diesen Luxus nicht. Aber dass diese abgemagerte Frau in einem der luxuriösesten Hotels des Reichs aufgetreten sein soll, lässt ihre Anteilnahme sofort auf den Nullpunkt sinken. »Geht es nicht noch höher? Noch feiner? Noch besser?« Sie notiert, was ihr auffällt. Die Frau erschrickt, will etwas sagen, aber Eva lässt ihr keine Zeit und fährt dazwischen: »Keine weiteren Lügen mehr!« Überheblich und anmaßend schreibt sie auf das Blatt. Dann fällt ihr ein, dass dieses Verhalten ein klares Anzeichen für einen Bastard ist. Wieso sonst hat die Frau auch so helles Haar und so ungewöhnlich helle Haut? Eva flüstert mit der Ehrhardt. Sie kommen zum Schluss, dass hier keine Rassenreinheit vorliegen kann. Die Frau wird nicht weiter gefragt. Eva lässt sie abführen und macht ein Kreuzchen in die Zeile »Verbleib in Białystok.«

Die zweite Frau, die hereingelassen wird, ist etwas älter und sieht aus wie viele in Marzahn: zerlumpt und verdreckt. Sie fängt schon an zu schreien, da hat sie kaum den Raum betreten. »Sie haben uns versprochen, wenn wir nach Polen kommen, bekommen wir einen Bauernhof, ein Stück Land und etwas Vieh. Lügen waren das. Stattdessen haben sie uns auseinander gerissen, die ganze Familie, und ins Gefängnis geprügelt. Meinem Mann haben sie die Zähne ausgeschlagen. Meine Nichte haben sie gestohlen. Sie haben sie an den Haaren fortgezogen. Ich habe gedacht, sie reißen ihr den Kopf ab. Neun Jahre war sie alt.«

»Niemand stiehlt Kinder.«

»Oh doch, das tun sie. Sie brauchen die Kinder für die Ärzte. Sie machen Versuche mit ihnen, Gott weiß was für Versuche, und dann werfen sie sie weg. Das Ännchen kommt nie mehr zurück, ich weiß es.« Die Frau schlägt die Hände vors Gesicht und schluchzt. »Drei Monate sind wir jetzt hier. Wir sind 13 auf einer Zelle. Zusammengepfercht wie Tiere.« Frau Ehrhardt will die Sache unterbrechen. »Das wollen wir gar nicht wissen.«

»Doch, doch«, bestimmt Eva, »lassen Sie sie ruhig reden.« Die Frau verstummt einen Moment, legt das Gesicht in Falten, sieht von einer zur anderen und nickt. »Es ist schrecklich. Alle hungern. Jeden Tag gibt es Tote. Ich habe zwei Tage Rücken an Rücken mit einem toten Mädchen geschlafen. Ein junges Mädchen war das. Sie ist vor Hunger gestorben. Keiner hat nach ihr gesehen. Die Männer werden auch wie Vieh behandelt. Morgens, wenn es noch dunkel ist, werden sie abgeholt und zur Arbeit getrieben. Sie bauen Straßen, Bunker oder Lager. Nachts kommen sie zurück. Sie arbeiten ohne Pause. Wir werden auch geprügelt. Aber das Schlimmste ist: Sie töten uns! Sie töten uns! Alle sind krank. Haben Hautausschläge und was sonst noch alles. Und dann diese schreckliche Krankheit. Fast alle haben das. So viele sind schon tot davon. Wenn ihr nichts tut, sterben wir!« Die Frau scheint keine Angst zu haben. Sie fuchtelt mit den Händen in der Luft herum und beschwört die Gottesmutter und alle Heiligen. Die Ehrhardt bringt es fertig, das Gejammer zu unterbrechen. »Wenn du raus willst, gibt es nur einen Weg.« Abrupt hört die Frau auf und sieht die Ehrhardt mit großen Augen an. »Welchen?«

»Wir können was machen, dass du keine Kinder mehr bekommst«, erklärt Eva, »wenn du es machen lässt, kommst du raus.« Die Frau stutzt, dann hebt sie die Arme und fängt an zu kreischen. »Das habt ihr schon mit meiner Schwester gemacht! Jetzt ist sie keine Frau mehr! Nur noch ein nutzloses Tier. Wie ein Baum, der keine Früchte trägt. Kinder bedeuten Glück! Ohne Kinder haben wir kein Glück! O Maria voll der Gnade, hilf mir … Ohne Kinder? Das geht doch nicht! Dann könnt ihr uns ebenso gut töten.«

Eva muss eisern durchgreifen, damit die Frau mit ihrem Lamento aufhört. Sie schiebt ein Formular über den Tisch, tippt mit dem Finger auf die Linie, die für die Unterschrift vorgesehen ist. »Hier unterschreiben. Mit vollem Namen. Dann gehts zum Arzt und mit etwas Glück bald raus hier.« Die Frau geht einen Schritt zurück. Sie sieht auf das Papier wie auf etwas Drohendes. »Das ist ein Vertrag mit dem Teufel!« Sie hebt erneut die Arme, um wieder in Jammern auszubrechen. »Ja oder nein?«, fragt Eva und macht Anstalten, das Formular wieder an sich zu nehmen, »wenn du nicht unterschreibst, bleibst du hier oder kommst in ein richtiges Lager!« Da spuckt die Frau auf das Blatt, tritt nach dem Polizisten, der sie unterm Arm packt und hinauszerrt. »Ihr behandelt uns wie Dreck!«, schreit sie,

»wir wissen schon, wir sollen uns nicht vermehren! Aber wenn es uns Zigeuner nicht mehr gibt, dann gibt es keine Freiheit mehr! Auch für euch nicht!«

Die Nächste, die hereinkommt, hat einen verkrüppelten Fuß. Sie heuchelt Magenschmerzen, um die Freiheit zu erlangen und knetet dabei nervös die Hände. Eva durchschaut das Spiel und ruft den Polizisten. Im letzten Moment unterschreibt die Frau das Formular.

Dann schleppt sich ein Mann auf Stöcken herein. Beide Beine scheinen lahm zu sein, denn er zieht sie hinter sich her, als ob sie nicht zu ihm gehören. Es ist ein mürrischer Alter mit grauem, hängenden Schnurrbart, der an den Spitzen gelb vom Schnupftabak ist. Er hat eine verschwommene Tätowierung auf dem Handrücken. Seine Augen sind entzündet und rot. Trotz seiner Schwächen wirkt er bedrohlich. Er hört sich an, was Eva zu sagen hat. Als sie fertig ist, knöpft er seine Jacke auf und trommelt mit behaarten Fäusten auf seiner entblößten, vernarbten Brust herum. »Da, sehen Sie nur hin! Alles voller Narben! Ich war für euch im Krieg und jetzt schlagt ihr uns, schindet uns! Nehmt uns alles. Geld, Ausweise, Wertsachen, alles. Wir wissen, was ihr mit uns vorhabt. Täglich gibt es Zigeunertransporte. Ihr wollt uns ausrotten. Wir sollen uns nicht vermehren. Dafür sollen wir unser Kreuzchen unter euern Brief setzen und wenn wir das nicht tun, tötet ihr uns. Aber das tut ihr sowieso, ob wir das Kreuzchen machen oder nicht. Heimlich macht ihr das, im Krankenlager, mit der Mulo-Spritze*. Uns geht es wie den Juden. Aber euch wird es auch mal so gehn, genau wie uns!« Bei den letzten Worten geht er auf Eva zu und sieht ihr fest in die Augen. »Ihr betrachtet uns wie Vieh! Macht euch nicht mal die Mühe, uns richtig zu erschießen. Ihr schießt und werft dann eine dünne Schicht Erde drüber. Ich habs gesehen! Wisst ihr, dass sich diese dünne Schicht noch stundenlang bewegt? Wisst ihr das? Für das, was ihr tut, sollte man euch die Bäuche aufschlitzen!« Ein Polizist greift ihn und zerrt ihn hinaus. Eva macht ein Kreuz in der Spalte ›Lager‹ und notiert: Politisch gefährlich.

Die Männer, die dem Alten folgen, fertigt sie schnell ab. Nur für die jungen Frauen nimmt sie sich Zeit. Jeder erklärt sie geduldig,

* *Todesspritze*

um was es geht. Auf manche muss sie beruhigend einreden. Bevor die Frauen unterschreiben, sind die Fragen immer gleich: »Ist es wahr, dass wir rauskommen, wenn wir den Eingriff machen lassen? Kommen wir dann wirklich frei?«

»Ja, wir brauchen nur eine Unterschrift. Sie müssen nur diese Erklärung unterschreiben.«

»Und unsere Kinder? Kommen die auch frei?«

»Das muss noch entschieden werden. Auf alle Fälle verbessern sich die Chancen für eure Kinder. Mütter müssen nur für ihre Kinder mitunterschreiben.«

»Und wann kommen wir raus?«

»Sofort nach dem Eingriff.«

»Und dann kommen wir wirklich raus?«

»Es kann ein bisschen dauern, aber dann dürft ihr raus. Und heiraten.«

Eine Frau kommt herein, die, kaum dass sie Eva sieht, anfängt zu kreischen: »Meine Kinder! Lasst mir meine Kinder! Sie sind alles, was ich habe. Zwei von den Mädchen sind im Krankenblock. Seit acht Wochen sind sie dort! Gebt mir meine Kinder zurück!« Sie winselt und fleht wie ein Hund, klagt den ungerechten Himmel an, ihr ungerechtes Schicksal. Eine ganze Litanei betet sie herunter. Sogar auf den Boden lässt sie sich fallen, rutscht unter den Schreibtisch, umklammert Evas Beine. Wie eine Klette. Eva bleibt nichts anderes übrig, als dem Polizisten Anweisung zu geben, die Frau zurück in die Zelle zu bringen.

Eva zögert, bevor sie das Formular ausfüllt. Die Frau hat schon Kinder, deshalb notiert sie: Sterilisation.

Eine sehr junge Zigeunerin greift sich an die Brust und sieht Eva bettelnd an. »Wie könnt ihr uns so was antun? Habt ihr keine Kinder? Kein Herz?« Eva wird das zu viel. »Du hast hier nichts zu fragen. Aber ich will dir trotzdem antworten: Nein, ich habe keine Kinder. Aber eine Aufgabe.«

Eine Schwangere sorgt dafür, dass Eva aus der Haut fährt. Sie ist mindestens im sechsten Monat. Der Bauch tritt deutlich hervor. Eva hat keine Ausdauer mehr für lange Erklärungen. »Wie viele Kinder hast du?«

»Zwei.«

»Das ist also das dritte?« Eva deutet auf den Bauch der Frau.

»Ja.«

»Also, du kannst wählen: Lager oder Abtreibung.« Die Frau schlägt die Hände vor das Gesicht. »Aber das könnt ihr doch nicht tun! Ihr könnt mir doch das Kind nicht nehmen. Ich kann es schon spüren! Es bewegt sich ... Bitte tut das nicht! Das dürft ihr nicht tun!« Eva hält das Gejammer kaum noch aus. Ständig klingen Roberts Worte in ihrem Ohr: Wir müssen sie daran hindern, sich fortzupflanzen. Die Frau vor ihr ist eindeutig dabei, sich fortzupflanzen. Unerbittlich blitzen Evas Augen. »Du hast schon zwei Kinder. Das reicht. Also Abtreibung, dann Lager«, entscheidet sie, ruft nach einem Aufseher, der die kreischende Frau aus dem Raum zerrt. Alle Kräfte muss er aufbringen, als die sich am Türrahmen festkrallt, nach dem Aufseher spuckt und markdurchdringend schreit: »Ihr könnt mir doch das Kind nicht nehmen! Ihr seid Mörder! Mörder!«

Die Frau hinter ihr, mit einer undurchdringlichen Mähne krauser Haare, die Augenbrauen zwei Striche, sieht, wie die Schwangere über den Flur geschleift wird. Sie fixiert Frau Ehrhardt mit wildem Blick und gellt mit vor Anstrengung verzerrter Stimme: »Sie hat recht! Ihr seid Mörder! Kindermörder!« Sie schreit, schreit, schreit. Gebärdet sich wie ein Tier. Eva lässt sie abtransportieren. Das Urteil lautet: Lager.

Ein Mann kommt herein. Sein Gesicht ist voller Ausschlag, auch die Hände. Er beklagt sich, wie mit ihm umgegangen wird. »Ich war im Krieg, hab für Deutschland meinen Kopf hingehalten. Sogar ne Auszeichnung hab ich bekommen. Und jetzt? Als Lohn bekomme ich das.« Er greift sich zwischen die Beine. »Jetzt krieg ich alles rausgeschnitten! Ausrotten wollt ihr uns, wir wissen es längst. Wir kommen hier nicht mehr raus. Ob wir unterschreiben oder nicht. Und deshalb unterschreibe ich nicht!«

»Dann eben Lager«, entscheidet Eva und ergänzt die Liste. Der Mann kommt gefährlich an Eva heran. Seine Schultern beben, Lider und Nasenflügel zittern. »Verflucht sollt ihr sein! Ja, verflucht, ihr alle! Keinen Frieden sollt ihr mehr finden, jetzt nicht und auch nicht in der Ewigkeit!« Wieder müssen Aufseher eingreifen. Sie zerren den Mann an den Armen, treten ihm in den Rücken, dann, als er auf dem Boden liegt, ins Gesicht. Seine Lippe platzt auf, Blut sprudelt. Mit Fußtritten bugsieren sie ihn hinaus.

»Jetzt sind wir also verflucht«, lacht Eva, als sie wieder allein sind, »als ob sie das könnten, diese Scharlatane.« Mit dem Kinn deutet sie auf die Liste, die vor Frau Ehrhardt auf dem Schreibtisch liegt. »Wie viele noch?«

»14.« Eva seufzt. »Also noch vierzehn Mal das gleiche Geleier.« Fräulein Nickel sagt gar nichts, sitzt nur da und schreibt Protokolle.

Die meisten unterschreiben, sind gleichgültig. Sie weinen nicht, schreien nicht, nicken zu allem, was Eva sagt, halten den Kopf gesenkt, die Sträflingskappe in der Hand. Sie unterschreiben oder kritzeln Kreuze unter die Einwilligung. Sie unterschreiben auch den Hinweis, dass sie bei verbotener Rückkehr nach Deutschland in ein Lager kommen. Wie Lämmer, die man zur Schlachtbank führt, kommen sie Eva vor mit ihren gequälten Augen und den unterwürfigen Blicken. Wie Tiere.

Sie sind in der ehemaligen Poststation untergebracht, einer schmuddeligen Pension am Stadtrand von Białystok. Zu Abend essen sie in einer rauchigen Wirtsstube, wo sie von Einheimischen angegafft werden. Es gibt weder Pilze mit Speck noch Pierogi. Stattdessen eine fettige Brühe mit Wursteinlage.

Der Tag ist anstrengend gewesen. Sie reden kaum.

In den Zimmern ist es kalt. Eva friert unter der Decke und reibt die Füße aneinander. Vom Bett aus sieht sie ein Stück Himmel. Schwarz und zerzaust sieht er aus. Immer wieder wird der Mond von Wolken verschluckt. Dann steht er rund und hell in der oberen Ecke des Fensters. Es ist ein weißer, polnischer, schrecklicher Mond, der sie die ganze Nacht nicht aus den Augen lässt. Er scheint ihr so nah, viel näher als in Berlin und auch der Wald ist so nah. Sie hört, wie er tönt in dieser schweren, dumpfen Nacht.

Auch der Schlaf ist dumpf und schwer. Sie träumt, dass sie klein ist, vielleicht drei Jahre alt. Die Mutter zieht ihr ein warmes Mäntelchen über, beugt sich zu ihr hinab, zupft den Kragen zurecht, knöpft das Mäntelchen vorne zu und streicht ihr mit lächelnden Augen eine Haarsträhne aus dem Gesicht. Dabei sagt sie etwas, öffnet den Mund, aber die Worte hören sich an wie das Rauschen des Waldes. Sie erschrickt, will fort, aber Boden, Treppe und Straße verschwimmen unter ihren Füßen, die Mutter hält die Hände wie einen Trichter vor den Mund und ruft ihr etwas hinterher, da öffnen sich die Knöpfe des Mäntelchens, aus den Ärmeln wachsen Flügel, es sind Fledermausflügel, mit denen sie sich in die Nacht erhebt, die Mutter ruft und winkt, sie ruft: »Zieh dich warm an!«, aber es ist Sommer und das Mäntelchen ist kein Mäntelchen mehr und die Fledermausflügel sind zu riesigen Schwingen mit schwarzglänzenden Federn geworden und die Mutter ruft, aber sie kann sich nicht umdrehen, der Kopf ist festgewachsen, und die Mutter ruft und ruft und ruft. Denk an die Vögel im Winter, ruft sie und verschwindet hinter dicken Schneewolken.

Am nächsten Tag setzen sie die Beratungen fort. Bis in den späten Nachmittag zieht sich das.

Auf der Rückfahrt nach Berlin regnet es und wird nicht hell. Eva sitzt in entgegengesetzter Fahrtrichtung. Was vorwärts war, ist auf einmal rückwärts. Bäume, Häuser, Menschen tauchen plötzlicher auf und in seltsamer Reihenfolge.

Anfangs wechseln die Frauen noch ein paar Worte, dann aber verfallen sie in Schweigen. Das regelmäßige Rattern der Räder macht träge. Tropfen klatschen gegen die Scheibe. Vom Wind getrieben, bewegen sie sich ruckweise voran. Einige sind schneller als andere, vereinigen sich mit den langsameren. Die Landschaft draußen sehen sie nur noch verschwommen. Frau Ehrhardt streckt die Beine aus und gähnt mit einem hochtönenden langgezogenen Laut. Erst als ihr einfällt, dass sie nicht alleine ist, hält sie die Hand vor den Mund. Mit dem Fuß kontrolliert Eva die Tasche mit den unterschriebenen Formularen, die sie unter den Sitz geschoben hat.

Bäume ziehen in rascher Folge vorbei. Fast scheinen sie lebendig, als würden sie sich bewegen. Sie hat das Gefühl, in einem Land zu sein, das sie aus ihren Träumen kennt. Ein Land, das man nur schwer und ungern bereist. Sie zuckt zusammen, als die Nickel plötzlich sagt: »Ich weiß nicht, ob es richtig ist. Wenn ich mir vorstelle, schwanger zu sein und dann wird mir das Kind …« Abrupt richtet sich die Ehrhardt auf, atmet hörbar ein, rückt die schwarzgeränderte Brille zurecht und fixiert die Nickel. »Natürlich ist das schwer. Nicht nur für die Frau, auch für uns. Aber da müssen wir stark sein. Kürzlich habe ich einen Text der evangelischen Kirche gelesen, in dem es hieß, es existiert nicht nur ein Recht, sondern sogar eine Pflicht zur Sterilisation aus Nächstenliebe. Die Eingriffe werden von fachkundigen Ärzten vorgenommen. Wir tun das ja nicht nur aus Verantwortung gegenüber der heutigen Generation, sondern auch für alle kommenden Generationen. Das ist eine große Aufgabe. Sie können stolz sein, dabei zu sein.«

»Aber das Kind«, hakt die Nickel nach, »die war doch bestimmt schon im sechsten Monat.« Eva lacht. »Das Kind ist ja noch kein Kind. Es spürt davon nichts.« Um abzulenken, fügt sie hinzu: »Stellen Sie sich mal vor, wenn später ihre Enkel fragen werden, welchen Beitrag Sie geleistet haben für ihr Volk, ja, da können Sie dann wirklich stolz sein.«

»Und wenn sie umgekehrt fragen?«

»Was meinen Sie?« Die Nickel zögert. »Ich meine, wenn sie vielleicht wissen wollen, weshalb ich nichts dagegen getan habe, dass man diese Leute sterilisiert und in Lager bringt und ihre Kinder abtreibt?« Eva schüttelt den Kopf. »Niemand wird das fragen. Seien Sie nicht so zimperlich. Und denken Sie nicht so viel.« Es dauert ein bisschen, da fängt die Nickel nochmal an. »Dieser Mann, der Mann mit dem Ausschlag, der hat Sie doch verflucht. Also so ein Fluch würde mir Angst machen.« Sie erzählt von einem Bauern, der niemals Zigeuner in seinen Stall lässt, weil er fürchtet, sie könnten seine Kühe verhexen und dann gäben sie keine Milch mehr. »Man sagt doch, Zigeuner kennen sich aus mit schwarzer Magie und solchen Sachen. Sie legen Karten, kennen die Zukunft.«

»Ach was«, sagt Eva, macht eine wegwerfende Bewegung und sieht wieder aus dem Fenster. »Da trauen Sie denen viel zu viel zu. Die wissen auch nicht mehr als wir.« Die Nickel hat so eine gequälte Art zu sprechen. Eva kann ihr kaum zuhören.

Als es dunkelt im Abteil, nimmt die Nickel ihren ganzen Mut zusammen. »Was passiert eigentlich mit den Zigeunern, wenn sie in den Lagern bleiben? Was machen sie mit ihnen? Man hört scheußliche Sachen.«

»Das haben Sie doch gesehen. Sie arbeiten, so wie jeder andere auch. Sie bauen Straßen, Brücken, Häuser.«

»Und die Kinder? Was ist mit denen?«

»In den meisten Lagern bleiben sie bei den Eltern, da müssen Sie keine Sorge haben.« Die Nickel kräuselt die Stirn und setzt zu einer neuen Frage an. »Und kommen sie dort auch wieder raus?« Eva fährt ihr über den Mund: »Sie verstehen ja gar nichts. Diese Fragerei ist nicht zum Aushalten. Also, sie werden schon wieder rauskommen.« Plötzlich meint sie, sich rechtfertigen zu müssen. Sie setzt sich gerade hin, hebt die Schultern und fügt hinzu: »In ein paar Jahren werden wir die Früchte unserer Arbeit ernten. Niemand wird uns vorwerfen können, wir seien blind vorbeigegangen. Dann werden die Kinder in der Schule lernen, was dieser Staat geleistet hat.« Die Nickel schweigt. Düsteren Blickes zupft sie an ihren Fingernägeln. Eva denkt an die Unterschriften, die sie im Gepäck hat. Im Kopf zählt sie die Formulare durch. Mindestens 40, eher mehr. Alle haben letztendlich freiwillig unterschrieben. Robert wird zufrieden sein. Über eine Woche wird es dauern, überschlägt sie, bis alles zugeordnet ist.

Zurück in Berlin, 1942

Zurück in Berlin arbeiten die fliegenden Arbeitsgruppen weiterhin über die Dienststunden hinaus, auch sonntags. Eva reist nach Magdeburg, nach Frankfurt, nach Halle. Dann muss sie nach Bayern, nach Kurhessen, nach Hannover, zuletzt nach Braunschweig.

Kommt sie nach Hause, ist sie jedes Mal völlig geschafft. Sie fragt sich, wie andere das machen mit Familie und Kindern und ist froh, alleine zu leben. Kinder will sie ohnehin nicht. All ihre Kraft will sie in die Forschung stecken. Sie denkt an Marie Curie, an Florence Nightingale. Genau wie diese Frauen, so will auch sie ihre Kraft in Taten stecken, die der Menschheit nutzen und von denen kommende Generationen profitieren.

Was sie vor allem will, ist Robert bei sich zu haben. Jeden seiner Besuche trägt sie mit einem roten R im Kalender ein. Sie rechnet aus, wie oft er in welchem Monat und an welchem Wochentag gekommen ist und findet heraus, dass es vorwiegend Dienstage sind. Sie berechnet die Wahrscheinlichkeit für die kommenden Dienstage, orakelt, wenn das dritte Auto, das ihr begegnet, rot ist, wenn das nächste Kind, das sie sieht, blond, wenn die Straßenbahn nach Dahlem pünktlich ist – dann kommt er.

Nachts lässt sie die Tür zum Flur geöffnet, damit sie das Telefon hört oder sein Klopfen.

Robert, Robert, Robert. Manchmal kann sie nichts anderes denken.

Weil Robert größten Wert darauf legt, dass die Unterlagen gesichert sind, hat Eva eine Praktikantin angestellt, die sämtliche Gutachten und Aufzeichnungen der letzten fünf Jahre mit einem neuen Aufnahmegerät mikroskopiert. Den ganzen Tag ist die Frau beschäftigt, Seite um Seite auf einer Glasplatte anzulegen und dann zu fotografieren. Eva überwacht ihre Arbeit, sieht darauf, dass alles ordentlich gemacht wird.

Nebenbei wächst die Doktorarbeit. Das liegt daran, dass sie wenig Schlaf braucht. Oft müssen vier Stunden reichen. Wenn sie nach Mitternacht vom Arbeiten nach Hause kommt, ist sie derart aufgerüttelt, dass sie ohnehin nicht schlafen kann und sich noch mal an den Tisch setzt und die Bücher aufschlägt. Dabei trinkt sie Tee aus Brennnesselblättern. Das hilft, um wach zu bleiben.

Mit Professor Fischer hat sie immer noch nicht gesprochen. Jeden Tag will sie ihm schreiben, aber immer wieder verschiebt sie es.

Der Kollege Würth schreibt einen langen Brief aus Tübingen und listet verschiedene Vorschläge für Evas Forschungen auf. Am geeignetsten scheint ihm das katholische Kinderheim St. Josefspflege in Mulfingen, in der Nähe von Crailsheim. Das Haus sei abseits gelegen, eine Gruppe von Zigeunerkindern lebe dort, etwa 40, darunter Jenische und ein paar deutsche Fürsorgeempfänger. Lebende Studienobjekte hätte sie dort. Die Deutschblütigen brauche sie nicht zu berücksichtigen. Besonders interessant seien die Sinti-Kinder. Deren Eltern habe man das Sorgerecht entzogen und Heimerziehung angeordnet. Etliche der Eltern habe man in Lager gesteckt, hauptsächlich Buchenwald und Ravensbrück, auch nach Polen seien welche gekommen. Die Kinder, sieben- bis sechzehnjährig, seien verstört, manche seit Jahren schon in diesem Heim. Würths Schrift ist steil und eng. Einige Sätze muss Eva zweimal lesen, so klein sind die Buchstaben. »Es hätte etwas Gutes, wenn Sie die Kinder brauchen könnten«, schreibt er, »sie würden dann noch eine Weile verschont bleiben, bevor sie ins Lager kommen. Zum Heim gehört ein Hof, auf dem die Zöglinge arbeiten. Es gibt Kuh- und Schweineställe, Gärtnereien, Zuchtställe und einen Kartoffelbetrieb, soweit ich weiß. Alles ganz ländlich und gemütlich. Frische Milch gibt es auch.«

Als Robert am Abend bei ihr anklopft, hat sie sich schon mit dem Gedanken angefreundet, nach Mulfingen zu fahren. Robert weiß wieder mehr als sie. »Ich habe mich wegen des Heims bereits erkundigt«, sagt er und wiederholt, was Würth geschrieben hat: »Die Kinder dort sollen bald wegkommen, aber wenn wir an ihnen forschen wollen, lassen sie sie noch für ein paar Wochen im Heim. Allerdings müssen wir einen Antrag stellen.« Er setzt sich an den runden Tisch in ihrem Wohnzimmer und überlegt, wann die Reise nach Württemberg am günstigsten wäre. »Ich weiß nicht, wie wir das machen sollen. Ich kann momentan schlecht auf dich verzichten«, sagt er und runzelt die Stirn, »ich brauche dich in den Lagern. In drei Wochen sind die größten Evakuierungen abgeschlossen. Du kannst also frühestens in drei Wochen fahren. Das wäre Anfang September.« Sie nickt und zählt die Wochen an der Hand ab. »Ja, und dann sechs Wochen. Ich weiß nicht, ob ich das aushalte.« Er legt seine Hand in ihren Nacken und krault die Stelle unter dem Haaransatz. »Tja, ist wohl unser Schicksal. Ich muss auch bald wieder weg. In Moringen hat es Zwischenfälle gegeben. Von Todesfällen ist die Rede. Das bleibt natürlich unter uns. Aber davon lassen wir uns jetzt nicht die Stimmung verderben«, lacht er und greift ihr in den Ausschnitt der Bluse. Sie lehnt sich zurück, schließt die Augen, genießt sein Kraulen.

Mit der Doktorarbeit kommt sie voran. Robert schreibt dem erkrankten Professor Fischer einen Brief mit der Bitte, sich um ihre Arbeit zu kümmern. Nur Tage später hat sie die Zusage. Fehlt nur noch die Feldforschung.

Es dauert, bis endlich die Einwilligung kommt und Eva im Mulfinger Kinderheim forschen darf. Robert ist es, der dafür sorgt, dass die Arbeitspläne geändert werden und Eva reisen kann.

Es ist Herbst. Die Bäume spielen schon ins Gelbliche. Auf den Trottoirs kann man auf Laub ausrutschen. Robert hat Bonbons, Schokolade und Brausepulver für die Kinder besorgt, auf Umwegen, über die er nicht spricht. Zwei Schuhkartons mit süßen Sachen stehen auf Evas Schreibtisch. An den Abschied von Robert darf sie gar nicht denken. Sie weiß nicht, wie sie sechs Wochen ohne ihn aushalten soll.

Am Morgen der Abreise steht er mit dem Wagen vor ihrer Haustür: offen der Mantel, ein Lächeln von weitem. Dass er sie zum Bahnhof begleiten will, sagt er, lacht und beeilt sich, ihr das Gepäck abzunehmen und die Beifahrertür aufzuhalten.

Sie will ihren Koffer und die Tasche mit den Süßigkeiten auf der Rückbank seines Wagens verstauen, aber dort stehen bereits ein Koffer und eine Reisetasche. »Fährst du weg?«, fragt sie und er nickt. »Ja. Richtung Süden. Wenn Du magst, nehm ich dich ein Stück mit. Nach Mulfingen muss ich. In ein Kinderheim.« Sie stutzt. »Du machst Witze.«

»Nein, ich fahre nach Mulfingen. Und zwar jetzt. Mit dir. Es soll eine Überraschung sein. Was sagst du? Freust du dich?« Eva kann es kaum fassen. »Aber du hast doch keine Zeit, du musst doch …«

»Ach, was ich alles muss. Zehn Tage habe ich mir genommen. Und jetzt komm schon! Steig ein.«

Sie weiß gar nicht, was sie sagen soll. Immer wieder muss sie ihn ansehen, sein Profil von der Seite, seine Hände auf dem Lenkrad. Im Auto ist es warm und stickig. Robert kurbelt das Fenster runter. Wind bläst ihm die Haare aus der Stirn. »Endlich mal raus aus Berlin und rein in die Natur! Als Kind war ich mal in der Gegend. Ich meine, dass wir auch in Mulfingen waren. Schöne, alte Fachwerkhäuser hab ich in Erinnerung. Crailsheim ist nicht weit. Und Heilbronn. Du wirst sehen, das Jagsttal ist wunderschön. Wenn du am Wochenende frei hast, werden wir wandern. An der Jagst entlang. Oder mal nach Crailsheim fahren.« Seine Hand liegt auf ihrem Knie. Der Motor ist laut und er muss fast schreien, damit sie ihn verstehen kann. Sie kann immer noch nicht glauben, dass er sich so viel Zeit für sie genommen hat. »Und deine Frau? Und die Kinder?« Er tätschelt ihren Oberschenkel. »Ich muss einfach mal raus. Weg von allem. Die Witzendorf hat mir ein Zimmer gebucht. In einer Pension. Vielleicht besuchst du mich ja mal?« Robert lacht und zwickt sie ins weiche Fleisch ihres Schenkels. »Ich habe unseren Fotoapparat mitgenommen. Würth wollte mir seine Kamera borgen, aber ich habe dann doch die vom Institut dabei. Wir werden Bilder machen für deine Arbeit.«

»Vielleicht machen wir auch mal ein Bild von uns?«

»Eins? Hundert!«

Rückfahrt von Mulfingen über Dresden nach Berlin, Spätherbst/ Winter 1942

Der Zug hält schon über eine Stunde auf freier Strecke. Die Abteile sind so überfüllt, dass Eva im Gang stehen muss. Die Luft ist zum Schneiden. Eingepfercht zwischen Taschen, Koffern und fremden Schultern riecht sie den Schweiß und den Zigarettenrauch, der aus den Abteilen strömt, sieht auf dösende und rauchende Männer, auf müde Frauen, auf gelangweilte Kinder. Ein Soldat drängt an ihr vorbei. Sie presst sich an die Wand des Abteils, um ihn durchzulassen. Draußen erhebt sich Geheul. »Fliegeralarm«, sagt der Soldat und hebt entschuldigend die Hand, »jetzt dauerts noch länger.« Eine Frau sitzt auf einem schwarzen Koffer, den Kopf auf die Hand gestützt. Ein Hut verdeckt ihr halbes Gesicht. Als das Geheul einsetzt, schreckt sie auf und fängt an, sich mit einer Zeitung Luft zuzuwedeln. »Auch das noch. Eben wollte ich in den Speisewagen. Aber da ist sicher alles voller Uniformen«, sagt sie und lässt sich wieder zurücksinken.

Eva sieht auf die Uhr. Nur noch eine Stunde wäre es bis Berlin. Leute steigen zu. Sie weiß nicht, wo sie herkommen. Weit und breit ist kein Ort in Sicht. Ein Mann mit nikotingelbem Bart sitzt eingequetscht zwischen zwei Säcken. Er schnorrt eine Zigarette bei einem Soldaten, aber anstatt sie anzuzünden, behält er sie nur im Mund, schließt die Augen und schläft ein. Eva wünscht sich, auch so schlafen zu können.

Ewig dauert es, bis es Entwarnung gibt. Endlos kommt ihr das Warten vor. Dann wird rangiert. Ein schlafendes Kind wacht von den ungewohnten Geräuschen auf, reibt sich die Augen und wimmert. Eva hat Durst und ist erleichtert, als der Zug wieder anfährt. Sie lehnt mit Schulter und Kopf an der Scheibe und sieht auf die schon kahle Landschaft, auf Felder mit dunkler, gepflügter Erde, auf die Telegrafenstangen, die sich wie auf einer Drehscheibe vorbeibewegen. Dunkel liegt ein Stück Wald. Felder mit rötlicher Erde schließen sich an. Wege schlängeln sich in alle Richtungen, werden zu Straßen, auf denen Autos und Pferdefuhrwerke fahren. Vereinzelt stehen Häuser. Dörfer tauchen auf, Kirchtürme, Mauern. Wiesen enden an Zäunen, andere beginnen dort. Ein schnurgerader Kanal teilt das Bild. Es regnet. Tropfen ziehen sich über das Waggonfenster. Es regnet in Dabendorf, in Rangsdorf, in Dahlewitz. Es ist ein sanfter Regen, von dem das Ende nicht absehbar ist. Er verwischt ihren Blick auf die Wälder, verschleiert die Wege, den Himmel. Eine Fabrik schält sich aus dem Dunst, vier graue Silhouetten hinter einem hohen Stacheldrahtzaun. Wieder kommt ein Dorf, dann lange nichts außer Wiesen, Himmel und Erde.

Immer noch trägt sie das braunmelierte Wollkostüm. Es ist längst aus der Mode. Früher hätte sie das gestört, aber längst macht es ihr nichts mehr aus. Lieber ein paar Jahre geflickte Kleider tragen, als einen Zustand heraufbeschwören, in dem wir jahrhundertelang in Lumpen herumlaufen müssen, hat der Reichspropagandaminister in der Wochenschau gesagt.

In das Abteil vor ihr kann sie jetzt hineinsehen. Jemand hat den Vorhang aufgezogen. Ein Kind sitzt da mit einem Buch in der Hand und schaukelt mit den Beinen. Eine faltige Frau mit strähnigem Haar sitzt neben dem Kind. Sie hat eine Strickweste über die Knie gebreitet; ihr Blick geht ins Leere. Als das Kind wissen will, wie weit es noch ist, macht sie eine wegwerfende Bewegung. Ein blonder Mann mit einer breiten Nase in einem flachen Gesicht kramt eine Mundharmonika aus der Jackentasche und fängt an zu spielen. Das Kind legt das Buch ab und sieht den Mann unentwegt an. Es sind kleine Sachen, die er spielt, eingängige Melodien, die Eva nicht kennt. Seine Töne mischen sich mit dem Rattern des Zuges, dem Lachen der Soldaten, den Wortfetzen der Reisenden. Das Kind ist eine Weile abgelenkt. Dann fängt es an zu quengeln. »Ich hab Durst. Wann sind wir endlich da?«

Eva sieht wieder aus dem Fenster, in dem sich ihre Umrisse spiegeln und drückt die Frisur zurecht. Ein weißes Emaille-Schild mit der Aufschrift »Nicht in den Wagen spucken« ist schief ins Holz der Fensterbank geschraubt. Ihr Blick geht zur Notbremse mit dem Schild »Missbrauch bei Strafe verboten«, von dort zum Heizungshebel mit der Aufschrift »Warm – Kalt«.

Die Wochen in Mulfingen waren anstrengend; die Kinder laut und ungezogen. Von Erziehung keine Spur. Sie denkt an einen Jungen, der einen Igel aufgespürt und zum Besten gegeben hatte, wie sein Onkel das Tier braten würde. Sie stellt sich vor, wie es wäre, einen

Igel zu essen und schüttelt sich. Widerwärtig fand sie die Wehleidigkeit dieser Kinder, die Schlampereien, vor allem aber das Unterwürfige. Und die ewigen Versuche, sich vor schwierigen Aufgaben zu drücken. Von Kinderheimen hat sie erstmal genug. Immerhin hat sie den Forschungsteil für ihre Doktorarbeit hinter sich.

Von Mulfingen aus ist sie noch ein paar Tage zur Mutter nach Dresden gefahren. Ermüdend war es dort, wie immer, auch wegen der ständigen Diskussionen mit dem Bruder zu Entwicklungen in der Politik.

Immer schneller wechseln die Landschaftsbilder. Nicht mehr lange und sie ist wieder bei ihm. Beim Gedanken an Robert greift sie nach ihrer Handtasche, kramt darin herum und zieht Fotos aus einem verknitterten Kuvert. Auf einem ist Robert in seinem hellen Sommeranzug auf einem Fahrrad zu sehen. Er lacht und winkt in die Kamera. Auf dem anderen Bild steht er im Arztkittel auf der Treppe vor der Tübinger Klinik. Auf dem dritten stehen sie nebeneinander. Sie trägt die weiße Schwesternschürze und hat eine Haube auf dem Kopf. Im Hintergrund erkennt man einen der Schulungsräume der Klinik. Das muss kurz nach ihrer Prüfung gewesen sein. Wie ein Paar sehen sie aus. ›Dr. Robert Ritter, Tübingen‹ steht darunter. »Ist das Ihr Mann?« Die Frau, die neben ihr sitzt, sieht sie fragend an. Sie nickt, steckt die Bilder wieder ein und schlägt die Beine übereinander.

Zehn Tage hatte er bei ihr in Mulfingen bleiben wollen, aber dann sind es nur vier geworden. Vier Tage. Vier Nächte mit ihm im Gasthaus. Für Ausflüge nach Crailsheim, Heilbronn und ins Jagsttal hatte die Zeit nicht gereicht. Robert war es wichtiger gewesen, zu arbeiten. Für Fotos von den Kindern hatte er gesorgt. Fotos für sie, für ihre Doktorarbeit. In Gedanken geht sie die Aufnahmen durch, überlegt, welche geeignet sind. Die hübscheren Kinder will sie aussortieren. Sie will kein falsches Bild vermitteln. Die Untersuchungen sind nämlich eindeutig. Robert wird zufrieden sein.

Der Zug ruckelt. Die Felder werden weniger, das offene Land zerläuft und endet in breiten Wegen, die zu geteerten Straßen werden. Häuser fliegen heran, werden höher, vermischen sich mit Kirchen, Türmen und Plätzen mit Bäumen. Leute stehen vor Geschäften, überqueren Straßen, eilen zur Arbeit. Immer mehr schmelzen die Kilometer zusammen.

Endlich fährt der Zug in den Bahnhof ein, wo er, langsamer werdend, begleitet von einem schrillen Kreischen der Bremsen, mit einem Ruck stehenbleibt. Sie steht auf, streicht sich den Rock glatt, setzt den Hut auf. Dann hängt sie sich die Tasche über die Schultern, holt ihren Koffer aus dem Gepäcknetz und knöpft sich die Kostümjacke zu.

Eine Wolke von Menschen steigt aus dem Zug. Auf dem Bahnsteig ist es laut und hektisch. Ein Geruch nach Gummi und Eisen liegt in der Luft. Aus einem der Abteile schwärmt eine johlende Truppe in Uniformen, schreit nach Gepäckträgern. Ein Zeitungsjunge schiebt sich durch das Gewühl: »Erbitterte Kämpfe in Ägypten entbrannt! Lesen Sie! Lesen Sie!«

Suchend sieht sie sich um. Plötzlich hebt sie erfreut die Hand. »Robert!« Mit ausgebreiteten Armen kommt er auf sie zu, umarmt sie inmitten des wimmelnden Menschenstroms. Sie lässt sich den Koffer aus der Hand nehmen und von ihm fortziehen. Sie reihen sich in die eilende Schlange ein, die den Treppen zustrebt. Hitlerjugend zieht mit Transparenten und Fahnen durch die Bahnhofshalle. Hinter Schaltern mit kleinen Fenstern sitzen uniformierte Männer. Eine dunkle Frau mit einem Säugling auf dem Arm steht an der Treppe zum Ausgang. Leute fließen um sie herum wie Wasser um einen Felsen, während sie dasteht und auf etwas zu warten scheint. Ein kurzer Blick auf die Frau verdüstert Roberts Gesicht. »Was macht denn so eine noch hier? Kann von Glück reden, dass sie nicht bettelt ...« Eva will sie ansprechen, aber er hält sie ab. »Ach was, heute nicht. Das sollen andere machen.« Kaum ist die Frau außer Sicht, lacht er wieder. »Was ist? Hast du Hunger?«

Er hat es eilig wegzukommen und drängt sie durch hohe Schwingtüren ins Freie.

Draußen dämmert es schon. Der Himmel hängt voller Regenwolken. Sanftes Zwielicht taucht alles in einen undeutlichen Schleier. Die Lichtreklamen glitzern nicht, die Straßenlaternen stehen dunkel. Eine Frau schiebt einen Kinderwagen dicht an ihr vorbei. Das Kind im Wagen sieht rosig aus und stramm. Violette Tauben fliegen von einem Brunnen auf. Eine Gruppe Schüler steht dicht zusammen. Die Hände über den Augen sehen sie nach oben. Am Himmel, zwischen Wolken, entfernen sich silberglänzend zwei Flugzeuge mit schwächer werdendem Motorengeräusch. »Metallvögel. Sie kommen immer öfter«, sagt Robert, »und in immer größeren Pulks. Sie werfen Granaten ab. Meinen wunders was sie damit anrichten können.« Die Schüler sind unruhig. Auch Passanten bleiben stehen und heben den Blick. Robert bleibt gelassen. »Sie drohen uns. Und mal ehrlich, das würde ich an ihrer Stelle auch tun. Arme Eva, du musst dich auf das Schlimmste gefasst machen.« Er deutet auf ein Café auf der gegenüberliegenden Straßenseite. »Lass uns ins Warme gehen. Es wird bald zu regnen anfangen.« Sie fühlt sich so sicher, so aufgehoben neben ihm.

Das Café Helmes ist im arabischen Stil eingerichtet. Jemand hat ägyptische Schriftzeichen an die Wand gemalt und den Kopf der Nofretete. An einem Zigarettenautomaten lehnt ein invalider Trompeter. Das Instrument trägt er an einem Lederriemen um seinen Hals. Sein linker Ärmel hängt schlaff und leer an seiner Seite. Er grüßt Eva, indem er das Bierglas hebt und zum Mund führt. Männer stehen an der Theke, diskutierend und lärmend. Am Fenster sitzen zwei Offiziere und würfeln. Sie sind betrunken und lallen. Einer von ihnen sieht aus wie ein zu großes Kind. Er trinkt Mokka aus einer Tasse, die in seinen Händen so winzig wirkt wie das Schnapsglas, das er zusätzlich geordert hat. Sein weiches Milchgesicht hat etwas Verträumtes. Von Lachen unterbrochen erzählt er von einer Läuseplage an der Front, vom Gestank der Latrinen, vom Schlamm, der so zäh und klebrig sein soll, dass Lastwagen darin stecken bleiben. Der Offizier, der ihm gegenüber sitzt, trinkt Weiße mit Schuss und wischt sich den Schaum mit dem Uniformärmel vom Mund. Er hört seinem Kameraden nicht zu, man sieht es ihm an.

Im Helmes sind sie früher oft gewesen. Sie bestellen das Übliche. Der Kellner kann sich erinnern: einen Kaffee mit Milch und einen Kaffee schwarz. Robert erzählt von seiner Arbeit. Sie sitzt ihm gegenüber, betrachtet seine dunklen Augen, die unruhigen Hände, die Zigarette, deren Asche abzufallen droht. »Du rauchst ja wieder«, sagt sie und streicht ihm über den Arm. Endlich hat sie ihn wieder. Sie denkt, dass der Abend erst angefangen hat und sie vielleicht die ganze Nacht haben.

Er fragt sie nach der Reise und nach der Mutter. Sie weicht aus, über die Mutter zu reden lohnt sich nicht. Dass ihr die Zeit zu schnell vergeht, wenn sie zusammen sind, sagt sie. Viel zu schnell. Da zieht er ihren Kopf heran und küsst sie auf die Stirn. »Zeit vergeht immer besonders schnell, wenn man sie anhalten will.«

Der Kaffee schmeckt nicht. Sicher ist er mit Zichorien gestreckt. Während sie Zucker hineinrieseln lässt, will Robert wissen, wie es in Mulfingen war. Da atmet sie tief ein und seufzt. »Ich bin froh, dort weg zu sein. Du hast es ja selbst gesehen. Gestern Abend habe ich vom Hof aus beobachtet, wie zwei Mädchen im Speisesaal den Tisch gedeckt haben. Die Fenster waren geöffnet, der Saal beleuchtet. Die Mädchen haben Näpfe auf den Tischen verteilt und Tassen für Tee. Du kannst dir gar nicht vorstellen, wie langsam sie waren. Sie haben gelacht, sind herumgestanden. Einmal kam eine Schwester rein. Da sind sie schneller geworden. Zwei Tische mussten sie komplett neu decken. Es sind solche Tölpel. Auch später, als sie die Teller zusammengeräumt haben, wurde das nicht besser.« Sie unterbricht, um am heißen Getränk zu nippen. Ein Kellner mit geöltem Haar und langer Schürze beugt sich zu einem kleinen Schrank herunter, öffnet, auf einem Bein stehend, die Tür, schnappt sich eine Saftflasche, die er wie ein Jongleur durch die Luft kreisen lässt. Beide müssen lachen über das kleine Kunststück. Eva kommt auf Mulfingen zurück. »Ich habe versucht, ihnen ein paar Dinge beizubringen. Aber es ist zwecklos. Sobald man wegsieht, machen sie es wieder so wie vorher. Sie bringen es nicht einmal fertig, Zahlenreihen aneinander zu legen. Manche waren ja recht aufgeweckt. Die Mädchen konnten alle gut stricken. Auch beim Nähen waren sie nicht ungeschickt. Für Hausarbeit und in der Küche sind sie zu gebrauchen. Überhaupt für gröbere Arbeit. Bloß haben sie kein Sitzfleisch, keine Ausdauer. Alle naschen übrigens. Das kann man ihnen wohl nicht abgewöhnen.«

»Und die Jungen?«

»Bei den Jungen ist es ähnlich. Im Stall oder im Garten geht es, aber bei schweren Arbeiten streiken sie. Sie haben keine Ausdauer, ständig muss man hinter ihnen her sein. Sie überlegen nicht, kennen keine Ordnung, keine Sauberkeit. Das sind Fremdwörter. Von der geistigen Entwicklung ganz zu schweigen. Logisches Denken – Fehlanzeige. Man hat ihnen verboten Romanes zu sprechen, damit sie besser Deutsch lernen. Aber das klappt auch nicht. Ich habe festgestellt, dass sie für abstrakte Begriffe wie Mitleid oder Gerechtigkeit gar kein Verständnis haben. Ich habe ihnen aufgetragen, mal einen Satz zu bilden, in dem das Wort Mitleid vorkommt. Sie konnten es nicht.« Robert lehnt sich zurück. »War ja auch nicht anders zu erwarten.«

»Sie sind so unterwürfig. Es fehlt auch an Eigenständigkeit. Sie haben keine Bedürfnisse, leben planlos und sorglos. Leichtsinnig, könnte man sagen. Außerdem sind sie verlogen, fast alle. Das Stehlen haben sie von den Eltern gelernt. An regelmäßige Essenszeiten oder Schulzeiten kann man sie auch nicht gewöhnen. Das weiß ich von der Heimleitung. Was man ihnen vielleicht zu Gute halten kann ist ihre Gutmütigkeit und ihre Ausgelassenheit. Spielen, tanzen, singen und musizieren – ja, das können sie. Aber stell dir vor, unter denen, die in Fürsorgeanstalten erzogen wurden, findet sich keine einzige Prostituierte. Ich habe das untersucht. Ist doch interessant, oder?« Eva hört gar nicht mehr auf zu reden, bis Robert sie unterbricht. »Gut, gut. Jetzt musst du natürlich sehen, dass du alles auswertest und deine Ergebnisse zusammenträgst, damit wir die Doktorarbeit auf den Weg bringen können.« Er beugt sich vor und zieht Evas Hände zu sich. »Ich muss dir etwas sagen.«

»Ist was passiert?«

»Allerdings.« Er öffnet seine Aktentasche, entnimmt ihr einen dicken Umschlag. »Stell dir vor, trotz aller Erschwernisse, die wir gerade haben, die vielen Evakuierungen nach Osten, den Krieg und deine Abwesenheit in den letzten Wochen, ist die Erfassung der Zigeuner, vor allem der Bastarde, für das Gebiet des Altreichs und der Ostmark im Groben beendet. Hier haben wir die Zahlen jetzt schwarz auf weiß. Und weißt du«, dabei beugt er sich noch weiter vor, streicht ihr über den Handrücken und flüstert: »Mit den Auswertungen sind wir wirklich gut vorangekommen. Die rassenbiologisch geklärten Fälle betragen über 21.000. 9000 werden demnächst in einem besonderen Zigeunerlager konzentriert.«

»In Polen?«

»Ja, Polen. Befehl des Reichsführers. Vorzugslager sind das. Die Familien sollen zusammen bleiben. Die Leute bekommen Nummern auf den Arm tätowiert. Z-Reihen. Z wie Zigeuner. Damit es keine Verwechslungen gibt. Es sind etwa 40 Baracken in Planung, natürlich auch ein Krankenbau.« Er kommt auf den Krieg zu sprechen und dass Zigeuner und sämtliche Mischlinge jetzt auch aus dem Wehrdienst entlassen worden sind. Davon hat Eva nichts mitbekommen. »Aber hat man sie dort nicht brauchen können? Was ist mit denen, die an der Front sind?«, fragt sie. »Sie bekommen Heimaturlaub. Werden nach Hause geschickt und freuen sich. Wir brauchen sie dann nur noch dort abzuholen. Manche kommen auch direkt ins Lager. Mit Feldbluse, Marschstiefeln und Stahlhelm. Was denkst du, warum die Lager so voll sind?«

Als sie aus dem Café kommen, ist es dunkel. Mondlicht taucht die Häuserfassaden in ein seltsam unwirkliches Licht. Eine dicke Frau steht in einem Nachthemd am offenen Fenster und kämmt sich.

Robert schlägt den Mantelkragen hoch. Eva geht dicht neben ihm, hakt sich bei ihm unter. Er sieht müde aus, selbst bei diesem Licht. Die Haut ist blasser als sonst, die Falten auf seiner Stirn haben sich tiefer gegraben. Seine Gedanken sind nicht zu erraten.

Ein Junge schiebt ein klappriges Fahrrad dicht an Robert vorbei, berührt seinen Mantel und murmelt eine Entschuldigung. »Pass doch auf!«, brüllt Robert. Sie überqueren einen halbrunden, von Kolonnaden umgebenen Platz, folgen einer breiten Allee mit teuren Geschäften. »Zutritt für Hunde und Juden verboten«, steht über dem Eingang eines Schuhgeschäfts. Hinter einem langgestreckten Fabrikgebäude, von dem nur noch die Fassade übrig ist, endet der Asphalt. Kies knirscht unter ihren Schuhen. Rechts und links umgegrabene Blumenbeete, dazwischen runde Teiche, kahle Bäume, leere Sitzbänke. Ein rundes Beet mit gestutzten Rosenstöcken sieht aus wie eine Insel. Zwei strichelnde Frauen stehend rauchend und wartend unter einer Kastanie.

»Wie war das Wetter in Mulfingen?«, fragt er und sie erzählt von Herbstgewittern und Graupelschauern, kommt dann auf das Essen zu sprechen und auf die Mengen an Nahrung, die das Kinderheim für die Soldaten an der Front produziert.

Sie biegen in eine dunkle Gasse mit einer Reihe frisch gestutzter Eschen. Ihre Schritte hallen auf dem Pflaster. Er trägt ihr Gepäck geschultert. Mit der anderen Hand hat er sich bei ihr eingehakt.

Der Briefkasten quillt über. In der Wohnung riecht es muffig. Sie öffnet das Fenster. Sofort zieht Kälte herein. Er stellt ihre Tasche ab und hängt den Mantel an die Garderobe.

Der Tisch im Wohnzimmer liegt voller Bücher und Hefte. Über einer Illustrierten ist eine angefangene Näharbeit ausgebreitet. Auf der Fensterbank stapeln sich Bücher. Kleider hängen über der Lehne einer gelben Couch. So hat er ihre Wohnung noch nie gesehen. Immer ist alles aufgeräumt, akribisch sortiert. »Was ist denn hier los?«, fragt er. »Ich hatte einfach keine Zeit mehr«, entschuldigt sie sich, »seit ich an der Doktorarbeit schreibe, bleibt alles liegen. Das mit Mulfingen kam dann auch so plötzlich. Am Tag vor der Abreise war ich bis Mitternacht noch im Institut.« Sie fängt an aufzuräumen. »Lass das. Das kannst du doch später machen.« Sie räumt trotzdem den Tisch frei, eilt in die Küche, holt Gläser aus dem Schrank und eine halbe Flasche Likör. Aber er möchte nichts trinken.

Im Schlafzimmer zieht sie die Vorhänge zu. Der Mond leuchtet durch den Spalt der Vorhänge und wirft einen hellen Lichtstreifen über Dielenboden und Bett. Autogeräusche ziehen herauf. Sie eilt ins Bad, um sich zu waschen. Während sie im Koffer nach der Seifendose kramt, fällt ihr noch etwas zu Mulfingen ein. »Ich konnte viel brauchen von dem, was ich gelernt habe«, ruft sie ins Schlafzimmer, »zum Beispiel Gottschaldts Befragungstechniken, seine Auswertungsmethoden. Auch ein paar Spiele, den Würfelkasten und das Zählwerk. Es gab natürlich ein paar intelligente Kinder, das muss man schon sagen, aber die meisten waren so, wie ich gedacht habe. Schwer von Begriff. Ein paar Mal musste ich allerdings durchgreifen. Die Lehrerin, du hast sie ja kennen gelernt, hat ständig gegen mich gearbeitet. Eine der Schwestern auch. Viel zu viel Mitleid hatten sie mit den Kindern. Ich habe ihnen den Sinn unserer Arbeit erklärt, aber es war zwecklos. Sie haben nicht ein bisschen verinnerlicht, was Kindererziehung in diesen Zeiten heißt.« Sie findet die Seife nicht, wühlt in einer anderen Tasche, überlegt, ob sie sie in Mulfingen gelassen hat. »Ach, lass doch diese Sucherei«, drängt er, »zieh lieber die warmen Sachen aus.« Auf dem Bett sitzend knöpft sie die Bluse auf, streift den Rock ab, dann den Unterrock. Immer noch redet sie von Mulfingen. »Mit der Arbeitserziehung hat es geklappt. Disziplin, strenger Tagesablauf, Ordnung,

Strafen, dagegen war nichts einzuwenden. Eine politisch-ideologische Erziehung war allerdings nur am Rande vorhanden, aber das war ja nicht meine Aufgabe.« Robert hört nicht mehr, was sie sagt. Zu sehr ist er gefesselt von ihrem Körper, der Art, wie sie die Strümpfe abrollt. »Sie zwingen sie übrigens, Deutsch zu sprechen«, fährt Eva fort. »Eindeutschen nennen sie das. Aber das schaffen sie nicht. Das in Mulfingen geht sowieso nicht mehr lange. Wenn ich nicht gekommen wäre, wären die Kinder längst weg.« Robert hilft ihr mit den Strümpfen, kann nicht erwarten, dass sie nackt ist. Er beeilt sich, Hose und Hemd loszuwerden, dann die Unterwäsche. Dann zieht er sie aufs Bett. Ihr Körper riecht verschwitzt. Aber gerade das mag er.

Später liegt er mit geschlossenen Augen da, eine Hand unterm Kopf, mit der anderen hält er sie umfasst. Sie schmiegt sich an ihn; ihre Hände tasten über seine Brust. Manchmal drückt er ihre Hand. Wie ein Zeichen ist das; ihr Drücken wie eine Antwort. Ihr Blick wandert entlang der verblichenen Blumentapete zu einem Gemälde von Lovis Corinth – Ostern am Walchensee – dann zu dem hellen Schrank mit den Spiegeltüren, zu ihrem Kostümrock, den sie über einen Stuhl geworfen hat. Zu selten hat sie Robert die ganze Nacht. Sie rechnet. Das war höchstens viermal im letzten Jahr.

Die Nacht ist ruhig, ohne Fliegeralarm. Robert schläft sofort ein. Sie liegt, die Arme um ihn geschlungen, wach, spürt seine Wärme, sieht, wie seine Brust sich gleichmäßig hebt und senkt, hört nach seinem Herzschlag. Sein Haar riecht nach Zigarettenrauch. »Wir werden immer zusammenbleiben, immer«, flüstert sie, hofft, dass er antwortet, dass er sie umarmt, aber er hört sie nicht mehr. Seine Haut ist fast weiß. Ein angespannter Zug liegt um seinen Mund, den auch der Schlaf nicht löst. Irgendetwas Weißes, eine Fluse oder ein Staub, hat sich in seinem Haar verfangen. Sie kann es nicht genau erkennen und müsste die Hand ausstrecken, um es zu greifen, was sie nicht tut, weil sie fürchtet, ihn zu wecken. Vorsichtig dreht sie sich auf den Rücken, betrachtet die Lichtstreifen, die der Mond durch die Vorhänge an die Wände und auf die Decke wirft. Nachtgedanken kreisen. Sie weiß so wenig über ihn, eigentlich gar nichts. Da scheint ihr die Nacht plötzlich ohne Farben.

»Du knirschst mit den Zähnen, weißt du das?«, sagt Robert am Morgen. Er sieht verkatert aus und es tut ihr leid, dass sie seinen Schlaf gestört hat. Sie will etwas sagen, aber er lässt sie nicht zu Wort kommen. »Das ist nervtötend. Jedes Mal, wenn ich halbwegs eingeschlafen war, ging es wieder los mit diesem Geknirsche. Das muss aufhören.« Er ahmt sie nach, was sich grässlich und übertrieben anhört und sie beschämt. Dann setzt er sich an den Tisch, wartet, dass sie ihm einen Kaffee bringt. »Übrigens habe ich wieder so einen lästigen Brief bekommen. Von einem dieser bettelnden Zigeunerweiber. Die Frau ist anscheinend krank und bittet um Freilassung ihres Mannes und ihres Sohnes aus einem der Lager. Du glaubst gar nicht, wie ich dieses Gebettel hasse. Ich will ab sofort mit so was nichts mehr zu tun haben. Kümmere dich, dass der Brief ans Reichssicherheitshauptamt geschickt wird. Sorg dafür, dass sie evakuiert werden und Ruhe geben!« Er trinkt einen Schluck Kaffee und wechselt das Thema. »Ich hoffe, dass du es bald schaffst, die Ergebnisse aus Mulfingen zusammenzutragen und in die Arbeit einzubringen. Der nächste Schritt ist, dass du die Arbeit bei Fischer einreichst und ihn bittest, dass er dich zur Promotion zulässt. Das muss jetzt schnell gehen. Ich war neulich bei ihm. Er hat mir von seinen Forschungen in Deutsch-Südwestafrika erzählt, von den Sippentafeln, die er erstellt hat. Er hat dort Köpfe vermessen und Fotografien angefertigt. Er ist bestens im Thema.«

Aus Dresden hat Eva eine Konserve Kommissbrot und Margarine mitgebracht. Etwas anderes war nicht zu bekommen. Robert streicht Margarine auf eine Scheibe Brot, greift nach dem Kunsthonig, den er um seinen Kaffeelöffel dreht, verstreicht die zähe Masse auf dem dunklen Brotquadrat und beißt ab. Kauend zieht er ihre Aufzeichnungen aus Mulfingen zu sich heran und fängt an, darin zu blättern. Seine Stimme klingt wieder sanfter. »Das scheint sehr fundiert zu sein. Sehr akribische Arbeit. Sieht gut aus.« Er kaut, blättert und nickt. »Ja, wirklich gut.« Sie sitzt ihm gegenüber, sieht ihn gespannt an. »Jetzt müssen wir überlegen, wie wir am schnellsten vorgehen können.« Kauend steht er auf, geht zum Fenster und sieht Vögeln hinterher, die sich aus einem Baum aufschwingen. Ihre Konturen sind verschwommen. »Fischer ist zurzeit in Kur in Baden-Baden. Er hat ein krankes Knie. Du könntest ihm schreiben, nach Baden-

Baden fahren und mit ihm sprechen.« Eva steht, einen Fuß auf der Chaiselongue, und streift sich Nylonstrümpfe über das Bein. »Ich kann doch Fischer nicht in der Kur stören.«

»Da hat er am meisten Zeit. Wenn es noch im Januar klappt, und damit rechne ich, reise ich mit.« Dass er mit ihr reisen will, freut sie mehr als die in Aussicht gestellte Hilfe. Sie will ihn küssen, wartet auf einen Blick, eine Geste, aber er schiebt sie weg. »Jetzt nicht. Das ist nun wirklich der falsche Moment. Ich muss gehen.«

Der Brief an Professor Fischer wird lang. Robert steuert noch ein paar wichtige Sätze bei. Dankbar ist sie ihm für seine Hilfe. Er ist der Einzige, der Einzige.

Jeden Tag sieht sie in den Briefkasten. Aber Fischer lässt sich Zeit mit einer Antwort, was ihr nicht unrecht ist, denn viel anderes steht an.

Reichsführer SS Himmler wird zu einer Konferenz erwartet. Im Besprechungsraum des Instituts ist kein Stuhl mehr frei. Zweimal schon hat Fräulein von Witzendorf Kaffee gebracht. Diesmal ist der Kaffee aus echten Kaffeebohnen gebrüht, des hohen Besuchs wegen. Eva sitzt zwischen dem Leiter des Reichspolizeikriminalamtes Arthur Nebe und Robert, der, in einem steifen Anzug und frisch rasiert, auf Himmler wartet und nervös die Kappe seines Füllers immer wieder auf- und zuschraubt. Auch Nebe wirkt angespannt. Seine ausgeprägte Nase und die buschigen schwarzen Augenbrauen betonen diesen Anschein. Der Kollege Würth ist extra aus Tübingen angereist. Er winkt Eva vom Tischende aus zu. Würth trägt einen Anzug mit Schlips, eine Brille mit gefärbten, gelblichen Gläsern. Eine Haarsträhne hängt ihm ins Gesicht. Immer wieder streicht er sie hinter die Ohren.

Himmler trifft mit einer Viertelstunde Verspätung ein. Hinter ihm, wie Schatten, sein Adjutant sowie zwei Beamte vom SS-Amt ›Ahnenerbe‹. Sie tragen einen Geruch nach Regen herein. Ihre Gesichter sind unbewegt, rein gar nichts ist darin zu lesen. Die Frisuren sind gleich: seitlich kurz rasiert, oben etwas länger mit Seitenscheitel und mit Pomade nach hinten gekämmt.

Alle im Raum springen auf, ordnen die Schultern, reißen die Arme schräg nach oben: »Heil Hitler!«, »Sieg Heil!« Forschen Schrittes durchquert Himmler den Raum und bleibt am oberen Ende des Tisches stehen. Der hoch ausrasierte Nacken, sein wässriger Blick, das fliehende Kinn und die dünne goldgeränderte Brille mit runden Gläsern, der Schnauzer, ein blonder Zweifingerbart und diese etwas linkischen Bewegungen erinnern Eva an einen Beamten der Reichsbahn, einen Kollegen ihres Vaters. Himmler ist klein. Knapp 1,70 schätzt sie. Irgendwie hat sie ihn sich anders vorgestellt, den Führer von SS und Gestapo, Befehlshaber über zigtausende von Polizisten und Männer der Waffen-SS, dem mehr als zwei Millionen Soldaten unterstehen. Auf Bildern und in den Wochenschauen wirkt er männlicher und stärker. Sie glaubt ihm das Pervitin* anzusehen, das er angeblich zu sich nimmt.

Unter allgemeinem Stuhlrücken setzt sich Himmler breit vor einen Stapel Akten, blättert ein wenig darin herum, indem er die Finger befeuchtet, das Blatt an der oberen Ecke anfasst, die Hand an der Kante entlangführt und das Blatt am unteren Seitenrand umwendet. Dann schiebt er die Akten auf den Platz seines Adjutanten, redet über ein Netz von Konzentrationslagern, von Neben- und Außenlagern, spricht von Härte, Härte und nochmals Härte, erklärt allen, dass die größte Pest der Geschichte das Christentum sei, das es zu überwinden gelte, weswegen er das Germanische stärker betonen will. Neue Riten für Taufen, die er Namensweihe nennt, will er einführen. Auch für Eheschließungen, die ab sofort Eheweihen heißen sollen. Manchmal spiegelt sich das Licht in seiner Brille. Dann sieht man seine Augen nicht, was das, was er sagt, irgendwie undeutlich macht. Würth schiebt interessiert seinen Oberkörper vor. Nebe rührt die Arme. Beide lassen kein Auge von Himmler. Während die Witzendorf heißen Kaffee serviert – sie hat eigens für den hohen Besuch rosa Puder aufgelegt, die Lippen geschminkt und die Fingernägel poliert – schnäuzt sich Himmler ausgiebig die Nase. »Die Welteroberung«, fährt er fort, nachdem er das Taschentuch umständlich in einer Jackentasche verschwinden lässt, »wird in Etappen erfolgen. Besetzte Provinzen mit sogenannter nichtgermanischer Bevölkerung werden bis zur letzten Großmutter und zum letzten Kind ausgekehrt – ohne jede Barmherzigkeit.« Eva bemerkt, dass

* *stimulierende Droge*

er einen Ring mit seltsamen Zeichen trägt. Sie meint einen Totenkopf zu erkennen. Ihr fällt auf, dass er seine Worte seltsam betont: Bis aufs Letzte, voll und ganz, Elite, Kreatur, völlige Vernichtung. Nach einem Referat über Arier und Untermenschen kommt er auf die Zigeuner zu sprechen. »Ob Sie es glauben oder nicht, meine sehr verehrten hier Anwesenden, aber ich kann mich für die indische und damit arische Herkunft dieses Volkes erwärmen.« Erstaunte Blicke richten sich auf Himmler, der, um die Wirkung des Gesagten zu verstärkten, ein paar Sekunden wartet, bis er fortfährt. »Ich habe mich mit dem SS-Amt Ahnenerbe lange und intensiv besprochen. Wir sind zu dem Schluss gekommen, reinrassigen Zigeunern in Zukunft eine gewisse Bewegungsfreiheit zu gestatten. So können sie in einem bestimmten Gebiet wandern und dort nach ihren Sitten und Gebräuchen leben. Der Neusiedler See wäre so ein Gebiet oder Ungarn, das Gebiet um Ödenburg, an der Grenze zum Burgenland.« Gewichtig sitzt Himmler da, sieht in die Runde. »Es wird also ein paar Veränderungen geben. So gedenke ich die Aufgabe, die Reinrassigen, also die im zigeunerischen Sinne guten Mischlinge, ab sofort von Zigeunerhäuptlingen auswählen zu lassen. Sie werden ihre Sippen zu geordneter Lebensweise anhalten, werden ihnen gewisse Auflagen erklären, etwa, dass Betteln und Wahrsagen sowie der Verkehr mit Deutschblütigen oder Mischlingen untersagt ist. Und sie sollen feststellen, wer wer ist.«

Robert liegt ein Einwand auf der Zunge. Er beugt sich vor und holt Luft. Dann aber atmet er aus und sitzt wieder gerade. Himmler fährt fort: »Die Häuptlinge müssen es ja schließlich am besten wissen. Eine Stimme des Blutes sozusagen.« Wieder beugt Robert sich vor, aber ein Blick Himmlers reicht, dass er sich zurücknimmt. »Das ist ein Befehl. Ich fasse also zusammen: Ausgewählte Zigeuner sollen ihre Bewegungsfreiheit zurückbekommen. Stellen Sie uns also eine Liste mit begabten, älteren Zigeunern zusammen. Wir werden sie zu Häuptlingen ernennen und sie werden gute Arbeit für uns leisten.« Nebe meldet sich zu Wort. Himmler betrachtet ihn halb verächtlich, halb gelangweilt. »Das gilt auch für Sie, Herr Reichskriminaldirektor.«

»Danke, mein Reichsführer.« Mit verkniffenem Gesicht zieht sich auch Nebe zurück. Robert atmet hörbar. Eva sieht, wie es in ihm kocht. Er lächelt mit saurer Miene und nickt verlegen. Einige applaudieren. Papier raschelt. Himmler packt seine Unterlagen zusammen und steht auf. Dann geht er herum und verabschiedet sich. Sein Händedruck ist schlaff. Eva sieht, wie feiner Schweiß auf seinem Gesicht glänzt.

Sie weiß, was jetzt kommt. Kaum hat sich die Versammlung aufgelöst, da platzt es aus Robert heraus: »Er hat absolut keine Ahnung. Soll sich mit den Lagern befassen und der SS, sich aber aus der Zigeunerpolitik heraushalten. Er ist engstirnig und unfähig! Den Anforderungen nicht gewachsen. Als ob nicht schon genug Durcheinander wäre. Reinrassige Zigeuner, wenn ich das schon höre. Die gibt es ja kaum noch. Und arische? Zigeunerhäuptlinge gibt es auch nicht, oder hast du jemals welche gesehen? Und die Häuptlinge sollen bestimmen, wer wer ist? Seit Jahren liefern wir absolut exakte Ergebnisse. Wenn einer weiß, wer reinrassig ist, dann wir.« Eva schließt die Bürotür und tritt neben ihn ans Fenster. »Ich weiß auch nicht. Mit den Häuptlingen meint er wohl so etwas wie Zigeunersprecher. Manche Familien haben doch einen Tschatsche paskere romm, so eine Art Vorstand. Ich wüsste allerdings nicht, dass ein Stamm einen Vorsteher oder so was hat. Aber ich wollte nichts sagen.«

»Das ist es ja. Man kann ja nichts sagen. Ich wette drauf, dass die Sache Nebe auch nicht behagt. Dass die Reinrassigen Bewegungsfreiheiten bekommen sollen, darüber kann man ja nachdenken. Ich habe selbst vor einiger Zeit vorgeschlagen, sie in Reservaten unterzubringen und ein paar Ausgesuchte für die Forschung zu behalten. Aber doch nicht jetzt, mitten im Krieg. Und schon gar nicht mithilfe von Häuptlingen. Die haben doch überhaupt keine Ahnung, wer reinrassig ist und wer nicht. Die Reinrassigen sind ja auch gar nicht das Problem. Jetzt werden wieder alle Verordnungen ausgehebelt. Das ist ein ständiges Hü und Hott. Neulich hab ich mitbekommen, dass einzelne Gemeinden wieder Wandergewerbescheine ausstellen, bloß um sie loszuwerden. Jeder macht doch langsam, was er will! Würth sagt, dass selbst Leute, über die es noch gar keine Gutachten gibt, nach Polen evakuiert werden. Wenn man sich das mal vorstellt! Wir brauchen endlich ein Gesetz! Ein eindeutiges Zigeunergesetz!« Er fasst sich an den Kopf. »Jetzt, ausgerechnet im

Krieg, wo die Lage doch kritisch ist, sollen wir sie wandern lassen? Und womit wollen sie reisen? Wer soll ihnen Pferde geben, nachdem man doch den Bauern schon die Arbeitstiere entzogen hat? Ich werde einen Brief schreiben, meine Einwände darlegen. Vielleicht nützt es was. Was Himmler will, ist doch absurd. Damit wird der Ausbreitung des Schmarotzertums wieder Tür und Tor geöffnet.«

Gegen Abend, die Kollegen sind schon gegangen, schreibt Eva das Protokoll der Sitzung. Mit einer Formulierung tut sie sich schwer und fragt bei Robert nach. Er sitzt am Schreibtisch, hat das Jackett ausgezogen und die Krawatte gelockert. Es sieht so aus, als ob er sich wieder beruhigt hat. Sie rückt sich einen Stuhl zurecht, liest ihm das Protokoll vor. Mürrisch diktiert er ihr ein paar Ergänzungen; sie schreibt. Dann will er mit ihr eine Liste älterer, leidlich begabter Zigeuner zusammenstellen. »Himmler soll seine Liste bekommen. Sie wird ihm ohnehin nicht viel nützen.« Sie will aufstehen, mit der Liste anfangen, aber er kommt ihr zuvor, geht zur Tür, schließt ab, umfasst sie von hinten und küsst ihren Hals. Seine Hände tasten über den Stoff ihrer Bluse, suchen ihre Brüste. Sie lässt den Stift sinken, dreht sich nach ihm um, lässt zu, dass er die Knöpfe ihrer Bluse öffnet und sich seine Hände körperabwärts tasten. »Himmler hat übrigens nichts dagegen, was wir tun. Er hält es selbst nicht mit der ehelichen Treue«, flüstert er ihr ins Ohr, »jetzt hat er Friedelehen erlaubt.«

»Friedelehen?« Eva lehnt sich zurück. Robert erklärt: »Friedel heißt so viel wie Geliebte. Also eine Ehe mit einer Geliebten. Es ist aber nur erlaubt, wenn dabei Kinder entstehen. Wir verstoßen also gegen seine Vorschriften, aber nur ein kleines bisschen.« Er schiebt ihr eine Hand unter den Rock, sein Atem an ihrem Ohr wird lauter, seine Stimme flatterig. »Himmler macht die Gesetze, wie sie ihm passen. Hat selbst eine Geliebte. Weißt du, wie er seine Sekretärin nennt?«

»Nein.«

»Er nennt sie Häschen.« Wieder küsst er ihren Hals.

»Woher weißt du das?«

»Man hört so einiges.«

»Und seine Frau?«

»Ach, seine Ehe ist längst kaputt. Seine Frau besucht er nur noch, um die Kinder zu sehn. So ist es ja bei mir auch. Heute Abend hab ich Zeit. Um acht, vorher ist noch eine Besprechung mit Nebe. Aber um acht bin ich bei dir.« Er reißt sich von ihr los mit den Worten, dass es bis dahin noch viel zu tun gäbe und Vorfreude die größte Freude sei.

Sie sitzt vor dem Protokollheft, zieht den Rock wieder zurecht und knöpft sich die Bluse zu.

Am Abend steht sie am Fenster und wartet. Sie hat die Wohnung geputzt, die Haare gewaschen und aufgesteckt und nach dem Waschen duftenden Körperpuder benutzt. Acht ist vorbei. Es wird neun, dann zehn. Robert kommt nicht. Das Warten macht sie rastlos. Sie tut sinnlose Dinge, ordnet die Kissen, feilt die Fingernägel, geht von der Küche ins Wohnzimmer, vom Wohnzimmer ins Schlafzimmer, vom Schlafzimmer in die Küche. Später liegt sie mit hinter dem Kopf verschränkten Armen auf dem Sofa und starrt auf die wandernden Lichtstreifen, die die Autoscheinwerfer auf ihre Wand werfen, horcht nach Geräuschen im Treppenhaus. Sie stellt sich vor, wie Robert auf der Sitzung bei Nebe einer Frau zuzwinkert, sie anschließend nach Hause begleitet und ihr dunkle Treppen hinauf folgt. Sie malt sich aus, wie Robert diese Frau küsst, wie sie zusammen ins Bett gehen, sich umarmen, sich lieben. Sie denkt an den Tag, als Robert mit Blumen in der Hand vor ihr gestanden hat und wie er dann, als sie für die Blumen eine Vase suchen wollte, gesagt hatte: »Nein, lass. Die Blumen sind für meine Frau. Männer, die eine Geliebte haben, müssen nett sein zu ihren Frauen.«

Roberts Einwände gegen Himmlers Ansinnen bleiben erfolglos. Er kommt nicht daran vorbei, für jeden Zigeunerstamm einen älteren, verständigen und verhandlungsfähigen Sprecher auszusuchen. Nebe kommt, um die Liste abzuholen. Im Vertrauen verrät er Eva, dass auch er Einwände wegen der Häuptlinge vorgebracht hat. Sie seien allerdings abgeschmettert worden. »Sie glauben ja nicht, Fräulein Justin, wie ungeheuer viel Geschick ich brauche, bei allen Aufträgen, die ich bekomme, das Richtige herauszufinden und das Schlimmste zu verhüten. Vieles kann ich aber gar nicht verhindern. Wenn Leute wie wir nur ein einziges Mal den Gehorsam verweigern, stehen sofort andere zur Verfügung, die unsere Arbeitsplätze mit

Handkuss nehmen und jeden Befehl ausführen. Mit Weigerungen erreichen wir also nichts.« Nebe setzt sich auf den Stuhl vor ihrem Schreibtisch, schlägt die Beine übereinander, nimmt die Brille ab, die er mit einem Tuch zu putzen beginnt. Ohne Brille sehen seine Augen seltsam fischig aus, wie bei allen Kurzsichtigen. Robert kommt herein, wirft den Mantel über den Stuhl. »Heil Hitler!« Nebe wiederholt, was er bereits zu Eva gesagt hat. Robert lehnt am Fenster. »Trotzdem stehen wir jetzt natürlich vor der Frage, wie wir weiter verfahren sollen.« Nebe zuckt mit den Schultern, hält die Brille gegen die Lampe, putzt noch einmal und setzt sie wieder auf. »So wie bisher.«

»Sie meinen also, ignorieren? Das gibt ein einziges Durcheinander. Wir brauchen endlich klare Linien. Das mit den Reinrassigen ist doch eine persönliche Entscheidung Himmlers. Wenn wir Einfluss nehmen wollen, müssen wir so schnell wie möglich eigene Vorschläge ausarbeiten.«

Die ausgesuchten Zigeunervertreter, die mittels Fernschreiben aus allen Teilen des Reichs in die Hauptstadt einberufen werden, begreifen nicht, was man von ihnen will. Eva lässt sich nichts anmerken, ist aber belustigt, als Nebe dem erstaunten Trupp eröffnet, dass er ihnen im Auftrag des Reichsführers-SS Himmler mitzuteilen habe, dass sie besonderes Wohlwollen genießen, von strengen Bestimmungen befreit seien und wieder reisen dürften, sogar in ihre Heimatländer, und dass man eigens für sie ein Reservat anlegen wolle. Die Männer stehen da in ihren merkwürdigen Anzügen, die Hände um speckige Hüte gekrampft, und sehen sich ratlos an. Einem scheint die Sache nicht zu behagen. »Jahrelang behandelt ihr uns wie Tiere. Und nun das? Und außerdem, was meinen Sie mit Reservat? Ein Lager?« Plötzlich lehnen alle den Vorschlag einer Sonderbehandlung entrüstet ab. Nebe wiederholt die Vorzüge. Als die Männer erkennen, dass sich bei dieser seltsamen Angelegenheit Vorteile für sich und ihre Familien herausschlagen lassen, kommt die Kallies, die das Protokoll führt, nicht mehr mit Schreiben hinterher. »Wir sind reinrassig«, sagen sie, »immer gewesen. Wir leben schon hundert Jahre in Deutschland. Wir wollen nicht weg. Keiner von uns. Aber viele von uns sind krank und es wäre gut, wenn wir bessere Wohnungen bekommen könnten.«

»Bei uns ist es auch so. Alle reinrassig. Wir können das genau sagen. Bei uns weiß jeder, wo er herkommt.« Die Vorschläge, die sie vorbringen, beziehen sich nur auf die eigenen Familien. Nebe und Robert hören sich ihre Bitten eine Weile an. Dann verschwinden sie im Nebenraum, wo Eva sie heftig diskutieren hört.

Am Ende sind sie sich einig. Sie statten die Männer mit neuen Papieren aus und lassen sie abreisen.

»Was anderes konnte ja dabei nicht herauskommen«, tobt Robert, nachdem sich alle verabschiedet haben und er seine Akten sortiert hat. »Was für eine Aktion! Kostet Zeit und Geld und führt zu nichts. Du hast es ja gehört. Sie sind alle reinrassig!« Sein Lachen klingt bissig. Eva versucht ihn zu beruhigen. Sie hofft, dass die Angelegenheit bald im Sand verläuft.

Die Sache mit den Häuptlingen verläuft im Sand. Dafür scheinen Roberts Vorschläge für die Mischlinge gehört zu werden. Im Institut kursieren unzählige Gerüchte. Dass Rommel sich mit 10.000 Mann einem Befehl des Führers widersetzt haben soll und jetzt auf dem Rückzug sei, dass an Weihnachten nur noch Familien mit zwei oder mehr Kindern einen Weihnachtsbaum bekommen, dass Kaninchenhalter bei der Sonderzuteilung von Fleisch ausgeschlossen werden.

Jeden Tag gibt es Gerangel um Lebensmittel. Die Karten sind streng rationiert. Vieles gibt es nur noch auf dem Schwarzmarkt.

Robert macht das alles nichts aus. Er belächelt die vielen Unkenrufe, fürchtet nicht einmal die Rote Armee. »Bis hierhin schaffen sie es nie und nimmer«, sagt er, »mehrere hunderttausend Mann haben sie schon eingebüßt, zuletzt auf der Krim.« Er hat wieder diese feste, sichere Stimme, mit der er sie immer beruhigen kann. »Dr. Batz hat einen neuen Spruch: Genießt den Krieg, denn der Friede wird schrecklich! Na, was sagst du?« Roberts Tonfall ist scherzhaft und leicht. »Ja, der Friede wird schrecklich. Wenn alles erobert ist, haben wir nämlich keine Siege mehr zu feiern.« Eva gibt der Spruch zu denken. »Vielleicht meint er das anders.« Robert schüttelt den Kopf. »Batz? Nie und nimmer. Dass du immer so schwarz siehst.« Er liegt mit gelöstem Schlips und offenem Kragen auf Evas

Kanapee, den Kopf in ihrem Schoß, blättert gedankenlos in einer Zeitschrift, während sie ihm die Haare krault. Er spricht über seine Arbeit, seine Zukunft. Am Rande erkundigt er sich auch nach ihr, richtet das Gespräch aber bald wieder auf sich selbst. »Es tut sich so viel«, sagt er, »ich kriege die Zigeunerpest wirklich in den Griff! Und zwar trotz des Krieges, der ja die Sache nicht gerade leichter macht.« Er zählt an den Fingern auf, was sich alles verändert hat. »Juden, Homosexuelle, Zigeuner, Mörder, Totschläger, Zuhälter, Strichjungen – bald werden wir frei sein von diesem Geschmeiß und das Reich kann aufatmen. Irgendwann werden sie mir einen Lehrstuhl für Kriminalbiologie anbieten.«

Roberts gute Stimmung überträgt sich auf die Mitarbeiter. Trotz knapper Lebensmittel sind alle bester Laune. Immer wieder werden im Rundfunk Sondermeldungen über gewaltige Siege verkündet. Die Kallies meint, dass der Krieg so gut wie vorbei, Russland bezwungen sei, und eine ganz neue Zeit am Horizont leuchte. »Noch ein paar Wochen durchhalten«, prophezeit sie, zündet sich eine Zigarette an und summt einen Schlager. Über die Kallies kann Eva nur den Kopf schütteln. Immerzu muss sie unterwegs sein: ins Schauspielhaus am Gendarmenmarkt, an den Nikolassee, ins Strandbad am Wannsee, zur Sommerblumenschau am Funkturm. An den Wochenenden besucht sie Versteigerungen, auf denen das Mobiliar deutscher, aber auch holländischer, französischer und sogar belgischer Juden verhökert wird. Auch im Zeughaus war sie, um die Beutestücke aus deutschen Feldzügen zu sehn. Eva fragt sich, woher die Kallies die Zeit und das Geld für all die Vergnügungen nimmt. Vielleicht hat sie einen Liebhaber? Aber sie hat ein kleines Kind und wer nimmt schon die Kallies mit einem Kind?

Auch ohne Schnee wird es Winter. Kälte drückt auf Häuser und Menschen. Im schwach geheizten Büro geht Eva die Post durch. Ein braungrauer Umschlag fällt ihr sofort auf. Ein Grund bei Robert anzuklopfen. »Mach ihn auf«, sagt Robert, als sie mit dem Brief in der Hand dasteht. Sie öffnet das Kuvert, überfliegt den Absender und die ersten Zeilen. Dann liest sie: »Auf Befehl des Reichsführers SS vom 16. Dezember 1942 sind Zigeunermischlinge, Rom-Zigeuner und nicht deutschblütige Angehörige zigeunerischer Sippen balkanischer Herkunft nach bestimmten Richtlinien auszuwählen und in einer Aktion von wenigen Wochen in ein Konzentrationslager einzuweisen. Dieser Personenkreis wird nachstehend kurz als zigeunerische Person bezeichnet.« Robert will den Satz noch mal hören. Eva wiederholt, was sie gelesen hat. Robert hat fast keine Stimme mehr. Seine Augen laufen, sein Kopf ist gerötet. Eva hat ihm mehrfach geraten, sich ins Bett zu legen und die Grippe auszukurieren, aber er ignoriert das Husten und Röcheln, greift nach dem Brief und liest selbst. »Die Einweisung erfolgt unabhängig vom Mischlingsgrad familienweise in das Konzentrationslager Auschwitz. Die Sache ist geheim«, liest er und tippt mit dem Finger auf einen roten Stempel am Ende des Briefes: »Geheimsache. Persönlich. Ja sicher. Alles hier ist geheim.« Robert kann kaum sprechen. Immer wieder bricht ihm die Stimme weg. »Es wird ihnen in den Lagern nicht schlecht gehen«, krächzt er, »sie dürfen sogar mit ihren Familien zusammenbleiben.« Robert sieht erschöpft aus. Die Witzendorf bringt Tassen und eine dampfende Teekanne. »Lindenblüten«, sagt sie, »das hilft.« Robert schüttelt den Kopf. »Das ist schon die dritte Kanne. Das hilft gar nichts.« Er schiebt die Tasse an den Rand des Tisches und vertieft sich erneut in die Zeilen. »Eigentlich habe ich nichts anderes erwartet. Und es ist ja auch konsequent«, sagt er, als sie wieder allein sind. »Nebe war gestern hier. Er hat von Auschwitz berichtet. Na ja, es ist natürlich ein Lager, kein Feriencamp. Sie machen Versuche dort. Er hat mir von einem Verfahren berichtet, einer chemischen Substanz, mit der man Meerwasser trinkbar machen kann. Die Substanz wird an Zigeunern getestet.« Eva hat von Versuchen in den Lagern gehört. Das mit dem Meerwasser kommt ihr seltsam vor. »Was bezwecken sie denn damit?«

»Es sind kriegswichtige Versuche. Es geht um die Marinesoldaten. Sie wollen herausfinden, ob es für in Seenot Geratene besser ist, Meerwasser zu trinken oder ob es besser ist, Durst auszuhalten. Sie bilden Gruppen für die Tests. Eine Gruppe, die hungern und dursten soll, eine Gruppe, die nur Meerwasser zu trinken bekommt, eine Gruppe, die Meerwasser mit diesen Zusätzen bekommt und eine Gruppe, die normal viel zu trinken, aber nichts zu essen kriegt. Ich habe Nebe geraten, nur die asozialen Zigeuner zu verwenden. Aber ehrlich gesagt, bin ich nicht überzeugt von der Idee. Die Zigeuner sind einfach andersrassig. Sie fühlen anders, sie denken anders, sie reagieren auch anders. Das scheinen sie zu vergessen. Möglicherweise werden Ergebnisse erzielt, die auf unsere Männer gar nicht anzuwenden sind. Sie müssen Häftlinge nehmen, die mit uns vergleichbar sind.« Robert kann kaum den Satz beenden, da wird er wieder von Husten geschüttelt. Seine Stimme macht ihr Sorgen. Und dass er so blass aussieht. Sie gießt Tee in seine Tasse. »Stell dir vor«, fährt er fort, als der Anfall schwächer wird, »sie testen das Zeug an Johnny Bamberger. Bamberger war Boxer, damals im Olympiateam. Einer wie der steckt so was doch leicht weg.« Eva kennt Bamberger nicht. Sie deutet auf seine Tasse: »Trink doch. Wenn man erkältet ist, soll man viel trinken.« Robert hört nicht zu. Er kommt auf Himmlers Schreiben zurück. »Da sieht man es wieder. Himmler hat die Arbeit der Häuptlinge gar nicht erst abgewartet. Aber das soll uns egal sein. Wichtig ist, dass endlich klar ist, was mit den Zigeunern passieren soll.«

Am Abend, nachdem er den Brief mehrfach gelesen und einige Telefonate geführt hat, gibt er Anweisungen an die Arbeitsgruppen. »Die Kriminalpolizeileitstellen organisieren alles. Es gibt ein paar Ausnahmen, zum Beispiel für die, die mit Deutschblütigen verheiratet sind. Auch Jenische werden ausgesondert. Wer nicht ins Lager kommt, muss in eine Sterilisation einwilligen. Und zwar schriftlich. Das gilt für alle ab 12 Jahren. Im Falle einer Weigerung entscheiden wir, was passiert.« Eva überschlägt die Richtlinien und errechnet die unzähligen Kontrollen, die jetzt anstehen. »Wie sollen wir das denn schaffen?« Robert beruhigt sie. »So viel mehr an Arbeit ist das nicht. Wir haben fast alle registriert. Es gibt eine große Gruppe, die zu evakuieren ist und eine winzige Gruppe, die zwar nicht deportiert, dafür aber sterilisiert wird. Bei denen müssen wir sehen, dass wir sie zum Arbeiten schicken. Für Straßenarbeiten werden dringend Leute gebraucht.«

Berlin, 1943

Das neue Jahr beginnt mit nächtlichen Luftangriffen der Engländer. Eva hört von Verletzten, Toten, Ausgebombten. Auch die Nachrichten aus Stalingrad geben Anlass zur Sorge. Die sechste Armee ist eingekesselt und der Versuch, den Kessel zu durchbrechen, höchstwahrscheinlich misslungen. Das jedenfalls wird gemunkelt. Göring verspricht, die Soldaten aus der Luft versorgen zu wollen. Auch der Führer gibt sein Wort, dass er alles tun wird, sie dort herauszuholen. Hatten die Kollegen hier und da Wetten über den Kriegsverlauf abgeschlossen, so wettet diesmal keiner. Plötzlich haben die Meldungen etwas Unheilvolles, Unseliges.

Der Führer ordnet die totale Mobilisierung sämtlicher personeller und materieller Ressourcen an. Bis zum letzten Blutstropfen soll gekämpft werden. Jeden Tag dröhnen Appelle an den Durchhaltewillen des Volkes aus dem braunen Volksempfänger, der inzwischen im kleinen Versammlungsraum auf dem Tisch steht. Auf alles Überflüssige sei zu verzichten, um die ganze Kraft und Energie gegen den Feind einzusetzen. Goebbels will die nicht kriegswichtige Industrie stilllegen, teure Lokale und Geschäfte schließen. Für persönliche Dinge sei keine Zeit mehr, lässt er in Wochenschauen verlauten. Die Deutschen hätten ihr Schicksal selbst in der Hand, sie dürften nur nicht an ihren Stärken zweifeln. Gerne will Eva an den Endsieg, an die Wunderwaffe glauben, die der Führer in der Rückhand hält. Dass schon Gleise verlegt und Abschussrampen gebaut werden, hört sie, und die Engländer bald in die Knie gezwungen würden. Es beruhigt, dass der Führer gigantische Betonbunker bauen lassen wird mit riesigen Vorratskammern für Nahrungsmittel.

Trotzdem fürchtet Eva, dass ihre Arbeit gestört werden könnte. Robert ist unbesorgt. »Sie werden uns unsere Sache zu Ende bringen lassen. Das ist zu wichtig. Wir haben es ja auch fast geschafft. Weite Gebiete gelten schon als komplett zigeunerfrei.«

»Und was machen wir, wenn der Krieg vorbei ist und wenn der Führer …«, sie zögert, »ich meine, wenn der Führer …« Robert sieht sie erstaunt an. »Was sollen wir schon machen? Wir machen weiter. Ganz Europa hat doch das gleiche Problem. Nimm nur mal Polen. Wir haben eine Aufgabe, die unabhängig ist von einer Regierung.«

Anfang Februar wird im Großdeutschen Rundfunk eine Sondermeldung verlesen. Eine schnarrende Stimme erklärt, dass die 6. Armee ihrem Fahneneid treu geblieben und unter der vorbildlichen Führung von Generalfeldmarschall Paulus bis zum letzten Gefreiten, ja, bis zum letzten Atemzug gekämpft habe, dann aber einer Übermacht und ungünstigen Verhältnissen erlegen sei und alle Soldaten den Tod gefunden hätten.

Die Kallies sitzt vor dem Volksempfänger und heult. Als Eva sie anspricht, springt sie auf und wimmert. »Aber haben Sie das nicht verstanden? Sie sind tot! Alle tot! Für Sie ist es vielleicht egal, Sie haben ja keinen Mann. Aber für mich ist es nicht egal! Wir wollten im Sommer heiraten!« Dann ballt sie die Fäuste und brüllt: »Die Russen, das sind Untermenschen, Tiere ...« Sie lässt Eva stehen, greift sich ihre Jacke und rennt hinaus. Eva hat nicht mitbekommen, dass es im Leben der Kallies einen Mann gibt. Von privaten Dingen will sie auch nichts hören.

Robert kommt ins Büro. Sein Gesicht ist angespannt. Die Adern auf seiner Stirn treten stärker hervor als sonst. »Das waren einige hunderttausend Mann. Sie haben es nicht geschafft.« Er stockt. Dann sagt er: »Ich kann mir nicht vorstellen, dass alle tot sind. Sie sagen nicht die Wahrheit.«

»Was meinst du?«, fragt Eva. Robert sieht sie an. »Sie haben sie verschleppt. Sibirien vielleicht. Gefangenschaft. Das meine ich.«

Die Rundfunksender des Reichs unterbrechen ihre Programme und senden Trauermusik. Bruckner und Beethoven. Den ganzen Tag. Niemand spricht es aus. Aber im Institut ahnen alle, dass der Verlust der 6. Armee eine Wende bedeutet. Sorge breitet sich aus.

Die Witzendorf traut sich zu sagen, dass, wenn es die sechste Armee nicht geschafft hat, es keine Armee der Welt schafft und dass alle noch ganz schön was aufs Dach kriegen würden.

Gerüchte kreisen. Dass schon Rommels Rückzug aus Afrika ein deutliches Zeichen gewesen und der Krieg so gut wie verloren sei, dass sich die Russen fürchterlich rächen und alle Deutschen einen grausamen Tod zu erwarten hätten.

Eva erzählt Robert von den Gerüchten und verschweigt nicht, dass die Witzendorf einiges zur Unruhe beiträgt und sicherlich BBC hört. Nur gerecht findet sie es, dass die Kollegin noch am gleichen Tag in Roberts Büro zitiert wird.

Bei solchen Gesprächen lässt er meist die Tür offen. Eine Weile hört Eva nur Robert. Dann auch die Witzendorf, deren Stimme dünn und leise ist. So hat Eva das Fräulein von Witzendorf nie sprechen hören. »Aber ich habe doch gar nicht gesagt, dass …«

»Sie sagen ab sofort gar nichts mehr. Sonst werde ich Sie melden. Von einer Niederlage kann keine Rede sein. Ich dulde keine Hetze und niemanden, der für schlechte Stimmung sorgt. Schlechte Stimmung kann jetzt niemand brauchen. Merken Sie sich das.«

Eva findet, dass der Witzendorf das Gespräch mit Robert gut getan hat. Seither ist sie wie ausgewechselt. Sie tratscht nicht mehr und ihre privaten Geschichten lässt sie zu Hause. Mittags, wenn alle im Büro sich um den Volksempfänger versammeln und Nachrichten hören, bleibt sie hinter ihrer Schreibmaschine sitzen.

Alle im Institut machen Überstunden. Von sämtlichen größeren Städten aus werden Sammeltransporte nach Polen geleitet. In ein Familienlager, heißt es.

Einige Tausend sollen evakuiert werden. Die Zahlen sind Eva zu ungenau. Sie sitzt über Aktenbergen und rechnet. »Über 20.000 haben wir durchgeschleust. Die meisten kommen nach Auschwitz. Das ist aber nur eine ungefähre Zahl. Wir müssen das viel genauer haben. Seit dem Herbst haben wir uns für etwa 2000 Sterilisationen ausgesprochen und alle an die Gesundheitsämter gemeldet.« Wenn Eva Anträge durchsieht und versucht, Zahlen zu ermitteln, traut sich niemand in ihre Nähe. Selbst Robert nicht. Sie kann nicht aufhören, bis alles korrekt, übersichtlich und sauber in Listen eingetragen ist. Manchmal meint sie, die ganze Welt sei voller Zigeuner. Immer neue Sippen und Gruppen tauchen auf, unentwirrbar verknüpft miteinander. In Marzahn verliert sie manchmal die Nerven, wenn sich Neuzugänge stur stellen und auf Fragen nicht antworten. Immer härter werden dann die Worte. Manchmal rutscht ihr die Hand aus. »Wir werden jetzt nicht auf halbem Weg stehenbleiben.« Immer wieder denkt sie das.

Es ist bitterkalt. Der Atem hinterlässt kleine, weiße Wolken in der Luft. Eva ist mit der Lützenkirchen und einem Polizisten unterwegs. In Marzahn bringt eine alte Frau sie zur Raserei. Die Alte, weit über 80, verwirrt und nicht in der Lage, die Namen ihrer Kinder zusammenzubringen, sitzt stur und mit zusammengekniffenem Mund auf einer Mauer vor einer Baracke. Zehnmal schon hat Eva nachgefragt und zehnmal keine Antwort bekommen. Eva schreit sie an. »Tust so, als ob du nicht bis drei zählen könntest. Und glaubst, dass wir das nicht durchschauen? Wenn du nicht redest, kommst du ins Lager!« Da springt die Alte auf und läuft, so gut sie kann, die Baracken entlang, um sich am Ende des Weges hinter einem Bretterverschlag zu ducken. Der Polizist rennt hinter ihr her und holt die Frau zurück. In seinem Klammergriff heult und tobt die Alte. »Meine armen Kinder! Meine armen Kinder!« Auskunft will sie immer noch nicht geben. Da holt Eva eine Schere aus der Tasche, drückt sie der Lützenkirchen in die Hand. »Schneiden Sie ihr die Haare ab!« Die Alte jammert und bettelt, schützt den Kopf mit beiden Händen. »Lasst mich!« Aber Eva bleibt hart. »Wer nicht hören will, muss fühlen!« Der Polizist presst der Alten die Arme auf den Rücken, während die Lützenkirchen, zögerlich zunächst, dann aber umso energischer, ihr das Tuch vom Kopf zerrt und in die Haare greift. Strähne für Strähne landet im Dreck. Die Frau wehrt sich, ruckt mit dem Kopf, die Lützenkirchen muss ihr, um sie ruhig zu stellen, mehrfach mit der Schere in die Kopfhaut stechen. Blut quillt zwischen grauen Haarstoppeln. Der Boden liegt voller grauer Haare. Die Alte sieht abstoßend aus mit dem kahlgeschorenen Kopf, dem faltigen Gesicht und dem weit geöffneten, zahnlosen Mund. Breitbeinig steht Eva vor ihr. »Wie heißen deine Kinder?« Wieder presst die Frau die Lippen zusammen und dreht den Kopf nach hinten. Da lässt Eva den Polizisten einen Eimer Wasser heranschaffen. »Los! Über den Kopf damit! Na los, machen Sie schon!«

»Aber ...«

»Haben Sie nicht gehört?« Der Polizist tut, was Eva will. Da steht die alte Frau triefend und barfuß auf dem kalten, gefrorenen Boden. Die Kleider malen einen mageren Körper ab. »So bleibst du jetzt stehen, bis du es läuten hörst! Und morgen kommen wir wieder.« Das Jammern der Alten hat aufgehört. Stattdessen bibbert sie und zittert, die Lippen sind blau. Die Kleider sehen nass noch schlimmer aus. Wie Fetzen. »Jetzt siehst du, was du davon hast, wenn du nicht antwortest!«

Am nächsten Tag will Eva das Verhör mit der Alten fortsetzen. Aber die Frau ist nicht vernehmungsfähig. Sie liegt in der Baracke auf einem Strohsack und phantasiert. Ihr Gesicht ist fiebrig und sie gerät in einen Schreikrampf, als sie Eva sieht. Eine böse Krankheit hat sie sich geholt, sagt ein Mädchen, das neben der Alten hockt und ihre Hand hält. »Sie hat den Mulo* gesehn. Das bedeutet, dass sie sterben wird.« Das Kind sieht Eva mit großen, wissenden Augen an. Eva kann den Blick nicht ertragen. Eine Ohrfeige klatscht auf dem kleinen Gesicht. »Den Mulo hat sie nicht gesehn! Sie ist selbst schuld, selbst schuld.«

Robert ist ständig unterwegs. Oft ist er eingeladen, geht zu Partys oder Abendessen, gibt Interviews im Radio, hat Fototermine oder hält Reden auf Kongressen. Dann ist Eva für die Arbeit im Institut zuständig.

Immer noch ist sie mit der Doktorarbeit befasst. Die Änderungen und Korrekturen nehmen kein Ende. Robert kann nicht verstehen, dass es so langsam geht. Mit was sie ihre Zeit verplempert, will er wissen.

Nebenbei ergänzt sie das Asozialen- und Verbrechersippenarchiv, das er angelegt hat, fahndet in Unterlagen der Standesämter, in Polizei- und Gefängnisarchiven, durchwühlt Kirchenbücher nach Vorfahren von Kriminellen und Zigeunern, stellt Rassendiagnosen aus für Geschwisterreihen und komplette Familien. Stellt sie fest, dass es sich um Zigeunermischlinge handelt, macht sie Meldung. Die Amtswege sind schnell. Innerhalb weniger Tage wird entschieden. Oft legen die Betroffenen Einspruch ein, was aber zu nichts führt, weil sie keine Beweise bringen können.

Einmal wird sie vom Innenministerium um ein Gutachten gebeten. Es geht um die Sterilisation einer jungen Frau mit zigeunerischen Vorfahren, die in einer deutschen Familie aufgewachsen ist und einen Deutschblütigen heiraten will. Eva durchforstet das Sip-

* *den Tod*

penarchiv, stellt fest, dass die Frau einen erstaunlich hohen Mischlingsgrad hat. In ihren Notizen findet sich der Hinweis auf eine besonders asoziale Familie, sehr schmutzig, mit einer derben Sprache. Obwohl es so aussieht, dass die Frau nicht mehr in Zigeunerverhältnisse zurückfallen wird, spricht Eva sich für eine Sterilisation aus. Zu riskant ist es, dass die Frau nicht doch wieder asozial und das Volk mit weiteren Asozialen belasten wird.

Jedem Hinweis geht Eva nach, sucht auf Lagerplätzen, manchmal in Schulen. Je mehr sie sucht, desto mehr findet sie. Mit Hartnäckigkeit lässt sie die Nester ausheben, in denen sich Verdächtige verstecken.

Sie kann sich auch auf die Hilfe der Leute verlassen. Häufig gehen im Institut Briefe von besorgten Leuten ein, die glauben, Zigeuner entdeckt zu haben. Sie beklagen sich über die unmöglichsten Zustände. Etwa, dass bis tief in der Nacht an bestimmten Orten gezecht, musiziert und gesungen und eine seltsame Sprache gesprochen würde, dass Erwachsene und Kinder halbnackt herumliefen, dass ein Pärchen in offensichtlich wilder Ehe in einem Planwagen hause, dass es eine Schlägerei gegeben und ein Zigeuner ein Kind unsittlich angefasst habe, dass einer mit einer Flinte um sich geschossen, ein dritter einer Bäckereiverkäuferin freche Antworten gegeben, ein vierter Geld aus dem Opferstock einer Kirche gestohlen habe. Auch Wahrsagerinnen werden verraten.

Manchmal staunt sie, wo sich überall noch Zigeuner finden lassen.

Robert amüsiert sich über den Brief einer gewissen Margaret Dickow, die zwei Zigeunerfamilien mit insgesamt 12 Kindern aus der Kleingartenkolonie Kiefernheide im Stadtteil Karlshorst vertreiben lassen möchte. »Sie hat ans Polizeipräsidium geschrieben und bittet für alle Volksgenossen, die in der Kolonie wohnen und sich bemühen, anständige Menschen aus ihren Kindern zu machen, die Zigeuner endlich verschwinden zu lassen. Der Polizeipräsident hat das Ansinnen zunächst zurückgewiesen«, sagt Robert, »aber das geht natürlich nicht. Selbstverständlich werden die Zustände dort überprüft. Übrigens haben sich auch die Kleingärtner inzwischen zu Wort gemeldet. Sie wollen, dass die Gestalten, die dort anscheinend noch hausen, endlich in ein Sammellager überwiesen werden. Sie hoffen, dass Gartenparzellen frei werden. Na ja, sie sind natürlich nicht frei von Eigennutz, aber sie unterstützen unsere Arbeit. Wenn die Parzellen frei werden, ist für sie die Welt in Ordnung.«

Auch Bittbriefe erreichen die Forschungsstelle. Meist sind es Entlassungsgesuche für Einzelfälle, etwa für Kinder in den Lagern. Oder es sind Briefe von Zigeunerinnen, die jammern, weil ihre Männer in Lagern stecken. Manche drohen sogar, sich umzubringen. Daran kann Eva sie nicht hindern. Niemand wird verantworten, zigeunerische Personen aus einem Lager zu entlassen oder in irgendeiner Form zu unterstützen. Die Briefe sortiert sie nach Alphabet, nach Anliegen und nach Datum.

Fräulein Kallies kommt mit ihrer Arbeitsgruppe aus der Grenzmark Posen-Westpreußen zurück. Eine Provinz, die zuvor Eva bereist hat. Tote soll es gegeben haben nach Sterilisationen. Zwei junge Frauen sind verblutet. Ein Zigeuner namens Julius Adler aus Schneidemühl soll seine Frau wegen einer missglückten Abtreibung verloren haben. Die Frau war im fünften Monat schwanger. Eva kann sich an Julius Adler erinnern. Aufmüpfig ist er gewesen. Nur mit massivem Druck und mit Hilfe der Polizisten hat sie ihn und seine Sippschaft vermessen können. Seine Kinder waren verwahrlost bis aufs Hemd. Die Schwangerschaft seiner Frau war bereits die vierte. Was hätte sie also tun sollen? Die Leute weitermachen lassen? Jeder Eingriff ist riskant. Aber wenn man bedenkt, wie viele geglückte Eingriffe bereits durchgeführt wurden, da muss man in Kauf nehmen, dass es in Einzelfällen zu Komplikationen kommen kann. Vielleicht war die Frau aber auch krank gewesen, wer kann das jetzt noch sagen?

In der Nacht verirrt sie sich in einem Traum. Sie sitzt vor einer Baracke und notiert etwas, als eine Zigeunerin anfängt, Dreck nach ihr zu werfen. Die Frau kommt mit großen Schritten näher und näher, die Brocken in ihrer Hand werden größer, treffen Evas Gesicht, ihr Haar, das immer dunkler wird, bis es schließlich schwarz ist wie das der Frau, und die Haut bräunlich. Die Zigeunerin hingegen wird immer heller. Bald ist sie rothaarig mit blauen Augen, packt Eva um den Hals und zerrt sie über ein Feld zu einem tiefen Abgrund. Ein schwarzer Vogel fliegt auf sie zu, kommt näher und näher. Seine Flügel rauschen, er fährt die Krallen aus, stürzt sich hinab, sie schreit und schreit, aber bevor er ihr seine Krallen durch die Schädeldecke ins Hirn schlagen kann, erwacht sie.

Der Traum bleibt stecken und das Herzklopfen tobt bis in den Morgen.

Mit Spannung erwarten alle die Rede des Propagandaministers. Im Sportpalast wird er reden. Nur geladene Gäste sind zugelassen. Robert hat über Nebes Büro Karten bekommen. Er selbst kann nicht hingehen und legt Eva eine Karte auf den Schreibtisch. Aber Eva scheut die Menschenaufläufe, die Heil-Rufe, die schrille Stimme des Propagandaministers. Sie gibt Robert die Karte zurück. Frau Ehrhardt bekommt sie und freut sich.

Am Tag der Rede, einem Donnerstag, zieht es Eva dann doch vor das Radio. Sie ist alleine im Büro und dreht die Lautstärke auf.

Minutenlang tönt frenetischer Jubel aus dem Stadion, als Goebbels angekündigt wird. Überschäumende Stimmung. Eva stellt sich vor, wie Goebbels in seinem hellen Zweireiher durch ein Spalier hochgestreckter Arme schreitet und dann das Podium betritt. Es dauert, bis er anfängt. Und dann wird auch sie von der Wucht seiner Worte getroffen. Jeder Satz ist wie ein Peitschenhieb. Jedes Wort wie ein Stoß. Sie hört, wie alles jubelt, sieht förmlich, wie er die Hand in der Hüfte abstützt, wie er sich verausgabt: »Wollt ihr den totalen Krieg? Wollt ihr ihn, wenn nötig, totaler und radikaler, als wir ihn uns heute überhaupt erst vorstellen können?« Eva ist wie elektrisiert, lässt sich anstecken von diesem Schwung, von Worten wie Sieg, Durchhalten, Unbedingtheit, Schicksal. Goebbels dehnt die Üs, die Äs. Die Leute im Sportpalast applaudieren und kreischen. »Ja! Wir wollen!« Sie malt sich aus, wie dicht gedrängt die Menschen sitzen, wie alles mit Fahnen geschmückt ist, wie die Leute die Arme nach oben reißen, wie sie winken und schreien. »Heil! Heil! Heil!« Sie weiß nicht, wieso sie plötzlich so angesteckt wird und selbst den Arm ausstreckt. Der Wille des Volkes scheint in diesem Augenblick so groß. Sie hat Tränen in den Augen. Wir müssen siegen, denkt sie, wir müssen einfach siegen. Auch wenn die 6. Armee nicht mehr existiert. Ein Spruch kommt ihr in den Sinn: Am deutschen Wesen wird die Welt genesen. Es reut sie, die Karte verschenkt zu haben.

Immer noch ist die Erde fest gefroren. Dann folgt Regen, der tagelang anhält. Plötzlich kommt die Sonne, unterbricht den Regen, lässt die Pflanzen knospen und schickt satte, frische Gerüche durch die Stadt. Aber dann sammeln die Wolken wieder Wasser, es regnet, wird kalt und der Winter ist wieder zurück.

Weil Professor Fischer bei seinen Doktoranden größten Wert auf Fallstudien legt, rät Robert ihr, Fälle zusammenzutragen. Den Fall Genoveva Lehmann, den Fall Dorothea Schneck, den Fall Hedwig Winterstein und den der Maria Reinhardt. Die Männer bearbeitet sie gesondert. Sie notiert, ob die Leute gepflegt aussehen, befragt Zigeuner, die in einem Heim aufgewachsen sind, nach den jetzigen Lebensumständen, will wissen, wie oft sie die Arbeitsstelle gewechselt haben, wie oft den Wohnort, wie oft den Partner. In Schulen und Heimen sucht sie Lehrer und Erzieher auf, erkundet deren Erfahrungen mit Zigeunerkindern. Sie stöbert Firmen auf, die Zigeuner beschäftigt haben, ermittelt, wie anstellig, wie selbstständig, wie geschickt, wie fleißig, wie launisch, wie verschlagen, frech oder arbeitsscheu sie waren, wie leicht erregbar, wie jähzornig, wie leichtsinnig, wie sauber, wie schlampig, wie unzuverlässig. Sie spürt Zigeunern nach, die in Heimen aufgewachsen sind oder von Deutschen erzogen wurden. Sie fordert Strafregister an und zeichnet Tabellen: für soziale Beziehungen und Arbeitsleistung vergibt sie Noten. Weit über 100 Kinder, Jugendliche und Erwachsene erfasst sie. Stunden verbringt sie damit, Zahlen auszuwerten. Sie filtert und siebt, ermittelt und forscht, entlarvt und fotografiert ihre Fälle von vorne, von rechts, von links. Bis zurück in die dritte Generation geht ihre Suche.

Wenn Robert sich für ihre Forschungen Zeit nimmt, weiß sie, warum sie all das tut. »Sieh mal: Von 46 erwachsenen Zigeunern kehrten nur 12 zu ihren Stammesgenossen zurück. Gut geraten sind davon zwei, mäßig oder wechselnd sind fünf, den Rest muss man als minderwertig bezeichnen.« Robert ist einverstanden, als sie ihm vorschlägt, einige der Fälle ins Lager einweisen zu lassen. »Sie sind untragbar. Sieh mal hier: Einer der Bastarde, gerade mal zwanzig, hat mit zwei jenischen Frauen drei Kinder und ist schon für 21 Straftaten verantwortlich. Was soll man mit ihm tun? Erziehen kann man ihn nicht mehr.« Die Tabellen sprechen eine klare Sprache. »Weit über 100 Fälle habe ich zusammengetragen, hauptsächlich Mischlinge, die alle über längere Zeit artfremd erzogen wurden. Bisher haben sie 285 Kinder gezeugt. Und das geht immer so weiter, wenn wir nicht einen Riegel vorschieben. Von allen, die ich bisher untersucht habe, haben sich nur ein Mann und zwei Frauen völlig normal entwickelt.«

»Seit ewigen Zeiten weiß man das, Eva«, sagt Robert. Nachdenklich fügt er hinzu: »Stell dir vor, wenn die damaligen Bemühungen zu einer Änderung der zigeunerischen Lebensweise geführt hätten, bräuchten wir das heute nicht zu machen. Wir wären schon viel weiter. Hätten schon jetzt eine saubere, arische Rasse.«

Fast jeden Abend sitzt sie in ihrem Büro vor der Schreibmaschine und tippt Untersuchungsergebnisse in eine Tabelle. Einen Bogen Kohlepapier hat sie zwischen die Seiten gespannt. Zu den Ergebnissen schreibt sie kurze Kommentare: »Wenn wir die Erziehungserfolge an deutsch erzogenen Zigeunern in den letzten 50 Jahren überblicken, dann sehen wir, dass von 108 heute erwachsenen Zigeunern und Zigeunermischlingen 57 zu ihrem Stamm zurückkehrten. Zwei sind verschollen und 49 sind in deutschen Verhältnissen geblieben. Von den 49 sind in ihrem Verhalten 9 gut, 14 mäßig und 26 schlecht. Bei 100 deutschblütigen Kindern sehen die Zahlen anders aus. Hier sind 81 gut, 10 mäßig und nur 8 schlecht.« Sie formuliert Annahmen. Dass nämlich die Erziehungserfolge nicht nur verschwindend gering sind, sondern die Erziehungsversuche sogar Schäden hinterlassen hätten.

Unermüdlich sitzt sie mit überschlagenen Beinen vor der großen schwarzen Maschine und tippt. Das Geklapper der Tasten ist abgehackt und laut. Immer wieder spannt sie neue Papierbögen ein und dreht die Walze. Manchmal klemmt das »S«. Ständig muss sie den Buchstaben nachhelfen. Manche der Sätze liest sie laut: »Fragen wir uns nun, warum die Zigeuner, die in ihrer Entwicklungsstufe noch auf der Stufe von Jägern und Sammlern stehen, in deutschen Lebensverhältnissen so versagen, so können wir ihre primitive Geistesverfassung dafür verantwortlich machen.« Wieder hakt einer der Buchstaben. Die Finger sind schon schwarz vom ständigen Herausfischen der Buchstabenhebel. »Erziehen wir einen Zigeuner, und lässt er sich in deutschen Verhältnissen überhaupt halten, so bleibt er infolge seiner mangelhaften Anpassungsfähigkeit doch mehr oder weniger asozial. Wir können nicht verhindern, dass bei diesen Entarteten auch die nächsten mitmenschlichen Beziehungen in Unordnung geraten und erreichen nur, dass durch solche Einschmelzungsversuche immer neues minderwertiges Erbgut in den deutschen Volkskörper einsickert. Alle Erziehungsmaßnahmen für Zigeuner und Zigeunermischlinge sollten daher aufhören.«

Sie lehnt sich zufrieden zurück, überfliegt die Seite. »Wir müssen uns darüber klar sein, dass wir erst am Anfang einer neuen Zeit stehen und viele Schäden einer früheren Weltanschauung auszugleichen haben. Das Zigeunerproblem ist nicht mit dem Judenproblem zu vergleichen. Nie kann die primitive Zigeunerart das deutsche Volk als Ganzes untergraben oder gefährden, wie das durch die jüdische Intelligenz geschieht.« Sie überlegt, ob sie das mit den Juden erwähnen soll, zögert. Sie steht auf, streckt Arme und Rücken. Dann setzt sie sich wieder und tippt weiter. »Wenn man den sozial angepassten und von uns erzogenen Zigeunern ein Verbleiben in ihren bisherigen Wohn- und Arbeitsverhältnissen zubilligen will, muss man vom rassenhygienischen Standpunkt aus dennoch eine Unfruchtbarmachung dieser Menschen fordern. Sie leiden fast alle unter Charakterschwäche und bedürfen der ständigen Leitung und Unterstützung, wenn sie nicht sozial entgleisen sollen. Das deutsche Volk aber braucht zuverlässige und strebsame Menschen und keinen Nachwuchs von Primitiven.«

Sie liest den Satz mehrmals durch und ist zufrieden. Das ist korrekt, das ist gut so. Was man von den Zuständen um sie herum nicht behaupten kann.

Berlin wird immer trostloser. Überall behelfsmäßige Suppenküchen, behelfsmäßige Unterkünfte. An vielen Geschäften sind Fenster und Türen mit Pappe zugeklebt oder mit Brettern vernagelt. Eva scheint es, als ob immer weniger Autos fahren und die Leute zunehmend verlottert aussehen. Kinder spielen nicht mehr in den Hinterhöfen und es gibt kaum noch Vergnügungen. Die Zeitungen sind voller Traueranzeigen für die Gefallenen. Über jeder Anzeige steht dasselbe: Für Führer, Volk und Vaterland.

Robert trifft sich mit ihr in einer Kneipe in Wedding. Sie erzählt ihm von ihren Fällen, aber ihn interessiert nur das Essen. Er bestellt eine Wurst mit Senf und Brot, für Eva frische Schrippen, aber Schrippen gibt es nicht mehr, schon gar keine frischen. Robert wundert sich, wo der Wirt immer noch die Wurst her hat. Er fragt nicht, gibt stattdessen ein sattes Trinkgeld. Eva findet sein Trinkgeld zu hoch. »Dafür hättest du früher fünf gekriegt.« Während er kaut und die Wurst immer kürzer wird, bis er schließlich nur noch einen Zipfel in der Hand hält, kündigt er an, sie demnächst zu einer Inspektion nach Polen zu schicken. »Es geht wieder um Sterilisationen. Vielleicht kannst du Freitag schon fahren. Du bleibst zwei Tage. Länger kann ich nicht auf dich verzichten. Wenn du ankommst, meldest du dich bei der Kommandantur. Sie wissen schon, dass du kommst. Und dann nimmst du dir mal, sagen wir 20, 30 Frauen pro Tag vor.« Dass sie allein reisen wird, fügt er hinzu. Dass das besser sei. Mit dem Brot tupft er den restlichen Senf vom Teller und kaut. Dann entfernt er mit dem Nagel des kleinen Fingers Wurstreste aus seinen Zähnen, sieht ihr in die Augen und lächelt: »Aber bevor du fährst, will ich dich noch mal spüren.«

Polen, Februar 1943

Der Schnee ist geschmolzen. Nur von den Hügeln glänzt es noch weiß.

Das Lager ist verschlammt wie Marzahn und von hohen Grenzzäunen umgeben. Ein riesiges Areal mit besetzten Wachtürmen und patrouillierenden Posten mit Hunden. Eva meldet sich in einem der Kommandanturgebäude. So gründlich sind ihre Papiere nie überprüft worden. Dann wird telefoniert. Ein Adjutant des Lagerkommandanten kommt über den Platz. Er grüßt, indem er die Hacken zusammenschlägt und den Arm hebt. Er will alles über die Arbeit in Berlin wissen und sorgt dafür, dass Eva ein warmes Essen bekommt und sich frisch machen kann. Dann reicht er sie an einen Schutzhaftlagerführer weiter, der sie, nachdem auch er sich einiges über die Arbeit des Instituts hat erzählen lassen, einem SS-Blockführer namens Wahl vorstellt, der ihr das Lager und ihr Büro zeigen soll.

Die Luft schneidet ins Gesicht. Eva zieht die Schultern zusammen und verschränkt die Arme vor der Brust. Das wärmt. Der Blockführer ist ein korpulenter Mann mit einem deutlichen Bauch, weswegen die Uniform nicht sitzt. Sein Gesicht ist aufgeschwemmt, die Nase seltsam platt, wie nach einem Unfall. Die Zähne sind falsch. Seine Bewegungen sind die einer Marionette, abgehackt und steif. Eva fragt nach seiner Zuständigkeit und sofort ergeht er sich in Erklärungen. »Block 7. Das ist mein Block. Habe einige tausend Häftlinge unter mir. Jeden Tag nach den Appellen teile ich sie den Blöcken zu und den Arbeitskommandos. Die meisten hier sind Zigeuner, aber wir haben auch Politische. Eigentlich alles: Russen, Polen, natürlich Juden.«

Zwei Gefangene kommen ihnen entgegen. Sie tragen Sträflingskleidung und gehen mit schnellen Schritten, den Blick auf den Boden gerichtet. Männer mit kahlgeschorenen Köpfen graben auf einer Baustelle. Sie haben Hacken in der Hand und arbeiten gebeugt. Eva kann ihre Gesichter kaum sehen. Den dünnen Jacken sind in Brusthöhe schwarze Winkel aufgenäht, aus deren Mitte ein weißes Z leuchtet. Jemand brüllt etwas, woraufhin der gesamte Trupp die Richtung ändert. Es fällt ihr auf, dass nur die Erwachsenen Sträflingskleider tragen. Die Kinder tragen normale Kleidung.

Überall sieht sie Leute arbeiten. Einer der Gefangenen ist barfuß. Seine Zehen sind blauschwarz. Wie abgestorben.

Eva gefällt es, dass hier alle etwas tun müssen. Waren doch die Juden früher so eingebildet, so arrogant und faul dazu. Genauso wie die Zigeuner. Hier lernen sie also, was Arbeit bedeutet. Und Arbeit hat noch keinem geschadet. Das hat schon der Vater gesagt.

»Hier ist alles in Zonen eingeteilt. Personal und Häftlinge sind streng getrennt. Arbeitsorte und Unterkünfte natürlich auch. Wir haben hier Werkstätten, Tischler, Schlosser, Klempner, alles das. Dann ein paar landwirtschaftliche Betriebe, ein Heizwerk, Kasernen und Büros, Kantinen, Lazarette. Natürlich Küchen. Sogar ein Bordell.« Sie kommen an einem Schießstand vorbei. Ein Sportplatz schließt sich an. Dahinter eine lange Reihe von Hundezwingern.

Das Lager ist wie ein kompletter Ort mit Straßen und Gleisanschluss, eine Stadt für Aufseher und Gefangene, in der Tausende untergebracht sind. Der Blockführer erzählt, dass das Lager erst gebaut werden konnte, als ein Dorf, das im Weg stand, weggeräumt, ein Wald abgeholzt, Sumpfgelände mit Sand aufgefüllt und ein Hügel mit Terrassen abgestuft wurde.

Unmittelbar neben dem Häftlingslager, abgetrennt durch einen Stacheldraht, befinden sich die Amtsgebäude der Kommandantur, der Politischen Abteilung und die Lagerverwaltung. Die Wohnhäuser der SS-Führer liegen zwischen Tannen und Birken, ein Idyll von weiß gestrichenen Häusern mit Gärten und Terrassen. Die Wachmannschaften sind in Kasernen untergebracht.

Der Appellplatz, den sie überqueren, ist riesig und von allen Seiten einsehbar. Tausend Mann haben hier Platz, vielleicht mehr. Von hier aus sind es nur ein paar Schritte zum Barackenlager. Die Baracken haben die Farben des Schlamms. Es gibt keine Fenster, nur Luftklappen. Ein Schornstein ragt in den Himmel.

Die Blocks sehen alle gleich aus. Ein Rastersystem, das sich bis ins Unendliche fortsetzen lässt. Die Baracken sind durchnummeriert, rechts ungerade, links gerade Nummern.

Sie haben kaum das Barackenlager betreten, als sich ein widerlicher Gestank erhebt, der sich, je nach Windrichtung, noch verstärkt. In gelben Wirbeln dringt Rauch aus einem hohen Schornstein, schwebt wie ein Schleier über dem Lager, um sich dann über dem Gelände zu verteilen. Der Blockführer scheint an den Gestank gewöhnt zu sein. Er verzieht keine Miene. Als sie fragt, ob er das öfter ertragen müsse, zuckt er nur die Schultern. Diesen beißend süßen und seltsam klebrigen Geruch kennt sie nicht. Sie hat das Gefühl, Kleider, Haut und Haare saugen ihn auf.

Er bringt sie zu einer Baracke, die etwas versteckt hinter einem der größeren Blöcke liegt. »Es ist gut, dass endlich mal jemand aus Berlin hierher kommt und sich die Sache ansieht«, sagt er, »wir platzen hier bald aus allen Nähten, ja, es werden immer mehr, aber sie schicken uns ja schließlich immer mehr.« Die Baracke, die sie betreten, ist nach dem Ausrücken der Arbeitskolonnen wie leergefegt. »Die meisten sind jetzt bei der Arbeit, aber am Abend ist hier alles voll. Alles voller Pack.« Die Pritschen stehen dicht an dicht, immer drei Ebenen übereinander. Decken gibt es nicht, bestenfalls Lumpen. Jeder Raum fasst sicher an die hundert Leute und erinnert Eva an Ställe von Tieren. In einer der Baracken ist eine Schwachsinnige übriggeblieben. Die Frau sitzt auf dem Boden vor einer Pritsche und kratzt mit einem Löffel einen leeren Napf aus. Das schabende Geräusch verursacht Gänsehaut.

Schon in den Baracken ist der Geruch unerträglich, aber jetzt, hinter einem der Blocks, schlägt ihr ein Gestank entgegen, der ihre Knie weich macht. Der Gestank ist schlimmer als die Kälte. Sie hält die Hände über Nase und Mund, japst nach Luft, versucht durch den Mund zu atmen. Ekelhaft süßlich ist dieser Geruch, die Luft schwer davon. Sie schluckt; Brechreiz steigt auf. Auch der Blockführer hat zu kämpfen. »Das ist oft so. Zwei-, dreimal die Woche. Man kann sich nicht daran gewöhnen. Aber was sollen wir machen? Wo gehobelt wird, fallen Späne. Wir sind auch froh, dass der Ofen wieder funktioniert. Tagelang ging hier nichts. Brenner waren zwar bestellt, kamen aber nicht.« Er reicht ihr ein Taschentuch. »Nehmen sie. Das hilft.« Sie presst das Tuch vor Nase und Mund. In einem Durchgang zwischen zwei Baracken schwingen zwei Männer einen Toten an Armen und Beinen hin- und her, um ihn dann, mit einem Ruck, auf die Ladefläche eines LKWs zu werfen. Eva bleibt stehen, kann den Blick nicht abwenden von dieser Szene, sieht, dass schon andere Leichen wie Schlachtvieh auf dem Wagen liegen. »Wir nehmen einen anderen Weg«, sagt der Blockführer, aber Eva hat schon alles gesehen. Sie gehen den Weg ein Stück zurück. »Da hinten befinden sich Latrinen. Die möchte ich Ihnen nicht zumuten.« Mit einer Kinnbewegung deutet der Mann auf einen schmalen Durchgang. »Da lang.« Die Böden sind matschig und zertreten. Sie gehen an einem Bretterverschlag vorbei. Kahlgeschorene Männer ziehen eine Karre, auf der ein Verletzter liegt. Ein verdrecktes Leintuch ist um eines seiner Beine gewickelt. Blut sickert durch.

Eva muss aufpassen, wo sie hintritt. Dicke, schwarzblaue Fliegen wimmeln auf Exkrementen. Etwas liegt unter einer Plane. Eva will nicht hinsehen, aber dann dreht sie doch den Kopf und ihr Blick fällt auf blau geäderte, mit Kot beschmutzte leblose Füße.

Hinter dem Bretterverschlag sortieren zwei Häftlinge unter der Fuchtel eines Kapos Brillen und etwas, das wie Haare aussieht. Andere schleppen im Laufschritt und unter Schreien und Tritten der Aufseher Steine zu einem Erdloch. Einer strauchelt in seinen Holzpantinen. Eva sieht, wie der Kapo wie rasend auf ihn einschlägt, dabei brüllt, dass es in den Ohren schmerzt. Überhaupt ist dieses Brüllen und Schreien kaum zu ertragen.

Der Kommandant scheint Evas Gedanken lesen zu können. »Kein schöner Ort. Wahrhaftig nicht. Es fehlt hier an allem. Die Zustände sind katastrophal, das liegt natürlich auch an den Leuten hier. Sie kennen keine Disziplin. Außerdem fehlen die Mittel, etwas zu verbessern.«

»Aber es müsste doch ...« Der Blockführer verzieht das Gesicht und winkt ab. »Es sind zu viele.« Er zeigt auf ein Gebäude, das durch eine hohe Bretterwand abgetrennt ist von den Baracken. Vor dem Eingang stehen Frauen mit weißen Hauben zusammen und schwatzen. Sie gehen auseinander, als sie Eva und den Blockführer kommen sehen. »Das ist der Krankenbau«, sagt er, »wir haben Ihnen gleich um die Ecke eine Stube eingerichtet, in der sie arbeiten können.«

Er führt sie um den Krankenbau herum, öffnet die Hintertür und dann einen Raum mit hölzernen Aktenschränken und einem akribisch aufgeräumten Schreibtisch. Eva ist froh, dem Geschrei entkommen zu sein. Ein Stapel Papier liegt bereit; daneben Formulare und Stempel, ein gespitzter Bleistift, ein Radiergummi und ein Federhalter. Ein Tintenfass ist ins Holz der Arbeitsplatte eingelassen. Jemand hat einen Ofen befeuert. Trotzdem ist der Raum nur schwach beheizt. »Hier sind Sie ungestört. Sagen Sie mir, wenn Sie noch etwas brauchen.«

Bis in den Arbeitsraum verfolgt sie dieser Geruch. Er scheint an ihren Händen zu kleben, an den Kleidern, in ihrem Haar. Alles, was sie bisher gesehen hat, bereitet ihr Ekel. Die schlenkernde Leiche geht ihr nicht aus dem Kopf.

Zusammen mit einer Aufseherin geht sie die Namenslisten durch und prüft die Gutachten. Alle Frauen, die auf der Liste stehen, lässt sie für den anderen Tag in ihr Arbeitszimmer zitieren.

Mit schlammbeschmutzten Schuhen verlässt sie am Abend das Lager. Immer noch hat sie diesen Geruch in der Nase. In der Gaststube der Pension zwingt sie sich, die Suppe und das Brot hinunterzuwürgen. Oben auf ihrem Zimmer muss sie sich übergeben. Sie fühlt sich erleichtert, aber ebenso erschöpft. Vor einem Spiegel überprüft sie ihre Augen, entdeckt, dass sie gerötet sind. Sie überlegt hinauszugehen, Luft zu schnappen, aber dann meint sie, dass der Gestank draußen schlimmer ist als drinnen. Vom Bett aus starrt sie auf das dunkle Fensterkreuz, hinter dem ruhig und klar der Nachthimmel leuchtet. Der Mond ist rund und voll und übergießt die Landschaft mit einem weißlichen Licht, das alles unwirklich macht, wie in einem Traum.

In der Nacht steht sie auf. Das Klosett liegt draußen auf dem Hof und sie braucht eine Weile, bis sie wieder einschläft. Einmal wacht sie schweißgebadet auf und muss das Nachthemd wechseln.

Gegen Morgen träumt sie, dass sie einen Hof voller Zigeuner überquert. Die Zigeuner singen und lachen. Einer will mit ihr tanzen, aber ihre Beine sind steif, auch die Arme. Da sagt der Zigeuner, dass sie eine Puppe ist, eine hölzerne Puppe und lacht und lacht und lacht.

Am Morgen werden ihr die Frauen gebracht. Sie sehen alle erbärmlich aus mit den abrasierten Haaren, den grauen Gesichtern, den großen Hungeraugen, in denen Angst sitzt. An allen klebt dieser Gestank, brütet in den besudelten Kleidern, dringt aus vereiterten Wunden und dem sauren Schweiß abgezehrter Körper. Manche sehen gar nicht mehr wie Menschen aus. Nur unter den ganz jungen Frauen gibt es Unterschiede. Die meisten sitzen ganz ruhig, sagen nichts, wagen kaum zu atmen. Den ganzen Tag muss Eva entscheiden: Sterilisation oder Abtreibung. Sie wird immer schneller, immer geübter.

Am anderen Tag setzt sie die Gespräche fort. Die Luft ist jetzt anders, dennoch spürt sie den süßlichen Geruch des Vortages, als sie in der Baracke sitzt. Die Gespräche ziehen sich. Diesmal sind Widerspenstige dabei. Einige der Zigeunerinnen kreischen, weil sie zum Arzt gebracht werden sollen, wehren sich mit Händen und Füßen. »Mit welchem Recht tut ihr das? Was berechtigt euch, so mit uns umzugehen?«, schreit eine, greift nach Evas Notizen. Eva schlägt ihr auf die Hand. Die Frau sieht krank und erschöpft aus. Ihr dichtes Haar ist kurz und unregelmäßig geschnitten, wie mit einer Rasenschere. Ängstlich schießt ihr Blick umher. Trotz der dunklen Haut ist ihr Gesicht blass, die Haut an den Schläfen durchsichtig und durchzogen von einem blauen Geäder. »Gott will, dass wir leben und uns vermehren. Sonst hätte er uns nicht gemacht!« Eva rät ihr, Gott aus dem Spiel zu lassen. Die Frau tobt. »Aber wir haben nichts mehr! Nichts! Keine Fotos, keine Briefe! Nicht einmal Papiere! Alles verbrannt, so wie wir auch bald verbrennen! Sie lügen uns an, sie lügen und lügen!« Sie schreit so laut, dass Eva einen SS-Mann zur Hilfe rufen muss.

Am Nachmittag kommen drei Ärzte, schütteln ihr die Hand, stellen sich vor. Es sind deutsche Ärzte, einer von ihnen kommt aus Dresden. Er erklärt Eva, dass es mit den Sterilisationen schnell ginge, dass es professionelle, gute Arbeit sei, entweder mittels Röntgenstrahlen oder Einspritzungen, und die Frauen kurz darauf wieder wohlauf seien.

Dann kommen auch schon die Lastwagen. Es sind drei und sie fahren bis dicht vor die Baracken. SS-Leute treiben die Frauen hinaus, prügeln sie auf die Ladeflächen und fahren sie zum Krankenbau. Dort, so wird Eva gesagt, geht es wie am Fließband. Auch wer nicht unterschrieben hat, ist dabei. Das ist sicherer.

Während die Frauen unterwegs sind, nimmt der Arzt aus Dresden sie mit in die Pathologie und zeigt ihr die Versuchsräume. Tätowierte Hautstücke erregen ihr Interesse sowie zwei Schrumpfköpfe. »Sie stammen von Lagerflüchtlingen. Diese beiden wurden auf der Flucht erschossen.« Eva betrachtet die Köpfe von allen Seiten. »Eine interessante Arbeit. Wie macht man das?«

»So genau weiß ich es auch nicht. Einer der jungen Ärzte hat sich damit befasst.« Ein Kollege kommt hinzu und beantwortet Evas Frage: »Es ist ziemlich zeitaufwändig. Sie nehmen den Kopf, machen einen langen Schnitt am Hinterkopf und ziehen die Haut vom Schädel. Dann wird das Ganze gekocht, eine gute Stunde in Wasser, weil sonst die Haare abfallen. Die Haut schrumpft etwa auf ein Drittel ihrer ursprünglichen Größe, nur die Haare behalten ihre ursprüngliche Länge. Danach wird das Fleisch von der Rückseite der Haut geschabt.« Es hört sich an, als ob er ein Rezept verrät. »Bei unseren Modellen sind die Gesichter nachmodelliert worden«, fügt er hinzu, »wie das funktioniert, weiß ich nicht. Ich kann Ihnen aber einen Kollegen holen, der sich auskennt.«

»Nein, nein, schon gut.« Eva sieht auf die Uhr. »Ich will noch mal in die Frauenbaracken. Sehn, ob alles geklappt hat.«

In den Baracken ist in der Zwischenzeit einer der Lastwagen wieder eingetroffen. Alles ist gut organisiert. Etwa dreißig Frauen liegen auf der Ladefläche. Alle bluten. Mühsam klettern sie vom Wagen. Eine Blutspur zieht sich bis in die Baracken. »Ihr Drecksäue! Sofort sauber machen!«, brüllt einer der SS-Leute, packt sich zwei Frauen und schleudert sie zurück auf die Ladefläche. »Sauber machen! Sofort!«, schreit er, zieht seinen Stock aus dem Stiefelschaft und schlägt zu.

Den zweiten Lastwagen wartet Eva nicht ab. Sie hat genug gesehen. Einer der SS-Leute bringt sie zum Bahnhof. »Das ist anders als die Theorie, oder?«, fragt er und als sie nicht antwortet, wird er deutlicher: »Ich meine, das ist doch was anderes hier, wenn man das mal sieht. In Berlin ist doch alles nur theoretisch. Sind Sie zufrieden mit unserer Arbeit?« Sie spürt seinen Blick von der Seite, dreht sich kurz nach ihm um und lächelt. Dann sieht sie wieder aus dem Fenster, in einen milchigen Himmel. »Gute Arbeit. Ja. Sie leisten gute Arbeit.« Der Mann trommelt mit den Fingern auf dem Lenkrad herum und fängt an zu singen: »Er heißt Waldemar und hat schwarzes Haar, er ist weder stolz noch kühn, aber ich liebe ihn. Er heißt Waldemar und der ist kein Star; seine Heimat ist Berlin, aber ich liebe ihn …«

»Lassen Sie das! Was glauben Sie eigentlich?«, fährt Eva ihn an und überlegt, ob sie Meldung machen soll. Ein SS-Mann, der keine Haltung bewahrt, muss ausgetauscht werden.

Zurück in Berlin, Februar 1943

Das Erste was sie tut, als sie heimkommt, ist, sich ein Bad einzulassen. Lange liegt sie im Wasser. Bis es kalt wird. Nach dem Abtrocknen benutzt sie Körperpuder und Parfum, aber immer noch hat sie diesen widerlichen Geruch in der Nase, schwer, ekelerregend und klebrig. Sie zieht das Nachthemd über, das sie einmal, um Robert zu gefallen, gekauft hat. Weich und leicht liegt der lilaglänzende Crêpe de Chine auf ihrer Haut. Sie wünscht sich Robert herbei.

In der Küche schneidet sie sich eine Scheibe Brot und bestreicht sie mit Honig. Aber der Honig riecht süßlich und schwer. Sie kann das Brot nicht essen.

Am Tag darauf leidet sie an Kopfschmerzen. Der Kopf hämmert und dröhnt, dennoch arbeitet sie. Robert ist nicht da; er ist mit Frau und Kindern ein paar Tage nach Pommern gefahren, Insel Usedom. Sie stellt sich das träge graue Wasser der See vor, einen steinigen Strand, die beiden Mädchen in hellen Kleidern, Robert und seine Frau Hand in Hand, lächelnd auf felsigen Klippen, über allem das Schreien der Möwen.

Weder daran noch an das Lager will sie denken. Um alles schnell hinter sich zu bringen, schreibt sie einen Bericht, lobt die Ordnung, die Disziplin, und hebt hervor, dass die Sterilisationen gründlich, diskret und effektiv vorgenommen werden.

Bis in die Nacht sitzt sie am Schreibtisch ihres Büros, hat die Fenster wegen der Verdunklung schwarz abgeklebt. Die Schreibtischlampe mit der dünnen Schnur zum An- und Ausknipsen, verbreitet nur ein schwaches, gelbes Licht. Der Stapel mit den Todesmeldungen aus den Lagern ist in ihrer Abwesenheit gewachsen. Täglich werden jetzt welche gemeldet.

Während Eva die Toten in Listen einträgt, wird sie auf ein Geräusch aufmerksam. Sie hebt den Kopf und bemerkt einen Nachtfalter, der, vom Licht angezogen, mit seinen Flügeln immer wieder gegen die Glühlampe schlägt, was ein kaum hörbares, papierenes Geräusch erzeugt. Eine Weile sieht sie dem Tierchen zu, das sich bei jedem Versuch die Flügel zu verbrennen scheint und erst aufgibt, als es Halt auf der Lampenschale findet. Eva scheucht das Insekt wieder auf, es taumelt in der Luft, dreht sich im Kreis und lässt sich schließlich zwischen zwei ostafrikanischen Schädeln auf dem Bücherregal nieder. Eva schiebt den Stuhl zurück, leert den Becher aus, in dem sie Stifte verwahrt, geht ein paar vorsichtige Schritte in Richtung des Regals. Mit einer schnellen Bewegung gelingt es ihr, dem Falter den Becher überzustülpen. Sie hält das Ohr an den Becher und horcht nach den schabenden Geräuschen im Inneren des Behälters. Morgen, denkt sie, wird sie den Falter wieder freilassen. Heute kann sie die Fenster nicht öffnen. Aber morgen soll er wieder fliegen können. Der Gedanke, das Insekt zu retten, tut gut. Dresden fällt ihr ein, der Schulhof, das Versteckspielen und die Maikäfer, die sie in einer Streichholzschachtel gesammelt und mit Lindenblättern gefüttert hat, bis sie sich irgendwann, auf dem Rücken ihrer Hand, mit einem brummenden Geräusch in den Himmel erhoben hatten und fortgeflogen waren.

In der Nacht träumt sie von Männern, die mit einer Säge Köpfe von Körpern trennen. Sie legen die Köpfe in riesige Wasserkessel, unter denen Feuer brennt. Mit langen Stangen rühren sie die Köpfe. Sie rühren und lachen und rühren und lachen, während die Köpfe sich drehen, dann anfangen zu schrumpfen und immer schwärzer werden. Ein riesiger Käfer sitzt auf dem Rand des Kessels und überwacht die Arbeiten. Immer wieder greift er mit seinen behaarten Vorderbeinen ins Wasser, zieht Köpfe heraus, die er in die Luft wirft, mit seinen Fühlern auffängt und prüfend abtastet, um sie dann wieder ins kochende Wasser gleiten zu lassen.

Nach dem Aufwachen braucht sie eine Weile, bis sich die Bilder verflüchtigen.

Robert ist zu einer Konferenz mit Himmler eingeladen und kommt mit Neuigkeiten zurück ins Institut. »Ich habe noch mal mit Nachdruck auf die Wichtigkeit unserer Gutachten hingewiesen. Allein in den letzten Monaten haben wir Tausende davon unterschrieben. Und warum tun wir das? Sicher nicht, weil wir nichts Besseres mit unserer Zeit anzufangen wissen. Ich konnte unter vier Augen mit Himmler sprechen und habe ihm gesagt, dass ich immer wieder Nachlässigkeiten in den Dienststellen feststelle. Er hat mir zugesagt, dass er dafür sorgen wird, dass unsere Gutachten darüber entscheiden sollen, wer in ein Lager zu evakuieren ist und wer nicht.«

»Das hat er schon öfter gesagt.«

»Ja, aber diesmal glaube ichs. Er hat ja selbst gesehen, dass die Idee mit den Häuptlingen zu nichts geführt hat.« Eva will ihm von Polen berichten, aber er schiebt ihre Worte weg wie Gegenstände, die ihm im Weg stehen. »Jetzt nicht. Später.«

Er kramt in seiner Tasche und wirft eine Akte auf Evas Schreibtisch. »Lies lieber das da!«, fordert er sie auf, aber sie kommt nicht einmal dazu, darin zu blättern, weil Robert dazwischenredet. »Dass sie es immer wieder versuchen. Da hat die Gauamtsleitung Magdeburg im Namen deutscher Pflegeeltern, die ein Zigeunermädchen erzogen haben, die Bitte weitergeleitet, die Siebzehnjährige aus dem Lager in Polen zu entlassen. Ich habe nachgesehen. Die Mutter des Mädchens ist von uns eindeutig als Zigeunermischling (+) eingestuft worden. Was für die Mutter gilt, gilt natürlich auch für die Tochter. Das muss doch jedem klar sein! Selbstverständlich bleibt das Mädchen im Lager. Dort ist gar nicht so schlecht. Natürlich müssen sie dort arbeiten, aber arbeiten müssen wir auch und daran ist bekanntlich noch keiner gestorben. Außerdem können die Sippen dort zusammenbleiben und zu essen gibt es auch. Gib den Brief der Witzendorf. Sie soll eine gesalzene Antwort schreiben.«

»Sie wollen das Mädchen zurückhaben, das ist alles«, gibt Eva zu bedenken. »Es gibt viele deutsche Familien, die sich einwickeln lassen von den süßen Kleinen, aber kaum haben sie sie aufgenommen, werden sie in den meisten Fällen übel enttäuscht. Ich kann sogar verstehen, dass man auf diese runden, schwarzen Augen hereinfallen kann. Die Leute sehen auch oft gar nicht die Gefahr für unsere Rasse. Sie wissen ja auch so wenig darüber.«

»Ach was! Sie wissen es ganz genau. Aber du musst ja immer eine Entschuldigung finden!« Robert hat wieder diesen groben Ton. Er geht ins Büro und schließt die Tür hinter sich. Seit einiger Zeit macht er das öfter.

Von Professor Fischer kommt immer noch keine Nachricht. Robert ist ungeduldiger als Eva. Immer wieder fragt er nach, ärgert sich über die Trägheit mancher Kollegen.

Ende des Monats reist sie mit Robert nach Magdeburg in ein Zigeunerlager, das komplett nach Auschwitz evakuiert werden soll.

Stichproben sollen vorgenommen werden und letzte Überprüfungen der Kontrolllisten.

Sie nehmen den Nachtzug. Es strengt Eva an, dass die Transporte zu Nachtzeiten durchgeführt werden.

In dieser Nacht ist sie fast betäubt vor Müdigkeit.

Noch in der Dunkelheit erreichen sie das Lager zwischen dem großen Silberberg und der Sülze am Stadtrand von Magdeburg. Die Straßen sind leer. Abseits der Stadt, von Zäunen begrenzt, stehen die Planwagenkolonnen schwarz gegen den Himmel. Hunderte sind hier untergebracht.

Noch ist alles ruhig.

Übernächtigt steht Eva hinter einem Bretterzaun und sieht zu, wie Polizisten, die Waffen im Anschlag, das Lager umstellen. Im fahlen Licht blinken die Gewehre bläulich. Taschenlampen blitzen auf. Dann geht alles schnell. Aus verschiedenen Richtungen gellen Pfiffe, Hunde bellen, Polizisten drängen ins Lager, reißen die Türen der Wagen und Baracken auf, brüllen und dröhnen, treiben mit donnernden Kommandos die Leute in die Kälte. Wie aufgescheuchtes Wild fliehen sie aus den Baracken. »Los, los, los, alles raus! Aufwachen und rauskommen! Los, los! Nicht so lahm!« Frauen kreischen, weinen, klammern sich aneinander, flehen mit Blicken. Manche stehen nur da, verstört, in Nachthemden und dünnen Westen; die meisten barfuß. Verstörte Mütter mit Säuglingen an der Brust, schlaftrunkene, verängstigte Kinder, die Hände in die Röcke der Mütter gekrampft. Dazwischen zitternde Alte. Robert tauscht Zeichen mit einem der Polizisten aus. Dann geht er um den Zaun herum und legt den Ordner mit den Listen auf einen bereitstehenden Tisch. Eva folgt ihm. Die Polizisten sorgen dafür, dass sich die Zigeuner in eine Reihe stellen. Einer nach dem anderen muss an Robert vorbei und wird, nachdem er kontrolliert worden ist, in einen der Lastwagen geschoben, die hinter dem Bretterzaun parken. Eva sichtet die Ausweise, liest jeden Namen laut vor, kontrolliert das Passfoto, das Geburtsdatum, den Geburtsort, die Adresse, den Beruf. »Luise Mai, Johann Köhler, Erna Lauenburger* …« Für jeden Lagerinsassen hat sie ein Formular vorbereitet. Mit dem Vermerk »Eingewiesen in

* *Erna Lauenburger, genannt Unku, ist die Titelfigur des 1931 erschienen Kinderbuches »Ede und Unku«. Unku wurde am 1. März 1943 nach Auschwitz deportiert. Als dort*

ein Konzentrationslager« streicht sie die Leute aus den Lagerlisten und Melderegistern. Eigentlich soll sie Zweifelsfälle klären helfen, aber es sind keine Zweifelsfälle dabei.

Im Gedränge kann sich ein alter Mann nicht mehr halten, knickt ein und stürzt. Er ist barfuß. Seine Kleidung ist schmutzig; die Haare sind filzig. Er zappelt und zittert, kommt nicht hoch, hat keinen Halt. »Helft mir doch auf, Herr Wachtmeister! Ich kann nicht alleine aufstehen!« Da schlägt ihm der SS-Mann mit dem Gewehr gegen die Schläfe, dass der Kopf des Alten herumgerissen wird. »Ich bin Oberscharführer, kein Wachtmeister!« Wieder saust das Gewehr auf ihn nieder. Der Alte stöhnt und versucht sich an einem Zaun hochzuziehen. Er blutet am Kopf. Aus seinem leeren Mund kommt etwas wie ein helles Pfeifen. Eva sieht, dass er keine Zähne mehr hat. Seine Hände krallen sich ins Drahtgeflecht; er kann kaum stehen. Ein junger Mann eilt zur Hilfe, stützt den Greis, indem er ihn unterm Arm packt und schreit Eva an: »Mein Großvater ist Deutscher. Er ist hier geboren, hat den Krieg mitgemacht! Wir gehören zu euch! Wir sind seit 600 Jahren Deutsche! Zählt das denn gar nichts?« Ein Polizist schiebt den Alten weiter und den Jungen gleich mit. »Da rüber!« Eine Frau weiß nicht, wo ihr Kind ist. Sie ruft und fragt und kann sich nicht beruhigen, bis auch sie ein Schlag gegen die Schläfe schweigen lässt. »Halts Maul, du verdammtes Mistvieh!«

Bis zum Mittag zieht sich die Prozedur. Nicht einer der Magdeburger Zigeuner fällt unter die Ausnahmen, die Himmlers Erlass vorsieht.

Später stehen sie an einer Verladerampe außerhalb des Bahnhofs und sehen zu, wie die Leute im Gänsemarsch und einer nach dem anderen von den Lastwagen in die Züge geschoben werden. Viehwaggons auf Rädern sind es. Soldaten und Polizei brüllen Kommandos, gehen herum mit schweren, knarrenden Lederstiefeln. Eva steht neben Robert und hält einen Knüppel in der Hand. Wie er, so stößt und drückt auch sie die Leute in Richtung der Waggons. Wenn jemand zögert, droht sie mit dem Stock. Es ist, als ob sie eine Kuhherde antreibt. Stark fühlt sie sich. Wie ein Soldat an der Front. Sie

ihre dreijährige Tochter Mariechen starb, wurde sie wahnsinnig. Im Krankenrevier ist sie durch eine Injektion getötet worden.

hasst diese permanente Angst in den Augen der Leute, diese unterwürfigen Blicke. Kaum zu ertragen ist das. Auch diese Klagen, das Jammern, das ihr permanent in den Ohren sitzt.

Sechs Waggons stehen bereit, ohne Fenster, ohne Sitze. Überall stehen SS-Leute mit Gewehren im Anschlag. »Marsch! Alles rein da! Vorwärts! Schneller! Schneller, ihr Schweine!« Alle schreien, wieder müssen die SS-Leute eingreifen, schlagen mit Gewehrkolben auf die Köpfe, einige stürzen, raffen sich wieder auf, bluten. »Weiter! Schneller! Los, los bewegt euch!« So viele wie möglich werden in die Waggons gepresst. »Da kann keiner mehr umfallen« sagt Robert, als die Türen verriegelt werden.

Als der Schaffner pfeift, hakt er sich bei ihr unter. »Jetzt müssen wir nur noch klären, was mit den Sachen passiert, die die Leute zurückgelassen haben. Viel Brauchbares wird nicht dabei sein. Ich werde den Bürgermeisterämtern vorschlagen, das Zeug als Diebesgut zu deklarieren und zum Verkauf freizugeben. Den Erlös sollen sie mit den Kosten verrechnen, die für Transport und Unterbringung anfallen.« Einer der SS-Männer meldet Robert, dass ein kleiner Junge beim Verladen zu Tode gekommen sei. Aber daran kann Robert auch nichts ändern.

Eva kann kaum erwarten, wieder nach Berlin zurückzukommen. Das Wimmern der Leute, das Bitten und Stöhnen, das Weinen und Klagen, die stinkenden Kleider, das Betteln um Wasser sind nicht mehr zu ertragen.

Im Nachtzug sind sie allein im Abteil. Gelehnt an Roberts Schulter sieht sie in die Nacht, betrachtet die dunkle Landschaft und die wenigen Lichter, die hier und da aus dem Dunkel aufblitzen, die Sterne und die Mondsichel, die einen silbrigen Schimmer über die Elblandschaft gießt. Der Zug ist kaum geheizt; ihre Füße sind eiskalt.

Dann gibt es eine Fahrtunterbrechung wegen Fliegeralarm. Alle müssen aus den Zügen, flüchten in die Dunkelheit, stehen stundenlang auf einem Acker. Schmutzigweiße Reste von Schneehaufen glitzern schwach. Irgendwann spürt sie ihre Füße nicht mehr.

Als der Zug endlich wieder anfährt, versucht Robert zu schlafen. Sie kennt das feine dünne Schnarchen, wenn er alles um sich herum loslässt. Ein bisschen beneidet sie ihn um diesen Schlaf. Sie hat in Zügen nie schlafen können.

Aber ausgeschlafen ist Robert am Morgen nicht. Sie sind beide erschöpft, als sie in Berlin ankommen.

Am nächsten Tag ist Eva in Marzahn eingesetzt. Eine Gruppe von Männern wird evakuiert und sie muss Kontrollen durchführen. Wieder arbeitet sie bis in die Nacht.

Es folgt ein Tag im Institut, wo fast fünfzig Gutachten darauf warten, abgezeichnet zu werden. Nachts arbeitet sie an der Doktorarbeit. Zwei Tage später ist sie in einem Lager bei Feldberg. Überall ist es das Gleiche.

Robert hat ständig die Listen im Visier. Wöchentlich laufen die Todesmeldungen der Kommandantur aus dem Zigeunerlager Auschwitz-Birkenau über das Reichssicherheitshauptamt zu den einzelnen Instituten und müssen in den Personalakten der Toten registriert werden. Den ganzen Sommer geht es so. Über die Todeszahlen sprechen sie nicht. Alle wissen, wie notwendig diese Maßnahmen sind.

Goebbels Propaganda leistet Überzeugungsarbeit. Alle im Büro sind überzeugt vom Endsieg. Der Führer wird es schon richten, meint die Witzendorf und die Kallies beruhigt alle, indem sie von Vergeltungswaffen erzählt, die dem Reich bald entscheidende Vorteile bringen werden.

Jeden Tag hört man von Gefallenen und Verletzten an der Front. Jeden Tag fällt der Name eines Bruders, Onkels, Vaters oder Verlobten, der lange nicht mehr geschrieben hat.

Die Angriffe auf die Stadt häufen sich. Die Flakposten sind schlecht besetzt. Männer ab 16 und Frauen ab 17 werden zur Verteidigung herangezogen, aber die Gewehre, mit denen man sie ausgestattet hat, sind uralt. Selbst ein Laie kann das sehen.

In der Stadt werden Vorkehrungen getroffen, bei Luftangriffen Menschen und Gebäude zu schützen. Volksgasmasken werden verteilt.

Straßen verändern sich. In einigen Vierteln gibt es kaum noch Bürgersteige. Begehbar ist nur die Mitte der Straße, wo Militärfahrzeuge schmale Gassen frei geräumt haben. Zelte aus Tarnnetzen, beklebt mit Tannenästen und Gehölz, überdecken Häuserzeilen. Selbst die Siegessäule ist eingehüllt. Gebäudeattrappen werden aufgestellt.

Häuserfronten aus Pappmaché sind es, gemalte Kulissen wie in Theatern mit bunten Straßenszenen, spielenden Kindern, hastenden Passanten, grünen Bäumen. Unwirklich sehn die Staffagen aus. Morbide und beklemmend. Restaurants und Cafés sind fast alle geschlossen. Nur selten hört Eva von Hotels, wie dem Kempinski, das nach wie vor geöffnet und immer noch Krebsschwänze in Dill auf der Karte haben soll. Es soll auch noch Privatclubs geben, wo spezielle Gäste Champagner und Austern bestellen können. Sogar Tanzmusik soll es noch geben, aber sie kann sich nicht vorstellen, dass es Leute gibt, denen in diesen Tagen der Sinn nach Tanzen steht. Es scheint ihr wie der letzte Rest einer Fröhlichkeit, unter der alles brüchig ist, porös und nackt, unheilvoll und dunkel.

Sie hat Angst, dass es in Marzahn Luftalarm gibt. Dann müsste sie schnell sein, um in den nächsten Bunker zu kommen. In Marzahn gibt es keine Bunker. Zigeuner dürfen die öffentlichen Luftschutzbunker nicht betreten. Um sich vor den Angriffen zu schützen, haben Männer Gräben ausgehoben, in die sich die Leute bei Luftalarm begeben. Die wenigen Zigeuner, die noch in Marzahn geblieben sind, kauen Bucheckern. Wo sie die her haben, ist Eva ein Rätsel. Es gibt keine Buchen weit und breit. Vielleicht haben sich diejenigen, die nach den Bombenangriffen zum Entschärfen von Blindgängern abkommandiert und in der Stadt unterwegs sind, heimlich die Taschen gefüllt. Manchmal lassen sich auch die Helfer von der nahen Flakstation von den flehenden Kinderblicken erweichen und verschenken solche Sachen. Sogar Mehl und Brot hat mal jemand verschenkt.

Neuerdings darf kein Fremder mehr den Platz betreten, auch nicht, wenn er sich ausweist. Polizisten bewachen die Eingänge. Sie unterstützen Evas Arbeit, indem sie auffällige Insassen zum Zigeunerdezernat in die Dircksenstraße bringen. Die Dircksenstraße ist längst ein rotes Tuch im Lager. Sobald die Polizei wieder jemanden dorthin gebracht hat, wird Eva mit Fragen bestürmt. »Wo habt ihr meinen Mann hingebracht?« , »Was macht ihr mit ihm?« , »Wann kommt er wieder?« Eva antwortet auf solche Fragen nicht. Das ist zwecklos. Sie kann auch gar keine Auskunft geben, denn sie weiß schließlich selbst nicht, ob und wer zurückkommt. Manchmal tut es

Eva leid, wenn sie schon wieder die Rubrik Zigeunermischling (+) ankreuzen muss, aber so ist es nun einmal.

In Marzahn ist sie nur noch an zwei Vormittagen in der Woche. Sie verbringt mehr Arbeit im Büro und damit in Roberts Nähe und kann sich endlich um ihre Doktorarbeit kümmern. Sie kontrolliert jeden Satz, rechnet mehrfach alles durch, sucht nach möglichen Fehlern.

War es bisher die ununterbrochene Arbeit, so sind es jetzt die Bombenabwürfe, die das Schreiben mühsam machen. Jeder Alarm kostet Zeit und zehrt an den Nerven.

Ganze Stadtteile werden zerbombt. Darunter Teile des Bezirks Tempelhof, die Deutschlandhalle, ein Hörsaal des Pharmazeutischen Instituts der Universität, zahllose Gebäude am Kurfürstendamm, darunter ein Theater. Immerzu schwelen Brände.

Straßenzüge sind zu Steinhaufen geworden. Dazwischen schwarzgebrannte Bäume und Strommasten, zersplittert wie Streichhölzer, verkohlte Türen, notdürftig mit Balken abgestützte Fassaden. Den schweren, aasigen Geruch von Asche kriegt sie kaum aus der Nase. Sogar die eigenen Kleider riechen brandig. An jeder halbwegs erhaltenen Mauer kleben Zettel mit Suchmeldungen. Straßenbahnen sind lahm gelegt, die Wasserhydranten trocken, Schienenstränge unbrauchbar. Gas und Strom fallen immer wieder aus. Zwangsarbeiter und Kriegsgefangene räumen Schutt weg, installieren provisorische Leitungen. Notdürftige Lazarette sind errichtet worden.

Über den Krieg gibt es zentnerweise Gerüchte. Über die deutsche Front, die Engländer, über die Franzosen und über die Geheimwaffen des Führers, auf die alle warten.

Mehr als auf Geheimwaffen wartet Eva auf Post von Professor Fischer. Als er endlich schreibt, dass sie nach Baden-Baden kommen soll, wo sie ihm die Kur verlängert haben, und zwei Termine vorschlägt, ist sie erleichtert. Fischers Schrift ist krakelig und unsicher, wie von einem alten Mann. Zu beiden Terminen kann Robert nicht mitkommen. Arbeit geht vor, sagt er und verweist auf die vielen Kontrollen wegen der laufenden Evakuierungen. Um ihm Arbeit abzunehmen, lässt Eva sich als Gutachterin in zwei württembergischen Lagern einteilen. Sie kennt die württembergischen Zigeuner von der Zeit in Tübingen. Die Kontrollen im Süden des Reichs kann sie mit der Fahrt nach Baden-Baden verbinden.

Baden-Baden, Ende Februar 1943

Es ist später Nachmittag. Professor Fischer empfängt sie im Salon des Hotels Europäischer Hof, von wo aus es nur weniger Schritte über die Oosbrücke bedarf, um über die Straße in den Kurpark und von dort in die prächtigen Räume des Spielkasinos zu gelangen, wo er, wie er ihr lachend gesteht, schon mehrfach das Glück herausgefordert hat.

Fischer, groß und schlank, Mitte sechzig, mit zurückweichendem Haaransatz, kurzsichtigen Augen und einem grau durchzogenen Bart, trägt einen legeren Anzug mit Weste. Er scheint das Hotelleben satt zu haben; von den Einrichtungen spricht er emotionslos. »100 Zimmer gibt es hier, Bäder mit Thermalwasserversorgung, Konversations-, Lese- und Rauchzimmer, natürlich ein Restaurant und vor der Tür einen Park. Ansonsten alles alte Leute.«

Er führt sie durch den Salon und steuert einen Tisch am Fenster an. Ein Mädchen mit Rüschenschürze und Haube knickst heran. Fischer ordert zwei Stücke Schwarzwälder Kirsch und Pralinés, einen Tee für sich und für Eva einen Mokka. Das Mädchen serviert mit steifen Bewegungen. Im hinteren Teil des Salons flackert Feuer in einem Kamin. Kerzenleuchter tauchen die Antiquitäten und goldgerahmten Bilder in ein warmes Licht. Evas Blick geht hinaus in den Park und bleibt an zwei im Laub scharrenden Amseln hängen. Sie denkt, dass man den Krieg an diesem Ort glatt vergessen könnte.

Fischer zwinkert ihr zu. »Lassen Sie es sich schmecken, Fräulein Justin. So was Feines wird es wohl bald gar nicht mehr geben.« Das Porzellan, von dem sie isst, ist hauchdünn, die Silbergabel liegt schwer in der Hand. Die mit Marmelade bestrichenen und mit Sahne belegten Teigböden, der schneeweiße, mit Schokoladenraspeln besprenkelte Sahnemantel mit Sahnehäubchen und einer halbierten Kirsche erinnern Eva an die Schwarzwälder Frauentrachten und den Bollenhut mit den roten Kugeln.

Während sie den Kuchen essen, schwärmt Fischer von den Schnapsbrennereien der Ortenau und verrät ihr, dass es die beste Schwarzwälder Kirschtorte, die er jemals gegessen hat, in Freiburg gäbe, im Hotel zum Roten Bären, dem ältesten Gasthof des gesamten Reichs, wo er erst kürzlich zu einem Medizinertreffen eingeladen war. Fischer redet ununterbrochen. Eva hat den Eindruck, dass die letzten Wochen für ihn einsam gewesen sein müssen.

Nach der Torte zündet er sich eine Zigarre an. Süßlicher Qualm zieht über den Tisch. Fischer weiß einiges über die russischen Schriftsteller Tolstoi, Dostojewski, Gogol und Turgenjew, die in Baden-Baden gelebt und geschrieben haben. Er erzählt von den Thermen, die er besucht hat, von einer Aufführung eines Shakespeare-Stückes in einem historischen Theater, von Ausflügen in den Schwarzwald und Abenden im Spielcasino. Einmal hat er 50 Reichsmark gesetzt und 200 gewonnen. Dann kommt er auf sein Knie zu sprechen, auf Ärzte, die ihn behandelt haben, auf Methoden und Anwendungen, auf Heilungschancen. Nur den Krieg und ihre Arbeit erwähnt er mit keinem Wort.

Erst beim Abendessen – Fischer hat Forellen aus der Oos und Weißwein aus dem Badischen bestellt – fragt er nach ihrer Arbeit am Institut. »Ich habe mit Dr. Ritter gesprochen, den ich übrigens sehr schätze. Er hat Sie in den höchsten Tönen gelobt. Erzählen Sie, erzählen Sie, Fräulein Justin.« Eva legt das Besteck ab und tupft sich den Mund mit der Serviette. »Ich bin Dr. Ritter sehr dankbar für seine Unterstützung. Wir arbeiten seit vielen Jahren zusammen und haben, wie Sie wissen, ein nahezu vollständiges Sippenarchiv aller in Deutschland lebenden Zigeuner erstellt. Jahrelang haben wir Personalien erfasst, die verwandtschaftlichen Beziehungen entwirrt. Tausende haben wir überprüft. Wir haben in alten Archiven und Pfarrämtern geforscht, auch in Büchereien. Und auf sämtlichen Zigeunerlagerplätzen im Reich. Das waren oft wahre Suchfahrten und endloses Wühlen in Polizeiakten.«

»Ich kann es mir vorstellen.«

»Es war und ist eine immense Arbeit. Wir haben sie nach allen Seiten erforscht: sprachlich, psychologisch, völkerkundlich und so weiter. Auch jetzt im Krieg machen wir weiter. Das können wir, weil wir in den Jahren zuvor alles bestens vorbereitet haben.« Sie nippt am Wein. »Es ist ja so«, fährt sie fort, »dass man, bevor man einen Zigeuner untersucht und die Ergebnisse dieser Untersuchung verwenden kann, wissen muss, wer seine Eltern und Großeltern sind, wer seine Geschwister sind und natürlich muss man zuallererst wissen, ob man überhaupt einen Zigeuner vor sich hat. Dann geht es um seine Herkunft, seine rassische Zusammensetzung, um Lebensweisen und Verhalten. Ohne diese Vorarbeit ist keine Begutachtung möglich. Wir haben gesehen, dass viele andere Forschungsberichte auf falschen Tatsachen beruhen, weil eben diese Vorarbeit fehlte und weil der Fehler begangen wurde, nicht korrekt zu unterscheiden.«

»Es braucht viel Erfahrung.«

»Ja. Und jetzt ist es so, dass Dr. Ritter mich gerne noch stärker einbinden möchte.«

»Deshalb der Doktortitel? Was genau möchten Sie untersuchen?« Eva zögert einen Moment. Hat Robert ihm nicht ausführlich das Thema beschrieben? Jetzt tut er so, als ob er nichts weiß. Vielleicht ist er alt und vergesslich geworden.

Er mustert sie unter spärlichen Augenbrauen. »Mit der Doktorarbeit möchte ich einen Beitrag leisten zur Klärung der Asozialenfrage. Ich will dem Gesetzgeber eine weitere Grundlage bieten für die laufenden rassenhygienischen Regelungen.« Fischer nickt ihr anerkennend zu. »Ein großes Vorhaben.« Während er die Gräten der Forelle vorsichtig mit dem Messer ablöst und auf einem Silberteller ablegt, wird Eva deutlicher. »Ich hatte es in meinem Brief ja bereits geschrieben. Ich habe jahrelange Erfahrung gesammelt und meine Beobachtungen dokumentiert. Die Fragestellung meiner Arbeit ist die Erziehbarkeit der Zigeuner oder besser gesagt, die Nichterziehbarkeit. Ich habe untersucht, ob Zigeuner erziehungsfähig sind und ob die artfremde Erziehung eines Zigeuners, beispielsweise in einem Heim, einen Nutzen bringt.«

»Und das können Sie wissenschaftlich begründen?«

»Ja. Sogar mit Zahlen. Ich kann belegen, dass der Erfolg von Erziehungsmaßnahmen in Bezug auf die Zigeuner nur gering ist. Die Zigeuner kommen, zumindest in den Großstädten, auch immer mehr von der eigenen Art ab. Sie vermischen sich zusehends und weil sie praktisch unerziehbar sind, steigt die Zahl des nichtsnutzigen, asozialen Gesindels immer weiter. Es gibt eine ganze Reihe von Versuchen, Zigeunerkinder zu schulen. Aber es werden kaum Erfolge erzielt. Sie schaffen in der Regel nicht mal die Volksschule. Ebenso wenig ist die Unterbringung in Waisenhäusern oder Fürsorgeanstalten von Wirkung. Nur dort, wo man sie zwingt, leisten sie was. Die Frauen lassen sich ganz gut in der Landwirtschaft einsetzen, die Männer für Erdarbeiten. Auch für die Fabrik taugen sie. Wohler fühlen sie sich allerdings, wenn sie den Tag verplempern dürfen, wenn sie ihre Kinder um sich haben, wenn sie rauchen und musizieren und umherstreunen können. Es fehlt ihnen jedes Streben und jeder Ehrgeiz. Intellektuelle Fähigkeiten haben sie nicht.«

»Aber sie können gut musizieren.« Fischers Einwand bringt Eva zum Lachen. »Ja, das können sie. Manche verdienen sogar ihren Lebensunterhalt damit.« Sie macht eine Pause, sieht zu, wie Fischer sich ein Stück Forelle in den Mund schiebt. Kauend fordert er sie auf: »Essen Sie, Fräulein Justin! Wenn Sie so viel reden, wird ja alles kalt.« Eva zerteilt ihren Fisch und isst. Sie hofft, dass sie nicht zuviel geredet hat und ist erleichtert, als er sie bittet fortzufahren. »Natürlich habe ich Zigeunerkinder auch oft als lebhaft, schlau und anstellig erlebt und immer wieder überlegt, wie man sie durch deutsche Schulung und Erziehung ihrem primitiven Leben entreißen kann. Sie werden sich vielleicht wundern, aber manchmal verrichten die Bastarde wertvollere Dienste als die Reinrassigen. Es scheint so zu sein, als ob bei den Nachkommen von Mischlingszigeunern, also bei denen mit gleichen zigeunerischen und deutschen Blutanteilen, die Kinder bessere Entwicklungschancen haben als die, die nur im Zigeunermilieu aufwachsen. Der Einfluss deutschen Blutes hebt sie also aus ihrer Veranlagung heraus.« Fischers verwunderter Blick gibt ihr zu verstehen, dass sie sich korrigieren muss. »Ich meine natürlich nicht, dass man sie vermischen sollte, damit sie sich bessern. Dadurch würden wir ja unsere deutsche Rasse gefährden und das wäre tragisch. Insgesamt ist zu sagen, dass sich ein primitiver Mensch nicht ändert und sich auch nicht ändern lässt. Dr. Ritter teilt diese Ansicht. Es ist ja auch so, dass sie in der Schule nicht mitkommen, weil sie das alles für überflüssig halten. Freiwillig tun sie gar nichts. Nur wenn man Strafen androht, werden sie aktiv. Oft können sie kaum lesen und schreiben. Das mag auch daran liegen, dass sie für ihre Sprache keine Schrift kennen. Und sie drücken sich, wo sie nur können. Ständig haben sie Ausreden.« Sie tupft sich erneut den Mund und legt die Serviette zusammen. »Bei den reinrassigen Zigeunern ist es ein bisschen anders. Wir setzen uns dafür ein, dass sie ihr bisheriges Leben fortsetzen können, allerdings vorsichtshalber nur bei vorheriger Unfruchtbarmachung.« Fischer kaut und nippt gleichzeitig an seinem Glas. »Wie finden Sie den Wein? Wissen Sie, dass die badischen Weine die besten sind? Sie genießen ihn gar nicht. Weine dieser Art muss man genießen, Fräulein Justin. Sehen Sie die Farbe!« Er hält das Glas gegen das Licht, betrachtet das funkelnde Gelb. Dann schwenkt er es, hält die Nase hinein, beschnuppert den Inhalt. »Riecht nach Früchten, ein bisschen nach Mandeln ...« Er schlürft und lässt den Wein im Mund kreisen, bevor er schluckt. »Wunderbarer Tropfen. Hier aus der Gegend. Schmeckt fruchtig ...« Eva hebt verlegen lächelnd das Glas und trinkt. »Ich verstehe nicht viel von Wein. Aber der hier schmeckt mir auch. Wirklich ein guter Tropfen.« Sie nimmt noch einen Schluck und stellt das Glas wieder ab. Der Wein schmeckt säuerlich. »Ich kann Ihnen versichern, es ist äußerst schwierig, Zigeuner zu einer nennenswerten Leistung zu erziehen. Es sind nur sehr wenige, die sich anpassen und rechtmäßig, ich meine mit einem richtigen Beruf, ihr Brot verdienen. Ansonsten Betteln, Gaukelei und Diebstahl. Man hat es auf fürsorgliche und auch auf soziale Weise versucht, sie umzuerziehen. Ich habe eine Menge an Material gesammelt und mir einen Überblick verschafft. Im vergangenen Herbst habe ich sechs Wochen lang in einem Kinderheim im Württembergischen geforscht. Kurz davor war ich im Jugendschutzlager Moringen eingesetzt.« Eva greift nach ihrer Tasche, öffnet den Reißverschluss und zieht ihre Schrift heraus, die sie Fischer neben das Weinglas legt. Das Manuskript ist dick geworden. 160 Seiten. »Ich habe auch in anderen Kinderheimen geforscht, bei Pflege- und Adoptiveltern von Zigeunerkindern nachgefragt, auch in Jugendämtern. Sogar bei Pfarrern und Bürgermeistern und natürlich bei Lehrern und Leitern von Fürsorgeanstalten und Heimen. Außerdem habe ich Arbeitgeber von Zigeunern aufgesucht. Dabei war mir alles wichtig: die Arbeitsleistung, Beziehungen zu Kollegen, das Verhalten gegenüber Vorgesetzten und zum anderen Geschlecht. Mein besonderes Interesse galt den Zigeunerkindern, die bei deutschen Familien aufgewachsen sind. Es gibt leider nur wenige. Es ging mir darum herauszufinden, wie die Stammentfremdeten heute leben. Ob sie sich durch den deutschen Einfluss gebessert haben. Zuletzt habe ich Feldforschung betrieben und, wie gesagt, kürzlich sechs Wochen mit Zigeunerkindern und Jenischen in einem Heim im Württembergischen zugebracht. Ich habe ihre Reaktionen auf die artfremde Erziehung beobachtet und ausgewertet. Dabei ist es nun leider so, dass unsere Fürsorgezöglinge doch mehr oder weniger eine negative Erbauslese darstellen. Entweder sind die Kinder selbst missraten oder die Eltern sind eben zur Erziehung unfähig und lassen die Kinder verwahrlosen. Sie sind nicht lebenstüchtig, nicht angepasst an unsere sozialen und leistungsmäßigen Ansprüche. Natürlich gab es Versuche, sie zu integrieren. Vor gut hundert Jahren wurde in Friedrichslohra ein Sittigungshaus* eingerichtet, in dem auch Zigeunerfamilien untergebracht wurden. Auch dort musste man bald erfahren, dass sie von ihrem Hang zum Liederlichen nicht abzubringen waren. Zudem störten sie die anderen Kinder in ihrer Entwicklung.« Sie nippt wieder an ihrem Glas und erzählt Fischer vom Räuberhauptmann Hannikel und seinen kriminellen Söhnen, vom Schinderhannes, von den großen württembergischen Zigeunerfamilien Reinhardt, Guttenberger, Winter und Pfisterer. Fischer hat die Hände aufgestützt und hört interessiert zu. »Alle bisherigen Maßnahmen haben sowohl den Deutschen als auch den Zigeunern geschadet, indem sie die Minderwertigkeit auf beiden Seiten verstärkten.« Sie spürt ein leichtes Zittern in den Händen, und atmet tief ein. »Ich möchte die Doktorwürde erlangen, Herr Professor. Ich möchte die Erziehungsbemühungen, deren Erfolge und Misserfolge, objektiv schildern und einen Weg zu einer art- und rassenbewussten Zigeunerbehandlung weisen. Mein Schwerpunkt sind Kinder aus württembergischen Zigeunerfamilien. Schon vor Jahren habe ich mit Dr. Ritter in Tübingen Material zusammengetragen und Zigeunerfamilien über mehrere Generationen erfasst. Jetzt habe ich verglichen, was aus den Kindern geworden ist, die wir damals der Fürsorge übergeben haben. Ob eine artfremde Erziehung Nutzen gebracht hat oder nicht.« Fischer zieht die Schrift zu sich heran und liest den Titel: »Lebensschicksale artfremd erzogener Zigeunerkinder und ihrer Nachkommen. Hmm. Sie haben mit der Arbeit also schon angefangen?«

»Ich bin fertig.«

»Mit wem haben Sie dieses Thema vereinbart?«

* *Erziehungsheim*

»Aber hat Dr. Ritter Ihnen das nicht geschrieben? Mit niemandem. Ich habe 148 Lebensschicksale von artfremd erzogenen Zigeunerkindern untersucht. Also deren Abstammung, die Entwicklung in der Kindheit, in der Jugend auch im Erwachsenenalter. Die Arbeit soll ein Beitrag sein zur Klärung der Asozialenfrage und eine fundierte Grundlage für die Sterilisationen.«

Erschöpft stellt Fischer das Weinglas auf den silbernen Untersetzer und schiebt die Arbeit in die Mitte des Tisches. Lange sieht er Eva an. Sie legt die Hand auf die Arbeit, als ob sie darauf schwören wolle. Fischer nippt an seinem Glas, nimmt einen kleinen Schluck, wiegt den Wein auf der Zunge, rollt ihn im Mund, schluckt und setzt das Glas wieder ab. »Ich schätze Sie, Fräulein Justin. Ihr Engagement, Ihre Gradlinigkeit. Ja, das beeindruckt mich. Und Sie haben sich große Kenntnisse angeeignet, wie mir scheint. Wir brauchen junge, talentierte Menschen wie Sie. Allerdings müssen wir überlegen, wie das zu machen ist. Sie sind schließlich keine Anthropologin, sondern eine Psychologiestudentin.« Wieder hebt er das Glas an den Mund, trinkt aber nicht, sondern lässt es wieder sinken. »Ich will offen zu Ihnen sein. Ja, Dr. Ritter hat mir geschrieben. Er hält ihre Tätigkeit am Institut für unverzichtbar. Dr. Ritter ist übrigens ein sehr charismatischer Mann, der für seine Sache brennt.« Sein Blick streift das Titelblatt ihrer Arbeit. »Mit dieser Arbeit könnten Sie natürlich einiges untermauern. Ich verstehe das.« Eine Weile sieht er aus dem Fenster in den Park. Vollmond macht alles hell. Vermummte Spaziergänger sind noch unterwegs. Kahle Eichen heben sich wie ein Scherenschnitt vom dunkelnden Himmel ab. Hinter gestutzten Sträuchern lächeln steinerne Putten von verwitterten Sockeln. »Man könnte es natürlich auch damit begründen, dass Ihre Arbeit am Institut die einer Anthropologin ist«, fährt er fort, »das ist doch so, oder? Sie arbeiten doch als Anthropologin?« Eva nickt. »Ja, das kann man sagen.« Fischer prostet ihr zu. »Sie werden verstehen, dass ich darüber schlafen muss. Sie sind sehr ehrgeizig, haben sich viel vorgenommen, Fräulein Justin. Und sicher haben viele ein Interesse an Ihrer Arbeit. Trinken wir also auf Ihre Arbeit.«

Weder am nächsten Morgen beim Frühstück, noch bei der Abreise, greift Fischer das Gespräch über die Doktorarbeit nochmals auf.

Dennoch hat sie auf dem Weg ins Zigeunerlager Ravensburg ein gutes Gefühl.

Ein paar Tage bleibt sie in Ravensburg, in einem provisorisch errichteten Barackenlager, das an dem der Stadt gegenüber liegenden Ufer des Flusses Schussen liegt und von den Leuten Ummenwinkel genannt wird. Über 100 Leute sind hier zusammengepfercht, sämtliche Zigeuner Ravensburgs und der Umgebung. Ein zwei Meter hoher Stacheldraht umzäunt das Gelände, das von Hundestaffeln bewacht wird.

Von Robert weiß sie, dass ein Transport nach Polen bevorsteht. Wann das sein soll, hat er nicht gesagt und es spielt auch keine Rolle. Sie erinnert sich an die Gutachten aus dem Ummenwinkel, die vor einiger Zeit von einer der Arbeitsgruppen erstellt worden sind. Zwei interessante Fälle hatte sie damals im Papierstapel aufgespürt. Einen kann sie vielleicht für die Doktorarbeit brauchen.

Zwei Tage hat sie Zeit, sich einen Überblick über die Arbeit im Ummenwinkel zu verschaffen. Die Arbeit ist wie immer. Außer dem Fluchtversuch eines jungen Zigeuners, der den Weg zur Arbeit in die nahe Matratzenfabrik dazu nutzt, um in einem Waldstück zu verschwinden, gibt es keine Zwischenfälle. Einzige Abwechslung ist ein Treffen mit dem Kollegen Würth, der vor Jahren an den Bewohnern des Ummenwinkels Rassenmerkmale untersucht hat. Er ist voller Euphorie über das Thema ihrer Doktorarbeit und überzeugt davon, dass sie mit Fischer eine gute Wahl getroffen hat.

Berlin, Frühjahr und Sommer 1943

Roberts gute Laune ist nicht zu übersehen. Er holt sie vom Bahnhof ab, lacht und schäkert schon von weitem. Kaum dass er sie umarmt hat, platzt es aus ihm heraus. »Jetzt geht es schneller als ich dachte. Fischer hat schon an den Dekan der Uni geschrieben und gebeten, dich zur Promotion zuzulassen.«

Im Institut zieht er einen Brief aus der Schublade seines Schreibtisches, faltet ihn auf: »Hör mal, was hier steht. Er schreibt von der Anthropologin Eva Justin. Hast du das gehört? Anthropologin. Das ist gut und niemand wird es prüfen. Dein Thema hat er so übernommen, wie wir es ihm vorgeschlagen haben. Das ist allerdings ein Gläschen wert! Heute Abend, was meinst du? Nur du und ich.« Eva ist glücklich, weil Robert glücklich ist. »Ja, ein Abend für uns. Nach all dem. Vielleicht kann ich dir den Aufbau meiner Arbeit zeigen.«

»Das musst du sogar. Ich werde nämlich als indirekter Doktorvater einspringen. Eigentlich darf ich ja keine Doktoranden betreuen, aber in diesem Fall hat man eine Ausnahme gemacht. Fischer hat mir empfohlen, eine Bescheinigung an die Fakultät zu schicken. Das habe ich getan und geschrieben, dass die Arbeit unter meiner Anleitung und in meinem Institut angefertigt wird. Außerdem werde ich noch einen Antrag stellen, dass man dich von der Fachschaftsarbeit befreit. Immerhin bist du berufstätig und sogar in deiner Freizeit in hohem Maß beansprucht. Als Bürgen für die Arbeit habe ich an Professor Reiter gedacht, Präsident des Reichsgesundheitsamtes. Auch Ministerialdirigent Dr. Linden wäre sicher bereit und Ministerialrat Werner im Reichsicherheitshauptamt. Da werden wir unsere Beziehungen spielen lassen. Linden ist zuständig für die Erb- und Volkspflege und Werner, übrigens ein SS-Mann, ist ein Freund von Nebe und ganz auf unserer Linie. Sie alle werden der Fakultät Auskunft geben, wenn das vonnöten ist.«

Am Abend sitzen sie im Büro und füllen den Personalbogen aus, den die Fakultät für die Einreichung der Doktorarbeit braucht. Die Personalien sind schnell eingetragen. Nur bei der Rubrik ›Stand und Beruf‹ sind sie unsicher. »Bei Beruf könnte man schreiben: Rassenpolitische Mitarbeiterin und Spezialistin für Zigeunerforschung. Studentin können wir natürlich nicht eintragen. Aber gelernte Krankenschwester, das sollten wir ergänzen.« Eine Weile überlegen sie. Robert entscheidet. »Ach was. Lass die Spalte einfach offen. Wenn sie es genauer wissen wollen, sollen sie nachfragen.«

Weil die Witzendorf noch arbeitet, verlassen sie getrennt das Büro. Eva geht zuerst.

Eine halbe Stunde später steht er vor ihrer Tür.

Die Fakultät nimmt Evas Schrift zur Prüfung entgegen und schickt kurz darauf den Termin für die mündliche Prüfung: 24. März. Sie hat kaum Zeit, sich darauf vorzubereiten. Ständig gehen Transporte in die Lager, ständig müssen Personalien geprüft und neue Gutachten erstellt werden. Ein paar Mal unterschreibt sie die Gutachten mit dem Zusatz ›Anthropologin‹, lässt es dann aber wieder.

Der Morgen des 24. März ist verregnet. Ein Geruch nach Kohle und Pferden zieht durch die Gassen. Das Kopfsteinpflaster glänzt vom Regen. Auf den Litfaßsäulen sind Hinweise für das Verhalten bei Luftangriffen plakatiert. Eine alte Frau mit Kopftuch steht davor und schnäuzt sich die Nase. Ein Stück die Straße hinauf werden zwei Juden in einen Kübelwagen gestoßen. Das Geschrei der Uniformierten schmerzt in den Ohren.

Eva ist froh, dass sie es nicht weit hat nach Lichtenfelde. Das Fahrrad rumpelt über Kopfsteinpflaster. Ein ganzes Stück muss sie es schieben, macht Bogen um umgestürzte Fahrzeuge und Trümmer.

Die mündliche Prüfung findet in Roberts Wohnung statt. Schon um Viertel nach acht klingelt sie an seiner Tür, obwohl die Prüfung erst eine Stunde später angesetzt ist. Eva hat sich für ein graues Kostüm entschieden mit einem hellgrauen Kragen, dazu schwarze Riemchenschuhe mit flachen Absätzen.

Sie hat Robert ein paar Tage nicht gesehen. Das Bedürfnis, ihn vor der Prüfung noch zu sprechen und die Aufregung in den Griff zu bekommen, ist groß. In seiner Wohnung ist sie nie gewesen, nicht einmal in den Ferien, obwohl seine Frau und die Kinder dann bei den Schwiegereltern sind. Auch jetzt ist seine Frau mit den Kindern verreist.

Er begrüßt sie mit einem flüchtigen Kuss und einem Blick auf die Armbanduhr.

Die Wohnung ist karg, aber geschmackvoll eingerichtet. Die Möbel sehen teuer aus; auch die Teppiche. Die Wände sind hoch, mit Zierleisten in Deckenhöhe. Vor hohen Bücherregalen steht eine Leiter. Auf einem Bord mit einem offenen Fach für Spirituosen geht ihr Blick über gerahmte Fotografien in schräger Anordnung. Die Kinder sind abgelichtet, mehrfach. Dazwischen ein Hochzeitsfoto. Zwei geschnitzte Giraffen fallen Eva auf. Sicher hat er sie von einer Reise mitgebracht. Auch die bunt gewebten Kissen auf der Couch sind ungewöhnlich. Kakteenartige Gewächse schmücken die Fensterbänke. Zwei Ölbilder hängen nebeneinander: eines mit einer Winterlandschaft, das andere mit einer Seitenansicht des Ulmer Münsters. Auf einem Koffergrammophon liegt eine Schallplatte. Alles ist penibel aufgeräumt.

Die Schlafzimmertür steht einen Spalt weit offen. Bürsten liegen auf einem Frisiertisch. Es ist ein elegantes Möbel mit einem Aufbau aus drei Spiegeln, einem breiten in der Mitte und zwei schmalen an den Seiten. Eva stellt sich vor, wie Roberts Frau vor dem Schlafengehen vor diesen Spiegeln sitzt und sich die Haare kämmt.

Wieder wirft Robert einen Blick auf die Uhr. »Wird alles halb so schlimm. Das schaffst du schon.« Er nimmt ihr den Mantel ab, hängt ihn an die Garderobe, und während sie etwas verloren dasteht, zählt er auf, wer alles kommt. »Also erstmal ist Professor Thurnwaldt bestellt worden. Ein Völkerkundler. Er ist einer der Gutachter deiner Arbeit. Auf seine Fragen ist also besonders zu achten. Dann Professor Abel. Du kennst ihn vom Anthropologie-Institut. Er hat die Untersuchungen über die Rheinland-Bastarde geleitet.« Eva nickt. Mit Professor Abel fühlt sie sich seelenverwandt. Er hat die Mischlinge, die nach dem Großen Krieg während der Besatzungszeit im Rheinland zwischen weißen Frauen und farbigen Besatzern entstanden waren, sterilisieren lassen. Mit Robert hat sie einmal abendfüllend darüber diskutiert. Über Abels Vorgehensweise waren sie sich einig gewesen.

»Und Fischer kommt natürlich. Er hat extra für dich die Kur unterbrochen und müsste eigentlich schon hier sein. Tja, alle kommen, obwohl Bombenalarm angesagt ist. Aber jetzt setz dich doch endlich.« Robert ist gut gelaunt, trägt einen neuen beigefarbenen Anzug mit blauer Krawatte. Er ist genauso unruhig wie sie. Sie merkt es an der Art, wie er spricht. Er hat einen großen runden Tisch freigeräumt und weist auf einen der Stühle. Dann holt er Gläser aus einem Schrank, stellt sie in die Mitte des Tisches, verschwindet in der Küche und kommt mit einem Wasserkrug und einer Kanne Tee zurück. »Für Fischer gibt es Pfefferminztee. Das mag er.« Er gibt ihr Tipps zum Ruhigbleiben, empfiehlt konzentriertes, ruhiges Atmen, erzählt von seiner eigenen Prüfung, die, wie er sagt, kurz und schmerzlos war. Allein seine Stimme beruhigt. »Ich habe deine Arbeit nochmals angesehen. Was du beschreibst, diese mangelnde Leistungsbereitschaft, die fehlende Ausdauer, das ist alles nachvollziehbar, gut durchdacht. Das Mündliche ist jetzt nur noch ein Klacks.«

Türklopfen unterbricht sein Lob. Die Herren sind pünktlich. Sie tragen einen Geruch nach Regen ins Zimmer. Abel, groß und hager, mit einem langen Gesicht und abgehackten Bewegungen, setzt sich Eva gegenüber, redet nicht viel, kramt Notizblock und Stift aus seiner Tasche und sieht mehrfach auf die Uhr. Professor Thurnwaldt ist der einzige, der keinen Anzug trägt. In einer fast schäbigen Strickweste ist er gekommen, die nach kaltem Tabak riecht. Eine Fliege hat er sich umgehängt. Es dauert, bis sich alle begrüßt und Platz genommen haben. Fischer sieht leidend aus. Das Knie bereitet Schmerzen, man sieht es ihm an. Sein Haar hat er mit Pomade eingefettet. Er trägt neue Schuhe und weite Hosen mit scharfer Bügelfalte.

Fischer eröffnet die Prüfung, erklärt Eva den Ablauf. Er erteilt zunächst Abel das Wort, der sie einer Art weltanschaulichen Betrachtung unterzieht, die er später mit »sehr gut« beurteilen wird. Thurnwaldt befragt sie zu afrikanischen Wildvölkern. Fischer bittet sie das Problem der Rothaarigkeit auszuführen.

Die Antworten auf Roberts Fragen zur Kriminalbiologie fallen ihr leicht. Er hat ihr seine Fragen vorher verraten. Danach prüfen Fischer und Abel das Thema Zwillingsforschung. »Wissen Sie eigentlich«, sagt Abel und sieht Eva streng an, »dass das Thema Zwillingsforschung in den Lagern weitergehen wird? Es gibt interessante Ansätze. Und wissen Sie auch, Fräulein Justin, dass einige Zigeunerzwillinge darunter sind, die Sie aufgespürt haben?« Lob schwingt in seiner Stimme. Anstelle von Eva antwortet Robert. »Das ist gut möglich. Fräulein Justin hat einige aufgespürt. An unserem Institut ist sie unverzichtbar. Sie leistet eine enorme Arbeit. Das muss mal gesagt werden.« Abel und Fischer nicken anerkennend. Nur Thurnwaldt bleibt unbeeindruckt. Er drängt darauf, endlich mit Fragen zur Dissertation zu beginnen. Eva rückt den Stuhl zurecht, atmet tief ein. Sie erklärt ihre Absicht, die Vorgehensweise, die Hintergründe, berichtet von der Feldforschung in Mulfingen, beantwortet die Fragen der Prüfer sicher und fundiert. Sie erwähnt auch, dass sie jene Zigeunermischlinge, die aus den Sippen entfernt worden sind und sich mit Erfolg in deutschen Verhältnissen bewährt haben, aus den allgemeinen Zigeunerbestimmungen herausnehmen wolle. »Die, die deutsch erzogen wurden, schulisch gebildet sind, die sich jahrelang bemüht haben ordentlich zu arbeiten, für die ist doch eine Gleichstellung mit nichtsnutzigen Zigeunern ungerecht. Für diese Fälle müsste eine Zwischenlösung gefunden werden.« Auf den verwunderten Blick Fischers reagiert sie, indem sie hinzufügt: »Wir müssen ja auch an den Krieg denken. Zigeuner und Zigeunermischlinge sind vom Wehrdienst ausgeschlossen. Und wenn wir …« Fischer unterbricht sie. »Sie denken mit. Durchaus überlegenswert, Fräulein Justin«, sagt er und kratzt sich am Kinn.

Robert sagt nichts dazu. Er sitzt am Tischende und notiert die Fragen. Dann fasst er zusammen: »Die sozialbiologische Untersuchung von Fräulein Justin ist der Beweis, dass Kinder von Zigeunern oder Zigeunermischlingen, die ihren Eltern abgenommen wurden und in deutschen Familien oder in Heimen, also artfremd erzogen werden, nichts anderes als Zigeunerkinder bleiben, unerziehbar, unveränderbar. Primitive Wildbeuter eben. Wir wissen ja schon lange, dass alle staatlichen Schulungs- und Fürsorgemaßnahmen für diese Gruppen sinnlos sind. In den Heimen werden sie geschützt und gepflegt, der natürlichen Auslese entzogen. Die Gelder, die dafür aufgewendet werden, sind sozusagen verschwendet. Unsere Maßnahmen, Sterilisation oder Lager, sind demnach gerechtfertigt. Auch die Forderung von Fräulein Justin, die verwahrlosten Kinder so lange in polizeiliche Verwahrung zu nehmen, bis es endlich eine Dauerlösung gibt, kann ich nur unterstreichen.« Thurnwaldt stimmt zu. »Tja, Fräulein Justin, jede Zeit hat ihre eigenen Lösungen, die in den Augen anderer bald als bizarr, bald als ideal, bald aber als unerträglich empfunden werden. Was unsere Zeit betrifft, so bin ich der Meinung, dass wir mit vielen Dingen auf dem richtigen Weg sind. Dazu zähle ich auch Ihre Denkweise.« Eva sieht ihn dankbar an. Einzig Fischer hat Einwände. »Warum haben Sie die Arbeit nicht mit denen anderer Autoren verglichen, Fräulein Justin? Sie sind über ihr eigenes Material nicht hinausgekommen. Damit lassen Sie es an Kenntnis einer wissenschaftlichen Bearbeitung als solcher mangeln. Was Sie geschrieben haben, ist so eine Art Zigeunersoziologie. Aber, nun ja, bei all Ihrem Engagement will ich das gelten lassen.« Eva erschrickt, will etwas sagen, aber Fischer erwartet keine Reaktion, denn er ordnet seine Papiere, unterdrückt ein Gähnen und fragt in die Runde, ob damit die Prüfung abgeschlossen sei. Die Herren nicken. Von Robert und Abel erhält sie ein »Sehr gut«, von Fischer und Thurnwaldt ein »Gut«.

»Bleib noch, bleib«, sagt Robert, nachdem alle gegangen sind und sie nach ihrer Tasche greift. »Das müssen wir doch feiern.« Er verschwindet in der Küche, von wo aus er ihre Antworten, ihre Ausstrahlung, ihre Haltung lobt, und kommt mit einer Flasche zurück. »Eigentlich wollte ich dich in die Wirtschaft gegenüber einladen. Dort gab es immer gutes Essen. Aber jetzt ist alles beschlagnahmt und in eine Unterkunft für den Reichsarbeitsdienst umfunktioniert. Essen fällt also aus. Dafür hab ich das hier!« Lachend hält er die Flasche in die Luft. »Extra für dich«, sagt er, stellt die Flasche auf den Tisch und holt Gläser. Dom Perignon Brut, Champagne, France, liest Eva auf dem Etikett. »Ist das echter Champagner? Wo hast du den denn her?«

»Beziehungen«, grinst er, schnappt sich die Flasche, entfernt den Drahtkorb und die Goldfolie vom Flaschenkopf, lässt den Korken knallen und schenkt ein. Goldgelb schäumt das Getränk in den Gläsern. »Auf dich! Auf deinen Erfolg, baldiges Fräulein Doktor Justin! Ich hoffe, dass du hier bleibst, Fräulein Doktor, die ganze Nacht …« Sie heben die Gläser, stoßen an und während sie trinken und er ihr den Haarknoten im Nacken löst, denkt sie, dass sie sich diesen Moment merken muss. Es ist einer der glücklichsten ihres Lebens.

Später schreibt sie der Mutter, dass alles vorbei und gut gelaufen sei, dass es ihr so gut ginge wie nie.

Robert hingegen dämpft ihre Freude. Dass es dauern könne, bis das Promotionsverfahren abgeschlossen sei. Auch, dass das Drucken der Arbeit viel Zeit in Anspruch nähme und sie das Untersuchungsmaterial auf alle Fälle aufheben solle.

Alliierte Bomberverbände legen deutsche Städte in Schutt und Asche. Auch in Berlin dröhnen, unsichtbar in den Wolken, unablässig Flugzeuge am Himmel. Sondermeldungen im Radio informieren, wenn Bombergeschwader in den deutschen Luftraum einfliegen und auf welcher Route sie sich befinden. Jeden Abend werden Fenster abgeklebt und verdunkelt.

Die totale Mobilmachung bedeutete für die noch verfügbaren Männer den Dienst an der Waffe. Ganze Schulklassen werden an Flugabwehrkanonen gesetzt. Es heißt, dass für jeden der jungen Flakhelfer ein regulärer Soldat an die Front gehen kann.

Dann passiert es. Bei einem Luftangriff werden in Marzahn fünf Häftlinge getötet. Jetzt soll der Rastplatz aufgelöst werden. Für die Bewohner kommt nur ein Abtransport in Lager in Frage. Eva und die Lützenkirchen gleichen die Listen ab. Die Einweisungen erfolgen so, wie Himmler es erwartet: ohne Rücksicht auf den Mischlingsgrad. Alle kommen nach Polen. Eva erklärt den verängstigten Leuten, dass sie ein Stück Land im Osten bekämen. Und dass ihre Söhne ein Handwerk lernen könnten, das Maurerhandwerk beispielsweise oder das eines Tischlers. Dass sie alle zusammenbleiben können, die ganze Familie. Dass es ein Familienlager gäbe im Osten. Die meisten glauben ihr. Andere tippen sich an den Kopf, wollen partout nicht gehen. Dann muss Eva durchgreifen.

In Marzahn bleiben nur zwei als reinrassig eingestufte Familien zurück, die im Ödenburger Bezirk am Neusiedler See angesiedelt werden sollen.

Eva ist erleichtert, dass sie nicht mehr nach Marzahn muss. Ohnehin hat sie genug zu tun.

Wenn Berlin auch während des Frühsommers noch halbwegs verschont bleibt, so ändert sich das im August. Aus großen Teilen der Innenstadt werden Trümmerfelder. Es gibt keine Straßen mehr, keine Straßenschilder, keine Ampeln.

Schwarzer Rauch, der in den Lungen schmerzt und ein seltsam trockenes Gefühl im Mund hinterlässt, liegt wie ein Tuch über den verkohlten Resten von Häusern und Menschen. Flammen schlagen aus Löchern, wo früher Fenster und Türen waren. Umgestürzte Straßenbahnen blockieren Wege, Oberleitungen hängen auf die Straße, zersplitterte Bäume liegen am Boden und behindern Durchgänge. Die, die noch stehen, ragen verkohlt in den schwarzvioletten Himmel und sehen aus, als wüssten sie nicht wohin. Mit Handpumpen und Eimerketten versuchen Leute die Brände zu bekämpfen. Alle greifbaren Gefäße werden herangeschleppt und mit Wasser gefüllt. An den Straßenrändern sitzen Ausgebombte auf Koffern und Taschen. Zigarettenstummel gehen von Hand zu Hand. Manche haben ein Feuer angezündet, kochen Mehlsuppen in schwarzgebrannten Töpfen. Seit Tagen haben sie sich nicht gewaschen. Überall suchende und herumirrende Leute, alle mit Hungeraugen und grauen Gesichtern. Eine Alte kriecht auf allen Vieren.

In Evas Straße wird eine Feldküche eingerichtet. Auf dem Gehweg vor dem Haus schöpfen Rotkreuzhelferinnen Tee und Suppe aus dampfenden Kesseln, reichen Tasse für Tasse an erschöpfte Gestalten. Die Suppe reicht nicht. Nicht einmal der Tee reicht.

Im Institut macht sich die Kallies lustig über Himmler, der gesagt haben soll, dass die Bombardements ihr Gutes hätten, weil dadurch endlich alte Bausünden getilgt und Platz geschaffen würde für eine Architektur ganz im Sinne des Führers. Außer ihr ist niemandem zum Lachen zumute.

Sorge geht um. Was passiert, wenn so weitergebombt wird? Was passiert, wenn es die Russen doch bis Berlin schaffen? Die Lützenkirchen munkelt etwas von Folter und Erschießungen und meint, dass die einzige Chance, verschont zu bleiben, darin läge, sich mit den russischen Kriegsgefangenen gut zu stellen. »Bei meinem Vater in der Landwirtschaft sind welche eingeteilt. Sie werden von uns gehegt und gepflegt. Kriegen Fleisch und gute Unterkunft. Sie werden uns helfen, wenn es soweit ist. Sie werden sagen, dass wir gut zu ihnen waren.« So wie die Lützenkirchen denken viele. Gut, dass Robert das nicht hört.

Im August wird Robert zum Direktor beim Reichsgesundheitsamt befördert. Die Beförderung kommt nicht unerwartet. Es hat

Gerüchte gegeben. Dass er damit endlich Entscheidungsbefugnis über die Behandlung einzelner Leute hat, erklärt er Eva, als er am Abend neben ihr auf der Chaiselongue sitzt und eine Flasche Rotwein von der Ahr köpft. Trotz der Bomben ist er entspannt wie selten. »Jetzt können wir arbeiten, wie wir es für richtig halten. Ich werde Gelder beantragen und aufstocken. 45 Mitarbeiter haben wir, die Hilfskräfte mitgerechnet. Das reicht nicht mehr.« Er stößt mit ihr an und streicht ihr über den Arm. »Übrigens, aus dem Lager in Auschwitz kommen gute Nachrichten. Einer der SS-Offiziere hat gemeldet, dass wir ein paar gute Musiker geschickt hätten. Sie haben Geigen bekommen, Gitarren und was weiß ich alles. Sie spielen auf zu Empfängen. Eine richtige Zigeuner-Kapelle gibt es jetzt dort.« Er stellt das Glas ab. Seine Hände graben sich unter den Stoff. Eva lehnt sich zurück, stellt sich Musiker vor mit schwarzen Bärten und spitzen Schuhen, wie sie den Takt angeben, in die Hände klatschen und lachen: »Du schwarzer Zigeuner, komm spiel mir was vor, denn ich will vergessen heut', was ich verlor. Du schwarzer Zigeuner, du kennst meinen Schmerz, und wenn deine Geige weint, weint auch mein Herz. Spiel mir das süße Lied aus goldner Zeit, spiel' mir das alte Lied von Lieb' und Leid ...«

Robert fährt zu einer Sitzung an den Plötzensee. Er hat sich kaum verabschiedet, als die Sirenen losgehen. Wie aus dem Nichts erscheinen unzählige Bomber am Himmel und lassen Türen und Fenster zittern. Im Tiefflug donnern sie über die Straßen.

Eva zieht die Jacke über und geht hinter Fräulein Kallies langsam die Treppe hinunter in den Luftschutzkeller. Überall, sogar im Keller, ist der Lärm der Flak zu hören. Eva drängt sich an Leuten vorbei, steigt über Kisten, Koffer und Beine, findet einen Platz auf einem Strohsack am Ende eines langen Flures. Die Kallies hat sie aus den Augen verloren. Sie sucht nicht nach ihr. Leute wie die Kallies tauchen immer wieder auf.

Jemand hat eine Kerze angezündet. Die Flamme zittert bei jedem Einschlag und erhellt bleiche, erschrockene Gesichter. Löschutensilien sind deponiert: ein Kasten mit Sand, Wasserbehälter, eine Feuerpatsche und ein Einreißhaken.

Das Warten dauert Stunden. Sie verliert das Zeitgefühl. Die Entwarnung ist wie eine Erlösung.

Sie geht hinauf, um zu sehen, ob das Büro heil geblieben ist. Die Kallies hockt neben der Witzendorf im Flur auf dem Boden und heult. »Sie sind aus dem Süden gekommen. Sie bomben alles kaputt, Steglitz, Marienfelde, alles. Wenn Marienfelde getroffen ist, wo soll ich dann hin mit meinem Kind? Und was soll ich mit den Eltern machen? Mein Vater sitzt doch im Rollstuhl.« Obwohl es ihr selbst mulmig zumute ist, empfindet Eva das Gejammer der Kallies als erbärmlich. »Reißen Sie sich zusammen! Es ist nun mal Krieg. Der Führer wird wissen, was jetzt zu tun ist.«

Die Kallies hat Glück. Das Haus, in dem sie wohnt, steht noch. Auch Evas Wohnung ist heil geblieben. Nur in der Nachbarschaft hat es gebrannt und der penetrante Geruch nach Verkohltem lässt sich nicht vertreiben.

Tage später sitzt die Witzendorf heulend im Büro. In Halbfettdruck sind die Namen der Toten in der Zeitung aufgelistet. »Das ist jetzt schon die Sechste in meinem Bekanntenkreis. Eine Mutter von vier kleinen Kindern. Was wohl aus den Kindern wird? Der Vater ist in Russland. Ach, so viele verlassene Kinder …« Eva hört sich das nicht lange an. »Hören Sie auf damit! Für die Kinder wird schon jemand sorgen. Das ist doch immer so.«

Niemand kann schlafen. Auch Eva ist übernächtigt. Fast jede Nacht wird sie von Luftschutzsirenen aus dem Schlaf gerissen. Sofort ist das Haus in Aufruhr. Sie greift nach ihrem Kleid, zieht sich notdürftig an und schnappt sich den Koffer, der fertig gepackt und mit wichtigen Dokumenten und ein paar Fotos unterm Bett liegt, eilt die Treppen hinunter in den Keller, wo sie, wenn sie ganz hinten in der Reihe steht, sieht, wie die Köpfe vorne immer dichter in Richtung des dunklen Eingangs rücken, um dann im Schwarzen zu verschwinden.

Manche kauern auf dem Boden, andere sitzen auf Kisten, Fässern oder Koffern. Mit dem Rücken an die Wand gepresst steht sie, horcht nach den Stimmen, den verwischten Geräuschen von oben, nach dem Pfeifen der Bomben, spürt das Vibrieren des Gemäuers. Im Keller stinkt es. Es ist ein Gestank, der sich in Nasenlöchern und

Kehle festsetzt, ein Gestank nach verschwitzten, ungewaschenen Körpern, Urin, Erbrochenem. Manchmal ist der Geruch so stark, dass sie keucht.

Leute drängen herein, die draußen von den Angriffen überrascht und von herumfliegenden Granatsplittern der Flakgeschütze verletzt worden sind. Jemand hat einen Verbandskasten aufgetrieben. Der Inhalt des Kastens ist dürftig. Der Mann, der Verbände anlegt, ist ungeschickt. Nicht mitanzusehen ist das. Eine Weile sieht sie zu, dann aber reißt sie ihm das Zeug aus der Hand und schiebt ihn zur Seite. Verbände anlegen hat sie schließlich gelernt. Schicht um Schicht umwickelt sie Arme, Gelenke, Beine. Die Wunden verschwinden nur kurzfristig. Nicht lange, da dringt wieder Blut durch das dünne Gewebe.

Auch das Stöhnen und Schreien der Verletzten hört nicht auf, hallt in den Ohren.

Eine Frau hat einen Topf mit Suppe in den Keller gerettet. Noch dampft die Brühe, die zwei Kinder gierig ausschöpfen. In einer Ecke schluchzt ein Junge. Er hat seine Beine dicht an den Körper gezogen und hält sie umfasst, als könne er sie verlieren. Ein dickes Mädchen mit geflochtenen Zöpfen steht eigentümlich gerade an die Wand gelehnt. Eva denkt, dass es im Stehen gestorben sein könnte, aber da atmet das Mädchen so tief und schwer und sagt etwas und es ist diese Stimme, zu nah und zu dunkel und die vielen Leiber, zu dicht und zu nah und der Geruch zu stark. Eva lässt das Verbandszeug fallen, drängt zurück, stößt gegen Körper, entschuldigt sich, strebt nach dem Ausgang, erreicht ihn nicht, weil der Weg verstellt ist, bahnt sich einen Pfad zu einer Zwischentür, wo sie nach dem feinen Luftzug atmet, der durch die Ritzen der Holzlatten zieht. Die halbe Nacht vergeht, bis Entwarnung gegeben wird.

Die Bomber greifen in immer größeren Pulks an. Manchmal bleibt sie trotz Alarm in der Wohnung. Einmal ist Robert bei ihr. Er hat eine Schallplatte mitgebracht, legt sie auf das Grammophon, setzt die Nadel auf und betätigt die Kurbel. Die tiefe Stimme Zarah Leanders klingt weit weg. »Wenn ich ohne Hoffnung leben müsste, wenn ich glauben müsste, dass mich niemand liebt, dass es nie für mich ein Glück mehr gibt, ach, das wär schwer. Wenn ich nicht in meinem

Herzen wüsste, dass du einmal zu mir sagst: Ich liebe dich – wär das Leben ohne Sinn für mich …« Eva mag Zarah Leander nicht. Robert hingegen hält die Augen geschlossen, saugt die Musik auf, bewegt leise die Lippen, nimmt Eva in den Arm und summt den Refrain: »Ich weiß, es wird einmal ein Wunder geschehn und dann werden tausend Märchen wahr. Ich weiß, so schnell kann keine Liebe vergehn, die so groß ist und so wunderbar. Wir haben beide denselben Stern und dein Schicksal ist auch meins, du bist mir fern und doch nicht fern, denn unsre Seelen sind eins.« Ganz vorsichtig bewegt er sich, wie im Tanz. »Und darum wird einmal ein Wunder geschehen, und ich weiß, dass wir uns wiedersehn …« Die Stimme hört auf, auch das Kratzen der Nadel auf der Schallplatte.

Robert sagt, wenn sie bis jetzt nicht gekommen sind, kommen sie gar nicht mehr. Dann aber erhebt sich das Geheul erneut, ein hohles Getöse zerschneidet die Luft. Er zieht sie ans Fenster. Sie sehen, wie Christbäume fallen, Bündel von Leuchtkugeln, mit denen die Vorhut die Bombardierungsgebiete für die nachfolgenden Maschinen absteckt, wie Scheinwerfer den Himmel absuchen und weiter hinten die Mündungsfeuer der Flak aufleuchten. »Ist das nicht ein majestätisches Schauspiel?«, fragt er mit vorsichtiger Stimme, umarmt sie und küsst ihre Schulter. Unter dem Gebell der Flak drückt er sie auf den Boden, wo sein Atem lauter wird, seine Bewegungen schneller. »Wenn wir jetzt draufgehen«, stammelt er, »dann sind wir vereint, für immer vereint.«

Sein Atem ist noch nicht ruhig geworden, da fallen ihm die Akten und Unterlagen ein, die im Institut liegen. Angst hat er, dass sie verbrennen könnten. Nur deshalb will er weg, sehen, ob alles heil geblieben ist. Er zieht sich an, bindet die Schuhe und greift nach dem Jackett.

Die nächtlichen Angriffe werden zur Qual, auch das schrille Pfeifen der Granaten, die Detonationen der Bomben, die die Ohren betäuben und noch lange danach im Trommelfell schmerzen. Jede Nacht heulen Flakgeschütze, jede Nacht gibt es Alarm. Dann sind da nur das Hasten nach dem bereitstehenden Koffer, das eilige Überstreifen der Jacke, das Poltern auf den Treppenstufen, das Gedränge im Keller, das Rufen und Schreien, die Angst. Während Flugzeuge ihre Bombenlast über der Stadt ausschütten, zittern die Wände, die Ohren dröhnen, Staub rieselt, es prasselt und splittert. Schwarze Stunden in schwarzen Kellern.

Morgens sind die Straßen übersät mit Trümmern. Bei jedem Schritt knirschen Steine und Glasscherben unter ihren Schuhen. Evas Haus wird von Brandbomben getroffen, aber von der Luftschutzwache rechtzeitig gelöscht. Heizung und Strom gibt es für Tage nicht mehr.

Von den meisten Häusern der Umgebung stehen nur noch Gerippe. Leere Häuserschalen sind es. Manchmal stehen die Wände noch und das, was früher eine Tür oder ein Fenster war, ist wie ein Eingang in eine schwarze, verkohlte Höhle und alles, was dahinter liegt, ist unbewohnbar. Da, wo die Fassaden fehlen, kann Eva ins Innere der Wohnungen blicken. Wie Schaukästen sehen die Zimmer aus. Etagen hängen ins Freie, mit schiefen Fußböden und durchlöcherten Wänden, an denen manchmal Reste von Tapeten kleben. Treppen sind abgebrochen, Ofenrohre haben ihren Halt verloren, ein blaues Sofa hängt zwischen zwei Etagen. Zuerst denkt sie, dass es ein Kind ist, dann aber stellt sie fest, dass eine Puppe mit ausgebreiteten Armen und Beinen über der Lehne hängt. Alles unwirklich. Eine Ausstellung von Groteskem über dem der üble Geruch von Asche hängt.

In einem Fahrzeugwrack, das die Straße versperrt, hausen Kinder. Am Ende der Straße liegt ein Pferdekadaver. Die Straßen sehen alle gleich aus. Alte Männer versuchen Durchgänge zu schaffen. Frauen tragen den Schutt zusammen, hieven schwere, volle Schaufeln auf Schubkarren. Die zerstörten Häuser verändern die Perspektive, geben den Blick frei auf Entferntes. Manchmal weiß sie nicht, wo sie ist und muss nach dem Weg fragen. War hier nicht früher ein Spielzeuggeschäft und dort eine Metzgerei oder war das weiter unten gewesen?

Durch verrußte Balken scheint ein violetter Himmel. Alles ist ruhig, als zwischen Häuserblocks ein unerwarteter Schuttregen einsetzt. Dächer rutschen ab. Teile von Dachpfannen und Ziegel stürzen auf das Pflaster. Eva hält die Tasche über den Kopf und rennt. Ein Junge hockt an eine Mauer gelehnt, die Knie an die Brust gezogen, hält die Hände vor den Augen. Er ist schwarzgelockt und sieht aus wie eines der Kinder aus Marzahn. Ein Gewitter aus Schotter und

Steinen entlädt sich. Eva packt den Jungen an der Schulter, reißt ihn von der Mauer weg und stellt ihn auf die Beine. »Was hast du hier zu suchen?« Erschrockene schwarze Augen sehen sie an. Immer noch einer und noch einer, denkt sie. Wo sie immer noch herkommen? Sie will ihn packen und mitnehmen. Der Junge spuckt ihr ins Gesicht, reißt sich los, schreit nach seiner Mutter. Rauch schlägt aus den Trümmern, zwischen denen er verschwindet. Wie eine Wand aus Qualm. Sie will ihm folgen, kann aber kaum atmen. Röchelnd hält sie sich den Hals. Wenn bloß der Staub nicht wäre.

Der Junge bleibt verschwunden in einer Welt aus Ruß und Qualm und Angst. Immer noch brechen, begleitet von einem brausenden Geräusch, Mauern und Fassaden von Häuserskeletten. Die qualmenden Balken stöhnen und ächzen. Wie ein Tuch bedeckt Staub Trümmer, Autos, Menschen. Der Staub ist undurchdringlich. Alle haben diesen grauen Schleier im Gesicht und auf dem Haar. Immer wieder klopft Eva das Kostüm ab. Vielleicht scheint über dem Rauch und dem Grau die Sonne, aber das kann niemand sagen. Leute mühen sich, ihre Habe aus den Häusern herauszuzerren. Zwei Frauen stapeln das, was von ihren Möbeln noch übrig ist, auf einem Kinderwagen. Plünderer sind unterwegs.

Für den Abend hat sich Robert angesagt. Sie will sich herrichten, aber dann geht es wieder los. Sie sieht aus dem Fenster. Schon beschleunigen die Leute auf der Straße ihre Schritte in Richtung der Luftschutzkeller. Sie will in keinem Keller sitzen, bleibt im Haus, wartet, auch wegen Robert. Ein ohrenbetäubendes Grollen, Pfeifen und Prasseln setzt ein. Sie hat das Gefühl, die Erde bebt. Das Licht der Kerze flackert kurz und geht dann aus. Alles ist jetzt tiefschwarz. Türen und Fenster werden aufgestoßen und eine heftige Staubböe schießt durch die Zimmer. Sie legt sich flach auf den Boden, spürt wie der Untergrund bebt. Dichter Rauch macht das Atmen fast unmöglich. Sie hustet und würgt. Das Feuerwerk aus Bombeneinschlägen und Flakfeuer hält an. Erst als es eine Weile ruhig bleibt, tastet sie sich vor. In der Küche und im Schlafzimmer sind die Fensterscheiben geplatzt, teilweise mit den Rahmen herausgeflogen. Auch die Scheiben einer Vitrine sind geborsten. Im Schlafzimmer ist die Deckenlampe heruntergekommen. Putz von den Wänden liegt auf ihrem Bett. Alles ist voller Staub. Der Staub nimmt ihr den Atem.

Beim Schein einer Kerze fängt sie an zu fegen und aufzuräumen. Sie ist froh, dass nicht mehr passiert ist. Später sucht sie nach alten Kartons, die sie zurechtschneidet und da, wo es geht, in die leeren Fensterrahmen drückt.

Am Abend liegt sie auf dem Bett, sieht auf die mit Pappe abgeklebten Fenster. Ihr Blick wandert zur Tür, von der Tür über die Decke. Ein Riss läuft vom Fenster quer über die Decke und verschwindet hinter einem Schrank. Dann heulen noch mal die Sirenen. Robert kommt nicht, denkt sie, heute kommt er nicht. Später träumt sie, dass sie als einzige übrigbleibt zwischen all dem Schutt, den verlassenen Häusern, allein in einer toten Stadt.

Am Morgen ist alles still.

Es ist eine Stille, die jeden Laut übertönt. Trotz der verklebten Fenster liegt ein beißender Brandgeruch in der Luft. Sie steht auf, reißt die Pappen wieder ab, atmet nach Kühle. Ihr Blick fällt auf das Nachbarhaus. Bomben haben das Dach weggefegt. Wohnen kann dort niemand mehr. Eva lehnt sich aus dem Fenster. Brände verschleiern die Augen. Dachstühle, Hofschuppen und Fachwerk bieten den Flammen immer neue Nahrung. Das Feuer frisst sich weiter und weiter. Mit nassen Handtüchern auf Fenstersimsen und Dachbalken versuchen Leute die Brände aufzuhalten. Da, wo es nicht mehr brennt, streuen Männer Kalk und Desinfektionsmittel. Auf Tafeln sind Totenköpfe abgebildet, darunter in großen Buchstaben: VERSEUCHTE ZONE. Alles ist schwarz vom Rauch oder weiß vom Kalk.

Auch der Weg nach Dahlem führt an brennenden Trümmern, abgeknickten Bäumen, ausgebrannten Fahrzeugen vorbei. Ein widerwärtiger Geruch nach verbranntem Fleisch hält sich hartnäckig. Die Ruinen sind beschriftet mit Suchmeldungen. Namen, geritzt auf Steine, geschrieben auf Pappen oder Holzstücke: Wer kennt Winfried Heidinger? Wer weiß was von Regina Krämer?

Sie geht zu Fuß. Mit dem Fahrrad würde sie nicht weiterkommen. Aber auch zu Fuß muss sie immer wieder Umwege machen. Einmal bleibt sie stehen, lauscht. Unten, vergraben in Trümmerhaufen, schlägt eine Uhr. Es ist eine Kuckucksuhr, sie hört den Kuckuck ganz deutlich, denkt daran, dass Kuckucksrufe Unheil bedeuten und plötzlich hat sie Angst, dass die Welt am Ende ist. Die Durchhalteparolen der Partei kommen ihr in den Sinn. Sie hört die Witzendorf sagen, dass sich die Alliierten nie an Berlin herantrauen werden. Was, wenn alles so zu Ende geht?

Zwei Wachpolizisten reißen sie aus ihren Gedanken. Sie stehen in einem Hauseingang und rauchen. »Wissen Sie, wann der Krieg zu Ende ist?«, fragt einer den anderen und lacht. Der zuckt mit den Schultern. Der erste lacht immer noch: »Wenn Göring die Hose von Goebbels passt! Das wird wohl ziemlich bald sein!« prustet er und klopft sich auf die Schenkel.

Keine zehn Schritte entfernt liegt Leiche neben Leiche. Feuerwehrleute ziehen eine eingequetschte Tote aus verkeilten Mauerblöcken. Der Toten sind die Haare abgebrannt, Mund und Kinn fehlen. Über ihr, auf einem der Mauerblöcke, kann man noch die mit blauer Farbe aufgemalte Ladenschrift lesen: Hermann Wörner, Pelzhandel en gros.

Eine Straße weiter räumen Suchtrupps Trümmer beiseite. Immer wieder wird ihre Arbeit durch Pfiffe unterbrochen. Dann nämlich, wenn die Männer auf Weiches treffen oder Rufe zu ihnen durchdringen. Frauen mit Kopftüchern helfen den Schutt wegzuräumen. Sie haben eine Kette gebildet und reichen sich Eimer weiter. Notdienstverpflichtete verteilen dampfenden Tee an Verletzte.

Von einer Fabrik sind nur noch bizarre Teile übrig; wie Vogelscheuchen ragen verbogene Stahlträger in die Luft. Leute gehen herum, halten sich Tücher vor den Mund, durchwühlen die Ruinen. Sie kümmern sich nicht um die Toten. Sie sammeln, was noch brauchbar ist. Viel ist es nicht, denn vieles ist schon ausgeweidet. Eine Frau mit einem Kind auf dem Rücken schleppt eine verdreckte Matratze hinter sich her. Die Luft ist dicht und immer noch heiß. Trotz des nassen Tuches, das sie sich vor den Mund hält, wird Eva von Husten geschüttelt. Sie spuckt dicken Schleim. Der Durst ist kaum auszuhalten. Nach Dahlem ist an diesem Tag kein Durchkommen.

Die Flakstellung in ihrer Straße hat einen Volltreffer abbekommen. Zwei Schuljungen, die dort Dienst getan haben, liegen nebeneinander auf dem Trottoir. Vom Fenster aus sieht Eva, wie jemand die Leichen mit einem Tuch bedeckt. Es ist ein alter Mann, der, nachdem er die Kinder zugedeckt hat, mit knochigen Fingern eine Zigarette aus der Westentasche kramt, dann, plötzlich, die Hände vors Gesicht schlägt und vor den Toten auf die Knie sinkt.

Sämtliche Geschäfte in der Straße sind leergefegt. An manchen Straßenecken sind Feldküchen aufgebaut. Wer Glück hat, bekommt eine Kohlsuppe. In den Schulen sind provisorische Lazarette eingerichtet worden, wo Ärzte Kugeln und Splitter entfernen, oft genug auch Arme oder Beine absägen. Die Lazarette sind so gefragt wie die Suppenküchen. Tauschgeschäfte blühen. Tafelsilber gegen Kartoffeln, Zigaretten gegen Mehl, Uhren gegen Eier.

Immer mehr Luftschutzbunker aus Beton werden gebaut. Im Keller ihres Hauses fühlt Eva sich nicht mehr sicher, deshalb bemüht sie sich um einen Platz in einem ebenerdigen Flachbunker, der nur drei Gehminuten entfernt neben einem ehemaligen Warenhaus ausgehoben wird. Die Schlafplätze dort sind begehrt. Sie kommt auf eine Warteliste. Frauen mit Kindern haben Vorrang. Wenigstens erlaubt man ihr, den Bunker bei Anbruch der Dunkelheit aufzusuchen, allerdings muss sie, wenn bis Mitternacht kein Fliegeralarm erfolgt, wieder nach Hause gehen. Der Bunker ist eng und voll. Die Decken sind zusätzlich durch Pfeiler gestützt, die Wände verstärkt und die Eingänge mit Stahltüren versehen. Es gibt Schlafkabinen und Warteplätze mit Sitzbänken. Es riecht nach Dreck, nach Schweiß, nach Angst. Im Bunker hört sie nicht, wenn Bomben fallen und sieht auch nicht, wie Flakbeschuss den Himmel hell macht. Nur an den Lüftungsgittern spürt sie manchmal ein leises Vibrieren durch Einschläge. Es gibt Leute, die bleiben die ganze Nacht, gehen vom Bunker aus zu ihren Arbeitsstellen.

In der Kantine gibt es kein Essen mehr. Die Witzendorf bringt Erbsensuppe mit und Ersatzkaffee. Eva hat schon als Kind Erbsensuppe gehasst.

Trotz aller Beziehungen die Robert hat, muss sie jetzt manchmal anstehen, um an Milch oder Brot zu kommen. Oft ist die Schlange vor den Läden so lang, dass sie den Anfang nicht sieht. Mit jedem, der vorne bedient wird und weggeht, geht ein Ruck durch die

Menge. Leute rücken auf, drängen, schieben, stoßen, jammern. Die Alten lehnen an Hauswänden, weil sie nicht mehr stehen können. Rotznasige, hohlwangige Kinder quengeln und reißen an den Kleidern der Mütter. Ihre Blicke aus dunklen, verschatteten Augen sind seltsam leer. Ist Eva vorne angekommen, gibt es, wenn überhaupt, oft nur noch ein paar Blätter verschrumpeltes, armseliges Gemüse.

Ein kalter Nieselregen reißt tagelang nicht ab und lässt die Trümmerhaufen noch trostloser aussehen. Da, wo noch Feuer glimmen, quillt Rauch in dicken Schwaden hervor. Fast blind macht dieser Rauch. Wohnungslose haben sich notdürftige Unterkünfte zusammengenagelt. Unter Tüchern, Säcken und Holzbrettern suchen sie Schutz. Ratten huschen zwischen den Trümmern und Mauerspalten hin und her. Sie sind fett geworden und verstecken sich nicht mehr.

Ständig suchen Leute nach neuen Schlafplätzen, ziehen von Unterkunft zu Unterkunft. Wie Ameisen schaffen sie Kisten von da nach dort, entwerfen mit beinahe fanatischer Geschäftigkeit Ideen, neue Projekte, um dann wieder alles zu verwerfen. Ihr Tun hat etwas Unwirkliches, Geisterhaftes.

Auch die Dienststellen werden nicht verschont. Mehrfach räumen die Witzendorf und die Kallies morgens Schutt weg und schaufeln Wege frei.

Die Einberufungen an die Front reißen nicht ab. Die zuletzt Rekrutierten haben Milchgesichter. Eva befürchtet, dass auch Robert gehen muss. Längst schon fehlen dem Institut Mitarbeiter. Robert flucht, dass die Mittel nicht mehr fließen, weil alles auf Krieg ausgerichtet ist und Forschung keine Rolle mehr spielt. In Evas Arbeitsgruppe fehlt nur eine der Fotografinnen. Das kann sie verschmerzen.

Bei einem Angriff auf Lichterfelde trifft es Roberts Haus. Wie erstarrt und sichtlich um Haltung bemüht sitzt er Tage später an seinem Schreibtisch. Dass er sich bei der Erfassungsstelle gemeldet hat, erzählt er, dass von seinem Haus außer ein paar Außenwänden nichts mehr übrig sei, dass man ihnen verboten hätte in den Trümmern zu suchen, dass auch andere Häuser seines Viertels getroffen wurden. »Wir konnten in eine Pension ausweichen. Aber lange geht das nicht. Die Pension platzt jetzt schon aus allen Nähten. Die Kinder haben nichts zum Anziehen, nichts zum Spielen. Meine Frau wird fast verrückt.«

Tage später, an einem der letzten Sommerabende, schlägt eine Phosphorbombe durch das Dach des Instituts, zerfetzt den Seitentrakt des Hauses. Als Eva am Morgen kommt, sind Wände eingestürzt, Treppen kaum noch begehbar. Die Kantine ist nicht mehr zu betreten. Sie muss über Schotter steigen, um ins Büro zu gelangen. Die Büros sind unversehrt, nur die Fensterscheiben geplatzt. Zwei Mitarbeiterinnen fehlen. Eine Schreibkraft und eine Telefonistin. Sie kommen nicht mehr.

Roberts erster Blick gilt den Akten. Sie liegen unter einer weißen, schmierigen Staubschicht, aber sie sind erhalten. Es gibt keinen Strom mehr, auch kein Wasser. Wasser können sie in den benachbarten Instituten holen. Dort gibt es auch Toiletten. Die offenen Fenster verkleben sie mit Pappen. Robert sorgt dafür, dass Handwerker kommen und einige der Fenster mit Brettern zunageln. Auf Strom müssen sie verzichten. Wer Licht braucht, behilft sich mit Petroleumlampen.

Immer mehr Leute verlassen die Hauptstadt. Nicht alle Ausgebombten können in Notquartieren untergebracht werden. Die Lager sind hoffnungslos überfüllt. Sie sind voll wie die Zeitungen mit Durchhalteparolen, voll wie die Listen mit den Gefallenen, voll wie die Bahnhöfe, wo Hunderte auf Koffern und Kisten sitzen.

Was sie vom Endsieg halten soll, weiß Eva nicht. Manchmal hört sie, wie die Kollegen tuscheln. Sie will sich in diese Debatten nicht einmischen. Was weiß sie schon vom Krieg? Wahrscheinlich ist alles ganz anders als gemunkelt wird.

Bis Ende des Monats liegen neben unzähligen Gebäuden und Straßen das Viertel Lankwitz, das Reichsgesundheitsamt in Staaken, ein Teil der Flughafenanlagen, die Versuchs- und Lehranstalt für Brauerei und das Strafgefängnis Plötzensee am Boden.

»Wir müssen hier weg«, sagt Robert, als er nach einer weiteren Bombennacht ins Büro stürzt und Eva eine Liste von Mitarbeitern in die Hand drückt mit der Bitte, sie der Reihe nach zu ihm ins Büro zu schicken. »Die auf der Liste werden entlassen. Es geht nicht anders.« Er sieht übernächtigt und zerstreut aus. Sein Gesicht ist bleich. »Hier geht es nicht mehr weiter«, flüstert er, »wir dürfen nicht riskieren, dass unsere wertvolle Forschungsarbeit durch Bomben oder Brand vernichtet wird. Diese Stadt wird keine Ruhe mehr bekommen. Du siehst ja selbst. Ich habe das kommen sehen und für unsere Forschungsstellen Ausweichquartiere geplant. Sieben Standorte werden es sein. Mecklenburg, Bayern, Württemberg, eine im Hannoverschen und eine im Sudetenland sind besprochene Sache. Es muss alles ganz schnell gehen.«

»Und wir?« Der Gedanke, dass er sie zurücklassen könnte, sorgt dafür, dass sie ihren Herzschlag spürt. »Wir werden nach Drögen ausgelagert. Dort wird eine Außenstelle eingerichtet. Als Direktor des Reichsgesundheitsamts habe ich mehr Kompetenzen, aber es wird trotzdem nicht einfach werden, alles weiterhin zu koordinieren.« Wir hat er gesagt. Wir. Das beruhigt. Eva ahnt, dass jeder Umzug von vornherein provisorisch ist und dass sie auch, so lange der Krieg anhält, in den neuen Büros nicht bleiben werden. Robert will das gesamte Material, auch das in Schwaben gesammelte, nach Württemberg bringen lassen, wo es sicher sein soll. Er spricht von einem Ort namens Mariaberg und einer Heilanstalt. Dabei nagt er an der Lippe, dreht an der Kappe seines Stifts. Sein Zögern dauert nur einen Wimpernschlag. »Es geht weiter, Eva. Nur an anderen Orten.«

Obwohl es deutliche Lücken gibt unter den Mitarbeitern – die meisten Männer sind eingezogen worden, andere sind, wie üblich nach solchen Nächten, nicht erschienen – ziehen sich die Gespräche bis in den Nachmittag. Danach sieht Eva sie ihre Taschen packen. Einige haben Tränen in den Augen. Eine Mitarbeiterin aus der Verwaltung kann sich gar nicht beruhigen. »Warum können wir nicht bleiben? Das Büro ist doch noch da! Das kann man doch wieder richten!« Eine andere jammert, dass sie nicht weiß, wie sie ihre Kinder satt bekommen soll. Niemand achtet auf sie.

Die restlichen Mitarbeiter, es sind nur noch eine Handvoll, lässt Robert in den abgedunkelten Versammlungsraum rufen, wo Putz von der Decke rieselt und die Witzendorf einen Lappen für Tische und Stühle holen muss. Eva steht mit dem Rücken zum Fenster. Ein Brett versperrt die Sicht nach draußen. Setzen mag sie sich nicht; es tut gut zu stehen.

Fräulein Kallies nimmt am langen Tisch Platz. Sie sieht unerschrocken aus, wie immer. Die Witzendorf trägt ein neues Kleid. Eva fragt sich, wie sie das macht. Vor Wochen ist ihr Kleiderschrank in Flammen aufgegangen und auch die stahlgefasste Brille hat einen Riss bekommen. Trotzdem sieht sie aus wie aus dem Ei gepellt.

Fräulein Lützenkirchen rückt unsicher auf ihrem Stuhl. Frau Hellke hat sich die Locken straff nach hinten frisiert, was sie wesentlich älter macht. Frau Kranz hat Papier mitgebracht, um Notizen zu machen.

Robert steht am oberen Tischende und hüstelt mehrmals in die vorgehaltene Hand. Zwei Schreibdamen, Frau Plünz und Frau Moll, sitzen vor ihm, beide mit vorgeschobenen Köpfen, und bewegen unruhig die Hände. Fräulein Kallies und Fräulein von Witzendorf flüstern. Ihr Getuschel verebbt, als Robert sich räuspert. »Wir machen gerade schwere Zeiten durch. Zeiten, für die wir viel Kraft brauchen. Unsere Arbeit ist fast beendet und ich möchte allen danken, die uns dabei unterstützt haben. Es waren keine einfachen Aufgaben.« Roberts Stimme klingt anders als sonst. Etwas Endgültiges schwingt mit. »Wie Sie wissen, hat Dr. Goebbels alle aufgefordert, die Stadt zu verlassen. Tausende sind schon weg. Sie retten sich in Wälder oder auf die Dörfer. In Anbetracht der Bombardierungen habe ich schon vor einiger Zeit für den Fall des Falles vorgesorgt. Seien Sie froh, dass Sie für unser Institut arbeiten. Wir haben eine Perspektive, die kaum jemand hat. Wir werden mit dem Institut und ein paar anderen Dienststellen nach Drögen evakuiert. Das ist eine Siedlung bei Fürstenberg, im Mecklenburgischen. Wir sind dort in Sicherheit.« Sofort entspannen sich die Gesichter. Die Witzendorf meldet sich zu Wort. »Und wann?«

»Sobald wie möglich. Die Sache eilt.«

»Aber so schnell können wir doch nicht … Was machen die, die nicht so schnell mitkommen können?«

»Die bleiben eben hier.« Robert ist angespannt. Er verbreitet eine Hektik, die sie nicht an ihm kennt. Er spricht schneller als sonst, streicht sich immer wieder über das schlecht rasierte Kinn. »Also Drögen. Über die Reichsstraße sind es knapp 100 Kilometer von hier. Wir richten in der dortigen Führerschule der Sicherheitspolizei eine Außenstelle ein. Wir werden auch dort wohnen. Der Ort liegt günstig. Direkt neben Fürstenberg, wo sich auch ein Konzentrationslager befindet. Ich meine das Lager Ravensbrück. Unweit des Frauenlagers gibt es ein weiteres Lager, das Jugendschutzlager Uckermark, das ausschließlich für Mädchen bestimmt ist. Im Lager Uckermark werden wir unser Archiv der kriminellen Sippschaften fortführen und weiterhin jugendliche Straftäter nach kriminalbiologischen Gesichtpunkten untersuchen. Übrigens werden wir auch den Erbwert von Bibelforschern* feststellen. Da haben wir umfangreiches Material, das noch nicht ausgewertet ist. Dazu werden wir jetzt Zeit haben. Sie sehen also, unsere Arbeit geht weiter. Daran können selbst die Bomben nichts ändern. Wir werden eine kriminalbiologische Beobachtungsstation schaffen und weiterhin an der Erbbestandsaufnahme des deutschen Volkes arbeiten. Natürlich wird es auch weiterhin um die Zigeuner gehen.«

Robert klingt zuversichtlich. Während er den Mitarbeitern weitere Details erklärt, sieht er Eva nicht an und fragt auch später nicht, was sie von seinen Plänen hält. Seine Sorge gilt allein den Unterlagen, die sie in den vielen Jahren gesammelt haben: Karteikarten, Akten, Abschriften von Gutachten, Gerichtsurteile. Er wiederholt, dass der größte Teil der Unterlagen nach Mariaberg gebracht werden soll, dirigiert den Umzug, ordnet an, wer was bis wann zu erledigen hat, kontrolliert die aussortierten Akten, überprüft die Beschriftungen der Kisten. Neben den Akten will er auch die komplette Bibliothek überführen. Vor allem auch die Zinkbehälter mit den Aufzeichnungen auf Mikrofilmen. Nur das Führerbild schlägt er in Zeitungspapier ein und legt es in die Schublade seines Schreibtisches.

Es dauert nur wenige Tage, bis alles gepackt ist. Robert hat ein Umzugsunternehmen beauftragt. Es sind riesige Mengen an Gepäck, Kisten, Koffern, Möbeln, Säcken und Körben mit Ordnern und Karteikisten, die von Männern in blauen Arbeitsanzügen hinausgeschleppt werden. Dann fängt es an zu regnen und sie tragen alles wieder in die Flure. Die Männer sagen, dass alles durchweicht sei, bis sie über die Schuttberge zum Fahrzeug gelangen und dass sie den Schauer abwarten wollen. Robert flucht und schreit, dass kei-

* *Zeugen Jehovas*

ne Zeit zu verlieren sei. Die Männer packen wieder zu. Eva ist froh, dass Robert immer so genau weiß, was zu tun ist.

In den Tagen, die kommen, hat sie kaum Gelegenheit, mit ihm zu sprechen. Er ist fast immer unterwegs. Auch wegen seiner Familie. Wie viele andere Ausgebombte ist er dabei, zumindest tageweise Wohnraum zu finden. Gleichzeitig macht er Pläne für Drögen.

Evas Gedanken kreisen um die Frage, wie es wohl in Drögen mit ihnen weitergehen wird. Bisher hat er seine Frau auf Abstand gehalten. Ihre seltenen Besuche im Institut hat Eva beinahe ignorieren können. Jetzt aber sieht die Sache anders aus. Schon der Gedanke, wie es wäre, wenn er nicht mehr kommen würde, sorgt für Zittern ihrer Hände.

Sie putzt das Haus, poliert die Böden, ordnet die eigenen Unterlagen, sortiert Zeitungsberichte, von denen sie glaubt, sie später einmal lesen zu können. Sie steht vor dem Regal mit den Stapeln von Papier. Bei allen Gegenständen, die sie berührt, denkt sie, dass sie sie hier lassen und den Bomben überlassen muss. Wohl gefühlt hat sie sich hier, eigentlich hat sie sich nirgends so wohl gefühlt wie hier. Gerne würde sie bleiben. Aber das geht nicht. Zwei Kartons füllt sie mit dem Untersuchungsmaterial ihrer Doktorarbeit. Dann lässt sie sich ein Bad ein. Im Wasser liegend schließt sie die Augen. Spätestens in ein paar Monaten will sie zurück sein.

Am Abend vor der Abfahrt steht er plötzlich vor ihrer Tür. Noch bevor er seine Jacke über den Stuhl wirft, weiß sie es schon. »Meine Frau zieht mit den Kindern vorübergehend zu ihren Eltern. Wir finden sonst nichts. Drögen ist nichts für die Kinder. Eine gute Lösung also.« Eva ist glücklich, umarmt ihn stürmisch und küsst ihm Wangen und Mund. »Und ich hab schon solche Angst gehabt. Dann können wir uns also wieder sehn, vielleicht sogar öfter als bisher?«

»Dazu kann ich noch nichts sagen.« Robert bleibt kühl. »Es ist eine provisorische Unterkunft. Wir sind dort nicht alleine und müssen also besser aufpassen als bisher. Wir werden uns außerhalb treffen.«

Er sieht müde aus, abgespannt. Indem er die Schuhe abstreift, lässt er sich auf die Chaiselongue fallen, verschränkt die Hände hinterm Kopf, sieht auf die beiden Kisten, die sie gepackt hat und auf einen offenen Koffer mit Unterwäsche und akkurat gefalteten Kleidern.

Die Kisten erinnern an Abschied. Robert fängt an, seinem Lehrstuhl in Kriminalbiologie, den er nie bekommen hat, hinterher zu trauern. Dann fällt ihm ein, dass er den ganzen Tag nichts gegessen hat. Eva kratzt zusammen, was sie hat, bringt ihm Brot und Margarine, kocht ihm ein Ei, bittet ihn an den Tisch. Die ganze Zeit redet er über seine Arbeit. Er hat keinen Blick für das Ei, löffelt es ohne hinzusehen. Eva hat es nur mit viel Glück bekommen. Es wird immer schwieriger, Essen zu beschaffen, obwohl die Zeitungen schreiben, dass es eine Rekordernte gegeben hat. Gemüse, Obst, Fleisch und Kaffee sind fast gar nicht mehr zu bekommen. Immerhin kann sie Robert Brot und Roggenkaffee sowie dieses Ei vorsetzen. Aber er sieht es gar nicht. »In Drögen werden demnächst die Aktenbestände der Gestapo gelagert«, sagt er kauend, »das bedeutet, wir und die Akten sind dort total sicher.«

Drögen, 1943

In weniger als zwei Wochen haben mehrere Dienststellen des Reichssicherheitshauptamtes einen Umzug aufs Land hinter sich. Eva kann gar nicht fassen, dass es möglich ist, in so kurzer Zeit so viele Mitarbeiter mit derartigen Mengen an Gepäck, darunter eine kleine Bibliothek, umzusiedeln. Nach Drögen gehen nur eine Handvoll Kollegen mit, darunter ein paar Schreibkräfte. Fräulein von Witzendorf und Fräulein Kallies haben es vorgezogen, ihrer Familien wegen in Berlin zu bleiben. Die Hellke will zu einem Bruder ins Saarland. Nur die Lützenkirchen plant nachzukommen.

Es ist ein kühler, feuchter Vormittag, an dem sie in Drögen ankommen. Der Himmel ist schwer von Wolken, aber es regnet nicht. Auf den Feldern ist das Getreide eingefahren. In den Gärten stehen Kohlstrünke: ein krautiges Durcheinander mit scharfen Gerüchen. Knoblauch und Zwiebeln, zu Zöpfen geflochten, trocknen an Zäunen. Dahlien und Sonnenblumen sind verregnet und braun geworden. Vögel kreisen am Himmel, Bussarde, die sich hinter einer Tannenschonung langsam entfernen.

Himmlers Führerschule liegt abgeschieden und entpuppt sich als ein riesiger, kasernenartiger Komplex, der wiederum zu einem verzweigten Gebilde mehrerer Lager gehört: einem Frauenlager, einem Männerlager, einigen Außenlagern. Von Robert weiß sie, dass Häftlinge den Bau errichtet haben.

Unter dem Dach der Führerschule befinden sich die Kammern für die Mitarbeiter.

Evas Kammer am Ende eines langen, dunklen Flures ist schlicht, aber besser als gedacht. Rechts unter einer Wandschräge ist eine Pritsche an die Wand geschraubt. Jemand hat ihr eine Wolldecke, ein Kopfkissen und zwei Laken bereit gelegt. Über der Pritsche hängen ein Kruzifix und ein Weihwasserschälchen. Links vom Bett befindet sich ein Waschtisch, darüber ein Spind mit grauen Blechtüren für das Nötigste, rechts ein Klapptisch aus Holz und zwei Hocker. Einen Ofen gibt es auch, aber er ist nicht angeschlossen. Prüfend setzt sie sich auf die Pritsche. Die Matratze ist gut; nicht so hart wie erwartet. Für eine Kriegsunterkunft ist das, was sie hier vorfindet, mehr als akzeptabel. Das Fenster lässt nur in die Wolken blicken, die an diesem Tag tief hängen und von einem schweren Grau sind.

Im zweiten Stock des Gebäudes befindet sich ein provisorisches Büro für Robert, rechts daneben ein winziger dunkler Raum ohne Fenster, den sie als Arbeitsraum nutzen können. Der Raum ist leer und es dauert, bis sie einen Tisch, einen Stuhl und das Oberteil eines Schrankes organisiert hat, das als Bücherregal taugt. Bücher hat sie zwar wenige mitgebracht, dafür aber die Kartons mit dem Material der Doktorarbeit. Die Kartons erinnern an Berlin, an das Haus in der Curtiusstraße.

Das Gebäude ist hell, sauber und aufgeräumt. Wie in einer Klinik fühlt Eva sich: glänzende Flure, keine Farben, wenig Licht. Es gibt Unterkunftsbauten, Schulungsräume, eine Schießanlage und Garagen. Die Frau, die mit ihnen durch das Haus geht, erklärt ihnen, dass in den Räumen des ersten Stocks Kriminalassistentenanwärter ausgebildet werden, von denen eine ganze Reihe aus Lettland, der Ukraine und Litauen stammen und die nach der Ausbildung in der Polizeischule meist wieder in ihre Heimatländer zurückgebracht würden, um die deutschen Behörden von dort aus zu unterstützen. Die Frau zeigt ihnen den Speisesaal, erklärt die Tischregeln, aber Eva hört nicht richtig zu. Wenn sie in Berlin geblieben wäre, wäre sie vielleicht schon tot. Sie denkt an Robert und ein tiefes Gefühl der Dankbarkeit erfasst sie. Robert hat alles exakt geplant. Er hat Geldmittel beantragt und bekommen. Er hat für eine rechtzeitige Evakuierung gesorgt. Er hat es geschafft, dass sie ihre gewohnten Tätigkeiten fortsetzen kann und sogar das Gehalt trotz aller Kriegswirren weiterhin pünktlich gezahlt wird. Er hat ihr versprochen, dass die Versorgungslage auf dem Land besser ist als in Berlin. Auch das scheint sich zu bewahrheiten. Zum Mittagessen gibt es Erbsensuppe mit Brot, weiße Würste und ein Stück Harzer Käse.

Am Nachmittag hat Robert einen Termin in Tübingen. Er nimmt Eva das kurze Stück mit zum Jugendschutzlager. Normalerweise ist es nur ein Fußweg, aber es regnet und sie ist froh, nicht laufen zu müssen. Der gepflasterte Weg geht über in eine asphaltierte Straße mit geraden Häuserreihen und gepflegten Gärten. Die Scheibenwischer quietschen. Während Robert ihr Knie tätschelt, seine Finger immer höher gleiten und an den Strumpfhaltern nesteln, erzählt er, dass der Lagerkommandant des Frauenlagers zugleich Kommandant des Jugendlagers ist und dass die Fürsorgerin, deren Arbeit Eva übernimmt, entlassen worden sei, weil sie Gespräche der Mädchen erlaubt hatte. Wie er das macht, fragt Eva sich, etwas denken und sagen, aber gleichzeitig etwas ganz anderes tun. Sie lehnt sich zurück, schließt die Augen und lässt seine Hände gewähren.

Von weitem sieht das Gebäude freundlich aus. Blumen blühen in Kübeln und an der Fassade des Kommandanturgebäudes rankt Efeu. Der Stil des Gebäudes ist ländlich geprägt; die Fenster sind klein im Verhältnis zur Fassade und den Mauerflächen. Vor einem breiten Portal stehen SS-Männer mit geschulterten Gewehren, sehen zu, wie Eva aus dem Auto steigt, sich den Rock glatt streicht und Robert hinterher winkt. Die Männer haben Hunde neben sich, denen, leise knurrend, nicht die kleinste Bewegung entgeht. Ihre Augen sind gelb. Einer der Aufseher kontrolliert mit gelangweiltem Gesicht Evas Papiere, verschwindet im Lager und kommt mit einer Blockführerin zurück, einer älteren Frau mit rotem Gesicht, steifer Frisur und einem lahmen Gang, der es offensichtlich lästig ist, sich mit Eva zu befassen, denn sie flüstert mit dem Aufseher und verdreht die Augen.

Hinter dem Portal liegen langgezogene, regendurchweichte Holzbaracken, durch hohe Stacheldrähte, Sichtschutz und Wachen abgetrennt wie Inseln vom Land, abgesondert von einer Landschaft aus Wiesen, Feldern und Seen. »In jeder Baracke ungefähr 20 Stück«, sagt die Blockführerin und meint die Mädchen. Das erste Mädchen, das Eva zu Gesicht bekommt, trägt ein kariertes, langes Hemd, schleppt links und rechts Benzinkanister, die die dünnen Arme kaum tragen können. Hinter dem Kind geht ein Mann in einem langen gummierten Mantel, der vom Regen glänzt. Er schreit auf das Kind ein, treibt es an. Das Kind stolpert, der Mann schlägt zu.

Die Blockführerin geht an den Baracken vorbei und führt Eva zu einem ungepflasterten, matschigen Platz, der von weiteren Gebäuden und einer hohen Mauer begrenzt ist. Pfützen haben sich gebildet. Eva muss achten, wo sie hintritt. Eine Gruppe Neuankömmlinge steht vor einem Tor. Sie müssen schon eine Weile dort stehen, denn die Haare sind nass, ebenso die Kleidung. Taschen und Gepäck hat man ihnen abgenommen. Vor Nässe schlotternd, treten sie von einem Fuß auf den anderen. Niemand spricht. »Alles dort rüber!« schreit die Blockführerin und der kleine Trupp setzt sich in Bewegung, macht den Weg frei für die beiden Frauen.

Plötzlich wird die Blockführerin redselig. Sie spricht schnell und viel zu laut. »Das ist der Appellplatz. Hier gibts jeden Morgen um fünf Frühsport. Dann gehts unter die kalte Dusche. Ist gesund für einen jungen Menschen. Härtet ab. Dann hopp, hopp, schnell anziehen! Betten bauen, ein Stück Brot und einen Kaffee und raus, Klosettplatz sichern. Dann hierher, zum Appell. Ist nur ne halbe Stunde Zeit für alles. Wie wenn man ne Herde Kühe treibt, so ist das manchmal. Danach Einteilung in die Arbeitskolonnen. Am Abend Nachtmahl, nochmal Sport und Putzappell. Ab zehn sind die Baracken verriegelt und es gibt auch keine Toilettengänge mehr.«

»Und wenn nachts mal einer raus muss?«

»Sie müssen nicht.«

Die Frauen nähern sich einem zurückversetzten Bau, dessen Holzfassade schwarz geworden ist von Regen und Wind. Auf den Bänken der winzigen Fenster stehen Töpfe mit abgeblühten Geranien. »Das ist die kriminalpolitische Abteilung. Ihr Arbeitsplatz.« Als Eva einen Blick hineinwerfen will, verzieht die Blockführerin missbilligend das Gesicht. »Sie glauben wohl, ich hab nen Schlüssel für alles? Da müssen Sie bei der Kommandantur fragen. Viel zu sehen gibts da sowieso nicht. Ein Büro halt mit Aktenschränken. Und einen Raum für Vernehmungen.« Eine Frau in Uniform nähert sich. »Heil Hitler!« Die Frau ist untersetzt, trägt einen grauen unförmigen Hosenrock und eine zu kurze Jacke, darunter blank gewichste Schaftstiefel, die an den Waden spannen. Sie stellt sich als Kriminalbeamtin vor, die dafür zuständig ist, dass die Mädchen fotografiert und Fingerabdrücke abgenommen werden. Auch für die Post ist sie zuständig. Sie entscheidet, welche Briefe ankommen, welche nicht.

Die Beamtin übernimmt den Rundgang, während sich die andere grußlos entfernt.

Die Baracken will Eva eigentlich gar nicht sehen, aber die Führerin lässt sich nicht abhalten. Die Schlafsäle sind so, wie sie es in Moringen gesehen hat, mit Dreierpritschen übereinander, Spinden und einem Tisch in der Mitte. Die Mädchen schlafen zu zweit in einem Bett. Tagsüber dürfen sie den Schlafsaal nicht betreten. Eva nickt;

das kennt sie schon. Hinter einer der Baracken liegen zwei Arrestzellen. »Wenn Sie die Zellen sehen möchten?« Die Frage klingt wie ein Befehl. In den Zellen ist es dunkel. Ratten flüchten auseinander, huschen über ein Abflussrohr ins Freie. Es riecht modrig. Das Dach ist nicht dicht; Wasser steht gut einen Zentimeter hoch. In jeder Zelle liegt ein Sack auf dem Boden, obenauf zwei faulige Handvoll Stroh, in dem Maden wimmeln. Kalk rieselt von den Wänden. Boden und Wände sind voller Flecken und Geschmier. Außer dem Sack sind die Zellen leer. Hinter einem winzigen Fenster sieht Eva ein eisernes Gitter. »Bunker nennen sie das«, sagt die Beamtin und beginnt einen Vortrag über Verfehlungen und Strafmaße. Militärisch hört sich das an. Eva betrachtet die Frau von der Seite: ein entschlossenes Gesicht, straffe Frisur, weibliche Formen. Sie hat gehört, dass die Beamtinnen freie Logis haben, gute Verpflegung, eine Uniform, ein ordentliches Gehalt von 190 Mark im Monat und einen leichten Dienst. Sie erinnert sich, dass die Aufseherinnen in Moringen ständig Karten gespielt haben. Die Aufseherin unterbricht ihre Erklärungen, als Männer mit Hunden vorbeipatrouillieren. Noch lange hört Eva ihre gleichmäßigen Schritte.

Auf dem Rückweg werfen sie einen Blick in die Näherei und Wäscherei mit der Entlausungskammer für Kleider, überfliegen den Dienstplan. »Einen Waschraum gibt es auch«, ergänzt die Frau, »aber da ist das Wasser abgestellt.«

»Und Klosetts?«

»Ist auch schwierig.« Als ob sie etwas gutmachen will, fügt sie hinzu: »Dafür haben wir drei Lehrerinnen hier. Eine gibt Turn- und Musikunterricht, die andere Hauswirtschaft, die dritte Gartenbau. Die für den Gartenbau unterrichtet auch Geflügelzucht. Bis vor ein paar Tagen kam eine Fürsorgerin, die die Zöglinge beurteilt hat.«

»Sie kommt nicht mehr«, sagt Eva, »dafür bin ich jetzt hier.«

Gegen Abend fährt sie mit Robert ins nahe Fürstenberg. Der Ort gefällt ihr. Er liegt an der Havel und, wie Drögen, idyllisch zwischen Wäldern und Seen. Überall Wasser, kleine Häuser, Boote. Die Havel glänzt flach in der Sonne. Mit dem Jungdeutschen Orden ist sie einmal hier gewesen und zählt Robert während der Fahrt Seen auf, an die sie sich erinnert: Stolpsee, Baalensee, Röblinsee,

Schwedtsee. Robert meint, dass es noch mehr gebe, aber ihr fallen keine weiteren ein. Damals waren sie zu einem dieser Seen gewandert, später mit Booten havelabwärts gerudert, hatten eine Munitionsfabrik besichtigt und das Schloss, einen imposanten Barockbau auf einer Insel nördlich des Altstadtkerns. Wäre das Schloss nicht, würde sie den Ort kaum wiedererkennen. Nur die Kirche und die roten Ziegeldächer sind so wie in ihrer Erinnerung. Das Schloss dient inzwischen als Lazarett. Robert erzählt ihr, dass Wehrmacht und SS etliche militärische Dienststellen kontrollieren und dass zu diesen Einrichtungen auch das Konzentrationslager gehört, in dem vor allem Frauen inhaftiert sind.

Robert will eine seiner Schriften drucken lassen, aber der Antrag auf geeignetes Papier wird nicht bearbeitet. Sie fahren zu einer Scheune, wo sie von einem Mann erwartet werden, der Papier gehortet hat und lange mit Robert feilscht. Eva hält sich abseits, betrachtet das Ackergerät, das herumsteht, einen verrosteten Pflug, Pferdegeschirr, Teile eines Zaunes. Im oberen Teil der Scheune stehen Kisten, die mit Tüchern verhangen sind. Unmöglich findet sie es, dass Robert von offizieller Stelle nicht genügend Papier bekommt, um seine Arbeiten drucken zu lassen. Peinlich ist das. Gerade jetzt sind Roberts Texte wichtiger denn je.

Drei Kartons mit Papier laden sie schließlich ins Auto.

Auf der Rückfahrt überholen sie eine Arbeitskolonne. Frauen in blau-weiß gestreiften Kleidern und mit geschorenen Köpfen, von SS-Leuten bewacht, heben mit Spaten und Pickeln einen Graben aus. »Das Lager ist voll mit Polinnen, Deutschen, Jüdinnen, Russinnen«, erklärt Robert. »Natürlich auch Zigeunerinnen. Alle sind sortiert und tragen Winkel und Nummer auf dem linken Oberarm.« Eva fallen die Winkel erst auf den zweiten Blick auf. Es sind farbige Stoff-Dreiecke, aufgenäht auf gestreifte Jacken. »Damit erkennst du auch gleich das Land«, sagt Robert und zeigt auf einen Häftling, der Äste von einem Baum sägt, aber so mager ist, dass er kaum die Säge halten kann. »Ein rotes Dreieck mit einem ›F‹ heißt, das ist ein Politischer aus Frankreich. Die Asozialen tragen schwarze Winkel, die Zigeuner braune. Es gibt auch Rosafarbene. Für die Entarteten. Mit den Sterilisationen geht es übrigens hier ruck zuck. Kürzlich grassierte Typhus, was sie aber wieder unter Kontrolle haben. Es gab ein paar Tote. Leider unvermeidlich. Jetzt gibt es also wieder Platz. Na ja, mit dem Lager wirst du nicht so viel zu tun haben. Du wirst nicht oft hin müssen. Vielleicht gar nicht. Sei froh. Ich hab gesehen, wie die Leute dort hausen. Das kann man sich gar nicht vorstellen.«

Auf dem Rückweg sieht Eva Häftlinge im Dorf. Sie harken Wege, mähen Rasen und halten die Gartenanlagen in Ordnung. In einem Garten hätte Eva auch gerne gearbeitet. Sie stellt es sich schön vor, Rosen zu schneiden, Beete umzugraben, Bäume zu pflanzen und immer im Freien zu sein.

Eva ist als Fürsorgerin im Mädchenlager eingesetzt. Es ist dort ähnlich wie in Moringen, nur dass alles größer ist und statt Jungen jetzt Mädchen untersucht werden. Was ihr nicht unbedingt lieber ist, kommen doch, bei den Mädchen stärker als bei den Jungen, die sexuell Verwahrlosten hinzu.

Wie Moringen ist auch das Lager Uckermark von elektrisch geladenem Stacheldraht umzäunt und zusätzlich scharf bewacht. Hunde laufen an den Zäunen auf und ab. Mit Charlotte Toberentz, der Kommandeurin des Lagers, versteht sie sich auf Anhieb. Von täglichem Frühsport spricht die Toberentz, von straffer Lagerzucht, tadellosem Bettenbau, von Ordnungsübungen und Appellen nach Feierabend und an Sonntagen, mit denen sie regelmäßig für eine gesunde Müdigkeit am Abend sorgt. Die Toberentz ist stämmig, mit einem zu kurzen Oberkörper und einer scharfen Falte zwischen den Augenbrauen, die wie eine Narbe in ihrem Gesicht steht. Das längliche Gesicht ist ansonsten flach und ausdruckslos. Das schwarze Haar hat sie fest an den Kopf gebürstet. Sie hat einen eigentümlich schiebenden Gang, wahrscheinlich durch ein Fußleiden verursacht. Sie erklärt Eva das System des Lagers, auf was besonders zu achten ist, auf was weniger. »Ihre Untersuchungen sind entscheidend für den Verbleib hier bei uns oder für eine Überstellung rüber nach Ravensbrück oder in eine Pflegeanstalt. Vielleicht stufen Sie sie ja auch als eingliederungsfähig ein und entlassen sie.« Dabei muss die Toberentz lachen. »Na ja, das wird wohl kaum der Fall sein. Also bei uns ist es so, dass die Mädchen nach der Einlieferung erstmal in einen Beobachtungsblock kommen. Etwa für ein halbes Jahr. In dieser Zeit werden sie untersucht. Da setzt dann Ihre Arbeit ein.«

Sie nickt Eva zu. »Keine leichte Aufgabe, aber Sie haben ja Erfahrung. Sie werden also die Mädchen sichten und ein Urteil abgeben, wie weiter verfahren werden soll. Wir haben hier viele Fürsorgezöglinge. Die meisten sind vorbestraft. Einige geschlechtskrank. Da müssen sie aufpassen. Die meisten sind völlig verkommen. Das ist natürlich kein Wunder, wenn man die Familien ansieht, in denen sie aufgewachsen sind. Fast immer sind die Eltern geschieden, oft Trinker, die Mütter verdienen ihr Geld mit Prostitution. Na ja, so ist es eben.« Die Toberentz seufzt und unterbricht das Gespräch, um einem der Aufseher einen Schlüssel zu geben. Dann fährt sie fort. »Nach dem Aufnahmeblock entscheiden Sie also, in welche Blocks die Mädchen verlegt werden sollen. Die unteren sind die schlimmsten. Dort haben wir die hemmungslos Triebhaften, die Querulanten, die Kriminellen. Viele sexuell Verirrte. Das glauben Sie gar nicht. Mit denen machen wir kein Federlesens. Momentan sind Sloweninnen dort, die in der Partisanenbewegung aktiv waren. Ansonsten Jüdinnen, Zigeunerinnen, Politische, auch Swing-Jugend. Die Jüdinnen sollen demnächst rüber nach Ravensbrück. Aber das entscheiden Sie ja jetzt. Wer sich im Aufnahmeblock bewährt, kann in den mittleren Block aufsteigen. Aber nur bei sehr guter Führung. Die Unerziehbaren bringen wir in einem Sonderblock unter. Vor ein paar Tagen erst haben wir eine 17-Jährige dort hingebracht. Sie war nur in Kinderheimen. Die Eltern sind geschieden und haben sich nie gekümmert. Von Anfang an war sie verlogen und diebisch. Vollkommen zügellos. Sie hat versucht, eine Gruppe von Mädchen aufzuwiegeln. Sie haben Zettel mit Sprüchen wie ›Nieder mit den Nazis‹ auf die Straße geworfen. Sechs Monate Gefängnis waren das Resultat. Hier hat sie versucht, ein paar Mädchen zu überreden abzuhauen. Ein äußerst primitives Mädchen. Verwahrlost und komplett erziehungsunfähig. Natürlich charakterschwach. Aber von der Sorte haben wir viele.«

»Wie viele sind es?«

»Etwa 800. Die meisten rücken frühmorgens aus und kommen abends ins Lager zurück. Sie arbeiten auf den Gütern der Großgrundbesitzer oder in deren Küchen. Die Zarteren schicken wir in die Bastelwerkstatt. Sie fabrizieren Spielzeug.« Eva stellt sich Holzpferdchen und Puppen vor. »Und die anderen?«

»Ein paar sind drüben im Frauenlager und arbeiten in der Militärschneiderei. Die Kräftigeren müssen in die Kiesgrube oder in den Sumpf. Wir sind dabei, ein Sumpfgebiet trocken zu legen. Aber wir haben auch eine Stickerei, eine Schneiderei und einen Zuchtbetrieb für Angorakaninchen. Die Firma Siemens verfügt über zwei Baracken. Überlandtelefone und Mikrofone werden dort hergestellt. Die Arbeitsplätze sind natürlich begehrt, weil sie im Trockenen liegen.«

»Und die Bewachung?«

»Das haben Sie ja gesehen. SS. Ach ja, eine wichtige Regel: Die Mädchen dürfen nicht miteinander sprechen. Wenn sie es tun, gibts Essensentzug oder Strafestehen.«

Da sieht die Toberentz ein Mädchen, ein halbes Kind, das auf dem Boden kauert und sich den Bauch hält. In diesem Moment gleichen ihre Züge denen einer hungrigen Wölfin. Sie stürzt sich auf das Kind, reißt es vom Boden, schüttelt es, schreit sich die Stimme heiser über die Bosheiten, Frechheiten und Dummheiten der Häftlinge, bis einer der SS-Männer heraneilt, sich das Mädchen packt und hinter sich her über den Gang schleift. Der Flur hallt vor Geschrei. Noch lange danach hat die Toberentz ein vor Wut gerötetes Gesicht.

Eva friert in der Nacht. Das Zimmer ist nicht geheizt und die Decke zu dünn. Sie reibt die Füße aneinander, steht auf, zieht Socken an und schläft trotzdem nicht. Das Fenster will sie nicht schließen, weil sie den muffigen Geruch der alten Möbel nicht erträgt. Manchmal hört sie, wie draußen Leute miteinander sprechen und Hunde anschlagen. Das Bellen der vielen Hunde reißt auch nachts nicht ab. Ebenso wenig wie das gereizte Fluchen der Aufseherinnen, manchmal polnisch, und das wimmernde Klagen der Mädchen.

Am Tag, als Eva ihren Dienst antritt, regnet es. Sie ist froh, dass sie nicht in der Kommandantur untergebracht ist. Alles dort ist laut. Die Lagersirene geht schon um Fünf los.

Zum Büro ist es nur ein Fußweg. Die frische Luft tut gut.

Auf dem Appellhof stehen Mädchen zusammen. Alle tragen Sträflingskleider. Sie drehen neugierig die Köpfe, als Eva über den Hof geht. SS-Aufseherinnen teilen die Mädchen in Gruppen ein. Bei der Selektion sitzt jeder Handgriff. Links rüber, rechts rüber. Die einen in die Munitionsfabrik, die anderen ins Feld. Dann ist der Platz leer und für kurze Zeit herrscht Ruhe.

Den Vormittag über sichtet Eva Akten und beschließt, mit den Mädchen anzufangen, die länger als drei Monate im Aufnahmeblock sind.

Eine Erzieherin bringt die Mädchen, alphabetisch nach Namen geordnet, in den Aufnahmeblock, was Eva recht ist, denn ungern betritt sie die Baracken. Die Erzieherin bleibt bei den Verhören dabei. In Uniform und mit vor der Brust verschränken Armen sitzt sie mit gleichgültigem Gesicht neben der Tür. Wenn Eva sie nicht dabei haben will, steht sie draußen und wartet, bis sie die Mädchen wieder in die Baracken bringen kann.

Die Mädchen sehen alle gleich aus mit den aufgesprungenen Lippen, den geschorenen Haaren, der pickeligen Haut. Sie haben bunte Fetzen von Tüchern um die Schultern und wenn sie keine Häftlingskleider tragen, kommen sie in zerlumpten Kleidern und zerrissenen Jacken. Die Wenigsten haben Strümpfe. Beine und Füße sind voller blauer Flecken, Narben, Wunden und Krusten. Die blutigen Stellen an den Beinen haben sie mit Stofffetzen umwickelt. Hübsch ist keines.

Die Mädchen waschen sich nicht. Essen ist das einzige, was sie im Kopf haben. Dafür würden sie alles tun. Eva hat sie im Speisesaal beobachtet und die Gier in den Augen gesehen. Auch die üblen Tischmanieren.

Einige sind geschlechtskrank, weil sie sich mit Fremdarbeitern eingelassen haben. ›Rassenschande‹ steht in ihren Akten. Eva scheut sich die Mädchen anzufassen, besonders die, die wegen Prostitution eingesperrt wurden. Zuwider ist ihr das, allein der Gedanke ekelt sie. Alle sind voller Ungeziefer. Flöhe und Läuse sind nicht in den Griff zu bekommen.

Die Gespräche mit den Mädchen sind fruchtlos. Bei allem, was sie sagen, dominiert die Lüge. Wahres und Erdachtes sind unentwirrbar miteinander vermischt. Manche Mädchen, besonders die Zigeunerinnen, haben einen Höllenspaß daran, Eva in die Irre zu führen. Sie erzählen von reichen Onkeln, schönen Häusern, in denen sie angeblich gelebt haben, von Reisen über die Alpen oder an die

See, vom Goldschmuck der Mutter. Eva erkennt ihre Lügen an der Art, wie sie sich bewegen, wie sie dasitzen. Besonders die kessen Mädchen widerstreben ihr. Sie haben etwas Anreizendes in ihren Bewegungen und in ihren Blicken, das Eva mit Essensentzug auszumerzen versucht.

Irgendwann sitzt auch die 17-Jährige, die zur Flucht aufgewiegelt und Zettel gegen die Nazis verbreitet hat, vor Evas Schreibtisch und tut so, als sei sie die Unschuld in Person. Die Toberentz hatte sie beim Versuch erwischt, sich vor der Arbeit zu drücken. Krank gestellt hat sie sich, getan, als ob sie nicht laufen könnte. Daraufhin hat man ihr eine Falle gestellt. Ein kleines Stück Brot als Köder auf einer Fensterbank hatte gereicht, dass ihre Bewegungen wieder normal wurden.

Bei Eva tut sie unschuldig. Dass sie Schmerzen hat, wiederholt sie und verzieht permanent gequält das Gesicht, das von einer Lippenspalte verunstaltet ist. »Monate war ich draußen im Sumpf. Knochenarbeit ist das. An manchen Stellen sinkt man einen halben Meter tief ein. Wir haben Spaten, stechen Vierecke aus und schichten alles auf Haufen. Wir ziehen auch Rinnen, richtige Gräben. Von März bis in den November haben wir im Sumpf gestanden. Und alles ohne Schuhe.« Das Mädchen ist den Tränen nahe. »Ihr habt Schuhe«, sagt Eva und deutet auf die Holzpantinen, die das Mädchen trägt. »Ja, aber die ziehen wir aus, damit sie nicht schmutzig werden. Schmutzige Schuhe werden bestraft.«

»Du bist also zu faul, deine Schuhe zu reinigen?« Das Mädchen antwortet nicht und Eva macht sich Notizen. »Die Arbeit im Sumpf war doch eine Strafe, soweit ich weiß.«

»Ja, aber ich habe nichts getan.«

»Du hast nichts getan? Und was war mit den Zetteln gegen die Partei?«

»Das war ich nicht.« Wieder notiert Eva, was zu notieren ist. Das Mädchen lügt. Eindeutig. Sie lässt die Jugendliche auf und ab laufen, beobachtet ihre Haltung. Unmöglich kann sie hier im Lager bleiben. Sie würde die anderen aufwiegeln und für Unruhe sorgen. Dann ruft sie nach der Erzieherin, die das Mädchen hinausführt.

In Drögen fühlt Eva sich sicher. Zwar treiben auch hier Sirenen die Leute in die Keller, aber die Bomberverbände halten sich nicht auf, sondern fliegen weiter Richtung Berlin. Manchmal, in hellen Nächten, steht der Schein der brennenden Reichshauptstadt am Himmel. Ein unheimliches Spiel ist das. In Drögen ist bisher nicht eine Bombe gefallen und auch die Verpflegung ist besser.

Robert kommt entweder sehr spät oder gar nicht. Sie sehen sich seltener als früher. Zweimal treffen sie sich auf Evas Zimmer. Zweimal auch in einer Pension in Fürstenberg, wo Robert der Wirtin für ihre Verschwiegenheit neben Geld auch zwei Mädchen für die Küchenarbeit kostenlos zur Verfügung stellt. Die Nächte in der Pension sind das Schönste seit langem. Sie lenken ab von der Arbeit, vom Krieg, vom Elend, dem sie täglich begegnet. Robert empfindet wie sie. »Bei dir kann ich alles vergessen. Dann ist mein Kopf leer, einfach leer, frei von all dem Zeug, das ich mit mir herumschleppe. Du glaubst gar nicht, wie gut das tut.« Robert liebt sie. So deutlich hat sie das nie gespürt.

Aber dann, ganz plötzlich, bricht Robert die Verabredungen ab. Einen Grund gibt es nicht. Jedenfalls keinen, den sie benennen kann. Jeden Abend wartet sie, hält sich bereit. Sie grübelt und überlegt. Aber Robert kommt nicht.

Mehrfach setzt sie an, will ihn fragen. Aber entweder ist die Situation nicht passend oder es ist jemand in seiner Nähe. Von sich aus sagt er nichts.

Sie fragt sich, was sie falsch gemacht oder übersehen haben könnte. Vielleicht hat er genug von ihr und kann es nicht sagen. Eine zersetzende Angst nistet sich ein, frisst sich tiefer und tiefer. Ihre Arbeit erledigt sie mechanisch, kann sich kaum konzentrieren. Abends ist der Schmerz am schlimmsten. Wie betäubt liegt sie da, starrt mit offenen Augen die Decke an.

Eine Woche lang wird sie im Frauenlager eingesetzt. Die Frauen dort sterben wie die Fliegen. Jeden Tag werden weiche, weiße Körper in ausgehobene Erdkuhlen geschleppt. Die Bilder fressen sich in ihren Kopf. In der Nacht werden sie manchmal lebendig. Dann springen die toten Frauen von den Schubkarren, reißen sich die blau-weiß gestreiften Häftlingskleider vom Leib, rennen nackt gegen die Zäune. In einem der Träume gehen die Frauen mit geballten Fäusten aufeinander los. Ihre Schläge sind schlimmer als die der Aufseherinnen.

Eva ist froh, als sie wieder ins Mädchenlager zurück kann. Dann ist sie Robert näher. Aber Robert kommt nicht. Einsam fühlt sie sich. Allein gelassen an einem fremden Ort, in dem der Regen nicht aufhört. Die Lagerstraßen haben sich in kleine Seen verwandelt. Trockenen Fußes überquert sie niemand. Es regnet am Morgen, am Mittag, am Abend. Nur in der Nacht merkt sie es nicht.

Aber dann werden die Tage noch mal wärmer, einmal sogar fast schwül. Ein letzter Protest des späten Sommers. Abends taucht die Sonne den Himmel in feuerrotes Licht. Fast unmerklich wird es Herbst. Sanft und warm ist der Übergang, bis der Regen zurückkommt. Sturzbäche überfluten die Regenrinnen, zerfurchen Gärten, in denen braune, faulige Strünke stehen, Reste von Herbstblumen, die keine Zeit mehr haben zu welken.

Schon kriecht Kälte auf die Haut. Der Himmel sieht aus wie mit Blei gefüllt. Schwarze Vögel lärmen auf Strommasten. Fliegen retten sich vor den Nachtfrösten in die Kammern. Sie summen anders als im Sommer, drehen sich auf ihre Rücken und leben nicht mehr lange. Nebel zieht auf, hängt über den Häusern und verzieht sich auch während des Tages kaum. Täglich grauer Himmel. Teile des Lagers sind wie verschluckt, selbst die Gebäude gegenüber stehen wie hinter einem Vorhang.

Bald entlaubt ein eisiger Wind die Bäume und zwingt die Leute in dicke Jacken. Raureif überzieht Hecken und Sträucher und verwandelt sie in bizarre Schönheiten.

Dann fällt Schnee und türmt sich meterhoch. Jeden Morgen sind sie eingeschneit. Die Straßen werden kaum vom Schnee geräumt. Autos bleiben in den Verwehungen stecken und alle paar Stunden muss geschippt werden. Manchmal müssen die Bauern mit ihren Pferden helfen, die Wagen aus den Gräben zu ziehen.

Plötzlich steht Robert doch wieder in ihrer Kammer, drängt sie ins Bett. Sie zögert, will es ihm nicht zu leicht machen, fragt, warum er sie so lange allein gelassen hat. Er entschuldigt sein Fortbleiben mit der vielen Arbeit, mit der Sorge um seine Familie, lobt sie für ihren Einsatz im Frauenlager, erzählt, dass trotz der Bomben die Arbeitsfähigkeit der Standorte in Mecklenburg, Bayern, Württemberg, im Hannoverschen und im Sudetenland wieder voll hergestellt sei, und verrät ihr, dass er in den Mariaberger Heimen, wo er früher geforscht hat, Räume für sich und für sie hat beschlagnahmen lassen. Als Ausweichquartier. Falls es mit dem Endsieg schief gehen sollte und die Roten doch noch die Front überrollen.

Es ist das erste Mal, dass er so etwas andeutet.

»Ich lass dich doch nicht allein«, sagt er und dieser Satz genügt, um die Ängste und das Vage der letzten Wochen wegzufegen wie der Wind die Blätter. Sie ist wie benommen. Robert ist wieder da. Er nennt sie seine Kameradin. Seine Worte wärmen und geben Kraft.

Gute Wochen brechen an.

Es ist ein kalter, frostiger Tag, als er sie frühmorgens zu sich ins Arbeitszimmer ruft. Sie sind noch allein auf der Etage. Er sitzt hinter dem Schreibtisch und hält ein braunes Kuvert in der Hand. »Geheim«, sagt er, während er einen Brief aus dem Umschlag zieht. Jede Seite ist gestempelt. Schwarze Adler mit Hakenkreuzen. ›Zur besonderen Beachtung‹ steht auf dem Deckblatt. »Himmler hat in Posen auf der SS-Gruppenführertagung gesprochen. Fast drei Stunden lang. Jemand, den ich kenne, hat mir Notizen zugeschickt. Himmler redet sehr offen. Ich meine, er geht erstaunlich offen mit allem um. Ich möchte, dass du das liest. Wenn du fertig bist, bring mir die Seiten zurück. Es steht was drin über die Judenevakuierungen.«

Eva ist irritiert, aber auch erfreut, dass er ihr die Sachen anvertraut. Sie nimmt die Blätter und will hinausgehen. Da entscheidet Robert anders. »Nein«, sagt er, »lies hier. Davon darf nichts nach draußen gelangen. Setz dich und lies.« Sie ist verunsichert.

Er steht auf und geht zur Tür. Der Schlüssel klackt. Noch bevor sie etwas sagen kann, ist er bei ihr, fasst ihren Kopf und küsst sie. Dann nimmt er ihr die Blätter aus der Hand, reißt an den Knöpfen ihrer Bluse und drängt sie zu Boden.

Später sitzt sie auf dem Sessel vor dem Fenster und blättert sich durch einen eng geschriebenen, schwer lesbaren Brief ohne Absender und Unterschrift. Dass Himmler wahrheitsgetreu, so liest sie, die SS-Führer über die gegenwärtige Situation, das bisher Erreichte und seine Pläne für die Zukunft informiert hat. Der Brief ist lang. Sie liest eine ganze Weile. Himmler hat anscheinend nichts ausgelassen: die Russen, Italien, der Luftkrieg und die Seekriegsführung, der Balkan, England und Amerika, die Kommunisten. Mit seinen Ideen ist sie nicht immer einverstanden. Seinen Hang zum Germanentum versteht sie nicht und auch nicht die seltsamen Eheregelungen, die, Gerüchten nach, selbst der Führer seltsam findet. Während sie die Seiten umblättert, spürt sie, dass Robert sie ansieht. »Du brauchst das nicht alles zu lesen.« Er will wissen, an welcher Stelle sie ist. »Hier geht es um die USA.« Er kommt hinter dem Schreibtisch hervor, nimmt ihr die Seiten aus der Hand und befeuchtet den Finger. Ungeduldig blättert er. »Warte, es ist ziemlich am Schluss.« Nur die Seite, die er gesucht hat, gibt er Eva zurück. »Das ist der Teil, in dem was über die Juden steht.« Wieder beginnt Eva zu lesen. »Hier? Die Aufgaben der SS?«

»Nein, auch das nicht. Aber das da, ganz unten.« Ihr Blick überspringt eine halbe Seite und strauchelt schon bei den ersten Zeilen. Sie liest ein paar Sätze, dann fängt sie wieder bei der ersten Zeile an und hebt die Stimme: »Reichsführer SS hat in aller Offenheit auch ein sehr schweres Kapitel angesprochen. Eines, über das er in der Öffentlichkeit bisher nie geredet hat. Es ging um die Judenevakuierungen und die Ausrottung des jüdischen Volkes. Er hat eingestanden, dass diese Dinge leicht auszusprechen, aber schwer zu tun sind. Wir sind natürlich bereit zu allem und unterstützen die Sache. Es steht ja auch im Programm. Und wie es dann so ist, kommen etliche an und jeder kennt einen anständigen Juden, den er verschonen möchte. So geht es ja schließlich vielen von uns: Die anderen sind Schweine, ganz klar, aber der, den man kennt, ist ein prima Jude. Reichsführer SS hat deutlich gemacht, dass von allen, die so reden, keiner zugesehen und keiner es durchgestanden hat. Er ist sich im Klaren darüber, dass wir alle wissen, was es heißt, wenn 100 Leichen daliegen, wenn es 500 oder sogar 1.000 sind.« Sie macht eine Pause, wiederholt die letzte Zeile, liest weiter. »Angesichts der Judenvernichtung hat Reichsführer SS uns allen ein Lob ausgesprochen für die gezeigte Härte und versichert, dass wir, abgesehen von Ausnahmen menschlicher Schwächen, dies nicht nur durchgestanden haben, sondern dabei auch anständig geblieben sind. Wir haben diese schwerste aller Aufgaben in Liebe zu unserem Volk erfüllt, ohne seelischen oder charakterlichen Schaden genommen zu haben. Dass wir unverdorben geblieben sind, sieht man auch daran, dass wir uns nicht am Besitz der Juden bereichert, sondern das beschlagnahmte Vermögen dem Reich zugeführt haben. Die Partei hat sich absolut nichts davon genommen.« Eva sieht vom Blatt auf. Robert sitzt zurückgelehnt und betrachtet seine Fingernägel. Niemand spricht. Sie steht auf, legt den Brief auf den Schreibtisch zurück. Robert greift danach und legt ihn zu anderen Briefen in eine abschließbare Schublade.

Drögen, 1943/ 1944

Der Winter in Drögen ist lang und kalt. Eva verlässt nur selten das Haus. Die meiste Zeit verbringt sie in Roberts Arbeitszimmer, wo sie Akten sichtet und Berichte schreibt. Sie hat das Gefühl, dass das Haus fensterlos ist, dass es sich mehr und mehr zusammenzieht und schrumpft. Alles ist eng geworden und seltsam weniger. Knapp sind auch die Vorräte, die sie sich teilen, die abgezählten Holzstücke, die nie richtig wärmen. Das Frühjahr beginnt mit Regen. Kein Tag ohne Nässe, verschlammte Wege, verdreckte Schuhe. Im Mai unterbricht eine gute Nachricht den öden Tag. Robert hat herausgefunden, dass die Druckfassung ihrer Doktorarbeit schon im März in einer Auflage von 120 Exemplaren an die Universität ausgeliefert worden ist. »Damit ist dein Promotionsverfahren abgeschlossen. Die Arbeit ist gesichert. Das Untersuchungsmaterial brauchst du nicht mehr«, sagt er mit Blick auf die Kisten, die sie in ihrem Regal verwahrt. »Das kann alles weg.«

Tage später hält sie das erste Exemplar in der Hand. Robert sieht die Arbeit nicht mehr an. Für ihn ist das Thema erledigt.

Immer öfter spricht Robert davon, nach Mariaberg, ins Württembergische, zu ziehen. Die Russen sitzen ihm im Nacken, sagt er. Dem Reichssicherheitshauptamt gegenüber begründet er die Übersiedelung damit, dass er dort seine Asozialen- und Landfahrersippen weiter bearbeiten werde und alle Unterlagen bereits dorthin gebracht hätte. Diesmal allerdings sollen seine Frau und die Kinder mitkommen. Eva versucht ihm das auszureden.

Der Umzug wird genehmigt. Robert hat wieder diesen Schaffensdrang, den sie immer an ihm bewundert hat. »Alles muss mit. Alle Arbeiten, die Schriften, die Sonderdrucksammlung, die wichtigsten Bücher. Mariaberg liegt nicht weit von Tübingen. Es gibt eine Heilanstalt dort. Wir werden mit Fräulein Ehrhard und dem Kollegen Würth eng zusammenarbeiten. In der Hauptsache geht es um Jugendliche.«

Wieder packen sie Kisten und Koffer.

Während Eva in ihren Unterlagen blättert und überlegt, was sie behalten und was wegwerfen soll, registrieren Polizeibeamte in

Mulfingen im Auftrag des Reichssicherheitshauptamtes die Heimkinder und füllen für jedes von ihnen ein Formular zur Hafteinweisung aus. Dann nehmen sie Fingerabdrücke und machen von jedem Kind ein Foto.

In der Zeit, in der Eva die Unterlagen bündelt und beschriftet, fährt in Mulfingen ein grauer Postbus auf den Hof des Heims. Fräulein Nägele steht mit zwei Schwestern vor den versammelten Kindern, liest ihre Namen von einer Liste ab, macht ein Häkchen hinter jeden Namen. Manche der Kinder sehen beunruhigt aus, andere freuen sich. Dass sie einen Ausflug machen, sagt die Schwester Oberin, einen schönen Ausflug. Nein, nicht an den Bodensee, sagt sie, als eines der Mädchen fragt. Deshalb dürfen sie auch Brote mitnehmen und ihre Spielsachen.

»Stellt euch auf! Zwei und zwei!« Fräulein Nägele sieht aus, als ob sie heulen will. Den Großen streicht sie über den Kopf. »Passt gut aufeinander auf. Seht nach den Kleinen.« Auch die Schwester sieht verstört aus. »Also kommt jetzt! Alles einsteigen!« Als die ersten Kinder in den Bus steigen, zwei und zwei und Hand in Hand, und eine der Schwestern ›Auf du junger Wandersmann‹ anstimmt, fängt Kajetan plötzlich an zu schreien. Er hat Polizisten entdeckt, die den Bus begleiten, will wegrennen, wird aber schnell eingeholt. Er tobt und tritt nach der Schwester, die ihn am Kragen packt und zum Bus zurückschleift. Unruhe bricht aus, auch andere Kinder wollen weg. Sie lassen sich nur beruhigen, als die Schwester Oberin ihnen versichert, mitzufahren. Dann werden alle in den Bus geschoben. Anton sitzt neben Karli. Sie hocken dicht nebeneinander und warten, dass es losgeht.

Als Eva eine Widmung an die Mutter in ihre Arbeit schreibt, beugt Robert sich über ihre Schulter. »Es wird dich interessieren, Eva. Ich habe gerade mit Nebe telefoniert. Sie haben einen neuen Arzt in Auschwitz. Dr. Mengele. Kannst du dich an ihn erinnern? Er war mal bei mir. Er ist sehr erfahren, hat unzählige Gutachten für Sterilisationen geschrieben. Er forscht an unseren Zigeunerkindern. Stell dir vor, er nennt sie seine Meerschweinchen.«

»Seine was?« Über die Meerschweinchen muss sie lachen.

Es ist ein großer Stapel Papier, den sie ausrangiert hat. Sie überlegt, was in knappen Zeiten mit Papier zu machen ist. Sie will Robert fragen. Als sie das fast leere Regal abwischt und die verbliebenen Bücher der Größe nach arrangiert, hört sie, wie zwei Aufseherinnen im Flur auf und ab gehen und sich mit vorgehaltener Hand Witze erzählen. »Nächstens gibt es mehr Butter, weil die Führerbilder entrahmt werden«, sagt die eine. Die andere kontert: »Zarah Leander wird ins Führerhauptquartier verpflichtet. Sie muss dem Führer vorsingen: Ich weiß, es wird einmal ein Wunder geschehn ...« Die Tür steht offen. Eva sieht, wie sie die Gesichter in den Beugen der Arme vergraben. Ihre Rücken zucken vor Lachen.

Etwa zur gleichen Stunde werden auf dem Bahnhof Crailsheim die Kinder in Waggons verladen. Den Transport übernehmen SS-Männer, die den Kindern erklären, dass sie sich an den Bahnhöfen von den Fenstern des Wagens fern zu halten haben. Drei weitere Kinder steigen zu sowie die hochschwangere Anna Reinhardt. Dann wird der Waggon an einen Zug nach Auschwitz angekoppelt.

Mit einer Schnur hat Eva einen der aussortierten Kartons umwickelt und »Unterlagen Doktorarbeit« draufgeschrieben. Eine der Küchenhilfen sieht um die Ecke und fragt, ob sie einen Kaffee brühen soll. Eva lehnt ab. Der Malzkaffee wird immer schlechter. Auch Robert mag keinen Kaffee. Er sieht nur bei Eva vorbei, weil er einen Schlüssel verlegt hat. Dass es in Auschwitz einen Aufstand gegeben hat, erwähnt er. Dass sich die Zigeuner gewehrt haben. Vorstellen kann er sich das nicht. »Sie sind doch in einem Familienlager«, sagt er, während er den Schlüssel sucht. »Was wollen die denn immer noch?«

Während Robert seine Taschen durchwühlt, sitzt in Mulfingen die Lehrerin Johanna Nägele an einem Pult in einem der Klassenräume und notiert ins aufgeschlagene Klassenbuch in die Rubrik Besonderheiten vierunddreißig Namen und vierunddreißig Mal das Ziel der Reise:

Friedrich Eckstein, am 09.05.1944 eingewiesen nach Auschwitz,
Martin Markus Eckstein, am 09.05.1944 eingewiesen nach Auschwitz,

Amandus Eckstein, am 09.05.1944 eingewiesen nach Auschwitz,
Rosa Georges, am 09.05.1944 eingewiesen nach Auschwitz,
Anton Köhler, am 09.05.1944 eingewiesen nach Auschwitz …

Am Ende tut Fräulein Nägele die Hand weh.

Mariaberg, Sommer 1944

Wieder ist Roberts Wagen vollgepackt bis unters Dach. Es ist später Abend, als sie losfahren. Der Verdunklung wegen hat Robert nur das Parklicht eingeschaltet. Schwarz liegt die Straße. Schwarz stehen auch Hecken und Sträucher gegen einen violett zerzausten Himmel. Eva hat eine Straßenkarte aufgeklappt. Robert redet gegen die lauten Motorengeräusche des Fahrzeugs an. »Das Zigeunerlager in Auschwitz ist voll bis zum Rand. Von 20.000 ist die Rede.« Er sieht zufrieden aus. »Früher ging alles viel langsamer. Inzwischen wird unverzüglich sterilisiert. Die Zustände dort sind allerdings grauenhaft, wie man hört.« Er redet über die Landschaft, über einen Kollegen, über das Wetter. Dann kommt er wieder auf die Arbeit zurück. »Mit dem Zigeunerarchiv haben wir ungemein wertvolle Arbeit geleistet. In diesem Umfang ist so was noch nie gemacht worden. Historisch einmalig. Jetzt ist das Archiv der Asozialen und der Mischlinge dran. Und das der Landfahrersippen. Wir werden Zeit haben. Und Ruhe.« Eva faltet die Straßenkarte zusammen und legt sie zurück ins Handschuhfach. Zum Lesen ist es zu dunkel. Er legt eine Hand auf ihr Knie, schiebt ihr, während er den Wagen über eine holprige Allee lenkt, den Rock hoch. Die Hand streichelt und knetet ihre Schenkel, arbeitet sich vor. Ihr Atmen wird lauter. In einem Dorf kurz vor Leipzig hält er an. Für ein paar Groschen vermietet ihnen eine fettleibige Wirtin in einer heruntergekommenen Herberge ein Zimmer unterm Dach. Das Zimmer ist so klein, dass man mit der Tür gegen das Bett stößt.

Eva hat mit dieser Unterbrechung nicht gerechnet. So oft hat Robert von einem gemeinsamen Urlaub geschwärmt. Jetzt fühlt sie sich so.

Robert hat es eilig, mit ihr allein zu sein. Die Nacht ist voller Umarmungen. Roberts Atem an ihrem Ohr, auf ihrer Schläfe. Es gibt keine Stelle ihres Körpers, die er in diesen Stunden nicht berührt.

Das Essen am anderen Morgen ist reichlich. Es gibt Brot mit Schinken. Dazu warme Milch, frisch von den Kühen. Als sie aufbrechen, sehen sie, dass der Ort heil geblieben ist. Keine Einschläge an den Häusern. Keine Tiefflieger.

Der Weg Richtung Süden zieht sich.

Von Gammertingen aus trägt die Straße sie höher und höher, vorbei an Hängen und Wäldern. Hier und da liegen Kühe auf satten Wiesen. Bergrücken kommen schwankend entgegen. Das Nieselwetter ist in Regen übergegangen. Die Scheibenwischer des Wagens bewegen sich wie rasend gewordene Fliegenbeine hin und her. Der Ort scheint noch zu schlafen. Das Heim, ein ehemaliges Kloster, liegt im Tal der Lauchert, einem Nebenfluss der Donau. Es erhebt sich über einem Felsen und ist umgeben von Wald. Satte grüne Wiesen, eine Handvoll Gehöfte gibt es, breit über die Wiesen gelagert, Scheunen und Ställe, Misthaufen auf denen Hühner kratzen, ein Waschhaus, eine Bahnlinie, eine Straße, die in südlicher Richtung nach Sigmaringen führt, in nördlicher nach Reutlingen. Zwischen Böschungen schlängelt sich die Lauchert durch Wiesen und Ackerflächen. Felderweit reifes Korn, Obst, Mais. »Hier werden wir nicht verhungern«, meint Robert und zeigt über die Fluren. »Du siehst ja selbst, viel Land und viele Bauern.« Er schwärmt von frischer Milch, erinnert sich, früher einmal selbst gemolken zu haben. »Frisch aus dem Euter, weiße, schaumige Milch«, lacht er, »davon träumen sie in Berlin.«

Der Regen lässt nach. Dunst klebt noch am Boden, taucht alles in ein helles, magisches Licht. Saatkrähen lärmen aus den Kuhlen der Felder. Auch in Baumkronen sitzen welche.

Mariaberg scheint unberührt vom Krieg, unberührt von Bomben. Die Häuser sehen heil aus. Nicht einmal Dachziegel sind von den Dächern gefallen. Ein alter Mann steht in einer Tür. Die Hand über den Augen sieht er dem Wagen hinterher. Ein Hund jault und zerrt an einer Kette.

Robert parkt den Wagen im Innenhof eines weiten Gebäudekomplexes mit Klosterkirche, Wohngebäuden, Speichern und Schuppen, deren Dächer schwarz sind vom Regen. Er ist ein paar Mal hier gewesen, er erzählt es beiläufig. »Zuerst haben Dominikanerinnen hier gelebt, dann Benediktinerinnen. Das ist lange her. Dann, nach der Verstaatlichung, ist eine Heilanstalt daraus geworden. Epileptiker und Schwachsinnige hat man hier behandelt. Ich habe mich mehrfach davon überzeugt, dass sie unsere Maßgaben umsetzen und ich muss schon sagen, dass sie es getan haben. Hier wurden also einige von der Fortpflanzung abgehalten. Die meisten sind mittlerweile in andere Anstalten verlegt, beispielsweise nach Grafeneck. Übrig geblieben ist nur eine Gruppe verhaltensauffälliger Kinder. Ein Lazarett für die Wehrmacht gibt es auch.«

Der Mann, der sie in Mariaberg in Empfang nimmt, stellt sich als Vertreter des Anstaltsleiters vor. Der Anstaltsleiter selbst sei in Gefangenschaft geraten und keiner wisse etwas über seinen Verbleib. Michael Keller hat stechende Augen, einen schmallippigen Mund und eine gebogene Nase. Seine wenigen Haare sind mit Pomade eingefettet und glattgekämmt. Er sieht nicht so aus, als sei er begeistert über den Zuzug und behandelt selbst Robert nicht wie einen Höhergestellten und auch nicht wie einen ausgebombten Heimatlosen. Er führt sie herum, zeigt aber nur das Nötigste: Ess- und Aufenthaltsräume, Waschräume. Alles nüchtern, fast steril. Obwohl einige Räume leer stehen, spricht er von Platzproblemen und kündigt an, dass die Essensrationen knapp bemessen sein werden, auch das Petroleum für die Lampen, überhaupt alles. Der Arbeitsraum, den er ihnen zuweist, ist hoch und hell, aber zu klein. Der Gekreuzigte hängt im Winkel über der Tür.

Evas Kammer unterm Dach hingegen ist düster und niedrig, mit abgenutzter Einrichtung: einem Ofen, einem Waschbecken mit Spiegel und einem eisernen Bett, das in Ermangelung eines Stuhls gleichzeitig als Sitzgelegenheit dienen muss. Auf einem wackligen Tisch liegt ein fleckiges Spitzendeckchen. Jemand hat Äpfel auf einer Zeitung ausgebreitet. Verschrumpelt und angefault kleben sie aneinander. Ein Geruch nach Verfall. Eva schiebt sie beiseite und faltet die Zeitung auseinander. Es ist eine abgegriffene Illustrierte vom Sommer 1942. Ein Trupp schwer bewaffneter Soldaten ist auf der Titelseite abgebildet. Darunter in Großbuchstaben: Lachende Sieger von Sewastopol. Und kleiner: »Die Stadt Sewastopol selbst, die an der Reede prachtvoll gelegen ist, bietet das Bild trostloser Verwüstung. Sie muss von Grund auf neu gebaut werden. Es steht kein Haus mehr, das bewohnbar wäre. Die Häuser sind entweder ausgebrannt oder nur noch Trümmerhaufen.« Sie blättert weiter. Propagandaminister Goebbels besucht im Münchener Haus der Deutschen Kunst die 6. Große Deutsche Kunstausstellung mit 1254 Werken von 680 Künstlern. – Reichsführer SS Heinrich Himmler verbietet den Gebrauch des Wortes Partisan. – Der Deutsche Ring wirbt mit den Worten »Froh in die Zukunft« für eine Aussteuerversicherung.

Sie faltet die Zeitung wieder zusammen. 1942 hat alles anders ausgesehen. Jetzt gibt es kaum noch Zeitungen. Nach Mariaberg wird nicht einmal der Postwagen kommen.

Das Essen an diesem Tag ist so, wie Keller es angekündigt hat: Einfach und wenig. Es gibt eine dünne Brühe ohne Einlagen und eine Brotscheibe mit etwas Quark.

Das Heim ist wie alle Heime. Die Arbeit nicht anders als in Moringen oder in einem der Lager. Schon am ersten Tag legt Robert sich mit Keller an. Dass er mehr Platz brauche, geeignete Büros erwarte, auch eine entsprechende Unterkunft, dass auch die Unruhe im Heim ihn störe.

Keller kann nichts machen. Er zuckt mit den Schultern und weist darauf hin, dass Krieg ist und die Dinge stehen wie sie stehen. Für Robert ist Kellers Verhalten untragbar. Jeden Tag klopft er an seinem Büro an. Dann wird es oft laut. Als Robert anfängt, die Führung des Heims zu kritisieren – er schreibt Briefe an diverse Behörden und bemängelt die Organisation und die Sauberkeit – bietet Keller ihm Räume außerhalb der Heilanstalt an, er müsse sich allerdings selbst verpflegen. Robert lehnt ausdrücklich ab. Er wirft Keller an den Kopf, dass er nicht erwartet hätte, in Mariaberg eine neue Heimat zu finden, dass aber das Mindeste, was ihm als Direktor des Reichsgesundheitsamtes zustehe, geeignete Zimmer seien. Keller bleibt ungerührt. Er wiederholt, dass er nichts machen könne, was Robert der Weißglut nah bringt. Die Sache regt ihn derart auf, dass er morgens im Bett bleibt, fünfmal täglich Essen verlangt, sich über Trockenei und Büchsenfleisch mokiert, eine der Schreibkräfte auffordert, Keller permanent zu beobachten und ihm alles mitzuteilen.

In alles mischt er sich ein. Nichts, nicht einmal die Luft, sagt ihm zu. Eva versteht nicht, was ihn umtreibt. Morgens beim Frühstück versucht sie mit ihm zu reden. Aber das regt ihn nur noch mehr auf.

Von der Köchin erfährt sie, dass Robert mit Keller um Essen und einen weiteren Raum verhandelt hat. Er will seine Frau und die beiden Töchter nach Mariaberg holen. Dem Anstaltsleiter soll er Holz als Gegenleistung versprochen haben. Woher Robert das Holz nehmen will, ist Eva schleierhaft. Sie hat Angst, sich vorzustellen, wie es ist, wenn seine Frau tatsächlich kommt.

Wie Robert es geschafft hat, weiß sie nicht. Jedenfalls fährt keine vierzehn Tage später ein schwarzer Mercedes auf den Anstaltshof. Eva steht in der Tür, als Roberts Frau aus dem Wagen steigt und einem Aufseher die Koffer übergibt. Die beiden Mädchen sind groß geworden, fast so groß wie ihre Mutter. Sie sehen verschüchtert aus, wissen nicht wohin mit den Händen, wohin mit den Blicken. Roberts Frau geht herum und gibt allen die Hand. Sie begrüßt Eva wie eine gute Bekannte. Robert kommt hinzu, küsst seine Frau auf die Wange. Sein Ton ist scherzhaft als er sagt: »Jetzt sind wir also komplett!«

Von da an ist es, als hätte jemand ihn ausgetauscht. Er vermeidet jede Gelegenheit, mit Eva allein zu sein. Zuerst hält sie es für einen Scherz, wenn sie ihn morgens grüßt und er nur knapp nickt. Sie passt ihn ab, als er zum Auto geht und stellt ihn zur Rede. Er bleibt nicht einmal stehen. Zwei Wörter und ein Blick reichen, dass sie sich wieder zurückzieht: »Jetzt nicht.«

Jeden Tag hofft sie auf ein Wort, eine Geste. Es sind dumpfe, düstere Tage. Warten, warten, warten.

Aus Tagen werden Wochen. Wenn er mit ihr spricht, ist sein Tonfall sachlich, beinahe streng. Wie der eines Fremden. Eine unbehagliche Kälte liegt in seinem Mienenspiel, in seinem Blick. Einmal verteilt er Kekse im Speisesaal. Mit einer runden Blechschüssel geht er von Tisch zu Tisch. »Greifen Sie zu, die hat meine Frau gebacken. Ich weiß gar nicht, wie sie das macht in diesen Zeiten, in denen es kaum noch was gibt. Sie ist wirklich eine wahre Meisterin.«

Eva hält sich abseits, greift nicht in die Dose.

Auf ihrem Zimmer lässt sie sich Wasser über das Gesicht laufen und betrachtet sich im Spiegel. Ihre Haut ist fast weiß, die Adern an den Schläfen schimmern bläulich. Wie aus Wachs ist dieses Gesicht. Sie hält die Hände darüber, als könne ihr Gesicht verlaufen, zerfließen, sich auflösen.

Am Morgen sieht sie ihn am Frühstückstisch sitzen; neben ihm seine Frau und die Kinder. Das idyllische Bild löst Enttäuschung aus. Enttäuschung darüber, dass er sie nie als Mutter seiner Kinder in Betracht gezogen hat. Ein bitterer Gedanke, der sie den ganzen Tag nicht loslässt.

Am Abend sitzt sie wieder in ihrem Zimmer und hält sich bereit. Plötzlich hat sie das sichere Gefühl, dass er kommt. Sie bürstet sich die Haare, putzt sich die Zähne.

Es wird acht, er kommt nicht. Es wird halb zehn, er kommt nicht. Auch um zwölf kommt er nicht. Er kommt gar nicht. Wie aus Glas gemacht fühlt sie sich, durchsichtig und zerbrechlich, wie etwas, das dem nächsten Wind nicht standhält.

Immer wieder hört sie von Streitigkeiten zwischen Robert und der Anstaltsleitung. Nach wie vor fordert Robert mehr Platz und besseres Essen für sich und seine Familie.

Er sorgt gut für Frau und Kinder. Früher hat er auch gut für sie gesorgt. Sie überlegt, was wohl aus ihr geworden wäre ohne ihn. Sicher hätte sie an einem anderen Ort gelebt, andere Menschen getroffen, einen anderen Mann geliebt. Manchmal hat sie Lust, ihre Sachen zu packen und in ein schönes Land zu reisen. Aber sie kann sich kein Land ohne ihn vorstellen.

Sie kann sich überhaupt nichts ohne ihn vorstellen.

Auf andere Gedanken will sie kommen, aber alle Gedanken laufen immer wieder auf den einen zurück. Sie zwingt sich zum Arbeiten, auch das hilft nicht.

Wenn er nochmal bei ihr anklopft, wird sie ihm die Tür nicht öffnen. Aber nein. Wenn er anklopft, wird sie ihm die Tür öffnen und mit ihm reden. Ihm sagen, dass er sie so nicht behandeln darf, dass sie das nicht verdient hat. Sie legt sich zurecht, was sie sagen wird, dreht und wendet Sätze und Worte. Ununterbrochen überlegt sie, was sie tun kann. Auf keinen Fall darf sie klammern, ihm zur Last fallen. Diesen Rat hatte die Mutter ihr gegeben, früher, als sie noch nichts von Robert wusste. Nein, sie würde liebevoll zu ihm sein, gut aufgelegt, ihm keine Vorhaltungen machen. Nichts würde sie sich anmerken lassen. Was wäre, wenn sie krank wäre? Ob er sich Vorwürfe machen würde? Ob er leiden und sie besuchen würde? Sie bezweifelt, dass seine Frau ihn so liebt, wie sie es tut.

Was, wenn sie verschwinden würde? Würde er nach ihr suchen? Ihre Gefühle und Gedanken sind ein einziger Wust, wie ein Knäuel Garn, das durcheinander geraten ist.

Dann reist Hildegard Ritter wieder ab, und als er an ihre Tür klopft, kann sie gar nicht schnell genug öffnen. Mit ein paar entschuldigenden Worten und einem verlegenen Lächeln glättet er ihre Unsicherheit, mit einem reumütigen Blick zerreibt er ihre Zweifel. Sie antwortet ihm mit Küssen.

Nach einer kurzen, heftigen Umarmung stürzt er wieder davon. Nackt bleibt sie auf dem Bett zurück, atmet seinem Geruch nach, hört nach seinen Schritten, die sich eilig entfernen. So wird es bleiben, denkt sie, für alle Zeit bleiben. Das Warten wird bleiben und diese wahnsinnige Sehnsucht. Beschämend ist dieses Betteln um Mehr, der Durst nach seinen Umarmungen, beschämend diese erniedrigenden Qualen, wie Ströme, die keine Ufer kennen. Der Gedanke, dass er alles beenden, nie mehr kommen und sie nie mehr umarmen würde, dass alles aufhören könnte, ganz einfach aufhören, brennt von innen. Das Aufhören ist schlimmer als das Warten und die Qual. Hinter dem Aufhören wartet die Einsamkeit. Die Einsamkeit riecht nach Fäulnis und Moder.

Nach diesem Abend ist er wieder freundlicher zu ihr, bleibt aber auf Distanz. Sicher hat er Schuldgefühle. Sie sieht es an seiner besorgten Stirn und an der Art, wie er die Schultern hält.

Einmal, Wochen später, ist sie mit ihm allein, küsst seine verschlossenen Lippen und greift nach seiner Hand. »Warum ist hier alles so anders?« Aber seine Hand windet sich wie eine Schlange. »Du musst das verstehen, Eva. Ich muss mich um die Kinder und meine Frau kümmern. Ich habe alles versucht, dass sie hier bleiben können, aber du siehst ja, wie man mit uns umgeht. Momentan sind sie bei den Schwiegereltern. Aber das ist natürlich keine Lösung. Nächsten Monat hole ich sie hierher. Versteh doch. Ich habe nun mal eine Familie.« Der Satz trifft sie in den Magen. »Aber die hattest du doch schon immer.« Sie lässt seine Hand wieder los. Er trägt eine andere Brille, hat die Krawatte gelockert und die Ärmel seines Hemdes aufgerollt. Sein Haar ist zu lang. Sie sieht, dass er es gebürstet hat, aber es steht ab über den Ohren und am Hemdansatz. Sie achtet auf jede Geste, jede kleinste Veränderung seiner Gesichtszüge. Er sieht sie entschuldigend an, zuckt mit den Schultern. »Lass mich arbeiten, Eva. Die Arbeit steht mir bis zum Hals. Mein Gott, du weißt doch, wie es ist.«

»Auch gearbeitet hast du immer. Robert, all die Jahre ... Bedeutet dir das mit uns denn nichts mehr?« Wieder greift sie nach seiner Hand. Er schiebt sie von sich. »Hör auf damit. Es ist jetzt wirklich nicht der richtige Zeitpunkt.« Seine Stimme klingt streng und entschlossen.

Der späte Sommer ist heiß und staubig, besonders auf dem Land. Die Arbeit ist immer gleich; die Tage sind eintönig. Da sind die Jugendlichen, die sie begutachten muss. Da sind die Zigeuner und die Asozialen. Immer noch melden die Leute jeden Planwagen und regen sich über illegal besetzte Gartenhäuser auf. Dann untersucht Eva die Bewohner, stellt Gutachten aus. Immer noch findet sie Kriminelle. Bei den Späterfassten handelt es sich meist um Leute mit geringem zigeunerischen Blutanteil. Lange konnten sie sich verstecken. Achtelzigeuner sind nur schwer aufzustöbern.

Abends geht sie oft ein paar Schritte die Straße hinunter, bis zu einer Mühle an der Lauchert. Kühe weiden dort. Sie hört ihr regelmäßiges Malmen, sieht, wie sie mit den Schwänzen nach schwarzen Fliegen schlagen. Manchmal trotten sie die Hänge hinauf, legen sich breit ins Gras. Dort ist es sonniger. Tümpel gibt es auf den Wiesen mit fauligem, braunem Wasser, in dem Mücken brüten. Einmal rutscht sie mit ihren Stadtschuhen auf einem Kuhfladen aus, fühlt sich besudelt und ekelt sich.

Die Berge sind ihr ungewohnt, die bläulichen Fältelungen der Landschaft, die fast violetten Wälder, die Luft, frisch und schneidend, die wattigen Wolken, die hier tiefer hängen als in Berlin, die Kinder mit Strickwesten und roten Wangen, der Regen, der tagelang anhalten kann. Bauern heben die speckigen Hüte, wenn sie vorbeigeht. Frauen, mit Kopftüchern und Kittelschürzen, grüßen auch, sehen aber sofort wieder weg. Ins Gespräch kommt sie mit niemandem, will es auch nicht. Die Leute sprechen schwäbisch, was sie nur schwer versteht.

An einem Gewittertag kehrt Roberts Frau mit den Kindern nach Mariaberg zurück. Eva sieht sie im Speisesaal sitzen und Suppe löffeln. Manchmal läuft sie ihnen im Flur über den Weg. Dann grüßen sie sich. Hin und wieder reden sie belanglose Worte. Zu einer nennenswerten Begegnung kommt es nie. Frau Ritter verlässt nur selten das Zimmer.

Im Heim verbreitet sich die Nachricht, dass es einen Anschlag auf den Führer gegeben hat. Im Führerhauptquartier Wolfschanze soll eine Bombe gezündet worden sein. Gerüchte fliegen. Später, beim Abendessen im Speisesaal, spricht der Führer im Radio. Alle sind erleichtert. Die Aufseherin mit dem Dutt schickt ein Dankgebet an die Vorsehung. Eva empfindet nichts bei dem Gedanken, dass der Führer hätte tot sein können. Er ist es ja nicht. Er spricht im Radio. Der Schock, die Wut und die spontanen Demonstrationen der Solidarität, von denen der Sender berichtet, kommen ihr überzogen vor.

Viel zu sehr kreisen ihre Gedanken um Robert. Immer wieder ist er unterwegs. Wo er hinreist, sagt er nicht und sie fragt nicht. Von einer seiner Reisen bringt er Helene Bremer mit. Die Bremer, klein und schmächtig – alles an ihr ist grau – gehörte schon in Berlin zu einer der fliegenden Arbeitsgruppen und soll jetzt für Roberts Korrespondenz zuständig sein. Eva ärgert sich, dass Robert sie nicht gefragt hat. Als ob sie das nicht hätte machen können.

Die Bremer ist keine Konkurrenz. Da kann sie ganz beruhigt sein. Sicher hat Robert Mitleid mit ihr gehabt. Von der Bremer weiß sie, dass Roberts Frau an Vormittagen die Kinder unterrichtet. Dass sie sich Geschichten vorlesen, Rübezahl und Gullivers Reisen. Und dass Robert alle küsst, wenn er nach Hause kommt. Wie ein Schlag in Evas Magen ist das.

An Nachmittagen spielen die Kinder manchmal im Hof. Mitunter sieht Eva ihnen zu. Die Mädchen gehen ihr aus dem Weg. Aber vielleicht bildet sie sich das nur ein und die Kinder sind einfach nur schüchtern. Beide sehen der Mutter ähnlich. Von Robert kann Eva wenig entdecken. Allenfalls die dunklen Augen.

Einmal, an einem der seltenen schönen Sommerabende, sitzen sie unter Evas Fenster und singen das Lied vom lieben Augustin. Aber statt lieber Augustin singen sie dummer Augustin. Eva weiß selbst nicht, warum sie plötzlich heulen muss. Bis zum Abend liegt sie zusammengekauert auf ihrem Bett.

Die Zugvögel sammeln sich. Krähen und Dohlen lärmen in den Bäumen. Luft, Farben, Leute, sogar die Stille verändert sich. Die Nächte werden schwarz und so undurchdringlich, dass sie von ihrem Fenster aus kaum das angrenzende Gebäude erkennen kann. Die Petroleumlampen verbreiten nur einen matten Kranz von Helle. Sie hat sich angewöhnt, früher als sonst mit der Arbeit zu beginnen, weiß aber oft nicht, wem das, was sie tut, noch nützen soll. Oft sitzt sie am Fenster, sieht, wie der Wind über den Hügeln die Nebel zerreißt, wie Dunstfetzen aufsteigen und sich zerstreuen, wie Bäume und Strommasten sich enthüllen und große Flächen mit Wiesen, Wäldern und Feldern sichtbar werden, die bis dorthin reichen, wo ihr Blick aufhört. Manchmal sieht sie Bauern auf den Feldern. Manchmal auch Flugzeuge, die Kreise ziehen und weiße Streifen am Himmel hinterlassen.

Sie schläft schlecht und hat ständig kalte Füße.

Goebbels verbreitet weiterhin Siegesstimmung. Zur Verteidigung des Heimatbodens sollen Jugendliche und alte Männer herangezogen werden. Volkssturm nennt er das. Die Russen sind auf dem Vormarsch, heißt es. Gerüchte kreisen, die niemand hören will. Robert wartet dringend darauf, dass der Führer die neuen Waffen einsetzt, von denen schon die ganze Zeit die Rede ist. Aber nichts passiert.

Dann spricht sich herum, dass das Lager Uckermark Ende des Jahres aufgelöst und an Ravensbrück angegliedert werden soll. Eva ist das egal. Wichtig ist, dass es weiterhin Arbeit gibt. Immer noch stöbert sie Vermischungen zwischen Zigeunern und Deutschblütigen auf. In einer Gartenkolonie entdeckt sie eine Sippe von drei Generationen. 26 Personen insgesamt. Es waren Hinweise von Nachbarn eingegangen. Meist sind es aber einzelne Personen, wie etwa die einundsiebzigjährige Fransiska Keil. Sie war mit einem Lokomotivführer verheiratet gewesen. Von ihrem Zigeunerblut weiß sie nichts, bis Eva es ihr schwarz auf weiß beweist. Zufällig kann Eva noch zwei junge Zigeunerinnen, die einem Bauern im Rübenfeld helfen, auffinden. Die beiden sind ihr gleich seltsam vorgekommen. Wie Negerbastarde. Sofort veranlasst Robert deren Sterilisation, drängt

Eva weiterzumachen. Erst wenn die Gutachten abgeschlossen sind, kann er ruhiger werden, sagt er. Vorher hat er den Kopf nicht frei. Sie zählt nach. Seit Februar sind noch mal 1320 Gutachten hinzugekommen. Wie viele es wohl noch werden?

Vom Fenster aus sieht sie Kindern zu, die jauchzend und schreiend auf einer Wiese herumtollen, sich Schnee in den Kragen stopfen, sich von einem Hügel herunterrollen, bis sie aussehen wie Schneekugeln. Manche haben sich Ski an die Füße geschnallt, versuchen sich auf den weißen Hängen. Krähen hocken in kahlen Bäumen. Da fällt ihr auf, dass es im Winter viel zu viele Krähen gibt und dass der Schnee alle Farben verwischt.

Vor allem nachts schneit es. Es ist ein feuchter, pappiger Schnee, der alles schwer macht. Wind heult um das Haus; die Fensterläden klappern und hindern am Schlaf. Morgens ist die Bettdecke steif vor Kälte. Oft steht sie am Fenster, versucht aus den Spuren, die ins Haus hinein- und wieder hinausführen, seine herauszufinden.

Wie ein Parasit arbeitet die Hoffnung in ihr, krallt sich an Erinnerungen, beißt sich fest an kleinsten Gesten, klammert sich an hingesagte Worte, an billige Geschenke. Die Jahre mit ihm können doch kein Irrtum gewesen sein. Auch kein Versehen. Immer ist sie für ihn da gewesen. Die ganzen Jahre hindurch und trotz seiner Arbeitsbesessenheit, der mangelnden Zeit und obwohl er sich nie für sie entscheiden konnte, hat sie nicht aufgehört, ihn zu lieben. Sie erwartet Dankbarkeit von ihm für das Warten, für die Zeit, für ihre Liebe.

Sie rechnet, wie lange die letzte Nacht mit ihm zurückliegt, der letzte Kuss. Ein paar Wochen können doch nicht viel verändern. Wenn er nichts mehr für sie empfinden würde, hätte er sie nicht mit nach Drögen genommen und schon gar nicht nach Mariaberg. Er hätte sie in Berlin lassen können und nur abwarten brauchen. Wahrscheinlich hätten die Bomben alles erledigt. Aber das hat er nicht getan. Es hat seinen Grund, dass sie zusammen hier sind. Nein, auch er hat Sehnsucht. Sicher macht ihm die Arbeit zu schaffen. Die vielen Stunden hinterm Schreibtisch, die Telefonate, die Konferenzen. Wahrscheinlich leidet er genau wie sie. Er wird seiner Frau zuliebe dieses Spiel spielen müssen, sich der Kinder wegen von ihr fernhalten. Er sehnt sich nach ihr, so wie sie sich nach ihm sehnt. Vielleicht muss er zuerst alles in Ordnung bringen, sein Leben regeln. Mariaberg ist für alle nicht leicht. Bald wird er wiederkommen, vielleicht für immer. Wenn er nur etwas sagen würde.

Seit Wochen hat sie das Bedürfnis zu baden. Aber Kohlen für den Wasserkessel sind teuer und sie will nicht fragen. Dann aber wird der Drang zu groß. Hinter einer Tür mit der Aufschrift ›Bad‹ liegt ein kahler, ungeheizter Raum mit weiß gestrichenen Wänden und grauen Kacheln. Zwei Gussbadewannen stehen auf Füßen. Drei Stunden dauert es, bis das Wasser heiß ist. Fast kochend läuft es aus dem Boiler.

Als sie hineinsteigt, beißt sie die Zähne zusammen, so heiß ist es. Erst nach einer Weile spürt sie Behagen und findet etwas Ruhe. Die Haut wird rot wie die eines Krebses. Lange liegt sie im Wasser. Dann trocknet sie sich ab, zieht sich an, läuft über den eisigen Hof, hinauf in ihre Kammer, wo sie sich aufs Bett wirft und in eine Decke packt, um die Wärme zu halten. Später liest sie in einem Buch, das Robert ihr geschenkt hat. Bei jedem Umblättern denkt sie, dass auch er diese Worte gelesen hat, das Buch mit seinen Händen berührt hat. Nichts von dem, was sie liest, nimmt sie auf. Sie riecht seine Haut zwischen den Seiten, hört seinen Pulsschlag zwischen den Zeilen. An Schlaf ist nicht zu denken. Wieder streift sie durch das Gestrüpp ihrer Gedanken.

Als sie es nicht mehr aushält, steht sie auf, zieht sich an, geht hinaus auf den Hof, äugt nach seinen Fenstern, will sehen, ob bei ihm noch Licht brennt. Alles ist dunkel. Sie wartet. Minuten vertropfen. Da kommt er plötzlich über den Hof. »Was machst du denn hier? Geh rein, du erkältest dich in deinem dünnen Hemd«, sagt er und drängt sie zur Seite. Einen Moment schwankt sie. Dann folgt sie ihm. Zwei, drei Schritte Zeit hat sie. »Meinst du nicht nach allem, was zwischen uns war, dass du …« Sein Blick stößt mit ihrem zusammen. »Du bist wie ein Hund. Merkst du nicht, dass mich das stört?« Sie spürt, wie ihr Kinn zittert. »Aber …« Er geht weiter. Den Schlüssel in der Hand dreht er sich noch mal um: »Ich stecke bis über beide Ohren in Arbeit, das ist alles.« Sie hätte gerne gesagt, dass das immer so war und dass auch sie viel Arbeit hat, aber dazu gibt er ihr keine Gelegenheit.

In der Nacht muss sie sich übergeben. Sie geht durch, was geschehen ist und kommt zu keinem Schluss. Gedankensplitter bohren. Dass er sie benutzt hat. Dass er sie belogen hat. Es ist, als ob jemand mit einem spitzen Gegenstand in ihrem Inneren herumstochert. Warum kommt er nicht? Kann es ein, dass Gefühle einfach verschwinden?

Am nächsten Morgen sitzt sie später als sonst an ihrem Schreibtisch.

»So was hast du doch immer gern gelesen.« Lautlos kommt Robert herein und schiebt ihr ein Buch über den Tisch. »Rassenkunde des deutschen Volkes. Es ist noch aus unserer Tübinger Zeit. Ein gutes Exemplar. Ich dachte, es macht dir vielleicht Freude.« Seine Stimme ist so warm und zärtlich wie damals, als sie ihn kennen lernte. Er fragt ein paar Kleinigkeiten. Sie sieht auf das Buch mit dem blauen Leineneinband. »Magst du es nicht?«, fragt er, als er merkt, als sie nicht danach greift. »Doch, doch.« Trotzdem fasst sie das Buch nicht an. Er steht leicht vornübergebeugt, die Hände ineinander verknotet. »Na dann. Wir sehen uns später.« Sie sieht ihm hinterher. Da dreht er sich um und hebt die Hand.

Achtlose Worte, denkt sie. Wir sehen uns später, hat er gesagt. Ein Buch hat er ihr geschenkt. Wir sehen uns später. Wann ist später? Eine Weile schafft sie es, zu glauben, dass sie zusammengehören. Dann geraten die Gedanken wieder durcheinander, wie ein Knäuel Wolle im Nähkästchen. Zu gerne will sie mit ihm reden, ihm sagen, was sie empfindet. Den ganzen Tag schafft sie nur drei Gutachten. Die Arbeit erledigt sie mechanisch. Die Gestalten, die vor ihr sitzen – es sind zwei Halbwüchsige mit schlechten Manieren – sieht sie nur verschwommen. Sie trägt bei allen »untauglich« auf dem Bogen ein. Untauglich wie alles. Damit liegt sie nie falsch.

Es wird Weihnachten. Bis weit nach Mitternacht feiern Aufseher und Lagerführer einen wilden Abend. Eva hält sich zurück. Von ihrer Kammer aus hört sie das widerliche Gekreisch, mit dem sie die dunkle Stille zerreißen. »Wir versaufen unsrer Oma ihr klein Häuschen, ihr klein Häuschen, ihr klein Häuschen. Wir versaufen unser Oma ihr klein Häuschen und die erste und die zweite Hypothek.« Danach Getrommel und Sieg-Heil-Rufe.

Eiseskälte herrscht in ihrer Kammer. Auf dem Wasser in der Waschschüssel hat sich eine feine Eishaut gebildet. Eva hüllt sich in die Bettdecke, die wenig wärmt. Die Glieder sind schwer von der Kälte. Der Gedanke an Robert verzehrt sie. Kurz schläft sie ein. Der Schlaf ist wie die Auflösung eines Krampfes.

Dann kommt Silvester. Robert hat ein Klavier heranschaffen und in den Speisesaal transportieren lassen. Der Klavierspieler ist alt, spielt bedächtig, den Blick fest auf das Notenblatt gerichtet. Das erste, was er spielt, ist eine Partie aus dem Zigeunerbaron. Robert und seine Frau tanzen und applaudieren lebhaft, als das Stück vorbei ist. Eva tanzt nicht. Sie sitzt mit der Bremer und einer der Aufseherinnen am Tisch, trinkt grünen Pfefferminzlikör aus winzigen Gläsern und versucht sich mit Bleigießen. Ihre Bleikugel ist in die Form eines Dolches zerlaufen, woraufhin Frau Bremer mutmaßt, dass ihr ein großer Sieg bevorstehe. Eine junge Frau, sie gehört zum Küchenpersonal, steht auf und setzt sich ans Klavier. Eva hätte nie gedacht, dass sie spielen kann. Sie spielt etwas Helles, Fröhliches und ihr Lied hat Kraft, reißt mit und plötzlich hat sie Lust zu tanzen, aber Robert ist weit, er sitzt neben seiner Frau, seine Hände klatschen den Takt, die Füße wippen. Er sieht sie nicht an.

Mariaberg, 1945

Der Januar beginnt eisig. Tagsüber glitzern die Wege. Abends leuchten frostige Lichter am Himmel. Hatte es Ende des Jahres Unwetter und Stürme gegeben, so ist jetzt alles windstill. Über Umwege erreicht sie ein Brief aus Berlin. Der Brief ist schon zwei Monate alt. Die Kallies schreibt, dass die Engländer eine Großoffensive geflogen und ganze Stadtteile zerstört haben, auch viele der Institutsgebäude. Der Zoologische Garten sei getroffen worden. Grauenhaft seien die Tiere verendet. Vier Krokodile hätten leblos auf der Straße gelegen und aus dem ausgebrannten indischen Tempel des Gartens hätte man einen riesigen Elefantenkadaver gezogen. Leute, deren Häuser abgebrannt seien, hätten Führerbilder ins Feuer geworfen und Polizisten wären im allgemeinen Durcheinander nicht imstande gewesen Personalien festzustellen, weil sie beim Löschen helfen mussten.

Über sich schreibt sie nichts. Eva fällt ein, dass sie nie im Zoo gewesen ist und dass es jetzt zu spät ist, daran zu denken.

Ein schwer weichender Winter. Verhangene Zeit. Die Tage sind wie aneinander genäht. Der Frühling kann sich lange nicht durchsetzen. Die letzten schmutzigen, grauen Reste des Schnees liegen bis weit in den April. Dann hängen Regen und Dunst über dem feuchten Land. Nach einer kurzen Unterbrechung hat Robert Frau und Kinder wieder bei sich. Dauernd gibt es Streit mit der Anstaltsleitung, weil er sie bei knappen Lebensmitteln mitversorgt haben will.

Im Arbeitsraum in Mariaberg scharen sich die Aufseher und übriggebliebenes Personal um einen Kanonenofen. Eine Petroleumlampe brennt und Frau Pfefferle, die Köchin, hat Tee für alle gekocht. Aus Tübingen sind Gutachten eingetroffen, die Eva kontrollieren soll. Sie fangen alle gleich an und hören gleich auf: Ort, Datum, Nummer und ein Kreuz in der Spalte ›Mischling‹.

Die Gutachten lenken immer nur kurz ab. Die diffuse, dunkle Anspannung, mit der sie lebt, hält sich hartnäckig. Immer noch vermeidet er jede Situation, mit ihr allein zu sein.

Er fehlt mir so, er fehlt mir. Sie quält sich, kann nicht schlafen. In der Nacht steht sie manchmal auf. Sinnlos geht sie hin und her. Der

Druck auf ihrer Brust ist schwer wie eine Faust. Der Druck macht kurzatmig. Die Angst, dass er sie verlassen hat, sticht und bohrt, klopft den Schädel von innen. Sie will nicht auf ihn warten in diesem dunklen Zimmer, aber sie tut es doch.

Die Tage werden wieder länger; die Farben der Wiesen satt. Obstbäume tragen Knospen und die Luft hat wieder jene bläulichweiße Klarheit, die sie lange vermisst hat.

Robert ist es gelungen, seinen Berliner Lehrauftrag an die Tübinger Universität zu übertragen. Während er in seinem Arbeitszimmer im oberen Trakt seine Tasche packt und sich auf einen Vortrag über jugendliche Rechtsbrecher vorbereitet, sitzen Eva und die Bremer vor dem Volksempfänger in der Küche. Plötzlich stürzt er die Treppe hinab und reißt die Tür auf. »Kommen Sie, kommen Sie, Fräulein Justin!« Dabei ist er schon fast wieder draußen. Sie folgt ihm die Treppe hinauf. Irritiert steht sie in der Tür seines Arbeitszimmers und sieht zu, wie er Akten aus den Schränken zerrt und Ordner auf den Boden wirft. »Das muss alles weg!«, befiehlt er und fordert sie auf, die Bremer zu holen und im Garten ein Feuer zu machen. So hektisch hat Eva ihn selten gesehen. Sie bückt sich, hebt einen der Ordner auf und fängt an, darin zu blättern. »Aber das sind doch Personalakten. Warum sollen wir denn …?«

»Frag nicht. Das muss alles weg und damit Schluss!«

Den ganzen Nachmittag brauchen die beiden Frauen, um alles nach unten zu tragen, Seiten aus Ordnern und Büchern zu reißen, Blöcke und Notizbücher zu zerfleddern, Karteikästen zu leeren. Karten, Stempel, Zeichnungen, Mitteilungen, Weisungen, Verfügungen, Briefe, Anordnungen sind dabei. Stapelweise lose Blätter. Darunter Gutachten und Fotos von Frauen, Männern, Kindern, Alten. Die Fotos verbrennen langsamer als normales Papier. Am leichtesten brennen die alten Akten, die, die schon vergilbt und mürbe sind und gebrochen in den Falzen. Manche Papierbündel sind zu fest verschnürt und brennen nur an den Rändern. Dann müssen sie sie wieder aus dem Feuer ziehen und auseinanderreißen.

Am Ende krümmt sich ein ganzer Berg Papier unter den Flammen, wird gelb, dann braun, dann schwarz. Nur wenige Ordner sind in den Regalen geblieben. Zusammen mit der Bremer packt Eva sie in Kisten. Robert sagt, dass die Sachen abgeholt werden. Von wem sagt er nicht. Auch nicht, wohin sie kommen.

Am Tag vor Ostern taucht eine ehemalige Mitarbeiterin des Instituts in Mariaberg auf. Bis nach Ulm hat sie fast eine Woche gebraucht. Von dort ist sie zu Fuß gegangen. Fast 100 Kilometer. Martina Willars hat früher im Fotolabor assistiert. Sie sieht verstört aus und scheint um Jahre gealtert. Als Ausgebombte hat sie nur noch das, was sie am Leib trägt und eine Tasche mit dem Nötigsten. Eva gelingt es, eine Liege zu besorgen, die sie in ihrer Kammer aufstellt. Die Willars heult, als Eva ihr eine Decke bringt und ein Handtuch. Sofort vergräbt sie sich in die Decke. »So eine Decke ... In Berlin würden viele was drum geben, wenn sie so was hätten. Aber da ist alles kaputt, zerbombt, vermint. Wie auf einem Krater sieht es aus. Regelrecht eingestampft. Ihr würdet nichts mehr wiederfinden, gar nichts. Zu essen gibt es längst nichts mehr. Jeder bestiehlt jeden, weil jeder bestohlen wurde. In den Bäumen oder an Straßenlaternen hängen Leute. Sie haben Schilder um den Hals. Ich bin ein Verräter ... Es sind so viele, dass man schon gar nicht mehr hinsieht.« Während Eva für die Willars eine Tasse aus dem Schrank holt und den Wasserkessel auf den Herd setzt, denkt sie an Berlin. Für tausende von Jahren war diese Stadt gebaut worden. Für tausende von Jahren. Die Willars redet und redet. »Kinder sind es. Die Stahlhelme passen ihnen nicht. Die Uniformen sind viel zu groß. Was sollen die denn gegen die Roten ausrichten?«, sagt sie, als sie mit Eva allein ist und erntet einen wütenden Blick. »Aufgeben ist leichter als Durchhalten. Die Westmächte werden sich mit uns gegen die Bolschewisten verbünden. Sie haben gar keine andere Wahl.«

Später, bei einer Suppe, geht es bei Fräulein Willars immer noch um Berlin. Dass sie in Akkordarbeit mit anderen Frauen Teile für die V2-Rakete hergestellt habe, so lange, bis Ende war und unzählige Flüchtlinge aus dem Osten die Stadt geflutet hätten. »Massen sind es, endlose Kolonnen. Sogar über die Ostsee kommen sie. Das kann man sich hier gar nicht vorstellen. Hier sieht alles so hell aus. Die Leute können sich kaum noch auf den Beinen halten. Sie tragen Lumpen, gehen barfuß. Sie stinken wie die Hölle, bücken sich nach jeder Kippe, nach jedem bisschen Grün. Alle haben Angst. Sie sagen, dass die Russen Ostpreußen, Schlesien, Pommern regelrecht ausplündern, Frauen und Mädchen entsetzlich misshandeln, aufs Grausamste ermorden und schänden. Wenn sie ein Bild vom Führer finden, massakrieren sie, was ihnen im Weg ist. Am schlimmsten ist es für die Frauen. Eine Blutspur ziehen sie hinter sich her. Sie fackeln Dörfer ab und schneiden Kindern die Zunge aus dem Hals.« Eva meint, dass sie nicht übertreiben soll, aber die Willars schüttelt den Kopf. »Ich übertreibe nicht. Sie durchwühlen alles nach Nazis und wenn sie einen finden, machen sie kurzen Prozess. Wer ihnen nicht in die Hände fallen will, beschafft sich Gift. Veronal, Blausäure oder Zyankali. Alles leicht zu kriegen. Angeblich verteilen es die Gesundheitsbehörden kostenlos. Goebbels sagt, dass Selbstmord unser letzter Ausweg ist. Viele reden vom Schlussmachen. Oder sagen wir besser, sie reden nicht nur darüber, sie tun es auch. Väter hängen ihre Kinder in die Bäume, Mütter ertränken ihre Säuglinge oder vergiften sie. Glauben Sie mir, da, wo die Russen auftauchen, bricht die Hölle auf.« Eine Weile sitzen sie schweigend. Dann sagt Fräulein Willars: »Es gibt keine Läden mehr, keine Fabriken, keine Post, keine Werkzeug, außer dem Zeug, das man im Schutt findet. Radio gibt es auch nicht mehr. Keine Kinos. Zeitung sowieso nicht. Die Züge fahren nicht mehr. Nichts fährt mehr. Männer mit Waffen durchkämmen die Stadt. Viele Frauen tun alles für einen Kanten Brot. Recht und Ordnung – alles vorbei! Dresden ist auch kaputt. Wegen der Rüstungsfabriken. Kommen Sie nicht aus Dresden, Fräulein Justin?«

Die Gespräche wirken nach.

In der Nacht träumt Eva von einer Flut Gestörter und Geschundener, zu Fuß oder mit Pferdekarren, obenauf schwankende Türme aus Decken, Kisten, Koffern, festgezurrt mit Schnüren. Alle sind eingemummt, tragen mehrere Kleidungsstücke übereinander. Einige schleppen Vieh hinter sich her. Sie sehen gleich aus; die gleiche Kleidung, das gleiche Schicksal. Eine verdreckte graue Masse, stinkend und hungernd, stumm und mit erstarrten Gesichtern. Sie glaubt die Vermieterin Goll zu erkennen, die sich dem Strom angeschlossen hat. Ihr Bündel ist schlecht verschnürt und schlägt ihr im Gehen gegen die Knie. Dann aber bemerkt sie, dass es nicht die Goll ist, sondern eine Frau, die so aussieht wie sie selbst. Sie trägt sogar die gleichen Kleider. Die Frau streckt die Hand aus, die Finger bewegen sich wie die Arme eines Kraken. Eva bietet alle Kraft auf, um wegzukommen, aber es ist wie bei einem Käfer, der auf dem Rücken liegt. Die Hand nähert sich ihrem Gesicht, greift Evas Haar, krallt sich darin fest. »Lass mich nicht allein!«, ruft die Frau, die jetzt ganz nackt ist. Ihre Haut ist weiß wie Milch, die Adern scheinen durch. Hinter der Frau erscheint ein Mann. Er trägt eine Pickelhaube und streut Läusepulver in die Luft. So lange hat sie den Vater nicht mehr gesehen. Sie streckt die Hand nach ihm aus, aber da zergeht die Pickelhaube wie das Pulver im bläulichen Äther.

Obwohl sie in Mariaberg von vielem verschont bleiben – keine Bomben, keine Schüsse, wenig Tiefflieger, keine Kämpfe – zieht die Willars nach knapp einem Monat weiter zu Verwandten nach Reutlingen. In den Wochen, die sie in Mariaberg verbracht hat, ist alles anders und leiser geworden: der Kommandoton im Lager, der Lärm auf den Straßen, die Wörter, die Dinge. SS-Leute verbrennen ihre Ausweise und verschwinden. Man sieht nur noch wenig Uniformierte. Die, die noch da sind, büßen sichtbar an Haltung ein. Einmal findet Eva Parteiabzeichen in einem Graben liegen.

Von einem Zusammenbruch ist die Rede und sie stellt sich das zusammengebrochene Reich vor wie die zertrümmerten Straßen Berlins. Dass der Führer tot sein soll, heißt es. Ein Heldentod im Kampf gegen den Bolschewismus, wird gesagt. Da ist es, als ob für einen kurzen Moment eine unsichtbare Hand ihr den Boden unter den Füßen wegzieht. Als ob etwas versinkt, abgleitet und in die Tiefe schießt. Den ganzen Tag ist sie wie versteinert. Nie ist ihr in den Sinn gekommen, dass der Führer eines Tages nicht mehr sein könnte. Wenn er nicht mehr ist und der Krieg verloren, was dann, was dann? Daran will sie nicht denken. Einfach nicht denken. Am liebsten würde sie die Augen schließen und schlafen, schlafen, schlafen.

Der Frieden kommt ihr unwirklich vor. Sie kann ihn nicht fassen, sieht nur, dass plötzlich Rollen vertauscht sind und Feinde keine Feinde mehr und Regeln keine Regeln mehr sind. Alles ist durcheinander. Ein ganzer Staat in Auflösung. Die hitzigen Reden verhallen, auch die lauten Befehle. Dinge haben die Bedeutung verloren, sind farblos und flüchtig geworden.

Sie misstraut Roberts guter Laune, kennt die Richtung nicht, hat den Faden verloren. Sie fürchtet sich davor, dass die Leute bald wieder anfangen Feste zu feiern, zu tanzen, die gewohnten Tätigkeiten aufzunehmen. Aber vielleicht würde dann auch Robert wiederkommen, mit ihr seinen Atem teilen.

Die Bremer sagt, dass sie so schnell wie möglich zum normalen Leben zurückkehren will und sie sagt es mit der gleichen Leidenschaft, mit der andere Häuser aufrichten, Wasserleitungen abdichten, Strommasten hochziehen.

Eva weiß nicht, zu welchen Tätigkeiten sie zurückkehren soll. Wenn doch Robert mit ihr sprechen würde. Zurück nach Berlin ist unmöglich. Alles zerbombt, hat die Willars gesagt. Zur Mutter nach Dresden? Sie weiß nicht, ob die Mutter noch lebt.

Vielleicht muss sie nur warten und aushalten.

Die Bremer hat Waffeln gebacken und bestreut sie mit Zucker. »Na, wenn das nichts ist«, lacht sie, »greifen Sie zu, Fräulein Justin! Wer weiß, wann wir wieder so was Gutes kriegen.« Die Waffeln duften und schmecken nach Frieden. Während Eva kaut, denkt sie, dass sie nicht aufgeben will, dass längst nicht alles erloschen ist, dass sicher auch Robert nicht aufgeben wird, dass sie mit ihm zusammen weitermachen wird mit dem, was sie immer getan haben. Er darf mich nicht zurücklassen, denkt sie, während sie mit einer Gabel ein Waffelherz zerteilt.

Am Morgen muss es geregnet haben. Es tropft noch von den Büschen und die Luft riecht sauber. Der Duft von blühendem Holunder treibt ihr Heimweh in den Kopf. Kurz steht sie auf der Veranda, legt die Hand über die Augen und sieht in die Wolken. Dann geht sie wieder ins Haus und setzt sich an den Tisch, an dem Robert frühstückt. Es ist das erste Mal nach langer Zeit, dass sie zusammen frühstücken. In der Nacht ist er bei ihr gewesen. Erst im Morgengrauen ist sie eingeschlafen, sein Atem in ihrem Nacken.

Jetzt sitzt er da, kaut an einem trockenen Stück Brot und gähnt. Einen Brief hat er aufgefaltet. »Hier steht, Berlin ist voller Flüchtlinge aus den Ostgebieten. Man kann anscheinend kaum noch auf die Straße.« Energisch schiebt er das Schreiben in die Mitte des Tisches, als wolle er es loswerden. »Es ist noch nicht lange her, da haben alle gesagt, dass es die Roten nie bis Berlin schaffen. Und dass der Führer eine Wunderwaffe hat.« Mit dem Kinn zeigt er auf den Brief. »Die Post hat zwei Monate gebraucht. Abgestempelt im März. Jetzt ist Mai. In Berlin steht kein Stein mehr auf dem anderen.« Robert klingt seltsam ruhig. Er lächelt sogar, streicht sich eine Haarsträhne aus dem Gesicht und tätschelt dem Anstaltshund, der hereintrottet und sich zu seinen Füßen niederlässt, den Hals. Dem Hund folgt eine der Aufseherinnen. Sie hat Holunderblüten in einen Korb gepflückt, den sie auf die Fensterbank stellt. Der Holunder duftet, und Eva ist an Dresden erinnert, an den Garten des Vaters. Die Frau erzählt, dass Soldaten ins Dorf gekommen sind und Plakate an Mauern und Wände geklebt haben. Dass sie sich das mal ansehen sollen. Dabei sieht sie ziemlich ratlos aus.

Am Abend geht Eva hinunter ins Dorf. Kastanien blühen. Die Luft ist lautlos, tiefblau.

Schon von weitem fällt ihr das Plakat auf. Es hängt an einer Scheunenwand und ist von Regen durchweicht, aber noch gut lesbar. Abgebildet sind Bilder von Leichenhaufen, ausgemergelte Skelette, die sich an Maschendrahtzäune klammern.

»Diese Schandtaten! Eure Schuld!

In zwölf Jahren haben die Nazi-Verbrecher Millionen Europäer gefoltert, verschleppt und ermordet. Männer, Frauen und Kinder wurden von Hitlers vertierten Henkersknechten gehetzt und zu Tode gequält, nur weil sie Juden, Tschechen, Russen, Polen oder Franzosen waren.«

Manche der Sätze sind fett gedruckt in Großbuchstaben:

»IHR HABT RUHIG ZUGESEHEN UND ES STILLSCHWEIGEND GEDULDET! Im Kampf erhärtete Soldaten der Alliierten haben ihren Ekel und ihre Empörung angesichts der vergasten, verkohlten und ausgemergelten Leichen der Opfer in den KZ nicht verbergen können. IHR HABT UNTÄTIG ZUGESEHEN! Warum habt ihr mit keinem Wort des Protests, mit keinem Schrei der Empörung das deutsche Gewissen wachgerüttelt? DAS IST EURE GROSSE SCHULD: IHR SEID MITVERANTWORTLICH FÜR DIESE GRAUSAMEN VERBRECHEN!«

Ein Krüppel kommt die Straße herauf. Seine Schritte sind unsicher, irgendetwas ist mit seinen Augen, denn er tastet sich mit einer Krücke voran. Dann steht er unter einem der blütenprotzenden Bäume aus dem Vögel singen. Die Blätter des Baumes werfen einen gesprenkelten Schatten über ihn. Er sieht in Evas Richtung und plötzlich hat sie den Eindruck, dass alles wegrutscht, schräg hängt und zu sinken beginnt: die Straße, der Mann, der Baum, das Plakat. Sie kann nicht schnell genug wegkommen von dieser Dorfstraße, von dieser Scheune, von diesen unsäglichen Anschuldigungen. Bilder aus den Lagern tauchen auf, die ausgemergelten Gestalten und die schlenkernde Leiche auf dem Karren.

Es drängt sie, mit Robert zu reden. Aber Robert ist beschäftigt und als sie ihn später auf dem Flur trifft und von den Plakaten erzählt, macht er eine wegwerfende Bewegung. »Ja, ja, kann ich mir vorstellen. Aber das sind doch Lügen. Alles Übertreibung! Manipulierte Bilder. Sie brauchen eben einen Prügelknaben, da schlachten sie alles aus. Aber davon lassen wir uns nicht täuschen. Es geht uns ja auch gar nichts an.«

»Aber wenn die Bilder echt sind?« Robert verzieht das Gesicht. »Glaub doch das nicht. Das ist Propaganda. Als Sieger würdest du auch so handeln.«

Auch die Bremer hat die Bilder gesehen und will wissen, was Eva dazu sagt. Eva sagt, was Robert sagt. »Sie übertreiben. Wahrscheinlich sind es Fotomontagen.«

»Aber die Toten auf den Bildern sind doch echt. Wo nehmen sie die denn her?«

»Das sind wahrscheinlich die Toten der Bombenangriffe.«

»Aber Bombentote sehen doch anders aus. Was, wenn es wahr ist, was die Franzosen behaupten?«

Anstaltsleiter Keller hat Hals über Kopf das Büro ausgeräumt und mit seiner Frau Mariaberg verlassen. Robert nimmt es mit Genugtuung auf. Die Bremer spekuliert, dass er jetzt Kellers Büro beziehen wird. Sie hat nämlich Kisten mit Ordnern packen müssen.

Aber Robert bleibt in seinem Büro. Er lässt nur weitere Kisten mit Unterlagen aus seinem Büro schaffen. Was er damit vorhat, erfährt

Eva nicht. Gerüchte kreisen, dass die einrückenden Franzosen jedes Schriftstück mit einem Hakenkreuz auf das Bitterste vergelten.

Die Zeit zieht sich. So massiv und schwer ist sie ihr nie vorgekommen. Das Licht am Morgen, das Dunkel am Abend, sie glaubt das alles nicht mehr zu kennen. Es wird wieder anders kommen, denkt sie, wie das Wetter. Bald wird der Sommer da sein und vieles vergessen sein.

Sie hockt am Tisch, hat die Ellbogen aufgestützt. Robert sitzt in Hemdsärmeln vor der grünen Schreibmaschine mit der Hebelmechanik, die er aus Berlin gerettet hat. Die Maschine klappert. Mit jedem Buchstaben schiebt sich die Walze weiter nach rechts. Er spannt ein neues Blatt ein, dann noch eins. Anstrengung perlt auf seiner Stirn. Eva wundert sich, dass er nicht die Bremer zum Tippen geholt hat.

»Stunden hab ich mit dieser Bewerbung zugebracht. Gott sei Dank hat die Bremer Farbbänder gehortet. Sonst hätte ich alles von Hand schreiben müssen. Hier, lies mal.« Er reißt das Blatt aus der Maschine und schiebt es über den Tisch. »Ich habe unsere Arbeit während des Krieges beschrieben. Auch, dass alles ein Versuch war, den Rassenfanatikern die Zigeunerpolitik aus der Hand zu nehmen und zu vernünftigen Lösungen zu kommen.« Eva vertieft sich in Roberts Zeilen. Er spielt mit dem ledernen Etui seines Füllers, das er immer wieder öffnet und schließt und nagt an seiner Unterlippe, an der die Haut aufgesprungen ist. »Lies laut!«, fordert er, während er auf seinem Schemel hockt und den Fuß wippen lässt, »laut klingt es anders.« Eva hebt das Blatt und liest. »Da die Möglichkeit, offen als Anwalt Verfolgter aufzutreten, nicht bestanden hat, habe ich mich der unheimlichen Welt Hitlers ergeben und mich natürlich unausweichlich der Sprache bedienen müssen, die von den Mächtigen gesprochen wurde, mit denen ich damals gerungen habe …« Sie macht eine Pause. »Das klingt gut.«

»Es klingt nicht nur gut, so war es doch auch. Was hab ich nicht alles aushalten müssen, wenn Himmler kam mit seinen Erlässen und von nichts eine Ahnung hatte. Du weißt ja selbst, wie es war. Ich habe nicht einmal eine Evakuierung gut geheißen. Aber ein Protest wäre ja völlig sinnlos gewesen, gefährlich dazu. So als hätte ich mit meinem Arm eine Lawine aufhalten wollen.« Eva liest bis zum Ende. »Das ist gut. Sie werden es akzeptieren.« Sie legt das Blatt auf den Tisch, rückt den Stuhl zurück, steht auf und geht zum Herd, wo sie Wasser für Tee aufsetzt. Mit verschränkten Armen steht sie und starrt auf den Wasserkessel, horcht nach dem sanften, surrenden Geräusch der Flammen. Tagelang war das Gas abgestellt, fließendes Wasser gab es auch nicht, aber jetzt zündet die Flamme wieder. Ständig fährt sie sich durch die Haare. Dann setzt sie sich zurück an den Tisch, sieht zu, wie er den Brief unterschreibt, faltet und in einen Umschlag steckt. Ihr fällt auf, dass Robert unrasiert und sein Hemdkragen schmutzig ist. Seine Augen glänzen krank. Schatten liegen darunter, die Stirn ist gefurchter als sonst.

Plötzlich fängt sie an zu reden. »36 bin ich jetzt und habe nur gearbeitet. Immer nur gearbeitet. All die Stunden, die Tage, die Wochen, in denen ich kaum geschlafen habe. Immer hab ich gedacht, dass das mal belohnt wird. Aber jetzt? Sie werden kommen und dann ist Schluss hier.« Er schiebt den Brief in die Innentasche seines Jacketts. »Ach was. Sie werden unsere Arbeit anerkennen und uns weitermachen lassen. Unsere Forschungen und die Unterlagen sind aufschlussreich und wertvoll. Wir haben jahrelange Erfahrung. Und gute Kontakte. Dem neuen Staat, wie immer der auch aussehen mag, werden wir so nützlich sein wie dem alten.« Mit dem Finger tippt er auf einen Stapel handgeschriebener Seiten, zieht sie zu sich heran und blättert darin. »Natürlich werden wir einiges gefragt werden. Ich habe alles aufgeschrieben und werde ihnen sagen, dass wir Wissenschaftler sind und keine Nazis. Wir hatten doch mit Politik nichts zu tun. Nichts mit der Gestapo, nur wenig mit der SS. Da hätten wir ja auch gar nichts tun können.« Er atmet hörbar ein. Dann zieht er ein Taschentuch aus der Westentasche und schnäuzt sich die Nase. »Was die Politik angeht, so waren wir nur Rädchen in einem großen Getriebe, dessen Mahlwerk ohne uns viel schlimmer gemahlen hätte. Wie oft hatten wir Mitleid, haben Leuten geholfen. In Dachau habe ich mal einem alten Geistlichen zu Schreibarbeiten verholfen, als ich gesehen habe, dass er die harte körperliche Arbeit nicht mehr aushält. Er war mir ewig dankbar, hat gesagt, dass ich ihm das Leben gerettet habe. Ja, so ist es oft gegangen und du kannst mir glauben, es war für mich mehr als bedrückend, dass ich nicht mehr tun konnte. Ich wurde ja auch bewacht, wenn ich im Lager war. Du weißt ja, wie ich darunter gelitten habe.« Eva antwortet nicht. Über diese Leiden hat er nie gesprochen. Sie steht auf, weil der Wasserkessel pfeift, zieht ihn von der Flamme, füllt Lindenblüten in eine Kanne und übergießt sie mit sprudelndem Wasser. »Du weißt doch selbst, dass ich damals im Institut nicht einmal Wert auf den Hitlergruß gelegt habe. Freiheitlich fanden das die jungen Mitarbeiter. Weißt du das nicht mehr?« Eva kann sich nicht erinnern, denkt anderes. »Die Franzosen durchwühlen alles, melden jeden, selbst beim kleinsten Verdacht. Die Großen sind längst weg. Die anderen lassen sie bluten.« Ein Duft nach Tee durchzieht die Küche. »Meinst du uns? Wir sind doch selbst Opfer«, sagt Robert, »und trotzdem haben wir viele Verirrungen und Unfug verhindert. Für mich war es wichtig, Lösungen und Wege für eine faire Behandlung zu suchen. Ich habe ja schon früh mitbekommen, was man mit den Zigeunern vorhatte. Deshalb bin ich damals nach Berlin gegangen. Ich hatte gehofft, dort Gelegenheit zu bekommen, diesen Tendenzen entgegenzuwirken. Aber man hat mir viel zu lange die Hände gebunden.« Plötzlich fährt er auf. »Was hätten wir denn machen sollen? Uns aus allem raushalten und die anderen machen lassen? Das wäre der eine Weg gewesen. Oder versuchen, zu guten Lösungen zu kommen? Ich habe mich für die zweite Möglichkeit entschieden. Das war der schwerere Weg, glaub mir.«

»Die Franzosen machen kurzen Prozess«, sagt Eva und denkt an die Bremer, die ihr mit vorgehaltener Hand erzählt hat, dass Französinnen, die im Verdacht stehen, sich mit einem Boche eingelassen zu haben, der Kopf geschoren und ein Hakenkreuz in die Haut geritzt würde. Dann triebe man sie wie Schweine durch die Straßen.

Sie holt zwei Tassen aus dem Schrank und gießt Tee hinein. An ihrer Tasse fehlt der Henkel. Mit beiden Händen umfasst sie das Gefäß, bläst den Dampf ab und trinkt. Robert trinkt nicht. Eva weiß, dass er Tee lieber mit Zucker trinkt, aber Zucker haben sie schon lange nicht mehr gesehen. Obwohl es nichts zu rühren gibt, steht er auf, kramt in der Schublade nach einem Löffel und rührt den Tee. »Dass wir den Krieg verloren haben und der Führer nicht mehr bei uns ist, hat ja nichts mit unserer Arbeit zu tun. Die Gutachten, die wir in all den Jahren erstellt haben, sind nach wie vor von großem Wert.«

»Aber jetzt reden alle von Schuld. Immer die Juden, die Juden. Man hört gar nichts anderes mehr.«

»Ja, die Juden. Aber damit hatten wir nichts zu tun. Unsere Aufgabe war eine andere und die haben wir erledigt, so gut wir konnten. Da kann man uns nichts vorwerfen.«

»Bald werden sie auch über die Zigeuner sprechen.«

»Für die hat sich noch nie jemand interessiert.«

»Und wenn doch? In den Lagern soll es für die Zigeuner nicht anders gewesen sein als für die Juden. Die, die es gesehen haben, werden sich zu Wort melden und es gibt viele, die es gesehen haben. Nimm nur mal einen der Transporte. Du weißt selbst, wer alles beteiligt war: Gesundheitsamt, Arbeitsamt, Ärzte, Finanzamt, Wirtschaftsamt, Gendarmerie, Bürgermeistereien, die Bahndirektion, ja sogar das Schalterpersonal des Bahnhofs und die Leute, die die Züge bewacht haben. Natürlich Gestapo, es wurden Kostenabrechnungen eingereicht – viele haben es gewusst. Viele haben es gesehen. Sie werden uns nicht glauben, dass wir nichts wussten. Meinst du, sie werden uns vor Gericht stellen?« Jetzt flüstert sie fast. Nie hat sie mit ihm über die Lager gesprochen. Robert sieht plötzlich so alt aus. Seine Haut hängt weich unter den Augen und am Kinn. Nie zuvor hat sie das bemerkt. »Warum sollten sie uns vor Gericht stellen? Nenne mir einen guten Grund. Es waren Verwaltungsvorgänge. Normale Dinge. Weiter nichts. Und die Juden können uns egal sein.«

»Ja, aber was ist mit den Zigeunern?«

»Über die redet niemand. Und wenn doch, liegt die Antwort auf der Hand. Schuld, wenn man überhaupt von Schuld sprechen kann, haben die, die die Gesetze gemacht haben. Wir haben lediglich dafür gesorgt, dass sie eingehalten wurden. Weißt du denn, was in den Lagern passiert ist? Hast du es gesehn?«, fragt er teeschlürfend.

»Aber wir haben doch die Lager gesehen.«

Da fängt er an zu schreien. »Da hast du nichts gesehen, rein gar nichts! Wer hat denn schon wirklich in diese Lager hineingeblickt? Sie werden die Großen verurteilen, Himmler, Göring, die Minister, die Generäle. Leute wie Goebbels. Die anderen lassen sie laufen. Es sind zu viele.«

Eine Weile sitzen sie schweigend. Gerne würde sie ihn anfassen, seinen Mund berühren, die weichen Härchen seines Nackens streicheln. Er hat schlecht geschlafen, sie sieht es ihm an. Ihr fällt auf, dass sein Bartschatten grau geworden ist. Die grauen Haare rühren sie. »Weißt du«, sagt sie, »ich habe immer gerne gearbeitet. Das Forschen hat mir gelegen, das Fragen, das Einordnen. Der Gedanke, mit dir zusammen die Welt ein bisschen besser zu machen, hat mir gefallen und gefällt mir immer noch. Aber jetzt ist alles so anders. Die Großen werden die Schuld auf uns abwälzen. So ist es doch immer. Glaubst du, sie werden uns schonen, wenn es um die eigene Haut geht? Du wirst schon sehn, was jetzt passiert. Die Leute werden einander denunzieren. Werden tun, als hätten sie nichts gewusst und nichts gesehen. Keiner streckt mehr den Arm aus und schreit Heil Hitler! Keiner mehr.« Plötzlich schlägt sie die Hände vor das Gesicht. »Und wir? Was machen wir jetzt? Was wird aus uns?« Sie greift nach seiner Hand. Kurz erwidert er den Druck ihrer Finger, das krampfhafte Festhalten. Dann lässt er sie wieder los. »Unser Weg geht weiter. Für das neue Deutschland werden fähige Leute gebraucht. Leute wie wir. Ich habe vor, baldmöglichst wieder eine Art Jugendsichtungsstelle einzurichten. Außerdem will ich mich für eine Professur in Tübingen oder Heidelberg bewerben.« Indem er am immer noch heißen, aber schalen Tee nippt, erzählt er ihr von einem Professor der Tübinger Universität, der sich für viel Geld einen Judenstern beschafft und an den Mantel genäht hat und sich jetzt als Verfolgter ausgibt. »Es gibt Leute, die sich sogar Häftlingsnummern auf den Arm tätowieren lassen und so tun, als seien sie in Auschwitz gewesen. Aber das sind Feiglinge. Wir brauchen keinen Judenstern und auch keine Tätowierung. Wir haben uns für eine gute Sache eingesetzt. Leute wie wir haben eine Zukunft.« Dann beugt er sich vor. »Zuerst werde ich mich als Leiter dieser Anstalt bewerben, an die alliierten Stellen schreiben und die Zustände hier schildern. Die Verwahrlosung der Zöglinge, die mangelnde Pflege und Ernährung. Ich habe einiges notiert und Fotos gemacht. Natürlich werde ich auch vorbringen, dass alle hier in der Partei waren. Wir müssen jetzt bloß Geduld haben.«

Wieder greift Eva nach seiner Hand. »Aber sag, was wird mit uns?«

»Beruhige dich. Alles bleibt, wie es ist«, sagt Robert, befreit seine Hände aus ihrer Umklammerung und steht auf. »Warte auf mich. Heute Abend gegen neun.«

Epilog

Robert Ritter und Eva Justin waren zentrale Vorbereiter und Mittäter der nationalsozialistischen Vernichtungspolitik an den sogenannten »Zigeunern«. Ihre Rassengutachten waren Todesurteile, die den Ausschlag für eine Deportation in die KZs oder eine Sterilisation gaben.

An den Kosten der Ritterschen Forschungsstelle beteiligten sich das Reichsgesundheitsamt, das Reichsinnenministerium, der Reichsausschuss für Volksgesundheit, das Reichssicherheitshauptamt, das Reichskriminalpolizeiamt, der Bayrische Landesverband für Wanderdienst und die Deutsche Forschungsgemeinschaft. Das Eigentum der in Lager verschleppten Personen wurde für den deutschen Staat eingezogen.

Bei Kriegsende lebten Eva Justin und Robert Ritter in der evangelischen Heil- und Pflegeanstalt Mariaberg in Mägerkingen / Württemberg und arbeiteten an der Auswertung ihrer Unterlagen, d.h. der erbbiologischen Gutachten der Forschungsstelle weiter. Ab Mitte 1946 sammelten sie systematisch »Persilscheine«.

Robert Ritter wurde offiziell entnazifiziert und durch zahlreiche fragwürdige Expertisen hinsichtlich seiner Nähe zur NS-Diktatur entlastet. Er strebte an, eine Professur an der Universität Tübingen zu übernehmen. Seine Pläne scheiterten, nachdem das Tübinger Rektorat 1946 herausgefunden hatte, dass er an der Rassenpolitik der Nationalsozialisten maßgeblich beteiligt gewesen war, ständigen Zutritt zu KZs sowie Einfluss auf die Verwendung der Häftlinge gehabt hatte.

Obwohl seine Vergangenheit bekannt war, leitete er ab 1947 die Fürsorgestelle für Gemüts- und Nervenkranke sowie die Jugendpsychiatrie in Frankfurt am Main. Ende Mai 1948 wurde er verbeamtet und zum Obermedizinalrat befördert. 1947 wurde Ritter von einem Privatdetektiv im Auftrag der Brüder Oskar und Vinzenz Rose, die den Völkermord überlebt haben, in Frankfurt aufgespürt. Daraufhin erstattete 1948 das Staatskommissariat für rassisch, religiös und politisch Verfolgte in München Anzeige gegen Ritter. Zeugen im Verfahren waren Roma, Sinti und Jenische, die gefoltert, misshandelt und verstümmelt worden waren. Den Zeugen wurde nicht geglaubt. Das Verfahren wurde eingestellt. Man glaubte Ritter seine (falsche) Behauptung, er habe bis Kriegsende nichts von den Deportationen gewusst.

Eva Justin wurde nach 1945 aufgrund eigener Angaben bzw. der Manipulation von Fragebogen im Entnazifizierungsverfahren als »nicht belastet/Mitläuferin« eingestuft. »Ich habe immer gern gearbeitet. Ich habe weder an Exekutionen teilgenommen und auch keine befehligt. Ich habe nur die Berichte geschrieben. Es war doch nur ein Zufall, dass ich Dr. Ritter begegnet bin und in der Rassenhygiene gelandet bin. Ohne ihn wäre mein Leben anders gewesen ...«

Eva Justin folgte Robert Ritter nach Frankfurt und trat im März 1948 ihr neues Amt als Kriminal- und Jugendpsychologin bei der Stadt Frankfurt an, obwohl sie niemals psychologisch mit Kindern gearbeitet hatte und auch kein Examen oder einen anderen Abschluss in Psychologie besaß. Bald galt sie wieder als »Zigeunerexpertin«. Wieder erstellte sie psychiatrische Gutachten schwer erziehbarer Kinder, bis es einem Frankfurter Strafverteidiger gelang, ihre mangelhafte Qualifikation glaubhaft zu machen. Ein Ermittlungsverfahren gegen sie verlief ergebnislos.

Eva Justin arbeitete in den 1950er Jahren als Amtsärztin in Frankfurt/Main und wurde als Gutachterin bei Wiedergutmachungsverfahren von Sinti und Roma eingesetzt. Ihre Karriere konnte sie als Leiterin der Bornheimer Erziehungsberatungsstelle beim dortigen Jugendamt ungehindert fortsetzen, bis Anfang der 1960er Jahre ihre NS-Vergangenheit durch einen Filmbeitrag des Ehepaars Irmgard und Valentin Senger publik wurde. Daraufhin wurde sie zur Erhebung von Sozialdaten auf dem Wohnwagenplatz Frankfurt/Bonames eingesetzt, zu dessen Bewohnern viele Sinti, Roma und Jenische gehörten. Zwar stellte man fest, dass die von Eva Justin unterschriebenen und angefertigten Gutachten über Sinti und Roma Grundlage der Deportationen gewesen seien, dennoch glaube man nicht nachweisen zu können, dass Justin die Folgen ihres Tuns erkannt hätte. Man hielt ihr zugute, dass sie dem Einfluss Ritters erlegen sei.

Eva Justin und Robert Ritter wurden nie verurteilt. 1951, nach dem Tod der Schwägerin, adoptierte Eva Justin ihre beiden verwaisten Nichten Hannelore und Beate Justin. Der Vater der Kinder, Eva Justins Bruder Heinrich, war bereits im Krieg gefallen. Drei

Jahre vor ihrem Tod präsentierte sich Eva Justin in der Frankfurter Rundschau vom 29. April 1963 moralisch geläutert: »Heute habe ich eingesehen, daß es nicht richtig war. Ich bin gegen die Sterilisation (...) Heute bin ich der Ansicht, eine Ordnung ohne Beziehung auf Gott ist nicht möglich.« 1963 konvertierte Justin – ohne jegliche Änderung ihrer Gesinnung – zum katholischen Glauben. Von ihrem Amt trat sie nie zurück.

Robert Ritter starb am 15. April 1951 in Oberursel in der Nervenklinik Hohemark im Alter von 50 Jahren an einem Herzleiden. Am 11. September 1966 erlag Eva Justin 57-jährig einem Krebsleiden.

Auch die Mitarbeiter/Innen der Rassenhygienischen Forschungsstelle gingen nach 1945 straffrei aus. Es gab verschiedene Prozesse, zu Verurteilungen kam es jedoch nie. Ein Verfahren gegen Ritters Mitarbeiterin Sophie Erhardt wurde eingestellt. Erhardt hatte Teile der »anthropologischen Unterlagen« des Rassenhygienischen Instituts übernommen und arbeitete als Dozentin (später als Professorin) am rassenbiologischen Institut der Universität Tübingen zusammen mit ihren Studierenden mit dem von Ritter/Justin u.a. während der NS-Zeit gesammelten Material weiter. Zeitweise erhielt sie Fördergelder für weitere »Zigeunerforschungen«. Die Akten waren noch 25 Jahre lang Grundlage für rassistische Publikationen von Ethnologen/Innen etc. in der Bundesrepublik. Noch 1969 veröffentlichte Sophie Erhardt einen Artikel mit dem Titel »Zigeunerschädel« in der Zeitschrift der Deutschen Gesellschaft für Anthropologie.

Die Kinder, an denen Eva Justin im Kinderheim St. Josefspflege in Mulfingen für ihre Doktorarbeit »geforscht« hat, wurden am 12. Mai 1944 in das »Zigeunerlager« in Auschwitz eingewiesen. Zusammen mit Kindern aus den Heimen Baindt und Hürbel waren es laut Akten der Kriminalpolizeileitstelle Stuttgart vom 14. Juni 1944 etwa 34 Heimkinder, dazu eine hochschwangere Sintiza. Bei einer Selektion wurden nur vier ältere Kinder als Arbeitskräfte aussortiert. Andere Kinder wurden, bevor man sie in der Nacht zum 3. August 1944 ins Gas schickte, noch für medizinische Versuche durch Dr. Mengele missbraucht.

Von den 1386 Häftlingen, die das Lager Moringen durchliefen, starben bis zu seiner Auflösung mindestens 89. Unzählige sind in der Chirurgie der Göttinger Universitätsklinik zwangssterilisiert worden. Die Todesfälle im Jugendschutzlager Uckermark galten nicht als Morde. Die ehemalige Leiterin Toberentz wurde 1948 von einem Militärgericht in Hamburg angeklagt. Sie wurde freigesprochen und war anschließend bei der westdeutschen Kriminalpolizei tätig.

Weit über eine halbe Million europäischer Roma und Sinti wurden unter nationalsozialistischer Herrschaft ermordet. An über 20.000 von ihnen wurden »rassenbiologische« Untersuchungen durchgeführt. Zwangssterilisation, Inhaftierung und Folter waren die Vorstufe des massenhaften Todes in den Konzentrations- und Vernichtungslagern der Nazis. Während der Nürnberger Prozesse wurde der Völkermord an den Sinti und Roma nicht berücksichtigt, weswegen sich in der deutschen Bevölkerung kein Schuldbewusstsein entwickelte und staatliche Wiedergutmachungen ausblieben. Jahrzehntelang ist dieser Völkermord geleugnet worden. Die wenigen, die die Lager überlebten und in ihre ehemaligen Wohnorte zurückkehrten, fanden in den meisten Fällen ihr Hab und Gut nicht mehr vor. Gesundheitsschäden wurden nicht als verfolgungsbedingt anerkannt. Sinti und Roma und auch Jenische mussten ihre Zwangsarbeit, den Verlust ihrer materiellen Existenz, gravierende Gesundheitsschäden oder den Tod von Familienangehörigen durch das NS-Regime beweisen. So wurde z.B. eine Sterilisation nur dann ein Fall für eine Entschädigung, wenn bewiesen werden konnte, wann und wo dieser Eingriff stattgefunden hatte. Sie mussten außerdem beweisen, dass sie aus ihren Häusern getrieben und ihrer Habe beraubt worden waren.

Auch für die Häftlinge in den Jugendschutzlagern bzw. Kinderheimen gab es keine Entschädigungen, weil Kinderheime etc. nicht als Konzentrationslager galten.

1956 entschied der Bundesgerichtshof, dass allenfalls für die Zeit nach den Deportationen 1943 von einer rassischen Verfolgung ausgegangen werden könnte. Alle Maßnahmen bis dahin galten als polizeiliche Vorbeugungs- und Sicherungsmaßnahmen. Die polizeiliche Erfassung der Sinti, Roma und Jenischen wurde nach dem

Krieg fortgesetzt, das Personal blieb zum Teil das gleiche, das für die Deportationen verantwortlich gewesen war. Erst der ehemalige Bundeskanzler Helmut Schmidt erkannte 1982 nach massivem öffentlichem Druck die Verbrechen an den Sinti, Roma und Jenischen an.

Immer noch werden antiziganistische Stereotype wie Nomadentum, Kriminalität, Primitivität etc. wie ein »kultureller Code« in unserer Gesellschaft von Generation zu Generation weitergegeben. Aus einer 2011 durchgeführten Studie zur gruppenbezogenen Menschenfeindlichkeit (Michael Lausberg, Sinti und Roma in Deutschland) geht hervor, dass über 40 % der Bevölkerung nach wie vor antiziganistisch eingestellt ist.

Zeittafel Eva Hedwig Justin

23. August 1909 geboren in Dresden als Tochter des Reichsbahnbeamten Karl Justin und seiner Ehefrau Margarethe geb. Ebinger.

1925 Mitglied im Jungdeutschen Orden, einem national-liberalen, antisemitischen Verband der Weimarer Republik.

1933 Abitur am Luisenstift in Dresden-Kötzschenbroda.

1934 Anerkennung für Krankenschwestern an der Universitätsnervenklinik in Tübingen. Eva Justin lernt Dr. Robert Ritter kennen.

September 1935 Die Nürnberger Rassengesetze (Gesetz zum Schutze des deutschen Blutes) stellen Sinti und Roma als »außereuropäische Fremdrasse« in der gesetzlichen Behandlung den Juden gleich.

1936 Zu Beginn der Olympischen Spiele werden in Berlin sämtliche Sinti und Roma im Zwangslager Marzahn festgesetzt. Erste Deportationen ins KZ Dachau folgen. Eine reichsweite Erfassung von Sinti und Roma wird angeordnet.
Eva Justin folgt Dr. Robert Ritter, Leiter der »Rassenhygienischen und Bevölkerungsbiologischen Forschungsstelle im Reichsgesundheitsamt« (RHF), nach Berlin. Beginn der erbbiologischen und geneaologischen Erfassung aller Sinti und Roma. Die Rassengutachten, die Eva Justin im Rahmen ihrer Tätigkeit an der Rassenhygienischen Forschungsstelle erstellt, bilden die Grundlage für den Völkermord, für Sterilisationen und für die Deportationen in die Konzentrationslager. Polizei, Kommunen und Kirchen stellen den Rassenforschern Unterlagen für ihre Arbeit zur Verfügung.

1937 Eva Justin immatrikuliert sich an der Friedrich-Wilhelm-Universität in Berlin für die Fächer Anthropologie, Erbpsychologie, Rassenhygiene, Kriminalbiologie und Völkerkunde.

Januar 1938 Erlass Himmlers gegen »arbeitsscheue Elemente«. Sinti und Roma werden u.a. in die KZs Buchenwald und Ravensbrück gebracht.

Dezember 1938 Ein Runderlass Himmlers zur »Regelung der Zigeunerfrage« verlangt eine »endgültige Lösung«. Große Verhaftungswellen folgen.

Ab Oktober 1939 Sinti, Roma und Jenische dürfen ihren jeweiligen Aufenthaltsort nicht mehr verlassen, ansonsten droht Einweisung in ein Konzentrationslager. Alle Sinti und Roma sollen gezählt und erfasst werden.

April 1940 Himmler ordnet Massendeportationen von Sinti und Roma in »geschlossenen Sippen« in das besetzte Polen an.

März 1941 Die Rassenhygienische Forschungsstelle hat bereits weit über 20.000 Sinti, Roma und Jenische erfasst. Im Laufe des Jahres verstärkt der »Himmler-Erlass« die Radikalisierung der nationalsozialistischen Verfolgungs- und Vernichtungspolitik. Jetzt werden auch »Zigeunermischlinge« in die Lager eingewiesen. Unzählige Zwangssterilisationen werden vorgenommen.

1942 Eva Justin forscht für sechs Wochen im katholischen Kinderheim St. Josefspflege in Mulfingen hauptsächlich an ca. 40 Sinti-Kindern zwischen 7 und 16 Jahren.

Dezember 1942 Himmlers Auschwitz-Erlass besagt, dass alle Zigeunermischlinge, Rom-Zigeuner und Angehörige zigeunerischer Sippen balkanischer Herkunft in einer Aktion von wenigen Wochen in Konzentrationslager einzuweisen sind.

Februar 1943 Die ersten Sinti und Roma werden ins Zigeunerfamilienlager nach Auschwitz-Birkenau verschleppt und zu schwerer Zwangsarbeit verpflichtet, misshandelt und durch Sterilisationen verstümmelt, viele von ihnen getötet.

1943 Eva Justin schließt ihre Promotion ab und wird wissenschaftliche Mitarbeiterin im Rassenhygienischen Forschungsamt. Gleichzeitig werden die Gaskammern und Krematorien in Auschwitz-Birkenau in Betrieb genommen.
Eva Justin und Robert Ritter wissen davon.

1943 Eva Justin zieht mit Dr. Ritter und Mitarbeiterinnen kriegsbedingt von Berlin nach Fürstenberg / Havel, wo sie im »Jugendschutzlager« Uckermark für die Begutachtung weiblicher Häftlinge zuständig ist.

9. Mai 1944 Die ca. 34 Sinti-Kinder aus einem Mulfinger Kinderheim, an denen Eva Justin geforscht hat, werden nach Auschwitz deportiert und bis auf vier Kinder ermordet.

August 1944 In den 17 Monaten der Existenz des Lagers Auschwitz sterben dort über 19.300 Sinti und Roma, davon mehr als 5.600 durch Gas, über 13.600 an den Folgen von Zwangsarbeit, Seuchen, Unterernährung, Misshandlungen, Menschenversuchen und Verstümmelungen (Sterilisationen). Das RHF, darunter Eva Justin, unterzeichnet weiterhin Gutachten. Bis Mitte des Jahres sind es etwa 24.000.

1944 Umzug in die Heilanstalt Mariaberg / bei Mägerkingen (Württemberg), wo sie zusammen mit Dr. Ritter weiterhin an der Auswertung der »erbbiologischen Gutachten« arbeitet.

1945 Eva Justin bezeichnet sich im Fragebogen des Entnazifizierungsverfahrens als »politisch nicht belastet«. Ritter wird als »Mitläufer« von den französischen Spruchkammern anstandslos entnazifiziert. Fast alle Sinti, Roma und Jenischen werden von Behörden und Amtsärzten um eine »Wiedergutmachung« betrogen.

März 1948 Eva Justin wird als Kinderpsychologin bei der Stadt Frankfurt am Main angestellt. Ihr Vorgesetzter ist wiederum Robert Ritter, der seit 1947 als Leiter der Fürsorgestelle für Gemüts-

und Nervenkranke sowie der Jugendpsychiatrie für die Stadt Frankfurt bestellt ist.

August 1948 Eva Justin wird als Kriminalpsychologin eingestellt, schreibt psychologische Gutachten für Strafprozesse und berät Eltern schwer erziehbarer Kinder.

1951 Tod Robert Ritter. Seine rassenbiologischen Thesen leben in den Schriften des Landauer Amtsarztes und »Zigeunerexperten« Hermann Arnold (1911 – 2005) weiter, der bis in die 1980er Jahre die Bundesregierung als bevölkerungswissenschaftlicher und tsiganologischer Experte berät.

1958 Die Frankfurter Staatsanwaltschaft ermittelt gegen Eva Justin.

Dezember 1960 Das Ermittlungsverfahren wird eingestellt.

1963 Eva Justin tritt zum katholischen Glauben über.

1964 Eva Justin wird für Feldforschungen in einem Wohnwagen- bzw. »Zigeunerlager« bei Frankfurt-Bonames eingesetzt.

1964 Tätigkeit als Angestellte der Universitäts-Nervenklinik in Frankfurt am Main.

1964 Das Bayersche Landeskriminalamt ordnet an, die bei den von der »Zigeunerzentrale« übernommenen Akten die Aktendeckel mit dem Hakenkreuz zu entfernen und ansonsten die Akten weiterzuverwenden.

September 1966 Eva Justin stirbt im Alter von 57 Jahren an Krebs.

Literatur

Akten im Institut für Stadtgeschichte Frankfurt am Main: Bestand Personalakten Nr. 18576 (Personalakte Dr. Dr. Robert Ritter, Obermedizinalrat, vom 26.05.1959, R 469)
sowie Akte 92546 (Personalakte Eva Justin)

Akten im hessischen Hauptstadtarchiv Wiesbaden, Abt. 461 u.a. Nr. 34141 bis 34134

Aly, Götz: Logik der Vernichtung, in: taz, Berlin 17.12.1992

D'Arcangelis Andrew Rocco Merlino: Die Verfolgung der soziolinguistischen Gruppe, der Jenischen im NS-Staat 1934 – 1944, Dissertation zur Erlangung des akademischen Grades eines Doktors der Wirtschafts- und Sozialwissenschaften der HWP -Hamburger Universität für Wirtschaft und Politik, abgerufen unter http://ediss.sub.uni-hamburg.de/volltexte/2004/2247 am 31.01.2017

Arendt, Hannah; Fest, Joachim: Eichmann war von empörender Dummheit, Piper Verlag München 2011

Arendt, Hannah: Elemente und Ursprünge totaler Herrschaft: Antisemitismus, Imperialismus, totale Herrschaft, Piper Verlag München Zürich 1986

Aus Politik und Zeitgeschichte, Sinti und Roma, Beilage zur Wochenzeitung ›Das Parlament‹, Sinti und Roma, 30. Mai 2011 (hier besonders Frank Sparing: NS-Verfolgung von »Zigeunern« und »Wiedergutmachung« nach 1945)

Ayaß Wolfgang; Gilsenbach Reimar u.a.: Feinderklärung und Prävention. Kriminalbiologie, Zigeunerforschung und Asozialenpolitik, mit dem Beitrag von Gilsenbach »Wie Lolitschai zur Doktorwürde kam«, Rotbuch Verlag Berlin 1988

Bauerdick, Rolf: Zigeuner, Begegnungen mit einem ungeliebten Volk, Deutsche Verlags-Anstalt, München 2013

Der Spiegel: Zigeuner – so arisch, Heft 17, 1963

Döring, Hans-Joachim: Die Zigeuner im nationalsozialistischen Staat, Kriminalistik Verlag Hamburg 1964

Engbring-Romang, Udo: Sinti und Roma in Deutschland und die Rolle des Antiziganismus, Handreichung für den fächerübergreifenden Unterricht. Herausgeber: Hessisches Kultusministerium, Wiesbaden 2015

Falanga, Gianluca: Berlin 1937, Die Ruhe vor dem Sturm, Berlin Story Buchhandlung & Verlag 2007

Feiertag, Andreas: Die Kriminalität von Zigeunern führt zu sozialen Konflikten, in: Der Standard, Ausgabe, 31. 1./1. 2. 2004

Franz, Philomena: Zwischen Liebe und Hass. Ein Zigeunerleben, BoD Köln o. J.

Fritz, Regina: Die »Jugendschutzlager« Uckermark und Moringen im System nationalsozialistischer Jugendfürsorge. In: Ernst Berger (Hg.): Verfolgte Kindheit, Kinder und Jugendliche als Opfer der NS-Sozialverwaltung. Wien, Köln, Weimar 2007

Günther, Hans F.K.: Rassenkunde des deutschen Volkes, Lehmanns Verlag München 1927

Hany, Ernst A.: Kurt Gottschaldts Zwillingsstudie (1937 – 1967), Psychologie und Geschichte, Jahrgang 9, Heft 1/2, Juni 2001

Heilige Schrift des Alten und Neuen Testaments nach der Übersetzung Martin Luthers, Deutsche Bibelstiftung Stuttgart 1978

Himmler, Heinrich: Rede des Reichsführers SS bei der SS-Gruppenführertagung in Posen am 4. Oktober 1943, abgerufen unter http://www.1000dokumente.de/pdf/dok_0008_pos_de.pdf am 29.12.2016

Himmler, Katrin: Zwischen nationalsozialistischem Elitebewusstsein und rassenideologischer (Selbst-)Verpflichtung, Vortrag an der evangelischen Akademie Tutzing auf der Tagung »Biographie und Nationalsozialismus« am 21. Juni 2013

Hirschfeld, Gerhard/Jersak, Tobias (Hrsg.): Karrieren im Nationalsozialismus, Funktionseliten zwischen Mitwirkung und Distanz, Campus Verlag Frankfurt 2004

Hohmann, Joachim S.: Geschichte der Zigeunerverfolgung in Deutschland, Reihe Campus, Campus Verlag Frankfurt 1988

Hohmann, Joachim S. (Hrsg.): Schon auf den ersten Blick. Lesebuch zur Geschichte unserer Feindbilder, Sammlung Luchterhand, Darmstadt und Neuwied 1981

Hohmann, Joachim, S.: Robert Ritter und die Erben der Kriminalbiologie, Zigeunerforschung im Nationalsozialismus und in Westdeutschland im Zeichen des Rassismus, Verlag Peter Lang Frankfurt 1991

Hohmann, Joachim S.: Zehn in der Nacht sind neun. Geschichte und Geschichten der Zigeuner, Sammlung Luchterhand, Darmstadt und Neuwied 1982

Jaroschek, Rainer: Rezension über »Das Brennglas« von Otto Rosenberg, a.a.O.

Jaroschek, Rainer: Lolitschai, Entwurf für ein Drehbuch, September 2006

Justin, Eva: Lebensschicksale artfremd erzogener Zigeunerkinder und ihrer Nachkommen, Inaugural-Dissertation, Friedrich-Wilhelms-Universität Berlin 1943

Justin, Eva: Wiedergabe ihres ersten und zweiten Aussageprotokolls, 1960, in: Hohmann, Joachim S.,»Robert Ritter und die Erben der Kriminalbiologie. ›Zigeunerforschung‹ im Nationalsozialismus und in Westdeutschland im Zeichen des Rassismus«, Frankfurt am Main, Bern, New York, Paris 1991

Karenberg, Axel u.a. (Hrsg.): Forschungen zur Medizingeschichte, Beiträge des Rheinischen Kreises des Medizinhistoriker, Band 3, University Press Kassel 2013

Kogon, Eugen: Der SS-Staat, Büchergilde Gutenberg, Frankfurt am Main 1960

Krämer, Sabine M.: Hurensohn, Δ-Verlag Mainz 1997

Krausnick, Michael: Auf Wiedersehen im Himmel, Arena Verlag Würzburg 2005

Lowe, Keith: Der wilde Kontinent, Europa in den Jahren der Anarchie 1943 – 1950, Klett-Cotta, Stuttgart 2012

Leibniz Universität Hannover, Historisches Seminar, Doz. Prof. Dr. Claus Füllberg-Stolberg: »Hast es überstanden, wars gut, hast es nicht überstanden, wars auch recht«, Mädchen im Jugendschutzlager Uckermark des KZ-Komplexes Ravensbrück, Seminararbeit o.N. Hannover 2006

Lausberg, Michael: Sinti und Roma in Deutschland, www.michael-lausberg.de

Limbächer, Katja; Merten, Maike; Pfefferle, Bettina (Hg.): Das Mädchenkonzentrationslager Uckermark, Münster 2000

Mann, Golo: Deutsche Geschichte des 19. und 20. Jahrhunderts, Fischer Taschenbuch Verlag, Frankfurt, 7. Auflage 2000

Maschmann, Melita: Fazit. Mein Weg in der Hitler-Jugend, DTV München 1983

Mappes-Niediek, Norbert: Arme Roma, böse Zigeuner, Christoph Links Verlag Berlin 2012

Prinz, Alois: Der Brandstifter, Die Lebensgeschichte des Joseph Goebbels, Beltz & Gelberg, Weinheim Basel 2011

Reinhardt, Dotschy: Gipsy. Die Geschichte einer großen Sinti Familie. Frankfurt am Main 2008.

Ritter, Robert: Ein Menschenschlag. Erbärztliche und erbgeschichtliche Untersuchungen über die – durch 10 Geschlechterfolgen erforschten – Nachkommen von »Vagabunden, Jaunern und Räubern«, Georg Thieme Verlag Leipzig 1937

Ritter, Robert: Die Artung jugendlicher Rechtsbrecher, in: Deutsches Jugendrecht. Beiträge für die Praxis und Neugestaltung des Jugendrechts, Hrsg.: Der Reichsminister der Justiz und der Reichsjugendführer des NSDAP und Jugendführer des Deutschen Reichs, Heft 4, Berlin 1944

Ritter, Robert: Die Asozialen, ihre Vorfahren und ihre Nachkommen, in: Fortschritt der Erbpathologie, Rassenhygiene und ihrer Grenzgebiete, 5. Jahrgang, Heft 4, 1941

Ritter, Robert: Die Aufgabe der Kriminalbiologie und kriminalbiologischen Bevölkerungsforschung, in: Kriminalistik. Monatshefte für die gesamte kriminalistische Wissenschaft u. Praxis, 15. Jahrgang, Heft 4, Berlin 1941

Ritter, Robert: Die Bestandsaufnahme der Zigeuner und Zigeunermischlinge in Deutschland, in: Der öffentliche Gesundheitsdienst, 6. Jahrgang, Heft 21, Leipzig 1941

Ritter, Robert: Die Zigeunerfrage und das Zigeunerbastardproblem, in: Fortschritt der Erbpathologie, Rassenhygiene und ihrer Grenzgebiete, 3. Jahrgang, Leipzig 1939

Rose, Romani (Hrsg.): Den Rauch hatten wir täglich vor Augen. Der nationalsozialistische Völkermord an den Sinti und Roma, Wunderhorn Heidelberg 1999

Rose, Romani; Weiss, Walter: Sinti und Roma im »Dritten Reich«. Das Programm der Vernichtung durch Arbeit, Lamuv Verlag Göttingen 1991

Rosenberg, Marianne: Kokolores, List Verlag Berlin 2006

Rosenberg, Otto: Das Brennglas, Aufgezeichnet von Ulrich Enzensberger, Wagenbach Verlag Berlin 2012

Sandner, Peter: Frankfurt. Auschwitz. Die nationalsozialistische Verfolgung der Sinti und Roma in Frankfurt am Main, Brandes & Apsel Frankfurt 1998

Schmidt-Degenhard, Tobias: Robert Ritter (1901 – 1951). Zu Leben und Werk des NS-Zigeunerforschers, Inaugural-Dissertation der medizinischen Fakultät der Eberhard-Karls-Universität Tübingen 2008

Strebel, Bernhard: Der Lagerkomplex des KZ Ravensbrück, Studien über Terror, Zwangsarbeit und Vernichtung. (Diss. Universität Hannover 2003), Paderborn u.a. 2003

Tuckermann, Anja: Denk nicht, wir bleiben hier, Die Lebensgeschichte des Sinto Hugo Höllenreiner, Hanser Verlag München und Wien 2005

Vermehren, Isa: Reise durch den letzten Akt. Ravensbrück, Buchenwald, Dachau: Eine Frau berichtet, Rowohlt Taschenbuch Verlag, Reinbek / Hamburg 1979

Weißenfels, Silvana: (Hrsg. Bündnis – Kein Vergessen) Sinti und Roma – Zwangslager Marzahn, zum 70. Jahrestag der Errichtung des Zwangslagers für Sinti und Roma in Berlin – Marzahn, o. J.

Weiss, Volkmar: Die Zigeuner – eine neue erbliche Unterschicht? in: Die IQ-Falle. Intelligenz, Sozialstruktur und Politik, Leopold Stocker Graz 2000

Werner, Manuel: In Nürtingen geboren – in Auschwitz ermordet: Anton Köhler, in: Nürtinger Opfer nationalsozialistischer Verfolgung. (2013) Webseite der Gedenkinitiative für die Opfer und Leidtragenden des Nationalsozialismus in Nürtingen: http://ns-opfer-nt.jimdo.com, abgerufen am 25.10.2017

Zimmermann, Michael: Verfolgt, vertrieben, vernichtet. Die nationalsozialistische Vernichtungspolitik gegen Sinti und Roma, Klartext-Verlag, Essen 1989

Zülch, Tilman (Hrsg.): In Auschwitz vergast, bis heute verfolgt. Zur Situation der Roma und Sinti in Deutschland und Europa, Rowohlt Verlag Reinbek bei Hamburg 1979

Zeit online, Zeitläufe; Michael Zimmermann: Die letzte Fahrt, 05.03.1993

Filme

Erbkrank, https://archive.org/details/1936-Rassenpolitisches-Amt-der-NSDAP-Erbkrank 1936 – Rassenpolitisches Amt der NSDAP

Der NS-Völkermord an den Roma und Sinti, Bildungsverein der Roma zu Hamburg e.V., Medienwerkstatt Franken 1985

Außerdem zahlreiche zusätzliche Internetquellen, Briefe, Dokumente und Materialien aus dem Tübinger Stadtarchiv, dem Tübinger Universitätsarchiv, dem Institut für Stadtgeschichte Frankfurt, Reden und Schriften der Filmemacherin, Publizistin und Bürgerrechtlerin Melanie Spitta, der Drehbuchautorin und Filmproduzentin Katrin Seybold und des Künstlers Otto Pankok.

Zitate von

Hannah Arendt, Wolfgang Benz (Nachwort), Bertolt Brecht, Philomena Franz, Reimar Gilsenbach, Kurt Hannemann (Zeitschrift des Nationalsozialistischen Ärztebundes 1938), Heraklit, Karl Jaspers (Ausdruck »Kampf ohne Front«), Immanuel Kant, Sabine M. Krämer, Melita Maschmann, Bernd Möhrle, Otto Pankok, Alois Prinz, Robert Reinhardt, Tobias Joachim Schmidt-Degenhard, Volker von Törne, Manuel Werner, Landolo Werst und Klaus Vogel, Direktor des Hygienemuseums Dresden: »Rassen gibt es nicht. Aber es gibt Rassismus.«

Danke

Jochen Arlt, Houverath
Dr. Thomas Bauer, Frankfurt
Gisela, Gerd und Dr. Tim Becker, Daun
Juliane Behrle-Maziej, Herbolzheim
Michael Dillinger, Zweibrücken
Franz-Josef Ferber, Daun
Thom Fischer, Berlin
Claudia Hellstern, Freiburg
Rainer Jaroschek, Südafrika
Barbara Köppen, St. Josefspflege Mulfingen
Sabine M. Krämer, Berlin
Norbert Küpper, Köln
Klaus Locher, Freiburg
Clemens Lotze, Freiburg
Bernd Möhrle, Freiburg
Bärbel Muno und Peter Schiwek, Hermeskeil-Höfchen
Monika und Heiko Nickel, Pulheim
Dr. Hildegard Reinhardt, Bonn
Robert Reinhardt, Denkendorf
Dr. Wolfgang Reuter, Lippstadt
Hella und Heribert Ries, Sehlem
Ingrid Roché, Ingolstadt
Christa und Dr. Helmut Roth, Freiburg
Michael Spiegelhalter, Freiburg
Dr. Hans-Jörg Weber, Freiburg
Manuel Werner, Nürtingen

Ein Dank gilt auch den Studenten der Universität Koblenz-Landau, die sich im Rahmen der Preisverleihung des »Martha-Saalfeld-Förderpreises« mit dem Manuskript auseinandergesetzt und mit ihrer Dozentin Éva Adorján ein Filmprojekt zu »Bitten der Vögel im Winter« realisiert haben. Das Filmprojekt wurde unterstützt vom ZKW Zentrum für Kultur- und Wissensdialog der Universität Koblenz-Landau und vom Ministerium für Wissenschaft, Weiterbildung und Kultur des Landes Rheinland-Pfalz in Zusammenarbeit mit dem Nano Theater e.V. Ludwigshafen.

Der Filmausschnitt zu »Bitten der Vögel im Winter« ist abrufbar auf Youtube.

https://youtu.be/ZJCqnLe68RQ

Weitere Bücher von Ute Bales

ISBN 978-3-89801-080-1
280 Seiten • Gebunden
19,80 EUR

»Ich habe keine Tochter mehr«, sagt der Vater, als Angelika gegen seinen Willen im Juni 1919 den aufstrebenden Maler Heinrich Hoerle heiratet. Angelika ist 19 Jahre alt und empfindet den Bruch mit dem Elternhaus wie eine Befreiung. Aber die Zeit ist hart. Die Novemberrevolution scheitert, die Folgen des Ersten Weltkriegs sind augenfällig. Britische Militärs haben die Kontrolle über die Stadt übernommen, Kriegsversehrte dominieren das Straßenbild; die Leute hungern.
Für kurze Zeit gehört Angelika zum Kreis um Max Ernst, Hans Arp und Johannes Theodor Baargeld. Dann schließt sie sich mit Freunden zur Gruppe »Stupid« zusammen.
Sie ist 22, als sie an Tuberkulose erkrankt. Mittellos lässt Heinrich sie zurück …

ISBN 978-3-89801-078-8
470 Seiten • Broschur
13,50 EUR

1907 eröffnet Johanna Ey unter ärmlichen Bedingungen einen Backwarenladen in Düsseldorf. Sie ist 43 Jahre alt und – nach einer leidvollen Ehe mit einem Alkoholiker – mit vier Kindern völlig auf sich gestellt. Der Laden wird bald zum Treffpunkt von Studenten der nahen Kunstakademie, die teilweise mit Bildern bezahlen. 1914 muss Johanna ihr Geschäft schließen. Die ihr verbliebenen Bilder verkauft sie und entdeckt, dass man damit Geld verdienen kann. Sie überlegt, eine Kunsthandlung aufzumachen. »Was meinst du, kann ich das schaffen, jetzt, wo ihr alle im Krieg seid?«, fragt sie einen der Künstler. »Wenn eine es schafft, dann du«, antwortet der.

Weitere Bücher von Ute Bales

ISBN 978-3-89801-400-7
188 Seiten • Broschur
11,00 EUR

Jeden Abend lehnt er an Marthas Tresen, unterhält sich, sieht fern, raucht. Vor allem trinkt er. Bier und Schnaps und alles, was Martha so anbietet. Meist lässt er anschreiben. Deckel voller Striche. Regelmäßig kommt seine Mutter, bezahlt die Deckel, weil sie es nicht aushalten kann, wenn er Schulden hat. Jedes Mal, wenn er nach Hause kommt, beklagt sie sich, wirft ihm vor, nicht zu arbeiten und schreit herum, dass er ihr mit seiner Sauferei noch die Haare vom Kopf frisst.

Dieser Roman wurde erstmals 2006 unter dem Titel »Der Boden dunkel« veröffentlicht. Die überarbeitete Fassung trägt den Titel »Amerika ist weit«.

ISBN 978-3-89801-070-2
480 Seiten • Broschur
13,50 EUR

Peter Zirbes, 1825 als Sohn eines Hausierers in einem Eifeldorf geboren, gilt wegen seiner musischen Neigungen schon früh als Sonderling. Durch einen Lehrer entdeckt er die Welt der Sprache. Auf seinen Hausierfahrten durch das Rheinland dichtet er, schreibt Lieder und Sagen, die er seiner Kundschaft vorträgt. Als der Schriftsteller Oertel auf ihn aufmerksam wird und ihn unterstützt eine Gedichtsammlung zu veröffentlichen, glaubt Peter Zirbes sich am Ziel aller Wünsche. Aber statt Anerkennung erntet er in seinem Dorf Spott, Missgunst und Ausgrenzung. Eine Hetzjagd auf ihn endet in einer Katastrophe.

Pitt Kreuzberg beginnt 1907 ein Studium an der Düsseldorfer Kunstakademie. Er trifft auf eine Gruppe Künstler, die mit grellen Farben und starken Kontrasten den konservativen Kunstbetrieb erschüttern. In den Atelierhäusern und in der Backstube von Johanna Ey, einem Künstlertreff, geht es um mehr als bloßes Abbilden. Das Wesen der Welt ergründen und darstellen, wird zur tragenden Idee. Als sich Pitt Kreuzberg 1913 in der Eifel niederlässt und in der rauen Vulkanlandschaft seinen künstlerischen Auftrag erkennt, stehen nicht nur die Bauern des Dorfes dem brotlosen Maler misstrauisch gegenüber.

ISBN 978-3-89801-057-3
520 Seiten • Gebunden
22,80 EUR

Im Frühjahr 1901 werden Traud und ihre Mutter obdachlos. Sie sehen keinen anderen Ausweg, als sich auf den Höfen der Eifeldörfer als Wanderarbeiterinnen zu verdingen. Durch zusätzliches Hausieren mit Kamille sichern sie sich eine kärgliche Existenz. Als die Mutter stirbt, zieht Traud allein weiter. Der Roman beschreibt die endlose Wanderung der Traud durch die Eifel – vor, während und nach den beiden Weltkriegen, gekennzeichnet von Hunger, Elend und Ausgrenzung, aber auch von Schönheit, Würde und Größe und von einer ungewöhnlichen Liebe zu Paul.

ISBN 978-3-89801-215-7
288 Seiten • Broschur
12,00 EUR